LA LISTA DE LOS SIETE

IMPEDIMENTA NARRATIVA, 308

I

MARK FROST

LA LISTA DE LOS SIETE

Traducción del inglés de Alberto Coscarelli

IMPEDIMENTA

Título original: *The List of 7*

Primera edición en Impedimenta: junio de 2025

Juan Álvarez Mendizábal, 27. 28008 Madrid

IMPEDIMENTA
Premio TodosTusLibros al Mejor Proyecto Editorial, 2024,
otorgado por CEGAL (Confederación Española de Gremios
y Asociaciones de Libreros)

http://www.impedimenta.es

ISBN: 979-13-87641-07-8
Depósito Legal: M-7976-2025
IBIC: FA

Impresión y encuadernación: Kadmos
P. I. El Tormes. Río Ubierna 12-14. 37003 Salamanca

Impreso en España en papel 100 % procedente de bosques gestionados de acuerdo con criterios de sostenibilidad.

Para Jody

AGRADECIMIENTOS

Este libro debe su existencia a Ed Victor, que encendió el fuego.

Deseo expresar mi agradecimiento a Howard Kaminsky por correr el riesgo; a mis editores, Mark Gompertz y Paul Bresnick, y al resto del equipo en Morrow. Mi agradecimiento también a Rosalie Swedlin, Adam Krentzman, Rand Holston, Alan Wertheimer, Lori Mitchell, y John Ondre.

Y un agradecimiento especial a Bill Herbst por escalar la siguiente colina y decirme la verdad sobre lo que había al otro lado.

El diablo solo pide aquiescencia…,
nada de luchas ni conflictos.

Aquiescencia.

1

UN SOBRE

El sobre era de pergamino crema. Estrías finas, crujiente, sin marca de agua. Caro. Se había raspado en los bordes y ensuciado un poco cuando lo deslizaron silenciosamente por debajo de la puerta. El doctor no se había percatado de nada, aunque su oído era fino, agudo como las rodillas de una bruja.

Se encontraba en el salón donde había estado durante toda la velada, alimentando el fuego, absorto en un texto abstruso. Cuarenta y cinco minutos antes había levantado la mirada cuando la señora Petrovitch subió las escaleras, arrastrada de regreso a una velada de suspiros quejumbrosos entre el olor pegajoso de la col hervida por el rápido rascar de las uñas del *dachshund*. El doctor había observado el paso de las sombras reflejadas en las tablas enceradas debajo de la puerta. No había ningún sobre.

Recordaba vagamente que le hubiera gustado conocer una manera más sencilla de consultar el reloj sin tener que sacarlo cada vez del bolsillo del chaleco y abrir la tapa. Por esta razón, cuando pasaba una velada en casa lo colocaba abierto sobre la mesa. Le obsesionaba el tiempo, y sobre todo desperdiciarlo inútilmente. Había mirado su reloj cuando el perro y la esquelética y melancólica ama rusa pasaron delante de la puerta: eran las nueve y cuarto.

Volvió su atención al texto. *Isis revelada.* Desde luego la tal Blavatsky estaba loca: otra rusa, como la pobre Petrovitch con su vino de ciruelas. ¿Sería que, cuando desarraigabas a estos zaristas y tratabas de replantarlos en tierra inglesa, la locura era una consecuencia inevitable? Una mera coincidencia, pensó; una soltera enferma del corazón y una trascendentalista megalomaníaca y fumadora de puros no representaban una tendencia.

Estudió la fotografía de Helena Petrovna Blavatsky en el frontispicio: la inmovilidad sobrenatural, aquella mirada clara, penetrante. La mayoría de las caras se apartaban instintivamente del ojo de insecto de la cámara. En cambio, ella se había apoderado del instrumento. ¿Cómo interpretar este curioso libro? *Isis revelada.* Ocho volúmenes hasta la fecha y amenazaba con otros, todos con más de quinientas páginas; y esto era solo una cuarta parte de la obra de la autora, una obra que pretendía asimilar y eclipsar, con una notoria falta de ironía, todos los sistemas de pensamiento espirituales, filosóficos y científicos conocidos: en otras palabras, una teoría revisionista de toda la creación.

Aunque según la nota biográfica al pie de la fotografía, HPB había pasado la mayor parte de sus cincuenta y tantos años trotando por el planeta en comunión con este o aquel grupo ocultista, la mujer atribuía modestamente la génesis del libro a la inspiración divina, por cortesía de una extensa lista de Maestros Ascendentes que se materializaban como el fantasma de Hamlet, y afirmaba que de vez en cuando alguno de estos personajes sagrados penetraba en su cabeza y empuñaba las riendas: a este fenómeno lo denominaba escritura automática. Desde luego el libro poseía dos estilos bien diferentes —dudaba en definirlos como «voces»—, pero, en cuanto a su contenido, la cosa era un revoltijo sin pies ni cabeza: continentes perdidos, rayos cósmicos, razas extraviadas, cábalas malignas y brujas. A decir verdad, él también había empleado las mismas ideas en su novela, pero, por el amor de Dios, lo suyo era ficción, y en cambio ella hablaba de teología.

Inquieto con estos pensamientos, descubrió el sobre. ¿Lo habían dejado allí sin más? ¿Acaso su subconsciente había captado el momento en que lo deslizaban por debajo de la puerta atrayendo así su mirada? No recordaba haber oído nada —nadie que se acercara, ni el crujido de una rodilla, o el roce de un guante contra la madera o el papel, nadie que se alejara— y aquellas destartaladas escaleras anunciaban la presencia de un visitante con el estrépito de una fanfarria.

¿La inmersión en Blavatsky le había embotado los sentidos? Difícil de creer. Incluso ante la mesa de operaciones, con los moribundos atados con correas, desangrándose, aullándole a la cara, era capaz de captar los sonidos a su alrededor como un gato inquieto.

Sin embargo, allí estaba el sobre. Podía llevar allí unos..., ahora eran las diez..., unos cuarenta y cinco minutos por lo menos. O quizá el portador acababa de llegar y permanecía inmóvil al otro lado de la puerta.

El doctor intentó percibir alguna señal de vida, consciente de su pulso acelerado y del sabor acre e irracional del miedo. Eso no le era desconocido. Sacó en silencio del paragüero el bastón más grueso, lo sujetó con un movimiento experto por la contera y, enarbolando el mango nudoso y ennegrecido, abrió la puerta.

Lo que vio, o no vio, en el pasillo alumbrado por la vacilante luz de gas sería tema de cábalas durante algún tiempo: acompañada por el silbido de la succión del aire cuando abrió la puerta, una sombra envolvente desapareció de aquel vestíbulo con la rapidez del mago que quita un pañuelo de seda negra de un mantel blanco. O al menos eso fue lo que pensó en aquel momento.

El vestíbulo estaba desierto. No le pareció que alguien acabara de estar allí. En algún lugar cercano sonaba un violín desafinado; a lo lejos, el llanto de un niño con cólicos, y ruido de cascos en el adoquinado.

«Blavatsky me ha afectado —pensó—; esto es lo que pasa por leerla de noche. Soy sugestionable.» Volvió a la sala, cerró la puerta con llave, dejó el bastón en su lugar y dedicó su atención al asunto que tenía entre manos.

El sobre era cuadrado, y no llevaba seña alguna. Lo sostuvo a la luz; el grosor del papel no dejaba ver su contenido. Parecía un sobre idéntico a cualquier otro.

Buscó en su maletín de médico, sacó una lanceta bien afilada y, con la precisión quirúrgica de la que solía hacer gala cuando afrontaba algo rutinario, desprendió el sello de lacre. Una sola hoja de pergamino, más fino que el del sobre pero a juego, se deslizó en su mano. No tenía marcas ni monograma alguno, pero evidentemente se trataba de la correspondencia de un caballero, o de una dama. Abrió la hoja, plegada una vez y sin arrugas, y leyó la misiva:

Señor:
Se requiere vuestra presencia en un asunto de suma urgencia relacionado con la práctica fraudulenta de las artes espiritistas. Estoy al corriente de vuestra compasión por las víctimas de aventureros como estos. Vuestra ayuda es indispensable para alguien cuyo nombre no se puede mencionar aquí. Como hombre de bien y científico, os ruego una respuesta pronta. La vida de un inocente está en juego. Mañana por la noche, a las 20:00, en el número 13 de Cheshire Street.

BIENANDANZA

En primer lugar, la escritura: letra de imprenta, limpia y precisa, trazada por una mano culta. Las palabras marcadas profundamente en el pergamino, la pluma bien sujeta, la mano apoyada con firmeza; aunque no había sido escrita deprisa, la urgencia era evidente. Hacía menos de una hora que había sido redactada.

No era la primera invitación de esta clase que había recibido. La campaña del doctor para denunciar a los falsos médiums y sus abominables secuaces era bien conocida por algunos agradecidos miembros de la sociedad londinense. No era un hombre público ni buscaba el reconocimiento popular, incluso tomaba precauciones para evitar toda exposición, pero, así y todo, de vez en cuando su trabajo llegaba a oídos de aquellos que necesitaban ayuda.

No era esta la primera invitación, pero sí, desde luego, la más apremiante.

El papel no tenía ningún aroma o perfume particular. Ninguna floritura identificable. La mano era tan decididamente asexuada como el papel de escribir. El anonimato total.

Llegó a la conclusión de que se trataba de una mujer: adinerada, culta, vulnerable al escándalo. Casada o relacionada con alguien importante o de la aristocracia. Una principiante en el campo de las «artes espiritistas». A menudo esto definía a quienes acababan de sufrir, o temían estar a punto de sufrir, una pérdida importante.

Un inocente. Un esposo o un hijo. Suyo.

La dirección correspondía al East End, muy cerca de Bethnal Green. Un sitio peligroso; un lugar en donde una mujer de buena cuna no osaría aventurarse sola. Para un hombre poco dado a las dudas incluso en los momentos de mayor incertidumbre, no podía haberlas respecto a la respuesta.

Antes de sumergirse otra vez en Blavatsky, el doctor Arthur Conan Doyle pensó que debía limpiar y cargar el revólver.

Era el día de Navidad de 1884.

El piso donde vivía y trabajaba Doyle ocupaba la segunda planta de un edificio viejo en un barrio obrero de Londres. Era un alojamiento humilde, apenas una sala de estar y un dormitorio pequeño, ocupado por un hombre modesto de recursos limitados y una firme confianza en sí mismo. Por naturaleza, y ahora por oficio, un sanador, licenciado en Cirugía desde hacía tres años, un joven a punto de cumplir los veintiséis y próximo a ingresar en aquella fraternidad tácita cuyos miembros continúan discretamente con su labor, a pesar de ser conscientes de su propia mortalidad.

Su fe como médico en la infalibilidad de la ciencia estaba arraigada, pero era frágil y se hallaba entremezclada con gran cantidad de defectos. A pesar de haberse apartado de la Iglesia católica una década antes, aún persistía en Doyle el deseo de creer; en su opinión, ahora era competencia exclusiva de la ciencia establecer empíricamente la existencia del alma. Confiaba plenamente en que la ciencia acabaría por guiarle a las más altas cotas del descubrimiento espiritual y, sin embargo, coexistía con esta férrea certeza un deseo incontrolado de abandono, de arrancar el velo de la molicie que enmascaraba la realidad y así incitar una unión con lo místico, una muerte en vida para conseguir una vida superior. Este anhelo rondaba su mente como un espectro, y jamás se lo había mencionado a nadie.

Para apaciguar este deseo de rendición, se embarcó en la lectura de Blavatsky y de Emanuel Swedenborg y de toda una legión de místicos pedantes, y visitó librerías desconocidas en busca de una prueba racional que pudiese cuantificar, de una confirmación que pudiese sostener con sus propias manos. Asistió a reuniones de la Alianza Espiritista Londinense. Buscó médiums, videntes y parapsicólogos, organizó sus propias sesiones espiritistas y visitó casas donde los muertos no descansaban. En cada caso, Doyle aportó siempre sus tres principios cardinales —observación, precisión y deducción, los pilares sobre los que había edificado su personalidad—, y registró los hallazgos desde un punto de vista clínico, en privado, sin llegar a conclusiones, como preámbulo de alguna obra mayor cuya estructura se revelaría en el momento propicio.

A medida que profundizaba en sus estudios, la lucha interior entre el espíritu y la ciencia, estas dos polaridades irreconciliables, se hacía más clamorosa y enconada. Sin embargo, perseveró. Sabía muy bien lo que podía ocurrirles a los hombres que renunciaban a la lucha. Por un lado se alzaban los autoproclamados pilares de la moralidad, defendiendo las almenas de la Iglesia y el Estado, enemigos jurados del cambio, muertos por dentro pero incapaces de meterse en la tumba; en el otro se encontraba la pléyade de desgraciados encadenados a las paredes de los asilos, cubiertos de roña y con los ojos encendidos por el éxtasis mientras comulgaban con una perfección ilusoria. No establecía juicios entre estos extremos: sabía que el camino de la perfección humana —el camino que aspiraba a recorrer— se encontraba exactamente en el medio. Le animaba la esperanza de que, si bien la ciencia era incapaz de guiarle por aquel camino, quizá él pudiese ayudar a guiar a la ciencia por el mismo.

Esta decisión generó dos resultados inesperados. En primer lugar, cuando llevado por este espíritu escéptico encontraba algún fraude o abuso de los débiles de mente o corazón, ejecutado por bergantes con el fin de obtener una ganancia deshonesta, no vacilaba en desenmascarar a los autores. Estos personajes despreciables y de baja estofa provenían generalmente del mundo de la delincuencia y solo entendían el lenguaje de la violencia: insultos, trifulcas, amenazas físicas prometidas y ejecutadas. A instancias de un confidente de Scotland Yard, y después de que su denuncia a una falsa gitana provocara un ataque a navajazos que a punto estuvo de enviarle al más allá, Doyle había comenzado a llevar revólver.

En segundo lugar, el vivir gobernado por estos impulsos contradictorios —el deseo de tener fe y la necesidad de demostrar que era genuina antes de abrazarla— dejaba a Doyle con la comprensible necesidad humana de compensar estas contradicciones no resueltas. Encontró el medio ideal en la escritura de obras de ficción, transformando las experiencias informes de este nebuloso mundo inmaterial en frases claras y precisas: relatos de planes míticos, fechorías y crímenes cometidos por siniestros malhechores y descubiertos por hombres amigos de la luz y el conocimiento que —como él— se aventuraban sin parar mientes en las tinieblas.

Al servicio de esta visión, Doyle había escrito cuatro libros durante los últimos años. Los tres primeros habían sido debidamente remitidos a unos cuantos editores, que los habían rechazado y devuelto, y ahora descansaban en el fondo de un baúl de mimbre que se había traído de los mares del sur. Todavía aguardaba respuestas a su más reciente composición —un trepidante relato de aventuras titulado *La Hermandad Oscura*—, que consideraba la mejor de sus obras por diversas razones, en especial por el ferviente deseo que tenía de verse rescatado de la pobreza.

En cuanto al aspecto físico, basta decir que Doyle tenía el tipo adecuado para las tareas que se había fijado: robusto, atlético, poco vanidoso, pero capaz de avergonzarse si se encontraba con alguien de mejor posición social mientras llevaba el cuello o los puños raídos a causa de sus limitaciones económicas.

Conocía las consecuencias de los vicios lo suficiente para ser compasivo con aquellos que caían cautivos de sus garras y sus trampas, aunque no tenía ninguno. No era jactancioso, sino más bien dado a escuchar. De la naturaleza humana esperaba al menos un mínimo de decencia, y hacía frente a las inevitables desilusiones sin rencor ni sorpresa.

El sexo opuesto despertaba en él un interés natural y saludable, aunque algunas veces también una cierta vulnerabilidad, un rincón frágil y vacilante en lo que era una fachada de granito. Esta tendencia jamás le había producido más problemas que las vejaciones y angustias típicas de los jóvenes en busca de amor. Pero no tardaría en descubrir que las consecuencias podían ser mucho más graves.

2

13 CHESHIRE STREET

El 13 de Cheshire Street se alzaba en el centro de una hilera de casas endebles como un castillo de naipes. Cuatro escalones conducían a un portal visiblemente escorado a estribor. El edificio no podía ser tildado de covacha, aunque poco le faltaba. La apariencia de la casa no inspiraba nada siniestro. Mejor dicho, no inspiraba absolutamente nada.

Doyle la observó desde el otro lado de la calle. Había llegado una hora antes de la indicada en la carta. Había poca luz, y escaseaban los paseantes y el tráfico rodado. Permaneció en las sombras y esperó, seguro de que su presencia pasaría inadvertida, vigilando la casa a través de un pequeño catalejo.

La pálida aurora de una luz de gas teñía las cortinas del vestíbulo. Dos veces durante el primer cuarto de hora, unas sombras se interpusieron entre la luz y los encajes. En una ocasión se movió una de las cortinas, apareció una mano; un rostro masculino, moreno, apenas entrevisto, observó la calle y después se retiró.

A las 19:20 una figura rechoncha cubierta con un montón de chales oscuros y desgarrados recorrió la acera y subió las escaleras; tras golpear metódicamente tres veces hizo una pausa, y luego dio un cuarto golpe. Un metro cincuenta de estatura, casi ochenta kilos de peso, y la cabeza y el rostro protegidos del frío. Botines. Una mujer. Doyle miró por el catalejo; botines nuevos. Se abrió la puerta y la figura entró. Doyle no pudo ver el vestíbulo ni a la persona que abrió.

Cinco minutos más tarde, un mozalbete apareció a la carrera, directo hacia la puerta, donde repitió la misma llamada. Un golfillo mal vestido, cargado con un voluminoso paquete de forma irregular envuelto en hojas de periódico y atado con un cordel. Antes de que Doyle pudiese enfocar el anteojo en el paquete, el mozalbete entró en la casa.

Entre las 19:40 y las 19:50 llegaron dos parejas, la primera a pie. Clase trabajadora: la mujer cetrina, embarazada; el hombre grueso, apto para los trabajos pesados, incómodo con lo que Doyle supuso que sería su traje de domingo. También ellos emplearon la llamada en código. A través del anteojo observó al hombre intimidando a la mujer mientras esperaban, ella con la cabeza gacha, derrotada, un estado aparentemente habitual. No conseguía descifrar las frases del hombre; gracias a la lectura de labios consiguió captar «Dennis» y «amo barrigón». ¿Amo barrigón? Entraron y cerraron la puerta.

La segunda pareja llegó en carruaje. No era un coche de alquiler, sino un vehículo particular, cueros oscuros, ruedas con aros de acero; el caballo, un zaíno de buena estampa. A juzgar por el sudor del animal, habían viajado deprisa desde algún lugar que estaría a unos cuarenta y cinco minutos, quizá una hora de marcha. Venían del oeste, cosa que los situaba en Kensington, con Regent's Park en el extremo norte.

El cochero descendió y abrió la portezuela. El uniforme y sus modales deferentes no se contradecían con su aspecto de sirviente cincuentón, musculoso y hosco. Primero se apeó un hombre joven, delgado y paliducho, con el porte presuntuoso de los estudiantes universitarios privilegiados, que a Doyle no le caían muy bien. A juzgar por el atuendo, una corbata demasiado recargada, pechera y sombrero de copa, había venido directamente de una reunión social o había sobreestimado la importancia del destino. Con un gesto apartó al cochero y ofreció la mano a la pasajera del coche cuando esta se dispuso a apearse.

La mujer vestía de negro, era casi tan alta como el joven, ágil y cimbreña, y parecía sacudida por unas emociones muy fuertes. Toca y chal enmarcaban el rostro ovalado y pálido; tenía un cierto parecido de familia con el joven —la hermana, pensó Doyle, dos o tres años mayor que él—, pero apenas si pudo echar un vistazo a sus facciones porque el hombre la cogió del brazo y la acompañó rápidamente hasta la puerta. Llamó de inmediato, muestra evidente de que desconocían la señal. Mientras esperaban, el joven le habló en tono apasionado, como si quisiera convencerla de algo —quizá maldecía por el mal aspecto del barrio; al parecer la había acompañado a disgusto—, pero a pesar de la aparente fragilidad de la mujer, la firmeza de su mirada indicaba que le superaba en fuerza de voluntad.

La joven miró con inquietud a un lado y a otro. «Esta es la autora de la nota, y me busca», se dijo Doyle. Estaba a punto de cruzar la calle para ir a su encuentro cuando se abrió la puerta y les engulló la casa.

Sus sombras aparecieron en las cortinas de la sala. Por medio del anteojo, Doyle vio que la mujer recibía los saludos del hombre de cara morena que había observado antes en la ventana, acompañado por la mujer preñada; esta cogió el sombrero del hermano y el chal de la mujer. El hombre moreno señaló discretamente, indicando que debían pasar a una habitación interior y, precedidos por la mujer, desaparecieron de la vista.

«Esa joven no actúa como si la moviera la aflicción —pensó Doyle—. La congoja hace que la persona se hunda. Lo que impulsa a esta mujer es el miedo.» Y si aquel lugar era una trampa, ella había caído ansiosa en el cepo.

Doyle guardó el catalejo en el bolsillo y, con la mano posada en el revólver para infundirse ánimos, cruzó la calle en dirección al cochero, que se apoyaba indolente contra el carruaje, ocupado en encender la pipa.

—Perdone, amigo —dijo Doyle, con una sonrisa afable y medio tonta—. ¿No será por casualidad aquí donde celebran esa cosa espiritista? Me dijeron el 13 de Cheshire.

—No sabría decirle, señor. —Directo, rotundo. Probablemente sincero.

—Pero lady... Lady Nosecuántos y su hermano... Bueno, desde luego, usted es su cochero, ¿no es así, Sid, o me equivoco?

—Tim, señor.

—Correcto, Tim. Usted nos llevó a mi mujer y a mí desde la estación cuando fuimos de visita a la finca aquel fin de semana.

Inquieto, el hombre miró de reojo a Doyle, pero por educación se vio obligado a contestarle.

—Se refiere a Topping.

—Así es, a Topping, cuando nos invitaron a todos para...

—La ópera.

—Exacto, la ópera... El verano pasado, ¿no? Dígame la verdad, Tim, ¿se acuerda de mí o no?

—Durante el verano lady Nicholson recibe a muchísima gente —se disculpó el cochero—. Sobre todo para la ópera.

—Intento recordar una cosa: ¿estaba el hermano allí aquel fin de semana, o se encontraba en Oxford?

—Cambridge. No, creo que estaba allí, señor.

—Desde luego, ahora lo recuerdo; solo he estado una vez en Topping.

«Ya basta —pensó Doyle—, no hay que abusar de la suerte.»

—¿Le gusta la ópera, Tim?

—¿A mí, señor? No me va. Lo mío son las carreras.

—Bien dicho. —Una ojeada al reloj—. Vaya, son casi las ocho, tendré que entrar. Salud. No coja frío.

—Muchas gracias, señor —respondió Tim, agradecido por la gentileza o quizá más bien por la marcha del caballero.

Doyle subió la escalinata. Lady Caroline Nicholson; el nombre completo le vino a la memoria al instante. El suegro en el Gobierno. Título hereditario. Topping era la mansión de los antepasados, en algún lugar de Sussex.

¿Qué llamada debía utilizar? La secreta: tres golpes, una pausa, y a continuación un cuarto golpe. Lo importante era conseguir que alguien abriese la puerta, después ya se vería. Levantó el bastón, pero antes de que pudiese golpear con el pomo, se abrió la puerta. No había oído que descorrieran el pestillo. Probablemente no cerraba bien; tenía el marco torcido, de modo que habría sido una ráfaga de viento.

Entró. El vestíbulo principal era oscuro, sin muebles, con un suelo de madera que jamás había conocido el contacto de una alfombra. Puertas cerradas a la izquierda, a la derecha y al frente. Escaleras que subían como los dientes torcidos de una sierra. Las tablas crujían con cada pisada cautelosa. Después del tercer paso, la puerta se cerró a sus espaldas. Esta vez pudo oír claramente cómo se enganchaba el pestillo. Doyle se tranquilizó a sí mismo recordando la ráfaga de viento que había precedido el cierre de la puerta, con la fuerza suficiente para asegurar el pestillo. Pero la única vela que había sobre la mesa, cuya llamita era lo único que separaba a Doyle de la oscuridad total, no había oscilado ni guiñado en la palmatoria ovalada. Doyle pasó una mano sobre la llama, que se movió correctamente, y entonces advirtió que junto a la palmatoria había un bol de cristal, que atrapaba los claroscuros de la llama.

La boca del bol tenía un palmo de ancho. El cristal era grueso, ahumado, adornado con un relieve. Doyle comprendió que la filigrana representaba una escena cuando descubrió un par de cuernos cónicos que salían de la cabeza erguida de un animal. Dirigió la mirada a una masa oscura y acuosa que ocupaba el bol; la masa, escamosa y ennegrecida, despedía un desagradable olor fétido. Reprimió una arcada instintiva, y estaba a punto de meter un dedo en el fluido cuando algo chapoteó debajo de la superficie, algo no inerte. El bol comenzó a vibrar, deslizándose alrededor de la mesa con un agudo chirrido de papel de lija. «De acuerdo, correcto, ya me ocuparé de esto más tarde», pensó mientras retrocedía.

Oyó unas voces procedentes del otro lado de la puerta que tenía delante, suaves, rítmicas, casi musicales, en consonancia con la vibración, quizá responsables de ella. No era una canción; las palabras indescifrables sonaban a letanía.

Se abrió la puerta de la derecha. Apareció el golfillo que había visto antes, que le miraba sin sorprenderse.

—Vengo a la sesión espiritista —dijo Doyle.

El muchacho frunció el entrecejo, preocupado, enigmático. Era mayor de lo que Doyle había pensado, bajo para su edad. Tenía el rostro mugriento y la gorra hundida hasta las orejas, pero la mugre y la gorra no alcanzaban a disimular del todo las arrugas y las patas de gallo. Muchísimas arrugas. Y no había nada infantil en aquellos ojos impasibles.

—Lady Nicholson me espera —añadió Doyle, autoritario.

Funcionaron los engranajes detrás de la mirada del muchacho, y súbitamente puso los ojos en blanco, como si hubiese perdido la consciencia. Doyle esperó diez segundos eternos, casi seguro de que el muchacho se desplomaría —quizá un síncope leve— y estaba a punto de sujetarle cuando en un instante volvió a ser el mismo de antes. Abrió la puerta y le hizo pasar con una reverencia envarada. Tal vez fuera mudo, o incluso epiléptico, un chico víctima de muchos abusos que padecía raquitismo debido a la mala nutrición. «Las calles del East End son el hogar de legiones de seres como este», pensó Doyle sin sentimentalismo. «Comprados y vendidos por menos de la calderilla que llevo en el bolsillo.»

Doyle pasó junto al muchacho y entró en la sala. El canto de las voces surgía más cercano al otro lado de unas puertas corredizas que tenía delante. La puerta se cerró detrás de él, y el muchacho desapareció. Doyle avanzó con precaución hasta las puertas, y mientras escuchaba se acallaron las voces, dando paso al sonido sibilante de los chorros de gas.

Se abrieron las puertas. De nuevo se encontró con el muchacho, que le invitó a pasar. Detrás del pillete, al fondo de una habitación inesperadamente amplia, la sesión espiritista ya estaba en marcha.

El movimiento espiritista moderno comenzó con un fraude. El 31 de marzo de 1848 se oyeron unos golpes misteriosos en el hogar de los Fox, una de tantas familias en Hydesville, Nueva York. Los sonidos continuaron manifestándose durante meses cada vez que las dos hijas adolescentes se encontraban en la misma habitación. A lo largo de los años, las hermanas Fox convirtieron la consiguiente histeria nacional en una próspera industria familiar: libros, sesiones espiritistas públicas, conferencias, relaciones con las figuras más conocidas de la época. Hasta el final de su vida Margaret Fox no confesó que todo había sido una serie de trucos de salón cada vez más sofisticados, pero ya era demasiado tarde para acallar la *vox populi* y las ansias de presenciar un auténtico fenómeno paranormal; el predominio de la ciencia sobre los cimientos resquebrajados del culto cristiano había creado un semillero donde el espiritismo echó raíz con el vigor de un dondiego de noche.

El objetivo declarado del movimiento consistía en confirmar la existencia de reinos del ser más allá de lo físico, a través de la comunicación directa de los médiums —también conocidos como «sensitivos»—, individuos en sintonía con las ultrafrecuencias de la vida no corpórea, con el mundo de los espíritus. Después de descubrir y desarrollar esta capacidad, el médium invariablemente establecía una «relación» con un espíritu guía, que servía de interlocutor con criaturas de todos los rincones del cosmos. Dado que la mayoría de los clientes del médium habían sufrido alguna pérdida reciente, solo aspiraban a tener una mínima confirmación de que sus seres queridos habían llegado intactos al otro lado de la Estigia. La tarea del espíritu guía era certificar el contacto aportando alguna prueba de pervivencia de la tía Minnie o del hermano Bill, generalmente en forma de alguna anécdota estrictamente privada que tan solo compartían el fallecido y el deudo.

En respuesta a las sencillas preguntas, la información fluía del espíritu a través de una serie de golpes cortos y secos sobre una mesa. Los médiums más expertos entraban en trance; entonces el espíritu guía tomaba en «préstamo» las cuerdas vocales del anfitrión y asumía la voz del ser amado con un parecido sorprendente. Unos cuantos manifestaban un talento muy poco habitual: producían grandes cantidades de un vapor lechoso y maleable que se extendía desde la piel, la boca o la nariz, una sustancia que tenía todo el aspecto pero ninguna de las propiedades del humo, no se dispersaba ni reaccionaba a las condiciones atmosféricas y se comportaba como una *tabula rasa* tridimensional capaz de adoptar la forma de cualquier idea o entidad. Una cosa era oír a la tía Minnie golpeando la mesa y otra muy distinta verla tomar forma en una nube de niebla cuajada y autónoma. Esta extraña sustancia se llamaba ectoplasma. Había sido fotografiada infinidad de veces y nadie había encontrado una explicación coherente para la misma.

Aparte de las hordas de sufrientes y llorosos, había otros dos grupos más reducidos que buscaban sistemáticamente los servicios de los dotados para el espiritismo. Llevados por impulsos similares —aunque con fines diametralmente opuestos—, estaban divididos por una línea de demarcación evidente; unos buscaban la luz y otros adoraban las tinieblas. Doyle, por ejemplo, estaba motivado por el convencimiento de que, si se podía penetrar en la esfera de conocimiento correcta, los misterios eternos de la salud y la enfermedad quedarían a nuestro alcance. Había investigado exhaustivamente el caso de un tal Andrew Jackson Davis, un americano analfabeto nacido en 1826, que desde la adolescencia había tenido la capacidad de diagnosticar la enfermedad a través de los ojos espirituales. Percibía el cuerpo humano como algo transparente que permitía ver los órganos, centros de luz y color, cuyos tonos y gradaciones indicaban la buena o la mala salud. En este talento, opinaba Doyle, se podía atisbar al futuro genio de la medicina.

Por su parte, los adoradores de las tinieblas se esforzaban por desentrañar los secretos de los siglos para beneficio propio. Algo así como que los pioneros del electromagnetismo hubieran decidido guardar el descubrimiento para sí mismos. Por desgracia, como Doyle estaba a punto de descubrir, este grupo, decididamente más unido que el otro, estaba mucho más cerca de conseguir sus objetivos.

Esa misma noche, en aquel mismo momento, a poco más de un kilómetro de los acontecimientos que estaban a punto de ocurrir en el número 13 de Cheshire Street, una pobre y desgraciada prostituta salió del bar en Mitre Square. El *Boxing Day*[1] había sido un fracaso; el poco dinero que había conseguido ganar por los servicios prestados lo había gastado rápidamente en aplacar su sed insaciable.

Su subsistencia dependía de la necesidad, inducida por la ginebra barata en otros infelices como ella, de conseguir un magro consuelo en tres minutos de coito en callejuelas llenas de basuras y aguas residuales. Su belleza se había esfumado hacía años. Era idéntica a las innumerables mujeres del oficio que pululaban por los barrios bajos de Londres.

Había nacido en alguna Arcadia rural donde una vez había sido la alegría de sus padres, la niña más bonita de la aldea. ¿Le brillaban los ojos, resplandecía su piel lozana cuando se abrió de piernas al bribón de paso que hizo desfilar en su mente los atractivos de la ciudad? ¿Había llegado allí con las esperanzas intactas? ¿Habían muerto poco a poco los dulces sueños de felicidad a medida que el alcohol le destrozaba las células, o una sola catástrofe había bastado para quebrar su voluntad como una pipa de barro?

El frío le mordió las carnes a través de los harapos del abrigo. Pensó vagamente en esas familias, atisbadas a través de los cristales escarchados, que disfrutaban de la cena de Navidad. Podía ser un recuerdo real o el grabado de una tarjeta de felicitación casi olvidada.

1. En Gran Bretaña, el primer día laborable después de Navidad, en el que se dan aguinaldos a los carteros, sirvientes, etc. *(Todas las notas son del traductor.)*

La imagen desapareció, y sus pensamientos se centraron en la sórdida habitación, al otro lado del río, que compartía con otras tres mujeres. La idea de dormir y de las míseras comodidades de aquella habitación la animó; movió las piernas entumecidas con un poco más de brío, y decidió que una vez atravesado el río iría hasta Aldgate por el atajo que cruzaba el terreno baldío cerca de Commercial Street.

3

UN ROSTRO VERDADERO

Lady Nicholson fue la primera en reparar en Doyle, enmarcado en la puerta abierta. Él percibió el acto de reconocimiento, la rápida aparición del rubor de alivio, inmediatamente disimulado para no ser descubierta. Una mente aguda, concluyó, casi sin pensarlo. «He aquí el rostro más bello que he visto en mi vida.»

La mesa redonda, cubierta con un mantel de hilo, ocupaba el centro de la habitación en penumbra. Dos candelabros situados al este y al oeste de la mesa proporcionaban la luz, y las paredes se esfumaban en la oscuridad. El humo espeso del pachulí enturbiaba el aire, acompañado por el seco crepitar de la electricidad estática. A medida que se le dilataban las pupilas, Doyle percibió, recortados contra el telón de los gruesos tapices bordados que colgaban en el aire, a seis figuras sentadas a la mesa, con las manos sujetas; a la derecha de lady Nicholson estaba su hermano, a continuación la sirvienta embarazada, después el hombre que Doyle había identificado como el marido, a su derecha el hombre moreno de la ventana, y por último la médium, cuya mano derecha sujetaba la izquierda de la dama. Los médiums empleaban un ritual tomado directamente del repertorio litúrgico habitual: humo, penumbra y una jerigonza pronunciada en tono grave. Este grupo había entonado la letanía recién oída, un canto de llamada y respuesta iniciado por la médium, un prólogo ceremonial para crear la atmósfera adecuada de temor y reverencia. La médium mantenía los ojos cerrados, con la cabeza echada hacia atrás, enseñando los pliegues carnosos del cuello; se trataba de la mujer obesa y baja con zapatos nuevos, despojada ahora del montón de chales. A lo largo de los años Doyle había catalogado a los numerosos médiums de la ciudad, honestos y farsantes por igual, pero esta le era desconocida. Llevaba un vestido negro de lana que no era ni barato ni elegante, con cuello redondo blanco y las mangas, ceñidas a los gruesos brazos, abrochadas en las muñecas. Tenía el rostro exangüe y salpicado de lunares, como los clavos de olor insertados en el jamón pascual. El pecho de la mujer palpitaba con la violencia de la respiración. Estaba a punto de entrar en trance, o de simularlo.

Lady Nicholson tenía las mejillas arreboladas, los nudillos blancos, atrapada por la representación, intimidada por la creciente presión ejercida por la mano de la médium. Las frecuentes y solícitas miradas que le dirigía el hermano evitaban que este advirtiera la magnitud de la comedia, cosa que, como sospechaba Doyle, no le había pasado por alto dada su habitual tendencia al sarcasmo. La postura de la cabeza de la mujer embarazada indicaba el abandono típico de los fieles devotos. El marido, con los músculos de la barbilla tensos como cuerdas, mantenía la mirada clavada en la médium. ¿Agitación o furia?

El hombre moreno fue el siguiente en ver a Doyle. Sus ojos, negros como la obsidiana, colocados como piedras preciosas en profundas cavidades redondas, perforaron el aire entre ellos. Las mejillas picadas de viruela hasta la barbilla afilada tenían el color de la teca pulida. Los labios eran finos como cuchillas y la expresión de los ojos resultaba ferviente pero ilegible. Soltó la mano del hombre a su izquierda y la extendió hacia Doyle, con los dedos juntos y el pulgar levantado.

—Únase a nosotros —susurró el hombre moreno, aunque con cierta vehemencia.

La mirada del hombre fue de Doyle al muchacho, que se volvió obediente. Una orden pasó entre ellos. El muchacho alargó la mano y sujetó la de Doyle: el contacto de los dedos le resultó áspero y desagradable. Mientras Doyle dejaba que le condujera hacia la mesa, notó un molesto temblor en la nuca, y en su mente apareció una frase: «Ahora te encuentras en otro lugar».

El muchacho le condujo hasta una silla desocupada entre los dos hombres. El hermano de lady Nicholson le miró con desgana, como si su aparición representara uno más de los muchos elementos de la farsa.

Mientras con la derecha estrechaba la mano del hombre moreno, Doyle se acomodó en la silla. El hombre sentado a su izquierda se apoderó de su mano libre y la apretó con fuerza. Cuando Doyle se volvió hacia lady Nicholson, instalada frente a él, descubrió la mirada ardiente de una mujer a la que el asombro y terror propios de la sala habían librado de los convencionalismos sociales que habían regido su existencia, y que ahora se veía a sí misma llena de vida. Esta vitalidad realzaba su extraordinaria belleza. Los ojos aguamarina resplandecían como un caleidoscopio, y el rubor daba algo de color a sus pálidas mejillas. Doyle logró conservar el suficiente sentido común en medio del arrobamiento para advertir el maquillaje. Los labios de la mujer le dieron las gracias. Doyle notó un golpe y un estremecimiento involuntario en el pecho. Adrenalina, observó interesado.

La súbita intromisión de una voz extraña y grave interrumpió el vínculo.

—Esta noche tenemos gente nueva.

Era la voz de un hombre, profunda, sonora y pulida como los cantos rodados en el lecho de un arroyo helado, atravesada por un trémolo seductor.

—Todos son bienvenidos.

Doyle observó a la médium. La mujer tenía los ojos abiertos, y la voz manaba de su garganta. A Doyle le pareció que el rostro de la mujer había sufrido un cambio desde la última vez que la había mirado. Había pasado de ser redondo a más cuadrado, rudo y esquelético. Los ojos relucían como los de un reptil, y la boca se curvaba con la sonrisa salaz de un sensualista.

Notable: en sus estudios, Doyle solo recordaba dos relatos de este fenómeno observado en médiums durante el trance —transformación fisiológica— y nunca lo había presenciado *in situ.*

La mirada de la médium recorrió la mesa, indolente; evitó a Doyle, pero provocó temblores que este notó a través de las manos de la pareja a su izquierda. La médium observó al hermano hasta que este bajó la mirada como un perro apaleado. Entonces los ojos se posaron en la hermana.

—Usted... busca mi guía.

A lady Nicholson le temblaron los labios. Doyle dudaba que fuese a ser capaz de dar una respuesta, pero el hombre moreno se anticipó:

—Todos, humildemente, buscamos vuestra guía y deseamos expresar nuestra gratitud por la visita de esta noche. —Su voz era rasposa, debido quizá a una lesión en las cuerdas vocales. El acento era extranjero (quizá mediterráneo), Doyle no podía precisarlo.

Así que este era el amanuense, el vínculo entre la médium y el cliente de pago, por lo general el cerebro detrás del negocio. Estaba claro que había cultivado el tono de convicción fervorosa del auténtico creyente, que era la mejor propaganda. Aquí comenzaba el fraude; un vendedor oportunista que explotaba a los que en muchos casos eran médiums dotados de cierta capacidad mesurable y de una incomprensión infantil de las realidades mercantilistas del mundo de hoy. Como le había dicho un hombre en Gloucester al describir las dotes psíquicas de su hijo tonto, «cuando te dan una ventana al otro mundo, lo mejor es apuntalarla un poco».

Este era el equipo: la médium, el comerciante, el pilluelo para todo servicio, la sirvienta preñada para dar el toque emocional, el marido fortachón por si venían mal dadas, y quizá otros personajes ocultos muy cerca. Lady Nicholson era la presa. No del todo desprevenida —le había enviado a Doyle una nota de aviso—, pero sí lo bastante angustiada como para superar su desconfianza. Aún quedaba por ver cómo reaccionarían a la aparición inesperada de Doyle, aunque, hasta ahora, la palabra «inesperada» no parecía el término adecuado.

—Todos somos seres de la luz y el espíritu, tanto en este lado como en vuestro plano físico. La vida es vida, la vida es una, la vida es toda la creación. Honramos la vida y la luz que hay en vosotros al igual que vosotros las honráis en nosotros. En este lado, todos somos uno, y os deseamos armonía, felicidad y paz duradera en el vuestro. —Esto lo dijo la médium de una tirada, con el tono rutinario de un preámbulo ensayado, antes de volverse hacia el hombre moreno y asentir cortésmente; era la entrada para iniciar la sesión con toda formalidad.

—El espíritu os saluda. El espíritu es consciente de vuestra angustia y desea ayudar en todo lo que pueda. Podéis hablar con él directamente —informó el hombre moreno a lady Nicholson.

Sumida en una súbita y profunda incertidumbre, lady Nicholson no respondió, como si el hecho de formular la primera pregunta significase el reconocimiento de algo que destrozaría todo un cúmulo de creencias heredadas.

—Podemos irnos, deberíamos irnos —le propuso el hermano.

—Comience por su hijo —dijo la médium.

Ella la miró, sorprendida, pero de inmediato le prestó toda su atención.

—Habéis venido a preguntarme por vuestro hijo —prosiguió la médium.

A lady Nicholson se le llenaron los ojos de lágrimas.

—Ay, Dios mío.

—¿Qué desea preguntarle al espíritu? —La médium mostró una falsa sonrisa.

—¿Cómo lo sabe? —Las lágrimas corrieron por sus mejillas.

—¿Su hijo ha cruzado? —insistió la otra sin dejar de sonreír.

Ella movió la cabeza, sin entender la pregunta.

—¿Ha habido una muerte? —preguntó el hombre moreno.

—No estoy segura. Quiero decir, no lo sabemos… —Se le quebró la voz.

—La cuestión es que ha desaparecido. Hace cuatro días. Solo tiene tres años —apuntó el hermano.

—Se llama William —dijo la médium sin vacilar. El hombre moreno se había encargado de averiguarlo.

—Willie. —La voz de la dama sonó emocionada; comenzaba a morder el anzuelo.

Doyle observó con disimulo la habitación, el techo, los cortinajes, buscó cables colgados, aparatos proyectores. Nada hasta el momento.

—Hemos ido a la Policía. No ha servido de nada… —dijo lady Nicholson—. ¡No sabemos si está vivo o muerto! —Por fin estalló el dolor acumulado—. Por el amor de Dios, si sabe tanto, entonces sabe por qué estoy aquí. —Su mirada cruzó un instante la de Doyle y sintió su compasión—. Por favor. Por favor, dígamelo. Estoy a punto de enloquecer.

La sonrisa desapareció de los labios de la médium, que asintió con gesto grave.

—Un momento —dijo. Cerró los ojos y echó de nuevo la cabeza hacia atrás.

El círculo de manos permaneció intacto. El silencio se volvió muy opresivo y angustioso. La muchacha preñada soltó una exclamación. Miraba a un punto, a unos dos metros por encima de la mesa, donde se materializaba una esfera perfecta de niebla blanca, girando como un globo alrededor de un eje central. Unas ramificaciones lanudas surgieron del centro y convirtieron la esfera en un plano cuadrado. Extendiéndose con diversas densidades, las ramificaciones comenzaron a adoptar las dimensiones de una topografía aleatoria: estribaciones, abismos, penínsulas, todo dentro de unos confines invisibles y tan rígidos como los lados de un marco dorado.

¿Un mapa? Las modificaciones se hicieron más lentas y se cristalizaron las características hasta que en una súbita condensación apareció la verdadera naturaleza de la visión: una obra de luz y sombras, desprovista de color, menos precisa que una fotografía pero más animada, que sugería movimiento y un sonido lejano, como una escena vista desde una gran distancia a través de un anteojo primitivo.

En ella yacía un niño, acurrucado junto al tronco de un árbol. Vestía pantalones cortos, una camisa amplia y calcetines. Tenía las manos y los pies atados con una cuerda. A primera vista parecía estar dormido, pero una observación más atenta mostraba los movimientos del pecho; resultó difícil saber si tosía o lloraba, hasta que el espectral e inconfundible sonido del patético y conmovedor llanto infantil se filtró en la habitación.

—¡Santo cielo, es él, es él! —gimió lady Nicholson. La visión, lejos de intimidarla, provocó en ella una atención arrebatada, febril.

Emergieron más detalles del daguerrotipo sobrenatural; un pequeño arroyo corría a través del bosque a unos pocos metros del lugar donde yacía el niño sobre la hojarasca cubierta de escarcha. La cuerda que sujetaba las muñecas del niño se extendía hasta una rama baja de un árbol cercano. El bosque de pinos y abetos se espesaba a sus espaldas. Había un objeto en el suelo junto a los pies del niño, un objeto pequeño, cuadrado, de fabricación humana: una lata con las letras… CUI.

—¡Willie! —gritó la madre.

—¿Dónde está? ¿Dónde está? —preguntó el hermano, con la furia mitigada por el asombro.

Ensimismada, la médium no respondió.

—¡Conteste! —exigió el hermano, pero no pudo decir nada más porque el aire de la habitación fue sacudido por un estrepitoso y discordante toque de trompetas, un trino demencial que no respondía a ningún ritmo ni armonía. Doyle se sintió sacudido, atacado, aplastado por el peso opresivo de las vibraciones.

—¡El cuerno de Gabriel! —chilló el hombre a la izquierda de Doyle.

Algo negro y aborrecible apareció en el borde de la imagen suspendida encima de ellos: una sombra más presentida que vista, repulsiva, ominosa y maligna, una masa que se formaba sin llegar a cuajar, una presencia que se insinuaba a sí misma en la visión, filtrándose a través del bosque espectral, avanzando hacia el niño indefenso.

La convicción ineludible de que había visto a ese ente la noche anterior en el vestíbulo delante de su puerta empujó a Doyle a buscar inútilmente alguna causa racional. Su mente le gritó: «Esto no significa muerte, sino aniquilación».

La pesadilla discordante se hizo ensordecedora. Frente a la imagen, una larga trompeta de latón apareció en el aire, balanceándose de aquí para allá. «Ahora sí que han cometido el primer error», pensó Doyle, más centrado. ¿No era el brillo delator de un alambre lo que veía en el pabellón de la trompeta?

El fantasma se enrolló en espiral alrededor del niño, aspiró la última gota de luz de la imagen y engulló el sonido del llanto, dispuesto a devorar al chiquillo. Lady Nicholson se puso a gritar.

Doyle se levantó de un salto y soltó las manos de sus vecinos. Cogió la silla y la arrojó contra la imagen, que se destrozó como un cristal líquido, desapareciendo en la nada con un chisporroteo. La trompeta de latón, una vez cortados los alambres que la sostenían, cayó estrepitosamente sobre la mesa.

Intuyendo que le iban a golpear, Doyle se giró, pero no pudo evitar el puñetazo que le propinó debajo del omóplato el hombre que tenía a su izquierda. Doyle cogió la trompeta y con un solo movimiento la descargó con saña contra el rostro del hombre. De la herida brotó sangre y este trastabilló y cayó de rodillas.

—¡Villanos! —gritó Doyle, enardecido.

Se disponía a empuñar el revólver cuando recibió un golpe en el lado derecho del cuello que le paralizó el brazo y la mano. Se volvió a tiempo para ver cómo el hombre moreno esgrimía la porra, dispuesto a golpearle otra vez, y levantó el brazo izquierdo para desviarla.

—¡Idiota! —La voz surgió de la médium.

Con una sonrisa maliciosa y los ojos resplandecientes, se elevó rápidamente en el aire por encima de la mesa. Sorprendido, el hombre moreno dio media vuelta para mirarla, con la porra en alto. Doyle sintió que las manos del hombre herido le sujetaban por detrás.

—¿Os creéis un buscador de la verdad? —se burló la médium.

Extendió las manos, cuyas palmas tenían la piel ondulada y tumefacta con horribles derrames subcutáneos. Cuando abrió la boca, una nube de espeso vapor gris brotó simultáneamente de su boca y sus manos. El vapor, suspendido en el aire, trazó el contorno y después llenó la imagen de un espejo de cuerpo entero. A medida que la superficie se iba definiendo, la reflexión de la médium apareció en el espéculo espectral.

—Entonces contempla mi verdadero rostro.

Detrás de la imagen que se veía en el espejo flotó otra forma, velada e indistinta, que se posó y después se impuso al reflejo de la médium, rellenándola como el agua que satura la arena, hasta que solo quedó un rostro totalmente nuevo: una criatura cadavérica con cuencas rojas y supurantes, la piel gris carcomida en muchos puntos hasta el hueso, y mechones de pelo negro y grasiento que le crecían por doquier y no solo en la cabeza. Mientras la médium permanecía inmóvil, limitándose a sonreír, la criatura miró a Doyle y abrió la cavidad destrozada que oficiaba de boca. La voz era la misma que habían escuchado todo el tiempo, pero ahora procedía exclusivamente del demonio en el espejo.

—Imaginabais que hacíais el bien. Mirad ahora lo que habéis conseguido.

Dos figuras encapuchadas salieron de detrás de la cortina con tanta rapidez que Doyle no tuvo tiempo de reaccionar. Uno de los sujetos golpeó al hermano de lady Nicholson en la cabeza con un arma apenas vislumbrada; la herida se tiñó de rojo mientras el joven caía. El otro sujetó a lady Nicholson y deslizó suavemente una hoja larga y delgada contra su garganta. La sangre brotó furiosa. El grito en la garganta de lady Nicholson se convirtió en un ronquido ahogado mientras desaparecía detrás de la mesa.

—¡Maldita sea! ¡No! —gritó Doyle.

La risa demente del monstruo llenó el aire antes de que el espejo ectoplasmático explotara en un trueno luminoso.

Uno de los asesinos dirigió su atención a Doyle y saltó ágilmente sobre la mesa, dispuesto a abalanzarse y golpearle con la misma porra que había hendido la frente del hermano de lady Nicholson. En ese preciso instante Doyle oyó un zumbido junto a la oreja: una empuñadura negra apareció en la garganta del criminal. El hombre se detuvo sobre la mesa, dejó caer el arma y se llevó las manos a la barbilla; una daga le había atravesado el cuello, sujetando la tela de la capucha, que le bajaba de los ojos. El hombre se tambaleó y cayó de bruces.

El cómplice que sujetaba a Doyle lanzó un gruñido y se apartó: estaba libre.

Una voz masculina que no reconoció le susurró rápidamente al oído:

—El revólver, Doyle.

Doyle levantó la mirada y vio al hombre moreno que se volvía hacia él con la porra en alto. Doyle sacó el revólver del bolsillo y disparó. Con la rodilla izquierda destrozada, el hombre moreno soltó un aullido y cayó al suelo.

La figura se movió detrás de Doyle, derribando a puntapiés los candelabros para dejar la habitación casi a oscuras. Doyle apenas había tenido tiempo de ver que la médium había desaparecido cuando por el rabillo del ojo captó un relámpago gris: el ataque del segundo asesino. El protector invisible de Doyle volcó la pesada mesa para detener al criminal. Unas manos levantaron a Doyle.

—Sígame —ordenó la voz.

—Lady Nicholson…

—Ya es demasiado tarde.

Doyle siguió a la voz en la oscuridad. Cruzaron una puerta y bajaron por un pasillo. Doyle estaba desorientado; este no era el camino por donde había entrado. La puerta al final del pasillo quedó colgada de los goznes cuando el aliado de Doyle la abrió de un puntapié, y una luz crepuscular apareció en el hueco. Todavía se encontraban en el interior. Doyle solo vio un perfil larguirucho y esbelto, y el aliento del hombre que se condensaba en el aire frío.

—Por aquí —dijo el hombre.

Se disponía a cruzar otra puerta cuando un cuerpo surgió de las sombras con un gruñido feroz y mordió la pierna del desconocido, que se tambaleó, gritando de dolor. Doyle disparó contra la figura borrosa del animal. La bestia soltó un aullido lastimero, al tiempo que se apartaba. Doyle disparó otra vez para acabar con su sufrimiento.

El hombre empujó la puerta con el hombro. En el rayo de luz que atravesó el portal, Doyle advirtió el cuerpo inanimado del golfillo, la sangre que manaba de las heridas, la boca retorcida por el rictus de la muerte que dejaba ver los trozos de carne sanguinolenta entre los afilados dientes caninos.

—Ha ido de maravilla —dijo el hombre, y abandonaron aquella casa terrible.

4

LA HUIDA

Su salvador tomó la delantera en la desesperada carrera por el callejón a oscuras. Incapaz por el momento de sugerir otro rumbo más acertado, Doyle se limitó a no perder de vista la capa del hombre mientras corría. Doblaron una, dos, tres esquinas. «Al parecer sabe hacia dónde va», pensó Doyle sin mucho interés, completamente desorientado en el laberinto de casuchas y chabolas destartaladas que recorrían.

El hombre se detuvo bruscamente cuando el callejón desembocó en una calle pavimentada; el impulso de Doyle le llevó hasta casi más allá de la acera antes de que el hombre le arrastrara otra vez al refugio de las sombras. Tenía una fuerza tremenda. Doyle quiso hablar, pero el hombre le silenció con un gesto brusco y señaló hacia la esquina donde otra callejuela cruzaba la arteria principal.

Un segundo después, el asesino de la capucha gris apareció en aquella esquina; avanzó lenta e inexorablemente, con el torso inclinado y la mirada en el suelo, como un depredador rastreando la presa. Doyle se preguntó qué rastros esperaría encontrar en los adoquines, y después, más preocupado, cómo habría llegado hasta allí tan rápidamente.

Doyle oyó el susurro del acero contra el acero cuando su compañero, con el rostro todavía oscurecido por las sombras y el perfil anguloso resaltado contra la pared, desenvainó parte del estoque oculto en el bastón. Doyle buscó instintivamente el revólver. La mano de su amigo permanecía congelada en la empuñadura del estoque, firme como una roca.

Un carruaje se aproximó por la izquierda. Aparecieron cuatro formidables corceles negros que frenaron con gran estrépito de cascos. El carruaje de seis plazas era enorme y negro como el betún. No se veía al cochero. El hombre de la capucha gris se acercó al carruaje. Se abrió una de las ventanillas sin que se viera luz en el interior. El hombre asintió, pero resultaba difícil saber si alguien había dicho algo, pues solo se oía el resuello agitado de los caballos en la noche.

Se abrió la portezuela del carruaje negro. Un gorjeo breve, estridente, agudo, llenó el aire, a medio camino entre un silbido y una vocalización casi humana. El hombre de la capucha gris se volvió en el acto y saltó al interior de la cabina. Cerraron la portezuela, y los corceles arrastraron el pesado carruaje entre la niebla, que se movía lentamente alrededor de la brecha que este abría a su paso.

Mientras el golpeteo de los cascos se alejaba, el compañero de Doyle devolvió el estoque a la vaina.

—¿Qué diablos...? —comenzó a decir Doyle, incapaz de contenerse por más tiempo.

—Todavía no estamos a salvo —le interrumpió el hombre en voz baja.

—Conforme, pero creo que es hora de que tengamos una breve charla.

—Totalmente de acuerdo.

Dicho esto, el hombre reanudó la marcha. Doyle no tuvo más remedio que seguirle. Sin apartarse de las sombras, se detuvieron dos veces cuando volvió a sonar el silbido agudo, cada vez más lejos, y a Doyle le preocupó la desagradable posibilidad de que alguno de estos rufianes les siguiese la pista. Estaba a punto de romper el silencio cuando dieron la vuelta a una esquina y se encontraron con un cabriolé que les esperaba, con un cochero retaco montado en el pescante. El hombre hizo una señal, y al volverse el cochero dejó ver la cicatriz serrada que corría oblicua por el lado derecho del rostro. Asintió bruscamente, volvió la atención a los caballos y chasqueó el látigo, mientras el hombre abría la portezuela del vehículo en marcha y saltaba a la cabina.

—Vamos, Doyle, adelante —dijo el hombre.

Doyle puso un pie en el estribo y se volvió al oír un golpe sordo a la derecha. Un siniestro puñal de hoja larga acababa de atravesar la portezuela del cabriolé; la vibrante y filosa punta se hallaba a tan solo unos centímetros del pecho de Doyle. Una aguda e insistente variación del vil silbido llenó el aire cercano. Doyle miró hacia atrás: el hombre de la capucha gris estaba a unos veinte metros, ocupado en sacar del cinturón otra daga idéntica a la anterior mientras corría hacia él a gran velocidad. Con un salto prodigioso, el rufián alcanzó el estribo del carruaje que se alejaba, e intentó agarrarse al marco de la portezuela. Unas manos arrastraron a Doyle al interior de la cabina. Se escurrió al rincón más apartado, y se puso a buscar el revólver, sin recordar en qué bolsillo lo había guardado, cuando de pronto oyó que se abría la portezuela opuesta. Levantó la mirada a tiempo para ver el movimiento fugaz de un faldón; el amigo había escapado, dejándole atrapado en la cabina con el implacable perseguidor. ¿Dónde tenía el revólver?

Mientras la figura encapuchada recuperaba el equilibrio en el marco y levantaba el arma, Doyle oyó el arrastrar de un peso que abombaba el techo y después vio a través de la ventanilla a su amigo columpiarse y golpear con los pies la portezuela abierta para cerrarla bruscamente e incrustar la punta de la daga en el pecho del atacante. Con un horripilante grito ahogado que sonó como un maullido, el rufián se puso a patear mientras lanzaba feroces manotazos contra la daga invasora, destrozándose las manos. Después se aflojaron todos sus músculos y quedó clavado a la portezuela como una chinche.

Obligado por las brutales sacudidas del carruaje, Doyle avanzó de rodillas hacia el hombre encapuchado. Prendas ordinarias. Botas claveteadas, casi nuevas. Buscó el pulso sin encontrarlo, y cuando estaba a punto de comentar la curiosa ausencia de sangre, su defensor entró por la ventanilla, arrancó la capucha gris y la arrojó afuera.

—¡Dios bendito!

Un muestrario de cicatrices simétricas surcaba el rostro lívido. Los ojos y los labios del hombre habían sido cosidos toscamente con un vulgar sedal azul y encerado. Desde el techo, el compañero de Doyle abrió la portezuela, y el cadáver salió despedido y quedó suspendido fuera del cabriolé, que iba a toda marcha. Las sacudidas y los saltos provocaron fuertes movimientos espasmódicos en el difunto. Con un violento tirón, el hombre arrancó de la puerta el largo puñal, y el cuerpo, suelto, desapareció en la oscuridad.

El hombre se descolgó al interior de la cabina con gran agilidad, cerró la portezuela y tomó asiento frente al atónito Doyle. Respiró profundamente un par de veces y entonces…

—¿Le apetece un trago?

—¿Qué es eso?

—Coñac. Solo con fines medicinales —respondió el hombre, que le tendió una petaca de plata.

Doyle bebió un trago del excelente coñac mientras el hombre le observaba. Por primera vez le pudo ver claramente a la débil luz ámbar de la lámpara de la cabina: rostro afilado, manchas de color en los pómulos altos; pelo negro, largo y rizado detrás de las orejas, frente despejada, nariz aquilina y mandíbula fuerte. Los ojos eran extraordinarios, claros y penetrantes, con una expresión risueña que Doyle consideró, por decir algo, poco apropiada para las circunstancias.

—¿Qué tal si charlamos un poco? —preguntó el desconocido.

—De acuerdo. Adelante.

—¿Por dónde podría comenzar?

—Sabe mi nombre.

—Doyle, ¿no es así?

—Y usted es…

—Sacker, Armond Sacker. Es un placer.

—Debo decir, señor Sacker, que el placer es indiscutiblemente mío.

—Beba otro trago.

—Salud. —Doyle le devolvió la petaca después de beber.

El hombre se abrió la capa. Vestía de negro de pies a cabeza. Levantó una pernera del pantalón y dejó al descubierto la herida sangrante que le había producido en la pantorrilla la mordedura del muchacho.

—Tiene mal aspecto —dijo Doyle—. ¿Le echo un vistazo?

—No vale la pena. —El hombre sacó un pañuelo del bolsillo y lo empapó de coñac—. La herida en sí no tiene importancia. El problema es el desgarro cuando sacuden la cabeza.

—Veo que sabe algo de medicina.

Sacker sonrió y apretó resueltamente el pañuelo contra la herida. La única concesión que hizo al dolor fue cerrar los ojos; cuando los volvió a abrir, no quedaba en ellos ni rastro del dolor.

—Ya está. Bueno, Doyle, cuénteme cómo es que estaba esta noche en aquella casa.

Doyle le comentó la llegada de la carta y su decisión de asistir.

—Correcto —dijo Sacker—. No creo que sea necesario decirlo, pero está metido en un lío.

—¿En un lío?

—Bueno, yo diría que sí.

—¿Hasta qué punto, exactamente?

—Ummm. Es una historia muy larga —contestó el hombre, más como advertencia que como excusa.

—¿Tenemos tiempo?

—Creo que por el momento estamos a salvo —respondió Sacker. Apartó la cortinilla para echar una mirada al exterior.

—Entonces le haré unas cuantas preguntas.

—Será mejor que no. En realidad…

—No, quiero hacerlas —afirmó Doyle, que sacó el revólver del bolsillo y lo apoyó en la rodilla.

—De acuerdo. Dispare —dijo Sacker con una amplia sonrisa.

—¿Quién es usted?

—Profesor. Cambridge. Antigüedades.

—¿Podría ver alguna identificación al respecto?

Sacker le alcanzó una tarjeta de visita que verificaba sus palabras. «Parece auténtica», pensó Doyle, aunque tampoco significaba gran cosa.

—Me la quedo —dijo Doyle, y la guardó en un bolsillo.

—Como quiera.

—¿Este carruaje es suyo, profesor Sacker?

—Lo es.

—¿Adónde vamos?

—¿Adónde le gustaría ir?

—A algún lugar seguro.

—Me lo pone difícil.

—¿Porque no lo sabe o porque no quiere decírmelo?

—Porque, tal como están las cosas, no hay muchos lugares que se puedan considerar seguros. Lamento decirlo, Doyle, pero no los hay. —Volvió a sonreír.

—¿Le parece divertido?

—Nada de eso. Evidentemente su situación es bastante grave.

—¿Mi situación?

—No obstante, cuando me enfrento a la adversidad prefiero entrar en acción a preocuparme. Esto es lo que se debe hacer en cualquier caso. Es un principio general. Pasar a la acción.

—¿Es lo que estamos haciendo, profesor?

—Efectivamente. —Sacker sonrió de nuevo.

—Le cedo la palabra —dijo Doyle malhumorado; su frustración con este risueño enigma solo estaba mitigada por el hecho de que el hombre le había salvado la vida en dos ocasiones durante la última hora.

—¿Otro trago primero? —le preguntó este. Doyle negó con la cabeza—. De verdad, se lo recomiendo.

Doyle bebió otro trago.

—Adelante, le escucho.

—Hace poco intentó publicar una obra de ficción.

—¿Qué tiene que ver con todo esto?

—Es lo que pretendo decirle. —De nuevo la sonrisa.

—La respuesta es sí, lo intenté.

—Umm. Un mundo bastante duro el de las editoriales. Bastante desalentador, supongo, pero tengo la impresión de que no es de los que se rinden fácilmente. Perseverar, ese es el truco.

Doyle se mordió la lengua y esperó mientras Sacker tomaba otro trago.

—Recientemente hizo circular un manuscrito para su publicación titulado (corríjame si me equivoco) *La Hermandad Oscura.*

—Correcto.

—Y sin ningún resultado, según creo.

—No hace falta meter el dedo en la llaga.

—Solo verifico los detalles, compañero. No lo he leído. Tengo entendido que la historia trata con una cierta profundidad, como ficción, de algo que podríamos calificar de... conspiración taumatúrgica.

—En parte. —Doyle se preguntó cómo podía saberlo.

—Una especie de camarilla de brujos.

—No va desencaminado; son los villanos de la obra.

—Una pandilla de malvados archicriminales confabulada con algunos, digamos, espíritus delincuentes.

—Es una novela de aventuras, ¿no? —dijo Doyle a la defensiva.

—Con un toque sobrenatural.

—Muy apropiado.

—El bien contra el mal, ese tipo de cosas.

—La eterna lucha.

—En otras palabras, algo para ganarse los garbanzos.

—Me había fijado una meta algo más alta —protestó Doyle.

—No me haga caso, amigo. No soy un crítico. ¿Le han publicado algo?

—Algunos cuentos —contestó Doyle, sin pasarse en la exageración—. Soy colaborador asiduo de una publicación mensual.

—¿Cómo se llama?

—Es para niños, estoy seguro de que no la conoce.

—Venga, ¿cómo se llama?

—*El Periódico de los Muchachos* —replicó Doyle.

—Efectivamente, no lo conozco. Pero permítame decirle una cosa: no hay nada malo en un poco de entretenimiento, ¿verdad? Después de todo, es lo que quiere la gente. Un poco de diversión, un relato de capa y espada, olvidarse de los problemas y las desventuras.

—Y de paso cultivar un poco el intelecto —apuntó Doyle tímidamente.

—¿Y por qué no? Las aspiraciones nobles conducen a grandes logros.

—Aprecio sus palabras. Ahora bien, ¿podría explicarme, por favor, qué tiene que ver mi libro con lo ocurrido esta noche?

El hombre hizo una pausa y a continuación se inclinó hacia delante con aire confidencial.

—Han hecho circular el manuscrito.

—¿Quiénes?

—Gente bien relacionada.

—¿Y adónde ha ido a parar?

—A malas manos.

Doyle se inclinó a su vez para acercarse a Sacker.

—Creo que tendrá que ser un poco más preciso —dijo.

Sacker le dirigió una mirada hipnótica y respondió en voz baja.

—Imagine un grupo de individuos extraordinarios. Despiadados, inteligentes, incluso brillantes. Bien situados, a los que el mundo ha premiado espléndidamente por sus talentos y logros. Todos carentes de lo que nosotros llamaríamos… una moral básica. Unidos por un fin común: conseguir un poder ilimitado. Ansiosos por tener más. Obsesionados con el secreto; es imposible decir exactamente quiénes son. Pero puede estar seguro de que existen. ¿Le suena?

Doyle apenas si podía hablar.

—Mi libro.

—Sí, Doyle. Su libro. Ha escrito una obra de ficción, pero por algún proceso que se me escapa ha dibujado en su obra un singular retrato de una secta de brujos malignos cuyas depravadas intenciones son similares a las que animan a los personajes que usted describe...

—Conseguir la ayuda de los espíritus del mal para aniquilar la membrana que separa el plano físico del etéreo.

—Con el fin de...

—Obtener el dominio sobre el mundo material y aquellos que lo habitan.

—Correcto. Y si la sesión de esta noche era una muestra, amigo mío, podemos decir que han escalado las murallas y puesto un pie en las almenas.

—No es posible.

—¿Cree lo que han visto sus ojos en aquella habitación?

Doyle se dio cuenta de que no quería oír su respuesta.

—Es posible —sostuvo Sacker.

Doyle se sintió dislocado, como si estuviese en un sueño. Su mente luchó por mantenerse a flote en la marea de asombro y desesperación. La cuestión era que él había tomado en préstamo no solo el título del libro sino también los motivos de los villanos de las aburridas obras de la señora Blavatsky. ¿Quién iba a pensar que un pequeño plagio pudiese tener consecuencias tan siniestras?

—Si mi libro ha caído en sus manos...

—Póngase en su lugar. ¿Qué sentido tiene la vida para estos monstruos enfermos sin la presencia amenazante (real o imaginaria) de enemigos formidables, cuya existencia sirve solo para acrecentar sus propios delirios de grandeza?

—Piensan que de alguna manera he conseguido descubrir su plan...

—Si tenían la intención de matarle sin más, probablemente no se hubiesen tomado tantas molestias, lo que me lleva a creer que lo quieren vivo, si esto le sirve de consuelo.

—Pero sin duda deben saber... Quiero decir, no pueden pensar... Por el amor de Dios, es solo un libro.

—Sí. Es una lástima.

Doyle lo miró.

—¿Y todo esto qué tiene que ver con usted?

—Ah, llevo detrás de estos pillos mucho más tiempo que usted.

—Pero si yo no me he metido con ellos para nada... Hasta este momento ni siquiera sabía que existían.

—Sí, correcto, pero yo en su lugar no los buscaría para convencerlos de lo contrario.

Doyle no supo qué decir.

—Afortunadamente, el hecho de que los siguiera me permitió echarle una mano. Por desgracia, ahora también me he convertido en un hombre marcado.

Sacker golpeó con fuerza el techo de la cabina. El carruaje se detuvo bruscamente.

—Puede estar tranquilo. Esta noche les hemos estropeado los planes. Conserve la calma y no pierda ni un minuto. Yo no me molestaría en ir a la Policía con esta historia, porque pensarían que está loco, y la noticia acabaría por llegar a oídos de alguien que podría hacerle más daño.

—¿Más que un asesinato?

—Hay cosas peores —respondió muy serio el hombre, abriendo la portezuela—. Le deseo mucha suerte, Doyle. Seguimos en contacto.

Sacker extendió la mano, y Doyle se la estrechó. Dominado por el asombro y la confusión, se descubrió a sí mismo delante de la puerta de su casa, viendo cómo el cochero de la cara cortada le saludaba con el sombrero, para después chasquear el látigo y desaparecer a toda prisa.

Doyle miró la mano que Sacker le había estrechado. En la palma sostenía una pequeña insignia de plata exquisitamente cincelada con la forma de un ojo humano.

5

LEBOUX

La mente de Doyle era un torbellino. Miró el reloj: las 21:51. A sus espaldas se oyó el traqueteo del carromato de un chatarrero. Doyle se estremeció con un anhelo nostálgico mientras el mundo prosaico y cotidiano en el que había vivido hasta hacía dos horas se esfumaba como la luz del ocaso. En el tiempo que llevaba cocer el pan, había visto su vida, incluso su concepción del universo, puesta del revés.

En el silencio que dejó el paso del carromato, formas y rostros surgieron de la oscuridad; cada sombra parecía vibrar con un peligro siniestro e indescriptible. Doyle se acercó a la presunta seguridad de su casa.

Alguien le observó desde una de las ventanas de la planta alta. Era Petrovitch, la vecina rusa. Un momento. ¿Había visto un segundo rostro detrás de ella? Miró de nuevo; las caras habían desaparecido, las cortinas se movían.

¿Eran imaginaciones suyas o la escalera, el vínculo para llegar al hogar y disfrutar de sus comodidades, exudaba ahora una aureola de funesta amenaza? Convencido de que no podía guiarse por el instinto, empuñó el revólver, confiando en las balas para enfrentarse a lo que pudiera aguardarle, y lentamente subió los veintiún escalones. La puerta del apartamento surgió ante su vista. Estaba abierta.

La madera donde había estado el tirador aparecía hecha astillas. Los restos estaban allí, en el suelo del pasillo; el tirador había sido arrancado de cuajo. Doyle se apoyó contra la pared y escuchó. Cuando estuvo seguro de que nada se movía en el interior, abrió la puerta con suavidad y soltó una exclamación al ver lo que había ante él.

Cada centímetro cuadrado de la sala parecía haber sido embadurnado o rociado con un fluido transparente y viscoso. Por la textura y el trazo parecía como si algún maníaco hubiese utilizado un pincel gigante para pintarlo todo desde el suelo al techo. Un olor a cutí quemado impregnaba el aire, y un humo perezoso se elevaba allí donde la sustancia era más espesa. Al entrar notó la succión del mucílago en la suela de los zapatos, pero no se le quedó pegado ningún residuo cuando levantó el pie. La sustancia se movía al tacto, tenía consistencia, pero su superficie permanecía intacta. Doyle alcanzó a ver el dibujo a cuadros de la alfombra persa que se hallaba inmersa en aquella sustancia, como un escarabajo envuelto en ámbar. Revisó la silla y el escritorio. La mesa auxiliar, la lámpara de petróleo, la otomana. Las palmatorias. El tintero. La taza de té. La superficie de cada objeto en la habitación se había derretido parcialmente; después se había enfriado y endurecido.

Si este era un aviso —una conclusión inevitable—, ¿qué era exactamente lo que el mensajero intentaba comunicar? Quizá pretendía provocar una pregunta: ¿qué daño eran capaces de perpetrar en un cuerpo humano? Doyle recogió uno de los libros del escritorio. Parecía pesar casi lo mismo, pero se dobló en su mano, fofo como una verdura recocida. Todavía podía pasar las páginas espesadas, casi podía leer el texto difuso, distorsionado, pero la cosa que yacía blandengue en su mano ya no se parecía ni remotamente a lo que para él era un libro.

Doyle se dirigió al dormitorio con toda la rapidez que le permitía la sustancia resbaladiza. Cuando abrió la puerta, esta cayó sobre sí misma, con la esquina superior doblándose como una página manoseada. Doyle vio que la extraña licuefacción había penetrado unos cuantos centímetros en la habitación para después detenerse abruptamente: el dormitorio se había salvado del destrozo.

—Gracias a Dios —murmuró Doyle.

Sacó el maletín del armario, metió en su interior el libro espachurrado, una muda de ropa, los adminículos de afeitar y la caja de balas escondida en el estante superior del mueble.

Atravesó de nuevo la habitación vulcanizada y se detuvo al llegar a la puerta; había alguien fuera, el roce de un zapato. Se agachó para espiar por el agujero del tirador arrancado y vio a Petrovitch apoyada contra la balaustrada, con las manos aferradas al pecho enjuto.

—¿Qué ha pasado aquí, señora Petrovitch? —preguntó mientras salía al vestíbulo.

—Doctor —respondió la mujer, que sujetó temerosa la mano tendida.

—¿Vio algo? ¿Oyó algún ruido aquí abajo?

Cabeceos enérgicos. Doyle no recordaba el conocimiento que la mujer tenía del inglés, pero en aquel momento le pareció escaso.

—Grande. Grande —dijo ella—. Tren.

—¿Sonaba como un tren?

Ella asintió de nuevo, e intentó imitar el sonido con una serie de gestos ampulosos y extravagantes. Doyle se dio cuenta de que había vuelto a empinar el codo. No sin motivos. Miró más allá de su interlocutora y vio a otra mujer que permanecía al pie de la escalera. El segundo rostro que había divisado en la ventana. Era una mujer baja, rolliza, de cara redonda y ojos penetrantes. Le resultó familiar.

—Querida señora Petrovitch, ¿ha… visto… algo?

Ella abrió los ojos como platos y dibujó con las manos la silueta de algo enorme.

—¿Era grande? ¿Muy grande? —la animó Doyle—. ¿Era un hombre?

La mujer sacudió la cabeza.

—Negro —contestó—. Negro.

—Señora Petrovitch, vuelva a su casa y no salga hasta que sea de día. ¿Me comprende?

Ella asintió, y cuando él se volvió para marcharse le tiró de la manga y señaló a la mujer que estaba detrás.

—Mi amiga es…

—Me presentará a su amiga en otra ocasión. Por favor, señora Petrovitch, haga lo que le he dicho —dijo Doyle, apartándole suavemente la mano—. Ahora tengo que irme.

—No, doctor… No, ella…

—Suba y descanse. Beba una copa de vino. Se la merece, señora Petrovitch. Y ahora, buenas noches. Buenas noches. —Mientras se despedía, Doyle bajó las escaleras y desapareció de la vista.

* * *

Caminó por las calles más concurridas y siempre por la acera en la que había más actividad, buscando la luz y el grueso de la muchedumbre. Nadie le siguió ni le abordó. Nadie se fijó en él y, sin embargo, se creía el blanco de mil ojos malevolentes.

Doyle pasó el resto de la noche en el hospital de San Bartolomé, donde le conocían, y solo durmió una hora en uno de los camastros de los médicos residentes, en una habitación con otros doce individuos, ninguno de los cuales le ofrecía la seguridad de un refugio. En una muestra de su inconmovible rectitud, quizá muy reveladora de su miedo al ridículo, no habló con nadie de su problema, ni siquiera con los colegas más allegados.

La luz del día aportó un poco de serenidad a las aventuras de la noche pasada. Doyle se dijo a sí mismo que debía existir una clara explicación física para todo lo ocurrido en la sesión. «Lo que ocurre, sencillamente, es que no la he sabido encontrar», pensó. «No, alto, esto es un engaño. La mente depende del equilibrio y hay que alcanzarlo a cualquier precio. Esto no significa aceptar todo lo que dijo Sacker como si fuese la Biblia, pero la verdad lisa y llana es que he cruzado una puerta que ha desaparecido detrás de mí, y por lo tanto no puedo regresar. En consecuencia, debo seguir adelante.»

Cuando salió al aire fresco de la mañana, el terror y la desorientación dieron paso a la furia por el brutal asesinato de lady Nicholson y su hermano. No olvidaría jamás aquel rostro, los ojos implorantes y el grito mientras caía. «Buscó mi ayuda y le fallé en vida; juro que ahora no volverá a pasar.»

Pese a la advertencia de Sacker, su primera parada después de salir del hospital aquella mañana fue Scotland Yard.

Una hora más tarde, Doyle se encontraba enfrente del 13 de Cheshire Street con el inspector Claude Leboux. La pálida y difusa luz solar no aportaba ninguna alegría al lugar, sino que más bien acentuaba su sombría frialdad.

—¿Así que según tú entraron aquí? —preguntó Leboux.

Doyle asintió. Hasta ahora había sido parco en los detalles. La palabra «muerte» la había empleado prudentemente, pero con acierto.

Le había mostrado la nota de lady Nicholson. Todavía no había mencionado los espíritus, las capuchas grises ni el hilo azul. Tampoco al profesor Armond Sacker.

Leboux subió los escalones y llamó. Era un hombretón fornido de la región central de Inglaterra. El único detalle decorativo que se permitía era un gran mostacho pelirrojo, pero lo llevaba tan bien recortado y cepillado que cualquier otro embellecimiento habría resultado superfluo.

Doyle había trabajado un año como médico con Leboux a bordo de un cúter que hacía la ruta de Marruecos y los puertos del sur, y durante ese año había germinado poco a poco una amistad que parecía inesperada. Leboux era el típico oficial de la Royal Navy, quince años mayor que él, poco culto y lo bastante reservado como para que los listillos de a bordo pusieran en duda su inteligencia. Pero Doyle había descubierto, a lo largo de las muchas partidas de cartas y conversaciones que sostuvieron en la red de proa mientras languidecían en las calmas tropicales, que la timidez de Leboux ocultaba un corazón sensible y un carácter de una moral intachable. Su mente pocas veces se alejaba de los caminos paralelos de la realidad y la verdad; estaba orgulloso de su falta de imaginación. Estos caminos le guiaron directamente de la Marina a la Policía londinense y a un rápido ascenso hasta su actual cargo de inspector.

Una irlandesa menuda y rubia que Doyle no había visto hasta entonces abrió la puerta.

—¿Qué desean?

—Scotland Yard, señorita. Querríamos inspeccionar la casa.

—¿A santo de qué?

—Problemas, señorita —entonó Leboux, encorvado sobre la mujer.

—Oiga, yo no vivo aquí. Solo he venido a visitar a mi madre —dijo la muchacha; se apartó para dejarles pasar—. Vive en la planta alta y la pobre está malísima; lleva semanas en cama. Esto no tiene nada que ver con ella, ¿verdad?

—¿Su madre es inquilina? —preguntó Leboux.

—Efectivamente.

—¿Y aquí abajo quién vive? —quiso saber Leboux, que se detuvo ante la puerta de la derecha que el extraño muchacho le había abierto a Doyle la noche anterior.

—No lo sé. Creo que un tipo extranjero. No está mucho por aquí. Claro que tampoco yo suelo venir con frecuencia, solo desde que mi madre se puso enferma.

Doyle le hizo una señal a Leboux. «Extranjero» era una descripción bastante aproximada del hombre moreno, y Doyle se lo había mencionado al inspector. Leboux llamó a la puerta.

—¿Sabe cómo se llama este hombre, señorita? —preguntó.

—No, señor. Le juro que no lo sé.

—¿Anoche estuvo usted aquí?

—No, señor. Estaba en casa. En Cheapside.

Doyle vio que el extraño bol de cristal había desaparecido de la mesa. El reguero de cera fundida indicaba que alguien lo había recogido apresuradamente. Leboux abrió la puerta y entraron en la sala.

—¿Está igual que antes, Arthur? —preguntó Leboux.

—Sí —respondió Doyle—. La sesión se realizó ahí.

Doyle abrió las puertas corredizas. La habitación presentaba un aspecto completamente distinto del que había tenido en aquellos terribles minutos. Estaba abarrotada de muebles destartalados y polvorientos. No había ni mesa redonda ni tapices. Incluso el techo parecía más bajo.

—Esto no era así —dijo Doyle, adentrándose en la habitación.

—Entonces, ¿le ha pasado algo al tipo que vive aquí? —preguntó la muchacha.

—Vaya usted arriba y atienda a su madre. Si la necesitamos, ya la avisaremos —replicó Leboux, al tiempo que le cerraba la puerta en las narices.

—Han vuelto a colocar los muebles. La habitación estaba casi vacía.

—¿Dónde se cometieron los hechos violentos, Arthur?

Doyle se acercó al lugar donde había estado la mesa. Un confidente ocupaba ahora el espacio donde había caído lady Nicholson.

—Aquí —dijo, arrodillándose—. No había ninguna alfombra; el suelo estaba desnudo.

Mientras apartaba el felpudo, Doyle observó que la huella que había dejado en él la pata del confidente era profunda y estaba llena de polvo. Leboux le ayudó a levantar el confidente, y entre los dos enrollaron la alfombra. Las tablillas del suelo aparecían impolutas y brillantes por el uso.

—Lo han limpiado. Toda la habitación, de arriba abajo. Han eliminado cualquier rastro —afirmó Doyle, un tanto furioso.

Leboux permaneció erguido, estoico, reservado. Doyle se agachó para examinar el suelo más de cerca. Sacó del bolsillo el limpiapipas, rascó la junta entre dos tablillas y consiguió sacar una pequeña porción de materia negra y seca. Doyle la guardó en un sobre y se lo entregó a Leboux.

—Si no me equivoco, comprobarás que esta sustancia es sangre humana. Lady Caroline Nicholson y su hermano fueron asesinados anoche en esta habitación. Te recomiendo que avises a la familia cuanto antes.

Leboux guardó el sobre, sacó papel y lápiz y anotó los nombres. Seguidamente realizaron una inspección más detallada de la habitación, sin descubrir nada que les ayudase a comprender mejor los crímenes cometidos o la identidad del propietario o del ocupante. El recorrido por el laberinto de corredores que había conducido a Doyle y a Sacker hasta el callejón tampoco dio ningún resultado.

Mientras permanecían en el callejón con la mirada puesta en la casa, Doyle aprovechó la ocasión para reseñar los detalles del acto criminal. No mencionó a Sacker, ni el uso del revólver que el propio Leboux le había dado unos meses atrás. El inspector cruzó los brazos, firme como un poste, sin mostrar la más mínima duda ante la credibilidad relativa de lo que escuchaba. Pasó un buen rato antes de que respondiera. Doyle estaba acostumbrado a esperar durante los silencios épicos de su amigo; casi se podían oír los engranajes de su mente chirriando como los de una maquinaria oxidada.

—Dices que en el ataque contra la mujer se empleó una daga —fue el primer comentario de Leboux.

—Sí. Un arma de aspecto siniestro.

Leboux asintió, y entonces con una expresión que reflejaba un nuevo propósito, añadió:

—En tal caso, creo que deberías acompañarme.

Caminaron tres calles hasta el solar vacío en la confluencia de Commercial con Aldgate. La policía había acordonado la zona. Los agentes apostados en las esquinas desviaban a los transeúntes. Leboux condujo a Doyle a través del cordón hasta el centro del solar donde, la noche anterior, en el mismo momento en que Doyle llegaba a su casa, la corta y penosa vida de la prostituta conocida como Fairy Fay había llegado a un violento y malévolo final.

Levantaron la burda lona que le servía de mortaja. Estaba desnuda. Le habían abierto el cuerpo y sacado los órganos. Faltaban algunos; los demás aparecían ordenados junto al cadáver, formando un dibujo cuyo significado resultaba imposible adivinar. El trabajo había sido rápido, preciso y, como Doyle dedujo por la ausencia de desgarros en los puntos de entrada y salida de las heridas, ejecutado con instrumentos afiladísimos.

Doyle asintió. Volvieron a tapar el cuerpo con la lona. Leboux se alejó unos cuantos pasos. Doyle fue tras él. Se produjo otro de los silencios lebouxianos.

—¿Es esa lady Nicholson, Arthur? —preguntó por fin.

—No.

—¿Estaba esta mujer en la sesión de anoche?

—No. Nunca la había visto hasta ahora.

Sorprendido, Doyle comprendió que Leboux buscaba algún fallo en su relato. «Ante todo es policía», se recordó Doyle. Los agentes estaban serios y tensos. Pocos de ellos, por no decir ninguno, habían visto alguna vez los frutos de un acto tan salvaje y vil, algo desconocido en el día a día de la Policía londinense.

—¿Se ha presentado algún familiar? —le preguntó Doyle.

Leboux negó con la cabeza.

—Es probable que sea una prostituta. Dime, ¿las dagas que has descrito podrían haber hecho estos cortes?

—Sí, es posible.

—¿Podrías describir a los atacantes? —preguntó con un guiño de miope.

—Llevaban capuchas —contestó Doyle, sin mencionar que los dos asesinos habían resultado muertos. Dados los sacrílegos costurones faciales y la falta de sangre en las heridas mortales que habían sufrido, consideró que Leboux no estaría dispuesto a analizar lo que planteaba la pregunta: ¿cómo puedes matar a alguien que ya está muerto?

Desde luego, Leboux advirtió que Doyle le ocultaba partes esenciales de la historia, pero en consideración a la amistad que les unía, y convencido de que Doyle había pasado efectivamente por una experiencia traumática, le dejó irse. Mientras le veía alejarse, el inspector se sintió intimidado por los numerosos problemas que debía solucionar. Pero, como decía siempre que se veía frente a una tarea de tal complejidad, para esto servía el tiempo.

Desde el momento mismo en que vio el cuerpo salvajemente mutilado de la mujer, el primer pensamiento que le vino a la cabeza y que aún seguía preocupándole fue: «Esto ha sido obra de un médico.»

6

CAMBRIDGE

El primer requisito para un ejercicio mental complejo era tener el estómago lleno. Doyle no había comido desde el comienzo de la odisea de la noche anterior. Entró en la primera taberna concurrida que encontró, se sentó junto a la chimenea y pidió un suculento desayuno; dio gracias por que el poco dinero que había dejado en su casa no hubiese caído víctima de la marea gelatinosa.

Después apartó el plato, encendió la pipa, extendió las piernas y notó el comienzo de aquel relajado pero intenso grado de lucidez en el que la mente funcionaba a pleno rendimiento.

Si había una conspiración detrás de estos hechos, como sugería Sacker, era razonable suponer que solo involucraba a unos pocos individuos. Las conspiraciones exigen el máximo secreto. Dada la naturaleza humana, cuanto mayor es el número de personas involucradas, más difícil resulta mantener el secreto. La manera y la rapidez con que habían eliminado cualquier pista en el 13 de Cheshire Street abonaba la teoría de la conspiración. ¿Cómo mantener la disciplina de los subordinados? A través del miedo. Su capacidad para infundirlo era indiscutible. ¿Brujos? Él no conocía a ninguno personalmente, pero esto no era garantía de que no fuesen legión.

En cuanto al manuscrito…, efectivamente, él había inventado la identidad de los villanos —haciendo un trabajo excelente, aunque no estuviera bien decirlo—, pero en lo referente a los objetivos, medios, motivos y demás, la verdad indiscutible era que había plagiado *La Hermandad Oscura,* de Blavatsky. Esto daba pie a unas preguntas: si ellos le perseguían debido al libro, ¿hasta qué punto conocía la verdad de sus propósitos aquella rusa lunática y errante? Y si iba tan acertada, ¿qué validez otorgaba eso al resto de sus obras descabelladas?

La sesión era algo quizá más problemático. La levitación tal vez se hubiera realizado mediante cables y poleas. El espejo podría haber sido, bueno, un juego de espejos. La cabeza de la bestia quizá fuera un muñeco, tal vez escondido en el paquete que el muchacho llevaba cuando entró en la casa. Había explicaciones lógicas para los efectos que había presenciado, si bien estos eran de un ingenio y una sofisticación que no había conocido hasta entonces.

Un momento. Aquí estaba él paseando por este jardín de las delicias sobrenaturales como un párroco en vacaciones. Quedaba el hecho de que unos hombres ciegos y sin sangre, armados con dagas orientales, recorrían Londres dispuestos a trincharlo como a un pavo navideño. Había visto mujeres gordas flotando en el aire, sombras aterradoras, criaturas de ojos rojos en espejos fantasmagóricos, aquella pobre prostituta despanzurrada en la calle. El hermano que caía, ya muerto. El hijo de lady Nicholson, prisionero en aquel bosque oscuro. La expresión del rostro de su madre cuando la hoja le cortaba la...

Se arrebujó estremecido en el abrigo que llevaba sobre los hombros y miró a la concurrencia. Nadie parecía fijarse en él.

«Sí, de acuerdo —admitió—, ya casi me había enamorado de ella. Quizá van a por mí, pero lo que le hicieron a aquella pobre mujer y a su familia para cebar la trampa es lo que me hace hervir la sangre. Creen que me han espantado, que huyo como un conejo; bueno, la venganza es un manjar que los irlandeses siempre han servido frío. Y quienesquiera que sean estos demonios asesinos, están a punto de descubrir el grave error de subestimar a este irlandés.»

Sacker. El encuentro en el carruaje, los ataques. Él no había tenido ocasión de formular una pregunta coherente. Doyle buscó la tarjeta de visita. Necesitaba hablar con aquel hombre ahora que tenía las ideas claras. Cambridge quedaba a menos de dos horas en tren. Tim, el cochero, le había dicho que el hermano de lady Nicholson había asistido a dicha universidad, ahí había una posible conexión.

Una oportunidad, al fin, de agradecer su falta de éxito como médico; no tenía ningún paciente grave para quien su súbita ausencia pudiese significar un riesgo. Iría a la estación de Liverpool Street ahora mismo.

Al guardar la tarjeta en el maletín, vio la tapa del libro estropeado. *Isis revelada.* Debido a su estado de nervios ni siquiera se había fijado en él. Lo recogió, ocultando su deformidad al resto de la sala. Blavatsky: una compañera idónea para el viaje en que se había embarcado. La fotografía de la autora todavía se podía ver a través de la capa de...

¡Santo cielo! No, no podía ser. Miró con más atención. Sí.

Era la mujer que había visto con la señora Petrovitch en las escaleras de la casa la noche anterior. ¡Helena Petrovna Blavatsky!

El coche se detuvo frente a la puerta. Él corrió hasta el edificio.

—¡Señora Petrovitch!

Doyle pasó a la carrera por delante de su apartamento; le bastó una mirada para saber que nada había cambiado desde la noche anterior. Subió los escalones de tres en tres hasta el piso de la señora Petrovitch y aporreó la puerta.

—¡Soy el doctor Doyle, señora Petrovitch!

Advirtió el humo que se escapaba por debajo de la jamba.

—¡Señora Petrovitch!

Cargó con un hombro contra la puerta, una, dos veces, dio un paso atrás y la abrió de un violento empellón. La señora Petrovitch yacía inconsciente en el suelo, en el centro de la habitación. El humo era espeso, pero la habitación todavía no era pasto de las llamas; las cortinas de brocado humeaban, los visillos de encaje habían desaparecido.

Doyle arrancó las cortinas y golpeó con furia las llamas para abrirse paso hasta la mujer caída. Nada más tocarla se dio cuenta de que estaba muerta. Redobló los esfuerzos con las cortinas, y tras unos segundos de angustia consiguió controlar el incendio. Doyle cerró los párpados de la mujer y se sentó para intentar reconstruir los hechos.

El perro de la señora Petrovitch salió de su refugio debajo del sofá y olisqueó patético la oreja de su dueña. Doyle observó la habitación; había una botella de vino abierta sobre la mesa, con el tapón al lado, una cajita de píldoras de digitalina abierta y unas cuantas gotas de cera derretida. En el suelo, cerca del cadáver, una pequeña copa de cristal marcaba el comienzo de una mancha granate en la alfombra. La mesa desde la que había caído la vela se encontraba entre el cuerpo y la ventana, que estaba abierta.

La mujer había encendido la vela; quizá sintió un dolor en el pecho (tenía problemas de corazón; eso Doyle lo sabía). Entonces se sirvió una copa de vino y abrió la cajita de pastillas. El dolor se hizo muy intenso. Al sentirse ahogada, abrió la ventana para tener un poco de aire fresco, y al hacerlo tumbó la vela. Cuando las cortinas empezaron a arder, le entró pánico. Su corazón no resistió. Cayó al suelo.

Dos objeciones. Primera: en la mesa se veía la marca dejada por el pie de la copa. Ella había posado allí la copa, y por tanto tendría que haber caído hacia las cortinas, junto con la vela. Segunda: había unas cuantas píldoras en el suelo cerca del cadáver. Precisamente el perrillo acababa de comerse una. Quizá se le había caído la cajita y las estaba recogiendo cuando... Pero no, no tenía pastillas en la mano.

Doyle examinó la caja. Había pelusa y polvo mezclados con las pastillas. Así que las pastillas se habían caído y las habían recogido.

Al oír un gemido y una tos, se volvió a tiempo para ver cómo el perro de la señora Petrovitch caía de costado, sufría un espasmo y después permanecía tieso. Muerto; mejor así, pensó Doyle. No era la clase de perro que la gente apreciaba; una espuma verdosa apareció en los bordes de las fauces. Envenenado.

Por lo visto alguien había envenenado a la señora Petrovitch y quizá no a escondidas. Doyle la alzó un poco; también había píldoras debajo del cuerpo. Observó unas marcas lívidas a cada lado de la mandíbula. Había ofrecido resistencia, volcado la caja y derramado las pastillas. El asaltante la había forzado a ingerir el veneno, y después se había apresurado a recoger las pastillas y guardarlas en la cajita antes de escapar por la ventana abierta. Sí, había un rasguño en el alféizar. La vela había caído durante el forcejeo o quizá la había derribado expresamente el asesino para disimular el acto. El cuerpo todavía estaba tibio. El asesino había dejado la habitación en los últimos diez minutos. Otro muerto para su colección. Pobre señora

Petrovitch. Era imposible imaginar que la mujer tuviese un enemigo capaz de llegar al asesinato.

Con mucho cuidado para no tocar las píldoras, Doyle cerró la caja y la guardó en el maletín. Se disponía a salir cuando vio algo blanco que asomaba detrás de un espejo colgado de la pared. Sacó el trozo de papel y leyó el texto:

Doctor Doyle:
Es urgente que hablemos. Voy a Cambridge. La señora Petrovitch le dirá dónde encontrarme. No confíe en nadie. Nada es lo que parece.

HPB

Fechada aquella mañana. Blavatsky en Cambridge. El asesino había acallado a la señora Petrovitch sin llegar a descubrir la nota. Confió el alma de la pobre Petrovitch al cielo, sin ninguna duda acerca de su propio destino.

Doyle no vio que le siguiera nadie hasta la estación, ni que le viera comprar el billete o subir al tren. Se instaló en un asiento desde el que podía ver la puerta sin impedimentos, y ninguno de los pasajeros que entraron en el vagón se fijó en él.

Mientras el tren salía de la estación, Doyle hojeó unos cuantos periódicos abandonados. Buscó en vano alguna noticia sobre la desaparición de lady Nicholson. El humo de la locomotora se mezclaba con el manto matutino de hollín y polvo. Mientras contemplaba a través de la ventanilla el espectáculo de la vida callejera, la envidia de Doyle ante la monotonía de aquellas existencias vulgares dio paso a una nerviosa excitación. Pese a que la misión que le aguardaba estaba llena de peligros, la tenía, y esto significaba un propósito, el imán de su brújula interior. A pesar de la fatiga, sus sentidos estaban alertas; percibía el olor picante del bocadillo que había comprado para el viaje, la agradable espuma tibia de la cerveza embotellada y el hedor del tabaco moruno en el aire.

Una fornida mujer india ocupó el asiento opuesto a Doyle, la cara morena ensombrecida por un velo que solo dejaba ver los ojos almendrados y una mancha escarlata en el entrecejo. La representación externa del tercer ojo místico, recordó Doyle de sus conocimientos hinduistas, la ventana del espíritu y la apertura del lotus de los mil pétalos. Se descubrió a sí mismo observándola, cuando de pronto el ruido de los paquetes que la mujer cargaba entre los brazos le devolvió a la realidad. Se llevó la mano al sombrero para saludar y le sonrió amablemente. La respuesta de la mujer fue inescrutable. A juzgar por la ropa y el comportamiento, se trataba de alguien de casta alta. Resultaba un tanto extraño que no viajara en primera clase, acompañada por la familia o alguna carabina.

El traqueteo rítmico del vagón sobre los rieles acentuó la modorra producida por el alcohol, y cuando el tren salió del extrarradio de Londres, Doyle se quedó dormido. De vez en cuando se despertaba y veía a su compañera del subcontinente absorta en la lectura de un pequeño libro, siguiendo el texto con el dedo. Por fin se sumió en un profundo sopor. Sus sueños fueron turbulentos y fugaces, una fantasmagórica amalgama de huidas, persecuciones, rostros oscuros y luces blancas.

La sacudida del tren cuando se detuvo bruscamente lo despertó del todo, y fue consciente de una conmoción en el exterior. Todos los pasajeros, incluida la mujer india, miraban por las ventanillas. Se encontraban en una región agrícola. Un camino rural corría junto a las vías, a través de una vasta zona de campos sembrados, con un raquítico cultivo de trigo. Una enorme carreta de heno arrastrada por una pareja de percherones había volcado en la cuneta junto al camino. Uno de los animales, un zaíno enorme todavía atado al arnés, corcoveaba enloquecido, lanzando coces al aire. El otro, un tordo gris, yacía en una zanja, con las patas quebradas y relinchando. Un mozo, el conductor de la carreta, intentó acercarse al animal herido, pero dos peones fornidos se lo impidieron. Al mirar camino abajo, Doyle vio lo que podía haber sido la causa del accidente.

¿Se trataba de un espantapájaros? No; a pesar de tener la misma silueta básica, este era grande, mucho mayor que la figura: medía casi tres metros. No estaba hecho de paja; la figura se veía mejor moldeada, más consistente. Quizá era de mimbre. Estaba colocada sobre lo que parecía ser una cruz. ¿Eran escarpias —escarpias de los raíles— las que sujetaban los brazos en la madera? Sí, no era un error, se trataba de un crucifijo levantado por encima del trigo raquítico, de cara a los raíles. En la cabeza del reo no había una corona de espinas, sino, sin lugar a dudas, un par de cuernos, cónicos, afilados y retorcidos. Doyle recordó la bestia que había visto grabada en el bol de vidrio en el vestíbulo del número 13 de Cheshire Street. Esta era, por lo que recordaba, la misma imagen.

A medida que los pasajeros la reconocían, se elevó un murmullo reclamando que alguien quemara la figura blasfema, pero antes de que pudieran organizarse sonó el silbato, y la horrible visión fue desapareciendo a medida que el tren se alejaba. Lo último que vio Doyle fue a uno de los campesinos, que se acercaba al caballo moribundo armado con una escopeta, sin hacer caso de las protestas del mozo.

La mujer india, después de dirigir una larga mirada a Doyle —mirada que desvió en cuanto sus ojos se encontraron—, reanudó la lectura. El resto de las dos horas de viaje transcurrió sin más incidentes.

Había un cartel —con la fotografía incluida, por si hubiese alguna duda— pegado en una columna delante mismo de la estación de Cambridge.

«Hoy conferencia. Sociedad Teosófica. H. P. Blavatsky. A las 20:00, en la sala de actos junto a Market Place.» Ahora que sabía exactamente dónde la encontraría, y con cuatro horas por delante, Doyle dirigió sus pasos hacia el King's College y el despacho del profesor Armond Sacker.

La pálida luz de la tarde comenzaba a escasear. Doyle siguió la carretera junto al río Cam y por King's Parade se dirigió al casco antiguo de la ciudad, con la bufanda alzada contra el fuerte viento que soplaba por el ancho y desprotegido camino. Charles Darwin había caminado por estos senderos en sus tiempos de estudiante. También Newton, Byron, Milton, Tennyson y Coleridge. Estos venerados *colleges* le recordaron su desilusión juvenil cuando los modestos recursos de la familia le obligaron a asistir a la Universidad de Edimburgo, que era más barata. Los efectos perniciosos de haber alcanzado la mayoría de edad en un sistema tan clasista todavía provocaban cierto malestar en su orgulloso corazón.

Al otro lado del patio de la iglesia de Santa María se alzaba la gran fachada clásica del King's College. Doyle dejó atrás la caseta del conserje y la reja, ambas de estilo recargado, para encontrarse en el patio desierto y cada vez más oscuro.

Entró en el único edificio donde había luz. El ruido de unos pasos cansinos y un sonoro jadeo le impulsaron a dirigirse a la puerta de una biblioteca muy larga. Un empleado enjuto acarreaba, sin finalidad aparente, pilas de libros desde las estanterías hasta un carretón descomunal. Tenía un rostro afilado, rojo y arrugado, y la amplia toga negra junto con la peluca mal ajustada parecían dispuestas a engullir al tipejo.

—Perdone, ¿podría decirme dónde puedo encontrar al profesor Sacker?

El bibliotecario volvió a jadear, sin hacerle caso.

—El profesor Armond Sacker. Antigüedades —insistió Doyle, levantando considerablemente la voz—. La mayoría egipcias, algunas griegas…

—¡Por el amor de Dios, hombre! —El bibliotecario le vio de reojo y retrocedió contra el carretón, llevándose las manos al pecho, asustado.

—Cuánto lo siento. No pretendía sorprenderle…

—¡Hay una campana! —chilló el bibliotecario—. ¡La campana está para algo! —Intentó erguirse, apoyado en el carretón, pero su poco peso fue suficiente para hacer girar las ruedas hacia atrás; el hombre y el carretón comenzaron a alejarse como un cangrejo por el largo pasillo de la biblioteca.

—Lo siento mucho, pero no he visto ninguna campana —replicó Doyle.

—¡Eso es lo malo de los muchachos de hoy en día! ¡Antes los estudiantes respetaban la autoridad!

«Solo por el pánico al castigo físico», estuvo a punto de precisar Doyle. El bibliotecario continuó su retirada empujando el carretón con la espalda, incapaz de conseguir un punto de apoyo para enderezarse, mientras Doyle le seguía a una distancia prudente.

—Quizá si exhibiera la campana en algún lugar mucho más visible —sugirió Doyle amablemente.

—¡Vaya con el chico listo! —exclamó el bibliotecario, sarcástico—. Cuando se reanuden las clases, haré que le envíen al despacho del prefecto.

—Creo que se equivoca. Verá, no soy estudiante.

—¡Admite que no ha venido aquí para ninguna actividad lícita!

El bibliotecario levantó un dedo largo y huesudo en señal de triunfo. Por la manera de bizquear, Doyle comprendió que el desagradable tipejo era casi tan ciego como sordo. Y a menos que estuviese muy equivocado, aquel odioso ratón de biblioteca era un prefecto jubilado; en su día Doyle había sufrido mucho en manos de sus sádicos colegas.

—Busco el despacho del profesor Armond Sacker —dijo Doyle, mostrándole la tarjeta de Sacker. Habían recorrido ya unos veinte metros por el pasillo, y Doyle no tenía ninguna gana de ayudar al miserable misántropo a que se pusiera de pie. Se limitó a poner la tarjeta al alcance de la mano tendida del hombre—. Le aseguro, señor, que el asunto que me ocupa es absolutamente lícito.

—¿Qué clase de asunto?

—Es un tema que no deseo discutir con usted, señor. Un asunto de extrema urgencia. Y me atrevería a decir que, si no está dispuesto a ayudarme inmediatamente, me pondré de muy mal humor —afirmó Doyle, apuntándole con el bastón al tiempo que sonreía con aviesa intención.

—Ha concluido el semestre. El profesor no está aquí —admitió el bibliotecario, impulsado por el miedo o el cansancio.

—Por fin vamos por buen camino. O sea que hay un profesor Sacker.

—¡Usted es el que le quiere ver!

—Y después de establecer que el buen profesor se halla entre nosotros, si pudiésemos ahora volver nuestra atención hacia dónde podría estar...

—Le aseguro que...

—Le ruego que tome cuidadosa nota, si puede, de mis palabras: «podría estar», no «está», empleando el condicional, como especulación, señor. ¿Dónde podría estar?

Con una sacudida, el carretón chocó contra la pared, al final del pasillo. El bibliotecario cayó sentado en el suelo, con las piernas abiertas, la espalda contra el carretón, el afilado rostro rojo como un cerdo bien lavado. Señaló hacia arriba y a la derecha en dirección a una puerta cercana.

—Ah —exclamó Doyle—. ¿El despacho del profesor?

El bibliotecario asintió.

—Ha sido usted muy amable. Si durante mi visita tengo la ocasión de hablar con sus superiores, no olvidaré mencionar su oportuna y generosa ayuda.

—Ha sido un placer, señor. Faltaría más. —La sonrisa empalagosa del bibliotecario dejó ver una dentadura postiza mal encajada.

Doyle le dijo adiós y cruzó la puerta de Sacker, cerrándola detrás de sí. La habitación era cuadrada, de techo alto, y estaba revestida de estanterías, a las que se accedía con una escalera apoyada en una de las paredes. Montones de libros abiertos al azar, mapas, brújulas, compases y otros útiles cartográficos abarrotaban la mesa central.

Los restos de tabaco que humeaban en el cenicero producían una ligera bruma. La pipa de espuma de mar y talla barroca estaba tibia; el ocupante del despacho había salido, como mucho, cinco minutos antes. ¿Una partida apresurada debida a la voz de Doyle en la biblioteca? El tal Sacker era un tipo raro, pero ¿sería capaz de eludir adrede a Doyle después de lo que habían pasado juntos? En ese caso, ¿cuál era la razón?

Al revisar la mesa, Doyle contó dos libros de texto sobre la Grecia antigua, un volumen de Eurípides, una monografía sobre Safo y una *Ilíada* muy manoseada. Mapas de la costa central de Turquía llenos de señales y cálculos. Doyle pensó que el objeto de la búsqueda era la legendaria ciudad de Troya.

Había un abrigo y un sombrero colgados en un perchero junto a la puerta más lejana, y un bastón apoyado contra la pared. «Un poco corto para el larguirucho Sacker», pensó Doyle. Abrió la puerta próxima al perchero, que comunicaba con una sala pequeña —sin duda alguna el lugar donde los estudiantes padecían las tutorías— y entonces pasó por otra puerta, que daba a un vestíbulo muy grande.

Dos grandes y feroces gárgolas aladas montaban guardia sobre los espigones de la amplia escalera ascendente. Una era un grifo de largos dientes y garras, y la otra un basilisco cubierto de escamas. La última luz del día que se filtraba a través de los cristales emplomados ponía un resplandor fantasmagórico en el suelo y las paredes de mármol. Faltaban unos minutos para la oscuridad; sin embargo, con objeto de ahorrar durante las vacaciones, no habían encendido ni una sola lámpara de gas. Doyle aguzó el oído, pero no escuchó pisadas.

—¡Profesor Sacker! ¡Profesor Sacker!

Ninguna respuesta. Sintió un escalofrío. Se volvió. Las gárgolas le observaron desde los espigones de la escalera. Doyle echó a andar dispuesto a encontrar un cuarto de baño. ¿Las estatuas miraban hacia él cuando entró? Creía recordar que estaban enfrentadas. Quizá Sacker había tenido que ir al servicio.

Encontró cerradas todas las puertas a lo largo del vestíbulo. Después de dar muchas vueltas siguiendo los desvíos del pasillo, descubrió que no alcanzaba ni a verse las manos y ya no sabía dónde estaba. El aire parecía tan frío y pesado como densa la oscuridad. Se secó el sudor de las manos. El miedo a la oscuridad no era algo corriente en él, pero a la vista de lo ocurrido en los dos últimos días, ahora no tenía nada de raro. Con la intención de regresar por el mismo camino —las luces encendidas en el despacho de Sacker lo habían convertido en un refugio seguro y acogedor— fue apoyando una mano en el mármol de la pared y retrocedió paso a paso con mucha cautela.

Una intersección. «¿Aquí giré a la derecha o la izquierda?» No lo recordaba. «Entonces a la derecha.»

«El miedo a la oscuridad es el residuo de un instinto primitivo —se dijo a sí mismo—: nuestros antepasados remotos pasaban la mayor parte de sus vidas moviéndose a tientas en las tinieblas; parecía una actitud muy sensata, dado que podía haber grandes depredadores carnívoros ocultos en cualquier rincón, pero esto no significa en modo alguno que tales peligros aún existan en el mundo civilizado. ¿Qué ha sido eso?»

Doyle se detuvo. Un sonido no muy lejano. ¿Qué era? «Conserva la calma. Podría ser una ayuda, una presencia neutral o amiga, e incluso el propio Sacker. Quizá se vuelva a oír. Quizá sea buena idea no moverse de aquí por el momento. Actúa con prudencia, y no solo porque estés inmerso en la más absoluta oscuridad en un laberinto complicadísimo y porque haya horrores indescriptibles y despiadados procedentes de vete a saber qué lado de la membrana etérea…

»Espera… ahí está otra vez.

»Trata de identificarlo. No es una pisada, ¿verdad? No. No es un taconazo ni un paso arrastrado o un resbalón en el mármol.

»Adelante, Doyle, sabes muy bien qué has oído.» Alas. El batir de unas alas. Correosas, cartilaginosas.

«Sí, pero quizá es un gorrión o una paloma que ha entrado por una ventana y se ha perdido en las salas… Venga, hombre, un poco de seriedad. Estamos a finales de diciembre, y aunque todavía quedaran pájaros, ese no es el aleteo de un pájaro pequeño, ni siquiera de uno mediano, ni pienso que exista en algún lugar del mundo un pájaro capaz de hacer semejante ruido y desplazar tanto aire…

»Viene hacia aquí. Los dos primeros aleteos han sonado desde una posición fija, como si extendiera las alas, como si cogiera impulso, como si… Doyle, tranquilízate, muchacho. Si aceptas la posibilidad de que las gárgolas de piedra de las escaleras pueden volar, te encontrarás encadenado a un jergón del manicomio en menos de lo que canta un gallo.

»Pero no cabe duda de que algo enorme vuela por el aire y se acerca, así que como mera precaución echa a andar. No corras, Doyle, utiliza el bastón para tantear, así —discretamente, por favor—, encuentra una puerta, así, buen chico, da igual la puerta que sea, ya está, cerrada. Maldita sea. La siguiente.

»¿Qué sabes de los pájaros? ¿Ven bien en la oscuridad? Depende del pájaro, ¿no? ¿Y qué hay del olfato? ¿Tienen olfato? Seguro que sí; toda su vida constituye una búsqueda incesante de comida. Muy tranquilizador. Y en cuanto a los hábitos alimenticios de las gárgolas…

»Una puerta, Doyle, y por favor deprisa, porque uno de ellos acaba de doblar la esquina que ha dejado atrás, o sea que está a unos quince metros, y se acerca rapidísimo…

»Aquí. Sujeta el tirador, hazlo girar, empuja, entra y cierra la puerta. ¿Puedes cerrarla? No hay cerrojo. ¿Puedes recordar algún detalle ornitológico que apoye la posibilidad de que un pájaro pueda hacer girar un tirador? Venga, un poco de seriedad. ¿Hay algún ventanuco en esta puerta? Roble de primera. Una puerta hecha a conciencia. Dios bendiga a los artesanos ingleses.

»¿Has oído eso? Algo que se posa, una cosa que rasca el suelo de mármol. ¿Qué acompaña a las alas? Garras. Y si rascaran unas garras contra esta magnífica puerta de roble macizo, el ruido que sin duda producirían sería muy parecido a lo que ahora oyes, ¿no?

»Es el momento de ver cómo es la habitación en la que estás, y sobre todo de descubrir qué otras salidas ofrece. Mete la mano en el bolsillo, busca las cerillas, apártate de la puerta y enciende una… ¡Santo cielo!»

Doyle soltó la cerilla y retrocedió al instante para esquivar un golpe que nunca llegó. Se quedó sorprendido porque lo que había visto en la fracción de segundo en que ardió la llamita era la cara de un demonio que se lanzaba hacia él desde lo alto, un rostro siniestro sin piel y con dientes amarillentos descubiertos en un rictus agresivo. Esperó. No había la más mínima duda; él había sentido el aliento hediondo sobre su rostro. Con mano temblorosa, encendió otra cerilla.

Una momia. De pie, en el sarcófago. A su lado, un bastón retorcido de Ra. Al mover la cerilla de un lado a otro para ver algo más del entorno, Doyle comprendió que había ido a dar a la sala de egiptología. Ánforas, joyas, gatos embalsamados, dagas incrustadas en oro, tablas jeroglíficas. Egipto y sus desechos hacían furor en estos días. No había ninguna vuelta al mundo completa sin una excursión a las pirámides en…

¡Bum! Golpes contra la puerta. ¡Bum! Las bisagras crujieron con estrépito. Gracias a su exclamación de miedo, el que estaba fuera sabía que él estaba dentro.

La llama le quemó los dedos. Tiró la cerilla y encendió otra, buscando una… —por favor, Señor—, sí, allí, una ventana. Avanzó todo lo rápido que pudo sin apagar la llama, se fijó en la posición del pestillo, descartó la cerilla, cogió el pestillo, lo hizo girar —los golpes en la puerta eran insistentes, un peso enorme se arrojó contra la madera que se rajaba— y abrió la ventana. Doyle midió la distancia que lo separaba del suelo. Ahora no podía vacilar. Arrojó el maletín y el bastón y se lanzó a su vez. Amortiguó el impacto del salto doblando las rodillas, después rodó, se levantó, recogió el maletín y el bastón y se alejó como alma que lleva el diablo de la «Tumba de las antigüedades».

Se detuvo bajo las arcadas de la iglesia de Santa María para recuperar el aliento. Esperó diez minutos en la sombra a que el espantoso aleteo emergiera de la oscuridad, a que una sombra vil ocultara las estrellas y se lanzara sobre él desde el cielo. A medida que su respiración se aquietaba, se iba enfriando el sudor que le empapaba la camisa, y le entraron escalofríos. Las luces le animaron a entrar en el templo.

¿De qué había escapado? En la tibia y serena claridad de la iglesia le dio vueltas a la pregunta. ¿Su imaginación había transformado una situación absolutamente normal —digamos por ejemplo un vigilante nocturno cuyos pantalones de pana producían un roce insistente— en una trampa de terror autopropiciado? Sabía por haberlo estudiado que la fatiga de combate podía producir en los soldados toda clase de alucinaciones mentales. ¿Acaso no estaba sometido a una tensión todavía mayor porque no conocía al adversario, que, como había dicho Sacker, podía ser cualquier extraño de la calle? Quizá este era su método de ataque preferido, empujar a las víctimas a la locura con una constante amenaza incorpórea más presentida que vista. Mostrad a un hombre un blanco que pueda atacar y le daréis dónde agarrarse. Atacadle con inexplicables sonidos nocturnos, ilusionismos, espantapájaros macabros al lado de las vías del tren, introducid estas cosas en sus pesadillas, y el cúmulo de vagas sugestiones bastará para volverle loco.

Por un momento pensó en encender un cirio y ponerlo en el altar de la capilla lateral que tenía enfrente para pedir una guía o un poco de ayuda a alguno de los poderes superiores convencionales. DIOS ES LUZ Y EN ÉL NO EXISTE LA OSCURIDAD, decía la inscripción.

Se sorprendió a sí mismo con una velita encendida en la mano y a punto de realizar el acto. «Es curioso. Aquí estoy metido de lleno en la eterna dialéctica del hombre entre la fe y el miedo. ¿Somos seres de luz, dioses que esperan nacer o peones en una lucha entre fuerzas superiores que buscan el control de un mundo que está debajo de sus reinos separados e invisibles?» Incapaz de comprometerse con ninguna de las dos posibilidades, Doyle apagó la velita sin encender el cirio.

Ir a ver si Sacker había regresado al despacho era una opción de escaso atractivo. La mejor alternativa era comer y beber; alimentar el cuerpo, tranquilizar el espíritu. Después se imponía una visita a la persona más cualificada para sacarle de este laberinto metafísico: HPB.

7

HPB

Dos horas más tarde, con la barriga llena, Doyle se encontraba sentado entre una reducida concurrencia de trascendentalistas en la sala de Grange Hall, atento a la disertación que les ofrecía H. P. Blavatsky desde el estrado central. Sin facistol y sin notas, hablaba improvisando, pero aunque el contenido esencial y la continuidad de la conferencia no le resultaron claros a Doyle en retrospectiva, no se podía negar su efecto hipnotizador.

—... Nunca ha existido un líder religioso de peso o importancia que inventara una nueva religión. Sí que nos han dado nuevas formas, nuevas interpretaciones, pero las verdades sobre las que basaban estas revelaciones son más viejas que la humanidad. Estos profetas, y ellos mismos lo reconocieron, jamás fueron creadores. La palabra que preferían era «transmisores». Ninguno de ellos, desde Confucio a Zoroastro, desde Jesús a Mahoma, dijo jamás: «Estas cosas las he creado yo». Lo que decían siempre era: «Estas cosas las he recibido y las transmito». Y así es en la actualidad.

A medida que crecía la pasión que reflejaban aquellos ojos brillantes como zafiros, la figura diminuta y regordeta de Blavatsky asumía dimensiones proteicas y su inglés mal pronunciado, quebrado y titubeante al empezar, se convertía en un torrente argentino gramaticalmente impecable.

—En la actualidad hay en el mundo un conocimiento sagrado que empequeñece nuestros insignificantes conocimientos históricos; hablo de libros de orígenes remotos, grandes depósitos, ocultos durante siglos de las miradas occidentales; solo los budistas del norte del Tíbet poseen trescientos veinticinco volúmenes, cincuenta o sesenta veces la cantidad de información contenida en la llamada Biblia, que abarcan doscientos mil años de historia humana. Lo repito: doscientos mil años de historia humana escrita. «¡Pero si eso es precristiano! ¡Menudas afirmaciones! ¡Esa mujer debe de estar loca! ¡Hay que hacerla callar!» Puedo oír al venerable arzobispo gritando desde Canterbury.

Se acercó una mano a la oreja con un gesto cómico que la audiencia no pasó por alto. Doyle echó una mirada al público y vio a la mujer india que había viajado en el tren con él, sentada una fila más adelante, sonriendo a HPB al tiempo que asentía con mucho vigor.

—¿Cuál fue el acto más devastador que los cristianos cometieron contra sus predecesores? ¿Cómo comenzaron a erradicar obsesiva y sistemáticamente el antiguo conocimiento? ¿Respuesta? El calendario gregoriano. Así de sencillo: año uno. El tiempo comienza con el nacimiento del profeta nazareno. Desde luego que hay algunos hechos de relativa importancia antes de este acontecimiento, pero los años van hacia atrás, ¿comprenden?, se alejan del momento supremo para perderse en el vacío de la insignificancia. Nosotros, los hombres de la Iglesia verdadera, decidimos cuándo comienza el tiempo. Y así, de un plumazo, demostraron definitivamente que la letra es más poderosa que el saber.

»¿Se dan cuenta de lo dañina y lo trivializadora que es esta decisión para toda la historia que la precede? ¿Se dan cuenta de cómo este único acto, que no nace de la tradicional piedad cristiana sino del miedo a verdades desagradables —es decir, verdades contradictorias con los principales intereses de aquellos que ostentaban el poder—, separa el progreso humano de las fuentes espirituales más poderosas que tiene o tendrá jamás?

Expresiones muy osadas para tierras cristianas. Doyle no pudo por menos de admirar el verbo y el evidente sentido común de la mujer. No era, desde luego, una mística tontaina con la cabeza en las nubes.

—Tienen que reconocerles una cosa a estos primeros cristianos. Eran tenaces. Sabían hacer su trabajo. Recorrieron el mundo en busca de las doctrinas antiguas, y las eliminaron casi por completo en el mundo occidental. Redujeron a cenizas la biblioteca de Alejandría, el último gran archivo cuyos contenidos ligaban los mundos pre y poscristiano. ¿Creen que este acto de voluntario vandalismo intelectual fue un accidente?

»Esta es la razón por la que nuestros viajes, nuestros trabajos como teósofos, siempre nos llevan al Este. Es allí donde está el conocimiento, es allí donde siempre ha emanado. Por fortuna, los adeptos del Este tuvieron la sensatez histórica de ocultar sus fuentes a estos vándalos occidentales, los cruzados guiados por su propio destino parroquial, indiferentes a las verdaderas preocupaciones del hombre: la evolución espiritual humana. Y se preguntarán, ¿por qué este conocimiento de la ciencia secreta ha permanecido oculto a las masas occidentales? ¿No hubiese sido más conveniente para los intereses de estos iluminados compartir los secretos con las civilizaciones emergentes? Permítanme una pregunta: ¿darían una vela encendida a un niño en un polvorín? Estas verdades han sido transmitidas por los líderes espirituales, de generación en generación, desde el principio de los tiempos. Permanecen secretas porque contienen las claves para comprender los misterios esenciales de la vida, porque son poder. Y que no nos pase nada si alguna vez caen en manos equivocadas...

Su mirada se posó por primera vez en Doyle.

—Así que esto es lo que nos espera: incluso mientras trabajamos infatigablemente para exponer estas verdades en una forma resumida y aceptable al juicio de la opinión pública, no debemos engañarnos pensando que nuestros esfuerzos serán reconocidos en pocos años. Por el contrario, seremos rechazados, atacados, ridiculizados. No se permitirá que ningún erudito o científico considere nuestros esfuerzos con un poco de seriedad. Nuestra tarea es sencillamente abrir la puerta, y esto ya es mucho. —La mujer levantó dos dedos un tanto separados—. Sobre cada generación de compañeros exploradores que nos suceda recaerá el esfuerzo de abrir aquella puerta un poco más.

En ese momento centró directamente su atención en Doyle. Él notó la fuerza de esos ojos que lo miraban con benevolencia.

—¿Cómo se consigue esto?, se preguntarán ustedes. Imaginen que son turistas, y que viajan por un país que conocen muy bien, un país en el que han pasado toda su vida. Tienen un conocimiento profundo de sus carreteras, ríos, ciudades, gentes y costumbres.

Representa la suma de todo el conocimiento que ustedes poseen, y por tanto, como es natural, asumen que representa la suma de todo lo que es. Imaginen entonces que mientras viajan llegan de pronto a la frontera con otro país. Unas tierras que no aparecen identificadas en su impresionante colección de mapas. Estas tierras están totalmente rodeadas por unas cordilleras infranqueables, y en consecuencia ustedes no pueden ver lo que hay al otro lado de su posición. Pero están decididos a llegar allí. Tienen entusiasmo. Tienen coraje. Tienen, no se me ocurre una palabra mejor, una cierta fe. ¿Qué deben hacer?

«Escalar la montaña», pensó Doyle. Blavatsky asintió.

—Y recuerden, cuando el camino resulte intransitable, cuando no tengan más esperanzas, incluso cuando la muerte parezca inminente, no tendrán otra elección que la de destruir la montaña. Así, y solo así, conseguirán entrar en el nuevo país.

Con esta perplejidad dio por terminada la conferencia. Sonaron unos pocos aplausos corteses. Blavatsky hizo una pequeña reverencia, con una leve sonrisa no exenta de ironía, que Doyle interpretó como «no me aplaudes porque estas palabras no son mías, pero reconozco la divinidad y la ficción de nuestra paradójica condición física-espiritual y te felicito por darte cuenta».

La mayoría de los presentes abandonó la sala, satisfechos con la velada, algunos burlones, otros felicitándose por su propia tolerancia, unos pocos estimulados a llevar a cabo una indagación intelectual que podría prolongarse a lo largo de lo que quedaba de la noche —incluso hasta el día siguiente para un par de ellos— antes de que el manto de la rutina ahogara la inquietud y todo volviera a su cauce normal.

Consciente de que debía hablar con aquella mujer, Doyle permaneció cerca del grupo de acólitos que la rodeaban, ansiosos por tener una experiencia más directa de las verdades que exponía. Un ayudante —Doyle supuso que era un ayudante por su típico aspecto clerical— varón, veinteañero, montó una parada con los libros de HPB, ofreciendo a un precio muy razonable los volúmenes que Doyle ya conocía.

Las preguntas a las que ella respondía eran sinceras, aunque previsibles, y las contestaba con ingenio y una parquedad casi descortés. Quedaba claro que no era una de esas mujeres carismáticas que

Doyle encontraba de vez en cuando, cuyo único objetivo era inspirar una dependencia, emocional pero inevitablemente financiera, entre sus fieles. Era evidente que la irritaba su posición de blanco de la curiosidad social, y que no le interesaban los aspectos atractivos y halagadores de la relación maestra-alumno. «Este es su mérito», pensó Doyle. «Remueve el avispero. Lo que hace el individuo con la información no es responsabilidad suya. Además es sensible, pragmática y algo atractiva.»

—¿Qué me puede decir referente a las diversas religiones?

—Nada. No hay religión más importante que la verdad.

—¿Por qué cree que los jerarcas de las otras religiones tienen miedo de lo que dice?

—Intolerancia y materialismo.

—¿Pretende decir que Jesús no es el Hijo de Dios?

—No. Todos somos hijos e hijas de Dios.

—¿Pero no ha dicho que no era divino?

—Todo lo contrario. Siguiente pregunta.

—¿Qué opina de los francmasones?

—Cada vez que alguien pregunta sobre los francmasones, debo decir buenas noches. Lean mis libros, y hagan un esfuerzo por no dormirse, si les es posible. Muchas gracias.

Dicho esto, se retiró por una puerta lateral del escenario y el resto del público se dispersó. Una mujer baja, bien vestida, con monóculo y bastón apareció junto a Doyle.

—¿Doctor Doyle?

—Sí.

—Me llamo Dion Fortune. HPB desea hablar con usted. ¿Quiere acompañarme, si es tan amable?

Doyle la acompañó. Conocía el nombre de la mujer; era uno de los miembros fundadores de la rama londinense de la Sociedad Teosófica y autora de cierta fama en el mundo esotérico. Doyle observó que la mujer india se demoraba junto a la mesa de los libros mientras Dion Fortune le guiaba a través de la puerta.

El apretón de manos fue firme y sincero. La señora Blavatsky le miró directamente a los ojos con preocupación y cálido aliento.

—Estoy encantada de conocerle, doctor Doyle.

Después de ser testigo de las presentaciones, Dion Fortune ocupó un asiento junto a la puerta. Se encontraban en un camerino abarrotado junto a una caldera ruidosa. Sobre la mesa había una maleta grande y muy usada: el único equipaje de HPB. Sus pertenencias y enseres eran tan utilitarios y carentes de ostentación como su vestuario. Doyle correspondió al saludo, convencido de que debía relatarle cuanto antes los hechos ocurridos en Londres.

—La señora Petrovitch está muerta —dijo Doyle.

Las facciones de la mujer se endurecieron y, en el acto, le reclamó detalles exhaustivos y específicos. Él contó lo acontecido con la mayor exactitud y añadió sus conclusiones. Por último, le mostró la cajita con las pastillas de veneno que llevaba en el maletín. Después de examinarlas y olerlas, Blavatsky asintió.

—¿Quiere acompañarme a beber una copa? —le preguntó—. Sugiero algo fuerte.

Sacó una botella de la maleta. Fortune acercó las copas.

—Vodka —dijo Blavatsky, ofreciéndole la primera.

—Creía que la enseñanza espiritual estaba reñida con el consumo de bebidas fuertes —comentó Doyle.

—Casi toda la enseñanza espiritual es pura bazofia. Tenemos que movernos por el mundo con la personalidad recibida al nacer. Soy una campesina rusa, y el vodka me produce una sensación muy placentera.

Se lo bebió de un trago y se sirvió otra copa. Doyle dio un sorbito. Fortune se abstuvo. La señora Blavatsky se dejó caer en un sillón, pasó una pierna por encima de uno de los brazos de la butaca y encendió un puro.

—Tiene algo más que decirme, ¿no es así?

Doyle asintió. Agradeció los efectos del vodka, porque parecía facilitarle el relatar la historia. Ella le interrumpió una sola vez, para pedirle una descripción más detallada de las heridas y la figura hecha en el suelo con los órganos de la prostituta asesinada.

—¿Tendría la bondad de dibujármelos tan bien como le permita la memoria?

Fortune le suministró papel y lápiz; Doyle complació la petición y le entregó el resultado a Blavatsky. La mujer estudió el dibujo, lanzó un gruñido, plegó el papel y lo metió en su bolso.

—Por favor, continúe —dijo.

Él la guio a través del viaje a Cambridge, su casi encuentro con vaya-a-saber-qué en el edificio de antigüedades, y entonces le mostró el libro deformado que se había llevado de sus habitaciones.

—¿Qué puede haber causado esto? —preguntó.

—Una explosión ectoplasmática. Una entidad que atravesó el umbral desde el otro lado. Esto es lo que la señora Petrovitch quería enseñarme. Algo terrible. Desde luego, en aquel momento pensé que iban a por ella; quizá sí, como algo secundario. Dé gracias a que no estaba usted en casa a aquella hora. Adelante, doctor.

—Madame Blavatsky, ¿qué puede decirme de la Hermandad Oscura? —preguntó Doyle, hecho un verdadero lío.

La pregunta motivó un velado intercambio de miradas entre HPB y Fortune, que él fue incapaz de interpretar.

—Seres malvados. Materialistas. Enemigos del espíritu santo. Tendría que leer mi libro sobre el tema…

—He leído su libro, madame. —«Demasiado a fondo», pensó Doyle—. Necesito saber si cree que estos seres son reales.

Ella golpeó la mesa.

—¿Es real esta mesa? ¿Es real la copa?

—Al parecer sí lo son.

—Entonces ya tiene la respuesta.

—Pero ¿estos seres son personas, quiero decir, tienen forma humana, o solo se limitan a nadar indiscriminadamente por el éter?

—Son espíritus que desean la forma humana. La ansían, rondan a su alrededor, buscando la entrada.

—Para lo cual, como ha escrito usted, necesitan la cooperación de los vivos.

—Sí, cooperación y sacrificio. Hay que invitarlos a este plano a través de rituales y cosas por el estilo —respondió ella sin mucho interés—. Por favor, descríbame si puede al profesor Armond Sacker.

—Alto, larguirucho. Treinta y tantos. Nariz prominente, frente despejada, inteligente, ojos claros. Dedos largos. Atlético.

La descripción dio lugar a otro intercambio de miradas entre las anfitrionas.

—¿Me equivoco en algo? —preguntó Doyle.

—Da la casualidad de que voy a cenar con el profesor Sacker esta misma noche —respondió la mujer.

—Entonces, le conoce —exclamó Doyle, entusiasmado.

—Desde hace muchos años.
—¿Le conoce usted bien?
—Muy bien. Y si no me equivoco, los pasos que se acercan a la puerta son los suyos.
Efectivamente, se oían pasos al otro lado de la puerta: dos personas. Siguió una llamada, y Fortune abrió la puerta al joven asistente.
—El profesor Sacker desea verla, madame —dijo el asistente.
—Hágale pasar —contestó ella.
Doyle abandonó la silla. El asistente se apartó de la puerta y entró el profesor Sacker. HPB le saludó cariñosamente, con besos en las mejillas.
—Qué alegría volver a verle.
—Y a ti, querida, y a ti —replicó Sacker en voz muy alta.
También Fortune saludó a Sacker como si se conocieran de toda la vida. Después le presentó a Doyle, que estrechó la mano temblorosa del hombre de ochenta y dos años, enano, jorobado y de pelo blanco que tenía delante.
—Perdón, ¿cómo ha dicho que se llama? —preguntó Sacker.
—Doyle.
—¿Boyle? —preguntó casi gritando.
—Doyle, señor. Arthur Doyle.
—Muy bien, señor Oyle, ¿nos acompañará a cenar?
—En realidad… no lo sé, señor.
—Profesor, vaya usted al restaurante con la señora Fortune, por favor. Enseguida me reuniré con ustedes —dijo madame Blavatsky, que se hizo entender por el anciano sin levantar la voz. Le hizo una señal a Fortune, que con mucha discreción guio a Sacker fuera del camerín.
Blavatsky se volvió hacia Doyle, interpretando el asombro dibujado en su rostro.
—Escúcheme atentamente, doctor —dijo—. Mañana a primera hora salgo para Liverpool, donde dentro de dos días embarcaré para Estados Unidos. No debe olvidar nada de lo que le he dicho, cosa que, como ha demostrado fehacientemente, no le será difícil.
—Lo intentaré. Querría pregun…
Ella levantó una mano para hacerle callar.
—Por favor, basta de preguntas. Solo servirían para irritarme. Hay una gran ansiedad en usted. No dudo de lo que me ha dicho,

pero estos son tiempos muy peligrosos para muchos iniciados en muchos lugares, y requieren mi presencia en todas partes. No espero que me comprenda. Por favor, acepte que lo que le he dicho le resultará de alguna utilidad, y siga adelante.

—Si no tengo otra elección...

—Bien. El optimismo es bueno. El sentido común es bueno. —Apagó el puro—. Igual que los místicos acceden a lo oculto, hay individuos que actúan como hechiceros para la «mágika». «Mágika» es el sendero izquierdo que lleva al conocimiento; es el camino más corto hacia la ilustración que buscamos todos. Tiene un coste muy alto. Me parece que aquello que le dijo el hombre que se presentó a sí mismo como el profesor Sacker era correcto en muchos detalles: usted se ha convertido en el objetivo de un grupo que recorre el sendero izquierdo.

—¿Quiénes son?

—Nadie lo sabe.

—¿La Hermandad Oscura?

—Existen muchos nombres para esta confederación dispersa de almas. Su mano impulsa las acciones siniestras de innumerables facciones en todo el mundo; no los confunda con alguna benevolente orden protectora de hermanos de logia. Son nuestra contrarréplica en la exploración de lo que hay al otro lado, pero su única ambición es el poder material. Son extraordinariamente malvados y capaces de acabar con su vida, de la misma manera que hicieron con mi querida amiga Petrovitch, que por cierto era una adepta muy avanzada que había vigilado sus progresos con gran interés desde hacía algún tiempo...

—¿Mis progresos?

Una vez más ella le hizo callar con su mirada hipnótica, que brillaba con el mismo poder persuasivo que había mostrado en el escenario.

—No debe flaquear en su decisión. Es su mérito principal. No debe temer, eso les permitiría entrar. Respecto a los fenómenos que me ha descrito, algunos de los cuales debo admitir que son nuevos para mí (el hilo azul, el extraño estado de sus habitaciones, etcétera), debe recordar una cosa: todas estas manifestaciones que han creado no significan absolutamente nada.

—¿Es verdad?

—No del todo, pero le recomiendo que adopte esta actitud inmediatamente, o las cosas no le irán muy bien. Por cierto, ¿puedo quedarme con este ejemplar de mi libro? Me gustaría examinarlo. Al parecer han conseguido atravesar la piel y alterar la estructura molecular. Si es cierto, mala cosa.

Doyle le entregó el libro, conteniendo el impulso de preguntar «¿por qué?». Ella estudió un momento el objeto antes de guardarlo en la maleta y volverse hacia él para dirigirle otra de sus largas miradas.

—Cuando las cosas se pongan muy negras, piense que tiene amigos desconocidos o no vistos...

—El profesor Sacker...

—El profesor Sacker que ha conocido esta noche es un erudito de los antiguos cultos secretos. Es un buen colega, un académico sin ningún conocimiento directo de la lamentable situación en la que usted se encuentra. El hecho de que el hombre que se puso en contacto con usted utilizara el nombre del profesor es algo muy importante, y que le aconsejo investigar.

—¿Qué debo hacer?

—¿Qué debe hacer? Excelente pregunta —comentó ella, muy seria—. ¿Qué cree que debería hacer?

Doyle pensó un instante.

—Pienso que debería ir a la finca de lady Nicholson. Topping.

—Una idea sensata. Está en las garras de un dilema muy interesante, doctor. Deseo sinceramente que nuestros caminos se vuelvan a encontrar. ¿Tiene todos mis libros?

—Ahora que lo dice, los perdí en...

—Por favor, vea a mi asistente. Él se los suministrará gratis. Confío en que le serán útiles.

Le volvió la espalda y comenzó a preparar la maleta. De pronto Doyle recordó el talismán que llevaba en el bolsillo.

—Perdón, madame..., pero ¿qué piensa de esto? —Le mostró el ojo metálico que le había dado el falso Sacker.

Ella lo cogió, lo examinó, intentó doblarlo, y por último lo mordió. No quedaron marcas, e hizo un gesto de aprobación.

—Esto es muy bueno. Yo en su lugar lo llevaría colgado alrededor del cuello.

Se lo devolvió y cerró la maleta.

—Pero ¿qué significa?

—Es un símbolo.

—¿Un símbolo de qué? —insistió él, un tanto exasperado.

—Sería muy largo de explicar. Ahora debo irme. Le invitaría a cenar, pero no quiero alarmar innecesariamente al profesor. Su salud es delicada, y necesitamos que acabe el trabajo antes de su tránsito, que está fijado para finales de año.

—¿Fijado?

—¡Venga ya, doctor! «Hay mucho más en el cielo y en la tierra»..., etcétera. Shakespeare era un adepto muy avanzado. Confío en que lo conozca a fondo.

—Sí.

—Ah, el sistema educativo inglés. Despidámonos con un beso. Le deseo lo mejor, doctor Doyle. *Do svidania.*

Un revuelo de la capa y ya había cruzado la puerta. A Doyle le daba vueltas la cabeza. Vio un libro grande en el suelo junto a la maleta, lo recogió y fue tras ella.

No la vio por ninguna parte. Tampoco al joven asistente. Sobre la mesa en el Grange Hall desierto, le habían dejado una pequeña pila de las otras obras. Miró la portada del libro que tenía en la mano.

Autodefensa psíquica, por H. P. Blavatsky.

8

JACK SPARKS

«Ahora sí que estoy frito —pensó Doyle—: Blavatsky confirma que los asesinos me siguen el rastro, magro consuelo, y que no puedo contar con su ayuda, dado que está mucho más interesada en cumplir con los apremiantes compromisos de su misteriosa agenda. ¿Quién hubiera pensado que después de todos estos peligros yo ocuparía un lugar tan bajo en su jerarquía de angustiados?

»Pero vamos a ver, ¿qué esperabas? ¿Que lo dejara todo para venir en tu ayuda? Y si lo hubiese hecho, ¿qué clase de ayuda te hubiese podido prestar una mujer madura, tosca, de costumbres vulgares, con un séquito de ratones de biblioteca? No envidio a los pobres diablos a los que ella socorra. Lo que necesito no es una charlatana con una botella de vodka, no, señor. Lo que necesito es un escuadrón de dragones valientes y bien armados montando guardia, sable en mano, y dispuestos a salvar mi vida a cualquier precio.»

Caminaba de nuevo entre la gente hacia King's Parade.

«El piso destrozado. Petrovitch asesinada (¿qué dirá Leboux cuando aparezca el cadáver?), prostitutas con las entrañas convertidas en comida para perros, un niño secuestrado, la madre asesinada ante mis ojos mientras unos brujos me llevan a una emboscada, rescatado por impostores, inducido a una falsa persecución donde casi acabo convertido en la merienda de un basilisco de piedra gótico. Nunca me ha gustado Cambridge, tierra de cultivo para el desprecio de la clase gobernante, perpetuadora de todo el podrido sistema. Calma, Doyle; no metas en esto toda la letanía de una vida de quejas sociales. Una calamidad después de otra, muchacho.

»Vamos por orden: alojamiento para la noche. Casi sin blanca. Nadie a quien sablear: Blavatsky hubiera sido la mejor esperanza en este asunto. Sus malditos libros pesan como plomo en el maletín. La vanidad de la mujer. Le pides ayuda, y ella te carga con sus obras completas y huye del país.

»Claro que yo tengo un plan: Topping. Ahora bien, ¿qué le dice uno al marido? "Encantado de conocerle, lord Nicholson; sí, un tiempo bastante rarillo para esta época, veo que las caléndulas florecen más que de costumbre. Por cierto..., ¿sabía que a su esposa, Caroline, y a su cuñado los degollaron y les destrozaron el cráneo en una sórdida casucha de Londres hace un par de días? Lamento decírselo, pero da la casualidad de que yo me encontraba en la habitación en aquel momento..."

»De acuerdo, ya tendré tiempo suficiente para ver cómo encaro el asunto antes de llegar allí. La tarea más urgente es pasar la noche vivo.

»Una fonda. Bueno, ya es algo.»

Doyle decidió no dejar el maletín en la habitación, aunque esta le pareció lo bastante segura como para dejar el abrigo en la cama. Se acomodó en una butaca de la sala junto a la chimenea y mantuvo el maletín en contacto con la pierna en todo momento. Había otra media docena de parroquianos en la acogedora estancia: dos hombres mayores con aspecto de profesores, una joven pareja casada y un par de viajeros solitarios. Nadie tenía el aspecto de representar una amenaza.

Doyle bebió un buen trago de ponche con crema y examinó el ojo metálico. Pensó en el consejo de Blavatsky: «Quizá tendría que usarlo como amuleto, ¿qué tiene de malo?». Vio algo por el rabillo del ojo: una vez más la mujer india, que subía las escaleras. «Al parecer, pasará la noche aquí. Ha asistido a la conferencia, y seguramente mañana regresará a Londres.»

El falso Sacker volvió a su memoria. Se había presentado como amigo y salvador, pero si de verdad era así, ¿por qué le había dado un nombre falso? ¿Por qué precisamente este? ¿No podía ser que estuviese aliado con los villanos y pretendiera ganarse la confianza de Doyle con algún propósito más siniestro? Por lo que él sabía, durante el viaje en coche bien podría haber estado de acuerdo con el gran maestre de la hermandad.

Sopló el viento y las ramas golpearon contra la ventana. Una ráfaga avivó el fuego, y arrancó a Doyle del ensimismamiento. Había acabado la bebida. Oyó el piafar nervioso de los caballos en el exterior. Descubrió, un tanto sorprendido, que no había nadie más en la sala. ¿Cuánto tiempo había pasado? Las once y media. Llevaba allí casi una hora.

El viento aulló y se abrió la puerta de la calle, las llamas de gas oscilaron con la corriente de aire, la sala se oscureció, y entró una figura imponente vestida de negro, con el rostro ensombrecido por una capa de cuello alto y un tricornio. El hombre golpeó impaciente el mostrador y miró en derredor. Doyle obedeció a un impulso para ocultarse detrás de la butaca y evitar la mirada del intruso, aunque esto le impedía verle el rostro. Doyle arriesgó otra ojeada a tiempo para ver al propietario escurrirse saliendo de un cuarto trasero. De inmediato la sonrisa se borró del rostro del posadero. Aunque Doyle no conseguía entender las palabras del forastero, su tono fulminante y gutural era amenazador.

Doyle recogió el maletín y se dirigió discretamente a la escalera de atrás, asegurándose de que el hombre del mostrador no le veía. Lo único que oyó con claridad mientras subía fue que el intruso exigía ver el registro, y comprendió instintivamente que el hombre le buscaba.

«De acuerdo. Cojo el abrigo de la habitación y me largo», murmuró para sí mientras atravesaba el vestíbulo y metía la llave en la cerradura. «Consuélate, Doyle. Si realmente vienen a por ti, al menos esta vez tienen forma humana.»

Al entrar vio que la ventana de la pared opuesta estaba abierta. La lluvia comenzaba a rebalsar por encima del alféizar. Se acercó para cerrarla, y mientras sacaba una mano al exterior para sujetar el tirador, lo que vio en la calle le produjo escalofríos.

Ante la entrada de la fonda se encontraba el mismo carruaje negro que había visto la noche de la sesión. Una figura encapuchada sostenía las riendas de los cuatro corceles negros. Doyle tiró del postigo hacia él, la figura miró en su dirección al oír el movimiento, cayó la capucha, y Doyle vio la máscara gris que ocultaba el rostro. La figura le señaló y emitió un chillido agudo y ensordecedor.

Doyle cerró la ventana de un golpe, buscó el revólver en el maletín y corrió hacia la puerta. A su paso por el vestíbulo, oyó los gritos de dolor en la planta baja; torturaban al pobre fondista —«bastardos, los acribillaré a balazos»—, y cuando se preparaba para lanzarse escaleras abajo y hacerles frente, oyó el ruido de pasos que subían. Y otro sonido…

«¡Chist!» ¿De dónde venía?

«¡Chist!» La mujer india, asomada por una puerta entreabierta del pasillo, llamaba a Doyle moviendo un dedo. Doyle vaciló.

—Por el amor de Dios, Doyle, deprisa —dijo la mujer, con voz de hombre.

Doyle corrió hacia la puerta y entró mientras a sus espaldas los atacantes llegaban al rellano y se encaminaban hacia su habitación en el otro extremo del vestíbulo. El ocupante del cuarto se despojó del largo velo, y Doyle le vio por primera vez el rostro.

—Usted…

—Ayúdeme a quitarme estos vestidos —le pidió el hombre que conocía como profesor Armond Sacker.

Doyle le miró boquiabierto. Los sonidos de golpes y maderas rotas sonaron en el pasillo.

—No se quede ahí como un flan, Doyle, acaban de descubrir que no está en su habitación.

Doyle ayudó al hombre a quitarse el sari acolchado; descubrió que debajo llevaba el mismo traje negro de la noche en que se conocieron. A toda prisa el hombre se quitó con una toalla el maquillaje marrón de la cara.

—Me han seguido —fue lo único que se le ocurrió decir a Doyle.

—Le han encontrado mucho más pronto de lo que pensaba, por mi culpa —manifestó el hombre, arrojando la toalla—. ¿El revólver está cargado?

Doyle abrió el tambor.

—No, me había olvidado.

—Le sugiero que se dé prisa, muchacho —dijo el hombre, tranquilo. Se quitó las sandalias de un puntapié y se calzó unas botas de cuero suave—. Tendremos que utilizar el tejado.

Mientras buscaba la caja de munición en el maletín, Doyle oyó un chirrido y al mirar vio a uno de los capuchas grises abrir la ventana encima de la cama. Cogió el primer objeto sólido que tenía a mano, y echando el brazo hacia atrás lo lanzó contra la criatura; el proyectil hizo blanco justo en el centro de la capucha, apartándola de la ventana. Oyeron el estrépito de las tejas, y después el impacto en la calle.

El hombre recogió el proyectil, que yacía junto a la ventana.

—La buena de Blavatsky —dijo, con una breve mirada de admiración, y le devolvió el tomo de *Autodefensa psíquica* a Doyle—. Bueno, allá vamos.

El falso Sacker se metió en un bolsillo el velo que había usado antes y salió por la ventana. Doyle acabó de cargar el revólver, cogió el maletín, aceptó la mano que le ofreció el hombre y se reunió con él en el tejado.

—Tendrá que dar muchas explicaciones —le dijo Doyle.

—De acuerdo, Doyle —respondió—. ¿Qué le parece si primero nos alejamos un poco de estos maníacos desalmados?

Doyle asintió. El hombre comenzó a gatear por el caballete del tejado, seguido de cerca por Doyle; se jugaban el tipo con cada paso sobre las tejas resbaladizas por la lluvia. La tormenta aullaba a su alrededor.

—¿Cómo debo llamarle? —preguntó Doyle.

—¿Perdón? Apenas si consigo oírle.

—Le he preguntado su nombre.

—Llámeme Jack.

Llegaron a la parte trasera del tejado. La calle, seis metros más abajo, aparecía desierta. Jack se llevó dos dedos a la boca y silbó como si quisiera atravesar el viento.

—Perdón, Jack...

—Sí, Doyle.

—¿Le parece prudente silbar de esa manera?

—Sí.

—Quiero decir que por lo que he visto tienen un oído muy fino.

—Y que lo diga.

Esperaron. Jack sacó el velo del bolsillo y Doyle observó que medía casi tres metros de largo y que llevaba pesos en las puntas. Doyle oyó movimientos detrás de ellos; asomó otro capucha gris, descolgándose por el caballete del tejado.

—¿Podría dispararle? —preguntó Jack.

—Esperaré a que esté un poco más cerca, si no le importa —contestó Doyle. Levantó el revólver y apuntó.

—Yo no esperaría demasiado.

—Con mucho gusto le cedo el puesto…

—No, no…

—Porque si piensa que puede hacerlo mejor…

—Tengo la más absoluta confianza en usted, muchacho.

El encapuchado estaba a unos tres metros de distancia. Doyle disparó. La criatura, increíblemente, esquivó la bala y siguió avanzando lentamente.

—Compréndalo, no pretendo criticarle. Solo que —dijo Jack, haciendo girar el velo por encima de la cabeza en un círculo muy cerrado— son mucho más rápidos de lo que parecen. Es mejor crear una buena cortina de fuego y confiar en que se metan en ella.

Doyle disparó de nuevo. La criatura resbaló hacia la izquierda, la bala le atravesó un hombro, se tambaleó, recuperó el equilibrio y siguió la marcha. Doyle se quitó la lluvia de los ojos, y apuntó con mucho cuidado.

—Estas cosas —dijo Doyle— no acaban de estar vivas, ¿verdad? Al menos en un sentido tradicional.

—Algo así —replicó Jack, e hizo volar el velo.

El objeto silbó a través del aire y pilló a la criatura en la garganta. Los extremos lastrados continuaron el giro y se enrollaron alrededor del cuello, cada vez más rápidamente, hasta que los pesos le golpearon el cráneo produciendo el sonido de un melón aplastado por una rueda de carro.

—¡Ahora, Doyle!

Doyle disparó a quemarropa contra la cara del encapuchado. La cosa cayó de espaldas, resbaló por el tejado y desapareció de la vista.

—¡Maldita sea! —exclamó Jack.

—No lo hemos hecho tan mal.

—Pensaba utilizar el velo para descolgarnos del tejado.

—Un objeto muy práctico.

—De origen sudamericano, aunque en el Punjab utilizan un modelo parecido desde hace siglos.

—Si no le molesta la pregunta, ¿cómo bajaremos, Jack?

Doyle pensó que había oído un carruaje que se acercaba.

—Tendremos que saltar, ¿no cree?

Jack miraba atentamente a la calle y al coche, ahora visible, que venía hacia ellos.

—¿De verdad? No llegaremos muy lejos con las piernas rotas...

Antes de que Doyle pudiese concretar las protestas, Jack le sujetó por el cinturón y saltó del edificio. Chocaron contra el techo del coche en movimiento, desgarraron la tela y aterrizaron hechos un ovillo en los almohadones del interior.

—¡Caray!

—¿Está ileso?

Doyle hizo un rápido inventario; salvo por un leve dolor en las costillas y una ligera torcedura en un tobillo, descubrió sorprendido que estaba intacto.

—Nada serio.

—Estupendo.

Mientras pasaban junto al coche que estaba parado frente a la fonda, Doyle alcanzó a ver las figuras oscuras que les perseguían bajo la lluvia. Jack golpeó en lo que quedaba de techo. El cochero, el mismo hombre bajito y de cara cortada que les había llevado antes, se asomó por el agujero.

—Tácticas evasivas, Barry —dijo Jack.

Barry asintió y volvió al trabajo. Doyle oyó el chasquido del látigo, y el carruaje aceleró la marcha.

Jack se acomodó en el asiento situado frente al de Doyle y levantó una mano para protegerse del agua que caía en cascada a través del techo.

—Lamento lo de la lluvia.

—No tiene importancia. ¿Qué le parece si aprovechamos para mantener otra pequeña charla?

—Ahora no es momento. Nos vamos a apear enseguida.

—¿Que nos vamos a apear?

El carruaje atravesó un pequeño puente corto y se detuvo bruscamente. Jack saltó de la cabina y mantuvo la puerta abierta.

—Venga, Doyle, no tenemos toda la noche.

Doyle le siguió en medio del diluvio. Jack hizo una seña a Barry, y el coche desapareció en la oscuridad.

—Por aquí —dijo Jack, guiándole por un terraplén debajo del puente que acababan de atravesar.

Jack arrastró a Doyle hasta el relativo abrigo que proporcionaba el entarimado del puente. Con el maletín en una mano, Doyle utilizó la otra para encaramarse en una de las vigas, un asiento precario a unos pocos palmos por encima de la crecida del arroyo.

—¿Está bien sujeto? —Jack tuvo que gritar para hacerse oír.

—Creo que sí —respondió Doyle, pero la respuesta quedó ahogada por el estruendo ensordecedor del carruaje y los cascos de los corceles que atravesaban el puente a un pie por encima de sus cabezas. El sonido se alejó, engullido rápidamente por la tormenta.

—¿Eran ellos? —preguntó Doyle.

—Barry les tendrá dando vueltas por Trafalgar Square antes de que descubran que no estamos a bordo.

Doyle asintió, admirado a su pesar de los recursos del hombre. Tras una pausa, Doyle miró a Jack, que le sonrió amablemente.

—¿Qué sugiere que hagamos?

—Sugiero que nos quedemos aquí hasta que pare la lluvia —dijo Jack.

Transcurrieron los minutos. Jack parecía muy contento de esperar en silencio. No se podía decir lo mismo de Doyle.

—Mire, Jack, o como se llame, antes de seguir adelante, me gustaría saber exactamente quién es usted —dijo Doyle, consciente de que se le había agotado la paciencia.

—Tendrá que perdonar el subterfugio, Doyle, pero hay una cierta lógica en todo esto que no tardará en comprender —contestó él y repitió la sonrisa. Buscó en la chaqueta y sacó la petaca de plata.

—Perdonado. ¿Quién es usted?

—John Sparks, Jack para los amigos, agente especial de su majestad la reina. Encantado de conocerle. —Le ofreció la petaca—. ¿Un poco de coñac para prevenir el resfriado, doctor?

9

POR TIERRA Y POR MAR

Aferrado a las tripas del puente, temeroso de caer en la catarata helada, Doyle no disfrutó de un momento de descanso durante el resto de la noche. En cambio, Sparks parecía flotar en una serena modorra meditativa, erguido y abrazado con despreocupación a un grueso madero.

La lluvia amainó cuando la primera luz del alba entibió el cielo por oriente. Ni una sola nube oscurecía el horizonte occidental. Sparks abrió los ojos, fresco y alerta como un purasangre el día del Derby.

—La mañana promete —anunció Sparks, después de encaramarse al puente con la agilidad de un gimnasta húngaro.

Tieso como un cadáver, empapado, hambriento y amoratado, Doyle se arrastró hasta la carretera. Dominó con un esfuerzo considerable la irritación ante el entusiasmo del otro, mientras este realizaba una exótica sesión de extrañas posturas de yoga acompañadas por vocalizaciones que recordaban los maullidos nocturnos de gatos famélicos. Aturdido, con los ojos vidriosos, Doyle descubrió que sus pensamientos se reducían a imaginar boles rebosantes de gachas calientes con crema y complicadísimos métodos para asesinar a Sparks, uno de los cuales incluía un uso muy original de las gachas. Con una exhalación profunda y una salutación al sol naciente,

Sparks acabó los ejercicios y por primera vez reconoció la presencia de Doyle.

—Es hora de marchar —dijo Sparks con una sonrisa. Seguidamente caminó con paso enérgico carretera abajo.

Cuando Sparks ya casi había desaparecido en la próxima curva, entre la espesa bruma que invadía el cerebro de Doyle se abrió paso la necesidad de mantenerse junto a aquel hombre. Echó a correr detrás de Sparks, con las botas chorreando agua a cada paso. Incluso después de alcanzarle, Doyle tuvo que mantenerse al trote para seguir el ritmo marcado por la marcha atlética de Sparks.

—¿Adónde vamos? —preguntó Doyle.

—Un blanco móvil presupone movimiento, Doyle —replicó Sparks, entre profundas inspiraciones naturalistas—. Hay que ser imprevisible, esa es la clave.

La despreocupación del hombre resultaba insultante.

—Entonces, ¿adónde va usted?

—¿Adónde va usted?

—Le aseguro que no lo sé.

—Oiga, usted va a alguna parte.

—Tenía la impresión de que iba con usted.

Se produjo una larga pausa.

—Bueno, entonces ¿adónde vamos? —insistió Doyle.

—Lo único que puedo decir es que debemos dejar el camino cuanto antes.

El angosto sendero discurría por un bosque muy espeso.

—¿Cree que es poco seguro?

—En este momento es una descripción precisa de casi todo.

Sparks se detuvo bruscamente. Movió la cabeza adelante y atrás como un pájaro, para captar alguna extraña información sensorial.

—Por aquí —dijo, y echó a correr por el bosque.

Doyle le siguió, alarmado. Sparks se adentró tanto que perdieron de vista el sendero. Avanzó al acecho por una hondonada cubierta de helechos, demoró el paso, se detuvo y con cuidado apartó un montón de zarzas, para dejar al descubierto un arbusto de grosellas silvestres.

—Comamos —dijo Sparks.

Recogieron un puñado de frutos cada uno. Eran deformes y amargos, pero Doyle los saboreó como si fuesen lionesas.

—Le gusta la comida, ¿verdad, Doyle? —le dijo Sparks, viéndole masticar—. Tiene todo el aspecto de ser persona de buen saque.

—Nunca rechazaría una buena comida, desde luego.

—Alimentarse, esa es la cuestión. Dentro de poco se hablará mucho al respecto. La salud pública.

—Jack, si no le importa, preferiría no hablar de la salud pública en este preciso momento.

—Como guste.

—Más bien preferiría hablar de mi salud en particular; mi salud en relación a esos intentos tan decididos contra mi vida. Una salud que pretendo conservar en el mejor estado posible.

—Le comprendo perfectamente.

—Bien, Jack. Me alegra que lo comprenda.

—No necesito meterme en su piel para ver lo mal que pintan las cosas desde su perspectiva —afirmó Sparks. Se puso de pie y se desperezó, preparado para seguir la marcha.

—Desearía poder decir que no me siento tan incómodo.

—La comodidad es un bien escaso en estos momentos.

—Jack, ¿adónde vamos? —preguntó Doyle, sin ánimos de moverse.

—¿Adónde quiere ir?

—Antes preferiría escuchar su respuesta.

—No es tan fácil, Doyle.

—De acuerdo, pero, sinceramente, contaba con su consejo en este asunto. En realidad, dependía de él.

—Entonces, escúcheme bien. En este momento no tiene importancia adonde yo quiera ir. Ninguna importancia.

—¿No tiene importancia?

—No. La cuestión es ¿adónde quiere ir usted?

Doyle consideró la posibilidad de pegarle un tiro, pero las bayas consumidas, a pesar de su desagradable aspecto, habían dulcificado las asperezas de su carácter.

—Había pensado acercarme a Topping, a casa de la difunta lady Nicholson. Este era mi propósito más reciente.

—Bueno, pues vamos allá —anunció Sparks, y echó a andar.

—¿Así, sin más?

—Es usted quien quiere ir allí, ¿no?

—Entonces, secunda la idea —dijo Doyle.

—No está mal. ¿Sabe dónde queda?

—No tengo ni la más remota idea.

—¿Cómo pensaba llegar allí?

—Mi plan no había llegado tan lejos.

—Está en el este de Sussex. Cerca de la ciudad de Rye. Venga, Doyle, nos espera un largo camino —afirmó Sparks, y se adentró en el bosque.

—Tengo más preguntas que hacerle —dijo Doyle mientras le seguía.

—Puede usted hacerlas mientras caminamos por la carretera, ¿no cree, Doyle?

—Yo diría que sí.

—Pero no vayamos por esta, si no le importa. Nuestra ruta será necesariamente un tanto enrevesada.

—Es algo que hubiera podido imaginar.

El sol, al proseguir su ascenso matutino, les quitó el frío de los huesos y secó la primera capa de humedad de las prendas. Siguieron la carretera principal poco más de kilómetro y medio antes de llegar a un cruce casi invisible con un sendero de carro cubierto de maleza. Tras una breve consulta consigo mismo, Sparks torció a la izquierda, por el sendero en desuso. A partir de aquel punto demostró poseer una formidable brújula interna, sin vacilar en los cambios de dirección, incluso cuando el desvaído rastro que seguían se esfumaba a lo largo de centenares de metros.

El sendero salió del bosque y entró en un ondulado valle de tierras de cultivo. Con la luz del sol, el olor intenso y la hermosura de los campos resultaba un deleite para los sentidos. Los trinos de los pájaros cantaban la majestuosidad del día. A Doyle le resultó difícil concentrarse en las preocupaciones, y en una ocasión se sorprendió a sí mismo casi a punto de ponerse a silbar. Sparks cogió un puñado de hierba seca, y después de examinarlo atentamente masticó los tallos, uno a uno.

A petición de Sparks, Doyle recapituló sus aventuras desde que se habían separado en Londres, recordando —dado que Sparks le había recalcado que debía evitar a la policía— no mencionar la visita a Leboux, de Scotland Yard. «Ni siquiera se lo imagina», se felicitó Doyle.

—Bien, así que después de llevar al inspector al 13 de Cheshire Street, regresó a su apartamento y descubrió el cadáver de la señora Petrovitch.

Una vez descubierto, Doyle intentó echarle cara al asunto.

—No insista, Doyle. No tiene sentido mentirme.

—¿Cómo lo ha sabido?

—Qué más da. El daño ya está hecho.

—Pero debe decírmelo. ¿A través de qué razonamiento llegó a...?

—Le seguí.

—¿Incluso entonces? ¿Antes de disfrazarse de india?

—Más o menos.

—¿Con el propósito de protegerme o pensando que yo provocaría problemas?

—Esos fines no se contradicen.

—Como su presencia en Cambridge.

—Tenía además otros motivos para ir allí.

—¿Qué motivos? —quiso saber Doyle, convencido de tener ventaja en el interrogatorio.

—El hermano de lady Nicholson estudiaba en Gonville y Caius. Hice algunas averiguaciones en el despacho del administrador.

—Mientras yo buscaba al «profesor Sacker».

—Efectivamente, aquel fue el momento más oportuno.

—Supongo que por esa razón dio un nombre falso —concluyó Doyle—. Si iba a buscarle a Cambridge, usted podía mantenerme vigilado mientras buscaba al hermano...

—Bien pensado, Doyle.

—Aunque tal como ocurrieron las cosas, su magnífico plan casi me convierte en comida para pájaros.

—Muy lamentable.

—Y supongo que no tiene una explicación para aquello que me persiguió por las salas del edificio de antigüedades.

—No, lo siento —respondió Sparks con aparente sinceridad, para después añadir, entusiasmado—: Algo muy interesante, ¿no le parece?

—No dejo de pensar en aquello ni un solo momento. ¿Qué descubrió referente al hermano?

—Se apellida Rathborne, el apellido de soltera de lady Nicholson. Su nombre de pila es George. Abandonó el *college* tres días antes de comenzar las vacaciones. Le dijo al prefecto que se trataba de un asunto urgente de familia. Desde entonces no han vuelto a saber nada de él.

—Ni volverán a saber, pobre diablo. ¿Y qué hay de madame Blavatsky?

—Una mujer fascinante.

—Coincido con usted. ¿Tiene algo que ver con todo esto?

—Yo diría que es una observadora interesada y comprensiva.

—¿Quiere decir que no está involucrada?

—Usted es el que habló con ella, ¿qué opina?

—¿No la conoce? —preguntó Doyle, nuevamente exasperado.

—No me la han presentado, pero me parece una buena oradora, una curiosa mezcla de peregrina militante y vendedora ambulante. Casi juraría que es americana.

—Perdone que se lo pregunte, Jack, pero ¿qué es toda esa tontería de que trabaja para la reina?

Sparks se detuvo y le miró con incuestionable sinceridad.

—Debe prometerme que jamás dirá ni una palabra a nadie respecto a esa vinculación. No se puede mencionar con seguridad ni siquiera aquí, en la soledad de un prado remoto. Vidas mucho más valiosas que las nuestras para la salvaguarda del imperio dependen de su discreción. Confié en usted muy a mi pesar, solo para que comprendiera la gravedad del asunto en el que lamentablemente está involucrado. No sabe cuánto desearía que no fuese así.

La sentida mención de Sparks a la Corona sacó a primer plano las simpatías monárquicas de Doyle, impidiéndole plantear nuevas objeciones al velo de secreto impuesto por Sparks.

—¿Me equivoco al suponer que esto representa una amenaza contra la vida de ciertos… individuos de noble cuna? —preguntó Doyle, cauteloso.

—No, en absoluto.

—¿Puedo serle de alguna ayuda en este asunto?

—Ya lo ha sido. Es usted muy competente.

Una amenaza a la reina: Doyle apenas si podía contenerse.

—A la vista de que atribuye ciertos méritos a mis aptitudes, estoy dispuesto a ponerme a su servicio sin reparos.

Sparks le estudió con una mirada en la que se mezclaban la piedad y la valoración objetiva.

—Le tomo la palabra —respondió Sparks—. ¿Tiene la insignia que le di la otra noche?

—Aquí está. —Doyle sacó el ojo metálico del bolsillo.

—Sosténgala en la mano izquierda, por favor.

—Madame Blavatsky sugirió que la convirtiera en amuleto.

—No veo nada malo en ello, siempre que no lo lleve a la vista —dijo Sparks, sacando una insignia idéntica, transformada en amuleto, escondida debajo del cuello de la camisa—. Ahora levante la mano derecha y repita conmigo.

—¿Se trata de algún ritual masónico?

—No tenemos todo el día, Doyle.

—Está bien, adelante.

Sparks adoptó un aire solemne y cerró los ojos. Cuando Doyle comenzaba a inquietarse por el silencio, Sparks lo rompió con sus palabras…

—Desde el punto de luz dentro de la mente de Dios, que la luz fluya en la mente de los hombres. Que la luz descienda sobre la Tierra.

Doyle repitió las palabras, intentando insuflarles vida mientras se esforzaba por descifrar su significado. Mente de Dios. Luz. Luz en forma de conocimiento: sabiduría.

—Desde el centro donde la voluntad de Dios es conocida —añadió Sparks—, que el propósito guíe las débiles voluntades de los hombres, el propósito que los maestros conocen y sirven.

Más problemático. No cristiano, aunque eso tampoco planteaba mayores objeciones. Los maestros. Madame Blavatsky había escrito sobre ellos; seres mitológicos que contemplaban desapasionados las locuras humanas. Todas las civilizaciones tenían una versión propia: Olimpo, Valhalla, Cielo…

—Desde el centro que llamamos la raza de los hombres, que funcione el plan del amor y la luz, y que selle la puerta donde reside el mal.

Ahora llegaban a alguna parte: la puerta donde reside el mal; Doyle se sentía cualificado para afirmar que, aunque no podía precisar la ubicación exacta, sí había oído a alguien llamar a esa puerta.

—Que la luz, el amor y el poder restauren el plan en la Tierra.

El plan. «¿Qué plan?», se preguntó. Y exactamente ¿cómo pensaban restaurarlo quienesquiera que fuesen… ahora que al parecer él era uno de ellos?

—¿Qué hacemos ahora? ¿Hay algún apretón de manos secreto, algo para sellar el compromiso? —preguntó Doyle.

—No. Esto es todo —contestó, ocultando el amuleto.

—¿Qué significa exactamente, Jack?

—¿Qué significa para usted?

—Hacer el bien. Luchar contra el mal. —Doyle se encogió de hombros.

—Ya es suficiente para empezar —manifestó Sparks, y echó a andar.

—Poco dogmático, para esa clase de cosas.

—Alentador, ¿verdad?

—Esperaba, ya sabe, un juramento de lealtad a la reina y al país, algo caballeresco o en la línea arturiana. Esto ha sido panteístico y claramente no sectario.

—Celebro que merezca su aprobación.

—¿Qué representa el ojo?

—Ya le he dicho todo lo que he podido, Doyle —replicó Sparks, fatigado—. Por el momento no le hace falta saber nada más.

Siguieron caminando. Los campos se extendían sin interrupción en todas las direcciones. Por la trayectoria del sol, Doyle calculó que iban hacia el este.

El hambre hizo sentir su voz insistente y ensombreció el humor de Doyle. Sí, Sparks le había sacado las castañas del fuego en más de una ocasión. Nada en sus acciones sugería otra cosa distinta a lo que decía ser, pero se mostraba impenetrable, y el manto de secreto real sobre su verdadero propósito era la nota discordante. Doyle estaba en una posición que no le permitía rechazar la ayuda del hombre, ni tampoco tenía la intención de renunciar a su compañía, sorprendentemente grata, pero el sentido común le impedía otorgarle plena confianza. Era como si viajase con un exótico felino salvaje cuya capacidad defensiva era irreprochable pero que por su propia naturaleza exigía del cuidador una atenta e infatigable vigilancia. Quizá si interrogaba a Sparks con más astucia, este dejaría escapar inadvertidamente detalles a partir de los cuales un observador inteligente podría componer un retrato más revelador de su personalidad. Unas cuantas inferencias especulativas de Doyle estaban a punto de cuajar en conclusiones. Solo le restaba encontrar el momento adecuado para enfrentarse a Sparks y, ya fuese a través de su sorpresa o de la falsa vehemencia de su negativa, determinar la validez de sus propias deducciones.

A lo largo del camino de carro aparecían muros bajos, algún que otro terraplén y, en algunos puntos, restos de una calzada destrozada de derrumbadas tapias de piedra.

Doyle había visto esas ruinas sin prestarles atención, pero mientras pasaban un tramo donde estas abundaban, su interés provocó el comentario de Sparks.

—Esta es una vieja carretera romana. Una ruta comercial que va al mar.

—¿Es allí adonde vamos, al mar?

«Buena jugada, Doyle, has colado la pregunta con una astucia diabólica.»

—Desde luego, caminos como este estaban en uso mucho antes de que los romanos cruzaran el canal —añadió Sparks, sin hacer caso a la pregunta—. Los primeros celtas utilizaron este camino, y el hombre del Neolítico antes que ellos. Extraño, ¿verdad? El mismo camino utilizado por tantas culturas diferentes, a lo largo de los siglos.

—Yo diría que fue por conveniencia —dijo Doyle, aunque no lo había pensado—. Llega un grupo nuevo, el viejo camino está aquí, al menos los restos, ¿por qué molestarse en abrir uno nuevo?

—Es cierto, ¿para qué? Simplifica las cosas; ahí tiene la historia de la humanidad resumida en dos palabras, ¿eh, Doyle?

—En una forma un tanto tangencial.

—¿Por qué cree que nuestros antepasados prehistóricos escogieron este camino?

—La distancia más corta entre dos puntos.

—También podría ser que fuesen los mismos caminos empleados por los animales que cazaban —apuntó Sparks.

—Parece lógico.

—¿Por qué piensa que los animales transitaban por este sendero en particular? —Sparks había adoptado el tono de un sofista que guía al ignorante paso a paso hacia la tierra sagrada de la verdad.

—Algo relacionado con la disponibilidad de agua o comida.

—La necesidad, por tanto.

—Sus vidas se regían por ella, ¿no es así?

—¿Conoce la filosofía china del *feng shui*?

—Nunca la he oído mencionar.

—Los chinos creen que la Tierra es un organismo vivo, y que así como el cuerpo humano tiene venas, nervios y energías vitales que corren por esos canales, regulando el mantenimiento y la conducta, lo mismo le ocurre a la Tierra.

—Sé que su sistema de medicina está basado en dicho supuesto —señaló Doyle, preguntándose qué tenía que ver todo esto con las carreteras romanas en Essex.

—Exactamente. El *feng shui* asume la presencia de estas líneas de fuerza e intenta colocar la existencia humana en armonía con ellas. A los practicantes del *feng shui* se les entrena e inicia con tanto rigor como a los miembros de cualquier hermandad, aumentando la sensibilidad para estos poderes y su capacidad para interpretarlos correctamente. La construcción de casas, carreteras, templos, todo el Imperio chino con sus cinco mil años de antigüedad (la civilización más duradera que ha producido nuestro mundo) fue edificado en estricto cumplimiento de estos principios.

—No me diga.

—Aparte de la obvia ignorancia, mugre y falta de sofisticación de nuestro hombre prehistórico, ¿qué cualidad destacaba en él?

—Era bastante habilidoso con las manos —respondió Doyle, esforzándose por seguir las acrobacias mentales de su acompañante.

—Estaba en armonía con la tierra —dijo Sparks, sin prestar atención a la respuesta de Doyle—. Integrado con la natura: parte de ella, no separado de ella.

—El buen salvaje. Rousseau y todo aquello.

—Así es. Y precisamente por ello el hombre primitivo poseía una sensibilidad exquisita hacia la tierra que pisaba, los bosques donde cazaba, los arroyos donde bebía. No necesitaba practicar *feng shui;* nacía con él, era algo innato, como les ocurría a los animales de los que dependía para sobrevivir.

—Por lo tanto, los caminos que recorría seguían las líneas de una trama vibratoria de la tierra.

—Entrecruzados en el campo, aparentemente al azar, podrían ser nada menos que el sistema nervioso electromagnético del mismísimo ser planetario.

—Claro que también podrían ser simplemente caminos —propuso Doyle.

—Quizá. Pero lo que sí le digo es que en las intersecciones de estas líneas de fuerza, donde esta… como quiera llamarla, los chinos la denominan el «aliento del dragón»…, donde esta energía pulsante está en su cenit, el hombre primitivo erigió sus templos y lugares sagrados, sobre los cuales se alzan las iglesias cristianas que visitamos hoy.

—Yo diría que todo este asunto merece un estudio más exhaustivo.

—Stonehenge es uno de estos lugares. También la antigua abadía de Glastonbury. Y Westminster Abbey, que fue edificada en el lugar ocupado por el templo romano de Diana, se encuentra encima del nexo más vigoroso de estas líneas de fuerza de toda Inglaterra. ¿Qué le sugiere esto?

—Que hay mucho más en el cielo y en la tierra…, y todo lo que sigue.

—Sí, Horacio. Incluso es más intrigante si considera que el dios griego Hermes (los antiguos griegos conocían estas fuerzas, no lo dude) era el dios no solo de la fertilidad, como lo era Diana, sino también de los caminos. ¿Y qué hicieron nuestros antepasados celtas para honrar a Hermes? Levantaron columnas de piedra en todos los cruces importantes. ¿Vulgares señales, o conductores primitivos de la energía destinada a la Tierra?

—Pero los celtas no adoraban a un dios griego —exclamó Doyle, cada vez más confuso.

—No, los celtas lo llamaban Teutates. Pero cuando los romanos completaron la conquista de Bretaña, el mismo César comentó la facilidad con que habían convertido a los nativos al culto de Mercurio, la versión romana de Hermes. A Teutates se le representa llevando un largo cayado con una serpiente enroscada, a la manera como Hermes y Mercurio llevan el caduceo…

—El caduceo tiene dos serpientes.

—¿Y qué simboliza el caduceo, Doyle?

—La curación. El poder de curar.

—Exactamente. Eso indica que si se toma el poder de la serpiente, «el dragón», o sea las líneas de fuerza en la Tierra, la fuerza natural, se obtiene el poder de curar. ¿No podría ser que todas esas menciones a «dragones» en las leyendas celtas no se refieran a monstruos en un sentido literal? ¿Recuerda lo que fue capaz de hacer el viejo san Jorge inmediatamente después de matar al dragón?

—Eh…

—¡Curar a los enfermos! El valiente caballero parte a la aventura y clava la lanza no en un dragón auténtico, en nuestra versión corregida, sino en la «serpiente enrollada» del poder natural. Como meter un cable conductor en un inmenso depósito de energía, amansando por tanto a la «bestia». Después Jorge pasa a convertirse en el santo patrono de Inglaterra. ¡Está grabado en nuestras mentes de colegiales ingleses! Poder, Doyle, el poder elemental del planeta, que corre por debajo, alrededor y a través de nosotros incluso ahora. Pero estamos demasiado ciegos y distraídos por las tonterías de la vida diaria como para verlo.

Cada nueva idea aumentaba el dolor de cabeza de Doyle. Quizá había una corriente sumergida debajo de estos adoquines que afectaba a la vitalidad y le chupaba las fuerzas.

—¿Y cuál fue el primer uso que la civilización dio a esta fuerza cuando la tuvo? ¿Para qué utilizamos aquellos templos antiguos? Vamos, Doyle, piense un poco.

—¿Sacrificios animales? —arriesgó Doyle.

—¡Curar! Curar a los enfermos, revivir a los muertos. Apelamos a los dioses para que nos convirtieran en un todo; entonces la profesión médica y la teológica eran una misma cosa, del mismo modo que las dos serpientes enrolladas en torno a una línea de fuerza, piénselo —manifestó Sparks, sorprendido de su propio descubrimiento—. ¿Recuerda quién era el hijo mayor de Hermes?

—Perdone, lo he olvidado —respondió Doyle, ligeramente mareado.

—El gran dios Pan, padre del paganismo y del culto a la Tierra, aquel que los cristianos decidieron eliminar dándole el nombre de diablo, porque el viejo y divertido Pan también representaba al menos cristiano de los atributos humanos: la sexualidad masculina incontrolada.

—Penoso.

—Es verdad que Pan tenía su lado travieso; le gustaba ocultarse en zonas desoladas a la espera de los viajeros y saltar de los matorrales para darles un susto de muerte, produciendo en la víctima una sensación llamada pánico.

—Realmente necesito comer algo —dijo Doyle. La campiña, a pesar de la belleza bucólica bañada por el sol, comenzaba a parecerle cada vez más ominosa.

—¿No es extraordinaria la mente? Un adoquín suelto en la carretera nos ha llevado desde *feng shui* hasta Pan. Caramba, debe de ser algo relacionado con la energía de este viejo camino: ¡me siento con un vigor maravilloso!

Doyle se enjugó el sudor de la frente con un pañuelo mientras Sparks contemplaba los campos; revisaba la cosecha intelectual como un campesino orgulloso.

—Si este asunto de las líneas de fuerza es cierto, si este camino es realmente sagrado, ¿cómo explica el hecho de que se encuentre en semejante estado de abandono? —preguntó Doyle, complacido por la agudeza de la observación.

—Con esa sencilla pregunta, Doyle, ha expresado con una precisión epigramática la tragedia fundamental del hombre moderno. Hemos perdido la gracia y olvidado nuestro antiguo e instintivo vínculo con el mundo natural. Somos huéspedes que ya no respetan la casa que habitan, y la tratamos como si fuese barro que modelamos para nuestros usos más ruines. Piense en las fábricas de Londres, el aire apestoso, las minas, el trabajo infantil; las innumerables vidas rotas y desechadas por la maquinaria infernal de la época. Las elocuentes ruinas de este simple camino rural inscriben la eventual caída de nuestra ostentosa civilización.

Doyle sintió un hormigueo en todo el cuerpo, sin que acertara a saber si lo había propiciado el estallido sorprendentemente tierno de su compañero o la mezcla del hambre con la insolación. Era casi mediodía y la temperatura no era propia de la estación. Ondulaciones de calor movían la línea del horizonte.

—¿Qué es aquello? —preguntó Doyle, y señaló hacia el camino recorrido.

Habían subido y bajado una serie de suaves colinas a medida que el camino atravesaba el valle.

Un espejismo negro flotaba hacia ellos siguiendo el trazado de la ruta. Sus movimientos fluidos y rítmicos sugerían el batir de las alas de un cuervo gigante.

—Quizá tendríamos que apartarnos del camino —propuso Doyle.

—No.

—¿Lo considera prudente, Jack?

—No hay ningún peligro —respondió Sparks, sin moverse.

A los pocos minutos oyeron el ruido de los cascos; un caballo al galope. La forma se modificó a través de la distorsión del calor y se reveló como un jinete solitario, la larga capa negra flotando al viento. El jinete aminoró la marcha al acercarse y Doyle, sorprendido, comprobó que lo conocía.

—Vaya, pero si es Barry. Es Barry, ¿verdad? —dijo Doyle, complacido con la aparición.

—No. No es Barry —le informó Sparks.

Se adelantó para saludar a quien fuera mientras el animal recorría los últimos metros, y el jinete, que a juicio de Doyle no podía ser otro que Barry, el antiguo cochero, desmontó y estrechó la mano de Sparks.

—Buen trabajo, Larry. Así que no ha tenido problemas —dijo Sparks.

—Me he mantenido ojo avizor. Ningún problema, señor —afirmó Larry, aunque para Doyle seguía siendo Barry.

—Larry se refiere al rastro de bayas y semillas a lo largo del camino —le explicó Sparks a Doyle mientras se acercaban a él—. No hay otro rastreador en toda Inglaterra capaz de seguir unas huellas tan escasas.

—Ninguno excepto usted, señor —añadió Larry con modestia. Era un personaje del East End, bajo y fuerte, con el mismo pelo castaño rizado y los vivos ojos azules que había tenido Barry; que Barry tenía, se corrigió Doyle, firmemente convencido de que no podía ser otro.

—Larry y Barry son hermanos —dijo Sparks, al ver la evidente confusión de Doyle—. Gemelos.

—Al menos, lo fuimos; Barry es el que tiene la cicatriz, señor, que como podrá ver está ausente de mi fisonomía —colaboró Larry. Como testimonio le enseñó la mejilla derecha, libre de toda marca.

—Efectivamente. No hay cicatriz —afirmó Doyle, como si lo hubiese advertido desde el principio.

—Larry y Barry son una leyenda en ciertos círculos londinenses —dijo Sparks—. La mejor pareja de reventadores que pueda llegar a conocer.

—¿Reventadores?

—Ladrones, señor —le aclaró Larry, que sonrió cortésmente como quien discute la ceremonia del té con una tía solterona—.

Aficionados a la palanqueta, la maza y el taladro, no sé si me entiende.

—Le entiendo perfectamente —afirmó Doyle, molesto por la desvergonzada delincuencia del hombre.

—Una asociación perfecta —explicó Sparks—. Nadie sabe que son gemelos. En lo que se refiere a técnica están diez leguas por delante de cualquier otro en su campo.

—No somos cultos, pero tenemos una formación, no sé si me entiende —contribuyó Larry.

—Usted sabrá apreciar la elegancia de su metodología, Doyle. Uno de ellos va a la ciudad y entra en una taberna; gorrea copas, arma jarana, y en general monta el espectáculo.

—Pero no piense, señor, que es correrse una juerga —añadió Larry, muy serio—. Nosotros lo vemos como una forma de entretenimiento; énfasis en la actuación. Barry es cantante, con un vasto repertorio al que echar mano, mientras que yo prefiero el recitado épico de la quintilla procaz.

—Y así, mientras uno está pública y visiblemente ocupado, el otro hermano visita el campo de trabajo.

—Que es el objetivo del robo —señaló Larry—. Entrar y salir con la bolsa del botín, limpia como la toca de una monja.

—Los dos rápidos como ratas y capaces de abrirse camino en sitios que parecen imposibles —continuó Sparks, recreándose demasiado en el relato, en opinión de Doyle.

—Barry es capaz de dislocarse los hombros para meterse en los lugares angostos y cerrarse como un paraguas...

—Nunca se les ve juntos en público, así que, incluso si al hermano le pillan in fraganti, hay cuarenta testigos en la taberna dispuestos a jurar que pasaron la velada en la divertida compañía del acusado. A prueba de bombas.

—Ni que decir tiene, señor —prosiguió Larry—. Hasta el día aciago en que Barry tropezó con un escollo. Siempre detrás de las señoras, el bueno de Barry: un fallo trágico. En esa noche especial, cortejaba a la hija de un pescadero. Había puesto sitio a la ciudadela de la virtud de esta muñeca: cuantas más defensas levantaba ella, más máquinas de guerra aportaba Barry al campo del honor. Las cuatro de la mañana, allí mismo en la tienda entre las sardinas. Había cruzado el foso, derrotado a la guardia de palacio, y estaba a punto de forzar el sanctasanctórum cuando de pronto apareció el padre como si viniese cargado con bacalao del norte, y antes de que Barry pudiera subirse los calzones, el hombre le rajó la jeta con un cuchillo, hasta el mismo hueso…

—Podemos evitarnos los detalles médicos, Larry —intervino Sparks.

—De acuerdo. Perdón, señor —dijo Larry temiendo haber herido la sensibilidad de Doyle.

—Hay un lugar para gente como usted y su hermano —replicó Doyle—. La cárcel.

—Muy bien dicho, señor. Y sin ninguna duda es allí donde hoy languideceríamos merecidamente, de no haber sido por los buenos oficios del señor Sparks aquí presente.

—Una larga historia que no podemos endilgar al buen doctor en este momento —dijo Sparks, autoritario—. ¿Has visto a alguien más en el camino?

—Puedo asegurar con cierta confianza que la ruta de escape no ha sido descubierta, señor.

—Excelentes noticias. Dime, amigo, ¿qué nos has traído?

—Perdón, señorías, aquí estoy yo parloteando, cuando deben de estar ustedes más secos que un pergamino medieval.

Resultó que Larry había traído en las alforjas una variada provisión de viandas que, de no haber sido por el malhumor, habrían servido para mejorar muchísimo la opinión de Doyle sobre los dos hermanos delincuentes. Para empezar, gran variedad de bocadillos; picadillo de jamón, rosbif poco hecho y cheddar picante, pavo con mayonesa, cordero con salsa de rábanos. Y con ellos paquetes de nueces y caramelos, y botellas de agua y cerveza fría. Y, quizá lo más importante, una muda de ropa seca para los dos.

Comieron a un lado del camino, mientras el caballo pastaba en un prado de alfalfa.

Larry les puso al corriente de sus más recientes movimientos. Apostado durante el último día y medio en la estación de ferrocarril de Cambridge, después de recibir un telegrama cifrado de Barry desde Londres —por lo visto había llevado a los perseguidores por media ciudad antes de eludirlos del todo—, Larry había montado su caballo y rastreado a Sparks y a Doyle por el viejo camino. Aunque Doyle pensaba que eso entraba dentro de las normas de un trabajo, le resultaba difícil establecer la naturaleza exacta de la relación de Barry y Larry con Sparks, y no se atrevía a preguntar. La proximidad de un criminal confeso, supuestamente reformado, provocó en Doyle una actitud tan cerrada que los bocadillos, la cerveza y los muchos intentos de Larry por congraciarse con él no consiguieron alterar.

Recuperados y con zapatos secos, Doyle y Sparks reanudaron la marcha por el viejo camino romano. Larry montó en su caballo y se alejó para realizar en vanguardia alguna misión desconocida. La visión de la capa ondeante que desaparecía detrás de la siguiente colina despertó en Doyle el recuerdo de una reciente y más siniestra visita.

—¿Quién me persigue, Jack? ¿Quién es el hombre de negro que vi anoche?

—No estoy seguro —contestó Sparks, con una seriedad que nubló su buen talante.

—Pero debe tener alguna idea.

—Es el hombre que busco. Anoche fue la vez que más cerca estuve de él en muchos años. Él es la razón por la que la otra noche asistí a la sesión.

—¿Forma parte de la conspiración malvada a la que ha aludido?

—Creo que el hombre que vio es su capitán general.

—Es alguien que usted conoce, ¿verdad? —preguntó Doyle, impulsado por una súbita certeza intuitiva.

Sparks le miró fijamente. Para asombro de Doyle, en los ojos serenos de Sparks apareció una chispa de miedo. Sorprendente e inesperado.

—Quizá. —Sparks enarcó una ceja con la picardía y la confianza habitual, y volvió a ser el de siempre.

Esta muestra de temor humanizó al hombre y lo acercó al terreno común del entendimiento de Doyle.

—¿Se le ha ocurrido pensar que tengo muy pocos motivos para creerme cualquiera de las cosas que me ha dicho? —preguntó Doyle, sin rencor.

—Desde luego.

—Puedo confiar en la experiencia de mis sentidos, pero todas estas historias que urde… ¿No podría haber otro millar de explicaciones igualmente plausibles, si no más?

Sparks asintió contrito y le contestó con otra pregunta.

—¿Qué son nuestras vidas sino la historia que nos relatamos a nosotros mismos para encontrar algún sentido al dolor de vivir?

—Debemos creer que la vida tiene un significado.

—Quizá solo tenga el significado que nosotros mismos seamos capaces de darle.

Qué variedad de sentimientos había mostrado su amigo en tan corto espacio de tiempo. Doyle se sorprendió una vez más ante la violenta elasticidad de la emoción, más cambiante que el tiempo veraniego, y vio su oportunidad.

—Estoy completamente de acuerdo —dijo Doyle—. Por ejemplo, no sé prácticamente nada de usted, Jack, hablo en concreto, y sin embargo puedo hacerme una idea de usted, una historia si lo prefiere, que puede o no tener relación con lo que es en realidad.

—¿Y sería? —preguntó Sparks, de pronto alerta.

—Es usted un hombre de unos treinta y cinco años, nacido en la finca familiar, en Yorkshire. Es hijo único. En la infancia sufrió una grave enfermedad. Desde siempre ha sido un lector apasionado. Su familia viajó mucho por Europa durante su juventud, pasando una larga temporada en Alemania. Al regresar, fue a una escuela pública y después asistió a un colegio universitario en Cambridge. Creo que a más de uno. Estudió, entre otras cosas, Medicina y Ciencias. Toca algún instrumento musical de cuerda, probablemente el violín, y lo hace con cierto virtuosismo.

—¡Esto es extraordinario!

—Durante un tiempo no muy largo pensó en seguir la carrera de actor y quizá llegó a actuar en el escenario. También consideró la opción del servicio militar, y es posible que viajara a la India en 1878, durante la campaña afgana. Mientras estuvo en Oriente, estudió religiones, entre ellas el budismo y el confucianismo. Creo que también viajó por Estados Unidos.

—Doyle, me asombra usted.

—Esa era la intención. ¿Debo explicarle cómo llegué a estas conclusiones?

—Mi acento, del que todavía conservo algún rastro, delató que procedo de Yorkshire. Por mis modales y la apariencia de medios, supuso correctamente que provengo de una familia con recursos suficientes para permitirme vivir con cierta holgura, sin necesidad de ganarme la vida en el comercio.

—Correcto. Su vívida imaginación me llevó a creer que de niño había padecido una enfermedad (quizá la epidemia de cólera a principio de los sesenta) durante la cual se había entretenido leyendo vorazmente, un hábito que ha mantenido hasta el presente.

—Es verdad. Y mi familia viajó frecuentemente por Europa, en especial por Alemania, pero que me aspen si puedo decir cómo lo descubrió.

—Una pista cultural: Alemania es el destino preferido de las familias de clase alta de la generación de sus padres, dispuestas a inculcar en los hijos un interés sistemático por la literatura y la cultura. Sospecho que el linaje germánico de nuestros últimos monarcas tiene mucho que ver, muchísimo diría yo, con esta tendencia de la aristocracia rural.

—Bien razonado —concedió Sparks—. Un fallo: tengo un hermano mayor.

—Me sorprende, francamente. Tiene usted la confianza natural y la ambición de un hijo único.

—Mi hermano es mucho mayor. Nunca viajó con nosotros y pasó gran parte de la adolescencia en el colegio. Apenas si le conocí.

—Entonces esta es la explicación.

—Ingresé en los *colleges* Caius y Magdalene, en Cambridge, donde estudié Medicina y Ciencias Naturales, cosa que usted ha deducido por mi conocimiento de la ciudad y por la aparente facilidad con la que obtuve la información sobre el joven Nicholson.

—Así es.

—También estuve estudiando, aunque por poco tiempo, en Christ Church, en Oxford.

—¿Teología?

—Sí. Me avergüenza decirlo, pero también hice teatro de aficionados.

—Su conocimiento del maquillaje y los disfraces me dio la pista. La eficacia de la personificación india me llevó a creer que había estado en Oriente.

—En cambio nunca estuve en el Ejército, pero sí viajé por Oriente y dediqué muchas horas al estudio comparativo de las religiones.

—¿Y Estados Unidos?

—No se le ha escapado el uso ocasional de los modismos americanos.

Doyle asintió.

—Pasé ocho meses recorriendo la costa este americana como actor en la gira de la Sasanoff Shakespearean Company —le dijo Sparks con el tono de un penitente en el confesonario.

—¡Lo sabía!

—Pensaba que mi Mercucio era mi mejor interpretación teatral, aunque en Boston pareció gustar más mi Hotspur —añadió Sparks, burlándose de su propia vanidad—. Como ve, he seguido la línea de razonamiento de cada una de sus deducciones excepto una: ¿cómo demonios sabe que toco el violín?

—En una ocasión atendí a un violinista de la sinfónica de Londres que se había dislocado la muñeca en un accidente ciclístico. Tenía pequeños callos en las yemas de los dedos de la mano izquierda. Usted también los tiene. Supongo que debe tocar el instrumento con la misma devoción, aunque no con tanto virtuosismo como mi paciente.

—Maravilloso. Le felicito por sus grandes dotes de observación.

—Muchas gracias. Me enorgullezco de ellas.

—La mayoría de la gente pasa por la vida envuelta en una bruma perpetua de introspección que le impide ver el mundo tal como es. La costumbre de diagnosticar le ha habituado a prestar atención al detalle, y es evidente que se ha esforzado en desarrollar su capacidad hasta un nivel muy profundo. Esto sugiere que también se ha esforzado con igual diligencia en desarrollar una avanzada filosofía de la vida.

—Siempre he creído que cuanto menos se hable de estas cosas, mejor —dijo Doyle, con modestia.

—Que las acciones definan al hombre ante el mundo, mientras la música de su alma interpreta para un único espectador.

—¿Shakespeare?

—No, Sparks —respondió Sparks, con una sonrisa—. ¿Quiere que ahora lo intente yo?

—¿Se refiere a contarme lo que las apariencias le han dicho de mí?

—El haber encontrado a un igual en el ejercicio de las observaciones deductivas hace que mi entusiasmo por competir pase a primer plano.

—¿Cómo sabré que se trata de deducciones auténticas, y no de hechos de los que se ha enterado por algún medio encubierto?

—No podrá saberlo —contestó Sparks, repitiendo la sonrisa—. Nació en Edimburgo, de padres católicos de ascendencia irlandesa y recursos modestos. Pescó y cazó mucho durante la juventud. Fue educado en las escuelas parroquiales de los jesuitas. Sus grandes pasiones han sido la literatura y la medicina. Asistió a la Facultad de Medicina en la Universidad de Edimburgo, donde estudió con un profesor que le alentó a desarrollar sus dotes de observación y deducción más allá de la aplicación en el diagnóstico. A pesar de la formación médica, no ha renunciado al sueño de vivir exclusivamente del oficio de escritor. Asimismo, y no obstante su adoctrinamiento en la Iglesia de Roma, renunció a la fe familiar, después de asistir a sesiones de espiritismo y topar con experiencias irreconciliables con la adhesión a cualquier dogma religioso. Ahora se considera a sí mismo un agnóstico inveterado, aunque de mentalidad abierta. Sabe manejar el revólver como un experto…

Y así pasaron el resto de la tarde, disfrutando de este duelo intelectual que era tan grato para hombres acostumbrados a la práctica solitaria de sus más agudas facultades. Aunque de vez en cuando veían a lo lejos algunas granjas o fincas importantes, no se apartaron del camino, saciando el hambre y la sed con las provisiones que Larry les había dejado. Recorrieron prados y bosques de abedules y campos en barbecho, hasta que el ocaso les sorprendió al final del camino en las riberas del Colne, una ancha y tranquila vía de agua que cruzaba las tierras y las apartadas aldeas de la campiña de Essex. Después de una reposada cena al cobijo de un roble, Larry apareció de nuevo, al timón de una barca de seis metros, fuerte y marinera, con un fanal colgado en la proa. Embarcaron mientras Larry aguantaba la borda. Un toldo viejo y una pila de mantas ofrecían refugio en cubierta. Bajo un cielo despejado y la luz de la luna casi llena, soltaron amarras y navegaron llevados por la corriente, pasando sin ser advertidos ante una somnolienta ciudad costera. Sparks insistió en que Doyle se acostara, y antes de que la embarcación recorriera otra media milla río abajo, el suave mecer del agua hizo que el agotado doctor se durmiera profundamente.

El río los transportó sin incidentes durante la noche; navegaron más allá de Halstead y Rose Green, Wakes Colne y Eight Ash, atravesaron el casco antiguo de Colchester casi a la luz del alba y después pasaron Wivenhoe, donde el río se ensanchaba, preparándose para el encuentro con el mar. A pesar de que durante la noche se habían cruzado con barcazas y otras embarcaciones pequeñas fondeadas, aquí se encontraron con los primeros barcos de vapor. Larry izó la mayor para navegar contra la marea alta, y el viento del sudeste que hinchó la lona les ayudó a deslizarse entre los pesados navíos de carga que ocupaban el canal.

Todo lo que Sparks se permitió durante la travesía fueron dos breves cabezadas, y al parecer no necesitaba más. Doyle durmió toda la noche, y se despertó recuperado y bastante sorprendido al ver que dejaban atrás la costa y se dirigían hacia el mar abierto. Viraron con viento de popa y pusieron rumbo al sur. Sparks se hizo cargo del timón cuando entraron en aguas más turbulentas. Larry se echó a dormir, y Doyle se unió a Sparks. Las condiciones eran favorables, pero por la manera de llevar la caña y la habilidad para aprovechar el viento, Doyle pudo comprobar que Sparks era un navegante experto. No tardaron en dejar atrás el estuario, aunque los páramos entre Sales y Holliwell Point eran visibles desde estribor.

El golpeteo incesante de las olas y el olor salado en el aire revivieron en Doyle los recuerdos olvidados hacía mucho tiempo de los días en el mar. El placer de esa evocación debió de reflejarse en sus facciones, porque Sparks le ofreció muy pronto el timón. Doyle aceptó complacido. Sparks se acomodó en un rollo de soga, sacó una bolsa de tabaco y cargó la pipa. Con la única distracción de los chasquidos de la vela y los graznidos de las aves marinas, Doyle se sumergió en la belleza del panorama. La odisea a la que se enfrentaban parecía aquí infinitamente más soportable, en una embarcación empequeñecida por la inmensidad del océano, una visión que Doyle había encontrado reconfortante incluso en aguas mucho más turbulentas que estas.

De pronto tuvo una idea: ¿por qué no completar la huida y poner rumbo al continente? Como marino, Doyle sabía que había un millar de puertos distantes y exóticos donde un hombre podía desaparecer y convertirse en otro, lugares donde los perseguidores desconocidos nunca le encontrarían. Mientras consideraba la posibilidad, descubrió que muy pocos lazos le ataban a su vida actual: familia, amigos, unos cuantos pacientes, pero ninguna esposa, ni hijos, ni pesadas obligaciones económicas. Sin amor, qué frágiles resultaban los vínculos con el mundo conocido. Cuán seductora la posibilidad del cambio total. Doyle tuvo que hacer un esfuerzo para no virar bruscamente a babor y poner rumbo a lo desconocido. Quizá este era el verdadero canto de las sirenas de la leyenda, la tentación de arrojar el lastre del pasado y lanzarse libre de ataduras por el oscuro túnel del renacimiento. Quizá este era el destino del alma.

Pero mientras vacilaba en el borde de la indecisión, en el vacío creado por la ilusión de la fuga, penetró su convicción original de que ante la auténtica maldad —y estaba seguro de que esta era su perseguidora— abandonar sin lucha era una maldad igual o tal vez mayor. La maldad del fracaso y la cobardía. Uno podía pasarse la vida, o infinitas vidas, sin enfrentarse jamás a un ataque como este, dirigido contra la imagen que un hombre tiene de sí mismo. Mejor perder la vida defendiéndola que huir con el rabo entre las piernas y vivir el resto de tus días como un perro apaleado. Era un mal refugio que no le protegía del desprecio a sí mismo.

Así pues, no desvió la barca hacia el este. Le daba igual que los enemigos fuesen muchos o poderosos; podían desollarle y hervir sus huesos sin recibir el placer de la rendición. Se sentía fiero, sereno y virtuoso. Y si apelaban a algún poder sacrílego, mucho mejor: no por ello dejaban de ser de carne y por lo tanto mortales.

—Supongo que no recuerda el nombre del último editor al que le llevó el libro —dijo Sparks, mirando por encima de la borda.

—Podría ser uno cualquiera. El libro de registro se perdió entre las ruinas de mi habitación.

—Algo lamentable.

—¿Cómo lo hicieron, Jack? Puedo encontrar una explicación para casi todo lo demás (la sesión de espiritismo e incluso lo de después), pero juro que soy incapaz de explicar aquello.

Sparks asintió pensativo, mientras mordía la boquilla de la pipa.

—Por la descripción que usted hizo, parece como si hubiesen descubierto un método capaz de producir modificaciones en las estructuras moleculares de los objetos físicos.

—Pero esto implicaría que están en posesión de algún poder arcano.

—Sí, supongo que sí —contestó Sparks fríamente.

—Lo encuentro inaceptable.

—Si de verdad es lo que han hecho, nuestras opiniones no servirán para contenerles, muchacho. Y ya que estamos en el terreno de las explicaciones insuficientes, también está el tema de los capuchas grises.

—Usted dijo que no pensaba que aquellos hombres estuviesen... exactamente vivos.

—Usted es el médico.

—Para tener una opinión precisa, necesitaría examinar a uno de ellos.

—Dada su persistencia, yo diría que hay muchas posibilidades de que tenga la oportunidad de examinarlos.

La conversación sacó a Larry de su descanso. Salió de debajo del toldo, y se frotó los ojos para despejarse.

—Larry vio a uno de ellos de cerca, ¿no es así, Larry? —preguntó Sparks.

—¿Qué ha dicho, señor? —replicó el hombre, mientras buscaba un bocadillo en la alforja.

—Los capuchas grises. Explícaselo al doctor Doyle.

—Ahora mismo. Esto ocurrió hace algunos meses, señor —dijo Larry; clavó los dientes en el bocadillo de jamón y queso—. Me ocupaba de seguir a un caballero que era objeto de nuestra atención desde hacía algún tiempo.

—Un sospechoso clave en la investigación —añadió Sparks.

—Correcto. Pues bien, cada martes este caballero tenía el hábito de dejar su elegante hogar de Mayfair para frecuentar una notoria y hasta célebre casa de placer en el cercano barrio de Soho, donde sus gustos se inclinaban hacia una dirección poco convencional.

—Esto es algo que no nos concierne en este momento —le corrigió Sparks.

—Comprendo, señor. Así que después de establecer la pauta de las tendencias migratorias del caballero durante algún tiempo, en esta ocasión en vez de seguirle en su obligación semanal decidí quedarme atrás, entrar en la casa del hombre durante su ausencia y echar una ojeada para ver qué era qué —continuó con la boca llena; hizo una pausa para beber un buen trago de cerveza que le ayudara a engullir los últimos bocados prometeicos.

—Los viejos hábitos son difíciles de erradicar —señaló Doyle, tajante.

—No me llevé ni una sola pluma para mi nido, señor; no, señor. Juré dejarlo, yo y Barry lo juramos los dos, Dios es testigo —afirmó

Larry, y se persignó—. No, revisé la casa pensando únicamente en la eventualidad de que el caballero hubiese dejado por casualidad alguna cosilla que nos permitiera comprender mejor las pérfidas intenciones de él y de sus compatriotas.

—Una lista o algún documento clave —colaboró Sparks.

—Así es. Aunque dicha cosa hubiera sido dejada, pongamos por caso, en el interior de una caja fuerte oculta detrás de un mapa de las selvas hiperbóreas o de un lujoso retrato al óleo de la parienta (o sea, su mujer) un tanto retocada, digamos idealizada, con los dientes más pequeños y la cintura menos ancha de lo que podría ser al natural, después de todo esta es la prerrogativa del artista, ¿no es así?, y estoy seguro de que el tipo cobró lo suyo por las molestias; estos tipos artísticos no necesitan un mapa para saber quién es el pagano; perdón, divago. En cualquier caso, estaba decidido y plenamente capacitado para hacerme con el susodicho objeto, allí donde estuviera.

Acabó de consumir el bocadillo, bebió el último sorbo de cerveza, soltó un sonoro eructo y arrojó la botella vacía por la borda.

—Así que abrí la caja fuerte. Por desgracia, en su interior no descubrí nada de interés salvo un grueso paquete de acciones que valían su peso en oro, a decir verdad; muy difícil de cargar por la calle, sabe usted, porque llamaría mucho la atención ver a alguien con semejante paquetazo (aunque en otros tiempos a los buenos de Larry y Barry no les hubiese molestado intentarlo), junto con varias postales francesas de cosecha reciente que de ninguna manera contradecían, de hecho tendían a confirmar, lo que ya se sabía de las poco ortodoxas preferencias íntimas del hombre, y finalmente la última voluntad, el testamento en el que legaba todo su considerable patrimonio nada menos que a la gorda tan favorablemente retratada en la pintura.

—En otras palabras, que no encontró nada —le interrumpió Doyle, impaciente e irritado por la verborrea del hombre.

—Efectivamente, señor, nada de lo que esperaba. Sin embargo, después de revisar el resto del tugurio con desalentadores resultados, mientras regresaba a través del sótano hasta la ventana de guillotina por la que había entrado, vi una puerta entreabierta. Un trastero o la entrada a una bodega que había escapado a mi atención al entrar. Con los ojos habituados a la oscuridad, advertí un zapato al otro lado. Una bota para ser más exactos, que permanecía inmóvil.

También podía ver la pernera del pantalón a la que evidentemente estaba unida la citada bota. Me quedé allí, inmóvil como la estatua de Nelson, y estudié el escenario durante diez minutos. Era una bota claveteada, con acero en la punta, limpia como el gorrito de un bebé. Aquella bota era una cosa seria, algo con lo que no se podía jugar. Un puntapié en la panza y acabarías con las tripas tan revueltas como el mobiliario de una recién casada... Durante aquellos diez minutos, la bota no se movió. Tiré un penique en aquel cuarto que en el silencio del sótano sonó como una salva de artillería. Ni se meneó. Esto me dio valor. Tomé la iniciativa y abrí la puerta.

—Uno de los capuchas grises —lo interrumpió.

—Así es, señor. Sentado en un taburete, en la oscuridad, con el rostro cubierto y las manos en las rodillas...

—¿No reaccionó?

—Hasta tal punto no reaccionó, señor, que en aquel momento pensé que había tropezado con los despojos de algún misterioso robo en la cámara de los horrores de madame Tussaud. La figura que tenía delante no hizo lo más mínimo para sugerir a mis sentidos que compartía el cuarto con otro ser vivo.

—¿Qué hizo usted?

—Encendí la vela que llevaba en el bolsillo para realizar una inspección más a fondo. Con mucha cautela toqué la mano del hombre. Un movimiento velocísimo. Nada. Derramé un poco de cera caliente sobre él. Como esto tampoco provocó respuesta, saqué la faca y le pinché. No movió ni un músculo. A pesar de que la piel era gris y fría como un pescado, algo en mi cabecita me decía que el hombre no estaba muerto, al menos no en la forma conocida. Me entró el canguelo. Se me pusieron los pelos de punta, y eso que he estado en presencia de fiambres en más de una ocasión sin pensar siquiera en ellos. Nunca había visto nada parecido.

—¿Le buscó el pulso o los latidos del corazón?

—Confieso que la sola idea de volver a tocar a aquel bicho me daba asco. Hice lo que creí más conveniente. Le quité la capucha.

—El hilo azul...

—Sí, señor, tenía una costura de hilo azul, aquí, en los labios, algo mal hecho, y reciente por lo que se podía ver...

—¿Y los ojos?

—Cerrados, pero no tenía los párpados cosidos.

—¿Respiraba?

—Déjele acabar, Doyle —intervino Sparks.

—No lo sé, señor. Realmente no me permití comprobar aquel aspecto de la situación, porque cuando pude echarle una buena ojeada a los morros advertí que conocía al tipo...

—¿Lo conocía?

—Sí, señor. Lansdown Dilks, un matasiete de Wapping, en otros tiempos mi jefe. Le conocíamos de toda la vida, un tipo de muy malas pulgas. Hasta que le pillaron retorciéndole el pescuezo a un tendero de Brixton.

—¿Le encarcelaron?

—Fue juzgado por los crímenes más abominables que pueda imaginar y lo enchironaron hace tres años. Así que pueden imaginarse mi sorpresa cuando me encontré con el personaje en un sótano de Mayfair, con los labios cerrados, como un soldadito de juguete esperando que hicieran girar la llave en la espalda.

—¿Qué hizo?

—Oí que abrían la puerta en la planta baja. Y con el ruido, Lansdown abrió los ojos.

—¿Abrió los ojos?

—Es lo que he dicho, señor.

—¿Le... reconoció?

—Es difícil decirlo, señor, porque apagué la vela y salí por la puerta, salté por la ventana y recorrí la mitad del callejón antes de que el cuarto quedara a oscuras. Y si tuviese que repetirlo, volvería a hacer lo mismo. Lansdown Dilks ya era bastante desagradable en su encarnación anterior como para querer frecuentar su compañía; pensé que nada hacía suponer que el nuevo estado hubiese tenido algún efecto positivo en su carácter.

Doyle se quedó sin respuesta. Cambió el viento. Las nubes se agrupaban por el oeste. De pronto la temperatura pareció bajar diez grados. El maderamen de la embarcación crujió al remontar una ola.

—¿Quién era el dueño de la casa? —preguntó Doyle.

Sparks y Larry intercambiaron una mirada que a Doyle no le pasó inadvertida.

—¡Por todos los santos! —exclamó, airado—. Si es a mí a quien buscan, tengo derecho a saberlo. Estoy metido hasta el cuello.

—Es por su propio bien, Doyle —protestó Sparks.

—¡Y un cuerno! Soy testigo de un asesinato, dos, tres si cuenta a la señora Petrovitch, no puedo regresar a mi propia casa, mi vida está destrozada, y al parecer no me queda más alternativa que disfrutar de una temporada de terror abyecto hasta que me maten como a una res en el matadero.

—Calma, doctor.

—O estoy con usted, Jack, y me entero de todo lo que sabe a partir de este momento, o al demonio con usted y todo este asunto. ¡Llévame a tierra ahora mismo! ¡Yo cuidaré de mí mismo!

A pesar de lo mucho que le desagradaba provocar una escena, Doyle disfrutaba en secreto con el efecto purificador del estallido. Parecía haber quitado el cerrojo de una puerta en el interior de Sparks, aunque todavía faltaba abrirla. Doyle empuñó el revólver y apuntó al casco de la embarcación.

—Tiene diez segundos para decidir antes de que haga un agujero en este maldito cacharro. No creo que ninguno de nosotros tenga la suerte de llegar a la costa —añadió con frialdad, amartillando el arma—. Lo digo muy en serio.

Larry se acercó una mano al bolsillo con disimulo.

—No, Larry —dijo Sparks, sin mirarle.

Larry apartó la mano. Esperaron.

—Se acabó el tiempo, Jack —avisó Doyle, y levantó el revólver, listo para disparar.

—La casa pertenece al general de brigada Marcus McCauley Drummond. De los fusileros reales. Retirado. Guarde el arma, doctor.

—No conozco el nombre —comentó Doyle; aflojó la presión sobre el gatillo, pero no bajó el percutor.

—La hoja de servicios del general Drummond se destacó sobre todo por su falta de méritos —afirmó Sparks en un tono brusco—. El nombramiento de oficial fue comprado con dinero de la familia, con lo cual resulta evidente el inexplicable ascenso de rango. Los Drummond son unos de los fabricantes de municiones más importantes del país, y los primeros proveedores de proyectiles de mortero y de fusil. Tienen fábricas en Blackpool y Manchester, además de otras tres compañías alemanas productoras de artillería pesada. El general Drummond nunca fue un ávido consumidor de sus propias existencias; durante los veinte años de servicio ni un solo soldado a sus órdenes disparó una bala en combate.

»A la muerte del padre, hace seis años —continuó Sparks—, el general pidió el retiro y asumió el control de las empresas familiares. La agresividad que no demostró en los años de servicio a la Corona encontró su cauce en el comercio; las ventas y los beneficios se triplicaron. El año pasado Drummond casó a la hija mayor con un miembro de la familia Krupp de Múnich, su mayor competidor en el continente. El resultado puede ser un monopolio. El general está ahora en condiciones de dominar el mercado internacional y local. En la actualidad negocia la compra de la compañía fabricante del revólver de reglamento que usted tiene en la mano. ¿Quiere saber alguna cosa más?

Doyle desamartilló y bajó el revólver.

—¿Qué le llevó a interesarse por Drummond?

—Órdenes —respondió Sparks, que consiguió invocar en una sola palabra ocho siglos de monarquía, con lo cual pretender algo más equivalía casi a traición.

Doyle no era inmune a la fuerza de esta sugerencia. Guardó el arma en el maletín y se sentó.

Fabricantes de armas internacionales. Órdenes de la reina. La cabeza le daba vueltas.

—Mi padre siempre decía que la virtud más útil para un hombre es reconocer cuándo está con el agua al cuello —comentó cansado.

—Sírvase un bocadillo, caballero —dijo Larry, y le ofreció la cesta.

Doyle cogió uno. Comer le levantaba el ánimo. Al menos todavía le quedaba esto.

—Supongo que no podrá acusar a Drummond por ocultar a un fugitivo.

—No había rastros del señor Dilks ni de ningún otro capucha gris en las siguientes visitas de Larry a la casa del general —explicó Sparks—. Aun así, el caso presenta otras dificultades insuperables.

—¿Cómo es eso?

—De acuerdo con los archivos del tribunal de justicia criminal, el prisionero Lansdown Dilks murió en la horca en febrero pasado. Las autoridades tuvieron la bondad de enviarme una fotografía de la lápida.

Doyle, boquiabierto de asombro, casi dejó caer el bocadillo.

—El otro punto que me gustaría dejar claro, Doyle, es que, en términos generales, la acusación formal contra aquellos adversarios que debo perseguir en el cumplimiento de mis obligaciones no es necesariamente, de ninguna manera, el objetivo primario —dijo Sparks en voz baja—. En otras palabras, no es cierto que tenga que realizar mi cometido dentro del más estricto cumplimiento de la ley.

—¿No?

—Efectivamente, no. Sin embargo, esto me permite confiar en los talentos de hombres a mis órdenes que, en otro caso, encontrarían demasiado riguroso el requisito de ajustarse a las normas de la ley y el orden.

Doyle se volvió hacia Larry, que sonrió, destapó una botella de cerveza con los dientes y se la tendió.

—Ya veo —dijo Doyle, y aceptó la botella.

—Doctor, acabo de confiarle la verdadera naturaleza de mis asuntos —manifestó Sparks, reclinado contra la borda. Encendió la pipa—. ¿Todavía está dispuesto a unirse a mí, o debo ordenar a Larry que se dirija a la playa más próxima?

Sparks parecía muy dispuesto a esperar indefinidamente. Por un momento, América del Sur apareció sin ninguna lógica en la mente de Doyle como una tercera alternativa muy tentadora. Bebió un trago de cerveza e intentó frenar la ruleta que giraba en su cabeza.

—Estoy con usted —respondió Doyle.

—Bien dicho. Y nos alegra tenerle con nosotros —exclamó Sparks, que le estrechó la mano con energía.

—Bienvenido a bordo, señor —añadió Larry, sonriente.

Doyle les dio las gracias, con una sonrisa débil, deseoso de poder confiar, aunque fuera mínimamente, en la sabiduría de su decisión. Arreglado el tema del enrolamiento, se ocuparon con los cabos y las velas para acomodarlos a las condiciones cambiantes del mar. Cuando el sol llegó a su cenit, avistaron tierra por el sur.

—La isla de Sheppey —avisó Sparks—. Si el viento aguanta, llegaremos a Faversham a última hora de la tarde. Desde allí tendremos que cabalgar toda la noche hasta Topping. Si no le importa, porque es mejor no perder tiempo.

Doyle contestó que no le importaba.

—El marido de la difunta lady Nicholson es un hombre llamado Charles Stewart Nicholson, hijo de Richard Sidney Nicholson, conde de Oswald, que a lo largo de los años se ha convertido discretamente en uno de los hombres más ricos de Inglaterra —dijo Sparks, con una nota de desprecio—. Tengo mucho interés en conocer a Charles Stewart Nicholson. ¿Le gustaría saber por qué?

—Sí —contestó Doyle con naturalidad, satisfecho por dejar que Sparks revelara las cosas a su aire.

—Lord Nicholson, el joven, llamó mi atención el año pasado cuando vendió una considerable extensión de tierra familiar en Yorkshire a un trust anónimo. Alrededor de esta transacción, aparentemente normal, había un miasma legal que resultó casi imposible descifrar. Alguien se había tomado muchísimas molestias para que no se conociera públicamente la identidad del comprador.

Sparks hizo una pausa para observar entre risueño e interesado la confusión de Doyle.

—¿Le sorprendería saber que el comprador de las tierras de Nicholson era el general Marcus McCauley Drummond?

—Sí, Jack. Sí, me sorprendería.

—También yo me sorprendí.

10

TOPPING

Llegaron a Faversham a la caída de la noche. Tras rodear la punta de la isla de Sheppey, navegaron por la amplia ría conocida localmente con el nombre de Swale, y siguieron por un canal estrecho corriente arriba, bordeando los criaderos de ostras que había en los bajíos cercanos a la vieja ciudad.

Larry saltó por la proa, varó la barca, cogió las maletas y escaló el ribazo, desapareciendo de la vista. Doyle y Sparks recogieron el resto del equipaje y siguieron sus pasos. En lo alto les esperaba una berlina con un tiro de caballos frescos. Larry estaba cargando, ayudado nada menos que por su hermano Barry. A Doyle le resultó casi imposible distinguir uno del otro hasta que Barry se acercó lo suficiente para descubrir la cicatriz. Larry disfrutó muchísimo presentando con toda educación a Barry a su apreciado amigo el doctor Doyle. Barry no era ni la mitad de conversador que su hermano, todo lo contrario, pero entre los dos el generoso dispendio de cháchara de Larry equivalía a un desembolso equitativo de capital oral. Doyle descubrió que su mala opinión de los mellizos comenzaba a cambiar gracias al prolongado contacto con la amable verborrea de Larry. La única nota discordante apareció en el momento de casar el semblante agrio y el talante esquivo de Barry con la descripción de Larry, que le presentaba como un mujeriego infatigable y de gran éxito.

En cuanto acabaron de cargar el coche y de enganchar los caballos, Larry se despidió amablemente de Doyle —marchaba a ocuparse de una misión no especificada— y desapareció tranquilamente en la oscuridad. Barry ocupó el asiento del cochero, Doyle se unió a Sparks en la cabina y partieron.

—¿Adónde va Larry? —preguntó Doyle, con la mirada puesta en la figura distante del hombre, al que ya echaba un poco de menos.

—A tapar nuestras huellas, y de regreso a Londres. Hay trabajo pendiente —respondió Sparks. La noche parecía haber ensombrecido su humor. Se mostraba distante y evitaba mirarle, rumiando algo desagradable.

Doyle evitó darle conversación y al cabo de un rato se quedó dormido. Le despertó un balanceo brusco de la cabina. El carruaje seguía en marcha. Sparks no estaba en su asiento. Doyle buscó el reloj: las doce y media.

Se abrió la portezuela, y un baúl apareció en la abertura.

—No se quede ahí sentado, Doyle, échenos una mano —oyó que decía Sparks.

Doyle ayudó a colocar el baúl en el asiento opuesto mientras Sparks empujaba desde el exterior, volvía a entrar y cerraba la portezuela. El color había vuelto a su cara, y nuevamente estaba de buen ánimo.

—¿Qué tal está su etiqueta de fin de semana? —le preguntó Sparks.

—¿Mi qué?

—Sus modales como invitado, su habilidad jugando al billar, conversando, y todas esas tonterías.

—¿Qué tiene eso que ver…?

—Vamos a visitar la mansión de un caballero durante el fin de semana de Año Nuevo, Doyle. Intento asegurarme de sus aptitudes para tratar con la crema de la sociedad.

—Sé para qué sirve cada tenedor, si se refiere a eso —contestó Doyle, con las orejas rojas de orgullo herido.

—No se ofenda, muchacho. Tengo que decidir cuál es el papel que interpretará. Cuantas menos sospechas despertemos en lord Nicholson y sus distinguidos amigos, tanto mejor.

—¿Cuáles son las opciones?

—Amo o criado —respondió Sparks, que abrió el baúl para mostrar el vestuario adecuado a cada uno de los personajes.

—¿Por qué no decimos sencillamente que soy médico? —preguntó Doyle, esperando no tener que abandonar la clase media para subir o bajar en la escala social.

—Muy astuto de su parte. Tenemos sobradas razones para sospechar que sus enemigos pueden estar esperándonos. ¿Qué le parece si imprime unas cuantas tarjetas y se hace con algunos pacientes?

—Entiendo —afirmó Doyle—. Sugiere que nos presentemos de incógnito.

—Barón Everett Gascoyne-Pouge, y ayuda de cámara —añadió Sparks, sacando una invitación para la fiesta de Fin de Año, dirigida a ese nombre.

—¿Cómo se ha hecho con ella?

—Es un facsímil.

—¿Pero qué pasará si el verdadero Gascoyne-Pouge decide asistir?

—No existe tal persona —le informó Sparks, sin apenas disimular su contrariedad por la poca imaginación de Doyle.

—Ah. La imprimió usted mismo. Ahora le sigo.

—Comenzaba a dudar.

—Perdone, siempre estoy un poco espeso al despertar —dijo Doyle, con un bostezo—. Me cuesta unos minutos avivar el seso.

—No pasa nada —replicó Sparks, alcanzándole la ropa de ayuda de cámara—. Estoy seguro de que las habitaciones del servicio en Topping le parecerán más que adecuadas.

—Pero, Jack, ¿no cree que descubrirán esta mascarada? —tartamudeó Doyle, con la mirada puesta en las prendas—. Quiero decir que quizá pueda interpretar el personaje bastante bien…

—Nadie mira nunca a los sirvientes, Doyle. Se esfumará entre el mobiliario como un gato negro en la carbonera.

—Quiero decir, ¿qué pasará si me descubren, Jack? Quizá no tengan una idea muy clara del aspecto que tiene usted, pero desde luego saben cómo soy yo.

Sparks lo miró atentamente.

—Tiene razón —dijo. Rebuscó en el baúl y sacó una navaja—. Le diremos a Barry que pare el coche para evitar que usted pierda el apéndice donde reside el sentido del olfato.

Doyle se cubrió el bigote con un gesto protector.

* * *

El alba gris de Año Nuevo les sorprendió entrando por una arcada y acercándose a Topping Manor por un camino angosto y recto flanqueado de robles majestuosos, cuyas grandes ramas extendidas formaban una marquesina enrevesada. Doyle, vestido con las incómodas prendas de su nueva profesión, había conseguido dormir unos minutos, perturbado por una pesadilla en la que él desempeñaba sus funciones de criado de un modo incompetente y era desenmascarado y capturado por unas figuras desconocidas. La reina Victoria había tenido un papel prominente en su sueño; recordó haberle servido el té, a consecuencia de lo cual ella había encontrado una rata muerta en la tetera. Esto le angustió mucho más que el duro tratamiento al que le sometieron los misteriosos captores, y se despertó bruscamente, bañado en una pátina de sudor frío.

Comprendió que le había despabilado la sacudida del carruaje al detenerse. Doyle oyó que la portezuela se abría y cerraba antes de que pudiese ver a Sparks apearse del vehículo. Tanteó en busca de la manecilla, y se arrastró fuera de la berlina.

Las hileras de robles se acababan abruptamente donde Barry se había detenido. Al parecer los árboles majestuosos habían flanqueado antaño el camino durante otros cien metros, pero ahora no solo los robles sino todos los árboles habían sido talados, los tocones quemados y destrozados, y toda la vegetación arrasada. En el páramo incendiado se levantaba una improvisada pared de diez metros de altura, sólida aunque torcida, construida con los troncos sin desbastar de los árboles talados, y cuyos huecos habían sido rellenados con rocas, ladrillos, paja, hierbas y juncos. La luz se reflejaba en los trozos de vidrio insertados en la argamasa y en todo lo alto de la muralla. La pared se extendía a una distancia considerable en ambas direcciones y después se curvaba para encerrar la mansión y el terreno que la rodeaba. Los parapetos más altos y las almenas de Topping Manor, una obra maestra del gótico tardío, eran visibles por encima y más allá de la misteriosa fortificación. No salía humo de ninguna de las chimeneas. No había portones ni entradas a lo largo de la pared. Desde su perspectiva, esa brutal erupción de una barrera solo transmitía un mensaje de terror, urgencia y locura.

—¡Santo cielo!

—Al parecer el sino de nuestra fiesta peligra —dijo Sparks.

—¿Qué ha ocurrido aquí?

—Barry, da una vuelta con el coche, mira a ver si han dejado alguna vía de entrada. El doctor y yo investigaremos a pie —ordenó Sparks.

Barry se tocó la visera de la gorra y partió para circunnavegar la fortaleza mientras Sparks y Doyle buscaban el mejor camino a través del campo arrasado.

—¿Qué le parece, Doyle? ¿Qué saca en limpio de todo esto?

—El incendio tuvo lugar hace poco, tal vez menos de una semana. Probablemente haya sido la última etapa de la destrucción. En cuanto a la decoloración alrededor de los tocones, sugiere que todos fueron cortados en muy poco tiempo.

—Muchos hombres trabajando juntos —dijo Sparks.

—¿A qué distancia está la ciudad más próxima?

—A unos ocho kilómetros. La pared no es obra de artesanos, Doyle. El trabajo lo debieron hacer los sirvientes de la mansión.

—Sin nadie que los dirigiera ni supervisara.

—No hay entalladuras ni ensamblajes. Ningún interés en la calidad ni en la duración.

—Alguien necesitaba levantar una barricada a toda prisa.

—¿Por qué, Doyle?

Doyle se detuvo y miró la pared, a tres metros de distancia; trataba de captar el pánico y la prisa de los constructores.

—No había tiempo. Se acercaba algo, algo que había que detener.

—Comenzaron a construir antes de que asesinaran a lady Nicholson y al hermano. Según ella, ¿cuánto tiempo llevaba desaparecido su hijo?

—Tres días antes de la sesión.

—Entonces eso se construyó antes de que lo raptaran; ese podría ser el motivo: miedo al secuestro. Proteger a los pequeños; el instinto más primitivo del corazón humano.

—Un niño puede ser trasladado, enviado a otro lugar —replicó Doyle—. Es un motivo casi demasiado racional. Esto da la impresión de ser obra de alguien que se ha vuelto loco de atar.

—O empujado a la locura.

Sparks contempló con gesto adusto la extensión de la pared. Dos agudos pitidos de un silbato de cochero desviaron la atención de ambos hacia la derecha.

—Barry —dijo Sparks, que echó a correr. Por encima del hombro le gritó a su compañero menos ágil—: Venga, Doyle, no se demore.

Doyle corrió tras él, dobló la esquina y torció a la izquierda. Barry les hacía señas con los brazos, de pie junto a la berlina, a unos cuatrocientos metros de distancia, la mitad de la longitud visible de la pared.

Doyle intentó mantener el ritmo de Sparks, y cuando lo alcanzó estaba sin aliento.

Barry les había llamado desde una brecha abierta a hachazos en la barrera, una cabeza más alta que un hombre y el doble de ancha. Las astillas cubrían el suelo, la mayoría delante de la entrada. Había un hacha oxidada en el suelo. A través de la brecha alcanzaron a ver los establos y la casa. No había ninguna señal de actividad en el interior.

—Completa el recorrido de la pared, por favor, Barry —ordenó Sparks—. Me atrevería a decir que este es nuestro único acceso.

Barry se encaramó de un salto al pescante y avanzó a lo largo de la pared.

—Alguien se ocupó de abrir una entrada, no una salida —opinó Doyle, examinando los bordes de la brecha.

—Y después de que la terminaran.

Doyle asintió.

—¿Quién habrá sido? ¿Amigo o enemigo?

—Evitar que entre alguien favorece la segunda hipótesis, ¿verdad?

Nada se movió en el interior, pero permanecieron donde estaban, como si algún obstáculo invisible, tan sólido como los troncos, se mantuviera entre ellos y los jardines de la mansión. Cuando regresó Barry de su recorrido y confirmó que el hueco era la única entrada, Sparks preguntó despreocupado:

—¿Echamos una ojeada?

—Después de usted, Jack —respondió Doyle.

Sparks ordenó a Barry que vigilara a los caballos, desenfundó el estoque del bastón y se aventuró a través de la brecha. Doyle le siguió, revólver en mano. Comenzaron con un recorrido a lo largo de la pared, sin apartarse de ella mientras daban la vuelta. Era evidente que la mayor parte del acabado de la pared se había hecho desde el interior. Abundaban las escaleras y las pilas de troncos. Fardos de paja y otros materiales para el adobe se amontonaban junto a los pozos llenos de arcilla seca. Había una distancia de casi cincuenta metros desde la pared a la fachada del edificio, pero en la parte de atrás, donde la arquitectura de la mansión era más irregular, la pared se acercaba mucho, y en algunos puntos solo había tres metros de separación.

Los jardines, otrora inmaculados y cuidados, eran una ruina. Los setos estaban aplastados, las estatuas tumbadas, el césped pisoteado y arrancado. Un trozo de la pared atravesaba los restos de un jardín en el que arrayanes y cipreses, recortados en forma de animales, habían sido destrozados como por el paso de un tren. Un parque infantil también había sido destruido y el terreno estaba salpicado de juguetes aplastados. Un caballo de madera yacía sobre un montón de arena; sus miembros pintados parecían parodiar la rigidez de la muerte.

Las ventanas de la planta baja habían sido tapiadas desde el interior de la casa con planchas, tableros de mesas y puertas arrancadas. Algunas ventanas estaban rotas, los trozos de vidrio caídos hacia dentro. Todas las puertas estaban atrancadas e inamovibles.

—Probemos en el establo —propuso Sparks.

Cruzaron el jardín y entraron en el establo situado en el extremo más alejado del camino adoquinado. No se había hecho ningún esfuerzo por protegerlo; la puerta estaba abierta. Sillas y aperos se amontonaban en las estanterías y clavijas de la caballeriza. Las habitaciones de los mozos aparecían limpias y ordenadas; las camas hechas, los efectos personales en las cómodas y mesillas de noche. Había un pastel de riñones a medio comer en la mesa del comedor, junto a una tetera y una taza de té frío. La pulcritud del lugar a la sombra de un caos tan monstruoso resultaba inquietante. Sparks abrió la puerta que comunicaba con las cuadras. Estaban vacías.

—Preste atención, Doyle —dijo Sparks en voz baja—. ¿Qué oye?

—Nada —respondió Doyle después de un momento.

Sparks asintió.

—En un establo.

—No hay moscas —exclamó Doyle, al advertir lo que faltaba.

—Ni tampoco pájaros en el exterior.

Avanzaron por el pasillo central, abriendo las puertas de las cuadras una tras otra. Todas estaban vacías, pero en algunas se conservaban olorosos recuerdos excrementicios de los caballos.

—A la mayoría los soltaron antes —opinó Sparks.

—Han tenido que utilizar algunos para acarrear los troncos, ¿no cree?

—Los percherones, sí. Los dejaron ir en cuanto acarrearon toda la madera que necesitaban. Pero ha habido caballos al menos en tres de las cuadras desde que acabaron la pared.

La última puerta no se abría. Sparks indicó por señas sus intenciones, Doyle asintió, se hizo cargo del estoque y preparó el revólver. Sparks retrocedió dos pasos, giró como una peonza y descargó un puntapié contra la puerta con todas sus fuerzas. El impacto casi arrancó la puerta de los goznes. En el interior un cuerpo yacía boca abajo sobre la paja, con la pierna izquierda torcida en un ángulo extraño.

—Tranquilo, Doyle, no puede hacernos ningún daño.

—Probablemente tenía el pie contra la puerta —dijo Doyle, y bajó el revólver.

Se acercaron cautelosamente al cadáver calzado con botas altas y vestido con pantalones de montar, camisa y chaleco, la ropa de trabajo de un mozo de cuadra.

—¿Y esto qué será? —preguntó Sparks señalando el suelo.

La paja de la cuadra aparecía apelmazada y cubierta por regueros de un mucílago seco, brillante, casi fosforescente, rociado al azar. A partir del cadáver, los regueros se separaban y subían por las paredes. No desprendía ningún olor, pero algo en el tono plateado y la composición oleaginosa de la sustancia provocaba arcadas.

—El cadáver tampoco huele —señaló Doyle—. No se ha descompuesto.

Sparks lo miró, comprensivo y curioso. Se arrodillaron junto al cadáver. Le brillaban las ropas, pulidas y lustrosas, bañadas con el mismo residuo extraño. Deslizaron las manos por debajo del cuerpo y le dieron vuelta; les sorprendió lo liviano que era, casi como si no tuviera carne, y entonces vieron por qué: el rostro era el de una momia, con los huesos cubiertos únicamente por una finísima piel. Las cuencas de los ojos estaban vacías, hundidas, y las manos esqueléticas aparecían tan delicadas como las flores secas enterradas en las páginas de una Biblia familiar.

—¿Ha visto alguna vez en su vida algo igual? —preguntó Sparks.

—Nunca en un cuerpo que llevara muerto menos de veinte años —replicó Doyle, examinándolo con mayor atención—. Es como si lo hubiesen momificado.

—Le chuparon la vida hasta los tuétanos.

Sparks apretó con la mano uno de los puños, que se rompió en un millar de fragmentos polvorientos, como una filigrana de encaje helado.

—¿Qué puede haber hecho esto? —preguntó Doyle, sin alzar la voz.

Una forma se movió detrás de ellos, fuera de la cuadra.

—¿Qué pasa, Barry? —dijo Sparks sin volverse.

—Se trata de algo que debería ver.

Abandonaron la cuadra y siguieron a Barry al exterior. Él señaló los tejados de la mansión. Una delgada columna de humo salía de la chimenea más alta.

—Comenzó hace cosa de cinco minutos —añadió Barry.

—Hay alguien vivo allí dentro —manifestó Doyle.

—Bueno, toquemos la campanilla y presentémonos.

—¿Lo considera prudente, Jack?

—Después de hacer el viaje no podemos decepcionar al anfitrión.

—Pero no sabemos quién está allí, ¿no es así?

—Solo hay una manera de averiguarlo —contestó Sparks, que se dirigió decidido hacia la casa.

—Pero todas las ventanas y puertas están tapiadas.

—Eso no es obstáculo para Barry.

Sparks chasqueó los dedos. Barry se tocó el ala del sombrero y partió a la carrera. Cuando llegó a la fachada de la casa, buscó dónde sujetar las manos y los pies en las juntas entre los ladrillos y trepó hasta el primer piso con la facilidad de una araña en la red. Sacó una palanqueta del abrigo; en cuestión de segundos forzó una de las ventanas, la abrió y se escurrió al interior.

Doyle temblaba de angustia al pensar en los horrores que podía encontrar el hombre. Pero Sparks sacó tranquilamente un purito del bolsillo y lo encendió con una cerilla, sin dejar de observar la entrada.

—Solo es un segundo —dijo Sparks.

Oyeron movimientos al otro lado de la puerta, los chirridos de objetos pesados arrastrados sobre un suelo de cerámica, y después el ruido del cerrojo. Un momento más tarde, Barry abrió la puerta principal y entraron en Topping.

Mesas y sillas habían sido apiladas y aseguradas contra la puerta, que Barry tuvo el buen sentido de volver a cerrar en cuanto pasaron. Papeles y basura cubrían el gran vestíbulo. Una armadura yacía vencida y rota sobre los azulejos blancos y negros. La luz del sol no podía atravesar las ventanas tapiadas, y reinaba una penumbra opresiva. Por lo que se podía ver de los enormes salones a cada lado de la entrada, no había destrozos considerables, solo desorden y suciedad.

—Yo diría que han cancelado la fiesta —comentó Sparks con despreocupación, dejando caer la ceniza del puro.

—Hay un tipo en un vestíbulo de la planta alta —informó Barry discretamente, y señaló la escalera que tenían delante.

—¿Qué hace allí? —preguntó Doyle.

—Al parecer pule la plata.

Sparks y Doyle intercambiaron una mirada.

—¿Por qué no echas una mirada por aquí abajo, Barry? —dijo Sparks mientras subía los escalones de dos en dos.

Barry asintió y desapareció en uno de los salones. Doyle se encontró solo al pie de las escaleras.

—¿Y yo qué? —preguntó.

—No me entusiasma tener que recorrer esta planta sin compañía —respondió Sparks, desde el rellano—. Nunca se sabe qué se puede encontrar.

Cuando Doyle se hubo reunido con Sparks, avanzaron hasta encontrarse en un vestíbulo irregular que zigzagueaba en ambas direcciones. Vieron una larga hilera de puertas cerradas y opuestas. La luz era la misma, pero el aire de amenaza mucho más intenso. Caminaron hacia la izquierda, dieron la vuelta a la primera esquina y se toparon con una gruesa línea blanca de una sustancia granular trazada a todo lo ancho del vestíbulo. Sparks se arrodilló y mojó un dedo con saliva. Después tocó la sustancia, la olió, y finalmente la probó.

—Sal.

—¿Sal?

Sparks asintió. Pasaron por encima de la sal y siguieron por el vestíbulo. Espejos y cuadros colgaban en los espacios entre las puertas; los habían vuelto a todos de cara a la pared. Pasaron una segunda línea de sal y doblaron otra esquina. Aquí el vestíbulo se esfumaba en la penumbra hasta donde alcanzaba la vista. Al final había movimiento y luz; una vela encendida. A medida que se acercaban, sus ojos se habituaban a la oscuridad y vieron a la persona descrita por Barry.

Sentado en un taburete, había un hombre calvo, de mediana edad, grande y fofo, y de semblante pálido y ojeroso. Vestía las prendas de un mayordomo, manchadas y grasientas, con botones mal abrochados o ausentes. Las facciones, hundidas en los pliegues de gordura, eran pastosas, mal definidas. El pescuezo seboso rebalsaba sobre el cuello, gris de sudor.

Delante de él tenía una cubertería de plata —servicio completo para cuarenta personas— dispuesta en filas exactas. En las manos regordetas sostenía un paño roto y una salsera, que frotaba obsesivamente; a sus pies, tenía un abrillantador y una palangana con agua. Murmuraba con aire sombrío mientras trabajaba, y su voz sonaba con un ronquido rasposo.

—El cordero necesita tres horas..., dos horas el pastel de ostras, he de buscar la piedra de amolar, los cuchillos no tienen bastante filo, rosas para la *Charlotte à la Parisienne*... para la perdiz blanca una salsa Madeira...

No hizo caso de la presencia de Sparks y Doyle cuando se acercaron para detenerse junto al despliegue de objetos de plata.

—Croquetas de lebrato..., fricandó de ternera..., codornices rellenas.

—Hola —dijo Sparks.

El hombre se quedó inmóvil sin levantar la mirada, como si hubiese imaginado el sonido de otra voz. Después descartó la posibilidad como imposible y reanudó el trabajo.

—Bases para los pasteles de chochas y pichones..., pastelillos trufados y *foie gras*...

—Aquí tenemos a un espécimen sobresaliente —le susurró Sparks a Doyle—. He dicho hola.

El hombre volvió a detenerse, luego se volvió lentamente y los miró. Parecía tener dificultad en enfocar la mirada; parpadeó y entrecerró los ojos varias veces, como si tenerles delante fuese demasiado para su campo visual.

—Sí, hola —repitió Sparks amablemente, aunque no tan fuerte pues ahora ya había captado la atención del hombre.

Las lágrimas brotaron de los ojos del mayordomo, y unos sollozos tremendos estremecieron su pecho, agitando la tela que tapaba su inmensa y fofa barriga. Los ojos desaparecieron bajo la maraña de las cejas y el llanto corrió sin ninguna vergüenza por las mejillas temblorosas.

—Vamos, hombre —dijo Sparks, mirando preocupado a Doyle—, no puede ser tan terrible.

La salsera bailó en las manos laxas del sirviente mientras los sollozos zarandeaban su cuerpo. Si su centro de gravedad no hubiese sido tan bajo y amplio, sin duda se hubiese caído del taburete.

—Bueno, bueno, vamos a ver. ¿Cuál es el problema? —preguntó Doyle con su mejor tono de médico de cabecera.

Tuvieron que aguantar una sucesión de hipidos, jadeos y eructos explosivos mientras el hombre intentaba sortear el endemoniado torrente que desbordaba su cauce emocional. Su boca húmeda y rosada se convulsionaba como una trucha varada en el barro.

—Yo no soy... No soy... No soy... —Un penoso balbuceo fue todo lo que pudo decir entre los espasmos.

—Está bien. Tómese su tiempo —le aconsejó Doyle indulgente, como si intentase convencer a una viuda para que le explicara su neuralgia mientras bebían una copita de vino de saúco.

—Yo no soy... Yo no soy... —el hombre inhaló con fuerza, capturó y retuvo la bocanada de aire en los pulmones, luchó mientras vibraba ardiente en su interior, y cuando consiguió dominar su respiración soltó el aliento en forma de explosión— el cocinero.

El hombre pareció asombrado por el sonido de su voz, y mantuvo los labios abiertos dibujando una O.

—Usted no es el cocinero —repitió Sparks, para dejar las cosas bien claras.

El hombre lo confirmó meneando con violencia la cabeza, y después, ante el temor de que eso no bastara, asintió verbalmente emitiendo algo que parecían bramidos, rebuznos, rugidos y risitas, a la vista de que no se sentía capaz de articular las palabras.

—¿Alguien le ha tomado por el cocinero? —preguntó Doyle, perplejo.

El hombre gimió lastimero y volvió a sacudir la cabeza, con las mejillas temblorosas como un flan.

—Permítame asegurarle que todos tenemos la más absoluta certeza, señor —manifestó Sparks dirigiendo a Doyle una mirada de complicidad—, de que usted no es el cocinero.

La racionalidad de esa afirmación pareció taponar la brecha por la que se escapaba la desdicha del hombre. Se le cerraron los grifos. La carne temblorosa se fue calmando poco a poco. Bajó la mirada y mostró una expresión de asombro al descubrir la salsera entre sus manazas. Entonces, como si no se pudiera hacer otra cosa cuando uno encuentra que sostiene una salsera, comenzó a pulirla de nuevo.

—¿Cómo se llama, buen hombre? —preguntó Sparks amablemente.

—Ruskin, señor —contestó el hombre.

—Debo suponer que está usted empleado en esta casa, Ruskin.

—Mayordomo, señor. A cargo del servicio, vajilla y menaje —añadió Ruskin, sin una pizca de orgullo—. Comencé fregando platos. Tenía catorce años cuando entré en la casa. Se podría decir que el amo y yo crecimos juntos.

—¿Por qué pule la plata, Ruskin? —preguntó Doyle, amablemente.

—Tiene que hacerse, ¿no? —respondió Ruskin, calmado—. No hay nadie más que lo haga.

—El cocinero no, desde luego —afirmó Sparks, comprensivo, tratando de guiar al hombre.

—No, señor. El cocinero es un hombre muy perverso y holgazán. Pa-ri-si-no —remarcó Ruskin, como si sobraran más explicaciones—. Desconoce lo que es la disciplina. Tramposo. A mi juicio nunca ha sabido lo que es el trabajo honesto. Estamos mucho mejor sin él. Hemos tenido suerte de librarnos de esa basura, si puedo hablar claramente, señor.

—Así que además se ha hecho cargo de la cocina —comentó Sparks con un guiño a Doyle, que ahora comenzaba a entender el origen de la desesperación del pobre hombre.

—Efectivamente, señor. En cuanto al menú, se decidió hace semanas. Se mandó imprimir para ponerlo en la mesa. —Se palmeó los bolsillos, manchándolos de pulimento—. Tengo una copia por alguna parte.

—No se moleste, Ruskin —le tranquilizó Sparks.

—Sí, señor. Una cena magnífica —añadió Ruskin, con una mirada distante que Doyle asoció con un desequilibrio peligroso. O quizá era el efecto de pensar en tanta comida.

—Y hay un problema con la cena, ¿no es así? —preguntó Sparks.

—De momento estamos un poco escasos de personal, y con la marcha del cocinero, bueno, supongo que no se ha dado abasto para…

—Preparar la cena —apuntó Doyle, solícito.

—Exactamente, señor. Me ocuparé de la cocina en cuanto acabe con las otras responsabilidades. Hay mucho que hacer y se necesita tiempo para cocinar correctamente, pero me he aprendido el menú de memoria por si surge alguna confusión —dijo Ruskin, palmeando distraído los bolsillos—. ¡Válgame Dios! No encuentro mi reloj.

—Las nueve menos cuarto —le informó Doyle.

—Las nueve menos cuarto. Las nueve menos cuarto —repitió él, como si el concepto del tiempo fuese algo ajeno—. Los invitados estarán a punto de llegar… Oh, perdón, caballeros, ¿han venido a cenar?

—Hemos llegado un poco antes de lo esperado —dijo Sparks intentando no alarmarle.

—Entonces son ustedes los primeros… Bienvenidos, bienvenidos… Ay, Señor, les pido humildemente perdón, caballeros, no me he ofrecido a ocuparme de las maletas —se excusó Ruskin, mientras intentaba levantar su corpachón tembloroso del taburete.

—No se preocupe, Ruskin. Nuestro criado se hace cargo de todo —manifestó Sparks.

—¿Está usted seguro? Tendría que ocuparme de llevar el carruaje al establo…

—Muchas gracias, Ruskin. Ya está hecho.

—Gracias, señor. —Ruskin se acomodó en el asiento, aflojó los músculos y el gris de su piel se oscureció todavía más.

—¿Se encuentra bien? —preguntó Doyle.

—Estoy muy cansado, señor. La verdad es que me vendría bien descansar un poco antes de los festejos, solo unos minutos, pero ya ve, hay tantísimas cosas que hacer —respondió Ruskin, sin aliento; se secó el sudor de la frente con el trapo, que dejó una mancha negra en la piel.

—¿Esperan a muchos invitados para la noche de Fin de Año, Ruskin? —preguntó Sparks.

—Sí, señor, alrededor de cincuenta. Toda una fiesta. Este año el amo se ha excedido un poco.

—El amo está en la casa, ¿verdad?

—Sí, señor —dijo Ruskin con un suspiro agotado; las lágrimas asomaron en la comisura de sus párpados—. No parece el mismo. No es él en absoluto. No quiere salir de sus habitaciones. Me grita a través de la puerta. No quiere desayunar.

—¿Podría llevarnos hasta él, Ruskin? —le preguntó Sparks.

—Con el debido respeto, señor, no creo que el amo desee que le molesten. Últimamente no ha estado bien. Nada bien.

—Comprendo su preocupación, Ruskin. Quizá le tranquilizaría saber que el doctor Doyle aquí presente tenía una consulta con él.

—Ah, ¿es usted médico, señor? —dijo Ruskin con una expresión más animada, un efecto parecido a la salida de la luna llena.

—Efectivamente —contestó Doyle, que levantó el maletín como prueba.

—Si pudiera indicarnos las habitaciones del amo, le dejaríamos con su trabajo —dijo Sparks, y entonces, en respuesta al segundo esfuerzo de Ruskin por levantarse, añadió—: No es necesario que nos anuncie, Ruskin. Creo que podremos arreglarnos solos. ¿Las habitaciones están en esta planta?

—Al extremo del vestíbulo. La última puerta a la derecha. Por favor, tenga la bondad de llamar primero.

—Gracias, Ruskin. La cubertería tiene un aspecto espléndido.

—¿De verdad, señor? —dijo Ruskin, con una patética mirada de gratitud.

—Estoy seguro de que la cena será todo un éxito —añadió Sparks. Hizo un gesto a Doyle para que le siguiera y echó a andar por el vestíbulo.

Doyle se demoró.

—¿Por qué levantaron la pared, Ruskin? —preguntó.

Ruskin le miró, con la cara arrugada en una expresión de extrañeza.

—¿Qué pared, señor?

—La pared en el jardín.

—No sé a qué se refiere, señor —contestó Ruskin.

Sparks le hizo una señal para que abandonara el tema. Doyle avanzó con mucho cuidado entre los objetos de plata. Al acercarse a Ruskin advirtió que tenía los labios resecos y agrietados, y los ojos rojos como ascuas. Puso una mano sobre la frente pálida de Ruskin;

ardía de fiebre. Ruskin le miró con la adoración ciega de un perro moribundo.

—No se siente muy bien, ¿verdad, Ruskin? —preguntó Doyle, suavemente.

—No, no muy bien, señor —contestó con voz débil.

Doyle sacó un pañuelo, lo mojó en la palangana y limpió con delicadeza la mugre de la frente de Ruskin. Algunas gotas de agua corrieron por el ancho rostro, y Ruskin las relamió cuando llegaron a sus labios.

—Creo que debiera irse usted a su habitación para descansar un rato —dijo Doyle.

—Pero los preparativos, señor...

—No tiene por qué preocuparse. Hablaré con el amo. Estoy seguro de que él coincidirá conmigo en que todo irá sobre ruedas si usted repone sus fuerzas.

—Estoy tan cansado, señor... —se quejó Ruskin, con una gratitud patética ante la bondad de Doyle, la boca abierta y un temblor en la barbilla que anunciaba la proximidad de una nueva llantina.

—Venga, deme la mano, Ruskin. Le ayudaré a levantarse... Allá vamos.

Doyle apeló a todas sus fuerzas para ponerle en pie. Ruskin se estremeció como una hoja al viento y Doyle se preguntó cuánto tiempo había estado sentado allí. Sacó un frasquito del bolsillo de su chaleco, le pidió a Ruskin que extendiera la mano y dejó caer cuatro píldoras en la palma sudorosa.

—Tómelas con agua, Ruskin. Le ayudarán a descansar. Prométame que hará lo que le pido.

—Lo prometo —dijo Ruskin, con la docilidad de un niño.

—Pues entonces a la cama. —Doyle le alcanzó la vela y le palmeó el hombro; la tela de la camisa estaba empapada y pegajosa.

—A la cama —repitió Ruskin con voz sombría.

Los pasos lentos e inseguros de Ruskin le recordaron a Doyle el andar de un viejo elefante encadenado que había visto una vez en un desfile circense. En cuanto Ruskin desapareció de la vista, Doyle y Sparks regresaron por donde habían venido.

—Podemos estar muy seguros de una cosa —afirmó Sparks—. Ruskin no abrió el agujero en la pared. Ni siquiera podría cortar un flan.

—Creo que no ha salido de la casa en semanas. El sirviente más leal a su amo.

—Y, a estas alturas, el único sirviente. Esta casa empleaba a treinta personas en su mejor época. Nadie lo diría a la vista del ambiente, ¿verdad?

Llegaron a la intersección en el momento en que Barry subía la escalera.

—La casa está vacía. Tapiada —anunció Barry, mucho más directo que el hermano, a juicio de Doyle—. La cocina es un asco. Mucho cocinar, pero no han lavado ni un puñetero plato.

—El quehacer del pobre Ruskin, sin duda —comentó Sparks.

—Dos cosas raras —añadió Barry—. Han tirado sal en todos los vestíbulos y a través de los umbrales...

—Sí, ¿y la otra?

—Hay una pared falsa en la despensa. Oculta una puerta.

—¿Que conduce a...?

—No he podido abrirla sin las herramientas. Por el olor, yo diría que a un piso inferior.

—Al sótano.

—Ya he estado en el sótano. Esto no es el sótano. Y hay una extraña corriente de aire que se filtra por debajo de aquella puerta.

—Barry, saca el equipaje del coche, por favor —dijo Sparks, muy interesado—. Y después abre esa puerta.

Barry se tocó el ala del sombrero y partió a cumplir los encargos.

—Por lo tanto, si estamos de acuerdo en que Ruskin no salió de la casa ni estaba en condiciones de hacerlo, ¿quién abrió la brecha en la pared? —le preguntó Doyle mientras reanudaban la marcha.

—Fue nuestro difunto amigo de los establos, el caballerizo. Se llamaba Peter Farley. Había estado fuera por cuestiones de trabajo, el traslado de cuatro caballos a Topping desde las tierras que la familia posee en Escocia —le informó Sparks, alcanzándole un papel.

—¿Qué es esto? —preguntó Doyle mientras desplegaba el papel y lo leía.

—Un conocimiento de embarque: una lista con los nombres de los caballos, la descripción, el certificado de salud. Firmado Peter Farley. Lo encontré en un bolsillo de la chaqueta del caballerizo, colgada en un perchero del dormitorio del establo. En algún momento de los últimos días, si no me equivoco, Farley regresó con los caballos.

Habían levantado la pared durante su ausencia. Evidentemente ocurría algo muy extraño. Tenía cuatro caballos valiosos a los que atender y alimentar después de una larga jornada, y quizá una esposa o un familiar en el interior de la casa. No podía quedarse fuera.

—Por eso abrió una brecha en lugar de escalar la pared.

—Hay trozos de vidrios hincados en los bordes para impedir el acceso. Y recuerde las dimensiones del agujero.

—Tiene la altura y la anchura suficientes para permitir el paso de un caballo.

—Trabajó de valiente durante buena parte del día. Tenía que entrar a los caballos deprisa. Hay una gran cantidad de huellas muy profundas alrededor de la entrada.

—Algo los inquietaba. Algo que se acercaba.

—Para desgracia de nuestro bravo caballerizo, la puerta que abrió para salvar a los caballos significó su perdición.

—No le sigo.

—Piénselo. Acaba el agujero, lleva los caballos al establo, que encuentra desierto pero por lo demás sin daños. No se aventura a ir a la casa, no es su lugar; es un hombre sencillo, su mundo es la caballeriza. Si el amo se ha vuelto mochales y ha construido una pared enorme, no es asunto suyo. Prepara un poco de té y calienta el pastel de carne. Oye un ruido en el exterior, algo inquieta a los caballos, deja la cena en la mesa y va a las cuadras a ver qué pasa, y allí es asesinado por algo que a través de la brecha abierta por él lo ha seguido al interior del recinto.

—Pobre diablo. ¿Qué ha podido causarle una muerte tan horrible?

Llegaron al extremo del vestíbulo, delante de lo que Ruskin había descrito como la puerta del amo. El suelo en esta parte del pasillo estaba totalmente cubierto de una capa de sal.

—¿Para qué es la sal? ¿Sirve como defensa contra algo? —preguntó Sparks.

En aquel instante reverberó en el aire el fuerte estrépito de la porcelana al romperse y gritos furiosos procedentes del interior de la habitación.

—¡Presuntuosos! ¡Mequetrefes y lechuguinos! ¡Ja!

Sparks se acercó un dedo a los labios, pidiendo silencio, y golpeó la puerta. No hubo respuesta, pero cesaron los sonidos en el interior. Repitió la llamada.

—¿Ocurre algo, señor? —preguntó Sparks, con una voz que imitaba exactamente la de Ruskin.

—¡Vete! ¡Lárgate y no me toques las narices! ¡Vete a jugar con el tren!

—Perdón, señor —añadió Sparks sin abandonar la impostura—, pero acaban de llegar algunos de los invitados. Preguntan por usted.

—¿Invitados? ¿Han llegado los invitados? —chilló la voz, con una mezcla de incredulidad y desprecio.

—Sí, señor, y la cena está preparada. Tendrían que sentarse a la mesa. Ya sabe usted cómo se desgracia una comida cuando los entrantes se enfrían —prosiguió Sparks.

Doyle estaba seguro de que con los ojos cerrados nunca hubiese sospechado que no era el pobre mayordomo el que hablaba.

Se oyeron pasos que se acercaban a la puerta, y alguien descorrió los cerrojos.

—¡Si hay algo que no soporto, barril de sebo —dijo la voz, cada vez más alta y aguda—, es la sórdida perpetuación de las mentiras! —Se descorrieron más cerrojos y trabas—. ¡No hay invitados, ni cena, y si oigo otra palabra más de tus sucios y asquerosos labios sobre esta tontería, te retorceré ese cuello de cerdo que tienes, fundiré tu cadáver en un caldero y utilizaré el sebo para las velas de Navidad!

Se abrió la puerta y Sparks y Doyle se vieron ante un hombre de estatura y peso normales, cuyas facciones insulsas aparecían enmarcadas en una maraña de barba y pelo rubio que llevaba tiempo sin tomar contacto con el cepillo y el peine. Las cejas se erguían como setos descuidados bajo las rugosidades de la frente. Los ojos saltones, opalescentes y claros como girasoles, estaban bien separados por la nariz ganchuda. Rondaba los cuarenta, pero su rostro mostraba una frescura infantil que no se podía atribuir a la nobleza del linaje sino a una negativa petulante a asimilar las experiencias de la vida. Vestía una bata de seda negra sobre una camisa suelta, unas peculiares botas con plataforma de corcho y pantalones de montar. Y les apuntaba con una escopeta de dos cañones a un palmo de sus rostros.

Nadie se movió.

—Lord Nicholson, supongo —dijo Sparks, tan amable y discreto como un fraile de visita.

—Usted no es Ruskin —afirmó Nicholson convencido, y entonces, incapaz de desaprovechar la oportunidad de causar otra afrenta añadió—: Ese papanatas petulante.

—Barón Everett Gascoyne-Pouge —se presentó Sparks, con el tono afectado de un dandi aburrido, mientras sacaba la invitación para la fiesta de Año Nuevo con un gesto burlón—. Tengo entendido que has cancelado la fiesta, muchacho, pero al parecer por uno de esos misterios recibí la invitación.

—¿De veras? Qué extraño. No pasa nada. ¡Entra, entra! ¡Encantado! —exclamó Nicholson. Apartó el arma, convertido en el acto en el perfecto anfitrión.

—Las maletas, Gompertz —le ordenó Sparks a Doyle, que de pronto comprendió sorprendido que debía realizar las funciones del personaje que le había sido asignado

—Sí, señor —dijo Doyle.

Doyle entró el maletín, el único equipaje que llevaban, y Nicholson se apresuró a cerrar la puerta y echar los cerrojos. Había por lo menos seis, todos diferentes, y no se olvidó de cerrar ni uno solo.

—Había renunciado a toda esperanza, ¿sabes? —añadió Nicholson con un tono aniñado, estrechando fuertemente la mano de Sparks—. No esperaba que viniese nadie. Lo borré de mi mente. De verdad, es un placer inesperado.

«Nunca he visto a un individuo más ansioso de la compañía de gente de su clase —pensó Doyle—, pero que no cuente conmigo para que le dé conversación.» Los desagradables epítetos proferidos contra el leal y sacrificado sirviente habían provocado en Doyle una aversión instantánea hacia lord Charles Stewart Nicholson.

Las gruesas cortinas cerradas ensombrecían todavía más el ambiente siniestro creado en la habitación de techo alto por el pesado mobiliario medieval. Había polvo por todas partes. El hedor a orina y sudor espesaba la atmósfera rancia. El suelo aparecía cubierto de tazas, platos rotos y restos de comida: huesos, migajas de galletas. Varias espadas y un escudo de armas abollado colgaban sobre el pequeño fuego que ardía en el hogar. Nicholson se acercó a la chimenea, frotándose las manos como si estuviera helado.

—¿Qué tal una copa de coñac? —preguntó. Quitó el tapón de un frasco de cristal y sirvió torpemente dos copas sin esperar la respuesta—. Yo tomaré una. —Bebió con avidez media copa y la volvió a llenar antes de entregarle la segunda a Sparks—. Salud.

—Gracias —dijo Sparks, displicente, al tiempo que se instalaba cómodamente delante del fuego.

—¿Enviamos a tu criado abajo? —preguntó Nicholson. Se dejó caer en un sillón opuesto al de Sparks y bebió otro trago, que se le derramó por la comisura de los labios—. Estoy seguro de que ese cretino incompetente de Ruskin necesita que le echen una mano.

—No —replicó Sparks con el toque justo de innata autoridad—. Podría necesitarle.

—Muy bien —afirmó Nicholson, sometiéndose sin pegas a la superioridad de rango sugerida por la indiferencia de Sparks—. Dime, ¿qué tal ha sido el viaje?

—Agotador.

Nicholson asintió como una marioneta. Se sentó en el borde del sillón, con los ojos bien abiertos por un entusiasmo huero, bebió otro trago y se secó los labios con la manga.

—Así que es Año Nuevo. ¿No es verdad?

—Hummm —contestó Sparks, observando la habitación con una mirada apática.

—¿Has visto mis botas? —Nicholson se recogió la bata como una bailarina de cabaret, levantó un pie y lo movió de un lado a otro—. Suela de corcho. No conducen la electricidad. Tres pares de calcetines. No, señor. A mí no me electrocutarán. Aunque la electricidad sirva para que los trenes vayan más deprisa. ¡Ja!

Sparks hizo gala de sensatez al reconocer que ese comentario no tenía una respuesta adecuada. Nicholson se echó hacia atrás en el asiento, como si se le hubieran acabado las ideas. Luego, animado de pronto por un impulso de cortesía abyecta, se levantó de un salto, cogió de la repisa de la chimenea una caja china de laca roja, se precipitó hacia Sparks sonriendo como un mono loco y la abrió con un floreo.

—¿Fuma, barón?

Sparks olió con gesto agrio, cogió un puro como si fuese un arenque podrido y se lo llevó a los labios. Nicholson se palmeó con desesperación los bolsillos de la bata hasta que encontró las cerillas, encendió una y la acercó al puro. Sparks chupó y fue girando el puro delicadamente para que se encendiera de un modo uniforme.

—De Trinidad —dijo Nicholson, que prendió a su vez un cigarro mientras volvía a sentarse—. Mi padre tiene una plantación allí. Quería que me encargara de dirigir la maldita empresa. ¿Te lo imaginas? ¡Ja!

—Un calor de mil demonios —opinó Sparks, simulando comprensión.

—Un calor infernal —amplió Nicholson—. Un calor infernal, y los negros, que te roban hasta los calzoncillos. Brutos estúpidos, sudorosos y hediondos, que no hacen más que cantar toda la noche. Pero permíteme que te diga una cosa. Mujeres hermosas. Her-mo-sí-simas.

—Vaya.

—Zorras todas ellas, incluso con las criaturas colgadas del cuello como macacos en el zoo. Se abren de piernas en plena calle por la calderilla que puedas llevar en el bolsillo del chaleco —añadió Nicholson, con la voz ahogada por la lujuria—. Te lo puedes pasar en grande si te apetecen las putillas de carne negra. Es lo que yo llamo esplendor tropical. ¡Ja! —Se acarició la entrepierna con lascivia y se sirvió otro coñac—. Ahora mismo no me vendría nada mal un poco de diversión, saciar el apetito. Llega un momento en que te da un poco igual el envoltorio. —Dirigió a Sparks un guiño de picardía.

La idea de que lady Nicholson, con su encantador refinamiento, hubiese estado sometida a las vicisitudes de la convivencia con semejante degenerado despertó en Doyle una profunda indignación. Si algún horror indecible seguía de cerca a ese tarambana embrutecido, a él no le molestaría empuñar un atizador y colaborar en la tarea de eliminarlo.

—¿Cómo está tu padre, el conde? —le preguntó Sparks en un tono que no transpiraba ninguna reacción ni juicio.

—¡Todavía vivo! —exclamó Nicholson, como si fuese la cosa más graciosa del mundo—. ¡Ja! ¡El viejo canalla se aferra a la vida! Nada de títulos para el joven Charles aquí presente, viviendo de caridad, atado a los cordones de la bolsa del viejo. Y no creas que le preocupa. Ni siquiera piensa en mis penurias; a duras penas puedo atender las necesidades de mi casa, pero él no se apura cuando por la noche le ronda el ángel de la muerte. ¡Ja! Tiene rencor en las venas. Y me quedo corto. Rencor, agua helada y meado de caballo. ¡Por qué no se muere de una puñetera vez! —En un paroxismo de cólera,

Nicholson arrojó la copa al hogar y saltó repetidamente, con las rodillas tocándole el pecho, al tiempo que chillaba dominado por la pataleta.

Doyle y Sparks intercambiaron una mirada, preguntándose hasta qué punto era peligrosa la locura del hombre. Entonces, con la misma rapidez con que había comenzado, desapareció el ataque y Nicholson se acercó a la repisa para coger otra copa, que llenó tranquilamente, sin dejar de silbar con alegría un estribillo del último estreno de Gilbert y Sullivan.

—¿Y cómo está tu esposa? —preguntó Sparks.

Nicholson dejó de silbar, de espaldas a ellos.

—Lady Nicholson. ¿Cómo está?

—Mi esposa —dijo Nicholson con frialdad.

—Así es. La vi no hace mucho en Londres.

—La has visto.

—Sí. No tenía buen aspecto.

—No tenía buen aspecto.

—En absoluto. Estaba muy pálida.

«¿Qué le pasa ahora?», pensó Doyle.

—Muy pálida —repitió Nicholson. Todavía de espaldas, se metió una mano en el bolsillo de la bata.

—Yo diría que su aspecto era muy poco saludable, si quieres conocer mi opinión. Quizá estaba preocupada por vuestro hijo. ¿Cómo está tu hijo? —En la voz de Sparks apareció un tono de inconfundible antagonismo.

—Mi hijo.

—Perdona —dijo Sparks con una risita—, pero ¿tienes la costumbre de repetir las palabras cuando te hacen una pregunta cortés, o es que tu padre nunca te enseñó a contestar correctamente?

Nicholson se volvió hacia Sparks. Empuñaba una pistola. Sus labios se torcían en una sonrisa maliciosa.

—¿Quién es usted? —preguntó Nicholson.

—Así que no piensas contestar…

—Le envía ella, ¿no es así?

—Te confundes.

—Mi esposa le ha enviado aquí. Usted es su amante, ¿verdad? La muy puta.

—Ten cuidado con lo que dices.

—Se la está follando, ¿no? No intente negarlo.

—¡Aparta esa pistola, estúpido! —gritó Sparks en tono imperioso y sin mover un músculo—. ¡Apártala ahora mismo!

Nicholson se quedó tieso como un perro que percibiera un silbido inaudible para los humanos. La sonrisa desapareció de su rostro y dio paso a la expresión desolada de un niño despreciado. Bajó la pistola.

—Ahora, jovencito, responderás correctamente cuando se te hable —añadió Sparks.

—Lo siento —gimió Nicholson.

Sparks se levantó rápidamente, arrancó el arma de la mano de Nicholson y le propinó dos bofetadas. Nicholson cayó de rodillas y comenzó a llorar como un bebé. Sparks vació las recámaras de la pistola, se guardó las balas en el bolsillo y arrojó el arma al suelo. Después sujetó a Nicholson por las solapas y le puso de pie de un tirón.

—Si vuelves a hablarme con grosería —le advirtió Sparks, autoritario—, o hablas con descaro de tu esposa, o haces comentarios vulgares sobre cualquier tema en mi presencia, serás severamente castigado. ¿Me has entendido bien, niño?

—¡No puede hablarme de esta manera! —chilló Nicholson.

Sparks le empujó contra una silla, donde aterrizó con un grito de sorpresa. Sus ojos enrojecidos por el llanto no se apartaban de Sparks, que se acercó a él bastón en mano.

—Eres un niño perverso y estúpido.

—¡No es verdad!

—Extiende las manos, Charles.

—Usted no puede...

—Extiéndelas ahora mismo.

Sin dejar de sollozar, Charles extendió la manos temblorosas, con las palmas hacia arriba.

—¿Cuántos cree que se merece nuestro niño malo, Gompertz? —le preguntó Sparks a Doyle, flexionando el bastón.

—Yo le daría otra oportunidad para enmendarse, señor, antes de aplicar cualquier correctivo —respondió Doyle, sin molestarse en disimular su repugnancia ante el desmoronamiento total de Nicholson.

—Muy bien. Charles, ¿has oído a Gompertz? Sugiere que sea bondadoso. ¿Crees que es una buena idea?

—Ssss… Sí, señor.

Sparks descargó un bastonazo sobre las palmas. Nicholson lanzó un aullido.

—¿Dónde está tu esposa? —preguntó Sparks.

—No lo sé.

Sparks le volvió a golpear.

—¡Aaahh! En Londres, en Londres. Hace tres meses que no la veo.

—¿Dónde está tu hijo?

—Ella se lo llevó —contestó Nicholson, llorando a moco tendido.

—¿Has vuelto a ver a tu hijo desde entonces?

—¡No! ¡Lo juro!

—¿Por qué construiste la pared, Charley?

—Por ella.

—¿Por tu esposa?

Nicholson asintió.

—¿Por qué? —Sparks levantó el bastón.

—Porque le tengo miedo.

El bastón azotó las manos de Nicholson.

—Eres un niño muy obstinado. ¿Por qué tienes miedo de tu esposa, Charley?

—Porque… adora a Satán.

—¿Le tienes miedo porque adora a Satán?

—Adora a Satán y se reúne con los demonios. —Otro bastonazo—. Es verdad, es verdad. Juro por Dios que es verdad —gritó Nicholson, desesperado. Ya no le quedaban fuerzas para ofrecer ninguna resistencia. Doyle comprendió que Sparks se había dado cuenta de su claudicación; el interrogador se inclinó sobre Nicholson, y su voz le taladró como un punzón.

—¿Qué hace tu esposa que te produce tanto miedo?

—Hace que vengan las cosas malas.

—¿Qué cosas malas, Charley?

—Las cosas que vienen por la noche.

—¿Por eso construiste la pared, Charley, para evitar que entraran las cosas malas?

—Sí.

—¿Es para lo que sirve la sal?

—Sí, sí. Les hace daño.

—¿Qué son, Charley?

—No lo sé. Nunca las he visto.

—Pero las has escuchado por la noche, ¿no es así?

—Sí. Por favor no me pegue más, se lo ruego —suplicó Nicholson, intentando abrazarse a las botas de Sparks.

—El año pasado vendiste unas tierras, Charley. Una gran cantidad, ¿lo recuerdas, Charley? —le preguntó Sparks, apartándolo de un puntapié—. ¡Responde!

—No lo recuerdo.

—Escúchame. Vendiste unas tierras que te había traspasado tu familia, en el norte. Las vendiste a un hombre: el general Drummond.

—¿El general? —Nicholson le dirigió una mirada bovina, agradecido por oír un nombre conocido.

—¿Le recuerdas, Charley? ¿Recuerdas al general?

—El general estuvo aquí. Vino con mi esposa.

—El general es amigo de tu esposa, ¿verdad?

—Sí, sí, son buenos amigos. El general es un buen hombre. Me trae golosinas. Una vez me trajo un poni. Un tordillo. Le puse Wellington de nombre —balbuceó Nicholson, transformado en un niño. Se había evaporado el coraje que le había permitido mantenerse adulto durante el asedio de Topping.

—La última vez que vino, el general te hizo firmar unos papeles, ¿no es así, Charley? Documentos legales. Unas hojas de papel.

—Sí. Muchos muchos papeles. Dijeron que si no los firmaba me quitarían el poni —contestó Nicholson, hecho un mar de lágrimas.

—Y en cuanto firmaste los papeles, tu esposa se fue. Se fue con el general, ¿verdad?

—Sí, señor.

—Y ella se llevó a tu hijo.

—Sí, señor.

—¿Cuánto tiempo llevabais casados?

—Cuatro años.

—¿Ella vivió aquí todo el tiempo?

—No. Iba y venía.

—¿Adónde iba?

—Nunca me lo dijo.

—¿Qué hacía tu esposa antes de casarse contigo?

Nicholson sacudió la cabeza para indicar que no lo sabía.

—¿Alguna vez te habló de su familia?

—Dijo que su familia tenía una… editorial.

—¿En Londres? —preguntó Doyle, involuntariamente.

—Sí, en Londres —respondió Nicholson, servil.

—¿En qué lugar de Londres, Charley? —le preguntó Sparks.

—Fui allí una sola vez. Enfrente del gran museo…

—¿Russell Street?

Nicholson asintió. Sonaron unos golpes muy fuertes en la puerta.

—Mirad por la ventana —gritó Barry desde el vestíbulo.

Desde algún lugar de la planta baja llegó un ruido de vidrios rotos. Sparks se acercó a la ventana y apartó la cortina. Doyle se unió a él.

La figura vestida de negro de la fonda de Cambridge cruzaba el patio en dirección a la puerta principal, seguida de una media docena de encapuchados.

—Esta vez son más —anunció Sparks, tranquilo.

—¡Es ella! —gritó Nicholson, aterrorizado—. ¿Verdad que es ella? ¡Ha venido a buscarme!

—Ahora tenemos que dejarte, Charles —dijo Sparks, en un tono no desprovisto de bondad—. Carga el arma, cierra la puerta en cuanto salgamos, no le abras a nadie, y feliz Año Nuevo.

Sparks arrojó las balas hacia Nicholson y fue rápidamente hacia la puerta. Entre Sparks y Doyle quitaron los cerrojos en un periquete y salieron para reunirse con Barry en el vestíbulo. Lo último que vio Doyle antes de que Barry cerrara la puerta fue a lord Nicholson gimiendo histérico al tiempo que gateaba en busca de las balas dispersas.

—Tengo las maletas —informó Barry mientras corrían por el vestíbulo—. Bajé a dar de comer a los caballos. Entonces apareció este maldito carruaje, corriendo como un loco.

—¿Están cerradas todas las salidas? —preguntó Sparks, desenvainando el estoque.

—Sí. Hemos perdido el coche. Hay más encapuchados por el otro lado.

—¿Has conseguido abrir aquella puerta en la despensa?

—Tenía otras cosas que hacer, ¿no? —replicó Barry, amoscado.

—Deprisa, Barry, no tardarán en entrar.

—¿No tendríamos que llevarnos a lord Nicholson? —preguntó Doyle.

—Ya ha arruinado la vida de mucha gente.

—Pero le matarán…

—Ya no tiene salvación.

Bajaron las escaleras y atravesaron el vestíbulo central. El estrépito de los golpes de lo que parecía ser un ariete resonó en el recinto. Las ventanas saltaron hechas pedazos a todo lo largo de la fachada; un brazo entró por un agujero y la mano tanteó en busca de la falleba. Barry los llevó por un laberinto de habitaciones hasta la cocina y la despensa.

—Miren esto —dijo Barry.

Quitó un saco de harina de una estantería de la despensa; la pared opuesta se levantó y desapareció en el techo como si fuese una ventana de guillotina para dejar al descubierto la puerta misteriosa.

—Ingenioso —aplaudió Sparks—. Mi enhorabuena al arquitecto.

—Tiene un cierre que no encontrará en muchos bancos —añadió Barry, que abrió la bolsa de herramientas sin perder un segundo, y comenzó a forzar el enorme candado.

Algo que sonó como un trueno en el interior de la casa anunció que los invasores habían roto las fortificaciones exteriores.

—Écheme una mano, Doyle —dijo Sparks, empujando una mesa contra la puerta de la cocina.

Apilaron el resto del mobiliario encima y alrededor de la mesa, prepararon las armas y esperaron a que Barry acabara el trabajo.

—¿Cuál es su diagnóstico del pobre Charley? —le preguntó Sparks.

—Locura incipiente. Probablemente una sífilis terciana.

—Muerto del cuello para arriba. Más agujeros en los sesos que un panal.

Oyeron pasos rápidos y amortiguados en las escaleras y las plantas superiores. El ruido del punzón de Barry en el candado resonó en la despensa como un cañonazo.

—Tranquilo, Barry.

—Utilizaría una manga pastelera, pero no creo que diese el mismo resultado —protestó Barry, enfadado.

—Muchas gracias, Barry —dijo Sparks sarcástico.

—Ojalá Nicholson hubiese recordado el nombre de la editorial —se lamentó Doyle.

—No resultará difícil encontrarla…, siempre y cuando regresemos vivos a Londres. ¿Cómo va, Barry?

—Ya es nuestro.

—Dejando aparte los delirios propios de la enfermedad que padece Nicholson, al parecer su esposa no es tan inocente como suponíamos —admitió Doyle.

—Las mujeres casi nunca lo son.

Barry rompió el candado y abrió la puerta. El olor transportado por el viento que surgía desde abajo era húmedo, antiquísimo y rancio como el de una tumba. Guiados por Sparks, bajaron unos pocos peldaños, excavados directamente en la tierra, que formaban una escalera muy empinada y resbaladiza por el moho. La luz de la cocina penetraba solo unos pasos más allá de donde estaban, antes de que los escalones desaparecieran en la negrura absoluta.

—Aquí hay una lámpara —avisó Barry, cogiendo una lámpara de aceite sujeta a un gancho en la pared de tierra. Encendió una cerilla y la arrimó a la mecha; el mortecino resplandor amarillento apenas abrió una brecha en la oscuridad subterránea. Sparks se hizo con la lámpara y avanzó decidido.

—Caminad con cuidado. Esto resbala como el hielo —les advirtió Sparks.

—Por favor, caballero, tire del pomo que hay junto al marco, si es tan amable —le pidió Barry a Doyle.

Doyle tiró del pomo. La falsa pared descendió con la misma suavidad de antes y ocultó la entrada.

—La puerta también, si no es molestia —añadió Barry.

Doyle cerró la puerta y colocó la pesada tranca de hierro. Ahora solo podrían salir prosiguiendo el descenso. El sonido de sus pisadas levantó un eco cuando las gradas mohosas dieron paso a peldaños cavados en la roca. Poco después las paredes desaparecieron y se vieron rodeados de vertiginosas tinieblas. La poca luz de la lámpara apenas les permitía intuir los límites fantasmales de la inmensa caverna en que se hallaban. Los silbidos y aullidos del viento eran constantes. Oyeron los chillidos y el rascar de las ratas que huían de la presencia humana.

—¿Qué es este lugar? —preguntó Doyle.

—La única intervención humana la constituyen estos escalones —respondió Sparks—. Esto es una estructura natural que sirve de cimiento a Topping. Quizá sea una cueva marina.

—Estamos a casi veinte kilómetros de la costa.

—Muchas gracias, Barry. Entonces, un río subterráneo.

—No oigo ninguna corriente —apuntó Barry escéptico.

—Esto no significa que no la haya habido alguna vez. ¿No es verdad?

—No —contestó Barry, en un tono que únicamente admitía una posibilidad muy remota.

—Quizá lady Nicholson abrió este agujero para sus encuentros con Satanás las noches de luna llena —añadió Sparks.

Doyle se preguntó cómo era posible que bromeara sobre algo así, y precisamente en estos momentos.

—¿Nos seguirán? —inquirió.

—Les llevará algún tiempo encontrar la puerta.

—A menos que Nicholson les diga dónde está.

—Apenas si recuerda su propio nombre.

En aquel mismo momento acabaron de bajar las escaleras e hicieron una pausa para orientarse. La caverna resultaba tan impresionante como una catedral oscura y desierta.

—Sopla un viento fuerte desde alguna parte —anunció Barry, olisqueando el aire.

—Entonces es sencillo; lo seguiremos hasta dar con la salida.

Se alejaron de las escaleras para adentrarse en lo que era la caverna, y con cada paso levantaban nubes de un fino polvo negro. Unas alas pequeñas revolotearon en las corrientes por encima de ellos, realizando vuelos acrobáticos a través de la noche artificial.

—Murciélagos —afirmó Sparks, y Doyle se sujetó el sombrero—. No tema, Doyle. Aquí abajo pueden ver mucho mejor que nosotros...

Sparks tropezó, con gran estrépito, contra un obstáculo sólido y soltó la lámpara, sumergiéndoles en la oscuridad.

—¡Diablo!

—¿Cree que hemos topado con ese personaje?

A pesar de las circunstancias, Doyle comenzó a apreciar la socarronería de Barry.

—Cállate, quieres. Ayúdame a encontrar la lámpara.

Doyle extendió las manos y tocó el objeto contra el que había tropezado Sparks; era enorme, redondo, liso y frío, con los bordes torneados. Sabía lo que era, pero al no poder verlo no podía darle un nombre.

—Creo que lo ha roto.

—Es lo que crees, ¿no?

—Por lo que puedo tocar no hay más que pedazos. ¿Quiere que encienda la vela que tengo en el bolsillo?

—Sí, Barry. Me parece la mar de apropiado.

Justo cuando Barry raspó la cerilla, Doyle supo qué era lo que habían encontrado.

—¡Santo cielo! ¿Saben qué es esto?

Una vez más estaban a oscuras.

—¿Y ahora qué pasa, Barry?

—He dejado caer la vela. El doctor me ha pegado un susto...

—Jack, ¿sabe lo que ha encontrado?

—Lo sabría si Barry pudiese encontrar la vela...

—La tengo —dijo Barry, encendiendo otra cerilla.

—¡Es un tren!

Efectivamente. Una locomotora a vapor de hierro forjado, negra como el azabache, con el ténder completamente cargado de carbón, posada sobre raíles de acero que desaparecían en la oscuridad más allá de una curva.

—Una Sterling Single —exclamó Barry—. Una auténtica belleza.

Treparon a la cabina y examinaron la maquinaria a la luz de la vela de Barry. Los medidores y las palancas parecían intactos y listos para usar. El tanque de agua estaba lleno, y había una carga de carbón dispuesta en la caldera.

—Es como si alguien hubiese previsto que tendría que salir por pies —opinó Doyle.

—Recuerde las repetidas incoherencias de lord Nicholson respecto a los trenes. Me atrevería a decir que debemos agradecer nuestra buena fortuna a los problemas del pobre Charley —replicó Sparks, mientras Barry encendía una lámpara sujeta a la pared de la cabina.

—¿Por qué no la utilizó él? —preguntó Doyle.

—Lo más probable es que se olvidara de que estaba aquí. ¿Sabe cómo se conduce una locomotora, Doyle?

—Primero hay que encender la caldera —le señaló Barry, antes de que Doyle pudiese contestar.

—Muchas gracias, Barry. ¿Por qué no te adelantas a recorrer las vías y averiguas si hay que mover alguna aguja?

—Sé unas cuantas cosas del oficio de maquinista. Mi viejo era guardafrenos. Nos llevaba en los trenes a recorrer todo el sur de Inglaterra cuando no dormía la mona.

—Me alegra saberlo, Barry, pero ¿acaso me consideras un ignorante en temas ferroviarios?

Barry abandonó la cabina y empuñando la vela se alejó siguiendo los raíles sin dejar de mascullar. Sparks estudió la variedad de palancas y volantes que tenían ante ellos.

—Encendamos el carbón tal cual dijo Barry, y entonces... —Sparks se mordió un dedo mientras pensaba—, ¿de cuál de estas múltiples palancas cree usted que deberíamos tirar?

Encendieron el fuego en la caldera y lo soplaron con el fuelle hasta tener las ascuas al rojo vivo. Barry regresó para informar que las vías parecían estar en buen estado y que se extendían sin interrupción al menos durante un kilómetro y medio. Sparks preguntó si había algún motivo que les impidiese partir en el acto, al tiempo que permitía graciosamente que Barry echara un vistazo al manómetro y aconsejara que debían aguardar a tener la presión máxima, después soltasen el freno de mano, embragasen el eje de transmisión y pusieran marcha adelante.

—Inténtalo si quieres, Barry —dijo Sparks, como si el tener que apelar a su prodigioso e íntimo conocimiento de la tradición ferroviaria fuera la cosa más cargante del mundo.

—De acuerdo —respondió este con una sonrisita.

Barry encendió el farol de la locomotora; el rayo ciclópeo atravesó la oscuridad como la luz de la sabiduría. Doyle y Sparks permanecieron en la plataforma descubierta de la parte trasera de la cabina, sin dejar de lanzar inquietas ojeadas en dirección a las escaleras. Hasta ahora no habían oído ruidos que delataran ningún ataque contra la puerta, pero de todos modos la espera se les hacía interminable. El tiempo parecía no correr en la cámara mortuoria. El golpeteo acompasado de las válvulas de vapor resonaba en la caverna como el ciclo respiratorio de una enorme bestia dormida. La opresión de las paredes de la caverna les produjo la sensación de estar en el vientre de algún monstruoso dragón vigilante, que esperaba ver cómo las empresas o ambiciones humanas, por muy importantes o poderosas que fuesen, no superaban la prueba de la mortalidad. La historia de la gran mansión alzada sobre las rocas de la superficie, trescientos años de una historia humana hecha de amores, nacimientos, intrigas, casamientos, victorias, derrotas, muertes, traiciones, componendas, locura, melodrama, todo era susceptible de ser reducido a polvo y apenas si podía considerarse un suspiro en la vida de este Leviatán. Podían desaparecer reyes y reinos, pero estas paredes se mantendrían, autosuficientes, burlándose en silencio. «Pocas cosas son vistas con mayor desprecio e indiferencia que la vida humana —pensó Doyle—, excepto por aquellos que están en posesión de la misma.» Una hora pasada en las entrañas de esta caverna helada era un duro recordatorio de que la propia naturaleza irradiaba la misma indiferencia despiadada.

Barry empujó la palanca; los pistones tosieron un par de veces y después el acero mordió el acero. La fricción lanzó chispas al aire. Con un chirrido de protesta y gemidos de músculos acalambrados, las ruedas avanzaron lentamente por los raíles.

—¡Nos movemos! —gritó Barry por encima del estrépito de la máquina. Asomó la cabeza por la ventanilla y los condujo hacia el túnel, reprimiendo el deseo de hacer sonar el silbato como expresión de alegría.

—¿Adónde nos llevará? —preguntó Doyle, casi desfalleciendo de alivio.

—Hasta Londres, si alcanza el combustible y las vías no se acaban —respondió Sparks, que palmeó la pared de la cabina como un astuto traficante de caballos—. Siempre he soñado con tener un tren privado, y esta pequeña maravilla colma todas mis aspiraciones.

La caverna se estrechó en el extremo más alejado. Barry se apartó de la ventanilla cuando entraron a poca velocidad por un túnel natural tan angosto que solo quedaban unos centímetros de separación entre la máquina y la piedra.

—¿Cree que los habrán matado, Jack? —preguntó Doyle, incapaz de no pensar en el loco y su sirviente.

—Sí, supongo que sí —respondió Sparks, más serio—. Creo que ya están muertos.

—Nicholson tenía algo que ellos querían —apuntó Doyle después de una pausa.

—Dos cosas: la tierra y el hijo. Y ellos las tenían en su poder desde hacía algunos meses.

—La tierra podría servirles para gran cantidad de cosas…

—Tiene razón; es demasiado pronto para sacar conclusiones. Necesitamos más información.

—Pero ¿y el niño?

Sparks pensó un momento antes de dar una respuesta.

—Control. Una manera de controlar a la madre.

—Pero parece claro que ella ha estado aliada con ellos desde el principio —replicó Doyle, aunque le dolía pensar mal de la mujer.

—Una posibilidad, aunque no sabemos con qué la extorsionaron. El niño parecía lo más lógico.

—Es lo que yo creía la noche que la asesinaron.

—Piense en aquella escena, falsa o real. El dolor de la madre por el niño «raptado» se utilizó con mucha habilidad para atraerle a usted a la trampa. Una vez conseguido el propósito, la traicionaron y la asesinaron, a ella y a su pobre hermano.

—Parece lógico, aunque el papel del hermano no queda muy claro.

—Le sacaron de la universidad con una llamada urgente; ella solicitó que la ayudara contra unos compinches en los que no podía confiar. O quizá él también formaba parte de la conspiración y la presionaba desde otro ángulo. Usted dijo que él parecía regañarla mientras esperaban delante de la puerta.

—Si no le conociera mejor, Jack, casi pensaría que la defiende. —Doyle advirtió, al débil resplandor de la lámpara, una expresión de disgusto en el rostro de Sparks.

—Hay algo que no cuadra —dijo Sparks.

—Por otro lado —prosiguió Doyle, al recordar el brillo de los ojos azules de la mujer—, lo único que tenemos como testimonio de que ella es parte de la conspiración son las afirmaciones incoherentes de un marido desequilibrado.

Sparks, con la mirada perdida en alguna deducción privada, no respondió. Continuaron en silencio la travesía por el túnel.

—¡Hay una luz allá delante! —avisó Barry.

Hasta donde les permitían las paredes, espiaron por las ventanillas hacia el final del túnel, donde el rayo del farol perdía la batalla contra la luz del día. A los pocos momentos el tren emergió de las entrañas de la Tierra y los transportó al aire libre por primera vez desde que habían entrado en la mansión.

—¡Bravo, Barry!

Las vías abrazaban la falda de una profunda garganta, en cuyo fondo discurría un torrente. Detrás de ellos, en lo alto de una ladera a pico y por encima de los árboles, asomaban las puntas de las torres más altas de Topping. Unos espesos pilares de humo negro las rodeaban resaltando contra el fondo plomizo del cielo. Las nubes sugerían la posibilidad de lluvia, pero ni siquiera un diluvio podría salvar la vida venerable de Topping Manor.

—Le han pegado fuego —se lamentó Barry, desolado—. Toda esa plata…

—Quizá no encontraron la puerta. Tal vez piensan que estamos atrapados en el interior —dijo Doyle, esperanzado—. Si nos dan por muertos, abandonarán la persecución.

—Antes de creerlo, primero querrá ver mis despojos y asegurarse de que los queman en su presencia —afirmó Sparks, sombrío.

Doyle estudió a Sparks mientras este contemplaba con fijeza el edificio incendiado, atento a cualquier señal de persecución en el horizonte, con la mirada alerta como la de un ave de presa.

—¿De quién habla, Jack? —preguntó Doyle, en voz baja—. ¿Quién es el hombre de negro? Lo conoce, ¿no es así?

—Es mi hermano —contestó Sparks.

11

NÉMESIS

Las vías seguían paralelas al curso de agua durante unos kilómetros dirigiéndose hacia el sureste a lo largo de la garganta cuyo declive se iba suavizando hasta convertirse en una llanura costera por donde fluía el río. Los tres hombres a bordo de la locomotora mantuvieron una vigilancia constante pero no vieron nada que les hiciera suponer que el enemigo había descubierto su huida. Poco después de llegar a terreno llano, cruzaron otras vías que trazaban una curva y se encaminaban hacia el este. Por indicación de Sparks, Barry detuvo la máquina, saltó de la cabina y desplazó la aguja que les pasaría a los raíles que se apartaban del río. A medida que la máquina recuperaba velocidad, Sparks y Doyle se quitaron las chaquetas, palearon carbón del ténder a los capazos y los fueron cargando a hombros hasta el horno. A pesar del viento helado, no tardaron en quedar empapados en sudor debido al duro trabajo. Alimentaron el fuego hasta el máximo; arrancaron de la caldera toda la potencia que podía dar, las válvulas abiertas a tope, con el propósito de conseguir la mayor ventaja en la carrera de regreso a Londres.

Sparks no añadió nada más referente al hermano. Se hundió en otro de aquellos ensimismamientos que impedían cualquier pregunta y que eran tan profundos que después costaba Dios y ayuda hacerle volver a la realidad. Barry exprimía la máquina a fondo; tomaba las curvas a una velocidad vertiginosa, sin aminorar la marcha ante la presencia de animales, y utilizaba solo el silbato y la fuerza de voluntad para conseguir que las reses se apartaran de las vías. Más de un guardabarreras rural salió atónito de su caseta ante la presencia de un monstruo que alteraba la meticulosidad del mundo de los trenes, y recibió el saludo burlón del maquinista. Barry demostraba tener un profundo conocimiento de la intrincada red ferroviaria de las campiñas de Kent y Sussex, cambiando de las vías principales a otras destinadas a los trenes de carga. En un momento dado, cuando circulaban por unas vías paralelas y comenzaron a acercarse al expreso que transportaba a los viajeros de Año Nuevo desde Dover a Londres, Barry fustigó a su montura como un jockey en la recta final del Irish Sweepstakes, dando saltos, chillando y lanzando el sombrero al aire mientras dejaban atrás al asombrado maquinista rival. Barry era un tipo temerario, así de simple.

Mucho antes del anochecer, Barry se vio obligado a reducir la velocidad cuando entraron en el laberinto de agujas y señales que congestionaban las arterias de entrada a Londres, perdiendo en estos últimos kilómetros el tiempo ganado en la desenfrenada carrera a campo abierto. Cuando por fin estacionaron la locomotora en un patio particular de Battersea, propiedad de un desconocido pariente de Sparks, ya era noche cerrada. Tras dejar a Barry a cargo de la máquina, Sparks y Doyle caminaron hasta una calle muy concurrida y cogieron un coche. Sparks indicó al cochero una dirección al otro lado del río, en algún lugar del Strand.

—¿Adónde vamos, Jack? —preguntó Doyle—. Al parecer, son capaces de encontrarme en cualquier parte.

—Se han anticipado a nuestros movimientos, que hasta el momento han sido necesaria y lamentablemente previsibles. Ahora cambiaremos de juego. La multitud es el mejor refugio del mundo, y Londres tiene más madrigueras de las que un sabueso pueda encontrar en toda su vida —respondió Sparks, ocupado en quitarse el polvo de carbón de la cara con un pañuelo—. Tendría que ver la pinta que tiene, Doyle; está más negro que el as de picas.

—A partir de este momento, le agradecería que me consultara sobre nuestros planes y movimientos, Jack —dijo Doyle, que intentó limpiarse la mugre del rostro con la manga, sin mucho éxito—. Me atrevería a decir que mi opinión o consejo podría tener algún efecto positivo en nuestros esfuerzos.

Sparks le dirigió una mirada divertida, que disimuló con un aire de solemnidad antes de que Doyle pudiera darse por ofendido.

—Eso es algo que nadie pone en duda. Las penurias de los últimos días hubiesen acabado con el temple de la mayoría de los hombres.

—Aprecio el cumplido, pero para expresarlo con mayor claridad, me gustaría saber exactamente lo mismo que usted. O sea, todo lo que sabe.

—Ya lo sabe casi todo.

—Mucho me temo que el casi ya no responde a mis necesidades, Jack. Protegeré, incluso con la vida si es necesario, cualquier secreto que quiera confiarme. Espero que mis acciones hasta el presente no le hayan dado motivos para dudar en otorgarme su confianza.

—Por supuesto que no.

—Bueno, ¿cuándo empezamos?

—Después de un baño caliente, delante de unas suculentas brochetas de ostras, langosta y caviar, acompañadas por el sonido del descorche de una buena añada —contestó Sparks—. No olvide que es la víspera de Año Nuevo. ¿Qué le parece?

—Yo diría —manifestó Doyle con la boca hecha agua— que es un plan que merece todo mi respeto.

El coche les dejó en el centro del Strand, una de las avenidas más concurridas de Londres y nunca más llena que esta víspera de Año Nuevo alumbrada por la luna, delante de un hotel residencia de aspecto poco prometedor. Una marquesina desvencijada anunciaba que era el hotel Melwyn, un paso por encima de un hotelucho de mala muerte, y a kilómetros de las sencillas comodidades a las que estaba acostumbrado Doyle. Pese a ello era uno de los pocos lugares de la ciudad donde dos caballeros —mejor dicho, un caballero y su ayuda de cámara—, negros de pies a cabeza después de una agotadora jornada paleando carbón, solo atraerían una mirada indiferente por parte de los clientes y del personal.

Con un guiño de complicidad al recepcionista, Sparks firmó el registro como Milo Smalley, Esquire y pagó en efectivo por dos habitaciones contiguas cerca de las escaleras, en el segundo piso. Se bañaron en un cuarto de baño común situado en el extremo más apartado del vestíbulo, donde unos cuantos caballeros «tomaban las aguas». Al cabo de unos minutos, Doyle comprendió, por el nivel de la conversación de los presentes, que a pesar de su modesta fachada el Melwyn era el hotel favorito de una clase de hombres de buen tono adeptos a la vida nocturna. Cuando emergió del baño, Doyle se vio reflejado en un espejo por primera vez desde que se hubo afeitado el bigote y las grandes patillas. Llevaba, además de las gafas de montura de alambre que Sparks había sacado de la bolsa de disfraces, un corte de pelo muy drástico que le había hecho Barry. De modo que Doyle tuvo que mirar dos veces para reconocer su propia cara.

Animado por los importantes cambios efectuados en su aspecto, limpio y afeitado, Doyle fue el primero en regresar a las habitaciones. Le sorprendió ver un equipaje desconocido cerca de la puerta, un traje de etiqueta colocado sobre la cama y al estimado Larry-hermano-de-Barry, que encendía el fuego en la chimenea. Doyle se alegró de esta inesperada reaparición y estuvo a punto de abrazar al diminuto cómplice, que al verle pareció casi tan contento como el propio Doyle. Aunque este ardía en deseos de relatarle a Larry todas las aventuras, Larry levantó una mano para hacerle callar antes de que pudiese decir una palabra.

—Perdone, excelencia, pero mi hermano me lo ha chivado todo, de pe a pa. Ha sido toda una muestra de la bondad divina, y también un relato muy extraño, señor, y por cierto, le felicito por el corte de pelo. Veo la prueba de la habilidad de mi hermano con la tijera; fue aprendiz al servicio de un barbero durante algunos meses desacertados, hace muchas lunas; era a la hija del barbero a la que deseaba servir, la verdad sea dicha, pero debo decir, doctor, que con el nuevo corte y la eliminación de la pelambrera lateral ha conseguido más que de sobra el efecto deseado de ocultar a miradas intrusas su verdadera personalidad. Créame que no le miento si digo que solo le he reconocido porque le conocía de antes.

—Veo que has estado ocupado, Larry —manifestó Sparks, sin dejar de secarse mientras entraba en la habitación—. ¿Vas a decirnos lo que has descubierto, o lo digo yo?

Larry miró nervioso a Doyle.

—No violarás ningún secreto —añadió Sparks—. El doctor ha echado raíces tan profundas en nuestro campo de batalla secreto que haría falta dinamita para arrancarlas. Puedes hablar con entera libertad. ¡No, espera! —Sparks entornó los párpados y estudió a Larry, que sonrió tímidamente, como buen conocedor del juego.

—Como guste el señor —dijo Larry, y después agregó con un guiño dirigido a Doyle—: Preste atención, caballero.

—Una visita a la casa de Drummond te ha permitido averiguar que el general no ha regresado desde que le espiamos por última vez cuando viajó al norte dos días antes de Navidad. Has descubierto el domicilio londinense de lord y lady Nicholson, una casa de dos plantas y ladrillos amarillos en la zona de Hampstead Heath, que también estaba vacía en el momento de tu visita. Hace cosa de una hora te has encontrado con Barry en vuestra taberna favorita, Elephant and Castle, donde te puso al corriente de nuestras recientes aventuras mientras bebíais dos pintas de negra y comíais un… pastel de carne.

Larry sacudió la cabeza y dedicó a Doyle una sonrisa de oreja a oreja.

—¿Ha visto? Me encanta cuando hace estas cosas.

—Venga, Larry. Dime, ¿he acertado?

—Exacto, señor, salvo que no fue pastel de carne. Esta noche me apeteció pastel de riñones y ternera.

—Riñones y ternera, desde luego, hoy es noche de fiesta, bribón —dijo Sparks mientras comenzaba a vestirse. Después añadió para Doyle—: Migas en la chaqueta.

—Y un poquitín de puré en la corbata, aquí —afirmó Doyle, dispuesto a aceptar el reto—. Aparte del pegajoso y persistente tufo de lúpulo y del habitual tabaco barato de las tabernas.

—Jesusito de mi vida, no me diga que usted también es adivino.

—Venga, Doyle. Explíquele cómo he llegado a mis conclusiones —dijo Sparks.

Doyle observó un momento al incrédulo Larry.

—Determinar el paradero del general Drummond —explicó— era su primer trabajo al regresar a Londres. Si él hubiese estado en la ciudad, dudo que usted hubiese tenido tiempo para compartir una cerveza con su hermano, y mucho menos para buscarnos y traernos ropa. Por lo tanto, la rápida solución del primer objetivo le permitió pasar al segundo; no hace falta pensar mucho para saber que se trataba del domicilio londinense de los Nicholson. Hay rastros de un fino polvo amarillo en las rodillas y codos de su traje, pero ni rasgones ni descosidos que denuncien cualquier movimiento súbito o violento, y en consecuencia la casa de dos pisos y ladrillos amarillos a la que entró escalando hasta una ventana de la planta alta también estaba vacía. La inconfundible arcilla roja de los bordes y las suelas de las botas es característica de las colinas de Hampstead Heath. Por cierto, la Elephant and Castle también es una de mis tabernas favoritas, y he disfrutado allí con más de un pastel de ternera y riñones.

—¡Bravo, Doyle!

—Que… Que me aspen. —Larry se quitó el sombrero y sacudió la cabeza.

—Si Larry se ha quedado mudo, tendríamos que avisar a los periódicos: es un fenómeno más extraño que un eclipse total de sol —proclamó Sparks.

—Y yo que pensaba que Barry y yo éramos los únicos gemelos en nuestro círculo inmediato —se lamentó Larry, que recuperó el don de la palabra—. Aquí tenemos las dos mitades de una nuez. Rómulo y Remo. Las dos caras de la moneda. Hemos sido muy afortunados al tenerle en nuestras filas —afirmó sinceramente.

—Gracias, Larry. Es un cumplido de mucho mérito —agradeció Doyle.

—Parecéis un par de viejos novios sentimentales —opinó Sparks. Dio el último toque al nudo de su pajarita. Larry y Doyle se apartaron, un poco avergonzados. Doyle para acabar de vestirse y Larry para quitar las migas de la chaqueta—. Larry, ¿qué hay de nuestra cena?

—A las nueve y media en el Criterion. Les esperan ostras al vapor, langosta hervida, champaña y una botella de whisky.

Acabaron de vestirse dispuestos a disfrutar de la grata velada que tenían por delante y se presentaron puntualmente con el toque de la media ante las veneradas puertas del Criterion Long Bar, un poco más abajo del hotel. Sus elegantes atuendos les hacían invisibles en medio de la muchedumbre impecablemente vestida que frecuentaba el comedor, el camuflaje perfecto en la noche más festiva de Londres.

En más de una ocasión, Doyle, el apurado estudiante de Medicina, había apretado la nariz contra las ventanas para espiar al *haut monde* en su hábitat natural con la curiosidad y la envidia de un antropólogo pretencioso, pero nunca había atravesado el famoso umbral hasta esta noche.

Sparks era un viejo conocido del *maître.* Les esperaba el champaña helado, y una legión de atentos camareros vigilaba que sus copas nunca estuvieran vacías. Un gerente servil les transmitió las felicitaciones personales de la casa, y una suculenta sucesión de platos a cuál más exquisito llovió sobre ellos como caída del cuerno de la abundancia de un dios cocinero. Doyle apenas si tuvo ocasión de pronunciar palabra entre bocado y bocado, sumido en el deleite de la fiesta con un abandono báquico. El champaña disipaba la sombra del peligro que les había acechado en los últimos días y las burbujas invitaban al olvido. A su alrededor la sala aparecía rebosante de alegría y llena de luz, las mujeres resplandecientes como Ateneas y los hombres fortalecidos por un ideal herculeano. ¡Qué lugar! ¡Qué ciudad! ¡Qué gente tan dinámica! Cuando el ambrosíaco *flambé* de cerezas, merengue y helado de vainilla aterrizó en la mesa, la etérea burbuja del placer de Doyle comenzó a descender devolviéndole a la realidad.

La cena todavía no había concluido y ya le parecía un sueño porque sabía que la discusión pendiente, que durante el postre sobrenatural había sido tan despreocupada como el lunes de un clérigo, les llevaría otra vez a la vida que les aguardaba en el exterior de este Olimpo cerrado; tendrían que pagar más de una factura.

Cuando retiraron los últimos platos, Sparks encendió un puro y calentó el néctar de su coñac a la llama de una vela.

—En cuanto… a mi hermano… —dijo, reabriendo la sesión.

Doyle no había esperado que abriera con aquel triunfo, pero estaba muy dispuesto a aceptar la franqueza del hombre. Asintió, sin demostrar impaciencia, e intentó concentrar la atención, mientras hacía girar el Benedictine en la copa con aire meditabundo.

—¿Le resulta tan preocupante como a mí que el *corpus* de la esperanza humana esté tan directamente relacionado con el concepto de nuestro progreso social? —preguntó Sparks. El tono era abierto y tentador, nada retórico. ¿Qué tenía que ver este cambio de tema con el hermano? Bueno, Doyle ya había soportado enfoques mucho más tortuosos que este sin esperar casi nada a cambio.

—Sí, Jack, así es —contestó Doyle, entrando en materia—. Observo este magnífico salón, el placer que me causa, toda esta gente hermosa y elegante, la cena que acabamos de disfrutar, y me siento tentado de decir… esto es lo mejor que nos puede ofrecer la civilización: el fruto de la educación, del progreso científico, de la evolución humana. Pero estas son satisfacciones transitorias. Una ilusión. Y solo un pequeño porcentaje de la gente que puebla nuestro mundo pertenece a esta clase social. Mientras estamos sentados aquí, orgullosos de nuestro refinamiento, a un tiro de piedra de estas ventanas hay tanto sufrimiento y tanta miseria humana que no tiene parangón en la historia. Y me veo obligado a pensar: si tantos se quedan atrás, ¿tienen algún valor nuestros logros? ¿Qué aportamos con nuestro paso por la vida? ¿Qué beneficios, si es que hay alguno, dejará nuestra época a las generaciones venideras?

—Es una pregunta que no nos corresponde contestar —dijo Sparks—. Las generaciones venideras ya se encargarán de juzgar nuestras contribuciones. ¿Y cómo se recuerda cualquier época? ¿Por el trabajo de la mano del hombre o por el de la mente? Los isabelinos dejaron una poesía que nos emociona porque compartimos el mismo lenguaje. Los egipcios construyeron las pirámides, pero no podemos saber sus pensamientos secretos. Quizá nunca recuperaremos sus grandes descubrimientos. Tal vez solo es cuestión de aquello que sobrevive.

—Pero ¿qué es más importante? ¿Nuestra época será juzgada por los monumentos, los puentes y las estaciones de ferrocarril, o por las ciencias y las artes?

—El progreso continuo del conocimiento médico ha conseguido desde luego prolongar la duración física de la vida humana —manifestó Sparks.

—Sí, pero son las condiciones impuestas por nuestra prosperidad las que han hecho necesaria la mayoría de estos descubrimientos. No discuto que el bienestar y las comodidades de la vida, para algunos, incluso muchos, se han visto muy mejorados por los objetos que ahora somos capaces de producir en masa. Pero considere su coste, los subproductos de la industria: las condiciones laborales infrahumanas, el destrozo de la tierra, la contaminación del aire. Sin estos avances médicos, la mayoría de nosotros quizá no sobreviviría a nuestra «prosperidad». Y para mucha gente de las clases bajas que sobrevive, incluso si se alarga su vida, ¿significan algo esos años si la existencia está desprovista de alegría, de bondad, o del tiempo para disfrutar los frutos de su trabajo?

—Pero si dejamos de lado el sufrimiento de los infortunados (y todos los hombres sufren, cada uno a su manera), ¿no le parece evidente que la ciencia nos ha llevado a la cúspide de una nueva época? Piense en las maravillosas invenciones que se anuncian: electricidad en todas las casas, el coche motorizado. El teléfono, la máquina de escribir. Mejores comunicaciones, libertad para viajar. Luz y calor en el hogar. La ignorancia barrida por la educación.

—Dé por sentado que rodearnos con estos artilugios nuevos y supuestamente liberadores cambiará de raíz algunas de las cualidades persistentes del carácter humano.

—¿A qué cualidades se refiere?

—El ansia de poder. El impulso de acaparar. El instinto de mejorar a expensas de los demás.

—El instinto de supervivencia —afirmó Sparks, como si Doyle le hubiese conducido directamente adonde quería ir—. Asegurar la supervivencia de los fuertes.

—A costa de los débiles.

—Igual que en la naturaleza; la vida es una competición, Doyle, una lucha: por el aire, por la luz, por una pareja fuerte y atractiva, por espacio o comida. La naturaleza no lo anuncia a sus componentes. «La vida no necesita de tu violencia, porque yo he provisto a esta tierra en abundancia con un cúmulo de riquezas» —dijo Sparks, tableteando con los dedos sobre la mesa con tanta vehemencia que sacudió las copas.

—Y cuando esos mismos impulsos poderosos son expresados por el animal humano, como en cualquier otro reino de la naturaleza…

—Dominio. Dominación. Codicia. La raíz del conflicto humano.

—Estamos de acuerdo —manifestó Doyle.

Sparks asintió, con los ojos ardientes por el descubrimiento.

—Es inevitable. El hombre se ve compelido a obedecer el instinto de dominar debido al imperativo inconsciente de sobrevivir. Y el mensaje es tan persuasivo y poderoso que domina todos los demás impulsos biológicos (compasión, simpatía, amor, cualquiera de estas características sagradas para los privilegiados en esta sala) mucho después de que nuestra seguridad física esté a buen recaudo y se haya eliminado completamente cualquier amenaza seria a nuestra existencia.

—Entonces nos enfrentamos a una paradoja —opinó Doyle—. ¿La voluntad del hombre por vivir es el mayor peligro para nuestra supervivencia?

—Si la naturaleza humana tarda mucho en demostrar que es capaz de cambiar voluntariamente el curso de las cosas, usted tendrá razón

—respondió Sparks, que se inclinó sobre la mesa, con la mirada fija en Doyle. Luego añadió en voz baja—: Como prueba tenemos la vida de Alexander Sparks. Nacido de padres ricos, fue un primogénito amado, protegido, mimado y provisto desde la más temprana infancia de todo cuanto podía desear. Un mundo de privilegios y posesiones se abría ante él con la generosidad de los pétalos de una prímula. Pero con independencia de estas influencias, este niño no tardó en demostrar un carácter extraordinariamente tozudo, una curiosidad insaciable. El intelecto de un genio frío y calculador. Una voluntad de acero. A juicio de todos, un niño excepcional.

»En los primeros años permanece totalmente ajeno a los avatares de la fortuna a los que está sometida la carne. Con el padre al otro lado del mundo en su misión diplomática, el chico crece rodeado de mujeres ocupadas solo en adorarle y complacer todos sus caprichos. La joya engastada en el centro de este círculo de adoradoras es la madre del niño; una belleza célebre, una mujer de estilo, de gran fuerza moral y viva inteligencia. Se ha convertido en su esclava, una devota que se entrega sin límites. Él llega a ser considerado como el elegido de Dios, un Rey Sol infantil, con poder absoluto sobre un dominio que se extiende en todas las direcciones hasta donde alcanza la mirada. Un niño que recorre los bosques de la finca convencido de que manda no solo sobre la gente a su alrededor, a los que considera súbditos, sino también sobre el viento, el agua y los árboles. El mundo es un paraíso, y él su único amo.

»Entonces, un día, en su quinta primavera, la adorada y amante madre del rey desaparece de su vista, sigue ausente un segundo y también un tercer día, sin explicaciones. Ni siquiera las terribles rabietas del niño, el arma más poderosa de su considerable arsenal, bastan para conseguir su reaparición. Ninguno de los súbditos ofrece un motivo que justifique esa ausencia, únicamente guiños y sonrisas de Gioconda. El cuarto día, cuando se le permite otra vez el acceso al dormitorio de la madre, descubre para asombro y horror propios que en los brazos de su progenitora descansa un siniestro usurpador. Inerme, arrugado, con la cara roja, chilla y maúlla como un gato. Un bebé. El niño descubre en el acto las patéticas y transparentes manipulaciones del monstruo, pero le pasma descubrir que su madre ha caído en las garras del demonio diminuto. El monstruo ha tenido la desfachatez de mostrarse ante él apoyado en el pecho de la madre; se burla de él, exige y recibe los mimos y cariños que en su clara comprensión del mundo existían única y exclusivamente para él.

—¿Es usted el recién nacido? —preguntó Doyle, en voz baja.

—Una hermana —respondió Sparks, negando con la cabeza—. Incluso tiene un nombre. Madeleine Rose. El Rey Sol tiene el conocimiento suficiente para saber que cuando el enemigo mantiene una posición de ventaja, lo mejor es retirarse y reservar las tropas para el próximo combate. Sonríe y no protesta ante esta descarada afrenta, comprendiendo demasiado bien el peligro al que se enfrenta. Oculta su disgusto ante la repugnante criatura capaz de amenazar la vida de su glorioso reino. ¿Cómo puede este vil íncubo haber hipnotizado totalmente a la mujer que nunca había demostrado otra cosa que la sensatez de adorarle a él sin límites ni reservas? El niño abandona aquella habitación con su idea del mundo destrozada de raíz. No deja que nadie vea el menor indicio de humillación. El instinto de supervivencia le dice que la mejor estrategia ante este desafío sin precedentes a su reinado absoluto es dejar que los súbditos crean que nada en el reino, o en su rey, ha cambiado. Espera una semana, dos, un mes, para ver si el insensato encaprichamiento de la madre con el pretendiente remitirá como la fiebre. Examina al adversario desapasionadamente, satisface la curiosidad respecto a su forma y evidente debilidad, y hace creer a la madre que encuentra a ese renacuajo repelente tan irresistible como ella. Soporta la esclavización colectiva de los súbditos al atractivo hipnótico del monstruo… Aquellas estúpidas mujeres no hacen otra cosa que dar la tabarra contándole cosas del engendro. Él las deja hablar, observa al rival arropado en el afecto de los demás, y no deja de preparar la venganza. Se gana la confianza de la madre, y la anima a que le hable de la cosa, con la esperanza de descubrir la clave de su terrible encanto. Se familiariza con la rutina del demonio: dormir, despertar, llorar, comer, cagar, lo único que parece ser capaz de hacer, y no consigue aclarar el misterio de la fuente de su magnetismo. El desprecio que le provoca este conocimiento sirve para reforzar su decisión de pasar a la acción, que será definitiva, rápida y despiadada.

»No mucho después, en una calurosa noche de verano, cuando la casa está en reposo, se desliza silenciosamente hasta los aposentos de la madre, que duerme profundamente. El monstruo descansa en la cuna, boca arriba, despierto; mostrando la sonrisa desdentada, agitando alegremente brazos y piernas, como si una arrogante creencia en su propia invulnerabilidad le hiciera inmune a la traición que, como el Rey Sol ha descubierto, acecha detrás de cualquier rostro amigo. Iluminados por un rayo de luna, los ojos de la cosa cruzan los suyos mientras él se inclina, y por un instante la férrea decisión de actuar pende de un hilo. Le invaden la vergüenza y el remordimiento por sentir odio hacia esta pequeña criatura, desea levantar y sostener al bebé entre los brazos, sentir que le envuelve su felicidad, una cálida y bienhechora esfera de amor y comprensión. Al verse atraído inexorablemente a la órbita del monstruo donde ha visto sucumbir a muchos antes que él, en el último momento desvía la mirada. Le horroriza comprobar que ha estado a punto de ser cazado por la cosa. Por primera vez es consciente del peligro encarnado en este genio del mal.

—No… —dijo Doyle, involuntariamente.

—Coge un pequeño almohadón de satén, lo coloca sobre el rostro de la cosa y lo aprieta con fuerza hasta que la criatura deja de sacudir las piernas y los brazos y permanece inmóvil. No ha emitido ni un solo gemido, pero mientras muere, la madre se despierta gritando. ¡Cuán pernicioso era el dominio que la cosa tenía sobre ella! Mantenía la comunión con la mujer incluso mientras la vida abandonaba el cuerpo diminuto. El Rey Sol huye de la habitación. La madre le ha visto (está seguro de que le ha visto inclinado sobre la cuna), pero cuando ella abandona la cama y descubre los restos inertes del trabajo nocturno de su hijo, su mente se desmorona. Un alarido sacude las paredes de la casa, tan estremecedor que si hubiese podido subir sin impedimentos en la oscuridad habría hecho temblar hasta las puertas del cielo. Mientras el chico yace tembloroso en su lecho, el grito de la madre clava una pica en las profundidades heladas de su corazón. Es un sonido que guardará en la memoria en los años venideros, y le produce más placer que un millar de besos.

»La madre sufre un colapso. La casa se ve envuelta en un mar de dolor a los pocos minutos de producirse el descubrimiento. Para sorpresa del rey, se ve rodeado de la compasión y el cariño de los atribulados súbditos, campesinos estúpidos que le imaginan tan acongojado como ellos. El estupor con que reacciona solo sirve para confirmar esa convicción, y le estrechan todavía más fuerte contra los pechos, llorosos. La madre desaparece de nuevo en el aislamiento.

Esta vez las mujeres se afanan por mantenerle al corriente de su estado: hoy ha tenido un retroceso, no ha pasado buena noche, ahora duerme, esta mañana tampoco ha querido desayunar. Él se regocija al ver el fervor con que la madre acepta el justo castigo a su traición. Pasa una semana, y el padre regresa de su destino en ultramar; ni siquiera ha tenido ocasión de conocer al usurpador. La compasión le nubla los ojos mientras saluda al joven rey, pero después de pasar una hora a puerta cerrada en la habitación de la madre, busca al hijo y se encierra con él. No habla. Sostiene la barbilla del niño con la palma de la mano y le mira durante un tiempo que parece eterno. El hombre, dominado por la sospecha, sondea los ojos del joven rey. Esta mirada le revela al chico que ella le vio en la habitación, pero que no está segura del todo. Es una mirada de sospecha y no de acusación abierta. El rey sabe muy bien cómo ocultar la entrada al lugar donde guarda el secreto. No da ninguna pista: no muestra señales de remordimiento, debilidad o sentimientos humanos. Con los ojos opacos, impenetrables, el chico devuelve la mirada y ve que algo reemplaza la sospecha en los ojos del padre. Miedo. El padre sabe. Y el chico sabe que el padre no puede hacer nada. El hombre se retira a su habitación. El rey sabe que el padre nunca más volverá a desafiar su autoridad.

»Entierran a la cosa en una caja azul, adornada con guirnaldas de flores de primavera. El chico permanece en silencio: observa sin interés el llanto de los súbditos, eso permite que le pongan las manos sobre la cabeza mientras desfilan por delante de la fosa, arrepentidos de la transgresión, rindiendo obediencia a su único y auténtico amo. Después del funeral, cuando la madre reaparece y ambos se encuentran formalmente en una sala pública, él ve que algo ha cambiado para siempre entre ellos. Ella nunca más le volverá a mirar con ternura como tenía por costumbre antes de que llegara el pretendiente. Apenas si se atreve a mirarle. Ya no le permitirá entrar en sus aposentos privados. A lo largo de los días siguientes el chico oye muchas conversaciones susurrantes y llorosas entre los padres, que interrumpen en el acto en cuanto advierten su presencia, pero él está seguro de que no tomarán ninguna medida en contra de él. El padre parte para reanudar su trabajo en Egipto. El chico pasa cada vez más tiempo aislado, dedicado a sus estudios y a dar largos paseos en solitario. Siente que su poder crece. Con el paso del tiempo, el sudario de silencio se extiende desde la madre a todos los súbditos de su reino. Ya no hay más muestras de afecto. El intercambio con los inferiores se reduce a la expresión básica: poder y dominación. Tiene de sobra con las dos cosas. Ha recuperado el trono.

—¡Dios santo!... —exclamó Doyle suavemente, enjugándose una lágrima—. ¡Dios santo, Jack!...

Sin dar muestras de emoción, Sparks bebió tranquilamente un sorbo y después continuó, frío y desapasionado.

—Cinco años más tarde, la mujer descubre que está otra vez embarazada. Se oculta la noticia al niño, pero por precaución envían a Alexander a un internado en el momento en que ya no se puede disimular ese estado, meses antes del nacimiento. Esto no causa ninguna pena a Alexander. Está dispuesto a ampliar su esfera de influencia más allá de los muros del jardín. Carne fresca, piensa, con una mirada hambrienta al nuevo mundo que le recibe, poblado no solo de adultos, a los que ya puede manejar fácilmente, sino de chicos de su misma edad, batallones enteros, blandos y maleables como la cera en sus manos. Y ninguno de ellos, niños, padres o maestros, tiene la inteligencia suficiente para comprender que han entronizado a un zorro y le han puesto el palacio en el gallinero. La primavera siguiente, oculto a la vista y lejos de la mano de Alexander, nace el segundo hijo.

Esta vez Doyle no formuló la pregunta.

—Sí, Doyle. Mi aparición en escena.

—¿Alguna vez permitieron que Alexander se acercara a usted?

—Durante mucho tiempo, años, nada supo de mi existencia, ni yo de la suya. Alexander permaneció internado en la escuela, incluso en Navidad. Los veranos le enviaban con unos parientes lejanos a ultramar. Mis padres le visitaban solo una vez al año, la semana de Pascua. Mi padre, que durante todo este tiempo había servido en el cuerpo diplomático, se retiró para poder estar conmigo y con mi madre. A pesar del daño, creo que pudimos disfrutar de un cierto grado de felicidad en nuestra casa. Desde luego era lo que yo creía; me trataban con amor y cariño. No sospeché nada de la existencia de mi hermano hasta que tuve edad para ir a la escuela. Un hombre que trabajaba en los establos —mi confidente y favorito entre los criados— dejó escapar entonces una referencia a un chico llamado Alexander que había cabalgado allí años atrás. Mis padres nunca habían pronunciado ese nombre, pero cuando me enfrenté a ellos con el descubrimiento de que otro niño había cabalgado en nuestros establos, admitieron su existencia. No interpreté su reticencia como algo relacionado con los sentimientos hacia Alexander —no es necesario decir que no se mencionó a mi difunta hermana—, pero en cuanto supe que tenía un hermano mayor desconocido, mi curiosidad se hizo insaciable. Después de comprender que mis padres no estaban dispuestos a dar más detalles, incordié a los sirvientes para conseguir información sobre el misterioso niño. Todos tenían orden de no decir nada, y este manto de silencio en torno a Alexander solo sirvió para aumentar mi curiosidad. Me moría por conocerle. Intenté en vano averiguar en secreto la dirección para poder escribirle. Rogué a Dios para que me permitiese conocer al chico al que consideraba como compañero, protector y amigo.

—No se lo permitieron, ¿verdad? —preguntó Doyle, alarmado ante la perspectiva.

—Solo después de dos años de implacable asedio y seis meses de discusiones, y a condición de que jamás le escribiría ni aceptaría cartas suyas, de que nunca estaría solo en su compañía. Acepté gustoso todas esas condiciones. Aquel año fuimos todos a la escuela pública de mi hermano en la semana de Pascua. Yo tenía seis años. Alexander doce. Nos saludamos formalmente, con un apretón de manos. Era un niño que llamaba la atención: alto, fuerte, de pelo negro y ojos penetrantes. A mí me parecía la viva imagen de la camaradería. Nuestros padres no estaban dispuestos a dejarnos solos ni por un instante, pero después de unas horas en que se mostró alegre y feliz por la visita, la vigilancia disminuyó un poco mientras regresábamos de la cena, paseando por los jardines. Cuando dimos la vuelta a un seto, unos metros por delante de ellos, Alexander me apartó de la vista, apretó un papel contra mi mano, rogándome que lo ocultara de nuestros padres a cualquier precio y que lo leyera solo en la mayor intimidad. Junto con la nota me dio una piedra negra pulida, un talismán, que me juró era su posesión más preciada y que deseaba fervientemente que fuese mío. Acepté complacido los términos del ofrecimiento y, por primera vez en la vida, oculté voluntariamente a mis padres un hecho de tanta importancia. Había sido clavada la primera cuña entre mi vida y la de ellos; se abrió una estrechísima brecha que nunca había existido, y fue por expreso deseo de mi hermano.

—¿Qué decía la nota?

—En gran parte era una inocente charla colegial, en la que relataba sus actividades diarias hasta en los detalles más prosaicos, sus triunfos y tribulaciones en el aula y en los campos deportivos, anécdotas referentes a los compañeros de clase. Especificaba qué debía esperar yo de la escuela, cómo tratar a maestros y colegiales, todo ello en el tono de confianza propio de un hermano mayor que da consejos a su joven pupilo a punto de embarcarse en la aventura educativa. Asumía una fácil camaradería, como si nos hubiéramos conocido desde siempre. Era una carta amistosa, ecuánime, generosa, incluso divertida; en resumen, el tipo de carta que había soñado recibir del hermano mayor idealizado que había imaginado. Nada que hubiese podido inquietar a mis padres en el caso de que alguna vez la encontrasen, cosa que evité a toda costa. No había en ella ninguna queja acusando a los padres de abandono. Ninguna protesta por la aparente falta de interés. Por el contrario, los trataba con la mayor consideración y afecto, agradecido por las oportunidades que le habían dado en esta magnífica escuela, y manifestaba el deseo de que algún día pudiera corresponder a su bondad y ellos se sintieran orgullosos de sus logros. Solo en el último párrafo escondió el anzuelo alrededor del que había tejido el engaño. La ingenuidad, la ausencia de rencor hacia mis padres, la actitud abierta a nuestro mutuo descubrimiento eran sin duda buenas muestras de una personalidad inteligente, astuta, incluso excepcional. Hasta esta última referencia no se manifestó en toda su extensión el genio maligno.

—¿Qué ponía?

—Decía así: «A pesar de que parece claro que debemos afrontar las difíciles pruebas de nuestras vidas en solitario, solo saber que vives, hermano mío, me da la fuerza secreta que siempre he buscado para salir adelante». —Sparks pronunció las palabras en voz baja, con mucha precisión—. ¡Cómo se exageraron y dramatizaron en mi imaginación las difíciles pruebas simplemente insinuadas y su estoica valentía! La sugerencia de que yo, a mis siete años, podía ayudar a aliviar el dolor de este ser deslumbrante resultaba irresistible para una mente inocente. Era demasiado joven para resistirme a esa petición. Insinuaba que él conocía mis méritos mejor que yo mismo, que a su debido tiempo, en su sabiduría, él me los revelaría para conducirme al descubrimiento de mi verdadera identidad, que desde luego yo esperaba que fuese en sociedad con él, los dos unidos frente al mundo. Si en aquel momento me lo hubiese pedido en aquella primera carta, yo me habría lanzado sobre una bayoneta.

—¿Cómo reaccionó usted?

—Acababa dándome instrucciones sobre la manera, si quería hacerlo, de contestar sus cartas sin riesgos. La escuela tenía órdenes estrictas de mis padres de interceptar y enviarles a ellos todas las cartas a nombre de Alexander. Yo debía dirigir la carta a uno de los compañeros de clase (una legión de chicos le servían con gran devoción desde su llegada, y el número no dejaba de aumentar) y la carta le sería entregada con toda discreción. Desde luego, la naturaleza clandestina de esta relación contribuyó a mi entusiasmo; le escribí de inmediato y vacié en la carta el contenido de mi corazón. El anhelo que tenía de un campeón en mi vida brotó como un manantial. En síntesis, que me comporté como un verdadero imbécil.

—En aquel entonces no era más que un crío —opinó Doyle.

Sparks no demostró consigo mismo tanta clemencia. Los ojos se redujeron a puntos negros de rabia contra sí mismo. Acabó la copa de coñac y pidió otra.

—Nunca he hablado de esto con nadie. Ni una sola palabra.

Doyle sabía que Jack no aceptaría el consuelo de la compasión que podía brindarle. Llegó la copa de Sparks, que bebió de un trago antes de continuar.

—Le envié la carta. Él había previsto mi actitud y tenía preparado el plan para poder llevar a cabo el intercambio de correspondencia. Su respuesta resultaba más problemática porque no podía escribirme directamente. Con un engaño referente a la crueldad paterna, reclutó a un primo de uno de sus ayudantes, un joven discreto y de confianza que vivía en el pueblo cercano a nuestra casa. El joven recibiría las cartas de Alexander (que una vez rota la brecha, llegaban a un ritmo de dos semanales como mínimo), las llevaría en la bicicleta hasta la finca y las dejaría en una lata de galletas enterrada junto a un viejo roble, un hito que yo frecuentaba y que no era visible desde mi casa.

»Y así comenzó el intercambio epistolar con mi hermano. Desde el principio fue voluminoso, y sus contenidos intelectuales y profundos. Era increíble la capacidad de Alexander para adentrarse en los temas más áridos y explicármelos en términos sencillos. Tenía un sorprendente dominio de la historia, la filosofía, el arte y la ciencia.

Era capaz de mantener con los profesores un nivel de discusión que superaba incluso el universitario, y todo lo hacía con tanta gracia y modestia que Alexander recibía un trato más propio de colega que de alumno. La escuela había dado a lo largo de su historia varias generaciones de parlamentarios y un puñado de primeros ministros. Ya ve con qué facilidad esta forma de pensar echa raíces; ese era uno de esos chicos, decían, de los que sale uno en cada generación.

»Alexander se había perfeccionado para destacar con tanta supremacía en las artes sociales como lo había hecho antes en los estudios. Comprendió que las metas deseadas, que ya tenía muy claras en esta etapa de la vida, le exigirían destacar con brillantez tanto en el aspecto intelectual como en las formas: modales, voz, vestuario. Así pues, a la edad de doce años podía no solo estar sino sobresalir en cualquier entorno social o de clase independientemente de sus años. A fin de desarrollar el físico que necesitaba para conseguir sus objetivos, siguió una disciplina atlética brutal y rigurosa, dedicando a sus ejercicios en el gimnasio las horas que los demás niños destinaban a los juegos y a la familia. El empeño era tal que cuando cumplió los trece años a menudo lo tomaban por un hombre de veinte. Esa había sido la recompensa a sus esfuerzos. Consideraba el cumplimiento formal de los preceptos cristianos una simple molestia, e incluso una broma; todo esto, desde luego, me lo transmitió en las cartas. Se pintaba a sí mismo como el arquetipo de la perfección, el primero de una nueva raza: el hombre superior. De una manera discreta pero decidida, para que mis padres no descubriesen la influencia de Alexander, adopté sus pautas para mi propio mejoramiento, y estas se convirtieron en la base de mi vida infantil. Me dediqué en cuerpo y alma a recrearme a mí mismo a su imagen, convirtiéndome en su discípulo.

—Cosa que no fue en su detrimento.

—De ninguna manera. Los ejercicios y habilidades que indicaba me han sido muy beneficiosos. Los recomendaría sin vacilar como base de cualquier sistema de educación ambiciosa. Pero mi hermano nunca llegó a decir cuáles eran los fines a los que debían destinarse estos avances, y sus instructores nunca se molestaron en averiguarlos, convencidos de que la búsqueda de la perfección en un mundo tan caótico era una virtud en sí misma; estaban cegados por la brillantez de Alexander.

—¿Cuál era el propósito de su hermano?

—Eso solo quedó claro con el paso del tiempo —respondió Sparks—. Nunca dijo una palabra al respecto durante aquellos primeros años, ni a mí ni mucho menos a los demás.

—Sin embargo, usted sospecharía algo.

—Nunca me sentí inclinado a preguntar sus motivos.

—Pero sin duda el modo de ser de su hermano se revelaría de algún modo, incluso de forma inadvertida.

—Hubo algunas señales durante el proceso, pero estaban tan bien disimuladas que el relacionarlas entre sí o interpretarlas hubiese resultado imposible incluso para el más sagaz de los observadores.

—¿Qué clase de señales eran, Jack? —preguntó Doyle, sintiéndose de nuevo atenazado por una sensación de temor.

—Accidentes. Hechos fortuitos. Un mes antes de que nos conociéramos, uno de los chicos de la clase de Alexander murió misteriosamente. Criaban abejas en la escuela, como parte de los cursos de ciencias. El muchacho fue encontrado una noche cerca de las colmenas. Lo habían matado las abejas; tenía el cuerpo cubierto de millares de aguijonazos. Un chico torpe, propenso a las rabietas. La escuela llegó a la conclusión de que había provocado a los insectos. El muerto había sido uno de los aliados íntimos de mi hermano, pero esto no despertó ninguna sospecha. Nadie sabía que se habían peleado no hacía mucho. Nadie sabía que el chico se había negado a cumplir una de las imperiosas órdenes de Alexander, y le había amenazado con abandonar el círculo de los íntimos y revelar sus secretos.

—¿Qué clase de secretos?

—Juramentos de sangre. Maltrato de los nuevos alumnos admitidos en el grupo. Tortura de animales. Todo hecho a la manera de los chicos cuando son chicos, pero cada acto ejecutado progresivamente más allá de la norma, hasta el incidente. Nadie supo que el chico había ido aquella noche a las colmenas en respuesta a una nota enviada por otro de los lugartenientes de Alexander pero escrita por el propio Alexander, que imitó perfectamente la caligrafía. En ella el lugarteniente le pedía una entrevista. Manifestaba el deseo de librarse de la influencia de Alexander. Cuando el chico se presentó, le dejaron inconsciente de un golpe, le quitaron la nota y arrojaron el cuerpo a las colmenas.

—Esto lo ha tenido que saber por boca de él —dijo Doyle.

—Ya llegaremos a eso. Cuando conocí a Alexander, recuerdo que despertó mi curiosidad un extraño colgante que él llevaba alrededor del cuello: una abeja conservada en ámbar.

Doyle sacudió la cabeza, asombrado.

—Hay más. Durante el otoño, cuando Alexander tenía trece años, se produjo una serie de extraños avistamientos en la ciudad vecina a la escuela. Un grupo de mujeres jóvenes, todas de casas respetables (se trataba de una comunidad integrada en su mayor parte por familias de clase media alta), informó que mientras transitaban de noche por las calles habían tenido la sensación de que las seguían. Algunas sospechaban incluso que las habían espiado en el interior de su dormitorio. Nunca vieron una cara, y solo en contadas ocasiones descubrieron la silueta de un hombre robusto vestido completamente de negro, en esto coincidían todas. La figura mantenía las distancias, nunca se aproximaba, jamás amagaba un asalto, pero transmitía una gran sensación de amenaza.

»Una noche, una de estas muchachas se despertó y encontró a la silueta junto a la cama. Paralizada por el terror, fue incapaz de gritar, y la figura escapó en silencio por una ventana abierta. Este episodio fue suficiente para que la policía local tomara cartas en el asunto. Se prohibió a las jóvenes salir solas de noche. Se cerraron las ventanas, se echaron las cortinas y se organizaron patrullas en las zonas donde habían visto a la figura. Las medidas parecieron efectivas: cesaron bruscamente las apariciones, no se repitieron en el curso del invierno, y a medida que se acercaba la primavera la urgencia de estas medidas extremas tomadas meses antes se tornó molesta; se abrieron las ventanas de par en par para dar paso al aire perfumado, y se reanudaron los paseos vespertinos.

»Hasta que una noche a principios de abril la muchacha más bonita de la ciudad fue asaltada cerca de la orilla del río. Asaltada sexualmente. Después de satisfacer sus instintos, el atacante le propinó una paliza brutal. Ella nunca le vio el rostro. Él no pronunció una sola palabra ni emitió ningún sonido. Ella solo le identificó como «una sombra oscura».

—¿Sospecharon de Alexander?

—En el curso de las investigaciones, la policía interrogó a las autoridades de la escuela de Alexander, aunque tenían la seguridad de que el responsable era un hombre mayor, como indicaban su tamaño y su fuerza, y probablemente era el mismo que habían avistado durante el otoño anterior. Los estudiantes no podían salir de noche de la escuela, y todos se encontraban en sus camas a la hora del ataque.

—Una coartada fácil de preparar. Sin duda se trataba de su hermano.

Sparks asintió.

—Su interés por el bello sexo comenzaba a afirmarse, y tenía que satisfacer un nuevo apetito. Alexander casi nunca moderaba sus deseos, y cuando lo hacía era como un ejercicio de autodisciplina. No sentía más que desprecio por las ridículas normas de cortejo impuestas por la sociedad y la escuela. Acosaba a las muchachas y entonces atacaba sin vacilaciones ni remordimientos. Las reservas morales ante este tipo de actos quedaban fuera del marco de su filosofía; tales consideraciones eran, como me dijo en una carta, un refugio infantil para los débiles e indecisos. La mayoría de la gente vive con el coraje y la convicción de las vacas que irán al matadero. El hombre superior toma lo que quiere del mundo (y a menudo el mundo está más que dispuesto a dárselo) sin preocuparse de las consecuencias.

—Hasta que lo pillan.

—A su modo de ver, las probabilidades de ser atrapado ni siquiera merecían atención. Tenía una confianza absoluta en su capacidad para superar a cualquiera. Por cierto, el ataque se cometió dos días antes de que nos conociéramos. La piedra negra pulida que me dio la había recogido en la ribera donde violó a la muchacha: el trofeo de la conquista.

—Sin duda, durante la visita ustedes comentarían el episodio —dijo Doyle, conteniendo una sensación de repugnancia—. ¿Sus padres relacionaron a Alexander con la violación?

—A pesar de las experiencias pasadas (que, como debe comprender, solo provocaron sospechas, nunca certeza), no creo que de momento mis padres estuviesen al tanto de la extraordinaria maldad de la mente de Alexander.

«De momento.» Doyle tomó nota de la frase.

—Se realizó una batida por los campos, aunque por supuesto no dio ningún resultado. Se trataba de un acto calculado, no pasional; él había ocultado cualquier rastro.

—¿No cometió más crímenes? —preguntó Doyle.

—No en aquella ciudad, ni tampoco durante un tiempo. A petición de Alexander, a través de unas gestiones hechas por sus profesores, pasó el verano siguiente en Salzburgo, estudiando química y metalurgia en la universidad. También estudió el manejo del florete y la espada en la famosa academia de esgrima, una disciplina en la que descolló muy pronto. Un chico de trece años, no lo olvide. Estableció su rutina: durante el día trabajaba para ampliar sus conocimientos científicos (un cachorro entre los sabios, creando nuevos compuestos y aleaciones en el laboratorio mientras sus conocimientos se iban haciendo más enciclopédicos) y durante la noche actuaba con el mayor sigilo. Alexander se entrenó para dormir poco, una o dos horas como máximo, liberándose a sí mismo para dedicar las horas entre la medianoche y el alba al merodeo. Sus rondas nocturnas tenían un objetivo tan claro y preciso como sus estudios científicos: probar y templar los nervios.

—¿Cómo lo hacía?

—Entraba en las casas y se sentaba durante horas en los dormitorios, fundido en las sombras y los rincones. La gente pasaba a un palmo de donde estaba, y su corazón latía al mismo ritmo. Miraba cómo dormían, se llevaba cosas pequeñas (otra vez los trofeos, es un tema recurrente), nunca objetos de valor, solo chucherías que no se echarían de menos. Podía ver en la oscuridad casi tan bien como la mayoría de la gente al mediodía. Llegó a preferir la noche al día, cuyas horas dedicaba siempre al estudio. Al terminar el verano prusiano, Alexander podía moverse en la oscuridad como un fantasma, silencioso, invisible.

»La noche anterior a su regreso a Inglaterra se permitió una única indulgencia en el insaciable apetito que había mantenido controlado durante muchos meses. Había una muchacha en cuya habitación había entrado la primera vez por casualidad. La visión de esta muchacha dormida en la cama le excitaba tanto que el ir a visitarla se convirtió en una obsesión. Una belleza rubia de diecisiete años, hija de un próspero burgués, dotada de voluptuosos encantos, que resultaban todavía más atractivos por su aparente inocencia. El interés de Alexander asumió la forma de un cortejo perverso; comenzó a seguirla durante el día. Le resultaba emocionante estar junto a ella en una tienda, pasar a su lado por la calle y devolverle su cándida sonrisa, pero ni aun entonces se atrevió jamás a dirigirle la palabra. Creo que en el fondo de su corazón sentía agitarse un amor romántico. Le escribió versos. Una vez dejó una rosa roja en el florero junto a la ventana. Alexander se volvió más atrevido con cada nueva visita. Apartaba las mantas, le acariciaba el pelo... Mientras contemplaba a la amada dormida, comenzó a ver insinuaciones en cada uno de los gestos inconscientes. Deseaba mostrarse ante ella, abrazarla y poseerla. Pero a la fría luz del día, los temblores y debilidades que surgían al recordar su belleza le resultaban intolerables: el hombre superior no podía resignarse a la vulnerabilidad de estar sujeto a los caprichos de otro corazón.

»Así que en la última noche en Alemania, Alexander entró en la habitación para despedirse. Empapó un pañuelo con cloroformo y lo colocó sobre la boca de la amada. La sacó de la casa sin ser visto y la llevó hasta el bosque cercano, donde sació sus apetitos como un demonio nocturno. Cuando estuvo satisfecho, se adentró todavía más en el bosque, recurriendo al cloroformo cada vez que ella comenzaba a moverse, la ató de pies y manos y la dejó sobre un lecho de agujas de pino. Cuando los aldeanos asustados la encontraron al anochecer del día siguiente, Alexander ya estaba en el paquebote rumbo a Inglaterra.

—No la mató —dijo Doyle, sorprendido y aliviado.

—No. Ni tampoco le propinó una paliza después de violarla, como hizo con la otra muchacha. Creo que sus sentimientos hacia ella eran más complejos, más personales que los que había experimentado con anterioridad. La cuestión es que esta vez resistió el impulso destructor. A su regreso, Alexander me escribió para relatar su «romance veraniego». Cuando le respondí con lo que consideraba un cierto escepticismo (en realidad se trataba de ignorancia porque no sabía nada de los hombres y las mujeres excepto lo que él me había contado), me envió un mechón de pelo como prueba.

—Siempre dispuesto a implicarle como cómplice.

—Pero a pesar de lo poco que yo sabía, mientras sostenía el mechón rubio en la mano tuve la primera sospecha sobre la verdadera naturaleza de mi hermano. Algo desagradable irradiaba de aquel hermoso mechón, un residuo de sufrimiento. Sentí que había algo malo. Me desprendí de la cosa inmediatamente, la arrojé al arroyo cerca de mi viejo roble, y no le escribí durante una semana. En la siguiente carta no mencionó a la muchacha ni manifestó queja alguna por la falta de respuesta, como si no hubiese ocurrido nada. Agradecido, rechacé la inquietud como una aberración y reanudamos la correspondencia.

En el comedor, los camareros redujeron la llama de las lámparas de gas. Una pequeña orquesta comenzó a interpretar un vals de Strauss en la sala vecina. Varias parejas elegantes salieron a la pista de baile. La alegría que había en el ambiente y el espectáculo de los bailarines no aliviaron la pesadumbre de Sparks. Contemplaba su copa, el rostro contraído, los ojos febriles.

—Y así continuamos. Las cartas. La visita anual para Pascua. La única interrupción en nuestro intercambio llegó cuando comenzamos a viajar por Europa. Incluso entonces, siempre había un paquete de cartas esperando mi regreso. Alexander me era absolutamente fiel, siempre interesado en saber cosas de mi crecimiento y mis progresos, sin traspasar nunca los límites que nuestros padres vigilaban con tanta atención y sin mostrar otra cosa que un cariñoso interés por mi desarrollo. Eso era lo que yo creía. Ahora me doy cuenta de que comparaba mis avances con los meticulosos registros que mantenía del suyo propio (como si yo fuera una rata en un experimento de laboratorio) para saber si los métodos para el desarrollo del hombre superior eran comprobables, y también para tranquilizarse comprobando que mi ritmo de progreso estaba muy por debajo del suyo; de ninguna manera podía permitir que el estudiante resultara más aventajado que el maestro.

»Mientras cursaba el último año de escuela antes de la universidad y yo me acercaba a la edad y casi al tamaño que él tenía cuando nos vimos por primera vez, se interrumpieron las cartas, sin aviso. Le escribí muchas veces, desesperado. Ninguna respuesta. Todavía peor, ninguna explicación. Sentía como si me hubiesen amputado un miembro. Le escribí una y otra vez, rogándole una respuesta. ¿Qué transgresión había cometido inadvertidamente? ¿Por qué me había abandonado?

—Ya había completado el trabajo.

—No. La intención era sorprenderme, demostrándome la facilidad con que podía retirarme su favor, plantando una semilla de terror que aumentaba su poder y me hacía depender todavía más de él. Pasaron cuatro meses. Imaginé mil y una desgracias, hasta que por fin fui capaz de absolverme a mí mismo de cualquier responsabilidad.

Decidí que era cosa de mis padres. Sin duda habían descubierto nuestro vínculo y habían cortado por lo sano, trasladando a Alexander y poniéndole en cuarentena fuera de mi alcance. Quizá eran tan astutos y vengativos como mi hermano había comenzado a sugerir sutilmente en las cartas del último año. Las muestras de afecto que me dispensaban no disiparon mis sospechas, sino que las aumentaron. Cada vez que preguntaba por él, cosa que no me atrevía a hacer con frecuencia, respondían que Alexander se encontraba muy bien. ¡Yo sabía que era mentira! Él debía languidecer, interrumpido el contacto por orden de ellos, tan triste y acongojado como yo. Quería vengarme, sin darles la satisfacción de saber que estaba dolido; comencé a disimular mis sentimientos, a levantar la misma barrera de cortesía autosuficiente que había visto adoptar a Alexander en su presencia. Inmediatamente advirtieron que algo no iba bien, pero no hice caso de la preocupación paterna y negué cualquier malestar, mientras contaba los días y las horas que faltaban para la Pascua, cuando Alexander y yo volveríamos a reunirnos. Para mi gran sorpresa, nuestros padres no hicieron nada para oponerse al encuentro, lo que me acabó de confirmar su increíble superchería.

»Cuando por fin nos encontramos, Alexander no demostró ninguna inquietud ni disgusto con nuestros padres y se comportó conmigo con la cordialidad y simpatía de siempre. Sentados en la terraza tomando el té (parecíamos la típica familia inglesa de clase alta), dedicamos la mayor parte del tiempo a discutir el ingreso de Alexander en la universidad. Gracias al autocontrol que Alexander me había enseñado tan bien, contuve cualquier impulso de llevarle a un aparte y averiguar lo ocurrido. Cuando finalizaba la larga tarde volvió a presentarse una vez más la oportunidad durante el paseo por los jardines después de cenar, convertido en ritual a lo largo de años de visitas: los dos hermanos a diez pasos por delante de los padres. Nuestros rostros y gestos no revelaban ninguna premura; sus palabras fueron pocas, pero cargadas con aquel tono conspiratorio que tanto había anhelado oír durante aquellos meses. "Ven a Europa este verano. En julio. Solo." Sugirió Salzburgo, famosa por el conservatorio de música. Yo estaba asombrado. ¿Cómo iba a apañármelas? ¿Con qué recursos? Parecía algo completamente fuera de mi alcance. Dijo que era cosa mía, que debía hacer lo imposible para conseguirlo, porque esta era la misión más importante de toda mi vida. Respondí que lo intentaría. Lo juré. Haría lo que fuese. Él añadió que lo lograra a cualquier precio. Nuestros padres nos dieron alcance y aquel fue el final de la conversación.

—Quería reunirse con usted allí —dijo Doyle.

—Eso fue lo que pensé, desde luego. Inmediatamente después de nuestro regreso me aboqué a lo que hasta aquel momento había sido un lamentable esfuerzo por dominar el violín. Lo que había sido una obligación se convirtió en obsesión. Practicaba durante horas cada día. Mi dedicación no fue cuestionada; mis padres, amantes de la música, me estimularon en el empeño. Descubrí con asombro que tenía grandes aptitudes para el instrumento, casi excesivas. Era capaz de sacar de las cuerdas la música de un universo privado, como si hubiese descubierto un lenguaje completamente nuevo que en muchos aspectos encontraba mucho más elocuente que la palabra. De vez en cuando me quejaba de la falta de maestros adecuados para mis rápidos progresos en la interpretación. Mencioné como de pasada que había oído hablar de un conservatorio musical austríaco donde los grandes talentos de la época encontraban la necesaria ayuda para descollar en sus espléndidas carreras internacionales.

»Cuando al cabo de unas semanas mis padres propusieron inscribirme el verano siguiente en aquel conservatorio, simulé asombro y les agradecí infinitamente su perspicacia y generosidad. No sabía si me sentía más orgulloso de mi astucia para conseguir el objetivo que de mis progresos con el instrumento. Al día siguiente le envié a Alexander la última carta que le escribiría, con una frase críptica: "Misión cumplida". No recibí respuesta. A mediados de junio mis padres me acompañaron a Brighton (junto con el ayuda de cámara que sería mi compañero de viaje), desde donde me vieron partir a Europa en mi primera aventura en solitario. Llegué a Austria dos días después e inmediatamente ingresé en el conservatorio de Salzburgo, donde me dediqué a los estudios mientras esperaba que llegase julio para tener noticias de Alexander.

La pista de baile aparecía abarrotada. La orquesta comenzó a interpretar las canciones sentimentales propias de la fecha, a medida que se acercaba el Fin de Año. Una energía frenética animaba a la muchedumbre, que disfrutaba de la fiesta con una mezcla de alegría genuina y de obligación social.

—¿Le envió él recado?

Sparks miró a Doyle, los ojos transparentes y fríos. Doyle tuvo ocasión de atisbar, como nunca lo había hecho, en las profundidades del alma de Sparks.

—No de la manera que esperaba. Durante la segunda semana de julio, me sacaron de la clase y me llevaron al despacho del director. Mi ayuda de cámara estaba allí; el pobre hombre parecía aterrorizado, con el rostro pálido y demudado. «¿Qué ocurre?», pregunté, pero supe la respuesta antes de que respondieran.

Doyle estaba pendiente de cada palabra. Los ojos de los demás permanecían fijos en el gran reloj colgado en la pared del bar. A medida que transcurrían los últimos segundos del año viejo, la muchedumbre comenzó una cuenta atrás.

—Diez, nueve, ocho…

—Regresará a Inglaterra inmediatamente, esta misma noche, contestó el director. —Sparks alzó la voz para hacerse oír entre el griterío—. Ha habido un incendio.

—Siete, seis, cinco…

—¿Han muerto? ¿Mis padres están muertos?

—Cuatro, tres, dos…

—Sí, John, dijo él. Sí, están muertos.

Acabó la cuenta atrás, y la algarabía estalló en el restaurante. Volaron las serpentinas. Estallaron los petardos. Los amantes se besaron, los extraños se abrazaron. Sonó la orquesta. Doyle y Sparks permanecieron inmóviles, mirándose fijamente en medio de la fiesta.

—Alexander —dijo Doyle, aunque sabía que Sparks no podía oírle. Ni siquiera se oía a sí mismo.

Sparks asintió. Sin decir nada más, abandonó la silla, arrojó un fajo de libras sobre la mesa y se deslizó entre la muchedumbre hacia la puerta. Doyle le siguió, en un avance como de ariete en comparación con la maniobra quirúrgica de Sparks, y consiguió salir del local. Se abrió paso entre el público hasta reunirse con su amigo, que le esperaba junto a una farola encendiendo un puro. Se alejaron de la gente por una calle lateral y no tardaron en llegar al río. Los fuegos artificiales, al otro lado del Támesis, se elevaron por un momento sobre las aguas oscuras y gélidas.

—Me tomó dos días regresar a casa —dijo Sparks, al cabo de un rato—. La casa había desaparecido. Cenizas. La gente comentaba que las llamas se habían visto a kilómetros de distancia. Un incendio. Comenzó en plena noche. También perdieron la vida cinco sirvientes.

—¿Recuperaron los...?

—No encontraron el cadáver de mi madre. Mi padre consiguió salir de la casa. Le encontraron cerca de los establos, desfigurado por las quemaduras. Se aferró a la vida durante casi todo un día, preguntando por mí, confiado en que llegaría a verme. Cuando el final estaba ya muy cerca, aún tuvo fuerzas para dictarle una carta al párroco, una carta para mí. El párroco me la entregó en cuanto llegué.

Sparks contempló el río. El viento soplaba helado. Doyle se estremeció bajo el esmoquin, demasiado preocupado por el amigo como para llamar la atención sobre las pequeñas incomodidades propias.

—La carta decía que yo había tenido una hermana que había vivido solo cincuenta y tres días. Mi hermano, Alexander, había asesinado a la niña en la cuna; mi madre había casi presenciado el crimen. Este era el motivo por el que nos habían mantenido separados, y ahora, mientras él y mi madre eran arrebatados de esta vida, esta era la razón por la que me imploraba con el último aliento a que renunciara siempre a la compañía de mi hermano. Desde el principio había existido algo malo en Alexander, algo no humano. Su mente era brillante y falsa como un diamante negro. En contra del sentido común, siempre habían mantenido la esperanza de que pudiese cambiar y se dejaron engañar por las mentiras de Alexander. Y ahora, por segunda vez (cosa de la que mi padre no culpaba a nadie sino a sí mismo), pagaban las terribles consecuencias de haber bajado la guardia. Aquí concluía la carta de mi padre.

—Pero seguramente habría algo más.

Sparks se volvió hacia Doyle.

—El párroco hizo lo imposible por convencerme de que mi padre, que en paz descanse, padecía una conmoción tremenda cuando le dictaba la carta, y que quizá incluso había perdido la razón debido al tormento de sus horas finales. Por lo tanto yo no debía aceptar como si fuera el catecismo todo aquello que mi padre le había dicho. Le miré a los ojos: lo conocía, sabía quién era desde que yo era niño. Un amigo de la familia, bondadoso, bien intencionado. Débil. Y sabía que me ocultaba alguna cosa. Yo estaba lo bastante versado en la doctrina sagrada como para citarle la maldición de Judas si me mentía sobre la última confesión de mi padre. Aquello acabó con sus reticencias. Me entregó la segunda mitad de la carta. La leí. Quedó bien claro que aquello que el párroco consideraba los delirios de un moribundo, a quien el dolor había arrebatado el juicio, era de hecho la verdad.

Sparks hizo una pausa antes de llevar a Doyle al centro de la pesadilla.

—Mi padre quería que supiera que su vida matrimonial nunca había sido fácil. Dos voluntades fuertes, dos espíritus independientes. Habían conocido grandes pasiones y se habían causado tremendas penas el uno al otro. Durante su vida en común, él había amado a otras mujeres. No ofrecía ninguna disculpa. No esperaba comprensión ni simpatía. Poco después del nacimiento de Alexander, las dificultades llegaron a un punto en el que él aceptó un destino en Egipto como una tentativa de separación. Dolida por el abandono, mi madre creó un vínculo antinatural con el niño, haciendo que Alexander ocupara un lugar en su vida para el que no estaba dotado. Los efectos fueron desastrosos.

»Mi hermana fue concebida durante una breve e infructuosa reconciliación. Mi padre regresó a Egipto sin saberlo. Ni siquiera se enteró del embarazo hasta semanas después del nacimiento. Cuando consiguió dejar el trabajo y volver a Inglaterra, ya había ocurrido la desgracia. Mi madre estaba deshecha; necesitaba desesperadamente el consuelo de un amor incondicional como el que recibía de Alexander, pero tampoco podía negar el horror que había presenciado. Mi padre quería castigar al niño, expulsarlo de la casa, enviarle a un reformatorio estatal. Confusa como estaba, mi madre amenazó con suicidarse si lo hacía. Enfrentado a este dilema, mi padre volvió a marcharse. Cuatro años más tarde, en un último intento por salvar el tenue vínculo que había entre ellos, mi padre regresó del extranjero para siempre y le arrancó a mi madre el compromiso que dio como resultado el extrañamiento de Alexander, un tercer embarazo y la reorganización del matrimonio alrededor del segundo hijo. El hijo que criarían juntos. Un hijo amado por ambos padres y no por uno solo. Pienso que fueron felices durante mis primeros años. Se acomodaron a la vida pactada y así consiguieron la paz.

Sparks dejó caer la ceniza del puro en la corriente. Doyle sentía náuseas. Se preparó, consciente de que todavía faltaba lo peor.

—La noche de los crímenes, mi padre se retiró temprano a sus habitaciones. Leyó un rato y se quedó dormido delante del fuego. Le despertó la voz de mi madre, gritando de dolor. Al entrar en el dormitorio, la descubrió atada de pies y manos a los postes de la cama. Le golpearon por detrás y cayó, inconsciente. Cuando recuperó el sentido, estaba amarrado a una silla. Mi madre seguía en la cama como antes. Una figura estaba sobre ella, asaltándola sexualmente. Una figura toda vestida de negro. Ella gritaba como si se hubiese vuelto loca. La figura completó el abominable acto, se volvió y sonrió, y mi padre se vio ante el rostro del hijo mayor.

Doyle apartó el rostro. Se había quedado sin aliento y trató de llenarse los pulmones. Tuvo miedo de vomitar.

—Alexander no tenía prisa en dejar la compañía. Ya había matado a todos los sirvientes de la casa; describió hasta los detalles más repugnantes de la muerte de cada uno de ellos. Retuvo a mis padres prisioneros en aquel corrupto purgatorio durante más de cuatro horas. Derramó petróleo sobre la cama, empapando a mi madre. Encendió uno de los puros de mi padre y se sentó junto a ella, soplando la punta, avivando el ascua. La mantuvo contra su piel y le dijo que no se molestara en rezar. Cuando les matara no irían al infierno por los pecados cometidos contra él. Ya estaban allí: este era el infierno. Y él, su verdugo, era el diablo.

»Alexander desató a mi padre y le dio a escoger: «Puedes hacer el amor a tu esposa por última vez o luchar contra mí». Mi padre le atacó con una furia ciega. Todavía era un hombre fuerte y vigoroso, pero Alexander le derrotó con facilidad, experta y despiadadamente, llevándole una y otra vez al borde de la inconsciencia, y tras dejarle recuperarse durante unos segundos, le volvió a castigar con mayor crueldad. Las cosas que le dijo a mi padre le hicieron comprender a este que el autómata de pesadilla que les tenía en su poder no era un ser humano. Por fin se desmayó.

»Mi padre se despertó por última vez a causa del calor. Le quemaba la piel y las llamas consumían el dormitorio; el lecho y el cuerpo de mi madre ya eran cenizas. Sin saber cómo, consiguió salir de la habitación y llegar al vestíbulo. Todo el interior de la casa estaba en llamas. Se arrojó por una ventana. Al caer se fracturó las piernas. Se arrastró lo más lejos posible de la casa, donde le encontró mi amigo del establo.

Sparks jadeaba con fuerza. Se echó un poco hacia delante, el rostro oculto en las sombras. Doyle se inclinó sobre la barandilla y vomitó en el agua. Tosió y se ahogó, pero no era desagradable vaciar el cuerpo del licor y la comida. Después de lo que acababa de soportar, todo le daba asco. Esperó a que se le despejara la cabeza.

—Lo siento… —susurró con voz ronca—. Lo siento.

Sparks asintió con un gesto casi imperceptible y aguardó a que Doyle recuperara la dignidad.

—Pedí ver el cadáver de mi padre. El párroco volvió a resistirse, aunque con menos convicción. Mi amigo del establo me llevó hasta un invernáculo, la única construcción que no había arrasado el fuego, donde los cuerpos recuperados de las ruinas yacían en mesas, cubiertos con lonas vulcanizadas. No reconocí el rostro de mi padre. Le miré las manos. El oro del anillo de bodas se había derretido y vuelto a solidificar en el hueso del dedo anular. Entonces vi en la palma de aquella mano un extraño dibujo grabado a fuego en lo que quedaba de carne. Estudié aquel símbolo, más tarde lo dibujé de memoria, y tiempo después recordé dónde lo había visto antes.

»A lo largo de los años, mi padre había traído de Egipto muchos objetos antiguos. Toda una habitación de nuestra casa estaba dedicada a la colección. Siempre me había fascinado una insignia de plata con la figura del ojo de Tot. Enterado de mi interés, mi padre mandó hacer un collar con él y me regaló la insignia cuando cumplí siete años. Cuando nos conocimos y Alexander me dio aquella roca negra diciendo que era su posesión más preciada, yo le correspondí enviándole el collar. Mi padre no tardó en echarlo en falta. Le expliqué que lo había perdido en el río, aunque nunca he tenido la certeza de que me creyera.

»Yo sabía que Alexander se había aficionado a llevar el collar en las visitas nocturnas. Pensaba que tenía una propiedad mística, que su poder le ayudaba en algún sentido a ser invisible. Aquí tenía la prueba de la veracidad de las palabras dictadas por mi padre al párroco; había arrancado la insignia del cuello de Alexander mientras peleaban. Quería morir con el collar en la mano. De esta manera yo conocería el nombre del culpable.

Doyle ya se había recuperado lo suficiente para poder hablar.

—Pero Alexander debió de arrebatárselo.

—Sí, pero no antes de que dejara la marca quemada en la carne.

—¿Encontraron a Alexander?

—Desapareció como por arte de magia —contestó Sparks—. En la escuela no le volvieron a ver nunca más. El rumbo de Alexander estaba fijado desde hacía años; ahora había cumplido sus dos objetivos principales. Estaba más allá del bien y del mal. Tres semanas después del funeral, el albacea recibió un paquete dirigido a mi nombre. No figuraba el remitente. Una carta escrita con una caligrafía anodina describía el asesinato del niño en las colmenas, el ataque a la muchacha en el río y la violación de la doncella en Alemania. Explicaba el origen de los recuerdos que Alexander me había enviado a lo largo de los años. También incluía este: el último y más repugnante de los trofeos.

Sparks sostuvo en la mano la insignia de plata.

—La ha conservado… —dijo Doyle un tanto sorprendido.

—No quedaba nada más —afirmó Sparks, encogiéndose de hombros—. Necesitaba alguna cosa. Necesitaba algo que me ayudara a poner en orden mis sentimientos.

—Para la venganza.

—Más que eso. No digo que ocurriera de la noche a la mañana. Me llevó muchos años. Necesitaba… un significado. Un propósito. Tener doce años y encontrar que de pronto han destruido todo tu mundo, que has perdido todo aquello en lo que creías y que amabas…

—Lo comprendo, Jack.

—La maldad corre libre por el mundo. He crecido a su sombra. La he sentido. He visto sus productos más ínfimos. Ha florecido en un cuerpo y alma que llegó a la vida por el mismo conducto que yo. Me he puesto voluntariamente en sus manos, he dejado que su portador me moldeara a su imagen y semejanza. —Sparks volvió a mirar a Doyle; parecía joven, sincero y sacudido por el viento negro del terror—. ¿Qué pasaría si yo era igual que él? Tenía que preguntármelo, Doyle, ¿comprende? ¿Qué pasaría si el mismo espíritu vil y retorcido que le llevó a cometer aquellos crímenes abominables vivía en mí? ¡Tenía doce años!

Los ojos de Doyle se llenaron de lágrimas al comprender súbitamente cómo habría sido todo aquello para el niño convertido ahora en el hombre que tenía delante. Debió ser insoportable enfrentarse a tanto dolor, a una pérdida tan terrible. No podía ofrecerle al amigo ningún consuelo, no podía darle nada más que su llanto silencioso y sincero.

—Tenía que creer que las habilidades inculcadas por mi hermano las había aprendido con algún fin —manifestó Sparks, con voz ahogada—. Carecían de cualquier rasgo moral innato; eran herramientas, neutrales, todavía útiles. Tenía que creerlo, tenía que demostrarme a mí mismo que esto era verdad. Podía haber más de una clase de hombre superior. El punto para alinear mi brújula lo escogí yo. La justicia sería mi estrella polar, no la mendacidad y el culto a mí mismo. Lucharía en defensa de la vida, no de la muerte. Si mi destino era compartir su sangre, entonces mi obligación era restaurar el equilibrio roto por su presencia. Traería a este mundo una fuerza para rechazar la oscuridad a la que había sucumbido mi hermano. Redimiría el nombre de mi familia o moriría en el intento. Esta sería mi misión. Ser el oponente, entrometerme en su camino. Convertirme en su némesis.

Estas palabras reavivaron el débil latir de la esperanza en el pecho de Doyle mientras permanecían en silencio durante un rato contemplando el río.

12

BODGER NUGGINS

La noche se tornó helada. La caminata de regreso al hotel fue una de las más largas que Doyle recordaba. Sparks caminaba con aire retraído; parecía agotado, vacío. Doyle se sentía halagado por su muestra de confianza, y estaba dispuesto a compartir la carga. Nunca el cambio de año le había interesado tan poco. Caminaron entre borrachos, amantes y hordas de jóvenes que gritaban y bailaban para festejar la mal entendida defunción —la muerte del «año viejo», el nacimiento del «nuevo», la farsa de los buenos propósitos, olvidados casi en el acto, de transformar los pequeños vicios en virtudes—. Los arbitrarios intentos del hombre para marcar el tiempo con esta importancia impuesta parecían tan inútiles como el escarbar de las gallinas en la tierra. Pero ¿cómo suponer que la personalidad esencial era capaz de cambiar cuando alguien como Alexander Sparks podía testimoniar lo contrario?

Entraron en el hotel por la discreta puerta trasera, fueron a las habitaciones, encendieron el fuego y abrieron una botella de coñac. Doyle notó que su estómago rechazaba la ingestión de más licor, pero después le calentó el corazón y agradeció el efecto soporífero. Sparks contempló el fuego, con la danza de las llamas reflejada en sus ojos oscuros.

—¿Cuándo descubrió la siguiente fechoría? —preguntó Doyle, interrumpiendo el largo silencio.

—Abandonó Inglaterra, pasó algún tiempo en París y después vagó hacia el sur. Desde Marsella viajó a Marruecos y entonces atravesó el norte de África hasta Egipto. Llegó a El Cairo más o menos al año de haber cometido los crímenes.

—Dejó un rastro.

—Después de haber cometido los crímenes originales (¿no cree que es justo llamar así al parricidio y matricidio) desapareció definitivamente el último obstáculo que le pudiera impedir perdonarse cualquier impulso disoluto o perverso. Tras haber conseguido el dominio absoluto de la familia y la escuela, los entornos de partida, su intención era ahora hacerse un lugar en el mundo. La primera tarea fue amasar una fortuna para tener independencia económica. La noche del asesinato de mis padres, antes de provocar el incendio, robó de la colección egipcia de mi padre los tesoros más valiosos, que eran abundantes. Alexander fue a El Cairo a venderlos. Las ganancias que obtuvo fueron la base de lo que no tardaría en convertirse en una inmensa riqueza.

—Supongo que también cometería otros delitos —apuntó Doyle.

—Aquel año se produjo una serie de crímenes muy particulares en El Cairo. Mi padre había tenido allí una amante, una mujer inglesa, colega en la embajada. La mujer desapareció poco después de la llegada de Alexander. Una semana más tarde encontraron su cabeza en el *souk,* el mercado. Como la decapitación es la pena habitual para las adúlteras en las culturas musulmanas, las sospechas recayeron en un nativo, salvo que le habían cosido una letra A roja en la frente. Por cierto, el nombre de la mujer era Hester.

Doyle notó que de nuevo le acometían las náuseas. Comprendió que, si pretendía serle útil a Jack en la lucha contra el hermano, tendría que controlar las emociones. Si no había límites en las cosas que el hombre era capaz de hacer, lo cual parecía evidente, no serviría de nada ponerse a vomitar como reacción a todas las barbaridades.

—A la semana siguiente se cargó a un anticuario importante, un egipcio, junto a su mujer y a sus hijos. Al parecer, el hombre había regateado demasiado antes de comprar una pieza de la colección de mi padre, y eso acabó con la paciencia de Alexander. El objeto en cuestión, una daga de ceremonia, fue el arma asesina. Alexander gustaba de embellecer los trabajos con florituras macabras. Hubo un brote de histeria en El Cairo, pues pesaba una maldición sobre la tumba de la momia de la que habían robado la daga y otros objetos en posesión del anticuario. El apartamento del hombre apareció lleno de huellas de pies descalzos y polvorientos y restos de tela de lino podrida. Se encontraron restos de lino en los cuellos de la esposa y los niños, a los que estranguló, y también en el puño de la daga, con la que arrancó el corazón del anticuario. Descubrieron el órgano junto al cadáver en un bol cubierto con cenizas de hojas de encina, consideradas el ingrediente clave en los ritos de los sacerdotes de los faraones para la resurrección de las momias. ¿Adivina el toque de la mano de Alexander en todo esto?

—Sí —respondió Doyle, que recordó la muerte de la prostituta.

—Al mes siguiente saquearon un yacimiento arqueológico en el desierto, una tumba solo abierta parcialmente. En el interior encontraron a dos guardias estrangulados, y faltaban muchos de los objetos inventariados, incluidos los restos momificados del ocupante principal de la cripta. Una vez más la gente encontró providencial atribuir los asesinatos a un cadáver vengativo, resucitado para tomarse la revancha por la profanación de la tumba.

—Alexander comenzaba a desarrollar un interés en lo oculto.

—A medida que aumentaba su dominio del mundo físico, su interés se volcó en la magia y el plano inmaterial. Egipto ha tenido este efecto en más de un europeo. Hay un poder temible en aquellos viejos templos. Fue allí donde Alexander descubrió lo que podía conseguir con el estudio de la magia negra. Una vez despierta la curiosidad, eso se convirtió en el centro de su existencia. Y un ansia alimentada por la codicia es insaciable; lo que consigue solo aumenta la voracidad del apetito.

—¿Adónde se dirigió después?

—Por lo que he podido averiguar, durante unos años Alexander vagó por Oriente Medio, estuvo en varias escuelas ocultistas: zoroastrianos, sufis, *hashishims* (asesinos), el culto criminal del viejo de las montañas.

—Pero estos fueron erradicados hace siglos.

—Es lo que dice la historia oficial, que su fortaleza fue asaltada por los otomanos y fueron diezmados sus seguidores. Pero algunos turcos de alto rango le dirán que han sobrevivido pequeñas sectas de devotos en Siria e Irán, ocultas en lugares remotos de las montañas.

También afirman que las incomparables técnicas de los *hashishims* se advierten en muchos asesinatos políticos, cosa que da crédito a la teoría. Si todavía existen, puede estar seguro de que Alexander fue muy capaz no solo de encontrarlos sino de arrancarles los más pérfidos secretos del arte del asesinato.

—Doy gracias por no haber sabido todo esto cuando me persiguió —comentó Doyle, con un tono casi jocoso—. Podría haberme muerto del susto con solo verle.

La mirada de Sparks sugirió que la posibilidad no era solo una broma.

—La India fue el siguiente destino de Alexander —prosiguió Sparks—. Creo que allí consiguió infiltrarse en el culto asesino de los tugs, una banda de criminales mucho más inmanente y real. Una tarea difícil para un inglés, el enemigo jurado, pero a estas alturas dominaba los idiomas y el arte del disfraz. Los tugs son grandes aficionados al garrote. El pañuelo con pesos en las puntas que usted tanto admiró la noche de la huida en Cambridge es una de las *spécialités de la maison.*

—Usted también ha aprendido muchas de estas técnicas.

—Como una consecuencia de seguir los pasos de Alexander durante años —respondió Sparks, encogiéndose de hombros—, he adquirido una amplia variedad de... conocimientos profanos. ¿Le preocupa, doctor?

—Al contrario. Dormiré mucho más tranquilo.

—Así me gusta —dijo Sparks, casi con una sonrisa.

Doyle tuvo otra vez aquella sensación de estar enjaulado con un animal peligroso. «Dios quiera que nunca dirija sus conocimientos contra mí», pensó.

—Y durante los años en Oriente, la pasión de Alexander por lo oculto se volvió obsesiva —comentó en voz alta.

—Exactamente —contestó Sparks—. Mientras yo dedicaba la adolescencia a estudiar los principios de la geometría y la conjugación de los verbos intransitivos franceses, Alexander escalaba el Himalaya y entraba en las legendarias escuelas de yoga en el norte de la India y Katmandú.

—He leído sobre estos lugares. Si existen y su moralidad es tan alta como sus supuestos poderes mentales, no creo que hayan permitido la entrada a un hombre como Alexander.

—No dudo de que algunos le rechazaran. Pero tampoco dudo de que haya otros que se dedican a instruir a aquellos que desean recorrer... ¿qué nombre empleó Blavatsky?

—El camino de la mano izquierda.

—La palabra «siniestro» deriva del término con que en latín designaban la mano izquierda, ¿lo sabía?

—Lo había olvidado.

—Por lo que sabemos, Alexander bien podría haber sido llevado por una legión de demonios con patas de cabra a través del umbral del Conservatorio Avanzado de la Hermandad Oscura para el Grado Treinta y Tres de la Violencia. Por mucho que me he esforzado en seguir su itinerario, no he podido descubrir todos los centros de enseñanza a los que asistió durante aquellos años.

—Usted lo intentó viajando por el Lejano Oriente —manifestó Doyle. Otro retazo del pasado de Sparks colocado en el sitio correcto.

—Precisamente la razón por la que abandoné la universidad sin graduarme, después de aprender la mejor parte de lo que podían enseñarme. Seguir las poco claras huellas de Alexander me ha permitido licenciarme en los... aspectos prácticos del mundo.

Doyle decidió no hacer comentarios al respecto.

—¿Cuándo regresó Alexander a Inglaterra?

—Es difícil precisarlo. Su rastro se esfumó en Nepal. Regresé a casa y durante muchos años creí que se había esfumado en los misterios que tanto le interesaban. Lo más probable es que Alexander volviera a Inglaterra hace doce años, no mucho después de que yo comenzara mi carrera.

—¿Cómo sabe que regresó?

Sparks juntó los dedos bajo la barbilla y miró el fuego atentamente.

—Durante muchos años he sido consciente de algo así como una inteligencia básica detrás de las actividades de la comunidad criminal londinense. Esta red de vínculos sutiles sugería que una mano en la sombra manipulaba las piezas sobre el tablero, una presencia más presentida que vista. Pero las débiles señales que he podido verificar señalan que hay un propósito pactado detrás de las prácticas brutales y aparentemente indiscriminadas que forman la mayor parte de las actividades de los bajos fondos.

—¿No tiene idea de cuál es ese propósito?

—Ninguna. Como sabe, he reclutado a unos cuantos malhechores, rehabilitándolos en el proceso; al menos, así lo espero. Se rumorea que existe un amo supremo sentado en el centro de la rueda del vicio en la ciudad (juego, extorsión, secuestros, contrabando, prostitución) que recibe los frutos de todos estos crímenes.

—Usted cree que el amo es Alexander.

—Ni siquiera estoy seguro de la existencia de esta figura. Ni uno solo de mis contactos puede confirmar que alguien haya conocido personalmente a dicho individuo. Pero si existe, no hay ningún hombre en la Tierra más capacitado que mi hermano. Y en la práctica, ningún hombre sería más peligroso.

—Entonces no hay duda de que este ha sido el *statu quo* en Londres durante un tiempo, en la época anterior a la llegada de Alexander, desde luego. El crimen siempre ha sido un elemento lamentable y consistente de la experiencia humana.

—No se lo discuto. ¿Cuál es su opinión?

—Aquí, Jack, hay algo más que la rutina de dirigir empresas ilícitas. Algo que va más allá de lo que es habitual.

—Se refiere a la Hermandad Oscura —dijo Sparks.

—Al parecer una entidad separada de esta organización criminal, con unos objetos propios bien claros.

—Probablemente.

—¿Y seguro que Alexander ha jurado ser leal a la hermandad?

—Alexander solo es leal a sí mismo —afirmó Sparks—. Si está aliado con ellos es exclusivamente con el propósito de conseguir sus propias ambiciones. En el momento en que diverjan los intereses no vacilará en cortar el vínculo.

—Pero incluso así, una sociedad entre los dos grupos, por muy provisional que sea…

—Constituye una amenaza mayor para el bienestar general de nuestro país que cualquier guerra o peste imaginable. No tiene sentido ignorar esta desagradable verdad.

Doyle permaneció en silencio durante un par de segundos.

—¿Cuándo fue la última vez que vio a su hermano, Jack?

—En Topping, a través de la ventana.

—No, quiero decir cara a cara.

—Desde aquella última Pascua, en la escuela. Hace veinticinco años.

—¿Y cuándo descubrió que Alexander era la mente maestra?

—Ayer. Cuando vi aquella gran casa en llamas.

Cruzaron una mirada.

—Así que por fin comprende el juego que estamos jugando —dijo Sparks.

Doyle asintió. Mientras contemplaba atentamente el fuego, pensó que el Año Nuevo que festejaba la muchedumbre en el exterior tal vez sería el último para él.

Larry montó guardia delante de las habitaciones mientras Doyle intentaba dormir para recuperarse. Este se despertó sobresaltado por una pesadilla que se esfumó en el acto al ver a Sparks en la mesa del salón, enfrascado en el estudio del mapa de Londres, con el equipaje preparado junto a la puerta. Eran las cinco y media de la mañana, y apenas si había algún ruido en el exterior. Doyle se quitó las legañas de los ojos y necesitó toda la cafetera y la bandeja de tortas que trajo Larry para desentumecerse los músculos y el cerebro. Estos reclamaban a voz en cuello un día de descanso, pero Doyle sospechaba que era un lujo que no se podría permitir durante un tiempo.

—Hay una docena de editores en Russell Street, a un tiro de piedra del museo —informó Sparks, muy enérgico—. ¿Por alguna casualidad presentó el manuscrito a Rathborne e Hijos?

—¿Rathborne? Es el apellido de soltera de lady Nicholson… Sí, creo que sí —respondió Doyle—. Dios mío, supone que…

Doyle se distrajo al ver una pequeña caja que aguantaba una de las esquinas del mapa; nunca había visto ninguna como aquella. Mientras casi sin darse cuenta tendía la mano para cogerla, Sparks agarró la cajita, se la metió en un bolsillo y comenzó a enrollar el mapa con gesto decidido.

—Bien, entonces empezaremos por allí —anunció Sparks—. Mientras tanto, Larry se encargará de buscarnos otro alojamiento. Mucho me temo que nuestro próximo albergue no será tan agradable como el Melwyn, pero no podemos pasar más de una noche en el mismo lugar.

—No me vendría mal un afeitado —replicó Doyle desconsolado, al ver que Larry se llevaba las maletas.

—Ya tendrá tiempo de sobra más adelante. Vamos, Doyle, la carrera es para los más veloces —dijo Sparks, y salió de la habitación. Doyle cogió la última torta de la bandeja y corrió tras él.

Al bajar por las escaleras de atrás se encontraron con Barry, que subía a su encuentro... Al menos para los ojos somnolientos de Doyle parecía Barry. Efectivamente era Barry, ahí estaba la cicatriz.

—Encontré un tipo al que tendría que echarle el ojo —dijo con una prisa desconocida en él.

—Habla claro —le pidió Sparks, sin dejar de bajar.

—Un australiano. Boxeador. Afirma que conoció al señor Lansdown Dilks. Después de que lo ahorcaran.

—Excelente —exclamó Sparks mientras salían del hotel—. Doyle, vaya con Barry. Apriételе las tuercas. Averigüe si el hombre nos puede decir algo respecto al estimado señor Dilks. Nos veremos al mediodía, en Hatchard's Bookshop, en Picadilly. ¡Buena suerte! —Sparks saltó al interior de un pequeño cabriolé en cuyo pescante iba sentado Larry, se despidió alzando una vez el brazo, y se alejaron.

«Esta no es forma de jugar», masculló para sí Doyle, abandonado a sus propios recursos a las seis de la mañana sin un buen desayuno. Doyle miró a Barry, que parecía muy tranquilo ante la súbita partida de Sparks.

—Por aquí —dijo Barry, levantándose el sombrero, y echó a andar.

Doyle engulló el resto de la torta y le siguió. La primera luz del día asomó por el este.

Barry condujo a Doyle a paso vivo por el laberinto de Covent Garden, donde en los puestos de verduras y de flores comenzaba a buen ritmo el comercio del Año Nuevo. Las floristas ambulantes fumaban somnolientas cigarrillos baratos y se apoyaban unas a otras para protegerse del frío, mientras esperaban el turno para llenar sus canastos. Los fruteros se peleaban por escoger los mejores productos traídos por los campesinos. Los jugos digestivos de Doyle se activaron ante la mezcla de aromas que llenaba el aire de la mañana; café árabe, pan fresco recién sacado del horno, salchichas asadas y jamones, pastas calientes. Pero vio con desesperación que sus anhelos gastronómicos se frustraban cuando descubrió que la cartera y todo su dinero estaban en la maleta que Larry había transportado Dios sabe dónde. Y aunque le propuso a Barry que hicieran una pausa reconfortante —a expensas de Barry—, sus ruegos cayeron en oídos sordos. Por los repetidos movimientos del sombrero, que subía y bajaba con la regularidad de un muñeco mecánico en el reloj de alguna torre de Dresden, Doyle dedujo que Barry conocía a muchas de las esposas de los tenderos y a un elevado porcentaje de las vendedoras. «Donde hay humo…», pensó Doyle. Al parecer Barry tenía bien merecida su fama de fornicador.

La ruta los llevó hasta un gimnasio en un callejón del Soho, un espantoso y mugriento edificio de ladrillos. Las paredes eran un auténtico muestrario de carteles proclamando los olvidados pero otrora épicos combates de los gladiadores del pasado. Una inscripción casi cubierta de hollín recorría el arco estilo griego de la entrada: exaltaba las virtudes del ejercicio para el desarrollo de un sano carácter moral.

En el interior del gimnasio, detrás del cuadrilátero, una alborotadora pandilla de luchadores, boxeadores y entusiastas de la gimnasia jugaba a los dados. Billetes muy manoseados y botellas de ginebra barata marcaban la zona donde caían los dados después de chocar contra la pared roñosa, una escena penosa que había tenido lugar más de una madrugada. Barry aconsejó a Doyle que esperara a cierta distancia del grupo —cosa que este aceptó de muy buen grado— mientras él se ocupaba de separar al tipo que buscaban del resto de la manada. Regresó un minuto más tarde con una corpulenta masa de carne endurecida de cara chata, con los brazos musculosos adornados con tatuajes de sirenas y piratas que parecían danzar en una sucesión de sugestivos *pas de deux*. La nariz del hombre se dilataba horizontalmente hasta igualar el ancho de la boca abierta, el único órgano útil para respirar que le quedaba. Las cejas eran un amasijo de cicatrices y pelos hirsutos; los ojos hundidos semejaban agujeros de meada en la nieve. Un tenaz rastro de jugo de tabaco le recorría la barbilla. El corte de pelo era tan angustiosamente parecido al de Doyle como para sugerir que Barry debía de ser el barbero del hombre, si no su confidente.

—Quiero presentarle al señor Bodger Nuggins, antiguo campeón de los semipesados de la colonia de Su Majestad de Nueva Gales del Sur y Oceanía —dijo Barry, reuniendo a los dos hombres.

Cuando el gigante le estrechó la mano entre sus manazas, Doyle notó que el apretón era flácido y que tenía las palmas tan suaves y tiernas como las de una doncella asustadiza. El tufo a ginebra era inaguantable.

—Arthur Conan… —comenzó Doyle.

Barry se aclaró la garganta con enfática vehemencia, para después sacudir la cabeza vigorosamente detrás de Bodger y fuera del campo visual de este.

—Maxwell Tree —corrigió Doyle, que pronunció el primer nombre que le vino a la boca.

—Bodger Nuggins, antiguo campeón de los semipesados de Nueva Gales del Sur y Oceanía —contestó el boxeador con redundancia, sin soltar la mano de Doyle y moviéndola en semicírculo—. Llámeme Bodger.

—Muchas gracias, Bodger.

Los ojos de Bodger eran ligeramente bizcos; el de la derecha se desviaba hacia dentro como si quisiera disfrutar en secreto contemplando la increíble llanura nasal que asomaba por el sur.

—Es así como le llama la gente que conoce a Bodger. Le llaman Bodger. Rima con Dodger —explicó Bodger voluntarioso.

—Sí. Rima —dijo Doyle, intentando liberar con suavidad su propia mano.

—Cedric —añadió Bodger misteriosamente.

—¿Cedric qué?

—Es mi nombre de pila. Mi madre me puso Cedric.

—¿Por…? —preguntó Doyle, dispuesto a ayudarle a acabar la anécdota y poder así retirar la mano de las zarpas de Bodger.

—Porque nací —replicó Bodger, frunciendo el entrecejo con la seriedad de un mandarín astrólogo.

—Dile al caballero lo que me contaste a mí, Bodger —le animó Barry, y después le susurró a Doyle—: Se le alborotan los pájaros en la azotea.

Doyle asintió. Las contorsiones faciales de Bodger se hicieron más pronunciadas y las cejas transmitieron el esfuerzo, como una ola mecánica en un melodrama tormentoso.

—Lo que me dijiste sobre el señor Lansdown Dilks —insistió Barry.

—¡Coño, sí! ¡Burro!

¡Paf! Bodger se golpeó a sí mismo en la nariz. A juzgar por el achatamiento del apéndice, debía de ser una reacción habitual, aunque resultaba difícil precisar si era un método para refrescar la memoria o un severo correctivo a los rechinantes engranajes de lo poco que quedaba de su mente.

—¡Lansdown Dilks! ¡Cojones! ¡Bodger Nuggins, menudo zoquete! —Y se golpeó por segunda vez.

—Vamos, vamos, ya está bien, no es para tanto, Bodger —dijo Doyle. Si de verdad el hombre era un excampeón, no quería que se noqueara a sí mismo antes de comenzar el interrogatorio.

—Correcto —aceptó Bodger, perdonándose por esta vez.

—¿Conoció a un tal señor Lansdown Dilks? —le preguntó Doyle.

—Ahhh. Es una larga historia —contestó Bodger, dando a entender que un drama imperecedero acechaba a la vuelta de la esquina—. Veamos...

Más conocedor de la técnica narrativa del púgil, Barry deslizó un billete de una libra en la manaza de Bodger.

—Correcto —dijo Bodger, una vez que tuvo la máquina engrasada—. Soy de Queensland. De allá abajo. Brisbane, para ser «exácticos». A través del ancho y profundo mar.

—Sí —afirmó Doyle—. Le sigo: proviene usted de Australia.

Bodger chasqueó los dedos, señaló a Doyle y guiñó un ojo complacido, como si acabara de descubrir que eran hermanos de la misma logia secreta.

—¡Exáctico!

—Nos entendemos muy bien. Continúe, por favor.

—Correcto. A puño limpio, eso es lo mío. Deporte sangriento. Si un hombre quiere demostrar que tiene cojones, que lo haga con las manos desnudas como un bebé recién nacido, es lo que digo. Bodger Nuggins lo hizo muy bien, ¿no es así? Campeón de Nueva Gales del Sur y Oceanía, semipesado.

Para demostrar sus credenciales, como todos los boxeadores se sienten obligados a hacer, Bodger lanzó un puñetazo contra la barriga de Doyle, deteniendo el puño justo antes de tumbarle de rodillas boqueando en busca de oxígeno.

—Usted perdone —prosiguió Bodger—, pero el marica del marqués de Queensberry quiere ponernos vendas en los nudillos desnudos, quiere que bailemos y nos hagamos caricias con los guantes. —Incapaz de resistir el impulso de dar énfasis a sus palabras, Bodger lanzó despreciativo un escupitajo de tabaco al suelo—. Si el bujarrón quiere ver una pelea de nenitas, ¿por qué no va a la Academia de Santa Edna para Mujeres y Maricas?

—Le aseguro que no lo sé —contestó Doyle—. En cuanto al señor Lansdown Dilks...

—Ya llego a eso. —Bodger flexionó los músculos, amenazador—. Así que Bodger se larga del querido hogar para probar fortuna en las peleas a este lado del charco. Inglaterra. Vine en barco y...

—La prosecución de su carrera pugilística le trajo a Londres —manifestó Doyle.

—A Bodger le prometieron un combate por el título de los pesados, eso es lo que hicieron esos tipos, pero antes querían que Bodger peleara con ese otro cabeza cuadrada. Ya sabe, como una... —Se quedó en blanco. Parado como si le hubiese entrado arena en la maquinaria.

—Una pelea preparatoria —apuntó Barry, después de un respetuoso silencio.

—Correcto —dijo Bodger. Se atizó en la cara otro mamporro que devolvió la vida a la maquinaria mental—. Como una pelea preparatoria. Un tongo. Querían ver de qué estaba hecho Bodger antes de arriesgar el precioso título. Así que Bodger va y le dice: lo que es justo es justo. Que nunca se diga que el campeón Nuggins es un cobarde; el viejo Bodger siempre está listo para dar el espectáculo, cuando hay caballeros dispuestos a aflojar la mosca para verle en acción.

—Así que tuvo lugar el combate —señaló Doyle.

Bodger asintió y lanzó otro chorro de jugo caliente.

—Lo primero que me dicen es que las preparatorias no tienen lugar en el estadio, en el casino, ni siquiera en el cuadrilátero. Lo que hacen, sabe, es llevarme a ese depósito que hay junto al río.

—No era un combate legal —dijo Doyle, cómodo en su papel de intérprete de un príncipe idiota.

—De legal nada —insistió Bodger, que pareció comprenderle—. Pero la verdad sea dicha, los púgiles a puño limpio conocemos el procedimiento.

—Debo entender que cuando llegó al muelle, estos caballeros le presentaron a su oponente —añadió Doyle, con mucha paciencia.

—Un marica —gruñó Bodger—. Fofo. La cara como un pescado podrido. Como si nunca hubiese peleado sin guantes. Así que comenzamos. El marica no pegaba mucho, pero tampoco se caía. Nada de técnica. Bodger lo dejó para el arrastre con ciencia. Sesenta y cinco asaltos. La cara como una máscara rosada. Si me lo pregunta, su rincón tendría que haber tirado la toalla en el cincuenta. Pero no es mi destino que los demás acepten consejos de Bodger, ¿verdad?

—Aparentemente no, desde luego.

—Y ahora llegamos al asalto sesenta y seis. Comprenderá por qué el sesenta y seis es un mal número para Bodger.

Bodger sujetó a Doyle por las solapas y se lo acercó mientras el relato épico llegaba al final emocionante. «Si no me hubiera afeitado el bigote —pensó Doyle—, el aliento de Bodger me lo habría quemado.»

—Salimos y chocamos los cinco, como buenos deportistas que éramos. Entonces Bodger le saluda con un malvado gancho de izquierda al hígado. El tipo se dobla. Entonces Bodger lo endereza con un Bodger Especial; un *uppercut* a las napias, un golpe de cojones que le prepara para la aplastante y mortífera combinación bodgerífica, el gran final del directo a la mandíbula. El imbécil sale volando y cuando la cabeza choca contra el suelo, el espíritu del hombre ha huido de su cuerpo.

—Estaba muerto —dijo Doyle, con la mayor amabilidad posible.

—Muerto como un pato en una tormenta —afirmó Bodger, manteniendo a Doyle tan cerca como para poder verle las amígdalas.

—Qué desgracia.

—No para el marica; había ido a buscar la recompensa, ¿no? Después de todo aquel jaleo, es Bodger el que tiene que aguantar el chaparrón. Llegan los polis. Asesinato, dicen. Puños desnudos y todo eso, nada del marqués de Queensberry, dicen. Juicio. Quince años de trabajos forzados. Hola, prisión de Newgate. Adiós Bodger.

Bodger soltó a Doyle y escupió un gargajo marrón que recorrió tres metros por el aire antes de ir a caer estrepitosamente en el borde de una escupidera ubicada en un rincón.

—Donde, si no me equivoco —dijo Doyle, alisándose la chaqueta—, por fin tuvo la oportunidad de conocer al señor Lansdown Dilks.

—El señor Lansdown Dilks. Un tipo duro en su «fisicasiolidad», no muy diferente de quien le habla.

—Un tanto bodgederesco, ¿no? —comentó Doyle.

—Un cabrón muy bodgederesco —confirmó Bodger—. Es algo estupendo tener a un tipo así en la misma celda. Así que la cosa resultó natural. Ponga dos gallos así en el mismo gallinero, y lo que consigue es una trifulca continua.

—¿Quiere decir que ustedes dos se peleaban? —preguntó Doyle, para confirmar la traducción.

—Muy violentamente y con mucha frecuencia —respondió Bodger. Hizo sonar los nudillos y el ruido fue como una salva de fusiles—. Y ninguno de estos dos cachorros consiguió nunca tumbar al otro. Por primera vez, a Bodgie no le da vergüenza reconocer que el Nuggins encontró a un igual a ambos lados de las cuerdas.

—Así que cumplieron la condena juntos hasta la ejecución de la sentencia de Dilks.

Las cejas de Bodger se unieron en una sola.

—¿Ejecución?

—En febrero pasado. Cuando Dilks murió.

La confusión de Bodger fue en aumento.

—¿Murió?

—Estiró la pata. La palmó. Lo colgaron del cuello —exclamó Doyle, agotada la paciencia—. Y coros de ángeles cantaron por su eterno descanso. ¿Acaso insinúa que esto le pilla de nuevas, Bodger?

—Caray. Dilksie parecía fresco como una rosa la última vez que Bodger le echó el ojo.

—¿Y cuándo fue eso, por favor?

—Cuando bajamos del tren juntos…

—Sin duda se equivoca —dijo Doyle.

—Si Bodger dice al bajar del tren, eso es lo que dice, ¿o no? —protestó Bodger, bastante irritado—. Bajar del tren es a lo que se refiere Bodger, y bajar del tren es lo que dice.

Doyle y Barry intercambiaron una mirada burlona. Barry se encogió de hombros. Esto también era para él un añadido nuevo a la historia.

—Bajar del tren, ¿dónde?

—En el norte. Yorkshire.

—¿Y en qué fecha?

—Da la casualidad de que Bodger recuerda la fecha exáctica, siendo como era el día de su cumpleaños: el cuatro de marzo.

—¿El cuatro de marzo del año pasado? —Doyle notaba que la confusión iba en aumento con cada nueva palabra del hombre.

—Eh, ¿qué es usted, un marica?

—Bodger, perdone mi estupidez —se excusó Doyle—. ¿Está diciendo que usted y Dilks tomaron un tren a Yorkshire el cuatro de marzo del año pasado, un mes después de que a él le ahorcaran y años antes de que cumpliera usted su condena?

—Correcto. Lansdown, yo y los otros que firmaron.

—¿Firmaron qué?

—Con el tipo que vino a la cárcel.

—¿La prisión de Newgate?

—Usted es muy listo, ¿eh, colega?

—Bueno, hago todo lo posible por entender. ¿Quién era aquel hombre?

—No sé el nombre. No lo dijo.

—¿Puede describirlo?

Bodger miró el techo.

—Barba. Gafas. Parecía un marica.

—Está bien, Bodger, ¿qué les dijo el caballero que se presentó en la cárcel para que supiesen qué firmaban?

—Lo único que le puedo decir es esto: no nos dijo nada de lo que pasaba en aquella maldita fábrica de galletas. No, señor. Por eso escapé como lo hice. Y no crea que no me persiguen por haberlo hecho…

El aire se llenó con un agudo coro de silbatos policiales.

—¡La poli!

El grito de alarma hizo que se dispersaran los jugadores de la partida de dados. Antes de que Doyle pudiese reaccionar, Bodger dio media vuelta y corrió hacia los vestuarios.

Las puertas del gimnasio se abrieron de par en par y un pelotón de agentes, porras en mano, entró en el recinto. Otro grupo apareció por la salida trasera y comenzó la batalla, con media docena de polis ocupados solamente con Bodger, cuyo dominio de los puños quedó ampliamente demostrado. Barry sujetó a Doyle por un brazo, impidiendo que se moviera.

—Lo mejor es no correr, caballero —le gritó por encima del estruendo.

—Pero Bodger estaba a punto de decirnos…

—No se preocupe. Todo apunta a que dentro de un rato compartiremos la misma celda.
—Pero no estábamos jugando a los dados.
—Intente explicárselo a los polis. Toda una injusticia.
Dos policías se acercaban a ellos. Barry se llevó las manos a la cabeza, las apoyó en la gorra y le aconsejó a Doyle que le imitara. Pero Doyle se dirigió a paso vivo hacia uno de los agentes.
—¡Oiga usted! —exclamó Doyle—. ¡Soy doctor!
—Y yo la reina de Java —replicó el policía.
El primer porrazo pilló a Doyle en mitad de la frente.

Lo primero que vio Doyle cuando recuperó la conciencia fue el rostro preocupado de Barry.
—¿Se siente un poco mareado, caballero? —preguntó Barry.
—¿Dónde estamos?
—En chirona, en la trena. Creo que en Pentonville.
Doyle intentó levantarse, pero la cabeza le daba vueltas como una peonza.
—Tranquilo, caballero —le recomendó Barry—. Menudo chichón tiene.
Doyle alzó una mano hasta donde la sangre le manaba sobre la frente y encontró algo parecido a un huevo de pato, a juzgar por el tamaño.
—¿Qué ha pasado?
—Se ha perdido el viaje en el furgón. El trayecto hasta la trena no ha tenido nada de especial. Han pasado diez minutos desde que le acomodé en este banco.
A medida que su visión recuperaba la normalidad, Doyle percibió que se encontraban en una amplia celda común, compartida con un montón de patanes y réprobos, entre los que figuraban casi todos los participantes de la partida de dados en el gimnasio. El lugar era mugriento y apestaba a rayos, algo atribuible a la letrina que adornaba una de las paredes. Cucarachas del tamaño de un dedo paseaban sin miedo por los zócalos y sobre las botas de los hombres, que parecían totalmente acostumbrados a esa compañía.
—¿Alguna vez ha estado entre rejas, caballero?
—Jamás.

Barry le miró compasivo.

—No es un lugar muy recomendable.

—¿Dónde está Bodger? —preguntó Doyle, observando a los personajes que deambulaban por la celda.

—Bodger Nuggins no está entre nosotros —contestó Barry.

—¿Se encontraba en el furgón?

—Tengo que responderle con una negativa.

—¿Le vio escapar del gimnasio?

—No.

Doyle volvió a palpar con cuidado el impresionante chichón.

—¿De qué nos acusan?

—¿Acusarnos? De nada.

—No pueden tenernos aquí si no nos acusan de algún delito.

—Esta es la primera vez, ¿no? —preguntó Barry con una sonrisa sutil.

—Pero todo esto es un terrible error. Dígales que exigimos ver a un abogado —afirmó Doyle, sin mucha convicción—. Después de todo, tenemos nuestros derechos.

—Bueno, supongo que hay una primera vez para todo —replicó Barry, aparentando que tomaba en serio la propuesta.

Doyle lo observó. La ironía de las reflexiones de Barry le permitió comprender de inmediato la futilidad de seguir lo que Doyle consideraba el canal ordinario. En lugar de continuar por ese camino Doyle buscó en los bolsillos y sacó el bloc de recetas; dio un respingo al ver el Rx, como si hubiese descubierto una reliquia de alguna civilización remota.

—Barry, ¿puede conseguirme algo para escribir?

Barry asintió y se metió en la corriente de los detenidos. Regresó unos minutos más tarde con un cabo de lápiz mordisqueado. Doyle lo cogió y escribió una nota urgente.

—Ahora necesitaremos algún dinero —dijo Doyle.

—¿Cuánto?

—¿Cuánto tiene?

—Póngase aquí, por favor, caballero —le pidió Barry, tras suspirar resignado.

Doyle se levantó y escudó a Barry del resto de la celda mientras este se volvía hacia la pared, desabrochaba una solapa oculta en el revés del chaleco y sacaba un grueso fajo de billetes de cinco libras.

—¿Esto alcanzará?

—Pienso que con uno tendremos más que suficiente —contestó Doyle, incapaz de ocultar su asombro.

Barry sacó un billete y se guardó el fajo. Doyle se hizo con el billete y lo partió exactamente por la mitad.

—¡Co… ! ¿Y ahora qué? —jadeó Barry.

—¿Conoce algún agente en el que pueda confiar?

—Hay una contradicción en los términos.

—Se lo preguntaré de otra manera: ¿conoce a alguien en quien pueda confiar para que haga un trabajo por dinero?

Barry echó una mirada a los guardias que vigilaban el pasillo.

—Podría ser.

Doyle dobló la nota junto con el medio billete y se la entregó.

—La mitad ahora, el resto cuando tengamos noticia de que el mensaje ha sido recibido.

—Intentémoslo —dijo Barry mientras se dirigía hacia los barrotes y ojeaba la nota. Esta iba dirigida al inspector Claude Leboux.

Dos horas más tarde, Doyle fue sumariamente conducido sin explicaciones a un cuarto pequeño que en Pentonville se utilizaba para interrogar a los sospechosos. Al cabo de unos minutos Leboux apareció solo, con el mostacho erizado por el enfado. Cerró la puerta y miró a Doyle.

—Hola, Claude.

—Pillado en una timba, ¿eh, Arthur? No recuerdo que el juego fuera uno de tus vicios.

—No estaba allí para jugar, Claude. Este es el clásico caso de estar en el lugar equivocado a la hora equivocada.

Leboux se sentó delante de Doyle, cruzó los brazos, separó los pies y jugueteó con una de las puntas enceradas del bigote, esperando que la siguiente pregunta cuajara en su mente. Tratando de hacer caso de las reiteradas advertencias de Sparks de que no debía confiar en la Policía, Doyle consideró cuánto podía divulgar a cambio de que le soltaran, sin llamar demasiado la atención de los superiores de Leboux.

—Pareces un ayuda de cámara —afirmó Leboux.

—Se han producido repetidos ataques contra mi vida por parte de aquellos que lo intentaron el otro día. Este disfraz es para no ser descubierto.

—¿Por qué no has venido a verme?

—He estado fuera de la ciudad desde la última vez que nos vimos —respondió Doyle, agradecido de poder decir algo cierto—. Me pareció que lo más seguro era abandonar Londres.

—¿Resultó así?

—Tal como ocurrieron las cosas, no. Mis perseguidores son implacables.

—¿Cuándo regresaste, Arthur?

—Anoche.

—¿Has ido a tu apartamento?

«Petrovitch», pensó Doyle. «Está enterado de la muerte de Petrovitch.»

—No he ido al apartamento, Claude. No lo consideré prudente. —Doyle esperó, con la expresión plácida que empleaba con los pacientes que no tenían salvación pero que no estaban en condiciones de recibir la noticia.

—El edificio ha sido arrasado por un incendio —le informó Leboux.

—¿Mi apartamento?

—Un siniestro total.

Doyle sacudió la cabeza. Otra vez el fuego. «No es difícil saber quién es el responsable», pensó Doyle. «El apartamento ha desaparecido.» No era la pérdida de las posesiones lo que le molestaba, pues ya las había dado por perdidas. Ahora se habían esfumado para siempre no solo todas las pruebas del asesinato de Petrovitch, sino también aquello que había destruido su casa. Le invadió la cólera.

—Claude, quiero pedirte una cosa —dijo Doyle—. En tu calidad de inspector.

—De acuerdo.

—¿Te suena el nombre de… Alexander Sparks?

Leboux miró el techo y frunció el entrecejo. Al cabo de un instante, sacudió la cabeza y sacó papel y lápiz.

—Repíteme el nombre.

Doyle se lo deletreó.

—Este es el hombre que me persigue. El que tú buscas. El hombre responsable de estos crímenes y quizá de muchos más.

—¿Y qué te lleva a creer que este es el hombre?

—Le descubrí persiguiéndome en tres ocasiones diferentes.

—¿Qué aspecto tiene?

—Nunca le he visto la cara. Siempre viste de negro. Y lleva una capa, una capa negra…

—¿Capa negra? ¿Qué lugares frecuenta?

—Nadie parece saberlo.

—¿Amistades?

Doyle se encogió de hombros.

—¿Algún otro delito reciente?

—Lo siento.

—¿Por casualidad no sabrás el número de sombrero que gasta? —estalló Leboux, con las mejillas arreboladas.

Doyle se echó hacia delante y bajó la voz.

—Tendrás que perdonar mi vaguedad, Claude. Es una figura esquiva, pero es muy probable que este hombre sea nada menos que la mente maestra que gobierna el mundo criminal londinense.

El inspector cerró la libreta y se movió incómodo en la silla.

—Arthur —dijo Leboux, midiendo las palabras como un impresor—. Eres médico. Vas camino de convertirte en uno de los pilares de la comunidad. Te lo diré como amigo: te equivocas si piensas conseguir esa posición recorriendo Inglaterra vestido como un criado e imaginando que un misterioso archicriminal pretende asesinarte.

—No me crees. No crees que he sido atacado.

—Creo que tú crees que te han atacado.

—¿Y qué me dices de aquello que descubrí en el suelo del 13 de Cheshire Street?

—Sí. Hice que el químico analizara la sustancia.

—Claude, no me dirás ahora que aquello no era sangre.

—Era sangre, desde luego. Al parecer es verdad que fuiste testigo de un asesinato.

—Ya te lo había dicho…

—El asesinato de un cerdo.

Se produjo un silencio. Leboux se inclinó hacia delante en la silla.

—Era sangre de cerdo, Arthur.

—¿Sangre de cerdo? No es posible.

—Quizá alguien se apresuró a cortar el asado —añadió Leboux—. Un poco crudo para mi gusto.

¿Qué significaba esto?

Doyle acercó la mano al chichón.

—No te vendría nada mal un buen trozo de carne cruda para el huevo de la frente —comentó Leboux.

—Perdóname, Claude. Estoy un tanto confuso. Estos últimos días han sido muy duros.

—No me cabe la menor duda.

Leboux cruzó los brazos y le dirigió una mirada que tenía más de inspector de policía que de buen amigo. Al notar la intensidad del escrutinio de Leboux, Doyle se sintió empujado hacia una parte menos robusta de la rama de la cual colgaba en precario.

—John Sparks —susurró.

—¿Perdón?

—John Sparks.

—¿Alguna relación con el otro caballero?

—Hermano.

—¿Y qué pasa con John Sparks?

—¿Te suena el nombre?

—Quizá —respondió Leboux tras una pausa.

—Me dijo que está al servicio de la reina —murmuró Doyle.

Esto dejó a Leboux momentáneamente sorprendido.

—¿Qué se supone que debo hacer con esta información?

—Quizá podrías comprobarla.

—¿Qué más puedes decirme de John Sparks? —La discreta pregunta de Leboux era casi una petición de que Doyle cooperara con él.

—Es todo lo que sé —contestó Doyle, vacilante.

Cruzaron una mirada. Doyle sintió que el vínculo con Leboux estaba a punto de romperse; durante un buen rato no hubo indicación de si resistiría. Por fin, Leboux abrió la libreta y escribió el nombre de Sparks. Después se levantó.

—Te recomiendo encarecidamente que no salgas de Londres.

—Entonces, ¿puedo irme?

—Sí. Necesito saber dónde poder encontrarte.

—Déjame recado en el hospital de San Bartolomé. Iré allí cada día.

—No dejes de hacerlo. —Leboux se detuvo para darle una opinión más ponderada—. No creo que el juego sea el fondo de tus problemas, Arthur; me parece que no estás bien. Yo en tu lugar buscaría el diagnóstico de un médico. Quizá incluso los servicios de un alienista.

«Fantástico», pensó Doyle. «No cree que sea un criminal, solo me toma por loco.»

—Te agradezco tu interés —dijo Doyle humildemente, dispuesto a no ofenderle.

Leboux abrió la puerta y vaciló, sin mirar atrás.

—¿Necesitas un sitio donde alojarte?

—Ya me las arreglaré, no te preocupes.

Leboux asintió y dirigió sus pasos hacia el exterior.

—Un nombre más, Claude. El señor Bodger Nuggins.

—¿Bodger Nuggins?

—Un púgil. Estaba en la partida de dados, pero al parecer no le arrestaron con los demás.

—¿Qué pasa con Bodger Nuggins?

—Sé de buena tinta que el hombre es un convicto escapado de Newgate.

—Ya no lo es —afirmó Leboux.

—Perdona, no te entiendo.

—Sacamos al señor Bodger Nuggins del Támesis hace cosa de una hora.

—¿Ahogado?

—Le rajaron la garganta. Parecía como si le hubiese atacado un animal.

13

ARTEFACTOS ANTIGUOS

El camino desde la cárcel de Pentonville hasta el centro de Londres era muy largo para un hombre sin un ochavo en el bolsillo ni comida en el estómago. Doyle no había considerado prudente pedir a Leboux que soltara a Barry. Todavía estaba en Pentonville y quizá permaneciera allí durante un tiempo. Las cárceles no tenían secretos para Barry, y ahora algunos menos para él. Ya había faltado a la cita del mediodía con Sparks en Hatchard's Bookshop, y no se había atrevido a alquilar un coche sin la seguridad de poder pagar el servicio al final del trayecto. Ahora aquella esperanza se había esfumado. La carretera era fangosa y el tráfico escaso, y las ruedas le salpicaban cuando pasaba un carro. Desde los pescantes protegidos, los carreteros le miraban con suspicacia, desdén o, peor todavía, le traspasaban con los ojos sin verlo, como si fuese de vidrio. Doyle experimentó un sentimiento de simpatía hacia los desarraigados, compartiendo su desprecio por el decoro y la estrechez de miras de los burgueses urbanos. Estos ciudadanos de pro, sentados cómodamente en sus carruajes particulares que les transportaban de un sitio privilegiado a otro en una interminable rutina de compromisos sociales, almuerzos, compras y paseos con sus hijos repugnantes, constituían para los depauperados una especie tan ajena a ellos como la anguila eléctrica. Doyle se sorprendió al descubrir que tenía más simpatía innata por Barry, el ladrón del East End, que por estos burgueses que paseaban ante él por la calle. ¿Pero no eran estas prósperas personas los principales representantes de la sociedad civilizada, una clase media estable y creciente capaz de disfrutar de los productos del trabajo de la sociedad en paz y libertad? ¿No era este el público que él mismo tanto aspiraba a frecuentar, induciéndole a apreciar más la condición humana a través del contacto con sus propias habilidades médicas? ¡Qué obtusos eran! Con qué facilidad aceptaban los valores de la escuela, la Iglesia o las instituciones. La perspectiva de esforzarse para llegar a conmover los corazones de estos brutos insensibles encerrados en sus herméticos carruajes le pareció de pronto tan vacía e inútil como la codiciosa persecución de una vida cómoda y despreocupada por parte de ellos.

«La sociedad industrial impone un tributo terrible a sus feligreses», pensó Doyle. «¿Alguno de nosotros ha descubierto alguna vez cuán pocos de los sentimientos y las ideas son realmente nuestros? No, porque ¿cómo podríamos continuar repitiendo un día tras otro los mismos rituales anodinos, realizando las mismas acciones, si comprendiésemos la falta de significado? Una buena parte de nuestra capacidad para sobrevivir está determinada por la limitación consciente de nuestra mente y nuestros sentidos. Llevamos anteojeras como el percherón que tira del carro de la cerveza, espiamos el mundo a través de un catalejo, denegada y excluida la visión periférica, y no tenemos otra opción porque desde la cuna nos han dicho que esa estrechez de miras es obligatoria. Porque quitarnos las anteojeras significa enfrentarse al dolor, la angustia y la pena que ocultamos tan diligentemente de nuestra vista. Pero a nuestro alrededor la miseria permanece, constante, inmutable, como un pordiosero sin piernas a un lado de la carretera. El sufrimiento debe ser la tarifa inevitable cobrada al espíritu por residir en el ser humano. No es de extrañar que la tragedia empuñe el único martillo capaz de rajar la dura burbuja de complacencia que construimos alrededor de nuestras vidas modestas, ocultando a nuestra mirada las furias que recorren los caminos oscuros de la noche. Guerra, hambruna, cataclismos. Esto es lo que hace falta para arrancarnos de ese sueño. El terror y la pérdida repentina de todo lo que tienes también sirve. Doy fe. No hay duda de que ahora puedo ver con toda claridad.»

¿Era esta pérdida tan catastrófica? Doyle le dio vueltas a la cuestión con tanto cuidado como si estuviese asando un faisán. Ahora podía tener hambre, pero sabía muy bien que no moriría de inanición; no tardaría en encontrar comida en algún punto del camino, y el hambre solo la haría más deliciosa. Había perdido la casa y las posesiones, pero levantaría otra casa y reemplazaría las posesiones con otras nuevas. Tenía inteligencia, fuerza, juventud, buenas botas, ropa que le cubría, y el coraje de sus convicciones. Tenía un adversario imponente contra el que medir la propia valía, y en Jack Sparks un camarada de armas que estaría a su lado y junto con el cual se enfrentaría a todas las dificultades. ¿Qué más podía pedir?

«Si uno pudiese permanecer siempre tan consciente como en este momento…», pensó Doyle. ¿Había tropezado por azar con el secreto de la paz espiritual? La cosa consistía en saber que las circunstancias de la vida no deben dictar nuestra manera de vivirla; la decisión reside solo en la reacción ante las circunstancias. Y debemos ser capaces de controlar esa reacción. ¡La mente, todo comenzaba en la mente! ¡Qué extraordinariamente simple! Una sensación de libertad más intensa de la que había experimentado en toda su vida le dio nuevos bríos. Avivó el paso y recuperó el ánimo. La carretera era una invitación al descubrimiento, no al desastre. Afrontaría las vicisitudes y superaría los peligros del camino con ecuanimidad y fortaleza. ¡Maldita sea la Hermandad Oscura! ¡Que el degenerado Alexander Sparks intente lo peor! ¡Él se encargaría de enviarles al infierno como se merecían!

Una carreta atravesó a gran velocidad un charco, y el agua caló a Doyle hasta los huesos. Lamparones de barro le cubrían la frente. El agua le corría por la espalda y se le metía en las botas. Una súbita racha de viento le dejó helado. Comenzó a llover, y las gotas parecían aguijones que se clavaran en la piel. Estornudó. Su valentía recién descubierta se esfumó como un sueño.

—¡Esto es un infierno! —gritó desconsolado.

Un coche se detuvo a su lado. Larry iba sentado en el pescante. Sparks abrió la portezuela de la cabina.

—Venga, Doyle, va a pillar una pulmonía como siga mojándose.

¡Salvado!

Larry vació una olla de agua hirviendo en la palangana donde Doyle tomaba un baño de pies. Este permanecía sentado y envuelto en una manta, temblando como un flan, con un emplasto caliente en el chichón de la frente. Larry dejó la olla sobre el pequeño fuego de carbón; de la pantalla de la chimenea colgaban las prendas de Doyle. Se encontraban en una mísera habitación del hotel Holbom, un establecimiento tan humilde que a su lado el hotel Melwyn parecía el Savoy.

—Doyle, no fue muy buena idea buscar al inspector Leboux. ¡Y por segunda vez! —dijo Sparks, estirado en el único sofá, entretenido en formar una cuna con un trozo de cordel.

—Yo estaba en la cárcel, en posesión de lo que creía información vital para nuestra causa. Teníamos una cita a mediodía. Consideré que era mi obligación buscar la manera más rápida de salir —replicó Doyle, irritado, sacudido por los escalofríos y de muy mal humor.

—No habríamos tardado nada en sacarle.

—¿Sacarme? ¿Cómo? ¡Atchís!

—Salud. Ahora saben que estamos otra vez en Londres —añadió Sparks, jugando con el cordel, sin hacer caso de la pregunta de Doyle—. Una considerable desventaja. Tendremos que movernos mucho más deprisa de lo que pensaba.

—¿Y cómo descubrirán que estamos en Londres? Confío en Leboux, y me atrevería a decir que lo conozco mucho mejor que a usted.

—Doyle, hiere usted mis sentimientos, se lo digo de veras —afirmó Sparks, tendiendo la cuna para solicitar el uso de las manos de Doyle.

Doyle extendió las manos de mala gana, y Sparks pasó el cordel con mucha habilidad alrededor de sus dedos.

—¿Cómo pueden llegar a saberlo, Jack?

—Usted pasó dos horas encerrado con lo mejorcito de la escoria londinense y montó todo un espectáculo para comprar su libertad. Sin duda Alexander tiene a todos los malhechores con los oídos atentos al sonido de nuestros pasos. ¿Acaso imagina que no se ha filtrado ni una sola palabra sobre su actuación?

Doyle estornudó y sorbió los mocos, desesperado por tener las manos ocupadas y no poder limpiarse la nariz.

—¿Y qué pasará con Barry? —preguntó Doyle.

—No tiene que preocuparse por Barry, caballero —contestó Larry, que, sentado muy orondo en un rincón, mojaba galletas de mantequilla en el té—. Se ha visto en situaciones mucho más difíciles. La poli todavía no ha encontrado al arquitecto capaz de diseñar una celda que pudiese encerrar al hermano B durante mucho tiempo.

—Su hermano no es muy hablador —comentó Doyle, quien por un momento deseó que Larry compartiera la misma cualidad.

—Barry cree más prudente mantenerse en silencio y quedar por tonto que abrir la boca y eliminar la duda —dijo Larry alegremente.

Sparks silbó *Rule Britannia* mientras hacía otro dibujo con el cordel entre los dedos.

—Al menos encontramos a Bodger Nuggins —dijo Doyle, a la defensiva—. Y conseguimos sacarle abundante información. Como mínimo reconozca el mérito.

—Humm. Yo diría que fue por los pelos.

—No puede hacerme responsable de su muerte.

—No, reconozco que hemos de darle las gracias a otro por el cometido. Una lástima. Justo antes de que Bodger pudiese decirnos qué propósito perseguían al enviar a aquellos convictos a Yorkshire.

Doyle estornudó con tanta fuerza que a punto estuvo de soltar el cordel de los dedos.

—Salud —exclamaron Larry y Sparks al unísono.

—Gracias. Jack, la última vez que vi a Nuggins los agentes le tenían bien sujeto. Al cabo de una hora lo encontraron flotando en el río. ¿Sugiere que la Policía ha tenido algo que ver en eso?

—¿Por qué piensa que insisto en advertirle que no debe hablar con ellos? —replicó Sparks, pacientemente.

—Lo cual supone que, además de dirigir un supuesto imperio criminal, su hermano tendría ciertas influencias en Scotland Yard.

—Así como la Luna no puede escapar de la atracción de la Tierra, los policías no son inmunes a su magnetismo.

—¿Qué pretende hacerme creer? ¿Que Lansdown Dilks, la Policía, los convictos escapados, el general Drummond, lady Nicholson y su hermano, la tierra del marido, su hermano, los capuchas grises y la Hermandad Oscura forman parte de una gran conspiración con un propósito desconocido?

—Me atrevería a decir que eso es algo que nunca se ha puesto en duda —dijo Sparks, muy atento a las complicaciones del juego con el cordel.

—Y la sangre de cerdo en Cheshire Street, ¿puedo preguntar qué le sugiere?

—Algo muy extraño, por cierto. Larry, muéstrale la foto al doctor Doyle.

—Como usted diga, señor.

Larry sacó una fotografía del bolsillo de la chaqueta y la sostuvo en alto para que Doyle la pudiera ver. Mostraba a una mujer bajando las escaleras de la salida trasera de un edificio en dirección a un carruaje negro que aparecía en la esquina inferior izquierda de la foto. Una mujer alta, de facciones enérgicas y pelo de un negro azabache. Doyle calculó que rondaría los treinta. No era atractiva en el sentido convencional, pero sí bien parecida y con un porte dominante. A pesar de que el rostro aparecía ligeramente borroso por el movimiento, la actitud era inconfundiblemente subrepticia y encubierta.

—¿Reconoce a esta mujer, Doyle?

Doyle estudió la foto con mucha atención.

—Tiene un cierto parecido con lady Nicholson, de hecho se le parece mucho, pero esta mujer es... más fuerte, y también más robusta. No es la misma mujer.

—Muy perspicaz —dijo Sparks.

—¿Dónde consiguió la fotografía?

—La hicimos nosotros, esta mañana.

—¿Cómo es posible?

—Todo lo que hace falta es buen ojo y un dedo flexible —respondió Larry. Le mostró la caja que Doyle había visto en poder de Sparks aquella mañana en el hotel.

—Una cámara. Qué ingenioso —afirmó Doyle, ansioso por examinarla aunque tenía los dedos enmarañados por el cordel.

—Sí —dijo Sparks, mientras hacía la última maniobra con el cordel—. Muy útil, si se tiene en cuenta que en aquel momento estábamos escondidos al otro lado de la salida posterior de la editorial propiedad de la familia de lady Nicholson en Russell Street.

—Pero ¿quién es esta mujer?

—Eso está por ver.

El agua de la olla comenzó a hervir. Sparks sacó los dedos del cordel para coger el recipiente, dejando a Doyle con un rígido tejido que le sujetaba las manos. Pero lo más enmarañado de aquella habitación era su embrollo mental.

—De acuerdo, pero ¿qué significa esto?
—Significa que tendrá que llevarnos a los más dotados médiums de Londres, Doyle, y que debe hacerlo de inmediato. ¿Cómo se siente?
—Fatal.
—¡Galeno, cúrese a sí mismo! —exclamó Sparks, volcando el agua caliente en la palangana de Doyle.

Envuelto en mantas, sudando la gripe que había pillado, Doyle durmió el resto de la tarde. Cuando despertó, febril y desorientado, descubrió que Sparks había salido. Larry estaba sentado junto a la cama con un bloc de dibujo y un carboncillo. Sparks le había pedido que consiguiera de Doyle una descripción de la médium que había presidido la sesión asesina en Cheshire Street y que la reprodujera en el papel. Trabajaron durante una hora —Larry dibujando, Doyle añadiendo y quitando detalles— y al final consiguieron un retrato satisfactorio de la horrible vidente picada de viruelas.
—He aquí una cara capaz de asustar a los muertos —opinó Larry al examinar el retrato terminado.
—Creo que nunca la olvidaré —afirmó Doyle.
—Pues entonces, doctor arriba y a por ellos —dijo Larry. Se guardó el dibujo en el bolsillo—. Veamos si podemos encontrar a esa guapa putita entre los vivos.
Doyle abandonó el lecho de enfermo, se vistió con ropa limpia y seca, y se cubrió con un grueso abrigo que le había conseguido Larry, a saber cómo y dónde. Mientras el sol se despedía, abandonaron el hotel en busca de la misteriosa médium.
—Seguiré su rumbo, caballero —anunció Larry, desde el pescante del cabriolé—. Usted es el que conoce la fauna y la flora local.
—¿Cómo propone que hagamos esto?
—Daremos vueltas, le mostraremos nuestro bonito dibujo a los brujos amigos suyos y rastreamos las pistas que puedan surgir.
—Hay un gran número de médiums en Londres, Larry. Esto podría llevarnos mucho tiempo —protestó Doyle, que se acurrucó en el asiento, con los músculos doloridos; deseaba con toda el alma poder estar otra vez en la cama.
—En el trabajo detectivesco no todo son ostras y cervezas. El meollo del asunto es gastar zapatos y tener siempre la mente despierta.

—Menudo oficio.

—Mejor que una patada en la cabeza con una bota helada. ¿La dirección, caballero? —preguntó Larry, parodiando la etiqueta del cochero.

Doyle le dio las señas de un médium bastante conocido, un punto de partida tan bueno como cualquier otro. Larry saludó con el sombrero, chasqueó el látigo y se alejaron en el crepúsculo neblinoso.

Los médiums tendían a ser seres nocturnos que preferían la luz de las velas y la luna al benéfico calor del sol, criaturas melancólicas más poseídas por sus raros talentos que poseedoras de los mismos. Si bien Doyle había encontrado en ocasiones algún respetable ciudadano al que le preocupaba tan poco la inexplicable presencia de sus peculiares dones como la de una rodilla muy flexible, los médiums eran generalmente seres vagos e insustanciales, con un pie plantado de mala manera a ambos lados de la gran línea divisoria. El don, tal como se manifestaba, parecía privarles de algo todavía más precioso: sentirse a gusto en el mundo de los vivos. Casi todos subsistían en una relativa pobreza, incapaces de encajar, aunque solo fuese de una forma rudimentaria, en los mecanismos de la sociedad. A pesar de la aberrante sensibilidad hacia otros reinos, que les hacía temibles e incluso indeseables para muchos, los practicantes eran tan inofensivos como las aspas de un molino, a merced de un viento caprichoso que no comprendían ni controlaban. En los contactos con esta gente, a Doyle siempre le habían parecido unas personas tristes y dignas de lástima, al menos hasta el encuentro con el monstruo de Cheshire Street. Había algo inquietante y malsano en la forma en que este había sonsacado a aquel espíritu *basso profundo.* Si bien muchos de los procedimientos que siguieron eran sofisticadas variaciones de la muy ensayada mecánica teatral, era un hecho indiscutible la presencia helada del mal en aquella habitación cuando se reveló el guía. Ella no había únicamente permitido que el espíritu maléfico penetrara en su cuerpo; lo había invitado. Obviamente, la mujer estaba dotada de una *force majeure extraordinaire,* la antítesis de lo divino.

Los primeros sujetos de sus investigaciones se comportaron de acuerdo con lo esperado. No, no conocían a la mujer, era la primera vez que veían esa cara, no tenían noticias de una nueva médium —a pesar de las trapisondas etéreas, el espiritismo era una actividad muy competitiva— que ofreciera sus servicios en el mercado local. De todos modos, estarían atentos. Esto era algo que podían hacer. Sin embargo, cuando les presionaron un poco, todos hablaron de un inquietante aumento de las pesadillas y visiones... Cosas confusas, atisbos fugaces que inspiraban un terror ciego, y después desaparecían antes de que la memoria pudiese capturar una impresión permanente. Cada uno de los cinco médiums describió experiencias curiosamente muy similares, que se negaron a discutir. Esto le hizo sospechar a Doyle que recordaban más de lo que estaban dispuestos a divulgar.

La sexta visita de la tarde la hicieron al apartamento del señor Spivey Quince. Doyle nunca tuvo la seguridad de si Spivey era un tramposo o un clarividente. A pesar de vivir recluido y de ser un experto hipocondríaco —el hecho de que este reclamara los conocimientos médicos de Doyle les había servido de presentación—, estaba al corriente de todo lo que pasaba en el mundo gracias a la lectura voraz de una docena diaria de periódicos. A diferencia de la mayoría de colegas, que necesitaban la mediación de un cónyuge o un sirviente para atender a las necesidades básicas de la vida diaria, Spivey era autosuficiente. Residía en un espléndido edificio de Mayfair, y un flujo continuo de jóvenes mandaderos le proporcionaba las mejores comidas, ropas y objetos —Spivey tenía crédito con todos los sastres famosos de la ciudad y había probado el menú de los más exquisitos restaurantes sin haber puesto nunca un pie en ninguno—, y si bien nunca salía de casa, Quince se las había arreglado para convertirse en una valiosa fuente de información sobre todos los aspectos de la vida social de Londres.

A la vista de que no había un letrero que anunciara sus actividades, y que tampoco parecía tener una clientela que reclamara su atención, los métodos de Spivey para vivir por todo lo alto fueron para Doyle un misterio total durante años, hasta que una vez descubrió que uno de los mozos de Spivey salía de un local de apuestas al día siguiente del derby de Epson, cargado con una bolsa repleta de dinero. En la siguiente visita profesional al apartamento de Spivey —para atender al último de sus cada vez más complicados males imaginarios— Doyle observó que, entre las altísimas pilas de periódicos que Quince mantenía muy bien ordenadas en la sala de estar, había dos dedicadas exclusivamente a ejemplares viejos de

Racing Form. Por fin quedó clara la fuente de la fortuna secreta de Spivey. Pero no estaba tan claro si el hombre era un genio a la hora de escoger ganadores o si lo hacía merced a un legítimo poder paranormal.

Doyle le pidió a Larry que permaneciera en el coche, conocedor de que Spivey se sentiría tan trastornado por la sorpresiva aparición de Doyle que no toleraría la presencia de otro extraño que no llevara el pertinente certificado de salud debidamente firmado y sellado. Quince abrió la puerta en persona —no tenía criados, pues la sobriedad era otra de las bases de su riqueza—, vestido con el habitual pijama de seda roja con sus iniciales, bata a juego y zapatillas recamadas. A pesar de que los armarios estaban llenos a reventar de prendas de última moda, Doyle nunca le había visto ataviado con otro conjunto que no fuese este de criado de burdel.

—Vaya, pero si es el doctor Doyle —dijo el delgado Quince abriendo la puerta solo una rendija—. ¡No recuerdo haberle mandado llamar!

—No lo ha hecho, Spivey —replicó Doyle.

—¡Alabado sea Dios! Por un momento pensé que sufría los efectos de una fiebre delirante, ya sabe, una de esas cosas tropicales, amazónicas, que se tratan con dosis masivas de quinina. ¿Ocurre algo malo? ¿Estoy enfermo?

—No, su aspecto es excelente, Spivey…

Una tos de proporciones tuberculosas estalló procedente de las profundidades del pecho de Spivey.

—Ahí tiene, ¿lo ve? Lo he presentido durante todo el día. No podía haber llegado en un momento más oportuno —afirmó Quince, en cuanto se hubo recuperado. Miró con desconfianza la niebla—. Es el cambio de tiempo, sin duda. Un tiempo como este inmediatamente después de una inesperada ola de calor es capaz de matarme. Pase, pase, espero que haya traído toda la farmacopea. Sabe Dios lo que acabará por diagnosticarme.

Cuando hubo entrado, Doyle se quitó el sombrero y el abrigo, pues conocía la repugnancia de Spivey a tocar cualquier cosa ajena.

—No he traído el maletín, Spivey. Se trata de una visita social y no médica —explicó Doyle, tratando de ocultar al máximo cualquier síntoma de la gripe; la máxima sospecha de contagio haría que Spivey lo declarara en cuarentena.

—Últimamente no duermo bien, ¿sabe?, y siempre soy mucho más susceptible cuando no consigo descansar —prosiguió Quince, sin hacer caso de las palabras de Doyle mientras cruzaban el vestíbulo.

—¿Pesadillas?

—Tremendas. Me producen ataques. Sin embargo, no consigo recordarlas. Hay un momento en el que estoy a punto de dormirme y de pronto me despierto bruscamente. Sin duda mi lasitud general contribuye a esta sensación de enfermedad inminente.

Quince guio a Doyle hasta la sala de estar-morgue repleta de periódicos. A pesar de que la habitación era grande y espaciosa, el mobiliario era escaso, gastado, con fundas en todos los brazos y respaldos. Excepto por los impresionantes monolitos de periódicos que oscurecían las paredes, la habitación parecía impecable. Hileras de frascos de medicamentos meticulosamente ordenados cubrían la mesa junto a la que se sentó Quince. Tuvo otro acceso de tos espasmódica y se aplastó el rebelde mechón rubio que amenazaba con caerle en la frente. Tenía buen color y se sentaba bien derecho. En todos los sentidos, Spivey Quince parecía la viva imagen de la salud.

—¿Ni siquiera ha traído el estetoscopio? —preguntó Quince, angustiado—. Siento una cosa suelta en el pecho cada vez que toso. Quizá está rota una costilla, o tal vez se esté formando un coágulo. Nunca se es lo bastante precavido. Y menos en enero.

—Yo no me preocuparía.

Quince escupió algo desagradable en un pañuelo, y después lo examinó como un párroco analizando la Biblia

—¿Qué opina de esto? —preguntó, ofreciéndole el pañuelo a Doyle.

—Coma más naranjas —contestó Doyle tras examinar el esputo con mirada de experto. Pensando que si vacilaba se vería inmerso en un purgatorio de diagnósticos, sacó el dibujo de la médium—. ¿Qué me puede decir de esto?

Quince no tocó el dibujo —casi nunca tocaba nada si podía evitarlo, al menos cuando no llevaba guantes, como ahora—, pero lo estudió atentamente. Doyle prefirió no decir quién era la mujer o por qué la buscaba; si Spivey tenía el don de la clarividencia, esta era la oportunidad de demostrar su valía.

—¿Quiere que lo interprete? —preguntó Spivey.

—Si es posible, sí.

Spivey continuó, con la mirada puesta en el dibujo. Una expresión somnolienta apareció en sus ojos.

—No está bien —afirmó Spivey al cabo de un rato, casi en un susurro—. No está bien.

—¿Qué no está bien, Spivey?

Un velo de energía nerviosa se había extendido sobre el semblante de Spivey; la piel tensa temblaba de energía latente. Los ojos se dilataron como los de una lechuza y seguidamente se convirtieron en puntos, como si hubiese invertido la visión. Doyle reconoció los síntomas del trance; ahora veía internamente.

«Lo ha hecho tan rápido como quien se pone la camisa», pensó Doyle. Quizá Spiver era auténtico, después de todo.

—¿Todavía puede oírme? —preguntó Doyle, tras una pausa adecuada.

Spivey asintió lentamente.

—¿Qué ve, Spivey?

—La luz del día…, un claro…, hay un niño.

«Más de lo que esperaba», pensó Doyle.

—¿Puede describirlo?

—No tiene pelo —contestó Spivey.

«¿Sin pelo? Esto no pinta bien.»

—¿Seguro que no es rubio?

—No tiene pelo. Ropas brillantes. Azules. Cerca de caballos.

Los caballos. Al parecer, Spivey no veía otra cosa que el hipódromo en los trances. Quizá el niño era un yóquey con la chaquetilla multicolor.

—¿Está… en las carreras?

—No. Hay una carretera curva en el exterior. Hombres de rojo.

Doyle pensó un momento.

—¿El palacio de Buckingham?

—Edificio alto. Césped. Portón de hierro.

«Parece que está describiendo los establos reales», se dijo Doyle.

—¿Qué hace el niño allí, Spivey?

Ninguna respuesta.

—¿Cuál es la importancia de este niño?

—La visión. Él ve.

«Fantástico. Con esto y un bizcocho hasta mañana a las ocho.»

—Muy interesante la información sobre el niño, Spivey. ¿Podría adivinar también alguna cosa referente a la mujer?

—¿Una galleta? —preguntó Spivey, frunciendo el entrecejo.

—¿Una galleta?

«Lo ha sacado directamente de mi cabeza, ¿no?», pensó Doyle, sorprendido.

—Una lata de galletas.

Algo había a propósito de una lata de galletas. Sí, ahora lo recordaba: en la sesión, en un rincón de la escena que representaba al niño; un cilindro con las letras CUI. Desde luego, eso era una lata de galletas. «Pero ¿de dónde saca Spivey la información? ¿De la nada o de mi memoria imperfecta?»

—¿Por casualidad no sabrá cuál es la marca de las galletas?

—Mother's Own.

Esto sí que era una ayuda providencial. Mother's Own Biscuits. Apenas podía esperar a decirle a Sparks que él solo había resuelto el caso.

—¿Alguna cosa más aparte de la lata de galletas, Spivey?

—No se ve —replicó Spivey, sacudiendo la cabeza—. Hay alguna cosa que se entromete.

—¿Qué se entromete?

Quince comenzaba a tener dificultades con la «visión».

—Una sombra. Muy grande.

Curioso. No era la primera persona que empleaba aquella misma frase. De pronto Spivey tendió una mano y le arrebató el dibujo a Doyle. En cuanto lo hubo cogido, su cuerpo comenzó a sacudirse y a temblar como si el papel estuviese electrificado. Doyle casi esperaba ver salir humo de las orejas de Spivey. No quería tocar al hombre por miedo a ser afectado por la peligrosa energía.

—¡El pasaje! ¡Cerrad el pasaje! —chilló Spivey, aterrorizado—. ¡No le dejéis pasar! ¡El trono! ¡El trono!

«Ya está bien», pensó Doyle, y agarró el dibujo. Le pareció notar algo así como un zumbido insistente latiendo en el papel. Spivey lo sujetaba con fuerza, y al intentar Doyle quitárselo de un tirón, el papel se hizo pedazos. Esto pareció interrumpir la corriente. Spivey abrió la mano y los restos del dibujo cayeron al suelo. Quince se derrumbó en la silla. Su visión se aclaró lentamente. Aún se estremecía y tenía la frente perlada de sudor.

—¿Qué ha pasado? —preguntó Spivey.

—¿No lo recuerda?

Spivey sacudió la cabeza. Doyle se lo dijo.

—Algo vino hacia mí saliendo de la imagen de esa mujer —afirmó Spivey, mirando las manos temblorosas—. Algo que me hizo sentir muy enfermo.

—En este momento no tiene muy buen aspecto —reconoció Doyle, por una vez.

—Dios mío, me siento fatal. ¿No puede darme alguna cosa? Tengo los nervios deshechos.

Consciente de haber incitado a Spivey a caer en ese estado, Doyle estudió el muestrario de medicamentos alineado sobre la mesa y preparó un compuesto que quizá le aliviaría el malestar. Spivey aceptó la pócima sin rechistar.

—Este es el motivo por el que prefiero no salir —manifestó Spivey con voz suave, intentando recuperar el aliento y dominar los temblores—. Nunca se sabe lo que podría encontrar en la calle. Es como un río salvaje. Aguas turbulentas. Rocas y remolinos. No podría sobrevivir desprotegido. Mi mente no podría soportar el esfuerzo.

Parecía muy sensato. Doyle experimentó una oleada de simpatía por el hombre. «Es tan incapaz de controlarse como un molinete. Cualquier vibración puede moverle. Menudo problema. Creo que si yo estuviese en su situación tampoco querría salir de mi casa», pensó Doyle.

—Mi padre quería que fuese médico —añadió Spivey, con voz agitada—. Él era cirujano y había planeado que siguiera sus pasos. Cuando yo era niño, me llevó al hospital. La primera vez que entré en una sala…

—Continúe —dijo Doyle.

—¿Cómo podía explicarle a mi padre el horror que sentí? —prosiguió Spivey, a punto de echarse a llorar—. Descubrí que podía ver las enfermedades de los pacientes. Podía ver… a aquella gente… cubierta con… las pústulas del mal… floreciendo en los cuerpos… como hierbajos consumiendo el paisaje, podía ver las enfermedades… avanzando poco a poco…, comiéndoles vivos. Me desmayé. No podía explicarle la razón. Le rogué que nunca más me llevara a aquel lugar. ¿Qué pasaría si se me contagiaba alguna enfermedad?

¿Tendría que soportar ver con mis propios ojos cómo la excrecencia devoraba lentamente mi carne? Me hubiese vuelto loco. Antes hubiese preferido acabar con mi propia vida.

—Lo comprendo, Spivey.

«Sombras de Andrew Jackson Davis, el místico de los Apalaches», pensó Doyle. «Spivey tiene el don, sí, señor, y es demasiado para él, pobre tipo. Nunca más tomaré a la ligera las quejas de este hipocondríaco.» Después de pedir mil y una disculpas, se dirigió hacia la salida.

—Por favor, ¿podría llevarse eso, doctor? —preguntó Spivey. Señaló sin fuerzas los restos del dibujo en el suelo—. Si no le importa, no quiero tenerlo en mi casa.

—Desde luego, Spivey. No hay problema.

Doyle recogió los trozos de papel y los guardó en el bolsillo. Dejó al trastornado Spivey Quince reclinado en la butaca, la mano izquierda apoyada en el corazón y el dorso de la derecha tocando ligeramente la frente.

—Un chico calvo vestido con colores brillantes que ronda por las cuadras reales. Espero que no haya tenido que pagar demasiado por esta perla. Y encima mi precioso dibujo hecho pedazos.

—Conozco a Quince desde hace tres años, Larry —afirmó Doyle—. Algo me dice que valdría la pena investigar la información.

—Mother's Own Biscuits, vaya. ¿Sabe cuál es el problema? El tipo tiene hambre. Necesita salir más. Tiene galletas en la azotea. ¿Qué hora es, caballero?

—Las nueve y cuarto.

—Muy bien. El señor Sparks quiere que estemos en su piso a las diez.

Era la primera vez que Doyle oía mencionar un domicilio en Londres.

—¿Dónde está el piso?

—Montague Street, paralela a Russell.

Larry fustigó al caballo y condujo el cabriolé hacia el este por Oxford hasta una dirección en Montague, enfrente mismo del Museo Británico; el número 26, una casa georgiana encalada y bien cuidada, pero por lo demás anodina. Dejaron el coche en el establo de atrás y entraron. Doyle siguió a Larry por unas escaleras estrechas.

—Pasa, Larry, y haz entrar también al doctor Doyle —gritó Sparks desde el otro lado de la puerta, sin darles tiempo a llamar.

Entraron. No se veía a Sparks por ninguna parte; la única presencia humana era un clérigo presbiteriano de mediana edad, regordete y de mejillas coloradas. Estaba sentado en un taburete alto realizando un experimento químico en una larga mesa de laboratorio llena de extraños aparatos.

—Polvo de carbonilla en los dedos; no dudo que me contará algo interesante —dijo la voz de Sparks a través de la boca del ministro.

«Si uno no estuviese al tanto de su maestría para el disfraz —pensó Doyle—, la única explicación posible sería la posesión demoníaca.» Refirió a Sparks los detalles de la visita a Spivey Quince.

—Algo eminentemente digno de investigar —proclamó con entusiasmo Sparks.

Doyle reprimió el impulso orgulloso de avergonzar a Larry con una mirada y echó una ojeada a la habitación. Las cortinas estaban echadas —Doyle dudaba de que alguna vez las descorrieran, dado el olor almizcleño del aire— y toda la superficie de pared disponible aparecía recubierta de estanterías colmadas de libros. Una pila de archivadores ocupaba un rincón. Por encima de ellos había una diana de cáñamo con las letras VR marcadas con agujeros de bala. Victoria Regina. Una devoción un tanto extraña por parte de Sparks, pero desde luego un tributo. El mapa de Londres más grande que Doyle hubiese visto jamás, marcado con una infinidad de chinchetas rojas y azules, cubría la pared detrás de la mesa de laboratorio.

—¿Qué significan todas esas chinchetas? —preguntó Doyle.

—El mal —contestó Sparks—. Esquemas. Por lo general los criminales son torpes y tienden a ritualizar sus vidas. Cuanto mayor es la inteligencia, más impredecible el comportamiento.

—El tablero del diablo —apuntó Larry—. Así es como lo llamamos.

Una vitrina alta con puertas de cristal situada en el rincón atrajo la atención de Doyle. Exhibía una amplia colección de armas antiguas o exóticas, desde dagas de la Edad de Piedra y mosquetes de pedernal a un puñado de estrellas octogonales de plata.

—¿Ve alguna cosa preferible a su revólver? —preguntó Sparks.

—Confío en lo conocido —respondió Doyle—. ¿Qué son estos pequeños chismes de plata?

—*Shinzaku.* Estrellas arrojadizas japonesas. Absolutamente letales. Matan en cuestión de segundos.

Doyle abrió la vitrina y cogió una de las estrellas. Estaba hecha artesanalmente en acero, y presentaba las puntas serradas como anzuelos muy finos y afilados. Pesaba tan poco como un abridor de ostras.

—Aunque pueda ser un arma perversa, Jack, no parece peligrosa.

—Desde luego. Primero hay que mojarlas en veneno.

—Ah.

—¿Quiere llevarse unas cuantas? Son muy fáciles de ocultar. Solo tiene que tener cuidado de no pincharse.

—No, muchas gracias —contestó Doyle; devolvió la estrella a su lugar, con mucho cuidado.

—He coleccionado estas maravillas por todo el mundo. Si el hombre pudiese aplicar la mitad del ingenio que demuestra en la creación de armas a fines más nobles, no habría límites a sus logros.

—Quizá todavía hay esperanzas para el muy canalla —opinó Larry, que liaba un cigarrillo, sentado en una esquina de la mesa.

—¿Qué hay en los archivadores? —quiso saber Doyle.

—Es evidente que mis secretos no están seguros estando usted en la habitación —protestó Sparks, con un guiño a Larry.

—Ese es el cerebro —informó Larry.

—¿El cerebro?

—En el interior se encuentra el compendio detallado de todos los criminales conocidos en Londres —dijo Sparks.

—¿Los antecedentes delictivos?

—Y mucho más. Edad, fecha y lugar de nacimiento, historia familiar, estudios, antecedentes delictivos, formas de actuar, cómplices conocidos, compañeros de celda, de cama, y domicilios; descripción física, alias, arrestos, condenas y tiempo cumplido —añadió Sparks, sin interrumpir el experimento de química—. No encontrará una información más enciclopédica para la persecución y detención de malhechores en Scotland Yard ni posiblemente en ningún otro departamento de policía del mundo.

—Sin duda la Policía tiene algo parecido.

—Todavía no se les ha ocurrido. Luchar contra el crimen es tanto un arte como una ciencia. Ellos lo consideran un trabajo rutinario. Adelante, eche una mirada.

Doyle abrió al azar uno de los doce archivadores; estaba lleno de tarjetas ordenadas alfabéticamente. Al sacar una le sorprendió ver que estaba escrita a mano en una especie de jerigonza ilegible.

—¿Pero cómo puede leer esto? —preguntó Doyle.

—Una información tan confidencial como esta necesita un código. No es prudente que cualquiera pueda beneficiarse de ella, ¿verdad?

Doyle estudió la tarjeta desde todos los ángulos. El método de cifrado superaba los límites de sus conocimientos en cuestión de códigos.

—Supongo que se trata de una clave de su propia invención —comentó.

—Una amalgama aleatoria de fórmulas matemáticas, urdú, sánscrito y una oscura variante del finés-húngaro.

—O sea que es ilegible para cualquiera que no sea usted.

—Eso es lo que se pretende, Doyle. No es una biblioteca pública.

—¿Qué es lo que dice aquí? —preguntó Doyle. Levantó la tarjeta para que Sparks pudiese verla.

—Jimmy Malone. Nacido en Dublín, en 1855. Sin estudios. El menor de cinco hermanos; padre minero, madre sirvienta. Buscado en Irlanda por asalto y bandolerismo. Formó parte con sus hermanos de la banda de los Rosties y Fins, en el condado de Cork. Emigró a Gran Bretaña en 1876. Primer arresto en Londres; asalto, en enero de 1878. Cumplió dos años y seis meses en Newgate. Salió como criminal encallecido y comenzó a robar por su cuenta. Arma favorita, el garrote con púas. Sospechoso al menos de un asesinato no aclarado. Último domicilio conocido: East End, confluencia de Adler Street con Greenfield Road. Un metro setenta, ochenta y cuatro kilos, ojos verdes, pelo rubio ralo, barba de chivo. Vicios: el juego, la bebida y las prostitutas; en otras palabras, todo. También conocido como Jimmy Muldoon o Jimmy el Garfio.

—Capto la idea —afirmó Doyle, devolviendo la tarjeta a su sitio.

—Ese Jimmy —se rio Larry, sacudiendo la cabeza—. Menudo pájaro más tonto

—¿No le preocupa la posibilidad de que algún día se despierte y descubra que ha olvidado la clave para descifrar todo esto?

—Si me ocurriese alguna cosa irremediable, la clave está guardada en una caja de seguridad en el Lloyd's de Londres, junto con la orden de entregar los archivos a la Policía —respondió Sparks, que volcó el contenido humeante de un tubo de ensayo en una probeta—. Aunque dudo que los vayan a utilizar como es debido.

—¿Y no ha pensado en el riesgo de que entren aquí y se lo lleven?

—Abra aquella puerta —le pidió Sparks, las manos ocupadas, señalando la puerta opuesta con un movimiento de cabeza.

—¿A qué se refiere?

—Ábrala.

—¿Esta de aquí?

—Esa misma —dijo Sparks—. Ábrala.

Doyle se encogió de hombros y tiró del pomo. En el último instante antes de cerrar la puerta violentamente, Doyle se sintió sobrecogido por la impresión de un par de ojos enloquecidos, con aureolas rojas, una lengua bañada en espuma y unos enormes dientes caninos que buscaban su garganta.

—¡Dios bendito! —jadeó Doyle, con la espalda apretada contra la puerta, para contener a la bestia infernal que acechaba al otro lado. Para mayor escarnio, Larry y Sparks se reían a mandíbula batiente a su costa.

—Si pudiera verse la cara... —exclamó Larry, sujetándose con los brazos la barriga sin dejar de reír.

—¿Qué demonios era aquello? —preguntó Doyle.

—La respuesta a su pregunta —contestó Sparks. Se llevó dos dedos a la boca y soltó dos silbidos agudos—. Ahora puede abrir la puerta.

—¿Está seguro?

—Abra sin miedo. He dado la señal; es totalmente inofensivo.

Doyle se apartó vacilante de la puerta, la abrió un poco y se ocultó detrás cuando una colosal masa de músculos caninos negros y blancos se deslizó por la brecha. El perro tenía la cabeza grande como un melón, orejas largas y caídas, y un morro impresionante. Un collar de cuero tachonado le rodeaba el cuello. Se detuvo en el umbral y miró al amo esperando sus órdenes.

—Buen chico, Zeus —dijo Sparks—. Dile hola al doctor Doyle.

Obediente, Zeus buscó a Doyle detrás de la puerta, se sentó a su lado, con la cabeza muy por encima de la cintura del hombre, le miró con ojos alertas e inteligentes, y le ofreció una pata en señal de saludo.

—Vamos, doctor —le animó Larry—. Se mosqueará si rehúsa la mano de la amistad.

Doyle cogió la pata del perro y la sacudió. Zeus bajó la pata satisfecho y miró otra vez a Sparks.

—Ahora que ya os conocéis, Zeus, ¿por qué no le das un beso a Doyle?

—No creo que sea necesario, Jack...

Pero Zeus ya se había alzado sobre las patas traseras, en perfecto equilibrio, y miraba a Doyle a los ojos. Apoyó las patas delanteras sobre los hombros de Doyle y le sujetó suavemente contra la pared. Entonces, meneó la cola, sacó la lengua y lamió cariñosamente las mejillas y las orejas de Doyle.

—Zeus, bonito —dijo Doyle, sin mucho entusiasmo—. Perrito, perrito.

—Yo no le hablaría así, doctor —le advirtió Larry—. Frases completas, la gramática adecuada. De lo contrario pensará que le toma el pelo.

—Faltaría más —replicó Doyle—. Ya está bien, Zeus.

Al oír las palabras de Doyle, Zeus se sentó nuevamente a los pies del doctor y miró a Sparks.

—Como podrá suponer, no hay posibilidad alguna de que me roben teniendo a Zeus de vigilante —afirmó Sparks, que acabó el experimento con un floreo. Distribuyó el contenido de la redoma en tres frascos con la ayuda de un embudo y los puso a enfriar en un estante.

«Es un perro magnífico e impresionante», pensó Doyle mientras rascaba a Zeus detrás de las orejas.

—El perro es una noble criatura —comentó Sparks—. Ningún otro animal renuncia con tanto agrado a la libertad para servir al hombre, una devoción que no pueden igualar los hipócritas custodios de la fe humana.

—Actúan mejor si les das de comer —apuntó Doyle.

—También damos de comer a nuestros vicarios y obispos, y nunca he conocido a ninguno dispuesto a dar la vida por salvar la de otro.

Doyle asintió. Al mirar alrededor le sorprendió la falta de comodidades de la habitación. Ni siquiera había dónde sentarse excepto el taburete junto a la mesa.

—¿Es esta su casa, Jack?

Jack se secó las manos en una toalla y comenzó a quitarse el maquillaje que le había prestado una falsa identidad, depositando un juego de cejas blancas sobre la mesa.

—De vez en cuando duermo aquí y, como habrá imaginado, lo utilizo como base de operaciones. La respuesta meditada es que me considero un ciudadano del mundo y por tanto estoy en mi casa allí donde me encuentro, o sea que no tengo una casa propiamente dicha. No he tenido ninguna desde que mi hermano convirtió en cenizas el único lugar al que llamaba mi casa. ¿Le satisface la respuesta?

—Totalmente.

—Bien. —Sparks se quitó el cuello de clérigo, se desabrochó la chaqueta y sacó el acolchado que simulaba la abultada panza—. Si le interesa saber de dónde provienen todos estos adminículos, venga conmigo.

Doyle siguió a Sparks al interior de la habitación donde había estado Zeus. Las paredes aparecían totalmente cubiertas de percheros donde colgaba gran cantidad de prendas tan variadas como para mantener a una compañía de revista durante un año. En una mesa de maquillaje rodeada de luces había todos los potes y pinceles del arte cosmético. Un jurado de cabezas de madera sin rostro que exhibían un muestrario de pelucas y barbas ocupaba un rincón. Había pilas de cajas de sombreros, cajones de accesorios, carteras con centenares de documentos de identidad falsos, y todo un arsenal de acolchados para moldear a placer la silueta. Una máquina de coser, piezas de tela y un maniquí de sastre —vestido con la cazadora de botones de bronce de un oficial de los Fusileros Reales— sugerían que la procedencia de este amplísimo vestuario era exclusivamente artesanal. Sparks podía entrar en esta habitación y salir convertido en cualquier otro hombre o incluso en una mujer, si era necesario.

—¿Lo ha hecho todo usted? —preguntó Doyle.

—No dediqué todas mis temporadas en el oficio teatral al ocio y la disipación —respondió Sparks, mientras colgaba la chaqueta de clérigo—. Si me perdona un momento, Doyle, me voy a cambiar.

Doyle regresó a la otra habitación, donde Larry daba a Zeus una abundante ración de huesos del caldo, que el perro partía y masticaba encantado.

—Sorprendente —comentó Doyle.

—Caballero, yo en su lugar me sentiría honrado. Que yo sepa, es la primera vez que ha traído aquí a un extraño. Era un territorio prohibido y por muy buenas razones.

—Perdone mi ignorancia, Larry, pero ¿Jack es muy conocido en Londres?

Larry dio una larga calada al cigarrillo antes de contestar.

—Le puedo decir, como respuesta, que hay tres clases de personas que entran en clasificaciones diferentes. Hay personas que nunca han oído hablar de Jack: la mayoría de los londinenses, tipos decentes que se ocupan de sus asuntos y no saben ni jota de ese sumidero oculto llamado mundo del crimen. El segundo grupo lo forman unas pocas personas muy afortunadas que han tenido la suerte de beneficiarse del trabajo que el señor Jack ha hecho en su favor. Se trata de un número escaso, puesto que sus esfuerzos se dedican al servicio secreto del Gobierno, aunque en ocasiones también han llegado al denominado sector privado. Nos queda la tercera categoría, la de los ladrones, bandidos, asesinos y estafadores, que en virtud de sus vicios gozan de una gran intimidad con el señor Sparks. Su nombre resuena en estos corazones como las campanadas del destino. Este grupo es mucho más numeroso y diligente de lo que a las otras dos categorías les gustaría creer. También pertenecen al tipo de personas que usted, en su vida como médico respetable y dicho sea en su honor, conoce menos. Por lo tanto, comprendo muy bien que pregunte.

Larry le dio el último hueso a Zeus y le rascó la cabeza.

—Precisamente, esa es la categoría a la que mi hermano Barry y yo pertenecimos una vez, y no hace tanto. No es algo para enorgullecerse, pero así son las cosas.

—Si me permite la pregunta, Larry, ¿cómo conoció a Jack?

—Desde luego, voy a satisfacer su curiosidad, señor. Y aprovecho la oportunidad para decir que uno de los grandes placeres de nuestro trabajo es poder conocer a caballeros tan dignos y valientes como usted.

Doyle intentó rechazar el cumplido con un ademán.

—Se lo digo de corazón, señor. La otra manera de encontrarme cara a cara con usted hubiese sido que usted regresara de improviso a casa mientras yo intentaba robarle, o que yo acudiera a usted en busca de auxilio médico a consecuencia de una herida sufrida en un crimen similar. Barry y yo éramos malos chicos, y a nadie se le puede echar la culpa salvo a nosotros mismos. Nuestro padre era un honesto trabajador ferroviario que se ocupó de nosotros lo mejor que pudo. Incluso a pesar de estar solo, en sus peores momentos era mejor que muchos de los que andan por ahí. A mi madre la mató el esfuerzo del doble parto, ¿sabe? Nuestra madre era de naturaleza muy delicada, según nos contó él. Mire, aquí tengo una fotografía de ella.

Larry sacó un camafeo del chaleco y abrió la tapa. En el interior había la foto de una mujer joven, con un peinado de veinte años antes. Aunque no era especialmente atractiva, ni siquiera la mala calidad de la foto podía borrar la luz traviesa en los ojos que tanto distinguía a los hijos.

—Era muy guapa.

—Se llamaba Louisa, Louisa May. La foto la sacaron en la luna de miel; un día y dos noches en Brighton. Papá hizo que los retrataran en el muelle. —Larry cerró y guardó el camafeo—. Louisa May tenía diecisiete años. Barry y yo nos encargamos de estropearle la fiesta aquel mismo año.

—No debe echarse la culpa de lo ocurrido.

—Uno se preocupa por estas cosas. He llegado a la conclusión de que Barry y yo sentíamos un deseo irrefrenable de nacer juntos en esta vida. Yo lo llamaría destino. Perdimos a nuestra madre, pero la vida es dura, penosa y llena de dificultades, y la nuestra no es una excepción. Nunca supimos si nuestro padre nos echó la culpa por la pérdida. Pero como él estaba siempre en los raíles y nuestros pobres parientes tenían penurias de sobra y no podían ocuparse de nosotros, no tardamos mucho en coger el mal camino. La escuela no podía retenernos. Un par de chicos avispados, rateros, así empezamos. Miles de veces me he preguntado: «Larry, ¿qué es lo que te ha inducido a ti y a tu hermano Barry a la vida de delincuente?». Tras años de pensarlo, lo atribuyo a los escaparates.

—¿Escaparates?

—Hubo un tiempo en que para saber qué vendían en una tienda tenías que entrar. Ahora pasas por delante de cualquier establecimiento mediano y toda la mercadería está expuesta ante tus ojos, y además siempre es lo mejor. La tentación, eso es. Mirar todos esos escaparates, ver todo ese botín y no poder tenerlo, es lo que nos empujó a la perdición. Cuando cumplimos los diez años, el atractivo de conseguir dinero por medio del hurto capturó nuestra imaginación. A partir de entonces nos dedicamos a practicar aquel oficio; hay pocos límites a lo que puede hacer una pareja de chicos voluntariosos con ciertos conocimientos y muchas ganas de prosperar en la ciudad que han escogido. Esto es, hasta que conocimos al maestro en persona.

—¿Cómo fue, Larry?

En cuanto acabó de masticar los huesos, Zeus dio un par de vueltas y se tendió debajo de la mesa. Con un gran bostezo, acomodó la cabezota sobre una pata y vigiló a Larry con un ojo por si acaso disponía de otros manjares.

—Ocurrió una madrugada, cerca de las tres. Era el turno de Barry en el pub, no mucho después del desgraciado encuentro con el pescadero. Nos habíamos dejado crecer la barba para ocultar la cicatriz. Yo había dado el golpe en una casa de Kensington y recogido una buena cantidad de objetos, estábamos otra vez en el piso muy felices (habíamos pasado unas cuantas semanas magras esperando que se curara el tajo de Barry) cuando la puerta se abrió de golpe y apareció ese hombre como la furia de Dios, un desconocido para nosotros, con un revólver en cada mano como señal de que las cosas iban en serio. Se había acabado el juego. No tiene sentido morir por un puñado de chucherías. No hay botín que valga la vida, ese era nuestro lema. Así que el caballero confisca nuestras mal habidas ganancias, como era de suponer, pero después nos endilga un discurso estrambótico. «Abandonad esta mísera vida criminal», nos dice. «Venid a trabajar para mí al servicio de la Corona o de lo contrario...» «O de lo contrario ¿qué?», preguntamos. «O de lo contrario vuestra fortuna irá a peor y el futuro pintará muy negro» (aunque no nos facilitó detalles sobre cómo sería eso). Barry y yo no cambiamos palabra, pero los dos pensamos que se trataba de un lunático y aceptamos volando el apaño. Le dejamos que se llevara el botín, y el hombre se fue pitando. Un ladrón que roba a otro ladrón. Riesgos del oficio. Hay montones de pisos en Londres, así que nos largamos de aquel agujero y nos instalamos al otro lado de la ciudad aquella misma tarde.

»Pasan cuatro días, y a la vista de que no aumenta nuestra riqueza, hacemos otro trabajo. Barry atraca a un platero (siempre ha tenido debilidad por la plata, muy útil con las damas) y no acaba de atravesar la puerta de nuestro nuevo hogar cuando aparece el susodicho vengador y se hace con la bolsa directamente de las manos de Barry. "Esta es vuestra segunda oportunidad", insiste el tipo. "Abandonad vuestra vida ilegal y seguidme, o el fin estará muy cerca." Ni siquiera espera la respuesta, coge el botín y se larga. Ahora Barry y yo nos quedamos mosqueados y acojonados. ¿Cómo es que nos la tiene jurada entre todos los ladrones de la ciudad? Si tan apto es para el despojo, ¿por qué no roba sus propias casas? ¿Qué quiere decir exactamente eso de que el fin está cerca, y cómo diablos vamos a poder evitar que el cabrito aparezca en la próxima casa?

»Así que se imponen medidas desesperadas para una situación desesperada. Nos ocultamos cuanto podemos. Vamos de aquí para allá como luciérnagas en una botella, cambiando de base: cuatro veces en una semana. Ni una palabra a nadie. Vigilamos como sabuesos si nos siguen, y no mangamos absolutamente nada. Pasan tres semanas, y hay que comer. Pensamos que ha desaparecido el peligro. Quizá el tipo vio a alguno de nosotros en el pub, y nos siguió a casa y así fue como nos rastreó. De modo que, para acabar con la negra, esta vez iremos juntos y no habrá más sorpresas desagradables. Escogimos nuestro objetivo con más cuidado que la lanceta del barbero. Nos colamos por un tubo de ventilación con mucha facilidad, listos para llenar la bolsa y echar a correr.

»Y allí está otra vez el sujeto aquel sentado en una silla, fresco como una lechuga, revólver en mano. Cazados como ratas. Y no solo eso, sino que esta vez ha traído un poli: está detrás de nosotros, listo para usar la porra y escuchar nuestras confesiones. "Esta es vuestra última oportunidad", nos dice el hombre como quien da los buenos días. Y conoce al dedillo nuestros nombres, el último domicilio y todos los demás lugares donde hemos estado.

»"Esta es la segunda vez en mi vida que baja la mano del destino y me abofetea de norte a sur. Este es el fin, Larry", me digo a mí mismo. "A la tercera va la vencida", le digo a mi hermano B, que por naturaleza es un poco más corto que un servidor. Resulta que de pronto tiene un súbito ataque de inteligencia. "Forastero", decimos, "usted nos ha impresionado: vamos a hacer todo lo posible para responder a la llamada de la virtud". El caballero demuestra que tiene palabra; hace una señal y el poli se larga sin ni siquiera darnos un toque de bastón. El forastero dice "seguidme, muchachos", y así salimos de la tienda de antigüedades en Portobello Road con el señor John Sparks, hace de eso seis años, concluyendo para siempre nuestra brillante carrera delictiva.

—¿Os amenazó con arrestaros?

—Hizo algo mejor que amenazarnos: nos convenció. Desde luego, tardamos meses en descubrir que el «poli» era uno de sus regulares disfrazado.

—¿Sus regulares?

—Es así como nos llama a todos los que trabajamos para él —explicó Larry, con modestia.

—¿Cuántos sois?

—Más que unos pocos, nunca bastantes, y tantos como son necesarios, según se mire.

—¿Todos antiguos delincuentes?

—Hay unos cuantos reclutas civiles. Está usted en buena compañía, si eso le preocupa.

—¿Les dijo de inmediato que trabajaba para la reina?

—Nos dijo muchas cosas importantes.

—Sí, ¿pero respecto a la reina, en concreto?

—No le servirá de nada intentar ser más listo que el jefe, se lo digo desde ya —bromeó Larry—. Transmigración, esta es la palabra exacta para lo que hace. Y no tienes más remedio que ceder.

—¿Qué trabajo es ese?

—Transmigrar. Sabe lo que significa, ¿no?

—¿La transformación del alma?

—¡Premio para el caballero! Y aquí estoy yo como testigo. Me hizo apreciar todas las cosas que no conocía por culpa de mi lamentable ignorancia. Ahora soy un asiduo del teatro y me siento en la platea como un señor. Escucho música. También me enseñó a leer correctamente. Se acabaron las noveluchas baratas. Disfruto de la literatura. Hay un tipo francés, Balzac, que me gusta mucho; escribe de la vida de una forma muy real. De la gente común y sus problemas.

—A mí también me gusta Balzac.

—Bueno, un día de estos ya charlaremos en serio sobre su obra. Esto es lo que hace el jefe; te incita a pensar. Tiene una manera de preguntar que te lleva hasta el próximo escalón. Trabajo duro.

Sorprende que haya tan pocos que pillen el hábito. Es aquí donde lo necesitas, aquí mismo. —Larry repicó los dedos en la cabeza—. ¿Quiere saber qué le debo al señor Sparks? Solo la vida. Solo la vida.

Larry guardó silencio para liar un cigarrillo, y aprovechó la pausa para disimular una emoción más profunda. En aquel instante Sparks salió de la habitación interior, vestido de negro como siempre. Zeus corrió hacia él para enseñarle la pata.

—Caballeros, debemos marcharnos —anunció Sparks, estrechando la pata de Zeus—. Es tarde y nos espera una larga noche de allanamientos y botines.

—Voy a buscar las herramientas —dijo Larry con entusiasmo mientras se dirigía a la puerta.

—Todo por la causa, Doyle —afirmó Sparks, al ver la vacilación reflejada en su rostro—. Lo siento, Zeus, pero esta noche no vienes con nosotros.

Sparks cogió de encima de la mesa un puñado de frasquitos y abandonó el piso. Doyle se mordió la lengua y le siguió. Zeus se recuperó admirablemente bien de la desilusión y reanudó la vigilia solitaria.

Excepto por el paso de algún que otro coche, Montague Street estaba desierta a aquella hora de la noche, y la espesa niebla facilitaba su intento. La fachada imperial del Museo Británico presidía la calle como una tumba antigua. Mientras caminaban hacia Russell Street, Doyle echó una mirada a las ventanas del piso de Sparks y le sorprendió ver una luz encendida y la silueta de un hombre recortada en el marco.

—El maniquí —explicó Sparks al advertir su interés—. Una vez recibió la bala de un francotirador que iba destinada a mí; nunca protestó. Eso es ser un soldado.

Torcieron por un callejón adoquinado, y fueron a parar a la parte posterior del edificio que Doyle había visto antes en la fotografía de la mujer. Se ocultaron entre las sombras. A una señal de Sparks, Larry cruzó la calzada y subió la escalera hasta la puerta de atrás.

—Larry siempre agradece la oportunidad de perfeccionar su oficio —comentó Sparks en voz queda—. Barry tampoco es manco, y es mucho mejor cuando se trata de escalar paredes, pero el toque de Larry con las cerraduras y los cerrojos es incomparable.

—Así que esto es un allanamiento, sin más —dijo Doyle, con un matiz de intranquilidad en la voz.

—No pensará dar el chivatazo, ¿eh, Doyle?

—¿Cómo podemos estar seguros de que es el establecimiento adecuado?

—Nuestro amigo el ministro presbiteriano hizo hoy la ronda por Russell Street, vendiendo su magnífica monografía sobre las nuevas técnicas de cría de ganado en las Hébridas.

—No sabía que había estado en compañía de un autor tan estimado.

—Da la casualidad de que tengo dicha monografía en los archivos, escrita durante unas vacaciones hace unos pocos años. No sé usted, pero me resulta muy difícil no hacer nada en vacaciones. Solo pienso en el trabajo.

—Humm. Soy aficionado a la pesca.

—¿Lanza o mosca?

—Mosca. Sobre todo la trucha.

—Le da al pez una oportunidad. En cualquier caso, imagine mi sorpresa cuando esta tarde una de las firmas de Russell Street ofreció comprarme el texto en el acto.

—¿Les vendió la monografía? —preguntó Doyle, con un regusto amargo de envidia de autor.

—Desde luego. No hay nada escrito sobre el gusto de la gente. Ni siquiera se me había ocurrido un nombre para el autor; un presbiteriano con una monografía es más que suficiente para tranquilizar a la mente más inquisitiva. Les pedí que hicieran el cheque a nombre de una entidad benéfica. Pobre hombre: cuatro horas de vida y ya le habían despojado de sus derechos. —Sparks miró al otro lado del callejón, donde Larry les hacía una seña—. Ah, veo que Larry ha terminado con los preliminares. Allá vamos, Doyle.

Sparks abrió la marcha. Larry mantuvo la puerta abierta mientras se colaban en el interior, después cerró y les siguió. Sparks encendió una vela, alumbrando la lista de ocupantes del edificio, colgada en una pared del pasillo.

—Rathborne e Hijos, Sociedad Limitada —leyó Sparks—. Hay una puerta de servicio a la vuelta de la esquina que creo que encontrarás muy conveniente, Larry.

Cruzaron el vestíbulo y doblaron a la izquierda. Sparks mantuvo la vela en alto mientras Larry ponía manos a la obra.

—A ver si he entendido bien el asunto de la monografía. ¿Le

pagaron en el acto? —preguntó Doyle, incapaz de librarse de la fijación.

—No una cantidad fabulosa, pero lo suficiente para mantener a Zeus durante un tiempo a base de filete.

Larry abrió la puerta de los despachos.

—Gracias, Larry. ¿Podrías vigilar el vestíbulo mientras echamos una ojeada por aquí?

Larry saludó con el sombrero. Doyle observó que no le había oído la voz desde que habían dejado el piso, mientras que Barry era un charlatán incontenible en una situación comprometida. Qué curioso: sus hábitos de lenguaje eran completamente opuestos.

A la débil luz de la vela, exploraron las oficinas de Rathborne e Hijos. Una sala de recepción. Hileras de mesas y montones de facturas, contratos, conocimientos de embarque. Todo parecía muy limpio y ordenado, bien atendido y mejor administrado, pero aparte de esto, no había nada digno de mención.

—Así que esta es la última casa a la que envió el manuscrito y no recuerda haberlo recibido de vuelta —dijo Sparks.

—Sí. Supongo que también el padre y el hermano de lady Nicholson deben estar involucrados.

—Sabemos del hermano. El difunto George B. Aparte de esto, no hay nada relativo a la familia Rathborne que sea del dominio público. No he encontrado ninguna referencia sobre Rathborne padre.

—Es extraño.

—Quizá no. La firma solo tiene seis años. No se puede considerar una tradición duradera a lo largo de generaciones.

—¿Sugiere que no existe un Rathborne padre?

—Va muy deprisa, Doyle. Quiero echar una mirada aquí atrás —respondió Sparks, dirigiéndole hacia el fondo—. A nuestro amigo el clérigo se le denegó con bastante firmeza el acceso a cualquiera de los jefes superiores.

Se acercaron a una hilera de puertas cerradas. Al ver que no podía abrir la que tenía escrita la palabra *presidente* en el cristal ahumado, Sparks le entregó la vela a Doyle, sacó un pequeño juego de ganzúas y las fue pasando por el agujero de la cerradura.

—¿No estaban interesados en la cría de ganado?

—Por lo que pude ver durante la visita, no parecían tener mucho interés en los libros.

—¿A qué se refiere, Jack?

—Hojeé un catálogo de obras publicadas. Nada del otro mundo; los libros de ocultismo parecen ser la especialidad de la casa, unas cuantas publicaciones legales (un volumen de negocios que no necesita de oficinas como estas) y nada de ficción —dijo Sparks, mientras manipulaba las ganzúas como si fuesen palillos chinos.

Se oyó un chasquido y se abrió la cerradura. Sparks empujó la puerta.

—Ahora recuerdo que su interés por el ocultismo fue lo que me indujo a enviarles el manuscrito. En mi entusiasmo de aficionado, no me preocupé por averiguar si publicaban obras de ficción.

—No pretendía ser tan brusco —se disculpó Sparks, recuperando la vela y entrando en la oficina.

—Está bien; cualquier escritor que se precie necesita acostumbrarse a la crítica. Pero si no están interesados en la ficción, la pregunta es ¿por qué no me devolvieron inmediatamente el libro?

—Sospecho que el título, *La Hermandad Oscura,* les llamó la atención.

—Luego Rathborne e Hijos debe ser la encrucijada donde mi trabajo cayó en las manos equivocadas, como usted dice.

—Así es.

Sparks revisó los cajones de la gran mesa de la sobria oficina revestida en roble.

—Y si he interpretado correctamente sus observaciones —añadió Doyle—, sospecha que el objetivo primordial de Rathborne e Hijos no es el mundo editorial, sino el de servir de tapadera a una actividad mucho más siniestra.

—Siniestra. O zurda —dijo Sparks, sacando una carta con membrete de un cajón—. Mire esto, Doyle.

La carta en sí no era nada importante, algo vinculado al contrato con un encuadernador. Pero la lista de los directores de la compañía en el membrete era harina de otro costal:

Rathborne e Hijos Editores, Limitada.
Directores:
Sir John Chandros
General de brigada Marcus Drummond
Sir Nigel Gull

Lady Rathborne-Nicholson
Honorable Obispo Caius Catallus Pillphrock
Profesor Arminius Vamberg
Maximilian Graves

—¡Dios santo! —exclamó Doyle.

—Es hora de poner a trabajar nuestras mentes. Esta habitación no da muestras de ninguna personalidad; no hay cuadros ni efectos personales. Como mínimo, los directores tienden a exhibir las acreditaciones de sus méritos: diplomas, títulos honorarios. Este despacho es de muestra, como todo lo demás que hemos visto. Por lo que se aprecia, no existe un Rathborne padre.

—Cosa que explica la presencia de lady Nicholson en la junta.

—Es bastante raro encontrar a una mujer en una posición de tanta responsabilidad, aunque los tiempos cambian. Sin saber exactamente cuál es la naturaleza de dicha posición, lo más lógico es suponer que ella es el auténtico poder detrás de Rathborne e Hijos.

—O era.

—Muy pronto podré decir mucho más sobre el particular. —Sparks volvió la atención a la lista—. ¿Qué le preocupa de estos otros nombres?

—Uno en particular. Hasta su reciente retiro, sir Nigel Gull era uno de los dos médicos de la familia real.

—Creo que atendía al joven príncipe Alberto.

—Un trabajo que requería plena dedicación —comentó Doyle despectivo. El nieto de la reina era un libertino notorio, un reconocido papanatas y una fuente de pequeños escándalos.

—Muy inquietante. Y puedo decirle una cosa: el discreto retiro de Gull (un hombre que ronda los sesenta) fue de cara al público. Al parecer cometió graves irregularidades durante su última etapa en el servicio, cosas que ahora merecerán toda mi atención. ¿A quién más reconoce en la lista?

—El nombre de John Chandros me suena, pero no acabo de ubicarle.

—Antiguo miembro del Parlamento, por un distrito del norte, Newcastle-on-Tyne. Inmobiliarias. Acerías. Inmensamente rico.

—¿No estuvo Chandros involucrado en la reforma de las prisiones?

—Y presidió la comisión carcelaria durante dos períodos. Su nombre también salió a la luz en las investigaciones de la transacción Nicholson-Drummond; posee una considerable cantidad de tierras contiguas a las que Nicholson le vendió al general Drummond.

—No se puede hablar de coincidencias.

—Las coincidencias no existen. Tenemos una conexión doble de Chandros con Drummond y Rathborne-Nicholson. Lo que falta por descubrir es cómo encaja Gull en esta trama.

—¿Qué hay de los demás?

—Conozco el nombre del obispo Pillphrock. Iglesia de Inglaterra. Su diócesis es North York, cerca del puerto de Whitby. No sé nada de Graves ni Vamberg. ¿Cuál es el vínculo común? —preguntó Sparks, meditabundo—. Ciudadanos prominentes, ricos y poderosos. Cuatro vinculados a Yorkshire, donde al parecer enviaron a aquellos convictos. Chandros en la comisión carcelaria. Todos unidos a través de una tapadera…

—¿No es posible, Jack, que esta compañía no sea otra cosa que lo que parece, una empresa pequeña y sólida, de ambiciones modestas, y una junta de expertos para que asesore en los temas que desean publicar? Drummond en obras sobre temas militares, Gull en los textos de medicina, Chandros en la perspectiva política, Pillphrock en teología, y así los demás.

—Con la debida consideración a las otras variables —respondió Sparks pensativo—, yo diría que hay un diez por ciento de posibilidades de que sea así. Por lo demás, todo nos lleva a creer que nos encontramos en posesión de nada menos que de la lista del consejo más secreto de la Hermandad Oscura. Siete nombres: siete es un número profano y al mismo tiempo sagrado.

—Parece tomado un poco por los pelos —manifestó Doyle, que en aquel momento descubrió una fina línea blanca que sobresalía del papel secante posado sobre la mesa. Levantó el secante y recogió un cuadrado de papel satinado; al desplegarlo vio que se trataba de un cartel anunciando la función de un grupo teatral en Londres. Las fechas correspondían a una semana de finales de octubre del año anterior.

—*La tragedia del vengador* —leyó Doyle—. No la conozco.

—Melodrama cortesano de finales del período isabelino atribuido a Cyril Tourneur. Adaptado de Séneca. Algo denso; lleno de complots, mucha violencia en el escenario. Bastante oscura. No recuerdo esta producción.

—Al parecer llegaron y desaparecieron rápidamente —comentó Doyle—. Los Manchester Players.

—Nunca he oído hablar de ellos, pero hay docenas de compañías de gira por toda Inglaterra cada día del año. Lo importante es saber por qué está eso aquí.

Doyle volvió a plegar el cartel y levantó el secante para devolverlo a su escondite. Mientras lo hacía, una estilográfica salió rodando de debajo del secante y cayó al suelo. Sparks apartó la silla, se arrodilló con la vela para recoger la estilográfica y advirtió en el suelo una serie de rasguños oblicuos a ambos lados de la mesa.

—Por favor, Doyle, ¿podría aguantar la vela?

Doyle la cogió. Sparks inspeccionó los bordes de la mesa allí donde apoyaba todo el peso en la madera encerada. Sacó un frasquito del bolsillo, lo destapó y derramó el contenido sobre el suelo. Mercurio.

—¿Qué es, Jack?

—Hay una rendija aquí en el suelo donde no tendría que haber ninguna.

El mercurio formó bolitas sobre la madera, y entonces, de golpe, desapareció entre las tablas. Sparks se agachó y pasó las manos alrededor y por debajo de la mesa.

—¿Qué busca?

—He encontrado una anilla. Voy a tirar de ella. Yo en su lugar me apartaría, Doyle.

Doyle se apartó de la mesa. Sparks tiró de la anilla; el trozo de suelo que bordeaba la rendija se levantó y deslizó debajo de la mesa, rascando en diagonal el parqué a cada costado, para dejar un hueco de casi un metro cuadrado en el mismo lugar que había ocupado la silla del director.

—Intranquila se sienta la testa que ciñe la corona —parafraseó Sparks.

Inclinado sobre el agujero para echar una mirada, Doyle vio una escalerilla de acero que descendía verticalmente por un pozo de ladrillos demasiado profundo como para que la luz de la vela pudiese alumbrar el fondo. El aire procedente de abajo era fresco y olía a agua.

—Me atrevería a decir que su modesta empresa editorial no tiene necesidad de utilizar una salida como esta —comentó Sparks excitado.

—En este momento no se me ocurre ninguna.

—¡Los hemos encontrado! —exclamó Sparks, batiendo palmas—. La hermandad instalada a medio kilómetro de mi piso. Algunas veces lo mejor es esconderse a plena vista.

Sparks silbó suavemente como un pájaro, y unos instantes después apareció Larry.

—Un túnel, Larry. Echa una mirada —indicó Sparks.

—Ahora mismo, señor.

Larry se quitó la chaqueta, sacó su propia vela, la encendió con la de Doyle y bajó ágilmente la escalerilla sujetándose con una sola mano.

—Quizá le convendría llevar también esto —dijo Doyle, ofreciéndole el revólver.

—Gracias, caballero —respondió Larry, que se levantó el chaleco para mostrarle varios puñales envainados—. Soy un hombre de arma blanca.

Larry inició el descenso. Doyle y Sparks observaron cómo el cálido resplandor de la vela se iba reduciendo rápidamente a una pequeña aureola oscilante.

—¿Qué ves, Larry? —preguntó Sparks con voz áspera y baja, inclinado sobre el pozo.

—Se acaba un poco más adelante. —La voz de Larry les llegó como un eco metálico, acompañada por el ruido de sus pisadas en la escalerilla—. La escalerilla se acaba aquí mismo. Abajo hay un espacio abierto. No puedo decir cómo es de grande. Hay algo aquí abajo... Puedo ver... Un momento. ¡Dios bendito!

La luz de la vela desapareció. Después silencio. Esperaron.

—¿Qué pasa, Larry? —preguntó Sparks.

Ninguna respuesta llegó desde abajo. Doyle miró a Sparks, que parecía tan inquieto como él.

—¿Larry? ¿Estás ahí, muchacho?

El mismo silencio de antes. Sparks repitió el silbido con el que había llamado a Larry al despacho. Nada. Sparks se quitó la chaqueta.

—Voy a buscarlo, Doyle. ¿Me acompaña?

—No sé si estoy preparado para… —contestó Doyle evasivo.

—Fantástico. Cuando yo también desaparezca, tendrá que venir a buscarme solo.

—¿Quién baja primero? —quiso saber Doyle, despojándose de la chaqueta.

—Yo, con su revólver. Usted me seguirá con la vela.

—De acuerdo —dijo Doyle, entregándole el revólver, con el corazón en la garganta.

No le gustaban las alturas ni los lugares estrechos, dos elementos que el pozo ofrecía en abundancia. Fuera lo que fuese lo que hubiese allá abajo, ya se había cargado al siempre eficaz Larry. «Ya basta de pensar así, Doyle; un escalón cada vez. Jack baja primero, tú aguanta la vela y los nervios.» Sparks bajó. Doyle se sentó en el borde de la trampilla, y a continuación se descolgó hasta apoyar un pie y después el otro en el primer peldaño.

—Cuidado con mis manos mientras baja —le avisó Sparks, unos escalones más abajo—. Y no hable a menos que sea absolutamente necesario.

«Respira, Doyle, no te olvides de respirar.» Casi al instante comprendió que, por mucho que prefiriese mirar al frente, tendría que mirar continuamente hacia abajo, aunque fuese para no pisar las manos de Jack. Por suerte, la luz de la vela era tan débil que la aterradora distancia hasta el fondo solo existía en su cerebro y no ante sus ojos. Debido a la falta de visión, su perversa mente creaba imágenes mucho más horribles que cualquier cosa real que pudiese haber en el fondo.

El descenso fue laborioso. Tardaron unos diez minutos en bajar los primeros diez metros, pero el trayecto les pareció mucho más largo. Para poder divisar mínimamente lo que había más abajo, Sparks tenía que mantenerse a unos pocos peldaños de Doyle y de la fuente de luz. Por su parte Doyle, que solo podía usar una mano, rehusaba bajar el siguiente escalón hasta que su brazo libre estuviese bien sujeto a la escalerilla. Un goteo constante de cera caliente le rociaba la mano. Tenía las palmas resbaladizas por el sudor.

«¿Qué pasará si la suelto?», pensó Doyle. «¿Qué pasará si la apaga una corriente de aire? ¿Cómo demonios haré para encenderla de nuevo?»

—Deténgase —exclamó Sparks.

—¿Dónde estamos?

Mirar hacia arriba ya no les daba ninguna pista de dónde se encontraba la trampilla en relación con su posición, que era un limbo definido por el alcance de la luz de la vela.

—Alcánceme la vela, por favor, Doyle.

Con mucho cuidado, Doyle transfirió la vela a la mano tendida de su compañero, agradecido de poder sujetarse de momento a la escalera con los dos brazos. Sparks se colgó de una mano y bajó la vela todo lo posible.

—La escalerilla se acaba aquí, tal como dijo Larry. Hay una caída.

—¿Hasta dónde?

—No se ve. Nos llamó desde aquí. Oigo una corriente de agua.

—¿Qué vamos a hacer?

Justo entonces oyeron un chirrido de madera contra madera que les llegaba desde muy arriba y un sonido como el de una lápida sellando una tumba. El silencio que siguió resultaba ensordecedor.

—Yo diría, Jack…

—¡Chisss!

Escucharon. Doyle permaneció en silencio hasta que no pudo más.

—Creo que alguien ha cerrado la trampilla —susurró.

—¿Oye bajar a alguien? —preguntó Sparks con otro susurro.

Doyle se volvió lentamente para mirar hacia arriba.

—Creo que no.

—Es posible que la trampilla se cierre automáticamente. Quizá tenga un mecanismo de relojería.

—Sí. Bueno, cualquier cosa es posible, ¿verdad?

—¿Prefiere creer que alguien nos ha encerrado en este infierno vertical?

—No hay nada malo en considerar todas las posibilidades, Jack. —El corazón de Doyle sonaba como un timbal. Hizo un esfuerzo para que esa agitación no se transmitiera a su voz—. ¿Qué sugiere que hagamos?

—No es recomendable subir. Aunque descubriéramos la forma de abrir la trampilla desde dentro, si alguien nos está esperando… —Sparks hizo una pausa y contempló la oscuridad bajo sus pies—. Tendrá que bajarme a pulso.

—¿Es nuestra única alternativa?

—A menos que prefiera que le baje a usted. ¿Es necesario que le diga que es usted bastante más robusto que yo…?

—Comprendo.

—¿Puede quitarse los tirantes? Necesitaremos algún tipo de refuerzo.

—La verdad es que no me gustaría perder los pantalones en…

—No pretendo ofender, pero está a punto de hacer saltar los botones de la cintura, así que sinceramente no veo cuál es el problema.

—Bueno, ahora mismo me los quito —dijo Doyle, irritado por el comentario.

Se quitó los tirantes, maniobrando primero con una mano y después con la otra, los desprendió de la cintura y se los alcanzó a Sparks. Este ató los dos extremos a sus tirantes, que seguía llevando puestos, y se los devolvió a Doyle.

—¿Alguna vez ha practicado alpinismo? —preguntó Sparks.

—No.

—Entonces no tiene sentido que le describa lo que haremos en términos técnicos. Me colgaré de una mano del último escalón mientras usted pasa dos veces los tirantes alrededor del pie de la escalera. Aguante los extremos bien fuerte con las manos, y vaya soltándolos cuando yo le diga.

—¿Qué pasará si no aguantan?

—Eso es algo que no tardaremos en saber, ¿no le parece?

—¿Qué hará con la vela?

—De momento la sostendré con la boca. Deprisa, Doyle.

Sparks mordió la vela y se descolgó, sujetándose en el último peldaño con ambas manos. Doyle bajó con mucha precaución hasta el final de la escalera, enrolló los tirantes dos veces alrededor del larguero de acero y sujetó los extremos.

—Todo listo, Jack.

Sparks asintió, soltó una mano del escalón y cogió la vela.

—Allá voy.

Soltó la otra mano y se precipitó al vacío. La fuerza de su peso tiró con violencia de los tirantes y casi arrancó a Doyle de la escalera, pero los tirantes resistieron. Sparks bajó y subió un par de veces, y después se balanceó suavemente, sosteniendo la vela lo más alejada posible de su cuerpo.

—Hay otro túnel —informó Sparks—. Horizontal. Mucho más ancho. El nuestro desemboca en el medio. Hay agua en el centro.

—¿El túnel de una cloaca? —preguntó Doyle, aferrado a la escalera con todas sus fuerzas.

—Por el olor no lo parece, ¿verdad?

—A Dios gracias. ¿Alguna señal de Larry?

—Todavía no.

—¿Cuánto hay hasta el suelo?

—Aproximadamente otros seis metros.

—¿A qué atribuye el susto de Larry?

—Tal vez le espantó la gran estatua egipcia que está directamente debajo de mí —respondió Sparks.

—¿Una gran estatua egipcia?

—Desde este ángulo no puedo ver muy bien quién es. Parece que tiene cabeza de chacal…

—¿Ha dicho una gran estatua egipcia?

—Sí. Probablemente Annubis de Tuamutef, una divinidad funeraria encargada de valorar el alma de un hombre cuando pasa al otro lado.

—¿Por qué no dejamos las clases de mitología para mejor ocasión y decidimos si piensa subir o bajar? —preguntó Doyle, a quien los músculos le temblaban violentamente por el esfuerzo—. No creo que pueda resistir mucho más.

—Lo siento, Doyle. Si me baja poco a poco, creo que podré sujetarme a la estatua, soltar los tirantes y descender el resto del camino.

—De acuerdo.

Doyle bajó a Sparks hasta que este pudo alcanzar con un pie el hombro de la estatua y afirmarse en él. Desabrochó los tirantes, que volaron hacia arriba. Doyle los atrapó con la mano y se apoyó en la pared, suspirando de alivio, mientras la tensión en los músculos daba paso a unos espasmos muy dolorosos.

—Sí, no hay ninguna duda. Es Tuamutef —afirmó Sparks, descolgándose por la estatua hasta el suelo—. Estas estatuas son muy poco frecuentes fuera de Egipto. Notable. No recuerdo haber visto nunca una de este tamaño.

—Me alegra saberlo. ¿Qué sugiere que haga ahora, Jack?

—Desenrolle los tirantes del larguero, anude las puntas al peldaño y baje. No se pierda esto, Doyle.

—Por nada del mundo.

Doyle se armó de valor, ató los tirantes lo mejor que pudo, apelando a lo que recordaba en materia de nudos marineros, y se descolgó con la mayor suavidad posible hasta los brazos de la deidad con rostro perruno.

—Tuamutef ayudaba a Annubis a preparar los cadáveres para la momificación y la sepultura —añadió Sparks, paseándose con la vela, muy ocupado en investigar la base de la estatua mientras Doyle se las veía y se las deseaba para bajar por el rugoso torso de Tuamutef—. Su ocupación específica era el estómago, más exactamente la extracción y preservación de las vísceras para el viaje al bajo mundo.

—Puede estar usted seguro de que esto es lo más lejos que pienso llegar en el bajo mundo —afirmó Doyle, que por fin pisó el suelo.

—Las vísceras las guardaban en frascos herméticos con un compuesto de hierbas y especias que retardaban la descomposición, de forma tal que se podían sacar y colocar los órganos en su sitio en cuanto el difunto llegaba al otro lado —dijo Sparks, que no parecía estar interesado en nada más.

—Realmente fascinante, Jack, pero permítame una pregunta: si alguien nos ha encerrado aquí abajo con mala intención (desde luego es una entre otras muchas posibilidades, pero a la que debemos prestar atención), ¿no cree que sería una buena idea, yo diría que incluso una idea brillante, que buscáramos la manera de salir de aquí cuanto antes?

—Tiene usted razón.

Sparks miró en ambas direcciones. Doyle advirtió que la vela era cada vez más pequeña. Detrás de la estatua vio una antorcha ennegrecida sujeta a un gancho en la pared y se apresuró a cogerla.

—Esto parece ser una vieja conducción romana. Está visto que no podemos quitarnos de encima a los viejos conquistadores, ¿verdad? Londres está minado. Esta parece haber sido rehabilitada a fondo. Aparte de los responsables de la construcción del pozo por el que acabamos de bajar, un añadido bastante reciente, es poco probable que alguien más conozca la existencia de este túnel. Y si la antorcha usada que acaba de alcanzarme sirve de indicación, yo diría que la utilizaron las mismas personas en los últimos días.

Sparks encendió la antorcha con la vela, y la cámara se inundó con una luz veinte veces más potente. La enorme sombra de Tuamutef oscilaba amenazadora sobre la pared opuesta.

—¿Qué dirección tomamos? —preguntó Doyle.

—El túnel corre de norte a sur.

Sparks señaló hacia el sur, donde las paredes desaparecían en una curva suave, en el momento en que sonó un chapoteo muy débil en aquella dirección.

—¿Qué ha sido eso? —exclamó Doyle.

Escucharon con atención. El chapoteo se repitió, lenta y rítmicamente. Al parecer avanzaba hacia ellos.

—¿Pasos? —inquirió Doyle.

—La persona está herida. Arrastra un pie.

—¿Larry?

—No, no lleva zapatos. —Sparks se volvió hacia el norte y examinó los ladrillos a los lados del agua—. Si seguimos en esta dirección las gotas de cera que Larry se ha encargado de dejarnos, descubriremos mucho antes su paradero.

Sin variar la velocidad, los pasos se acercaron a la última curva.

—Entonces, ¿quién supone usted que puede ser? —susurró Doyle.

—Nunca hago preguntas cuando no quiero saber la respuesta. Adelante. —Con el agua en los tobillos echaron a andar por el túnel hacia el norte. Mientras caminaban, Sparks musitó—: ¿Y qué hace Tuamutef enterrado a treinta metros debajo de las oficinas de Rathborne e Hijos?

—Usted mencionó el trabajo hecho con las vísceras. Lo mismo que hicieron con el cadáver de aquella prostituta que me mostró Leboux, ¿no le parece?

—Ya había pensado en ello. Sugiere que la Hermandad Oscura rinde culto a alguna antigua deidad egipcia.

—¿Se refiere a la ofrenda de un sacrificio?

—Estas personas son paganos convencidos, cosa que extiende su adoración hasta el panteón colectivo. Durante los años que pasó en Egipto, Alexander le debió coger gustillo al tal Tuamutef —manifestó Sparks—. Se me acaba de ocurrir una cosa referente a uno de los siete nombres de la lista.

—¿Cuál?

—Maximillian Graves. ¿A qué le suena?

—A fuer de sincero, no me recuerda nada —contestó Doyle, después de una breve pausa.

—Un alias, un juego de palabras. ¿No lo ve? Hacer un millón de tumbas.[2] Precisamente el tipo de broma enfermiza que Alexander siempre hacía en las cartas. Cuidado con el bromista inveterado, Doyle, es una señal segura de trastornos mentales.

—¿Cree que Alexander es el responsable de que esté aquí Tuamutef?

—Sí, y en este caso él es el responsable del asesinato de la mujer.

—Pero si se trataba de algún tipo de ritual, ¿por qué dejaron los órganos a la vista? Los tendrían que haber traído aquí, al santuario.

—Quizá el ritual fue interrumpido antes de acabar, eso no tiene más importancia. Lo que me intriga es saber por qué está aquí la estatua.

—Comodidad. Solo hay que bajar la escalera con un plato de tripas para el muchacho cuando se presenta la ocasión…

—No, Doyle —le interrumpió Sparks impaciente—. Estamos totalmente de acuerdo en la razón de que la estatua esté aquí, pero lo que intento descubrir es cómo la trajeron.

Una luz brilló en una curva al final del túnel. Sparks se detuvo y silbó suavemente. Un segundo después, le devolvieron el silbido.

—Larry —dijo Doyle.

—Apure el paso, Doyle. Todavía nos siguen.

Recorrieron al trote el centenar de metros hasta la curva donde se acababa el túnel, y encontraron a Larry trabajando a la luz de la vela para abrir el candado de una inmensa doble puerta encastrada en la pared ciega.

—Lamento las molestias, caballeros —se disculpó Larry.

—¿Se encuentra bien? —preguntó Doyle.

—Mejor que nunca. Reconozco que la caída resultó un poco más brusca de lo que pretendía. Me quedé sin aliento. Cuando conseguí que los fuelles volvieran a funcionar, encendí la vela y al ver al cabrón del hombre-perro, pensé que lo más conveniente era no abrir la boca.

—Alguien cerró la trampilla detrás de nosotros —dijo Sparks, inspeccionando las puertas.

—Creo que nos esperaban —opinó Larry, mientras introducía un formón redondo en el candado—. La entrada fue demasiado fácil, ¿no?

2. Juego de palabras entre «Maximillian Graves» y «Makes a million graves».

—¿Por qué no lo dijo antes? —exclamó Doyle.
—Yo no soy quién para decirlo.
Sparks golpeó la puerta de hierro, y al otro lado sonó a hueco.
—Oigan eso. No parece que este sea el final del túnel, ¿verdad?
—Para ver lo que hay en la otra parte, primero tenemos que abrir este candado —dijo Larry, golpeando el formón—. El maldito se resiste.
—Oiga, Larry —intervino Doyle—, por una de esas casualidades, no recorrería el túnel en la otra dirección antes de venir aquí, ¿verdad?
—No, señor. —Volvió a golpear el formón—. ¡Venga, ábrete ya!
—Se lo pregunto porque nos pareció que alguien caminaba desde aquella dirección.
—Sobre eso no sé qué decirle. —Golpeó una vez más—. ¡Maldito cabrón!
—Espera un momento, Larry —pidió Sparks.
Larry hizo una pausa. Se apagó el eco del último golpe, y cuando reinó el silencio percibieron los pasos implacables y arrastrados que se acercaban por el sur. Solo que ahora su ritmo era más variado: tres, cuatro, cinco pisadas, probablemente más, aunque les resultaba difícil saber si realmente eran más o si solo se trataba de alguna peculiaridad acústica del túnel.
—Continúa, Larry —dijo Sparks, retrocediendo hacia la curva.
—¿Puedo ayudarle, Larry? —se ofreció Doyle.
—Es tarea para uno solo —contestó Larry, irritado. Sparks utilizó la luz para observar las paredes. Encontró una segunda antorcha en otro candelabro, la encendió y se la alcanzó a Doyle.
—¿Cree que son los capuchas grises? —preguntó Doyle, sin alzar la voz.
—Los capuchas grises son más rápidos que esos que ahora oímos, ¿no le parece?
—Sí.
—Y si alguien clausuró aquella trampilla con el fin de encerrarnos aquí, es lógico suponer que confiaba en que algo interrumpiría decisivamente nuestra vía de escape.
Cuando los pasos se acercaron, oyeron el chapoteo del agua y percibieron con horror que las pisadas adquirían un ritmo más veloz.
—Más de uno —afirmó Doyle.

—Más de diez.

Doyle y Sparks se apartaron de la curva.

—Venga, Larry —exclamó Sparks—. Es fundamental darse prisa.

—¡Hecho! —anunció Larry, mientras abría el candado con el último golpe y lo arrancaba del pasador—. Échenme una mano, caballeros.

Los tres hombres sujetaron el borde de una de las hojas de la puerta y tiraron de ella. Las bisagras oxidadas chirriaron con fuerza, pero poco a poco comenzaron a ceder. Doyle echó una mirada hacia atrás mientras tiraban; vio perfilarse una columna de altas figuras negras que emergían de las sombras, a unos veinte metros de distancia.

—¡Tirad, maldita sea! ¡Tirad! —les exhortó Sparks.

Debido a las dificultades que Sparks y Doyle tenían para tirar y al mismo tiempo sostener las antorchas, la brecha creció tan solo unos quince míseros centímetros. Dejaron caer las antorchas y pusieron alma y vida en el esfuerzo, pero a pesar de ello las bisagras solo cedieron unos milímetros. Larry se coló por la abertura y empujó la puerta hacia ellos. Las bisagras bramaron como un buey herido y la brecha creció otro centímetro. Doyle arriesgó otra mirada atrás; las siluetas, poco claras aunque sin duda humanas, avanzaban al unísono hacia ellos. Eran muchas, más de diez. Al parecer los perseguidores distinguieron de pronto a los tres hombres, porque un sonido colectivo salió de la jauría, un gruñido siniestro, jadeante. Doyle y sus compañeros redoblaron el ataque contra la puerta con la fuerza que inspira la desesperación, y consiguieron ganar otros cinco centímetros.

—¡Entre, Doyle, entre! —gritó Sparks.

Poniéndose de perfil, este se deslizó con dificultad al otro lado, apoyó un hombro contra la puerta y empujó con toda su energía. Larry sacó una mano y arrastró a Sparks al interior.

—¡Las antorchas! —dijo Sparks.

Doyle tendió la mano por la abertura. Mientras cogía la antorcha, una masa ennegrecida de tendones, músculos y huesos, mal envueltos en sucios jirones de venda, se cerró como una lapa sobre su muñeca; Doyle gritó de dolor y de sorpresa. Con un movimiento velocísimo, Larry desenfundó un cuchillo y lo hundió en el brazo del atacante: la hoja cortó limpiamente los tejidos como si fuesen mantequilla; se oyó un aullido terrorífico mientras el brazo amputado se separaba de la mano. Doyle sacudió violentamente su propio brazo para librarse de la mano aferrada a su muñeca, sin soltar la antorcha, al tiempo que Sparks le agarraba por el cuello de la chaqueta y le arrastraba al interior.

—¡Vamos, hay que cerrar la puerta! —gritó Sparks—. ¡Ayúdenos, Doyle!

Doyle se levantó de un salto y se unió a los demás para tirar mientras con ahínco de una barra sujeta a la puerta, tratando de salvar sus vidas, la memoria de los antepasados y la progenie por venir. Las bisagras se mostraron más dóciles y la abertura se cerró rápidamente, no sin que antes advirtieran cómo un escuálido y furioso remolino de brazos y manos malolientes envenenaban el aire que acababan de respirar. Frenéticos chillidos de frustración dignos de la última tentación de un santo atormentaron sus oídos, y el hedor de un centenar de tumbas profanadas estalló antes de que cerraran el hueco. Sin perder un segundo atrancaron la puerta mediante una pesada barra de hierro diseñada para este fin que pasaron por ambos tiradores. Ahora estaban a salvo, al menos por el momento; los golpes, los topetazos y el rascar de las uñas al otro lado de la puerta de hierro hacían imposible mantener una conversación. A una señal de Sparks, que apuntó con la antorcha la dirección hacia donde quería que fueran, los tres hombres se alejaron muy rápidamente y muy a gusto de allí.

Corrieron sin preocuparse de la dirección ni la distancia. Mientras sus sentidos volvían a la normalidad y la luz de la antorcha mostraba el entorno, comprendieron que esta no era la continuación del túnel; se encontraban en lo que parecía ser la sala de espera de una gran estación ferroviaria, donde cajas y cajones de todos los tamaños, formas y usos imaginables se amontonaban como ladrillos, formando escalones de perfil dentado. Se detuvieron para recuperar el aliento y calmar el ritmo frenético de los corazones. Continuaba el martilleo contra la puerta, pero al menos lo bastante lejos como para permitirles disfrutar de un breve respiro.

—¡Maldita sea la leche de mi madre! —gritó Larry—. ¡Cojones, mierda, joder!

—Estuvo a punto de aplastarme los huesos de la muñeca o arrancarme el brazo del hombro —dijo Doyle.

—Aquella cosa era el mismísimo demonio —añadió Larry—. El hijo de puta queriéndonos ensartar con el pincho. ¡Condenado bujarrón!

—¡Calma! —le advirtió Sparks.

Larry, cuchillo en mano, no tenía ganas de calmarse, y continuó con la retahíla de elocuentes obscenidades en dirección a los atacantes.

—¡Me cago en vuestras putas madres, que os esperan sentadas en el infierno, malditos! ¡Os rajaré de arriba abajo como a los cerdos! ¡Os cortaré los huevos y os los haré tragar!

Los golpes contra la puerta cesaron bruscamente. Larry respiró un par de veces a fondo, y después se desplomó exhausto sobre un cajón.

—Señor, necesito un trago —dijo, con las manos en la cabeza—. Estoy reventado.

Descansaron en el refugio ofrecido por una pila de cajones. El tiempo reanudó poco a poco la marcha normal, y a Doyle le llamó la atención la cantidad de cosas curiosas que había a su alrededor. Se acercó a Sparks, que estaba de pie sobre la caja más alta examinando su posición, con la antorcha en alto.

—Dios bendito…

El recinto se extendía en todas las direcciones hasta donde alcanzaba la vista. El paisaje estaba poblado de esculturas de personajes sobresalientes: reyes, reinas, artistas, sabios, científicos, soldados y generales a caballo, héroes y villanos de la antigüedad y del folclore captados en sus momentos decisivos de triunfo o infamia, parlamentos de semidioses y diosas, cuya piel blanca de mármol relucía con un brillo lechoso y fosforescente.

—¿Qué lugar es este? —preguntó Doyle.

—Creo que nos encontramos en uno de los sótanos del Museo Británico —respondió Sparks.

—Entonces arriba tiene que haber una salida —dijo Doyle, entusiasmado.

—Primero tendremos que encontrar una puerta.

—Jack, ¿qué diablos eran aquellos…?

—Ahora no, Doyle —le interrumpió Sparks, bajando de un salto de la caja—. Venga, Larry, vamos. Esto todavía no se ha acabado.

Larry se levantó haciendo un esfuerzo y los dos siguieron a Sparks.

—¿Se encuentra bien, caballero? —le preguntó Larry a Doyle.

—No hay nada que un buen par de copas de whisky no pueda curar.

Su estoicismo devolvió el ánimo a Larry, que avivó el paso diciendo:

—Secundo la propuesta. Por un momento pensé que iba a arrojar la toalla.

—Si usted no hubiese sido tan rápido con aquel candado, ahora estaríamos todos con los angelitos.

—Fue tan fácil como robarle el chupete a un crío. Tendría que haberlo abierto antes de que aparecieran aquellas cosas.

—No se preocupe —dijo Doyle—. Peores percances ocurren en el mar.

Se apresuraron para alcanzar a Sparks, que les guiaba alegremente antorcha en alto por el inmenso depósito. No había caminos que seguir, ni pasillos o columnas entre los que trazar un rumbo. Las maravillas de la caverna aparecían desparramadas de cualquier manera, sin que mediara ningún propósito aparente. Toda incursión en este mundo de fantasía les llevaba a otro cargamento de nuevos portentos: una colonia de urnas, algunas del tamaño de vagones de tren y otras tan minúsculas como bellotas; imponentes sarcófagos de plata y plomo incrustados con piedras preciosas, barrocos carruajes de coronación hechos de alabastro y pan de oro, catafalcos de ébano, marfil y reluciente metal, maniquíes descabezados con trajes ceremoniales de África, Asia y el subcontinente; inmensos tapices ilustrando guerras de reinos perdidos y legendarios; una extensa zoografía de animales salvajes sometidos a una domesticidad pasiva por la taxidermia: osos de todo el planeta, grandes felinos, lobos hambrientos, rinocerontes, elefantes y avestruces, cocodrilos y emús, y un surtido de extrañas y desconocidas especies nocturnas; una galería de pinturas épicas en marcos dorados representando todas las imágenes posibles, batallas, seducciones, nacimientos y muertes reales, arcadias bucólicas y espantosos holocaustos. Más allá de un cruce, se metieron en una flota fantasmal de esqueletos de barcos, reducidos a cuadernas, a la espera de la resurrección. Cañones gigantescos, máquinas de guerra, arietes, catapultas y máquinas de sitio. Un paisaje urbano de paredes arrancadas, chozas, casas, tumbas trasplantadas y templos reconstruidos. Grandes cabezas de piedra. Máquinas voladoras. Serpientes emplumadas. Instrumentos de música o de tortura. En su asombroso conjunto, el contenido del recinto era nada menos que una antropología exhaustiva del mundo conocido y desconocido, todo envuelto en la gruesa capa del olvido y la negligencia.

—¿Alguna vez ha visto algo parecido? —preguntó Doyle, asombrado.

—No. Se rumorea que existe este depósito desde hace años —dijo Sparks, mientras se paraban en otro claro, sin haber dado con una salida.

—Parece el cementerio de la civilización —opinó Larry.

—El expolio de la expansión del Imperio británico —afirmó Doyle.

—El Señor tenga piedad del hombre blanco. Al parecer arramblamos con todo lo que podíamos cargar y unas cuantas cosas más —añadió Larry.

—Eso es exactamente lo que hemos hecho: robar los bancos del mundo y asaltar sus tumbas, y el botín que no mostramos en las salas de arriba, orgullosos por la conquista, lo ocultamos aquí abajo avergonzados —dijo Sparks.

—Como han hecho todas las culturas dominantes a lo largo de la historia con los sometidos —señaló Doyle.

—Me atrevería a decir que el mundo de arriba es un mal lugar para todo esto —dijo Larry, cuya tristeza iba en aumento a medida que tomaba conciencia de la codicia legal.

—Que no sea eso una causa de gran preocupación —comentó Sparks—. No tardará en aparecer alguna otra civilización conquistadora para aliviarnos de la carga.

—Por lo que parece, nadie ha estado aquí desde hace años —apuntó Doyle, quitando del pie de una Atenea guerrera una capa de polvo de un centímetro de grueso.

—Pues alguien estuvo por aquí el tiempo suficiente para hacerse con la estatua de Tuamutef, si es que no se llevó mucho más —le informó Sparks, aclarando el misterio.

—¿Por qué lo dice, Jack?

—A pesar de que la disposición de estos objetos parece caótica, hay un método categórico. Y faltan piezas importantes en casi todas las colecciones de valor que hemos encontrado. Aquí tiene un ejemplo, ¿lo ve?

Sparks les señaló un conjunto de cinco estatuas helénicas que representaban una serie de ninfas alegres y sensuales, y recitó sus nombres:

—Calíope, Clio, Erato, Euterpe, y creo que esta moza es Terpsícore.

—Las nueve musas —dijo Doyle.

—Yo tenía un tío que tocaba el calliope[3] —comentó Larry.

—Y solo quedan cinco presentes. Por estas marcas en el suelo es evidente que las cuatro damas ausentes, Polifemnia, Melpomene... Ayúdeme, Doyle.

—Talia y Urania.

—Muchas gracias. Se puede ver por las marcas que las otras cuatro residieron aquí junto a sus hermanas.

—¿Cree que las robaron?

—Sí. He visto a lo largo de nuestro recorrido otras señales de saqueo selectivo. Como habrá podido observar, Doyle, los conservadores de este batiburrillo brillan por su ausencia. Los miembros de la Hermandad Oscura insertaron aquel pozo hasta el túnel para tener acceso a este depósito; podían llevarse un sinfín de tesoros de este filón desde hoy hasta el día del juicio final sin que nadie echara de menos ni una cucharilla.

—¿Pero para qué?

—Una de dos: para quedárselos ellos o para venderlos. Es imposible fijar un precio a lo que hay aquí.

—Entonces, ¿ese es el propósito de la Hermandad Oscura, hacerse con el mercado de antigüedades? —preguntó Doyle.

—Reunir a un grupo de élite como los pesos pesados de aquella lista únicamente para que sirvan de tapadera, por muy ambiciosa que sea, me suena un tanto vulgar, ¿no crees, Larry?

—Como si los grandes cocineros de Europa se reunieran para hacer patatas fritas.

—Exacto. Sospecho que en los robos había una doble razón: la adquisición de objetos específicos y sagrados que consideraban necesarios como puente hacia la dimensión mística (verbigracia, a nuestro amigo Tuamutef), y la provechosa venta en el mercado negro de los artículos que no necesitaban, destinada a financiar el resto de sus esfuerzos.

3. El personaje se refiere a un organillo de feria del mismo nombre.

—Pero como usted mismo ha señalado, todos son inmensamente ricos —dijo Doyle.

—Para su ilustración le informaré de la primera regla inamovible de los inmensamente ricos: nunca gastes tu propio dinero.

—Amén —afirmó Larry, los ojos brillantes con el recuerdo o tal vez la ilusión del latrocinio.

—Perdón, Larry. Sin duda este principio es mucho menos clasista de como lo he expresado.

—No hay de qué —respondió Larry—. Voy a echar una ojeada. —Encendió la vela con la antorcha y desapareció detrás de la siguiente montaña de cajones.

—Ahora está en nuestras manos poner fin a este expolio infame —afirmó Doyle.

—Cegar aquel pozo acabaría con los robos, aunque me temo que ya se ha cometido lo peor y que el rastro está frío; recuerde el candado carcomido por el óxido en la puerta de hierro.

Doyle asintió, aceptando la observación.

—Otra cosa muy diferente es saber si estamos en condiciones o no de presentar cargos válidos contra la firma de Rathborne e Hijos por estos delitos. Quizá no sea beneficioso para nuestros intereses.

—¿Por qué, Jack?

—Sin la más mínima prueba física para apoyar nuestra acusación, un ataque a los miembros beneméritos e intachables de la Hermandad a través de un proceso solo serviría para garantizarles la absolución y los llevaría a ocultarse todavía con más ahínco, al tiempo que nosotros acabaríamos hundidos en el oprobio. Si hemos de perseguirles hasta el meollo de sus propósitos, es mejor que ocultemos a la luz pública nuestros esfuerzos hasta el momento en que tengamos la seguridad de vencerles.

Desde el otro lado de la curva les llegó un suave silbido.

—Vengan a ver esto —dijo Larry.

Sparks y Doyle siguieron la luz de la vela de Larry y se unieron a él trepando por una barrera de cajones que parecían ser un escudo del espectáculo que les esperaba. Sparks mantuvo la antorcha en alto y contemplaron un bloque de féretros de momias, al menos unos veinte, colocados hombro con hombro como catres en una fonducha abarrotada. Habían quitado y apilado las tapas a un lado. Dos de los féretros todavía conservaban a sus ocupantes: cadáveres larguiruchos, ennegrecidos y arrugados, envueltos en vendas podridas. Los demás estaban vacíos.

—¡Ay, Dios! —exclamó Doyle, mientras se acercaban a examinar las tapas.

—Armas, acciones defensivas —informó Sparks, estudiando los jeroglíficos—. Estos son féretros de guerreros. Todos del mismo tamaño y diseño, jeroglíficos idénticos: estos cuerpos pertenecían a la guardia real, y fueron enterrados en masa. Cuando moría el faraón, la costumbre era matar y enterrar a la guardia con él, una escolta hacia la tierra de los antepasados.

—Eso es servir más allá del cumplimiento del deber —comentó Larry.

Se miraron los unos a los otros.

—Da que pensar, ¿verdad? —dijo Sparks con una extraña sonrisa.

—¿Qué haremos? —preguntó Doyle.

Antes de que los demás pudieran responderle resonó en el depósito el estrepitoso chirrido de las bisagras de hierro oxidadas por el tiempo.

—Por el momento —contestó Sparks, inmediatamente alerta—, sugiero que echemos a correr.

Y fue lo que hicieron, tan lejos y tan deprisa de la puerta de hierro como las piernas y la poca luz pudieron llevarlos. El fabuloso inventario se convirtió en una mancha difusa. Desplazándose junto a la pared, buscaron una salida y finalmente la encontraron en el rincón más lejano: una puerta doble de roble macizo, excepcionalmente gruesa. Larry encendió la vela y examinó las cerraduras.

—No tienen ojo por este lado —dijo Larry—. Es imposible abrirlas.

El peso unido de los tres contra la puerta ni siquiera consiguió moverla.

—Además tiene cadenas por el otro lado como medida de precaución —añadió Larry—. Al parecer no quieren que entren los turistas no invitados.

—¡Maldito museo! —exclamó Doyle.

—¿Voy a echar una ojeada a ver si encuentro otra? —preguntó Larry.

—No hay tiempo —respondió Sparks, mirando en derredor—. Larry, necesitamos trozos de metal, piedras, acero, hierros, lo que encuentres, en buena cantidad.

—Ahora mismo —exclamó Larry, mientras se alejaba.

—Acabamos de pasar por delante de unos cañones, Doyle, ¿recuerda dónde estaban?

—Recuerdo haberlos visto. Creo que bastante más atrás.

—Entonces búsquelos, como si nos fuera la vida en ello. Porque además es verdad.

Retrocedieron hacia la sala principal, intentando dentro de lo posible seguir el mismo camino de antes entre la variada colección. El paisaje les resultaba desconocido.

Les llegó otro chirrido de las bisagras oxidadas desde el otro lado del enorme recinto, pero de momento no había más señales de los perseguidores.

—Jack, en el supuesto de que encontremos uno, ¿qué se propone hacer con el cañón?

—Eso va a depender de cuál de nuestras necesidades resulte más urgente.

—¿Nuestras necesidades?

—Por mucho que me fastidie estropear la propiedad del Gobierno, tendremos que reventar aquella puerta o plantar cara y defendernos. Lo que sea más apremiante. Doyle optó por reservarse la opinión sobre su alternativa preferida. Cada nueva protesta de las bisagras era como un lanzazo en las entrañas.

La búsqueda les pareció durar una eternidad aunque no tardaron más de cinco minutos, tiempo en que las bisagras dejaron de gemir. Salvo por los ecos de los pasos de los hombres, el silencio era total. Encontraron los cañones, docenas de cañones, montañas de cañones. Ahora la dificultad consistía en escoger el más adecuado para sus propósitos; Sparks eligió sin demora un cañón turco de ocho kilos, montado en una cureña. Levantaron el enganche y lo arrastraron como si fuesen mulas, abriéndose paso por el depósito tan rápidamente como permitían los vericuetos del camino y el considerable peso de la pieza de artillería.

—¿Cómo sabemos que funciona? —preguntó Doyle, sin dejar de correr.

—No lo sabemos.

Doyle hubiese dado gustosamente cualquier cosa a cambio de disponer de grasa para silenciar el chirrido de las ruedas, porque detrás de ellos, en la dirección de la doble puerta de hierro, se oía el estrépito de las cajas y los cajones al caer; los perseguidores estaban en el depósito, siguiendo, sin hacer caso de los pasillos, la ruta más corta hacia la presa. Sparks se detuvo y miró a su alrededor.

—¿Es este el camino por donde vinimos? —preguntó.

—Yo iba detrás de usted. Pensé que lo sabía.

—Bueno, coja un par de aquellos sables ya que los tenemos a mano —dijo Sparks, señalando una panoplia de armas.

—¿De verdad cree que es necesario?

—No lo sé. Pero ¿prefiere lamentar no tenerlos cuando le hagan falta?

Doyle recogió dos largos sables curvos y volvieron a tirar del cañón. «Por favor, Señor, que él sepa hacia dónde vamos», rezó Doyle. «Y no nos dejes caer en las manos o en las garras de los que nos persiguen, si es que están atrás y no delante de nosotros. Por favor, Señor, que estén muy lejos y más perdidos que nosotros en este laberinto. Allí veo la estatua de Hércules matando a un león, uno de sus doce trabajos, aunque también tuvo que limpiar los establos. ¡Vaya momento de pensar en estas cosas! En cualquier caso, sí que pasamos por delante de Hércules a la ida.»

—¡Vamos en la dirección correcta! —anunció Doyle.

Larry les esperaba cerca de la doble puerta junto a una montaña de desechos: ladrillos, trozos de lanzas, fragmentos de metal.

—He tenido que hacer un poco el vándalo y arrancar una cosa aquí y otra allá —explicó Larry, con un poco de remordimiento de conciencia.

—Estás absuelto —dijo Sparks—. Échanos una mano.

Maniobraron el cañón para ponerlo en posición: directamente delante de la doble puerta, a tres metros de distancia.

—Doyle, es mejor que busque algo con que asegurar la base —pidió Sparks—, o el retroceso neutralizará la descarga. Larry, carga el cañón por la boca; aprieta fuerte, las cosas más pesadas y puntiagudas al final, solo podremos hacer un disparo.

Se aplicaron en cumplir las órdenes. Sparks se extrajo del bolsillo del chaleco uno de los frasquitos que había recogido en el laboratorio, lo depositó suavemente en el suelo, sacó los faldones de la camisa y comenzó a cortar una tira de tela. Doyle regresó poco después, arrastrando una cadena oxidada y un ancla.

—¿Servirá? —preguntó.

—Espléndido, muchacho.

Envolvieron el cañón y la cureña con la cadena mientras Larry apisonaba la carga con una pértiga veneciana.

—Yo estoy listo —anunció Larry.

—¿Y qué usaremos para disparar? —preguntó Doyle.

—Utilizaré la nitroglicerina —contestó Sparks, al tiempo que destapaba el frasquito y lo vaciaba con mucho cuidado en la recámara.

—No me diga que ha llevado un frasco de nitroglicerina en el bolsillo durante todo este tiempo... —exclamó Doyle, con una preocupación tardía.

—Es absolutamente inofensiva; para detonar necesita ser encendida o recibir un golpe directo.

—¡Por el amor de Dios, Jack! ¿Qué habría pasado si hubiese caído en el túnel?

—Nuestras preocupaciones se habrían acabado, ¿no le parece? —respondió Sparks, metiendo el trozo de tela en el agujero de la mecha.

El ruido de las cajas al desplomarse sonó a unos cien metros detrás de ellos.

—Aquí vienen —dijo Larry, desenvainando los cuchillos.

—Apartaos —ordenó Sparks.

Larry y Doyle se pusieron a cubierto. Sparks prendió fuego a la mecha con la antorcha y se reunió con ellos. Ocultos detrás de unos cajones, cerraron los ojos, se taparon los oídos y esperaron la explosión mientras la tela ardía en el agujero. Nada.

—¿Estallará? —preguntó Doyle.

—Todavía no lo ha hecho, ¿verdad? —replicó Sparks.

Cayeron más cajas, cada vez más cerca.

—Pues que se dé prisa —pidió Larry.

Sparks se asomó con mucho cuidado para inspeccionar el cañón. Doyle empuñó más fuerte el sable, mirándolo por primera vez; le pareció que estaba atrapado en un sueño con un ejemplar de *Los piratas de Penzance* en la mano. Sparks espió por el agujero de la mecha, y entonces echó a correr hacia el refugio.

—Todavía arde —informó.

Del cañón surgió una magnífica salva de chispas y una gran bocanada de humo blanco. Los tres hombres se pusieron de pie y echaron a correr; la cureña estaba hecha trizas, y el pequeño cañón resquebrajado apuntaba hacia el suelo, pero había mantenido la carga con bravura y escupido la metralla con eficacia. Las dos hojas de la puerta colgaban de las bisagras, reducidas a astillas. Justo a tiempo, porque ahora se oían los gruñidos ahogados de las criaturas.

—¡Hay que salir pitando! —gritó Sparks.

Corrieron hacia la puerta y apartando a puntapiés los restos del desastre escalaron las cadenas que las aseguraban por el otro lado, donde había unas escaleras que subían hacia la libertad.

—Seguid vosotros —dijo Sparks, que se detuvo al pie de las escaleras y cortó otro trozo de tela de la camisa.

—¿Qué hace ahora, Jack?

—No creo que le apetezca mucho ver a esa pandilla persiguiéndonos por las calles de Bloomsbury, ¿verdad?

Las sombrías siluetas oscuras avanzaban hacia ellos entre las nubes de humo que comenzaban a disiparse.

—Adelante, ya les alcanzaré —añadió Sparks, mientras descorchaba otro frasquito de explosivo y lo derramaba en el suelo.

—Si dice que nos larguemos tenemos que hacerlo, caballero —intervino Larry, tironeando de la manga a Doyle.

Las primeras siluetas ya estaban casi en la puerta.

—Mi revólver, por favor, Jack —dijo Doyle, sin moverse.

Sparks miró a Doyle como si este hubiese perdido el juicio, después sacó el arma del cinturón y se la alcanzó. Doyle apuntó bien y disparó hasta la última bala contra las figuras, consiguiendo algunos memorables aullidos inhumanos y haciendo que el líder de la jauría retrocediera unos pocos pasos de la abertura, lo que dio tiempo a Sparks para acabar de vaciar la nitroglicerina y extender el largo trozo de tela de la camisa desde el charquito hasta las escaleras.

—¡Corred! —gritó Sparks.

Larry arrastró a Doyle escaleras arriba mientras Sparks prendía fuego a la tela con la antorcha y los seguía. Cuando pasaron por el primer rellano, Doyle miró atrás y vio que el ser que iba en cabeza se acercaba con paso bamboleante al pie de la escalera, agitando espasmódicamente los miembros esqueléticos. Era alto y casi desprovisto de carne; los ojos rojos como brasas encendidas brillaban con una intensidad maléfica, y los dientes y el pelo asomaban entre los jirones de tela podrida que cubrían el rostro consumido. Doyle alcanzó a percibir todo eso en un segundo, antes de que todo el sótano desapareciera con un estampido atronador. La explosión borró la visión y el sonido. Las paredes se agrietaron, el humo se alzó por doquier, oscureciéndolo todo. Los peldaños debajo de sus pies se ondularon como las teclas de un piano.

Los tres hombres, empujados por la onda expansiva, se lanzaron a través de la puerta más cercana. La antorcha se apagó con la corriente de aire y permanecieron tendidos en la oscuridad sobre el frío suelo de mármol, aturdidos, con un pitido en los oídos, tratando de recuperar la respiración; era como si les hubieran machacado la cabeza y el plexo solar con un martillo. Pasó el tiempo. Se movieron, al principio con cuidado, gimiendo, pero el pitido en los oídos les impedía oírse entre sí.

—¿Todos enteros? —preguntó Sparks por fin.

Tuvo que repetirlo dos veces más antes de que oyeran la pregunta. Parpadearon varias veces y se miraron los unos a los otros como amnésicos, moviendo con cautela los miembros, asombrados al descubrir que todavía funcionaban. A pesar de que no parecía tener nada roto, a Doyle le dolía todo el cuerpo. El monstruo apareció en su mente como si lo hubiera enfocado con un anteojo. Advirtió que todavía empuñaba el sable. Le parecía tener los dedos incrustados en la empuñadura; tuvo que utilizar la mano libre para soltarlos. Los hombres se ayudaron a ponerse en pie, y fue una suerte que ninguno pudiese oír los gemidos provocados por el esfuerzo.

—Al parecer hemos acabado con ellos —manifestó Doyle con expresión fatigada y la mirada puesta en los restos de la doble puerta.

—Más nos vale —dijo Larry, moviendo los hombros para aliviar el dolor de los músculos—. No podría defenderme ni de un bebé armado con un sonajero.

—De todos modos, no tenemos más nitroglicerina —informó Sparks.

—¿Era eso lo que hacía en el piso, Jack? ¿Preparaba nitroglicerina?

Sparks asintió.

—Me alegra no ser su vecino.

—Esta última partida me salió demasiado volátil.

—Si acabó con esos jodidos cabezas de trapo, no escuchará quejas por mi parte —afirmó Larry.

Tantearon en la oscuridad hasta dar con la antorcha. Larry sacó con cierta dificultad una cerilla y la frotó en el suelo. La luz de la antorcha les permitió ver dónde estaban; un vestíbulo de mármol vacío, más propio de las salas públicas del museo que del extraño lugar del que venían. Detrás de ellos algunas nubecillas de humo se colaban por debajo de la puerta.

—Busquemos una salida adecuada —dijo Sparks.

Se volvieron, y cuando estaban a punto de marcharse, derrengados, se abrió la puerta a sus espaldas. Dieron media vuelta, disponiéndose para el combate. Pero lo que atravesó a rastras la puerta para enfrentarse a ellos no era una furiosa hueste de zombis, ni siquiera un oponente entero; se trataba de un brazo que arrastraba la cabeza aplastada y medio torso de una de las criaturas. Una línea de moco gris marcaba la huella de su paso. Aquel rostro movía la mandíbula suelta y destrozada, como si pretendiera lanzar una antiquísima maldición.

La cosa en su forma superviviente resultaba más repugnante que aterradora, pero los ojos seguían animados por el mismo fuego malévolo.

—¡Caramba! —exclamó Doyle, retrocediendo.

—¡Qué pesados son esos cabrones! —dijo Larry.

Sparks cogió el sable de Doyle, dio un paso al frente y de un mandoble decapitó aquella monstruosidad. La criatura se congeló; la luz desapareció de los ojos, el brazo y el medio torso cayeron mientras la cabeza rodaba inofensiva. Larry tomó carrerilla y le propinó un puntapié, lanzándola por la abertura de la puerta como un balón de fútbol.

—¡Gol! —vociferó Larry—. Wickam aventaja a Leicester por uno a cero en la prórroga. ¡Wickam gana la liga!

Doyle se arrodilló para examinar los restos; lo poco que había quedado se estaba convirtiendo ya en la quintaesencia del polvo. Nada en los restos decrépitos sugería que alguna fuerza vital hubiese animado las células secas y mustias durante el milenio transcurrido desde que su dueño había dado el último suspiro.

—¿Qué ha visto, Doyle? —le preguntó Sparks, arrodillándose a su lado.

—Los restos aparecen completamente inertes. La energía o espíritu que animaba esta cosa ha desaparecido.

—¿Qué clase de energía?

—Le aseguro que no lo sé —contestó Doyle, sacudiendo la cabeza—. Algo que está vivo sin estarlo. Me recuerda a los capuchas grises.

—Energía aislada del espíritu. Una forma de voluntad sin mente.

—Eso es magia negra, ¿no? —intervino Larry.

—Podemos darle el nombre que nos venga en gana —opinó Doyle—, para catalogarlo aunque no lo comprendamos.

—Con todo respeto, caballero, ¿qué quiere entender de ese asqueroso horror reptante? Alegrémonos de habernos deshecho de ello, y a otra cosa. Así al menos es como yo lo veo.

—En cualquier caso, es hora de irnos —señaló Sparks, levantándose—. La explosión habría despertado hasta al más dormilón de los vigilantes.

Con Sparks al frente, abandonaron el vestíbulo por un pasillo que parecía el más adecuado para encontrar la salida.

—No quisiera ser el vigilante que se encuentre con todo este desastre durante la ronda —dijo Larry—. Me pegaría un susto de muerte.

—No me vendría nada mal esa copa que prometió, Larry —intervino Doyle.

—Con mucho gusto, señor. Pero primero regresemos a casa. Nunca he tenido que forzar la puerta de salida de un museo —contestó Larry, como si deseara que le preguntaran cuántas veces había abierto la de la entrada.

—Estoy seguro de que estará a la altura de la tarea —afirmó Doyle.

14

EL NIÑO DE AZUL

Desde luego Larry estuvo a la altura de la faena. Tras romper una ventana, se encontraron de nuevo en la calle y regresaron rápidamente a la seguridad del apartamento de Sparks, donde se reconfortaron con un buen vaso de whisky de malta de un botellón que había sobre la mesa de Sparks, y se acomodaron para pasar lo poco que quedaba de la noche. Doyle examinó las contusiones de todos y los declaró relativamente indemnes, aunque no aptos para muchos trotes, pero sí en condiciones de viajar, cosa que según Sparks era lo que harían a la mañana siguiente. Sin ánimos siquiera para preguntarse adónde les conduciría el mañana, Doyle se hundió en un profundo sueño.

Los periódicos vespertinos estarían encabezados por los sorprendentes relatos sobre un audaz intento criminal para saquear los valiosísimos fondos egipcios del Museo Británico. En su afán por tener acceso a los tesoros, los saqueadores se habían volado a sí mismos junto con el pretendido botín, una rara colección de momias del Tercer Imperio. El motivo por el que los ladrones habían robado las momias (para terminar destrozadas en la explosión, con uno de los cuerpos lanzado escaleras arriba y a través de una puerta), en lugar de llevarse los valiosísimos féretros recubiertos de oro, no se explicaba en absoluto, pero esa era una de las habituales incongruencias periodísticas que seguían a un titular impactante, y el hecho no parecía disminuir la credibilidad del tabloide. Junto con las estremecedoras y exageradas descripciones de los destrozos infligidos a la propiedad del museo, aparecían las típicas manifestaciones de protesta por parte de los miembros del Parlamento y de los sempiternos pilares de la cultura, que deploraban la profanación de una institución pública tan conspicua, al tiempo que culpaban solapadamente de lo ocurrido a una política de inmigración demasiado liberal, recomendando después con severidad corregir las lacras sociales que obviamente estaban en la raíz del gamberrismo; la falta de respeto a Dios, a la reina, al honor de la nación, etc. Como era habitual, los hechos no se tenían en cuenta. Ni una palabra del viaducto romano o de la presencia de una estatua de Tuamutef, ni una alusión a la chimenea que conducía directamente al despacho del presidente de la editorial Rathborne e Hijos.

Pero mucho antes de que estos periódicos salieran a la venta, mientras las calles todavía estaban llenas de inspectores de policía, egiptólogos y una legión de curiosos, antes de que Doyle se despertara, Jack Sparks había salido de casa con el alba y regresado del trabajo matinal para despertar a los demás y ponerse en camino. Con un adiós al noble Zeus, los tres hombres se escabulleron por la escalera de atrás, subieron al cabriolé y se escaparon por un agujero de la red policial que rápidamente había sido tendida en las manzanas alrededor del museo.

Sparks informó a Doyle y a Larry de que la mañana le había resultado muy productiva. El desayuno en compañía de un viejo colega teatral —convertido ahora en un destacado productor y gerente de la escena londinense— le permitió averiguar el actual paradero de los Manchester Players, la compañía anunciada en el cartel que habían encontrado en la mesa del presidente de Rathborne e Hijos.

—Están de gira por el noreste de Inglaterra; esta noche en Scarborough para acabar tres días de representaciones —dijo—, y después marchan al norte para actuar en Whitby.

Whitby. York otra vez. ¿No era aquella la parroquia donde el honorable obispo Pillphrock, uno de los nombres de la lista, atendía a su rebaño?, quiso saber Doyle. No solo eso, les dijo Sparks, sino que a través de otro conocido en el mercado de valores había averiguado que Whitby también era la residencia de sir John Chandros, uno de los destacados compañeros de Pillphrock en la lista de los siete.

Doyle comenzó a tomar en serio la advertencia de Sparks de que no existían las coincidencias.

Como última revelación, Sparks le alcanzó a Doyle un libro delgado encuadernado en tela que había desenterrado en Hatchard's Bookshop: *Mi vida entre los maestros himalayos,* del profesor Arminius Vamberg.

Vamberg. ¡Otro nombre de la lista!

—Mire el editor —dijo Sparks.

Doyle abrió el libro: Rathborne e Hijos, Sociedad Limitada. Rápidamente echó una ojeada a la biografía del autor. Esta decía que Vamberg era austríaco de nacimiento y poseía una impresionante colección de diplomas conseguidos en lo mejorcito de las torres de marfil europeas antes de que una feroz ansia viajera le llevara desde las islas del Caribe a las alturas tibetanas, con paradas en el continente negro y la recóndita Australia.

—No hay foto del autor —señaló Doyle.

—Juraría que lleva barba —aseguró Sparks sin explicar la razón de su convencimiento.

—¿Barba?

—Cuando le describieron a usted al hombre que consiguió sacar a Bodger Nuggins de Newgate, le dijeron que usaba barba.

—¿Qué le hace pensar que aquel hombre era Vamberg?

—Una corazonada. —Sparks sonrió—. Nunca se puede saber todo con absoluta certeza.

—¿El libro da alguna pista acerca de su autor?

—Si bien el título puede inducir al lector a creer que está a punto de embarcarse en un viaje de iniciación muy personal, casi no se puede deducir nada respecto de la personalidad del autor. El tono es benigno, académico e investigador. No intenta persuadir, hacer proselitismo ni lanzar proclamas inaguantables sobre los poderes del mundo de los espíritus.

—Apuesto a que no gana ni un chavo con ese muermo —afirmó Larry.

—¿A qué se refiere?

—No hay fantasmas ni trasgos, ni un puñetero monstruo peludo arrojándose sobre las víctimas como el viento nocturno. A duras penas conseguiría vender un par de ejemplares en el mercadillo; la gente quiere un poco de sangre en las gachas, ¿no es así?

—Al parecer el profesor Arminius Vamberg es tal como se presenta —opinó Sparks—. Un científico serio que trabaja en el campo no académico de la metafísica.

—No es de extrañar que nunca hayamos oído hablar de él —dijo Doyle.

—Estúdielo a placer, doctor. Nos espera un largo viaje en tren.

—Supongo que vamos a Whitby.

—Desde luego.

Mientras se deslizaban entre el denso tráfico del mediodía, Doyle recordó la promesa que él había hecho a Leboux (¿había sido ayer?, le pareció que habían pasado meses) de no volver a marcharse de Londres sin dejarle recado. A pesar de la supuesta habilidad de Sparks para moverse libremente, el respeto de Doyle por la palabra dada a su viejo amigo era muy fuerte. Le preguntó a Sparks si podían hacer una parada rápida en el hospital de San Bartolomé; quería dejar a buen recaudo algunos de los pocos efectos personales que guardaba allí y, dado que se dirigían a un lugar donde quizá se enfrentarían a nuevos y graves peligros, deseaba reponer la provisión de medicamentos. Doyle respondió a la mirada sutilmente interrogadora de su acompañante con una expresión totalmente imperturbable, y se sintió seguro de no haber denunciado cuál era su intención. La respuesta de Sparks no le dio motivos para creer lo contrario.

—Al hospital de San Bartolomé —ordenó Sparks.

—¿Podríamos pasar después por los establos reales a ver si está el chico que describió Spivey Quince? —preguntó Doyle.

—Ya pensaba hacerlo —contestó Sparks con mirada seria e inaccesible...

«Quizá ha descubierto la jugada», pensó Doyle, agitado. «Quizá no confía en mí. ¡Qué hombre más difícil de descifrar! Bueno, a fin de cuentas, no es asunto suyo si quiero informar a Leboux de mi paradero. ¿Acaso tengo que confiar en John Sparks para que hable con mi familia y arregle los asuntos pendientes si me sucede alguna cosa? La Policía sirve para algo; aunque sea torpe y lenta, se puede confiar en ella.»

El resto del viaje transcurrió en un silencio incómodo. Cuando llegaron al hospital, Sparks bajó con Doyle y entraron juntos. «No podía decirle que no me acompañara», pensó Doyle. «No hubiera quedado bien.» Pero no dijo nada. Sparks se sentó a esperar en un banco fuera de las habitaciones de los médicos mientras Doyle pedía los medicamentos que necesitaba y revisaba la taquilla. De hecho, había en su interior muy pocas cosas imprescindibles, pero llegado a este punto, comprendió, con una extraña mezcla de alegría y pena, que formaban la totalidad de sus posesiones materiales: un juego de cepillo y peine de plata, una navaja, la jabonera y la brocha, y un crucifijo que le había regalado su padre el día de la comunión. Guardó el cepillo, el peine y la navaja en el maletín. Dudó en ponerse el crucifijo, pero acabó por metérselo en un bolsillo del chaleco.

Después de recibir los medicamentos de la farmacia, Doyle espió por el ojo de buey de la puerta. Sparks ya no estaba en el banco. Doyle caminó rápidamente hasta el mostrador de la recepción, cogió una pluma y, cuando se disponía a garrapatear una nota para Leboux, fue visto por la enfermera de turno.

—Ah, doctor Doyle, aquí tengo un mensaje para usted —dijo, acercándose al casillero colgado en la pared.

—¿Un mensaje?

—Llegó esta mañana. Lo trajo un policía. —La enfermera alcanzó un sobre.

—Gracias. —Doyle lo abrió.

Arthur:

El señor John Sparks es un loco escapado del asilo de Bedlam. Violento y muy peligroso. Llámame inmediatamente.

LEBOUX

—¿Un *billet doux* de alguna amante secreta? —preguntó con suspicacia Sparks.

—¿Qué? —Doyle se volvió, sorprendido. Sparks se encontraba a su lado, apoyado en el mostrador.

—La carta, muchacho. ¿Es de una amante?

—Un viejo amigo mío me invita a un partido de tenis —contestó Doyle, guardando la nota en el sobre y devolviéndoselo a la enfermera con toda la indiferencia que pudo aparentar—. Por favor, avise al caballero de que no estaré disponible para acompañarle a jugar hasta dentro de una semana, pero que me pondré en contacto tan pronto como regrese.

—Muy bien, doctor —dijo la enfermera, poniendo la nota a salvo de miradas indiscretas.

—¿Nos vamos? —preguntó Doyle. Recogió el maletín y echó a andar. Sparks caminó a su lado.

—¿Encontró todo lo que necesitaba? —quiso saber Sparks.

—Sí.

«Dios santo, no puedo echar a correr —pensó Doyle—, y al parecer tampoco puedo ocultarle nada, ni siquiera mis pensamientos. He visto lo que es capaz de hacer; es el último hombre de la Tierra con quien me apetecería enfrentarme. ¿Serán mentiras todo lo que me ha dicho? ¿Puede alguien llegar a ser tan pernicioso y astuto? Nadie más indicado si está loco, desde luego. Pero espera, Doyle, ¿y si no es cierto? ¿Y si Leboux tiene una información equivocada? Después de todo lo que hemos pasado juntos (¿cuántas veces te ha salvado la vida?), ¿no tendrías que darle el beneficio de una pequeña duda?»

—¿Se encuentra bien, Doyle? —preguntó Sparks, muy tranquilo.

—Ejem. No podría decir que no tengo preocupaciones, ¿verdad?

—Desde luego que no.

—Supongo que de vez en cuando tengo derecho a mis ratos de silencio como todos los demás.

—No se lo discuto.

—Quiero decir, soy yo el tipo al que le han destrozado la vida...

Le interrumpió un grito surgido de la puerta de la sala ante la que pasaban, un alarido interminable, agudo y agonizante. La voz de un niño. Doyle se volvió y miró al interior.

Habían apartado las camas a un lado, y un tiovivo mecánico en el que giraban seis caballos de madera montados por sendos niños con bata de hospital ocupaba un lado de la espaciosa sala con forma de L. Tres robustos acróbatas vestidos con túnicas rusas rojas descargaban una columna humana. Un torpe payaso de nariz roja dejó de tocar un organillo y se apretujó contra un grupo de cuatro enfermeras que intentaban calmar al niño cuyo ululante estallido había silenciado la sala: era un niño pequeño vestido con un traje de arlequín de brillante satén y vivos colores entre los que predominaban los violetas y los azules. Tenía unos diez años y la cabeza pálida y calva como un huevo; la piel de la nuca aparecía toda arrugada.

¡La visión de Spivey! Hombres vestidos de rojo, caballos, un niño ataviado de azul brillante. Un escalofrío recorrió la espalda de Doyle y se le puso la piel de gallina. Sparks pasó a su lado para entrar en la sala. Entonces Doyle se apresuró a esquivarle.

A Doyle le pareció que el niño había gritado «¡Seoegro!». El desgraciado tenía los ojos en blanco y movía los brazos como aspas mientras unos espasmos terribles le sacudían el cuerpo.

—¿Qué ha pasado? —le preguntó Doyle a la enfermera jefe.

—Ofrecíamos una función para los niños —contestó ella con firmeza, sin dejar de ayudar a las demás a tratar de sujetar los miembros del niño—. Vino con ellos. Es uno de los actores.

El payaso de cara enharinada consiguió abrirse paso.

—¿Qué le pasa al crío? —preguntó el hombre, más molesto que preocupado.

—¡Seoegro! ¡Seo negro! —chilló el niño.

—¿Qué narices está diciendo el crío? —repitió el hombre con un fuerte acento de Midlands.

Doyle notó que el aliento le apestaba a ron y a licor de menta.

—Apártese, por favor —le indicó la enfermera.

Mientras las enfermeras se esforzaban en sujetar al niño, Doyle le tomó el pulso y le examinó los ojos; tenía el pulso alteradísimo y las pupilas muy dilatadas. Un fina línea de espuma clara burbujeaba en las comisuras de los labios.

—¡Señor negro! ¡Señor negro! —Las palabras sonaron perfectamente claras.

—¿De qué demonios habla? —preguntó el payaso, entrometiéndose de nuevo.

—¿Cómo se llama el niño? —le preguntó Doyle al hombre.

—Joey.

—¿Es su hijo?

—Es mi aprendiz —contestó el payaso a la defensiva—. Yo soy el Gran Roger; él es el Pequeño Roger.

Debajo de la capa de maquillaje, el rostro del hombre era moreno y picado de viruelas. Vista de cerca, la amplia sonrisa roja artificial pintada sobre la boca solo acentuaba el rictus amargo de los labios, que era claramente su expresión habitual.

—¿Alguna vez se había comportado así? —preguntó Doyle.

—No, nunca... ¡Ay! —gritó el hombre, con un gesto de dolor, mientras Sparks le atenazaba la nuca con dedos de acero.

—Te recomiendo que le digas la verdad al doctor —le dijo.

—¡Una vez! Hace cosa de seis semanas. Estábamos en Battersea, delante de la estación de tren durante una *matiné.* En medio de la función, comenzó a comportarse de esta manera…

—¡Señor negro! ¡Señor negro! —chilló el pequeño.

—Manténganlo quieto —le ordenó Doyle a las enfermeras.

Con un grito escalofriante, el niño se libró de las manos de las enfermeras y se arañó salvajemente la cabeza; los dedos se hundieron en la piel y la arrancaron del cráneo. Los otros niños, que habían estado acurrucados formando un grupo amedrentado, chillaron asustados y se desperdigaron. La histeria se desparramó como un germen transmitido por el aire.

—¡Detenedle!

Había pelo debajo de la piel arrancada, una cabeza cubierta de pelo rubio. Cuando se repuso de la sorpresa, Doyle comprendió que el niño había llevado una calva postiza, un disfraz idéntico al del socio mayor. Mientras las enfermeras se apartaban horrorizadas, Sparks se adelantó, cogió al niño en brazos, lo apartó de la muchedumbre y lo llevó detrás de unos biombos.

—¡Deprisa, Doyle! —exclamó Sparks, sentando al niño en una cama.

Doyle se arrodilló junto al niño.

—Joey, escúchame, escucha mi voz. ¿Puedes oírme?

El rostro del niño permaneció inexpresivo, pero la voz de Doyle pareció penetrar la densa bruma que lo envolvía. El pequeño dejó que Doyle le cogiera de las manos, sin ofrecer resistencia.

—¿Puedes oírme, Joey?

Sparks acomodó los biombos alrededor de la cama para ocultarlos de la vista de los demás y montó guardia detrás de Doyle y del niño, pero en el estrépito resultante ya nadie recordaba la fuente instigadora del tumulto…

—Joey, puedes oírme, ¿verdad? —insistió Doyle.

Los ojos de Joey se movieron detrás de los párpados casi cerrados, dejando visible solo el blanco. El niño asintió lentamente.

—Dime lo que ves, Joey.

El niño se pasó la lengua por los labios resecos y agrietados, manchados con la sangre de las heridas que él mismo se había hecho.

—El señor negro…

—Sí, Joey. Dime.

La carita redonda asumió una tranquila dignidad. La voz del niño era aguda y clara como una campana, pero ahora poseía una madurez meliflua que desmentía su marco inocente.

—El señor negro… busca un pasaje. Un pasaje hacia este lado.

Un pasaje. Spivey Quince había mencionado un pasaje cuando estaba en trance.

—¿A qué lado, Joey?

—El físico.

—¿Dónde está él ahora?

Joey hizo una pausa, mirando a todas partes, buscando. Entonces movió lentamente la cabeza.

—No está aquí.

—¿Cómo será el pasaje, Joey?

—Un renacimiento.

—Un renacimiento a la vida física —dijo Doyle.

Joey asintió sin fuerzas. Doyle miró a Sparks por encima del hombro; no se perdía palabra.

—Ellos intentan ayudarle —añadió Joey.

—¿Quiénes?

—Los siete.

Los siete. ¡Dios santo!

—¿Quiénes son los siete?

—Le sirven… Le han servido antes.

—¿Qué es lo que quieren?

—Preparar el camino. Están de este lado.

—¿Quiénes son, Joey? ¿Quiénes son los siete?

Hubo una pausa antes de que Joey volviera a sacudir la cabeza.

—¿Qué es lo que él quiere?

—Pretende el trono. Será rey…, rey durante mil años.

Quince también había hablado de corona o tronos cuando cogió el dibujo de la médium.

—¿Quién es él, Joey? ¿Cómo es? —preguntó Doyle, intentando inyectar energía en el niño al sentir cómo se aflojaba entre sus brazos.

El rostro de Joey empalideció todavía más. Parecía buscar algo muy dentro de sí mismo. La espuma brotó de los labios, teñida de un brillante color salmón. El pecho se movió con esfuerzo; la voz se hizo prácticamente inaudible.

—Tiene muchos nombres. Siempre ha existido. Espera fuera. Lo alimentan las almas... Se nutre con su destrucción. Pero nunca estará satisfecho... Ni siquiera la Gran Guerra saciará su...

El niño inspiró y abrió los ojos, claros y alertas. Miró a Doyle, totalmente despierto por primera vez, con una penosa consciencia de la propia debilidad.

—¿Joey?

Joey sacudió la cabeza con un beatífico aire de resignación; entonces, miró más allá de Doyle, alzó débilmente una mano y señaló a Sparks.

—Él es un *arhanta* —dijo Joey.

Sparks miraba embobado al niño, con un velo de temor ensombreciéndole los ojos. Se oyó un sonido agudo como un ladrido, y Doyle se volvió hacia Joey. Oyó una tos explosiva mientras las entrañas del niño estallaban en una hemorragia fatal; un reguero de líquido rosado y humeante se derramó sobre la barbilla y la camisa de satén. El cuerpo del niño se hizo más pesado, y entonces permaneció inmóvil entre los brazos de Doyle, que advirtió que la vida había escapado totalmente del cuerpo del pequeño Joey. Con mucha suavidad lo depositó sobre la cama.

—¿Está muerto? —preguntó Sparks.

Doyle asintió.

—Debemos irnos. Deprisa —dijo Sparks—. Harán demasiadas preguntas.

Cogió a Doyle por un brazo hundiéndole los dedos en la carne, y le guio a través de la caótica escena de la sala hacia la puerta. Enfermeros, médicos y celadores todavía intentaban calmar a los niños. Dos policías aparecieron en la puerta. Doyle percibió que Sparks le apretaba más el brazo para indicarle que cambiara de dirección y se dirigieron hacia la otra puerta en el extremo más alejado de la sala. Detrás de ellos, los acróbatas se encaminaban hacia los biombos que ocultaban el cadáver de Joey. Cuando ya Sparks y Doyle casi habían conseguido atravesar el gentío, Gran Roger, el payaso, les salió al paso.

—¿Qué le ha ocurrido a mi chico, eh, patrón? Tengo derecho a saberlo, ¿o no? He invertido mucho en ese chico...

Un grito de alarma sonó detrás de los biombos.

—¡Está muerto! ¡Joey está muerto!

—Oiga, ¿qué le ha hecho al chico? —El Gran Roger sujetó a Doyle.

Los policías comenzaron a aproximarse entre la multitud hacia los acróbatas, que habían salido de detrás de los biombos y oteaban la sala.

—¡Usted lo ha matado! —El rostro del payaso se retorció de furia—. ¿Qué pasará con mi dinero? Ha matado a mi…

Sparks alargó la mano y el Gran Roger se encontró en el suelo emitiendo unos sonidos ahogados mientras se llevaba las manos a la garganta. El golpe le fue propinado con tanta rapidez que a Doyle le pasó inadvertido.

—Siga caminando; no corra —dijo Sparks.

Doyle se detuvo bruscamente y apartó la mano de Sparks; intercambiaron una mirada dura. La estudiada máscara de pasividad adoptada por Doyle no pudo impedir que la duda le asomara al rostro; Sparks lo advirtió.

—¡Allí! ¡Están allí! —gritaron los acróbatas señalando frenéticos hacia ellos. Los policías avanzaron en su dirección.

—Doyle, este no es el momento… —dijo Sparks.

—No lo sé.

—No puedo permitir que se quede aquí.

—¿Está diciendo que no tengo alternativa?

—Es una conversación muy larga…

—Es necesario mantenerla.

—Ahora no. ¡Por el amor de Dios!

Doyle pareció vacilar, pero no se movió. Los policías se acercaron.

—El niño, lo que me llamó. ¿Sabe qué significa *arhanta*? —preguntó Sparks.

Doyle sacudió la cabeza.

—Significa salvador.

Los policías estaban a solo unos pocos metros de distancia.

—Eh, ustedes, no se muevan —dijo uno de ellos.

Doyle empujó una cama en su dirección, cortándoles el paso, y entonces echó a correr hacia la puerta. Sparks lo siguió y ambos salieron a un pasillo. Sonó un silbato y la persecución se hizo más intensa.

—¿Hacia dónde? —preguntó Sparks.

Doyle señaló hacia la izquierda y echaron a correr, esquivando a una legión de sorprendidos pacientes y doctores. Gracias a lo bien que conocía el hospital, Doyle siguió complicados vericuetos entrando y saliendo de las salas, subiendo y bajando escaleras, y finalmente salió a través de una ventana de la planta baja conduciendo a Sparks hasta la entrada donde esperaba Larry. Una media docena de agentes llegaba en aquel momento en un coche celular; Sparks sacó un silbato de plata del bolsillo, dio un pitido y apuntó con gesto autoritario hacia las puertas.

—¡Adentro! ¡Deprisa, que se escapan! —gritó.

Los agentes corrieron hacia la entrada y se toparon de frente con los oficiales y guardias que salían del edificio. Un vehículo más pequeño se detuvo junto al coche celular; Doyle vio al inspector Leboux de pie en el estribo.

—¡Doyle! —gritó Leboux. Esgrimía un revólver en la mano.

Con gran estruendo de cascos, Larry condujo el carruaje a toda carrera por el camino de acceso, pasando entre ellos y Leboux y lanzando al aire una lluvia de gravilla. Sparks cogió a Doyle y saltó al coche sin aguardar a que este se detuviera. A través de las ventanillas, Doyle vio a Leboux, que les apuntaba con el revólver, esperando el momento para disparar. Sparks y Doyle se sujetaron a la portezuela mientras Larry tomaba la curva: la fuerza centrífuga hizo que el carruaje se ladeara apoyándose en solo dos ruedas, y por un segundo estuvieron a punto de volcar, antes de que el vehículo volviera a caer estrepitosamente sobre las cuatro ruedas. Sparks y Doyle recibieron un rudo golpe pero se aferraron a la parte exterior de la carrocería, los brazos enganchados al marco de la ventanilla.

—¡No te detengas! —gritó Sparks.

Larry chasqueó el látigo y se dirigió en línea recta hacia los portones del hospital. El coche de Leboux y el celular iniciaron la persecución. Un coche ambulancia cruzaba en aquel instante la entrada al trote, haciendo sonar la sirena a manivela. Apenas si había espacio para el paso de dos coches a marcha lenta; la colisión frontal parecía inminente.

—¡Cuidado!

Sparks y Doyle se pegaron como lapas al exterior del coche y los dos vehículos se cruzaron, separados por unos centímetros. Las ruedas echaron chispas al rozarse, pero los cubos no se engancharon. Doyle sintió que la ambulancia le rozaba el hombro al atravesar los portones. Pero en la secuela inmediata de la casi colisión, el conductor de la ambulancia no tuvo tanta suerte; cuando intentó frenar al verse frente a la policía, el coche derrapó; los caballos se encabritaron y la ambulancia volcó, bloqueando el camino y cualquier acceso a la salida. El coche de Leboux consiguió evitar el choque; los policías bajaron del celular y corrieron hacia los caballos desplomados en el suelo, pero ya era demasiado tarde para perseguir a Larry. Este, con Sparks y Doyle todavía colgados de la portezuela del coche, azuzó los caballos hasta tomar la primera curva y, ya fuera de la vista de los portones del hospital, se internó, por fin a salvo, en el intenso tráfico de Londres.

15

TIPOS TEATRALES

Para sorpresa de Doyle, salieron de Londres directamente hacia el norte, pues el hombre había pensado que regresarían a Battersea para recuperar la locomotora que les había permitido escapar de Topping. Larry mantenía una marcha lo bastante rápida para aventajar a cualquier perseguidor sin llamar demasiado la atención. Pronto comenzarían a zumbar los cables telegráficos con la noticia de su fuga.

Doyle, inquieto, permaneció sentado frente a Sparks, que atisbaba malhumorado a través de la ventanilla; de vez en cuando observaba a Doyle, pero rehuía la mirada.

«¿A quién debo creer?», se preguntaba Doyle. Le urgía tanto aclararlo que la lógica vivisección de los temas separados resultaba imposible. Solo esa pregunta ocupaba su mente, repetida como un toque de campana.

¿Un loco de Bedlam? ¿Era posible? Claro que era posible. Un hombre atormentado por perseguidores imaginarios, que vivía en un mundo sombrío hecho de vinculaciones secretas con los más altos círculos —nada menos que la reina—, construido por su mente enferma mientras permanecía encerrado en una celda del manicomio. Pero Sparks siempre había parecido muy lúcido, de una suprema racionalidad, aunque Doyle sabía muy bien que incluso los lunáticos eran capaces de mostrar una gran lucidez, o hacer un simulacro perfecto; quizá la prueba más evidente de su locura era la fe de Sparks en los increíbles relatos que urdía. ¿De verdad era Jack todo lo que decía ser? Estaban los testimonios de Larry y Barry, pero eran delincuentes reclutados, fácilmente influenciables, quizá incluso cómplices conscientes de la farsa. ¿Y qué finalidad tendría esa farsa? ¿Qué posible propósito? No se le ocurrió ninguno. Si realmente Sparks estaba loco, no le hacía falta una razón válida para sus acciones; el hombre podía actuar sin un guion, inventándose las historias para adecuarlas al capricho del momento.

De pronto una pregunta mucho más terrible surgió detrás de estas preocupantes especulaciones. ¿Y si no existía Alexander? ¿Era posible que Sparks fuera la mente criminal que atribuía a su hermano? Desde luego poseía los mismos presuntos talentos. ¿Qué otro individuo se parecía tanto al perfil conocido de Alexander Sparks? Tal vez este hombre ensimismado que tenía delante encarnaba a los dos hermanos a la vez, personalidades fragmentadas que compartían una única mente atormentada, cada uno considerando al otro como un ser separado y autónomo; uno dedicado al robo y al asesinato, el otro acosado por el recuerdo de hechos repugnantes cometidos en el transcurso de un oscuro desequilibrio. ¿Significaba esto que Jack también era el torturador y asesino de sus padres? Era penoso pensarlo, pero ¿no sería precisamente el haber cometido aquella vileza lo que había trastocado su mente, descargando la responsabilidad de lo intolerable en una figura fantasma a la que perseguía constantemente o que le acosaba a todas horas?

La parte más serena de la mente de Doyle se rebeló: ¿cómo explicar entonces la figura vestida de negro que había encontrado dos veces, el hombre identificado por Jack como su hermano? Estaban los capuchas grises y la sesión, la destrucción de su piso y la locura de Topping, y todo coincidía con la historia de Sparks, por extraña que pareciera; todo había sido comprobado a través de la experiencia directa. Los asesinatos de la señora Petrovitch y Bodger Nuggins, las visiones de Spivey Quince y el pobre niño de azul, y las evidencias que había presenciado con sus propios ojos —y sentido sobre su piel; todavía conservaba los cardenales en la muñeca, allí donde le había sujetado el fantasma— en el sótano del Museo Británico. Incluso si John Sparks estaba mochales perdido, este no era más que una figura en un paisaje muy poblado y retorcido que nada tenía que ver con el mundo de cada día.

Doyle apartó la cortina, miró a través de la ventanilla e intentó averiguar dónde estaban: a la izquierda vio Coram's Field, cosa que les situaba en Grey's Inn Road, sí, el coche salía de Londres en dirección norte, hacia Islington.

¿Podía compartir todos estos pensamientos con Sparks, o había alguna otra manera más astuta de probar su auténtica personalidad? De todos modos, ¿qué le impedía suponer que la información de Leboux era errónea? Ojalá hubiese tenido ocasión de hablar con él para conocer de primera mano la fuente de aquella noticia sobre Sparks, y más detalles. Quizá ya no tendría la oportunidad; después de escapar del hospital, a la vista de Leboux, cabía suponer que había agotado la paciencia de este. No había excusas. Él era un fugitivo de la justicia, y su libertad de elección se había reducido considerablemente: podía intentar escapar de Sparks con la esperanza de acogerse a la presunta comprensión de la Policía —arriesgándose a las consecuencias de la formidable ira de Sparks— o unirse a este y a su banda de marginados para compartir un destino incierto.

—¿Hay alguna cosa en los libros de Blavatsky sobre los siete o un señor negro? —preguntó Sparks.

—¿Cómo dice? —replicó Doyle, sorprendido.

—No conozco su obra tan a fondo como usted. ¿Hay alguna mención en sus escritos referente a los siete o al señor negro? —Hundido en sus pensamientos, Sparks ni siquiera le miró mientras preguntaba.

Doyle repasó lo que recordaba de las obras de Blavatsky. Le pareció que había transcurrido un siglo desde aquella última y tranquila velada en sus habitaciones, dedicada a la lectura esotérica.

—Recuerdo algo sobre una entidad, el residente en el umbral —dijo Doyle, deseando tener el libro delante—. Casi podría responder a la misma descripción.

—¿Qué era el residente en el umbral?

—Un ser..., una entidad de origen espiritual que, como parte del progreso del peregrino, escoge conscientemente venir al mundo...

—Se refiere usted a vivir con forma humana.

—Sí. Según Blavatsky, es lo que hacen todas las almas: una forma de aprender, un examen de ingreso.

—¿Por qué era diferente este ser?

—En su estado incorpóreo, supuestamente ocupaba una posición privilegiada a la derecha de la palabra que usted quiera emplear para Dios. Y cuando entró en el mundo físico, cayó (intento recordar las palabras exactas; estas no son las precisas) y sucumbió a las tentaciones de la vida material.

—Las tentaciones de la carne —señaló Sparks.

—Se dedicó a acumular poderes terrenales y a satisfacer sus apetitos, volviendo la espalda a su exaltado origen espiritual. De esta manera apareció la maldad consciente en el mundo.

—Los cristianos le llaman Lucifer.

—El chico de azul dijo que era conocido por muchos nombres.

—El mito del ángel caído existe en todas las culturas. ¿Cómo es que llegó a ser descrito como el residente en el umbral?

—Al final de cada término de su vida física (al parecer ha tenido más de una) Blavatsky afirma que este ser, después de dejar el plano terrenal, se retira a un limbo en la puerta entre los mundos, reuniendo a las almas perdidas y corruptas de las personas que cayeron bajo su influencia cuando estaban vivas y le siguieron ciegamente a la muerte.

—¿Se refiere a los siete?

—No recuerdo un número específico, pero se les cita colectivamente.

—Por lo tanto estos devotos satánicos son los primeros en regresar de este *purgatorium* a la vida física —opinó Sparks, adelantándose en el razonamiento—, con el objetivo de preparar la entrada, el «pasaje», para su señor negro que «reside en el umbral» entre el mundo físico y el místico, esperando su retorno a la Tierra.

—Es lo que se deduce de su relato —manifestó Doyle—. Pero no recuerdo que citara al ser y a sus acólitos como el señor negro y los siete; sencillamente los agrupa con el nombre de la Hermandad Oscura.

Sparks volvió a sumirse en el silencio. Ahora atravesaban los aledaños más apartados de Londres, por carreteras de tierra en medio del campo. ¿Acaso tenían la intención de ir hasta Whitby en coche? Sería un largo y duro viaje de dos o tres días.

—Muchos de los médiums con los que usted habló tenían visiones poco tranquilizadoras —dijo Sparks.

—Cosas muy vagas. Impresiones, sensaciones. Fugaces y efímeras, en el mejor de los casos.

—¿Nada específico?

—El único fue Spivey Quince, y desde luego el niño que él predijo que veríamos en el hospital.

—En su opinión, ¿el niño era un médium auténtico?

—Yo diría que extraordinariamente sensitivo. Es peligroso hacer suposiciones sin conocer las condiciones físicas, pero me parece que el impacto de la visión que tuvo contribuyó en gran medida a su muerte.

—Como si la propia visión hubiese regresado para atacarle.

—O el peso de la misma le hubiese aplastado —manifestó Doyle de mala gana.

—¿A usted qué le sugiere el hecho de que tantos hayan tenido visiones similares?

—Hay algo que perturba el plano de donde extraen la información —contestó Doyle, tras una corta pausa—. Una perturbación poderosa, como una tormenta en el mar que no se divisa desde la costa.

—El equivalente de barómetros psíquicos que registran variaciones de presión imposibles de ver.

—Reconozco que la idea me incomoda —dijo Doyle, instalándose mejor en el asiento.

—En Oriente, los perros y los gatos se inquietan antes de un terremoto. Nosotros bajamos canarios al fondo de las minas para detectar la presencia de gases mortales. ¿Es tan difícil imaginar a seres humanos capaces de percepciones tan sutiles?

—No —contestó Doyle pacientemente—. Pero eso no me hace sentir mejor.

—La actividad de algo tan formidable como este residente en el umbral podría generar un auténtico tumulto en el plano donde vive.

—Si es que realmente existe.

—Si el regreso de este ser es de verdad lo que pretenden los miembros de la Hermandad, los siete, ¿cómo cree que estos brujos prepararían el «pasaje» del residente para su renacimiento?

—Le juro que no lo sé.

—¿Derramamiento de sangre? ¿Crímenes rituales?

—Quizá —respondió Doyle, cansado del interrogatorio—. No estoy familiarizado con estas cosas.

—Pero primero tendría que nacer como un niño, ¿no es así?

—Quizá rondan por ahí buscando una pareja agradable en Cheswick dispuesta a adoptar al pequeño diablillo.

—¿Un niño de pelo rubio, percibido en una visión? —añadió Sparks, sin hacer caso del comentario humorístico de Doyle—. ¿Arrancado del padre contra su voluntad, y con la madre cómplice involuntaria?

—Lo siento, Jack, pero todo esto es demasiado para mí. Blavatsky sabe de estas cosas, pero el lector da por sentado, o al menos yo lo interpreté así, que todo es metáfora o por los menos mitología arcaica.

—¿No es eso lo que usted escribió en su libro? ¿El abuso de un niño?

Doyle se sintió empalidecer; casi se había olvidado del maldito libro.

—¿No es así, Doyle?

—En parte.

—¿Y todavía se pregunta por qué han venido a por usted con tanta agresividad? ¿Qué más pruebas necesita?

La pregunta quedó colgada en el aire.

—Doyle, deje que le pregunte una cosa —prosiguió Sparks, suavizando el tono—. Con su conocimiento de la historia, ¿qué supone que buscará el residente cuando consiga poner los pies en tierra firme?

—Supongo que nada demasiado lejos de lo habitual —respondió Doyle, que no quiso comprometerse emocionalmente con la respuesta que consideraba correcta—. El dominio del mundo, la esclavitud de la raza humana, ese tipo de cosas.

—Y esta vez el pillo tendrá un armamento infinitamente más sofisticado. Nuestra capacidad para la masacre se ha multiplicado por cien.

—En esto coincido con usted —afirmó Doyle, recordando que en la lista figuraba Drummond y su floreciente imperio armamentístico.

Satisfecho con el impacto conseguido, Sparks se repantigó en el asiento y dijo:

—Entonces será mejor que pongamos fin a este asunto inmediatamente, ¿no le parece?

—Hum. Supongo que sí.

«Pero primero necesito saber que no eres uno de ellos», pensó Doyle. «Necesito saber, porque debo creer que eres quien dices ser, y no puedo. Ahora no puedo preguntar ni creer, porque si estás loco quizá no sepas o reconozcas la diferencia, y si lo pregunto puedo poner en peligro mi vida.»

—¿Qué es un *arhanta*? —preguntó Doyle.

—¿No conoce el término?

Doyle sacudió la cabeza.

—Los *arhantas* son los adeptos de las escuelas tibetanas del misterio. Poseen poderes espirituales de grado superior, forman una clase guerrera de élite. Lo más extraordinario es el grado de sacrificio que se les exige.

—¿Qué clase de sacrificio?

—Un *arhanta* dedica toda su vida a desarrollar ciertas habilidades arcanas, que usted podría llamarlas psíquicas. En la cumbre de su fuerza, después de años de duros y áridos estudios, se le pide al *arhanta* que renuncie por entero al uso y ejercicio de esos poderes y que asuma una vida anónima dedicada al silencio y a la contemplación, apartado de los centros de la vida mundana. Se dice que hay doce *arhantas* vivos en la vida física en cualquier momento, y que solo gracias a su radiante presencia y a su servicio desinteresado se evita la autodestrucción de la humanidad.

—¿No utilizan los presuntos poderes para luchar contra el mal?

—Las enseñanzas dicen que eso nunca ha sucedido. Sería una violación de la promesa más sagrada y las consecuencias podrían resultar todavía peores.

Doyle intentó analizar la respuesta, pero le costó lo suyo.

—Entonces, ¿por qué el niño le dio a usted ese nombre? —preguntó—. Es evidente que no encaja usted en la descripción.

—No tengo la menor idea —respondió Sparks, al parecer tan confundido y preocupado como Doyle.

Permanecieron en silencio durante un rato, tratando de aclarar las contradicciones. Doyle se vio arrancado del ensimismamiento por el súbito traqueteo del coche cuando Larry se apartó de la carretera para seguir un camino de carro que atravesaba un bosque muy espeso. Al salir por el otro lado se encontraron con la grata visión de la locomotora Sterling 4-2-2 que habían dejado en Battersea, esperando en las vías que se dirigían al norte. El humo salía de la chimenea, y la caldera estaba a toda presión, lista para partir. Detrás de la locomotora se hallaba el ténder cargado hasta los topes, y a continuación, un vagón de pasajeros. Desde la cabina les saludó con la mano nada menos que el hermano Barry, cuyo último domicilio conocido era la prisión de Pentonville. Pero no hubo nada sentimental en este encuentro. Fue algo serio, rápido, y casi no se dijo ni una palabra. Trasladaron los efectos personales al tren, soltaron los caballos y ocultaron el carruaje en el bosque. Sparks y Doyle se instalaron en el vagón de pasajeros, y los hermanos en la locomotora. En cuestión de minutos estaban en marcha. El sol rozaba el horizonte; realizarían la mayor parte del viaje hacia el norte durante la noche.

Aunque hecho por encargo, el vagón de pasajeros tenía un interior espartano: cuatro asientos dobles enfrentados, con mesas plegables en el medio; dos literas en un compartimiento trasero; suelo de madera y lámparas de petróleo en las paredes desnudas; una cocina sencilla con una nevera de hielo, cargada con vituallas para el viaje.

Sparks montó una de las mesas y se sentó a estudiar unos mapas. Doyle tomó asiento al otro lado del vagón y aprovechó el silencio para acomodar el botiquín y limpiar y cargar el revólver. Llevado por el instinto, decidió mantener el arma a mano.

Transcurrida una hora, Barry se reunió con ellos y preparó una cena sencilla a base de pan, manzanas, queso, col salada y vino tinto. Sparks cenó solo en su mesa, sin dejar de tomar anotaciones y de estudiar los mapas.

Doyle compartió la cena con Barry en la cocina.

—¿Cómo consiguió salir? —le preguntó Doyle.

—Los polis me dejaron ir, media hora después de que usted se fuera.

—¿Y por qué lo hicieron?

—Bueno, intentaron seguirme. Esperaban que les condujera hasta usted.

—Y usted les eludió, claro.

—En un periquete.

Doyle dio un mordisco a una manzana, tratando de no parecer demasiado ansioso.

—¿Cómo se enteró del lugar donde podría encontrarnos?

—Telegrama. Me esperaba en el depósito de locomotoras —respondió Barry, haciendo una inclinación de cabeza hacia Sparks para señalar al remitente.

«Es lógico; Sparks debió de enviar el telegrama cuando salió esta mañana», pensó Doyle. Acabó el vino y se sirvió otro vaso. El traqueteo del tren y el efecto soporífero del vino eran un agradable remedio para sus temores.

—Barry, ¿alguna vez ha visto a Alexander Sparks? —preguntó Doyle en voz baja, pero sin emplear un tono confidencial.

—Extraña pregunta —manifestó Barry, enarcando una ceja mientras le miraba de reojo.

—¿Qué tiene de extraño?

—Es el segundo nombre del maestro, ¿no es así? —añadió Barry, señalando a Sparks—. Jonathan Alexander Sparks. Es lo que tengo entendido.

Seguro de que el traqueteo del tren impedía que Sparks escuchara ese diálogo, Doyle le volvió la espalda, colocándose directamente entre él y Barry. Una gota de sudor helado corrió por la espalda de Doyle.

—¿Quiere decir —dijo Doyle— que nunca le oyó mencionar a un hermano llamado Alexander?

—¿Y qué más da? No habla mucho de sí mismo. Al menos no lo hace conmigo. —Barry mordió una tableta de tabaco de mascar—. Larry es el charlatán. Es capaz de venderte hasta los calzoncillos si le dejas. Con su permiso, acabo de recordar que Larry espera la cena.

Barry se tocó la visera de la gorra, envolvió en una servilleta el resto de las viandas para Larry y regresó a la locomotora. Doyle permaneció solo en la cocina, mirando a Sparks al otro extremo del vagón. Sus peores temores parecían confirmados; la falsa seguridad a la que había intentado aferrarse se desmoronó. Cuando Sparks le dirigió una mirada, Doyle se apresuró a responderle con una sonrisa falsa y alzó la copa en un anémico saludo de amistad, con la actitud vergonzante de un carterista pillado con las manos en la masa. Sparks volvió a su trabajo, sin ninguna reacción visible.

Doyle estaba anonadado; ¿qué iba a hacer ahora? ¿Acaso sus pensamientos traicioneros no se habían reflejado en su rostro como en un tablón de anuncios? Cada paso que daba parecía equivocado y le hundía cada vez más en aguas turbulentas. Simuló un bostezo y recogió el maletín.

—Me voy a acostar —anunció Doyle.

—Muy bien —respondió Sparks.

—Ha sido un día muy largo. Muy muy largo.

Sparks no contestó. Doyle se sintió como clavado en el suelo.

—Las literas están en el fondo —añadió con una sonrisa, al mismo tiempo que señalaba amablemente hacia el extremo del vagón. ¿Por qué diablos hacía estos comentarios tan obvios como ridículos?

Sparks le dirigió una mirada de curiosidad.

—¿Se siente bien, amigo?

—¿Quién, yo? De perlas. ¡Mejor que nunca! —exclamó Doyle, con una sonrisa de oreja a oreja.

—Entonces creo que será mejor que no beba más —le recomendó Sparks.

—Tiene razón. ¡Derecho a la camita! —Doyle no podía dejar de sonreír aunque de ello dependiera su vida.

Sparks asintió y volvió al estudio de los mapas. Doyle consiguió mover por fin las piernas y caminó hasta las literas. «¿A la camita?» ¿Qué forma de hablar era esa?

Doyle se paró delante de las literas, preguntándose cuál sería más segura para acomodar sus dudas y temores durante la noche. Esto le llevó algún tiempo. Cuando Sparks le volvió a mirar, Doyle repitió la sonrisa y le saludó con la mano; después se instaló en la litera de abajo y corrió la cortina, encerrándose en el cubículo.

Con la mirada puesta en la litera superior, Doyle aferró el maletín y empuñó con fuerza el revólver. Escenas fatídicas revoloteaban en su cabeza como un colibrí furioso. «Si viene a por mí —pensó Doyle—, no caeré sin luchar. Quizá tendría que disparar unos cuantos balazos contra la litera mientras duerme, tirar del freno de emergencia y escapar en la oscuridad.»

Doyle espió discretamente, entreabriendo al mínimo la cortina; veía la espalda de Sparks, que, encorvado sobre su trabajo, leía, escribía y miraba a través de una lupa. Incluso la postura —rígida, nerviosa, obsesiva— sugería una manía hasta ahora inadvertida.

Qué evidente le resultaba ahora la locura de ese hombre; ¿cómo había escapado a su atención? La culpa era de la rápida serie de acontecimientos, sin contar con la indudable habilidad de Sparks para crear una barrera tan impenetrable que era casi imposible detectar dónde acababa la mentira y comenzaba la verdad. Pero Doyle no podía dejar de reprocharse a sí mismo el que, a pesar de su aguda capacidad de observación, no hubiera advertido las señales de inestabilidad de Sparks: sus silencios malhumorados, sus disfraces, su velada grandiosidad—¡nada menos que un *arhanta*!—, su obsesión por el secreto y las conspiraciones globales, la jerigonza que constituía su archivo criminal… Quizá aquellas tarjetas no contenían otra cosa que disparates; los locos tenían la costumbre de crear mundos enteros animados solo por significados imaginarios. Y no había ninguna duda sobre el talento y la capacidad de ese hombre para la violencia. Doyle pasaría la noche en un espacio no mayor que el de un baúl grande con uno de los individuos más peligrosos del mundo.

Transcurrieron los minutos. No podía pensar en dormir, y el descanso era más que dudoso. Doyle apenas si se atrevía a emitir un sonido o a mover un músculo. «Mejor que Sparks piense que duermo, tranquilo y sin sospechar nada.» Su cuerpo estaba dominado por una dolorosa hipersensibilidad; notaba la boca seca y pastosa, las piernas como palos. Cada pestañeo le sonaba como un repique de castañuelas.

Oyó un rumor de movimientos en el vagón. Deseaba saber la hora, pero buscar el reloj le pareció una maniobra demasiado larga y complicada. Doyle se puso de lado muy lentamente y separó unos milímetros la cortina. Sparks ya no estaba en su asiento. No se le veía, pero desde la posición de Doyle solo se alcanzaba a ver la mitad del vagón. Oyó un ruido en la puerta que comunicaba con la locomotora, también fuera de la vista; Sparks había echado el cerrojo, ahora la puerta estaba cerrada. Este apareció en el campo de visión de Doyle y volvió a desaparecer. Hubo un sonido repetitivo de metal contra metal: acababa de correr las cortinas de las ventanillas, y el ruido lo habían producido las anillas al rozar contra las barras. Entonces Sparks fue de una lámpara a otra para bajar las mechas; el interior del vagón quedó casi a oscuras, la puerta cerrada, las cortinas echadas, las luces bajadas. «Quizá se dispone a acostarse —pensó Doyle—, pero no veo qué necesidad tiene de cerrar la puerta para que no entren Barry ni Larry. ¿O tal vez se está preparando para el ataque mortal?»

Doyle acercó el revólver al borde de la cortina y se puso en guardia, pero Sparks no se aproximó a las literas, sino que siguió caminando por la cabina, en un inquieto deambular. Unió y separó las manos varias veces, se pasó los dedos por el pelo, se detuvo y permaneció inmóvil con una mano en la frente, y después reanudó el paseo. «Trata de decidir si me matará o no», pensó Doyle. Entonces, con un brusco movimiento del brazo, Sparks apartó los mapas de la mesa, sacó un pequeño estuche de cuero del bolsillo interior de la chaqueta, lo colocó sobre la mesa y lo abrió. Doyle vio el reflejo de la luz sobre el metal; hizo un esfuerzo por percibir el contenido del estuche, pero Sparks todavía se hallaba entre él y la mesa, y la luz del vagón era demasiado débil para distinguir los detalles.

De pronto Sparks se volvió y miró en dirección a las literas; Doyle resistió el impulso de cerrar del todo la cortina. «Estoy en la más absoluta oscuridad —se dijo Doyle—, no puede verme.» No se movió, mantuvo la mano inmóvil en el aire, casi rozando la cortina. Sparks continuó observando la litera durante un buen rato y muy atentamente y luego le dio la espalda, al parecer convencido de que no le espiaban. Acercó las manos hacia los objetos posados en la mesa. Doyle oyó el tintineo del metal contra el vidrio. ¿Qué tenía en aquel estuche?

Sparks se quitó la chaqueta y realizó una complicada secuencia de acciones, completamente oculto a la vista de Doyle. Cuando Sparks se volvió, esta vez de perfil, claramente recortado contra la luz de la lámpara que había detrás, Doyle vio la jeringa en su mano. Sparks probó el émbolo; de la aguja brotó un líquido pulverizado.

«¡Dios santo!», pensó Doyle. «Intenta matarme con una inyección letal.» El dedo de Doyle ciñó el gatillo, listo para disparar contra Sparks si daba un paso en dirección a las literas. Pero Sparks no se movió de donde estaba. Dejó la jeringa, se desabrochó el puño izquierdo de la camisa y la arremangó hasta el codo. Pasó un cordel alrededor del bíceps y lo ajustó con los dientes. Flexionó varias veces el brazo izquierdo, buscó la vena en el hueco del antebrazo, limpió la zona con antiséptico, recogió la jeringa y sin vacilar se la clavó en el brazo. Hizo una pausa, respiró lenta y pausadamente un par de veces, y después empujó el émbolo con mucha suavidad, vaciando el contenido en la corriente sanguínea. Extrajo la jeringa vacía, la dejó a un lado y soltó el cordel. Sparks se tambaleó un poco ante el efecto inmediato de la droga. Gimió una vez, suavemente, un sonido extraño, cargado de la satisfacción de un apetito siniestro. Su cuerpo tembló con un entusiasmo ilícito mientras se rendía a la seducción de la sustancia intrusa.

Un derivado de la morfina, opinó Doyle, a juzgar por los visibles efectos de la droga. Quizá cocaína. Aceptó complacido este análisis como un refugio ante el horror de lo que presenciaba.

Sparks cerró los ojos y se tambaleó inseguro; la intoxicación llegaba al punto más alto. El momento de éxtasis parecía no acabar nunca. Cuando pasó, Sparks recogió meticulosamente el contenido del estuche y lo guardó. Doyle alcanzó a ver tres ampollas de líquido colocadas junto a la aguja antes de que el estuche desapareciera en la chaqueta de Sparks. Cuando este lo hubo guardado, se desplomó en una silla y volvió a gemir, involuntariamente. Esta vez la pura expresión de éxtasis sensual se mezcló con un tono de culpa y de abyecto disgusto.

A pesar de las recientes sospechas, Doyle casi cedió al impulso hipocrático de correr en su ayuda, pero le contuvo el sentido común. Una adicción secreta a las drogas no disminuía la posibilidad de que Sparks estuviese loco; por el contrario, la reafirmaba. No se podía negar que a Sparks le avergonzaba su propio comportamiento; el hombre protegía su secreto hasta de los más íntimos. Además de ser un gran peligro para todos, estaba claro que Jack Sparks también era un peligro para sí mismo.

Sparks abandonó la silla y desapareció de la vista. Más sonidos. Cierres que se abrían; un punteo de cuerdas. Sparks apareció de nuevo con un violín apoyado en el hombro. Pasó el arco por el puente, ajustó las clavijas y comprobó el tono. Después se apoyó contra el respaldo de una silla y comenzó a tocar. Sonaron unos acordes sombríos y disonantes, pero había un sentido frío y brutal en ellos, y no constituían una melodía. Era imposible trasladar este orden de notas al pentagrama; parecía más la expresión directa de una herida terrible, profunda, desgarrada y rebosante de dolor. Doyle entendió que este era el sonido del corazón secreto de Sparks, y la carga trasladada al oyente era casi tan enorme como la soportada por el intérprete, tan elocuentemente descrita. El recital no tardó mucho en llegar a un callejón sin salida. No hubo crescendo ni clímax; sencillamente tenía que acabar. Sparks agachó la cabeza, derrumbado sobre el brazo de la silla, con los brazos caídos a los lados, sin fuerzas. La emoción estremeció el pecho de Doyle, que a punto estuvo de soltar un sollozo.

Sparks volvió a levantar lentamente el violín y comenzó a interpretar una segunda pieza. Esta poseía un ritmo coherente y armonía; un canto fúnebre, salpicado de dolor, el goteo de un mar de lágrimas contenidas. Enviaba al aire la vibración de una resonancia emocional casi intolerable. Doyle no alcanzaba a distinguir el rostro de Sparks en la sombra, solo el grácil vientre del instrumento y la silueta del brazo moviendo el arco. Agradeció la relativa discreción de la escena. Sabía que escuchaba el llanto de Sparks por sus muertos, y le daba igual cómo habían encontrado la muerte y quién los había matado.

La pieza acabó. Sparks no se movió durante un buen rato; entonces, con un esfuerzo considerable, se despertó a sí mismo del somnoliento abrazo del narcótico, devolvió el instrumento a la funda y caminó sin prisa hacia el fondo. Su paso era tambaleante e inseguro; cuando una sacudida del vagón le hacía perder el equilibrio, se veía forzado a apoyarse en las paredes. Se detuvo ante las literas. Doyle se apartó de la cortina, pero a través del resquicio podía ver el bamboleo de los muslos del hombre. Sparks apoyó un pie en la litera de Doyle y se encaramó, vacilando a medio camino, tratando de mantener el equilibrio; Doyle vio el brillo mate de las hebillas de las botas. Con un gruñido gutural, Sparks subió el último tramo y aterrizó con todo su peso sobre la delgada colchoneta. Movió el cuerpo una vez y ya no volvió a moverse. Yacía boca arriba. Doyle escuchó el ritmo de la respiración de Sparks, que se hizo más tranquila, suave y espaciada.

Doyle levantó el revólver con el corazón desbocado. «Podría disparar ahora», pensó. «Pones el arma contra la colchoneta, disparas las seis balas y lo matas.» Apoyó suavemente la boca del cañón en la litera superior y amartilló el arma. Le preocupó el ruido, pero no se produjo ningún cambio audible en la respiración del hombre; Sparks estaba, en todos los sentidos, fuera del mundo. Doyle perdió la noción del tiempo mientras permanecía tumbado revólver en mano, en el filo de la terrible decisión. Había algo que le impedía apretar el gatillo. No podía darle un nombre. Sabía que tenía relación con la música que había escuchado, pero se durmió mientras intentaba descubrir qué era.

Cuando Doyle despertó, todavía tenía el arma en la mano, pero desamartillada. Una luz gris se filtraba a través de las cortinas de la ventanilla. Las descorrió para mirar al exterior.

El tren todavía avanzaba a una velocidad considerable. Durante la noche se habían metido en una zona de tormentas. El cielo aparecía cubierto. Un manto de nieve fresca cubría la llanura. Seguía nevando, y los copos eran grandes como dalias.

Doyle se frotó los ojos. Estaba hambriento, dolorido y agotado por las fuertes emociones de la larga noche. Miró el reloj; las siete y media. Podía oler la picadura de tabaco y el fuerte aroma del té negro bien cargado, pero fue el inesperado sonido de unas risas lo que le llevó a dejar la litera y dirigirse al otro extremo del vagón.

—¡Gin! —oyó exclamar a Larry.

—¡No te fastidia! —respondió Sparks.

Más risas. Larry y Sparks jugaban a cartas. A un lado había un servicio de té. Sparks fumaba una pipa de boquilla larga.

—Vaya, vaya, mire qué buenas noticias —dijo Larry, recogiendo las cartas mientras Sparks mostraba su mano—. Estos extraviados miembros de la realeza que con tanto ahínco mantuvo contra el pecho le costarán el rescate de una reina.

—No me atormentes más, sanguijuela. ¡Ah, Doyle! —le saludó Sparks efusivo—. Precisamente estábamos pensando en despertarle; tenemos una tetera recién hecha. ¿Le apetece una taza de Souchong?

—Por favor —aceptó Doyle, que no necesitó que insistieran para quedarse con ellos y servirse una abundante ración del plato que le ofrecieron con huevos duros y galletas.

Sparks sirvió el té mientras Larry sumaba el valor de sus cartas y añadía el resultado a una larga y sinuosa columna escrita en una vieja libreta.

—Así es el juego, caballero —dijo Larry—. Me da la impresión de que las cosas no pintan nada bien, ¿verdad? Tendrá que empeñar el violín.

—¿A cuánto asciende el total?

—En números redondos, y con gusto le haré el favor de descontar el pico, al parecer la deuda asciende a… cinco mil seiscientas cuarenta libras.

—¡Dios santo! —exclamó Doyle, que casi se ahogó con el té.

—Es la misma partida desde hace cinco años —explicó Sparks—. No sé qué hacer para ganarle.

—En un momento u otro se cambiarán las tornas, caballero —opinó Larry, barajando los naipes con una habilidad pasmosa—. El que algo quiere, algo le cuesta.

—Eso es lo que pretende hacerme creer.

—¿Qué le mueve a seguir jugando sino la esperanza de tener suerte? El hombre necesita esperanza para vivir.

—Estoy convencido de que hace trampas, Doyle —afirmó Sparks—. El problema es que aún no he podido descubrir el método que utiliza.

—Y yo no dejo de repetirle que no hay sustituto para la buena fortuna —replicó Larry, con un guiño exagerado a Doyle.

—Tampoco lo han encontrado para el dinero —manifestó Sparks, siguiendo la broma, mientras abandonaba la mesa.

—Un hombre tiene derecho a ahorrar algo para disfrutarlo en los años de jubilación, ¿no? Necesita disponer de algo para amenizar el ocio cuando se acaben los otros placeres. —Larry le ofreció la baraja a Doyle para que cortara y sonrió con picardía—. ¿Una partidita, caballero?

—Doyle, no diré ni una palabra respecto a la decisión que está a punto de tomar excepto esto: es mucho más fácil resistirse a dar el primer paso en el camino de la ruina que cualquiera de los otros mil que dará después.

—No, pero gracias de todas maneras, Larry —contestó Doyle.

—Bien por usted, doctor —gritó Larry alegremente, mostrando una mano de ases antes de guardar los naipes—. Salta a la vista que aprendió alguna cosa más en aquella escuela de lujo aparte de saber dónde está el corazón de un hombre.

—Soy de los que opinan que, si uno ha de tener vicios, más vale cultivarlos de uno en uno —dijo Doyle, dirigiendo una mirada a Sparks.

—¿Y cuál es su vicio solitario, Doyle? —preguntó Sparks con despreocupación, apoyado contra el tabique de la cocina, los brazos cruzados y la pipa en la boca.

—Creer en la bondad innata del hombre.

—Bueno —intervino Larry—. Eso no es un vicio; eso es una gilipollez.

—Diga, más bien, en la ingenuidad —opinó Sparks.

—Así lo llamaría una mente más cínica —dijo Doyle, tranquilo.

—Y usted lo llamaría...

—Fe.

Sparks y Doyle cruzaron una mirada. Doyle advirtió cierta tensión en la comisura de los ojos de Sparks. ¿Le había tocado un punto sensible, o ese tic no era más que un reflejo de remordimiento? En cualquier caso, Sparks abandonó la franqueza inicial, y la jovialidad que había compartido con Larry se hizo más moderada.

—Espero que esa fe le sirva durante muchos años.

—«En Dios confiamos» —intervino Larry—. Es lo que imprimen en los billetes en América. Y en mi opinión, él es el mejor depositario de la fe.

—Ya te he entregado una buena parte de mi cada vez más reducida fortuna, Larry —manifestó Sparks, dirigiéndose hacia la puerta—. Es hora de que te ganes la paga. Así que a darle a la pala.

—A la orden, señor.

—Está usted invitado a sumarse a nosotros, Doyle.

—Un poco de ejercicio al aire libre no me vendrá nada mal.

Doyle les siguió a través de la puerta, cruzó por el enganche y trepó al ténder. Sparks saludó a Barry, que, con la mano en el regulador, estaba encorvado delante de ellos en la cabina de la locomotora. Cada hombre cogió una pala y comenzó a palear carbón en la carbonera. El fuerte viento helado levantaba partículas de carbón que se incrustaban en la piel, y empujaba los copos de nieve que estallaban en contacto con sus ropas, derritiéndose en los tejidos de lana para mezclarse con el negro del polvo.

—¿Dónde estamos? —gritó Doyle.

—A una hora de York —vociferó Sparks—. Tres horas hasta Whitby, si el tiempo aguanta.

El frío les animaba a hacer mayores esfuerzos; querían ponerse a resguardo lo antes posible. El fuego de la locomotora no tardó en arder con más fuerza que la conciencia de un pecador.

* * *

Whitby comenzó siendo una aldea de pescadores en el siglo VI. Con el paso de los años se convirtió en un puerto menor, un pueblo de vacaciones en el corto verano de Northumbria, pero en pleno invierno era un destino que solo escogían quienes debían ir allí por razones familiares o de trabajo. El río Esk había trazado una profunda garganta entre dos cumbres a su paso hacia el mar, creando una abrigada rada natural y el valle angosto donde habían fundado la primitiva aldea. A lo largo de los siglos, la comunidad había crecido hasta ocupar las dos laderas. La rudeza del paisaje y del clima habían creado las condiciones para que en las almas creciera un severo sentimiento religioso. La ruinosa abadía celta de Santa Hilda dominaba el promontorio sur desde los tiempos anteriores a los reyes ingleses. Esos vetustos restos proyectaban una larga sombra sobre su menos austera sucesora, la abadía de Goresthorpe, que compartía con ella la montaña del sur y que se hallaba a medio camino entre la abadía de Santa Hilda y el pueblo. Su cúpula fue lo primero que Doyle divisó cuando el tren entró en la estación. Era casi mediodía, pero solo habían salido a la calle quienes por necesidad tenían que enfrentarse a la inminente tormenta y al cielo encapotado. El pueblo parecía hibernar cubierto por el manto gris de la niebla. Barry se ocupó de estacionar el tren, mientras Larry cargaba con las maletas y les instalaba en una fonda cercana recomendada por el jefe de estación. Sin perder un segundo, Sparks reclutó a Doyle para una visita a la abadía del obispo Pillphrock.

No había ningún carruaje disponible en la estación. Todas las tiendas y los servicios estaban cerrados en previsión de que empeorara la borrasca, así que cruzaron el puente y caminaron el kilómetro y medio hasta la ladera sur. La espesa niebla marina procedente de la rada, unida a la nevada, reducía la visibilidad a cero. Inclinados contra el viento, ascendieron por la empinada y sinuosa escalera, con los rostros cubiertos con las bufandas para protegerse de la ventisca, que soplaba con más fiereza a medida que iban subiendo.

Al llegar a la abadía de Goresthorpe, la parroquia más moderna, se encontraron con más de un palmo de nieve en el patio, y las puertas de la iglesia y la parroquia cerradas a cal y canto. No se veían luces en las ventanas; ninguna señal de vida en el interior. En la rectoría, Sparks levantó la gruesa anilla de hierro del aldabón sujeto a la sólida puerta de madera y golpeó con ella tres veces; el sonido de los aldabonazos se apagó rápidamente en el manto de nieve. Sparks volvió a golpear. Doyle, con la mente nublada por el frío, intentó en vano recordar qué día de la semana era: ¿sería el día de descanso para la curia? ¿En qué otro lugar podían estar?

—Aquí no hay nadie —dijo una voz profunda y resonante detrás de ellos.

Se volvieron; ante ellos se erguía un gigante de casi dos metros de estatura, abrigado contra el frío como ellos aunque no llevaba sombrero; una melena pelirroja coronaba la gran cabeza, y el rostro aparecía enmarcado en una espesa barba roja incrustada de escarcha.

—Buscamos al obispo Pillphrock —dijo Sparks.

—No lo encontrarán aquí, amigos. La diócesis está desierta —les informó el extraño, acercándose. El deje musical irlandés sonó en su voz. El rostro era ancho y cordial; su gran corpulencia sugería poder, pero no amenaza—. Hace cosa de tres días que se marcharon todos.

—¿Cree usted que estarán en la otra abadía? —preguntó Doyle.

—¿Se refiere a las ruinas? —replicó el hombre, que se volvió en dirección a la antigua abadía señalándola con la contera de plata del bastón de madera—. Esas paredes no ofrecen cobijo desde hace casi quinientos años.

—¿Es esta la diócesis del obispo Pillphrock? —preguntó Sparks.

—Eso es lo que me han dicho. No conozco al hombre. Yo también soy forastero en Whitby, una condición que imagino comparten conmigo, ¿o imagino demasiado?

—En absoluto. Pero debo decir que me resulta usted conocido, señor —manifestó Sparks—. ¿Nos conocemos?

—¿Son ustedes de Londres?

—Sí.

—¿Acostumbran a ir al teatro allí?

—Con mucha frecuencia —respondió Sparks.

—Quizá esto lo explica —afirmó el hombre, extendiendo una mano—. Abraham Stoker, gerente de Henry Irving y su compañía teatral. Bram para los amigos.

¡Henry Irving! Dios mío, pensó Doyle; ¿cuántas veces había hecho horas de cola para ver al legendario Irving en el escenario? Lear, Otelo, Benedicto, era el mejor actor de su generación y tal vez de la época. La magnitud de su fama era tal que Doyle se sintió pasmado al verse ante alguien relacionado con el actor.

—Aclarado el misterio —dijo Sparks amigablemente—. Le he visto muchas veces, en noches de estreno y en otras ocasiones.

Sparks y Doyle completaron su parte de las presentaciones.

—Caballeros, ¿puedo preguntarles qué les trae a este frígido rincón de la Tierra en la noche más fría del invierno?

Una nota de cautelosa reserva en la voz de Stoker indicó que la pregunta era algo más que pura curiosidad.

—Nosotros también podríamos hacerle la misma pregunta —contestó Sparks, después de cruzar una mirada con Doyle.

A continuación se produjo un corto silencio en el que Sparks y Stoker se midieron con los ojos, y el último pareció encontrar en Sparks lo que buscaba.

—Conozco un bar —dijo— donde podríamos sentarnos junto a un buen fuego para conversar tranquilamente de lo que nos interese.

Media hora de marcha a través de la tempestad les llevó hasta la Rose and Thistle, una parada y fonda en el centro del pueblo que daba a las riberas del Esk. La nevada era tan intensa que cubría rápidamente las piedras del canal. Tazas de café caliente mezclado con whisky irlandés les calentaron las manos mientras los tres hombres se sacudían el frío en el rescoldo del crepúsculo. Una animada charla sobre los emparejamientos y costumbres de varios notorios personajes del teatro —qué vida tan escandalosa y melodramática parecían llevar todos, pensó Doyle— les había entretenido durante el camino y los primeros minutos posteriores a la llegada al establecimiento. En el primer silencio que se produjo, Stoker, adoptando un tono de voz confidencial, algo inquieto y cautivador, inició su relato, sin que nadie se lo pidiera.

—Como usted sabe muy bien, señor Sparks, el mundo del teatro es una comunidad terriblemente pequeña (una piedra no cae en el lago sin que el extremo más lejano perciba inmediatamente las ondulaciones), y aunque la mayoría de los cotilleos duran menos que una caja de gambas bajo el sol del mediodía (ya que siempre hay algún rumor sensacional de última hora para alimentar los molinos del chismorreo), hace falta algo más que la charla habitual para captar el interés de cualquiera durante más de una velada, y no digamos ya para provocar un estado de agitación continuada. A la gente del teatro le encanta el cotilleo, y por lo general pasa mejor con una buena dosis de sal.

Stoker no había pasado en vano sus muchos años alrededor de los escenarios; sabía cómo conseguir el máximo efecto dramático de cada pausa o matiz, pero el resultado era tan espontáneo y auguraba tan sutilmente la importancia de lo que vendría a continuación que el oyente permanecía pendiente de los labios del narrador. Doyle estaba impaciente por formular un montón de preguntas al hombre, pero siguió la pauta marcada por Sparks y se mantuvo callado.

—Una extraña historia comenzó a circular por mi pequeño mundo hace cosa de un mes y no mucho después llegó a mis oídos en la sala verde del teatro Lyceum. Incluso dando margen para las distorsiones e inevitables embellecimientos de cualquier bagatela, tenía en el fondo un núcleo tan original y persistente de confabulación e intriga que absorbió totalmente mi atención.

—¿De qué se trataba? —soltó Doyle.

Sin mirarle, Sparks hizo un pequeño gesto hacia Doyle, intentando calmar gentilmente su impaciencia.

—Según el relato —prosiguió Stoker—, un caballero de alta posición (no se le mencionaba por el nombre) había contratado a través de una serie de oscuros intermediarios a ciertos miembros de una compañía teatral de provincias (actores profesionales poco conocidos) para representar una obra de reciente creación en una casa particular de Londres. No se trataba de una obra pensada para ser estrenada en un escenario, desde luego, sino de una creación original. Solo una vez, y nunca más. Representada para un público de una sola persona. No se hicieron contratos, sino un acuerdo verbal. Habría que preguntarse por qué los actores aceptaron un encargo tan poco ortodoxo. Se les garantizó una gran suma de dinero por esta representación, al parecer la mitad por adelantado y la otra mitad a cobrar después de realizada la función.

»¿Cuál era el fin de esta misteriosa representación? No se les explicó, pero todo parecía apuntar, y estoy seguro de que ustedes lo recordarán, al segundo acto de *Hamlet;* como en la obra del bardo, esta reconstrucción de un asesinato a sangre fría tenía la intención de provocar una reacción en el único miembro de la audiencia.

—¿Asesinato? —murmuró Doyle. Una sensación de náusea le atenazó la garganta. Miró a Sparks, que le devolvió la mirada con la misma intensidad.

—En ningún momento se mencionó quién era aquella persona ni qué reacción se esperaba de ella. Incluso en esto, la historia se mostraba como una auténtica maravilla, pero no acaba aquí la cosa. Durante la representación aparecieron súbitamente en escena nuevos e imprevistos personajes, cosa que llevó a estos actores itinerantes mucho más allá de aquello que habían ensayado con tanto cuidado. Ocurrió algo realmente terrible. —Stoker se inclinó hacia ellos, bajando la voz a un susurro—. Se llegó al derramamiento de sangre.

Doyle hizo un esfuerzo sobrehumano para mantener la boca cerrada, aunque no estaba del todo seguro de poder evitar que el corazón le saliera por la garganta.

—Los intérpretes se dispersaron —continuó Stoker—. Uno de ellos había caído en el escenario y no se recobró. Al parecer estaba muerto. —Stoker hizo una pausa y miró a los contertulios.

«Que no sea ella», pensó Doyle. «Dios, te lo ruego, si está viva, tómame a mí antes que a ella.»

—No hace falta decir que los supervivientes temieron por sus vidas, y no sin razón. Buscaron protección en el único lugar seguro que conocían y se reunieron con la compañía original.

—Los Manchester Players —intervino Sparks.

—Sí. Los infortunados Manchester Players —dijo Stoker, sin pestañear. Sacó un cartel del bolsillo de la chaqueta y lo desplegó. El cartel anunciaba la representación de *The Revenger's Tragedy* por los Manchester Players; tenía el mismo diseño que el que habían descubierto en el escritorio en Rathborne e Hijos. Las fechas anunciaban una función que debía representarse la semana anterior en la vecina ciudad de Scarborough. Una pequeña faja pegada en diagonal sobre el cartel decía: CANCELADA.

—Al enterarme de todo esto seguí el rumor hasta la fuente. Un director de escena, que en otro tiempo había trabajado para mí, lo había escuchado de un actor que a su vez había dejado el grupo de Manchester por asuntos familiares mientras actuaban en Londres el pasado otoño. Intrigado, hice unas cuantas averiguaciones y me enteré de su itinerario por un agente teatral. Esto fue el veintiocho de diciembre, el mismo día que los Manchester Players llegaron a Nottingham, donde tenían dos días de funciones. Aquella misma tarde se unieron a ellos dos de los actores que habían participado en la farsa…

—¿Cuántos eran en total? —le interrumpió Doyle. A la porra con la vanidad del hombre y el ordenado suministro de información. Doyle se consideraba plenamente autorizado para preguntar.

—Cuatro —respondió Stoker—. Dos hombres y dos mujeres.

—¿Cuál de ellos cayó en el escenario?

—Doyle… —intervino Sparks.

—Necesito saberlo. ¿Cuál?

—Uno de los hombres —le informó Stoker. Entonces hizo una pausa, sin petulancia, pero de una manera que exigía respeto por la gravedad del relato y la habilidad del narrador.

—Por favor, continúe —dijo Doyle, con el corazón desbocado.

—Aquella noche del veintiocho de diciembre, en su hotel de Nottingham, desaparecieron aquellos dos actores que habían participado en la farsa. A pesar de que habían comunicado a los colegas que temían por sus vidas (y por cierto tomaron todas las precauciones habituales para garantizar su seguridad; ventanas y puertas cerradas, las luces encendidas), por la mañana los dos habían desaparecido de sus lechos, dejando el equipaje abandonado y sin ninguna señal visible de lucha. Considerando su extremada preocupación, a los demás miembros de la compañía no les pareció muy extraño que los dos hubieran decidido escapar durante la noche. Al menos es lo que supusieron hasta que hicieron el descubrimiento durante la función vespertina. —Stoker bebió un buen trago de su copa; parecía necesitarlo—. ¿Conoce la trama de *The Revenger's Tragedy,* señor Sparks?

—Sí, sí que la conozco.

—Un dramón de cabo a rabo, con mucho derramamiento de sangre —prosiguió Stoker—. No es precisamente un espectáculo edificante; una interpretación para el gallinero, como decimos en el oficio. Hay un montón de violencia gratuita, pero en el desenlace hay una escena muy impresionante con la guillotina, presentando un truco escénico que solo puede ser descrito como tajante ultrarrealismo. Aquella noche, mientras el jefe de tramoyistas se ocupaba entre bambalinas de comprobar que todo estuviera en su sitio, revisó el cesto tapado puesto debajo de la cuchilla. En el interior del cesto se encontraban las cabezas de madera utilizadas para simular los restos de los recientemente ejecutados. Más tarde, durante la escena cumbre de la función, cuando se abrió la tapa para mostrar el contenido del cesto..., en el interior estaban las cabezas de los dos actores desaparecidos.

—¡Dios santo! —exclamó Doyle, con un enorme sentimiento de alivio: Jack Sparks había estado con él durante toda la noche del 28 de diciembre, en la carretera y en la barca, entre Cambridge y Topping. Si estos asesinatos eran obra de Alexander Sparks, y ambos llevaban el espantoso e inconfundible sello de su mano asesina, entonces era evidente que sus temores de que los hermanos fuesen una misma persona no tenían sentido alguno.

—El actor que hizo el descubrimiento se desmayó en el escenario. Desde luego suspendieron la representación, y todos los compromisos pendientes de los Manchester Players fueron cancelados aquella misma noche por telegrama. A la mañana siguiente tuve la primera noticia de los asesinatos y viajé inmediatamente a Nottingham, donde llegué el veintinueve a última hora de la tarde. Pero al parecer, antes de que pudieran dejar resueltos los asuntos relacionados con la cancelación de la gira (devolución de anticipos, recoger y despachar vestuarios, escenarios, etcétera), el resto de la compañía ambulante había desaparecido, se había esfumado, tal como había ocurrido con los dos primeros, dejando la cuenta del hotel sin pagar y las maletas y los efectos personales abandonados en las habitaciones. La Policía se apresuró a atribuir la súbita desaparición a que los actores, oportunistas como los gitanos, habían escapado de los acreedores y del escenario donde quizá habían cometido aquellos dos crímenes que habían horrorizado a aquella tranquila comunidad.

—¿Cuántos formaban la compañía? —le preguntó Sparks.

—Dieciocho.

—Mucho me temo que no les volveremos a ver —comentó Sparks, sacudiendo la cabeza.

—Comparto su preocupación, señor Sparks —manifestó Stoker, después de una larga mirada.

—Los actores asesinados, ¿eran un hombre y una mujer? —intervino Doyle.

—Marido y mujer. Y la mujer embarazada de seis meses —contestó Stoker, mostrando por primera vez repugnancia ante la atrocidad que había ocultado durante su impecable relato.

La pareja que había visto en la sesión, pensó Doyle, los jóvenes sentados a su lado, el trabajador y la esposa embarazada. Esto significaba que la médium y el hombre moreno eran auténticos, no comparsas, y que formaban parte de la intriga. Y también significaba que el hombre muerto en la escena era un actor contratado para interpretar el papel de George B. Rathborne.

—Perdone, señor Stoker —dijo Doyle, impaciente—. ¿Hay algún truco teatral, alguna manera de simular de forma real el degüello de una persona con una navaja o un puñal?

—Es algo muy sencillo —respondió Stoker—. La hoja tiene un borde romo y una cavidad interior rellena con un líquido que se acciona con un botón que el actor aprieta cuando pasa el arma sobre la piel.

—¿Y el líquido es…?

—Sangre artificial. Una mezcla de anilina y glicerina. Algunas veces es sangre animal.

La sangre de cerdo en el suelo del 13 de Cheshire Street.

«Está viva. Ella está viva, lo sabía», pensó Doyle.

—Había cuatro actores involucrados; nos ha dado cuenta de tres de ellos, pero ¿qué le pasó al cuarto, la segunda mujer? —preguntó.

—Sabía que la pobre compañía no había dejado Nottingham por voluntad propia, si es que pudieron salir con vida. En consecuencia, enfrentado al más oscuro misterio de toda mi vida y a la vista del profundo desinterés de la Policía, decidí encargarme de averiguar cuál había sido su suerte. Soy escritor de novelas, o al menos aspiro a serlo. Mis obligaciones familiares necesitan de mi trabajo en la gerencia teatral, pero es en la escritura donde obtengo la mayor satisfacción personal.

Doyle asintió, irritado por la intrusión de los intereses privados del hombre, pero también consciente de que muchas veces él mismo tenía el impulso de tamizar el mineral bruto de la experiencia en busca de oro.

—Mi primera acción fue conseguir la lista con los nombres de los actores alojados en el hotel en Nottingham, y entonces visité las ciudades de la gira con la esperanza de que hubiesen hecho algún plan para reagruparse en el camino y que uno o más de ellos pudieran aparecer. Esto me llevó a Huddlesfield, después a York, la noche de fin de año, luego a Scarborough y finalmente aquí, a Whitby, donde llegué hace dos días. Visité los teatros de cada ciudad y los hoteles donde habían hecho reservas. Vigilé las estaciones ferroviarias y marítimas para ver quién llegaba o partía, visité los bares y restaurantes que los actores en gira suelen frecuentar. Visité a sastres y zapateros; los actores siempre necesitan arreglar prendas y zapatos mientras están de gira. Pero a pesar de mis esfuerzos no obtuve ni una sola respuesta alentadora en ninguna de aquellas ciudades. Ya me disponía a regresar a Londres cuando ayer por la tarde di con una lavandera de aquí que anteayer había recibido un vestido de satén negro con una mancha roja muy persistente…

Sparks se puso de pie como impulsado por un resorte. Doyle le observó; en su rostro se reflejaba una expresión de sorpresa nunca vista. Doyle se volvió para ver qué le producía semejante efecto.

Ella estaba en la puerta. Buscaba a Stoker, y el rostro mostraba la pequeña y concentrada satisfacción de haberle encontrado. Después su mirada pasó a los otros dos hombres. El impacto de ver a Doyle, y un segundo después reconocerlo, pareció debilitarla; manchas de rubor aparecieron en sus mejillas, y apoyó una mano en la pared para aguantarse. Doyle se levantó en el acto y fue hacia ella, sin darse cuenta de lo que hacía. Solo veía el rostro, el pálido y delicado óvalo que le había acosado despierto y dormido, el pelo negro y rizado que enmarcaba la frente antes de caer como una cascada sobre los hombros. Tenía los ojos nobles, los labios rosados y carnosos, y el cuello con la gracia elegante del cisne. La piel estaba limpia de marcas y cicatrices.

Cuando llegó a su lado, Doyle le tendió las manos y ella las aceptó sin vacilar a modo de saludo, adelantándose aunque parecía retroceder, rendida, temerosa y como disculpándose por su aparición. Al ver el perdón y la bienvenida reflejados en los ojos de Doyle, se apoyó suavemente contra la puerta; fue la más delicada rendición —la más asombrosa para Doyle— a la turbulencia de sus emociones. Ella le miró una y otra vez, incapaz de sostener un instante su mirada. Las emociones aparecían en su rostro con la claridad y la velocidad de las truchas en un arroyuelo. Parecía temporalmente incapaz de cualquier engaño intencionado. Al sentir el contacto tibio y húmedo de sus manos, Doyle se percató sorprendido de que jamás habían cruzado una palabra, y los ojos se le llenaron de lágrimas. Buscó algo que decir, seguro de no tener la menor idea de por dónde empezar.

—¿Está usted bien? —preguntó por fin.

Ella asintió varias veces, tratando de recobrar la voz. También sus ojos se veían lacrimosos.

—No tenía ya ninguna esperanza de encontrarla viva —dijo Doyle, soltándole las manos en un intento por controlar sus emociones.

—Yo no tenía más esperanza —replicó ella finalmente con voz de un melancólico contralto—, sino la que me disteis con vuestro coraje y bondad, señor.

—Pero estáis viva —afirmó Doyle—. Eso es lo más importante.

Ella le miró con fijeza y asintió nuevamente. Sus ojos eran grandes y de un color verde mar, enmarcados por las cejas oscuras, que en los extremos se inclinaban de un modo atractivo hacia abajo.

—No sabe usted cuán a menudo he pensado en su rostro —dijo ella, tendiendo una mano titubeante para tocarle y retirándola antes de hacerlo.

—¿Cómo se llama?

—Eileen.

—Debemos apartarnos inmediatamente de las miradas ajenas —intervino bruscamente Sparks, que había aparecido de pronto al lado de Doyle—. Usaremos la habitación de Stoker. Por favor, señora, por aquí.

Sparks hizo un gesto hacia donde aguardaba Stoker, junto a las escaleras. A Doyle le molestó la sequedad con que Sparks le había hablado a ella y le dirigió una mirada fría, que este rehusó sostener. Doyle escoltó a Eileen a través de la sala, donde ella aceptó el brazo que le ofreció Stoker antes de subir las escaleras. Sparks los siguió hasta el segundo piso. Nadie pronunció palabra hasta después de entrar en la habitación de Stoker, con el techo inclinado, y cerrar la puerta con llave.

—Por favor, señora, siéntese —dijo Sparks, cogiendo una silla por el respaldo y colocándola sin muchas ceremonias en el centro de la habitación.

Eileen dirigió una mirada dolida y vulnerable a Doyle mientras iba hacia la silla y se sentaba.

—Oiga, Jack, creo que ese tono no es... —comenzó a protestar Doyle.

—¡Silencio! —le ordenó Sparks. Doyle estaba demasiado sorprendido como para replicar; jamás había visto a Sparks comportarse de una manera tan imperiosa—. Doyle, me veo obligado a recordarle que esta mujer, mientras estaba al servicio de nuestros enemigos y a través de la eficacia de su falso oficio, contribuyó de un modo importante a meterle en una encerrona a consecuencia de la cual estuvieron a punto de asesinarle.

—Sin que yo lo supiera, se lo aseguro —protestó Eileen.

—Muchas gracias, señora, cuando necesitemos su autodefensa ya se la pediremos, no se preocupe —replicó Sparks corrosivo.

—Mire, Jack...

—Doyle, le agradecería que tuviera la bondad de contener sus mal informados y tontos afectos el tiempo suficiente para darme la oportunidad de averiguar la verdad con esta aventurera.

Dolida por ese franco desprecio, Eileen comenzó a llorar, discretamente y con expresión indefensa, mirando a Doyle en busca de ayuda. En lugar de aminorar su enojo, las lágrimas solo sirvieron para aumentar la belicosidad de Sparks.

—En estas circunstancias, señora, las lágrimas son un desperdicio. Le aseguro que por muy persuasivas que le hayan resultado en el pasado, y aunque no le cueste ningún esfuerzo simularlas gracias a su veteranía en el oficio, descubrirá que aquí son tan inservibles como la lluvia en el mar; no me conmoverán. Una traición de esta clase, cualquiera que sea la forma que tome y por muy involuntaria que sea, no merece la presunción de inocencia. No se equivoque, señora, conseguiré que me diga la verdad, y cualquier nuevo intento de manipular la benévola naturaleza de mi compañero en su beneficio no le servirá de nada.

En pro de la discreción, Sparks apenas si había alzado la voz, pero en el silencio que reinó en la habitación cuando acabó de hablar resonó la vehemencia de su rencor. Stoker había retrocedido hasta la puerta, estupefacto. A Doyle le resultaba difícil moverse, avergonzado tanto por el estallido de su amigo como por el desagradable fondo de verdad que había en su duro juicio. Quizá le perturbó todavía más ver que Eileen dejaba de llorar casi en el acto; se irguió en la silla rígida como un cuello de celuloide, completamente recuperada. Contempló fríamente al interrogador sin ira ni temor, firme, tranquila y con un extraordinario control de sí misma.

—¿Cuál es su nombre, señora? —preguntó Sparks en un tono menos agresivo, al parecer apaciguado por la mayor autenticidad de la actuación de la mujer.

—Eileen Temple. —Había orgullo en su voz y un punto de desafío.

—Señor Stoker —dijo Sparks, sin mirarle—. Supongo que, tras su descubrimiento en casa de la lavandera, siguió a la señorita Temple hasta esta dirección y habló con ella anoche.

—En efecto —respondió Stoker.

—Señorita Temple, ¿durante cuánto tiempo ha sido actriz en la compañía de los Manchester Players?

—Dos años.

—En el pasado mes de octubre, mientras actuaban en Londres, ¿se le acercó alguien de la compañía para hablarle de la representación que harían en el 13 de Cheshire Street?

—Sammy Fulgrave. Él y su esposa, Emma, eran sustitutos de la compañía. Ella estaba embarazada, y necesitaban dinero con urgencia.

—Y le presentaron al hombre que les había ofrecido esta oportunidad (un hombre bajo, moreno, con acento extranjero), momento en que él le hizo a usted la misma propuesta.

«El hombre moreno de la sesión», pensó Doyle. El mismo contra el que había disparado.

—Efectivamente —contestó Eileen.

—¿Cuáles fueron los términos de la oferta?

—Recibiríamos cien libras, cincuenta de las cuales nos pagó en el acto. Por cierto, tenía acento austríaco.

—Y a continuación reclutó al cuarto y último actor con su ayuda.

—Dennis Cullen. Interpretaría el papel de mi hermano.

—Y sin duda se encontraría también metido en apuros de dinero —afirmó Sparks, incapaz de disimular el desprecio en su voz—. ¿Qué les exigió este hombre a cambio de las cien libras?

—Que participáramos en una función privada para un rico amigo suyo interesado en el espiritismo. Dijo que un grupo de amigos pretendían hacerle objeto de una broma.

—¿Qué clase de broma?

—Nos comentó que este hombre, su buen amigo, era un incrédulo recalcitrante en cuestiones de espiritismo. Añadió que planeaban invitar al hombre a una sesión, donde se le daría todo tipo de razones para confirmar la autenticidad de la misma, y después le darían un buen susto, utilizando los trucos más sofisticados. La función tendría lugar en un domicilio privado, y a efectos de tener el mayor éxito, habían decidido que interpretaran los papeles actores profesionales, gente que el hombre no conocía y cuyo comportamiento parecería creíble.

—¿No hubo nada especial en la oferta que provocara sus sospechas?

—La discutimos entre nosotros. Honestamente, parecía una broma bastante inofensiva. No había nada en la actitud del hombre que sugiriera otra cosa, y francamente todos necesitábamos el dinero. —Miró a Doyle y después apartó los ojos, un tanto avergonzada.

—¿Qué más les pidió que hicieran?

—De momento, nada más. Debíamos regresar a Londres la víspera de Navidad para mantener una reunión y preparar el espectáculo. En aquella ocasión nos llevó a Cheshire Street y nos mostró la habitación donde representaríamos la sesión. Nos dio a cada uno el nombre de nuestros personajes, nos dijo la clase de persona que debíamos interpretar y nos pidió que nos pusiéramos el vestuario apropiado. Fue entonces cuando nos enteramos de que Dennis y yo haríamos de hermanos.

—¿Había oído mencionar alguna vez el nombre de lady Caroline Nicholson?

—No.

—¿Ha visto alguna vez a esta mujer? —preguntó Sparks, enseñándole la fotografía de la mujer tomada delante de Rathborne e Hijos.

—No —contestó, después de observar la foto durante un instante—. ¿Es lady Nicholson?

—Creo que sí —afirmó Sparks—. Usted es más joven que ella. Aquella noche usted llevaba maquillaje para parecer mayor.

Ella asintió.

—Creo que la escogió alguien que la vio actuar en Londres en octubre y la buscó para este trabajo por su parecido con lady Nicholson. Los otros no tenían mucha importancia; usted era la clave del plan.

—¿Pero por qué tomarse tanto trabajo? —quiso saber Stoker.

—Para protegerse de la eventualidad de que nuestro amigo el doctor Doyle hubiera visto alguna vez a la mujer real. Le aseguro que el hombre responsable es capaz de ser todavía mucho más concienzudo si es necesario.

—¿Pero cuál era su intención, maldita sea? —insistió Stoker, visiblemente frustrado.

—El asesinato del doctor Doyle —contestó Sparks.

Stoker se echó hacia atrás. Eileen volvió a mirar a Doyle; él advirtió su expresión ultrajada. Comenzó a comprender la gran fortaleza de la mujer.

—¿El hombre le presentó a la médium la noche anterior a la sesión?

—No. Supongo que todos pensamos que solo se trataba de otro actor. Él dijo que también interpretaría un papel. Aquella noche llevaba maquillaje. Usted lo describió como atezado; en realidad el hombre era bastante pálido.

—Otra vez nuestro amigo el profesor Vamberg —le comentó Sparks a Doyle.

—¿De veras? —dijo Doyle ansioso, casi con un agradecimiento patético al oír una palabra de camaradería de parte de Sparks—. No se puede decir que no les dimos una lección.

—No. La próxima vez que nos veamos, el profesor caminará con una cojera muy pronunciada.

Doyle experimentó una satisfacción visceral y muy poco caritativa mientras recordaba el ruido del disparo y los aullidos del hombre herido.

—¿Qué le dijo el hombre que debería hacer la noche de la sesión?

—Nos pidió que llegáramos vestidos como los personajes, por si se daba la casualidad de que su amigo veía a alguno de nosotros en la calle. Nos encontramos a unas manzanas de distancia. A Dennis y a mí nos recogió un coche conducido por otro hombre, que interpretaba el papel de Tim, nuestro cochero, y nos llevó hasta la casa.

—¿Cómo se llamaba?

—No le conocíamos; no habló con nosotros. Pero después de subir al coche, y de que el profesor, como usted le llama, se dirigiera a la sesión, oí que le llamó Alexander.

«Válgame Dios, era él», pensó Doyle. El cochero con el que había hablado delante del 13 de Cheshire era Alexander Sparks; había estado tan cerca del hombre como ahora lo estaba del hermano. Se estremeció. La inmersión en el personaje había sido impecable.

—Señorita Temple, acerca de las cosas que vimos en la sesión… —preguntó Doyle—, ¿le hicieron una demostración previa de cualquiera de los trucos?

Eileen asintió.

—Tenían uno de esos artefactos, una linterna mágica, oculta detrás de las cortinas. Proyectaba una imagen en el aire...

—La escena del niño pequeño —apuntó Doyle.

—Con todo aquel humo parecía tener movimiento, y resultaba difícil adivinar de dónde procedía, y había cables sujetos en el techo, sosteniendo la trompeta y la cabeza de aquella bestia siniestra...

—¿Lo vio antes de la sesión?

—No, pero desde luego es lo que me pareció —dijo ella, buscando su apoyo.

Poco seguro de poder satisfacerla, Doyle se limitó a asentir.

—¿Qué indicaciones específicas le dieron respecto a su comportamiento con el doctor Doyle? ¿Le mencionaron su nombre? —preguntó Sparks.

—No. Me dijeron que era un doctor que mi personaje había mandado llamar, solicitando ayuda porque habían raptado a mi hijo. Desesperada, había buscado la guía de esta médium, pero desconfiando de su capacidad le había escrito al doctor para que nos encontráramos allí. —Ella volvió a mirar a Doyle—. Pero cuando él llegó, no sé por qué presentí en el acto que pasaba algo terrible, que las cosas que me habían dicho eran mentiras. Podía leerlo en su cara. Los demás continuaron actuando, ni siquiera creo que se dieran cuenta. Quería decirle alguna cosa, hacerle una señal, pero cuando comenzó la cosa, se convirtió en algo tan sobrecogedor...

—¿Creyó usted que lo que veía era real? —preguntó Doyle.

—No tenía manera de saberlo; sé de lo que somos capaces en el escenario, pero... —Se sacudió involuntariamente y se abrazó a sí misma—. Había algo tan vil en el toque de la mano de aquella mujer. Algo... sucio. Y cuando aquella criatura apareció en el espejo y comenzó a hablar con aquella voz horrible..., pensé que iba a volverme loca.

—Yo también —dijo Doyle.

—¿Y entonces llegó el ataque? —intervino Sparks.

—Un ataque que formaba parte del entretenimiento; lo habíamos ensayado. Nos dejábamos matar por los intrusos, usted se pegaba un susto de muerte, y después todos se levantaban de un salto y se daban un hartón de reír a costa suya. Pero cuando aquellos hombres entraron en la habitación... no eran los mismos que habíamos visto antes. Oí el golpe que tumbó a Dennis, vi la mirada en sus ojos cuando cayó y… —se le cortó la voz. Se puso una mano en la frente, bajó la mirada, y con una inmensa fuerza de voluntad recuperó el control de sus emociones— me di cuenta de que estaba muerto y de que tenían la intención de matarle a usted, doctor Doyle; de que era lo que pretendían desde el primer momento. En aquel instante descubrí que podía rezar; si pensaban arrebatarme la vida por la parte que había interpretado en esto, que fuera mi vida a cambio de la suya. Entonces sentí el cuchillo en la garganta y la sangre que corría, y no tuve ningún motivo para creer que no fuera la mía, que no me hubieran asesinado. Caí. Supongo que me desmayé. Los instantes siguientes los tengo confusos.

Cerró los ojos y respiró con fuerza; soltó el aire con un jadeo entrecortado mientras luchaba por contener las lágrimas. Les había dicho la verdad, pensó Doyle; ni siquiera el genio teatral más consumado podía fingir aquel desmoronamiento.

—Desperté cuando Sammy y su mujer me sacaban de la casa. No habían sufrido heridas, pero oímos gritos y gemidos detrás de nosotros. Disparos. Caos. Tuve una conmoción tremenda al darme cuenta de que seguía viva y de que no se trataba de un sueño, que habían asesinado a Dennis.

—¿Vio al cochero del carruaje en el exterior? —le preguntó Sparks.

—El coche había desaparecido. Echamos a correr. Comenzamos a cruzarnos con gente en las calles. Emma gritaba. Sammy intentaba calmarla, pero ella no se tranquilizaba y él no sabía cómo consolarla; él insistió en que sería más seguro para mí si nos separábamos, así que cada uno tomó caminos diferentes. Él me dio su pañuelo para limpiarme la sangre de la garganta. No los volví a ver. El señor Stoker me dijo lo que les había pasado… Intenté ponerme presentable. No me atrevía a regresar al pequeño hotel donde nos alojábamos. Caminé hasta que se hizo de día. Entonces cogí una habitación en algún hotel de Chelsea. Llevaba el dinero que nos adelantaron. Pensé acudir a la Policía, pero resultaba imposible explicar mi participación, pues era demasiado culpable. ¿Qué podía decirles?

Doyle sacudió la cabeza tratando de expresarle su absolución. Ella no encontró consuelo en el gesto y movió a su vez la cabeza, autoinculpándose, al mismo tiempo que desviaba la mirada.

—Lo único que se me ocurrió fue regresar a la compañía. Regresar y contarles lo sucedido, porque pensé que ellos sabrían qué hacer. Intenté recordar dónde actuaban... Sabía que era en el norte, pero estaba muy confusa, y entonces recordé Whitby. Recordé Whitby porque ya habíamos actuado aquí una vez, en pleno verano, y el mar y los veleros en el puerto me habían parecido tan bellos que quería sentarme en un banco junto al malecón y contemplar los barcos sin moverme ni pensar durante mucho tiempo, y quizá entonces podría comenzar a olvidar lo ocurrido, quizá el descalabro causado a mi mente empezaría a curarse...

Las lágrimas rodaban por sus mejillas, pero no hizo ningún movimiento para enjugárselas. Su voz permaneció serena y fuerte.

—A la mañana siguiente cogí el tren hasta aquí. No tenía otras prendas, pero la capa era lo bastante grande como para cubrir las manchas de sangre en el vestido. No hablé con nadie. Realicé el viaje sin ninguna molestia, aunque estoy segura de que se hicieron muchos comentarios sobre la extraña mujer vestida con un elegante traje de noche que viajaba sin acompañante ni equipaje. Alquilé una habitación aquí, como una amante desconsolada. Compré estas ropas sencillas y mandé a lavar el vestido. La sangre había estropeado el satén, pero no quería perderlo; era mi mejor vestido. La única vez que lo había usado fue la noche de Año Nuevo del año pasado. Aquella noche fui tan feliz, pensaba que mi vida acababa de comenzar y... —Hizo otra pausa, antes de rehacerse y añadir sencillamente—: Alquilé una habitación, dormí y esperé la llegada de la compañía.

La mujer miró a Stoker, indicando que el siguiente capítulo de la historia era su llegada, lo que llevó el relato al pasado inmediato. Incluso la rudeza de Sparks parecía aplacada por la terrible experiencia de la actriz.

Doyle le ofreció un pañuelo, que ella aceptó en silencio. Stoker fue el primero en reanudar la conversación.

—Señorita Temple, tendría que contarles lo ocurrido aquí la noche anterior a nuestro encuentro.

Ella asintió y apartó el pañuelo.

—Me desperté en mitad de la noche. Suavemente. Sin saber por qué, no me moví, solo abrí los ojos. No estaba segura, tampoco lo estoy ahora, de si se trataba de un sueño. Una silueta estaba de pie en las sombras, en un rincón de la habitación. La miré durante mucho tiempo antes de poder estar segura de lo que veía. Un hombre. No se movía. Parecía… sobrenatural.

—Descríbalo, por favor —pidió Sparks.

—Un rostro pálido, largo. Iba completamente vestido de negro. Sus ojos, difíciles de describir, ardían. Absorbían la luz. Nunca parpadeaban. Estaba tan aterrorizada que no podía moverme. Apenas si podía respirar. Me sentía como si me observara algo… menos que humano. Había en él un ansia. Era como un insecto.

—Él no la tocó.

Ella sacudió la cabeza.

—Permanecí allí, sin moverme. Perdí la noción del tiempo. Me sentía paralizada. Cerraba los ojos y los volvía a abrir, y él seguía allí. Con la primera luz del alba abrí los ojos, y él ya no estaba. Me levanté de la cama. La puerta y las ventanas de la habitación estaban cerradas, como lo habían estado cuando me fui a dormir. Hasta aquel momento no había tenido miedo de verdad…, pero pese a que no me tocó, a que nunca se movió, me sentí violada.

—La señorita Temple pasó la última noche en esta habitación —manifestó Stoker—. Y yo me quedé aquí sentado en aquella silla con esto en la mano… —Recogió una escopeta de doble cañón oculta detrás de la cómoda—. Nadie entró en esta habitación.

—No volverá a estar sola. Ni por un instante —afirmó Doyle, mirando alarmado a Sparks.

Sparks no respondió. Se sentó en la cama y miró a través de la ventana, los hombros un tanto caídos.

—¿Me equivoco si pienso que el hombre en el cuarto de la señorita Temple es el mismo hombre responsable de los crímenes de los que hemos hablado? —preguntó Stoker.

—No. No se equivoca —contestó Sparks, con voz suave.

—¿Qué clase de hombre puede moverse a través de la noche de esta manera, atravesar puertas y ventanas y entrar en las habitaciones sin un ruido, puede atacar a las personas mientras duermen, llevárselas y hacerlas desaparecer para siempre? —Stoker se acercó a Sparks mientras hablaba, sin alzar nunca la voz—. ¿Qué clase de ser humano es este? ¿Usted lo sabe?

—Yo se lo diré, señor Stoker —prometió Sparks—. Pero primero debe decirme qué hacía usted cuando nos encontramos en la abadía de Goresthorpe.

Dominando a Sparks con su estatura, Stoker cruzó los brazos y se acarició pensativo las grandes patillas.

—Me parece justo —respondió. Stoker se apoyó contra el marco de la ventana, sacó una pipa y la bolsa de tabaco de un bolsillo, y se entretuvo con los pequeños y precisos rituales del fumador mientras comenzaba el relato—: He hablado con mucha gente en Whitby desde mi llegada, pero muy pocos tenían algo interesante que decir. Entonces conocí a un hombre en una taberna de los muelles. Un ballenero, un viejo lobo de mar, setentón. Había dado la vuelta al mundo una docena de veces. Ahora se sienta, mira el puerto y va bebiendo cerveza desde el mediodía hasta el cierre, en solitario. El tabernero y los clientes tienen al hombre por un borrachín y un chiflado inofensivo. El marino me llamó a su mesa a poco de estar en el local. Se mostró muy agitado y ansioso por contarme algo que seguramente nadie más estaba dispuesto a creer, o bien ya estaban hartos de escuchar.

»Me dijo que nunca dormía mucho, al parecer un efecto del alcohol y la edad, así que pasaba muchas noches caminando junto a la playa y colina arriba, hacia la abadía, donde estaba enterrada su esposa desde hacía diez años. Dijo que algunas veces ella le hablaba, que oía su voz en medio de la noche, susurrándole con el viento entre los árboles junto al cementerio. Una noche, hará cosa de tres semanas, mientras paseaba entre las sepulturas, ella le llamó. Dijo que la voz era más fuerte que nunca.

»"Mira al mar", le dijo ella. "Mira el puerto." El cementerio está en una cornisa que da directamente a la rada. Era una noche ventosa, y la marea estaba alta. Miró hacia el mar y vio un barco que cabalgaba sobre las olas, volando hacia la playa demasiado rápido, con las velas ondeando y los cabos sueltos; parecía condenado a embarrancar. El viejo marino bajó tan deprisa como pudo hacia la playa donde se dirigía el barco; si chocaba contra las rocas, podía producirse una tragedia; tendría que hacer sonar la alarma.

»Cuando llegó a Tate Hill Pier, una pequeña cala fuera de la vista del malecón, vio que el barco había echado el ancla a unos cincuenta metros de la playa. Era una goleta preciosa que mostraba mucho casco y flotaba ligera en el agua. Un esquife venía hacia la playa; vio sorprendido que había gente en la costa que hacía señales con lámparas. Se acercó, aunque siempre oculto, dispuesto a no dejarse ver. Observó que entre la gente se encontraba el obispo.

—¿El obispo Pillphrock? —preguntó Sparks.

—En efecto. No reconoció a los demás. El bote llegó a tierra con dos hombres a bordo, uno todo de negro. La carga eran dos cajones del tamaño y la forma de ataúdes, que fueron descargados rápidamente. El hombre juró que también había visto desembarcar a un gran perro negro. La goleta no esperó el regreso del bote; ya había levado anclas y navegaba contra el viento hacia mar abierto. El grupo de la costa cargó con los cajones, que no parecían pesar mucho, y marcharon colina arriba hacia la abadía. Desfilaron a unos tres metros del escondite del viejo marino. Oyó al obispo comentar algo sobre «la llegada de nuestro Señor», y el hombre de negro le ordenó a gritos que se callara. El marino los siguió y dijo que los vio llevar los cajones no a Goresthorpe, sino a las ruinas de la vieja abadía en lo alto de la colina. Y juró que había visto correr al perro negro por el cementerio y desaparecer en medio de la nada. Desde entonces ha visto extrañas luces encendidas hasta muy tarde en las ruinas. Pero lo que más le preocupaba era que desde aquella noche no ha vuelto a oír la voz de su mujer.

—Tenemos que hablar con este hombre —afirmó Sparks.

—A la mañana siguiente lo encontraron en el cementerio. Tenía la garganta destrozada, como si le hubiese atacado un animal. El sepulturero dijo que durante la noche había oído aullar a un lobo.

Sparks y Doyle cruzaron una mirada. Eileen se arropó con el chal y miró al suelo. Temblaba. De pronto las paredes les parecieron demasiado pequeñas para contener lo que sentían y demasiado endebles para defenderlos de las fuerzas dispuestas contra ellos.

—¿Qué es aquello? —preguntó Sparks, señalando un paquete sobre la cómoda.

—Mi desayuno de esta mañana —contestó Stoker—. Un producto local.

Sparks recogió el paquete de Mother's Own Biscuits.

—Ahora les contaremos todo lo que falta de nuestra historia —anunció.

Y así lo hicieron.

16

HACER FINTAS AL DIABLO

Sparks y Doyle no escatimaron detalles a Stoker y Eileen, salvo la presunta vinculación de Sparks con el Gobierno y las reservas de Doyle respecto al propio Sparks —aquella nota de Leboux pesaba como una losa sobre sus pensamientos—, y ya era oscuro y casi de noche cuando acabaron el relato. La nevada había durado todo el día. Las calles aparecían cubiertas de un palmo de nieve fresca y la borrasca no daba señales de querer amainar. Enviaron recado a la cocina para que les sirvieran una cena liviana de sopa, cordero frío y pan de centeno, que compartieron en la habitación de Stoker y que les sirvió para recuperar fuerzas. Eileen apenas dijo nada durante la cena, y nunca respondió a la mirada de Doyle, refugiada en alguna profunda fortaleza interior. Convencido de que la situación exigía refuerzos, Sparks se excusó para ir en busca de Barry y Larry, alojados en una posada cercana a la estación, donde habían alquilado una habitación por la mañana de aquel día tan largo. Eileen se tendió en la cama a descansar. Stoker aprovechó la ocasión para llevar a Doyle a un aparte en el pasillo, dejando la puerta entreabierta para vigilar el interior de la habitación y especialmente las ventanas.

—De caballero a caballero —comenzó Stoker en voz baja—, mi más ferviente deseo es que esta situación no parezca poco delicada.

—¿A qué se refiere? —preguntó Doyle.

—Soy un hombre muy feliz en el matrimonio, doctor Doyle. Mi esposa y yo tenemos un niño. Como usted no habrá dejado de observar, la señorita Temple pasó la noche en mi habitación.

—Velaba usted por su vida.

—Incluso así. La señorita Temple es una actriz y, como usted habrá observado también, una mujer muy atractiva. Si alguna palabra de esto trascendiera en Londres... —Stoker se encogió de hombros con el estilo de los caballeros que acudían a los clubes más exclusivos.

—Dadas las circunstancias, tal cosa sería impensable —afirmó Doyle, con un asombro no manifestado. ¿Es que no había límites en la fanática preocupación de la sociedad por el decoro?

—Entonces confío en su discreción —dijo Stoker, visiblemente tranquilizado, tendiéndole la mano—. Voy a buscar una copa de coñac. ¿Le apetece beber algo?

—No, muchas gracias —respondió Doyle, dispuesto a tener la mente despejada durante la noche.

—La señorita Temple pidió una como soporífero. Traeré otra para ella.

Después de dirigirle una ligera inclinación de cabeza, Stoker se encaminó hacia el bar. Doyle entró en la habitación. Eileen estaba despierta, sentada en la cama, liando un cigarrillo con dedos expertos. Doyle la miró asombrado.

—¿Tiene una cerilla? —preguntó ella.

—Sí, creo que sí. Un momento. A ver si hay suerte.

Doyle rebuscó en los bolsillos, sacó una cerilla y le encendió el cigarrillo. Por el simple hecho de estar a solas con ella en la habitación, las manos le temblaban. Ella se las sujetó con las suyas.

—¿De verdad cree que nos atacarán, con tanta gente como hay por aquí? —le preguntó Eileen, con una despreocupación y una familiaridad que él no había notado antes.

—Oh, es posible. Bueno, yo diría que bastante probable. —¿Por qué diablos el inglés se había convertido de pronto en algo que no parecía su lengua nativa?

—Tendría que sentarse. Parece muy cansado. —La mujer cruzó las piernas y soltó una bocanada de humo.

—Muchas gracias, sí que estoy cansado. Me sentaré —dijo Doyle, y buscó con la mirada un sitio donde instalarse. Finalmente escogió la silla de respaldo recto que estaba en el otro extremo de la habitación, la colocó mirando a las ventanas, recogió la escopeta, se sentó e intentó parecer dispuesto a todo.

—Al parecer sabe usted disparar —comentó Eileen después de observarle un momento, con la sombra de una sonrisa.

—Sinceramente espero no tener la ocasión de demostrarlo mientras esté usted tan... tan cerca. —Sintió que se ruborizaba. ¡Se ruborizaba!

—Y no dudo que si surge la ocasión, quedaré favorablemente impresionada.

Doyle asintió y sonrió como un autómata. Le resultaba difícil mirarla. «¿Me toma el pelo?», se preguntó. «¿Será porque me comporto como un auténtico imbécil?»

—¿Trata a muchas mujeres, doctor Doyle? —preguntó ella nuevamente, con la sonrisa de la Gioconda.

—¿A qué se refiere?

—En la práctica profesional. ¿Tiene muchas pacientes?

—Sí, desde luego. Quiero decir que tengo unas cuantas. Yo diría que casi la mitad son mujeres. Me refiero a la mitad del total. —La mitad de ocho, en el apogeo, a fuer de sincero: ahora todas perdidas. Y ninguna de ellas tenía menos de cincuenta años; no había ninguna que tuviera cuello de cisne y cutis de rosa y...

—¿Está casado?

—No. ¿Y usted?

Ella se echó a reír. A él la risa le recordó el tintineo de las copas de cristal en una cena romántica.

—No, no estoy casada.

Doyle asintió muy serio, miró la escopeta que sostenía en las manos y con mucha concentración limpió una mancha imaginaria en el cañón.

—Nunca le he dado las gracias como es debido —añadió ella, más serena.

—No es necesario —dijo Doyle, rechazando el cumplido con un ademán.

—De todos modos, le debo la vida. A usted y también al señor Sparks.

—No tiene por qué considerarse en deuda con nosotros, señorita Temple. En las mismas circunstancias volvería a hacer con gusto lo mismo y mucho más —contestó él, envalentonado. Esta vez le sostuvo la mirada hasta que ella miró en otra dirección.

Eileen necesitaba alguna cosa donde apagar la colilla. No había cenicero en la mesilla de noche. Doyle buscó por la habitación, cogió el envase de las galletas y lo sostuvo sobre la mesa mientras ella apagaba el cigarrillo. Sus dedos se rozaron suavemente con un cosquilleo eléctrico que él se negó a creer imaginario.

—Quiero ayudar en lo que sea necesario —manifestó ella con voz baja y ronca—. Debe convencer al señor Sparks, porque me siento responsable, ¿sabe?

—Actuó usted por necesidad. Una urgente necesidad económica. Usted no podía saber lo que iba a ocurrir. No tenía manera de saberlo.

Cuando acabó de apagar la colilla, ella le miró, y sus rostros estaban a unos pocos centímetros de distancia.

—Da igual —dijo Eileen—. ¿Se lo dirá? Quizá yo pueda hacer algo. Tengo muchos recursos.

—Eso es algo que no pongo en duda.

Eileen se quitó con la lengua una diminuta hebra de tabaco del labio inferior. Sus ojos se encontraron, y la mirada de la joven distaba mucho de ser desalentadora. Doyle sintió un fuerte tirón en el pecho, como si estuviese atrapado en un poderoso campo gravitatorio. La belleza es la promesa de la felicidad; aquella frase de alguna fuente largo tiempo olvidada apareció en su mente. Se descubrió a sí mismo inclinándose para besarla en el preciso instante en que se acercaban unas pisadas. Sparks llamó a la puerta y entró en la habitación. Doyle se apartó rápidamente y retiró el envase de las galletas. Larry y Barry se situaron a cada lado de la puerta.

—He echado una mirada a la otra fonda; debemos trasladarnos allí inmediatamente —anunció Sparks—. Es un edificio menos vulnerable. No nos resultará tan difícil defendernos durante la noche.

—Confío en que no esté organizando esta defensa porque me crea una persona desvalida —manifestó Eileen, poniéndose de pie con gesto enérgico—, ya que soy capaz de defenderme tan bien o mejor de lo que podría defenderme cualquier hombre.

—Señorita Temple, después de la suerte corrida por sus colegas, sin duda comprenderá que usted es un objetivo de primordial importancia para nuestros enemigos —dijo Sparks, con un tono mesurado y razonable.

—Lo que comprendo es que usted no tiene la más mínima idea de mi capacidad para ayudarle y apoyarle en este asunto —afirmó Eileen.

—Este no es momento para…

—Y si espera que permanezca encerrada en esta habitación como una lombriz en el anzuelo esperando que comience el jaleo mientras ustedes son libres de ir y venir como les plazca, le aseguro que está muy equivocado.

—Señorita Temple, por favor…

—No me voy a prestar a este juego, ni tampoco estoy dispuesta a comportarme según sus anticuadas ideas sobre lo que una mujer puede o no puede hacer; comienzo a sospechar que tampoco aprueba que las mujeres puedan votar…

—¡Por todos los santos! ¿Qué tiene eso que ver con mudarnos a la otra fonda? —protestó Sparks. Doyle no recordaba haber visto a Sparks tan acosado. Barry y Larry se miraban los zapatos, haciendo todo lo posible para ocultar la sonrisa.

—Soy una experta tiradora desde los diez años: un hombre que intente atacarme se juega el pellejo. Ya he disparado contra un hombre, y no vacilaría en hacerlo de nuevo.

—No se comporte como una tonta…

Con un veloz movimiento, Eileen cogió el arma de la mano de Doyle, la amartilló, se la echó rápidamente al hombro para apuntar al perchero colocado en un rincón, apretó el gatillo y envió el sombrero de Stoker al reino de los cielos. Larry y Barry se lanzaron de cabeza al suelo. Stoker escogió aquel mal momento para aparecer en la puerta cargado con dos copas llenas de coñac: Eileen vio algo que se movía por el rabillo del ojo y se volvió como un rayo para apuntarle. Stoker levantó las manos y las copas cayeron al suelo.

—¡Dios, no! —gritó Stoker.

—¿Necesita alguna otra confirmación de mis palabras, señor Sparks? —dijo ella tranquilamente.

—La he entendido perfectamente —respondió Sparks, el rostro tenso por la rabia.

Eileen bajó el arma. En el pasillo aparecieron algunos huéspedes atraídos por el ruido de la detonación.

—Todo está en orden, amigos —les dijo Doyle, cogiendo a Stoker por un brazo y haciéndole entrar en la habitación—. Sigan con sus asuntos. Aquí no pasa nada.

—¿Se puede saber qué es lo que ocurre? —preguntó Stoker nervioso mientras Doyle cerraba la puerta—. Por favor, señorita Temple, estos son nuestros amigos.

Eileen abrió la recámara, sacó el cartucho usado y le devolvió la escopeta a Doyle.

—Señor Stoker, le debo un sombrero nuevo.

Larry y Barry se sentaron en el suelo y trataron inútilmente de no reírse a mandíbula batiente.

Doyle tampoco pudo contenerse.

—Estoy seguro de que es un terrible malentendido. ¿No podríamos discutirlo de una forma más razonable? —propuso Stoker, recuperando los restos del bombín.

—Si ya no es obligado trasladarnos a la otra fonda, señor Sparks, ¿cuál es el plan alternativo? —preguntó Eileen.

Sparks la miró furioso, pero ella se mantuvo en sus trece. Cuando Doyle se ahogó al intentar contener otra carcajada, Sparks lo fulminó con una mirada ponzoñosa.

—Lo siento —dijo Doyle, convirtiendo la risa en una tos—. Quizá después de todo no sea una mala idea quedarnos aquí.

—Tendrá usted la oportunidad de contribuir, señorita Temple —manifestó Sparks, sin hacer caso de Doyle—, aunque en el bien entendido de que me consideraré libre de cualquier otra obligación respecto a su seguridad.

—Aceptado —dijo ella, y le tendió la mano. Sparks miró la mano como si fuera una pata de langosta, y después se la estrechó con fuerza.

—Entonces, ¿qué haremos, Jack? —insistió Doyle.

—Esta tarde los hermanos han hecho un descubrimiento muy interesante —anunció Sparks, acercándose a la ventana.

Los dos hombres ya se habían puesto de pie, con los sombreros en las manos. Doyle observó que a Barry le costaba dejar de mirar a Eileen.

—A las tres en punto llegó un tren a la estación —informó Barry, con su tono más encantador—. Webb Compound y un coche de pasajeros. Especial de Balmoral. Sello real.

—¿Venía a bordo alguien de la realeza? —preguntó Doyle, alarmado.

—Solo el príncipe Alberto.

—¿El joven Eddy? —exclamó Stoker, atónito.

—En persona. Le esperaba un carruaje y fue conducido hacia el sudeste.

—No olvide que sir Nigel Gull, antiguo médico del príncipe, es uno de la lista de los siete —le recordó Sparks a Stoker.

—¿Qué puede estar haciendo aquí? ¿Acaso planean asesinarle? —preguntó Stoker.

—Sería desperdiciar una bala —intervino Eileen.

—¿Conoce usted personalmente al príncipe, señorita Temple? —quiso saber Sparks.

—Efectivamente —contestó ella, liando otro cigarrillo—. El año pasado pasé una velada en compañía de Eddy después de que él me viera actuar en *El sueño de una noche de verano* en Bristol.

—No se le puede reprochar que tenga mal gusto —comentó Barry con galantería.

—En cuanto toma una cerveza —dijo Eileen— le salen más brazos que a un pulpo.

—Muchas gracias por un informe tan edificante —dijo Sparks.

—No hay de qué —replicó Eileen, y se acercó a los labios el cigarrillo. Barry y Larry se precipitaron con cerillas encendidas antes de que Doyle pudiese sacar una del chaleco.

—Larry, ¿tendrías la gentileza de compartir con nosotros lo que has descubierto hoy? —preguntó Sparks con un tono de maestrillo enfadado.

—Inmediatamente, señor —respondió Larry, apagando la cerilla ya que Barry se le había adelantado—. La abadía de Goresthorpe está misteriosamente desierta; en los tres últimos días, como el señor Stoker ha podido comprobar, no ha habido nadie por allí. Así pues, ¿cómo encontrar al muy honorable obispo Pillphrock, cómo descubrir su paradero? Sin embargo, una cosa subsiste gracias a las tiendas de productos alimenticios, de modo que pasé la tarde de charla con las muchachas de esas tiendas (no soy Barry, pero me las apaño) y siguiendo las líneas de abastecimiento me enteré de que el obispo se había retirado a una porción de paraíso en la costa donde, a juzgar por el considerable volumen de las provisiones adquiridas y entregadas, debe estar, como decimos nosotros, jugando al caballero rural con un buen número de invitados.

—¿Es la finca del obispo? —preguntó Doyle.

—No. Es la de sir John Chandros —le respondió Sparks.

—Correcto, señor, y da la casualidad de que, compartiendo los terrenos de esta misma finca, está la fábrica que produce…

—Mother's Own Biscuits —dijo Doyle.

—Me lleva usted una ventaja enorme, señor —comentó Larry con modestia.

—¿Cuál es el nombre de la finca? —preguntó Doyle.

—Se llama Ravenscar.

—Y se encuentra en el sudeste, más allá de las antiguas ruinas —añadió Doyle.

—Correcto otra vez, señor.

—Y es allí donde probablemente han llevado al príncipe desde la estación —intervino Sparks—. Contiguas a Ravenscar están las tierras que el general Drummond le compró a lord Nicholson.

—Debemos ir allí de inmediato, Jack —señaló Doyle.

—Tendrá que ser mañana —contestó Sparks, mirando a través de la ventana cómo caía la nieve—. Esta noche haremos una visita a las ruinas de la abadía de Whitby.

—¿Con este tiempo? Supongo que no estará hablando en serio —intervino Stoker.

—No es necesaria su presencia, señor Stoker —dijo Sparks. Recogió la escopeta—, pero me gustaría que me prestara este arma.

A todo esto, Barry no había desaprovechado la ocasión de contemplar a Eileen, que estaba fumando. La mujer le llevaba casi quince centímetros de estatura.

—Yo la he visto en alguna parte, ¿verdad? —comentó Barry con una sonrisa confianzuda.

Eileen enarcó una ceja y miró con expresión risueña al hombre. Tal vez la reputación de Barry no era exagerada, pensó Doyle.

Provistos de faroles, la escopeta, un revólver y cinco pares de raquetas de nieve conseguidos en la fonda, Sparks, Doyle, los hermanos y Eileen (Stoker había decidido no participar en la salida) marcharon en plena oscuridad hacia las ruinas de la abadía de Whitby. El grueso de la tormenta había pasado y no soplaba viento; la nieve caía con más suavidad, hasta alcanzar un grosor que superaba los cincuenta centímetros. Espesos nubarrones ocultaban la luna. Salía humo de todas las casas ante las que pasaban; las cortinas cerradas solo dejaban escapar algún mísero rayo de luz que les permitía ver las calles mal definidas. El silencio solo era roto por el suave chasquido de las raquetas sobre la nieve en polvo y el ruido de la respiración que se congelaba en el aire. La navegación era problemática: los viajeros se sentían encerrados en una esfera blanca y hermética.

Subir la colina exigía paciencia y vigor. Sparks marchaba primero, consultando la brújula para mantener el rumbo lejos de los acantilados de la izquierda. Barry y Larry protegían la retaguardia provistos de faroles, mientras Doyle caminaba junto a Eileen en el medio. Ella vestía pantalones, botas y un abrigo tomado en préstamo del vestuario de Sparks. Su paso era largo, rítmico y enérgico, y la subida parecía resultarle mucho menos ardua que al propio Doyle, que esperaba ansioso cada una de las frecuentes pausas de Sparks para recuperar el aliento.

Transcurrió media hora antes de que llegaran frente al frío y oscuro contorno de la abadía de Goresthorpe; era evidente que seguía libre de ocupantes. Una curiosa formación de siluetas rectangulares salpicaba el terreno cubierto de nieve que tenían delante. Doyle se dio cuenta de que eran lápidas. Siguieron la curva del terreno de la rectoría, atravesaron una hilera de árboles y muy pronto se encontraron delante del escabroso y negro perfil de las antiguas ruinas que se alzaban en lo alto de la colina. El viejo sepulcro, tan desprovisto de vida como el edificio de más abajo, emanaba una amenaza visceral considerablemente más ominosa que la mera ausencia de vida.

—Parece un lugar siniestro y repugnante —dijo Doyle en voz baja.

—Muy adecuado para inculcar el miedo en los corazones de los pobres e ignorantes feligreses —susurró Eileen.

Sparks hizo una señal para que avanzaran, y atacaron el último tramo de la escalada. La pendiente era mucho más pronunciada, y en más de una ocasión hizo falta el esfuerzo colectivo para poder trepar a las partes más abruptas. Cuando superaron el último repecho se encontraron en una zona llana al mismo nivel de las ruinas. Los faroles derramaban una luz mortecina sobre las paredes derruidas, que se veían negras y desgastadas por el paso de los años. Las puertas y ventanas habían desaparecido tiempo ha, y en muchos sitios incluso había caído el techo, pero la impresión general que transmitía lo que quedaba del edificio era de un tremendo poder. Dieron una vuelta a paso lento alrededor de la estructura y pudieron apreciar sus impresionantes dimensiones y la fantástica obsesión de los constructores por los detalles. Cada reborde, cornisa y dintel estaba adornado con siniestras esculturas góticas, que encarnaban todos los terrores nocturnos imaginables: diablillo, íncubo, basilisco, hidra, esqueleto, ogro, hipogrifo, trasgo y gárgola. Este aterrador muestrario había sufrido muchos menos deterioros por el paso de los siglos que las paredes donde moraba, y ahora las figuras se cubrían pacientemente con un manto de nieve que no aminoraba en nada su repugnante fealdad. Las habían colocado allí para espantar a los demonios, no para acogerlos, recordó Doyle de los textos de historia. Al menos era lo que se esperaba. No podía evitar espiar de vez en cuando por encima del hombro para comprobar si los ojos muertos de alguna de las criaturas vigilaban acaso sus movimientos.

Sparks les llevó de regreso alrededor de las ruinas hasta el punto de partida, completando el círculo de pisadas en la nieve, que se perdían en la oscuridad en ambas direcciones.

—¿Echamos una mirada al interior? —les preguntó Sparks.

No se oyó ninguna respuesta, pero cuando Sparks cruzó el umbral de la puerta, nadie se quedó atrás. La nieve no se había acumulado de forma regular porque el techo se había derrumbado en lugares dispersos y quedaban vigas en los agujeros. Se quitaron las raquetas de nieve y las dejaron apoyadas contra una pared. Sparks los condujo hasta la nave contigua, un espacio rectangular amplio con arcadas e hileras uniformes de bancos de piedra. Una plataforma en el extremo más lejano de la nave señalaba la función original del recinto.

—Esta era la iglesia —dijo Sparks.

Sparks se adelantó hacia el altar. Larry y Barry se desplegaron hacia los lados con los faroles, y la nave quedó iluminada de una forma más regular. La nieve caía por los agujeros del techo. El aire parecía tan denso y pesado como el hielo en un lago helado.

—Había brujas que usaban este lugar para divertirse —comentó Larry.

—Quieres decir monjas —le corrigió Barry.

—Monjas que se habían extraviado, es lo que dijo él.

—Nos lo dijo un tipo en un bar —aclaró Barry, dirigiéndose sobre todo a Eileen.

—Es lo que dijo. Comunidades enteras enloquecían y se pasaban al otro bando. Un día le hacían fintas al demonio, y al siguiente se ayuntaban con el príncipe de las tinieblas. Por esto la gente le prendió fuego al lugar.

—¿La gente del pueblo? —preguntó Doyle.

—Así es —contestó Larry—. Resolvieron el asunto con sus propias manos. Mataron, torturaron y sacaron el demonio del cuerpo de las monjas, en esta misma nave. Eso es lo que oímos.

—Estupideces —afirmó Eileen.

—Lo mismo digo —asintió Barry—. El tipo estaba ciego de ginebra.

—Yo no pongo la mano en el fuego, solo digo que él…

—¡Traed los faroles! —gritó Sparks.

Barry y Larry corrieron hacia el altar, cargados con los faroles. Doyle y Eileen se apresuraron a seguirles. Sparks se encontraba junto a una caja cerrada y agrietada por el tiempo colocada sobre un montón de tierra.

—¿Y esto qué es? —preguntó Larry.

—Es un ataúd, ¿no? —replicó Barry.

Doyle pensó en la narración de Stoker sobre lo que había observado el viejo marino y la carga que había visto traer a tierra.

—Han quitado los clavos de la tapa —dijo Sparks, arrodillándose con uno de los faroles.

—¿No dijo el viejo que habían subido dos ataúdes hasta aquí? —preguntó Doyle.

—Sí —contestó Sparks, mirando la madera.

—¿Qué diablos habrá dentro de esta cosa? —preguntó Eileen.

—Solo hay una manera de averiguarlo, ¿no le parece, señorita Temple? —dijo Sparks, y acercó una mano a la tapa.

Cuando la mano de Sparks tocó la madera, sonó un aullido escalofriante en el exterior del edificio; no podía ser otra cosa que el aullido de un lobo, pero Doyle no había oído nunca ninguno con un timbre tan bajo y gutural. Se quedaron de una pieza mientras resonaba el eco.

—Ha sonado muy cerca —susurró Doyle.

—Increíblemente cerca —dijo Sparks.

Otro animal contestó con un aullido idéntico desde el otro lado de la abadía. Después un tercero, más lejos.

—¿Lobos? —preguntó Barry.

—No suenan a perros de aguas, ¿verdad? —opinó Eileen.

—Daos la vuelta muy despacio y mirad hacia la nave —ordenó Sparks.

—No es necesario, señor —dijo Larry, que ya miraba en aquella dirección y señalaba hacia el centro del crucero de la iglesia.

Un vertiginoso torbellino de chispas azules giraba más o menos en círculo alrededor de un punto fijo a medio metro del suelo aproximadamente. Mientras giraba, la circunferencia se fue ampliando, primero horizontalmente, después hacia arriba, hasta igualar el ancho de los bancos de piedra rotos. El aire crepitó con electricidad estática. Doyle sintió que se le ponían los pelos de punta.

—¿Qué demonios? —musitó Eileen.

Las chispas azules se fueron esfumando al tiempo que emergían cinco figuras translúcidas y encapuchadas que rezaban arrodilladas, con las rodillas descansando a unos treinta centímetros del suelo, como si estuvieran apoyadas en un reclinatorio espectral. Era imposible determinar de dónde surgían, pero de pronto el recinto se animó con un coro de suaves voces susurrantes. Las palabras eran incomprensibles, pero el tono ferviente de la coral invisible penetraba con fuerza en el oído, y trastornaba el orden consciente del entendimiento.

—Latín —afirmó Sparks, después de escuchar con atención.

—¿Es un fantasma? —Doyle se oyó preguntar a sí mismo.

—Más de uno, caballero —dijo Larry, persignándose.

—Bueno, aquí tenéis a las monjas —comentó Barry, que no parecía preocupado en lo más mínimo por la visión.

Si se las miraba con atención, las figuras proyectaban un aspecto más femenino que monjil, y las agudas voces insinuantes que sonaban no ayudaban en nada a alterar esa percepción.

Eileen cogió el farol de Larry, descendió sin miedo del altar y caminó en línea recta hacia las apariciones.

—Señorita Temple… —protestó Doyle.

—Muy bien, señoras, ya está bien de tantas majaderías —dijo Eileen con voz fuerte y bien impostada—. Se acabaron los rezos por esta noche. Venga, iros ya al maldito lugar de donde habéis venido y no incordiéis más.

—Barry —ordenó Sparks.

Barry fue tras ella al instante. Larry sacó los cuchillos y avanzó hacia la derecha, mientras Sparks apuntaba con la escopeta.

—Venga, estúpidas, desapareced, dispersaos, o conseguiréis que nos cabreemos de verdad.

Las voces fantasmales callaron de pronto. Eileen se detuvo a unos tres metros de las monjas penitentes.

—Así está mejor —añadió Eileen con un tono satisfecho—. Ahora a ver si las chicas tienen la bondad de retirarse.

Las figuras fantasmales bajaron las manos. Barry se acercó lentamente a Eileen, hasta situarse a unos tres pasos detrás de ella.

—Señorita Temple —dijo Sparks, con voz alta y clara—. Apártese del centro de la nave, por favor.

—En el teatro trabajamos muy a menudo con fantasmas.

—Por favor no discuta y haga lo que le pido.

—No se preocupe —replicó ella, volviéndose hacia Sparks—. Son totalmente inofensivas.

Las figuras se quitaron al unísono las capuchas, revelando las siniestras cabezas deformadas y calvas que parecían mitad humanas y mitad de ave de presa. Dejaron escapar un chillido agudo, aterrador, y se elevaron por encima de Eileen hasta una altura de tres metros o más, listas para atacar. En aquel instante, dos lobos enormes entraron en la nave por cada lado del ábside, gruñendo con fiereza, y salieron corriendo directos hacia Eileen. Barry se abalanzó sobre ella y la hizo caer al suelo mientras los lobos saltaban al ataque. Sparks disparó la escopeta de dos cañones y abatió a la primera bestia en pleno vuelo; el lobo cayó a tierra con un golpe sordo y permaneció inmóvil, con el cuerpo destrozado por los perdigones. En el mismo momento, Larry lanzó los cuchillos; se oyó un agudo gañido cuando el segundo animal descendió sobre Barry, hundiéndose los puñales hasta el mango en el cuello y la parte superior del pecho. La bestia todavía tenía fuerza e instinto y clavó los dientes en el brazo del hombre. Barry tendió la otra mano, arrancó el puñal del flanco del lobo y se lo hundió con todas sus fuerzas en la nuca. El animal tuvo un espasmo y se desplomó muerto antes de tocar el suelo.

—¡No se levanten! —gritó Sparks.

Pero Eileen se puso de pie, cogió un farol y lo arrojó contra los fantasmas, que giraban por encima de ella. El farol estalló al hacer contacto; las imágenes ardieron, desintegrándose en una lluvia de chispas plateadas y humo rojo.

—¡Odio a las monjas! —vociferó Eileen.

Doyle oyó detrás de él un gruñido bajo, feroz, y se volvió con cautela. Vio a un tercer lobo junto al ataúd, a unos pasos detrás de Sparks, la espalda expuesta al animal.

—Jack… —dijo Doyle.

—Mi arma está descargada —le informó Sparks en voz baja, sin moverse—. ¿Lo está la suya?

—Tendré que sacarla.

—Hágalo, por favor.

Doyle se desabrochó la chaqueta y deslizó suavemente la mano en el interior.

La mirada inteligente del lobo pasaba alternativamente de Sparks a Doyle. Era con mucho la más grande de las tres fieras: seis palmos de alzada y al menos cien kilos de peso. A medida que se acercaba, Doyle sacó el revólver, pero en lugar de atacar, el rey de los lobos se lanzó a la carrera y con un magnífico salto desapareció por una de las ventanas abiertas detrás del altar.

Doyle disparó un tiro a voleo y corrió tras la bestia. Al mirar hacia abajo, vio que la caída desde la ventana era por los menos de unos seis metros hasta el manto de nieve. Mantuvo en alto el farol, pero el lobo había desaparecido de la vista.

Eileen y Larry atendieron a Barry, cuyo antebrazo izquierdo había soportado la peor parte del ataque de los lobos. La sangre que brotaba de la herida le goteaba por la mano. Ella le ayudó con suavidad a sacar el brazo de la manga.

—No es muy grave, ¿eh, muchacho? —le preguntó Larry.

—La chaqueta me ha salvado de una buena —dijo Barry, moviendo los dedos. Al parecer la dentellada no había afectado nada vital.

—Fantasmas, ¿qué les parece? —intervino Eileen, con la calma imperturbable de una enfermera experta.

—He visto cosas peores —afirmó Barry, estoico.

—Odio a las monjas —añadió Eileen—. Siempre las he odiado.

—Sin embargo estos peludos devoradores de ovejas son muy reales, ¿no? Aquí no hay trampa ni cartón —dijo Larry, inclinándose para dar un puntapié a uno de los cadáveres y después recuperar los cuchillos hincados en la piel.

—Entonces, ¿todo en orden, Barry? —preguntó Sparks, recargando la escopeta con los cartuchos que llevaba en el bolsillo.

—Feo como siempre, señor —contestó Barry, dirigiendo una amplia sonrisa a su ángel protector mientras ella le curaba las heridas del antebrazo.

El pulso de Doyle, que comenzaba a recuperar la normalidad, se aceleró cuando volvió la cabeza para mirar a través de la ventana.

—Eche una mirada a esto, Jack —dijo.

Sparks se acercó. A lo lejos, hacia el sur, había una línea de brillantes luces naranjas que avanzaban en formación hacia la abadía.

—Antorchas —afirmó Doyle.

—Vienen en busca de algo. Nosotros. Quizá aquello —dijo Sparks, señalando el ataúd—. No los pierda de vista.

Doyle calculó que las luces estaban a un par de kilómetros. Sparks se acercó al ataúd y se arrodilló para examinar la tierra sobre la que descansaba; la olió y la frotó entre los dedos. Después quitó la tapa. Permaneció en silencio, pero cuando Doyle dio la vuelta advirtió una expresión de asco y asombro en el rostro de Sparks.

—¿Qué pasa, Jack?

—Juegos —murmuró Sparks—. Ahora se dedica a jugar.

Doyle caminó hasta el ataúd y miró en el interior. Había un cadáver, poco más que un esqueleto, entre los restos de las prendas mortuorias podridas y algunos trozos de carne y pelo calcinados. Le habían colocado en las manos una foto con marco dorado, parodiando un gesto de codiciosa posesión: era el retrato formal de un matrimonio, de clase alta inglesa a juzgar por el aspecto y el estilo de ambos.

—¿Qué es esto? —preguntó Doyle.

—Son mis padres —contestó Sparks, señalando la foto—. Esos son mis padres.

—¡Dios santo!

—Y este es el cadáver de mi padre.

La barbaridad del ultraje dejó mudo a Doyle. Las dudas que había tenido sobre la monstruosidad de Alexander y la relativa inocencia de Jack quedaron eliminadas de una vez por todas.

—¡Monstruo despiadado! —gruñó Doyle finalmente.

Sparks hizo varias inspiraciones profundas al tiempo que abría y cerraba los puños rítmicamente, en un intento por dominar su agitación. Doyle regresó junto a la ventana y vio que las luces se acercaban; eran por lo menos seis, y también percibió las siluetas recortadas contra el telón de nieve. Eran muy numerosas y estaban a unos cuatrocientos metros, avanzando rápidamente.

Mientras Eileen acababa de vendar con un trozo de camisa el antebrazo de Barry, Larry se acercó a Doyle.

—¿Qué haremos? —preguntó Doyle.

—Este no es buen terreno para una batalla contra tanta gente, caballero. No hay protección ni altura. Demasiadas puertas. Muy difícil de defender.

—Dígaselo —propuso Doyle, señalando a Sparks.

—Ya lo sabe —contestó Larry—. Dele un minuto.

—Un minuto es todo lo que tenemos.

—Un minuto es todo lo que necesitamos —afirmó Larry con un guiño.

Larry recogió la escopeta y profirió un silbido corto; Barry se levantó de un salto, besó a Eileen en la mejilla, y los hermanos abandonaron rápidamente la abadía para ir al encuentro del enemigo. Ahora Doyle podía diferenciar a los individuos del grupo; había por lo menos dos docenas en la formación. Eileen retrocedió hacia el altar. Para evitar que la joven molestara a Sparks, Doyle la llamó junto a sí con un ademán.

—¿Nos vamos a quedar aquí a esperarlos sin hacer nada? —preguntó ella.

—No —respondió Doyle, que apoyó el revólver en la ventana y apuntó al primero de los que portaban antorchas. Antes de que pudiese apretar el gatillo, oyó el retumbar de la escopeta desde algún lugar a la izquierda; sonaron gritos y dos figuras del grupo cayeron al suelo. El hombre con la antorcha miró en aquella dirección; Doyle hizo un disparo y aquel cayó, apagándose la antorcha en la nieve.

—¡Aquí! ¡Aquí, hatajo de canallas!

Se oyeron más gritos provocativos. Doyle vio a Barry agitar el farol, tratando de alejar al grupo de la abadía.

—¡Venga ya! ¡Moved el culo, no tenemos toda la noche!

Seis atacantes corrieron detrás de Barry; el resto continuó hacia las ruinas. Doyle vació el revólver contra la columna y tumbó a otro. Mientras lo cargaba, oyó nuevamente el disparo de la escopeta y vio caer a uno de los hombres que perseguían a los hermanos.

El ruido de la tapa del ataúd al ser retirada le hizo volverse hacia el interior de la iglesia. Sparks derramó el petróleo del farol sobre la caja y después le prendió fuego estrellando el farol contra el borde. El ataúd ardió como la yesca. Sparks retrocedió, entonó algo que Doyle no alcanzó a oír y observó cómo el fuego consumía el ataúd asegurando el descanso eterno de su padre.

—Deberíamos irnos, Jack —dijo Doyle, tras esperar unos momentos mientras recargaba el revólver.

Sparks dio la espalda a las llamas y cogió la tapa del ataúd por las asas.

—Por aquí —dijo, y se dirigió hacia el extremo de la nave por donde habían entrado.

—¿Qué pensará hacer con eso? —preguntó Eileen, señalando la tapa.

—Le aseguro que no lo sé —replicó Doyle, mientras alcanzaban a Sparks y entraban en la antesala donde habían dejado las raquetas de nieve.

—Las necesitaremos —dijo Sparks.

En el momento en que Eileen se agachaba para recogerlas, tres capuchas grises entraron por la puerta principal. Uno enarbolaba un garrote con púas, disponiéndose a golpear a Sparks.

—¡Jack!

Sparks dio media vuelta y alzando la tapa la aplastó contra los pechos de los tres encapuchados: avanzó incontenible y les hizo retroceder hasta tenerlos sujetos contra la pared. Doyle se acercó y metódicamente descerrajó dos balazos en la cabeza de cada uno de los encapuchados, que se retorcieron detrás de la madera.

—¡Cuidado! —gritó Eileen.

Otros dos encapuchados corrían hacia ellos desde el interior de la iglesia. Doyle se volvió y apretó el gatillo, pero el arma estaba descargada. Los tres encapuchados muertos cayeron al suelo cuando Sparks apartó la tapa y se giró para hacer frente al nuevo asalto. Eileen cogió una raqueta por el mango y con la pala descargó un terrible golpe contra el rostro de uno de ellos, que cayó de rodillas. Un garrotazo del segundo atacante rozó el brazo de Sparks; este se agachó, aguantó el choque con el hombro, y aprovechó el impulso para erguirse y lanzar a su oponente de bruces contra la pared. Eileen aporreó por segunda vez al atacante caído cuando este intentó levantarse. Por su parte, Doyle empuñó el revólver por el cañón y la emprendió a culatazos con el encapuchado hasta que la figura permaneció inmóvil. Sparks hundió la bota en la nuca del segundo atacante y le rompió el cuello como una rama seca.

Un raudal de luz y el ruido de numerosos pasos penetraron en la iglesia. Sparks agarró la tapa y cruzó la puerta.

—¡Deprisa! —gritó.

Doyle y Eileen recogieron las raquetas y corrieron tras él. Sparks dejó caer la tapa sobre el borde de la empinada ladera y la sujetó con el pie.

—Usted primero, Doyle. Coja las asas y sujétese bien —dijo Sparks.

El grupo principal de perseguidores salió de la abadía a sus espaldas y corrió hacia ellos, capitaneado por una figura de capa negra. Doyle guardó el revólver y se sentó en la tapa. Sparks cogió a Eileen por la cintura, la obligó a sentarse en el medio, se colocó tras ella, aprovechando el peso del cuerpo para hacer caer la tapa por el borde. Se deslizaron y gracias a la pendiente aceleraron rápidamente mientras la jauría alcanzaba el borde. Dos encapuchados se lanzaron detrás del improvisado trineo; uno de ellos alcanzó a tocar la espalda de Sparks, y estuvo a punto de hacerle caer antes de que consiguieran alejarse. El trineo ganó velocidad mientras se deslizaban por la ladera en medio de la más absoluta oscuridad; las irregularidades del terreno hacían que el trineo brincara por los aires, y cada vez que volvía a tomar tierra sus ocupantes recibían una fuerte sacudida.

—¿Puede guiarlo? —gritó Sparks.

—¡No lo creo! —vociferó Doyle. Todo lo que podía hacer era sujetarse. Imaginaba los precipicios que caían hasta el mar por la derecha, y le aterrorizaba no saber a qué distancia se encontraban.

—¿Alcanza a ver algo? —le preguntó Eileen.

—Muy poco.

De pronto Doyle vio aparecer dos figuras que, sumergidas en la nieve hasta la cintura, agitaban los brazos como enloquecidas. En la fracción de segundo antes de que el trineo llegara hasta ellas, Doyle pensó que podían ser Barry y Larry, pero entonces vio las capuchas y las armas que esgrimían. Doyle echó todo su peso hacia la derecha, y la tapa se desvió ligeramente en aquella dirección, lo suficiente para arrollar a los encapuchados y lanzarlos colina abajo. La colisión dejó sin aliento a Doyle, cambió la dirección y les restó un poco de velocidad. Doyle se llenó los pulmones de aire e intentó descubrir dónde estaban. Entonces notó que patinaban. Miró a la derecha, y justo enfrente vio que la vasta extensión de nieve desaparecía bruscamente convertida en un manto negro.

—¡Los acantilados! —chilló Sparks.

Doyle lanzó todo su peso a la izquierda. Sparks extendió la pierna derecha para apartarlos del abismo, y un instante después el pie flotaba en el vacío. Gritaron espantados mientras el trineo se deslizaba a gran velocidad por el borde del acantilado durante unos veinte metros, rascando contra las piedras y azotado por las ramas de los escasos arbustos que habían crecido en las rocas, antes de que el rudimentario cambio de curso de Doyle les alejara del precipicio y les devolviera a la nieve sólida. Vieron alzarse la silueta de la abadía nueva delante de ellos y algo a la izquierda, pero cuando Doyle suspiraba aliviado y empezaba a preguntarse qué serían aquellas figuras grises, advirtió que iban directamente hacia el cementerio.

—¡Lápidas! —avisó Doyle.

Doyle logró que el trineo se deslizara por entre el primer grupo de tumbas y el siguiente, pero cuando llegaron al centro del cementerio, los sepulcros se hicieron más numerosos y las lápidas más grandes. No había manera de frenar, y de pronto se vieron frente a un enorme mausoleo. No tuvieron oportunidad de maniobrar. Doyle tiró de las asas y puso de costado el trineo, que patinó, chocó contra un obstáculo y salió despedido. La tapa se hizo astillas. Doyle cayó en la nieve, empuñando las asas rotas. Eileen y Sparks volaron por los aires y aterrizaron fuera de la vista de Doyle.

Doyle permaneció sin moverse durante un momento, atontado. No podía soltar las asas —tenía los dedos agarrotados por la tensión y el frío—, pero podía mover todo lo demás, porque la nieve había amortiguado su caída evitando que sufriera heridas graves.

—¿Jack? —preguntó titubeante. Primero pensó que el sonido que oía era un sollozo. ¿Podía ser Eileen?—. ¿Está bien?

Entonces advirtió que Eileen se reía. La vio emerger de otro montículo de nieve cercano, cubierta de blanco de pies a cabeza, sacudida por una risa contagiosa. A continuación Doyle oyó la risa de Sparks, una risa que expresaba un gran alivio, antes de que este apareciera por detrás del mausoleo que había ocasionado el accidente. Cuando

Jack y la joven se vieron cara a cara, sus carcajadas se redoblaron. Jack se tronchaba de risa, apoyado en el borde del monumento. Eileen se dejó caer de espaldas sobre la nieve para desternillarse a placer. El terror que habían pasado había sido tan tremendo que ahora no parecía haber una respuesta más adecuada que esa hilaridad. Doyle sintió que él también comenzaba a reír, y no se contuvo.

—Pensé que nos habíamos matado —comentó Doyle.

—Pues yo pensé que la palmábamos en cuatro ocasiones diferentes —dijo Eileen entre carcajadas.

Doyle comenzó a temblar como una hoja. Los tres caminaron con esfuerzo hasta reunirse en un abrazo y dejaron que el efecto reparador de la risa siguiera su curso. Era lo único que podían hacer para respirar. Cuando la risa estaba en su apogeo, Doyle mostró las asas que seguía agarrando, cosa que provocó nuevas carcajadas.

—¡JONATHAN SPARKS!

Las palabras rodaron colina abajo desde las ruinas allá en lo alto. La voz era áspera y sibilante, pero al mismo tiempo voluptuosa y rotunda; podía cortar el vidrio como un diamante. No había enfado en el tono, solo una insinuación de desprecio que no transmitía desagrado por la huida sino que sugería satisfacción, como si este fuese el resultado esperado.

—¿Es él? —preguntó Doyle.

Sparks asintió sin dejar de mirar hacia la cumbre.

—¡ESCUCHA!

Un silencio más pesado que una campana.

Entonces un alarido que helaba la sangre llegó hasta ellos en un crescendo siniestro antes de esfumarse en un gemido exhausto.

—¡Dios santo, los hermanos! —dijo Eileen.

Otro alarido, más torturado que antes. ¿Era la misma voz?

—¡Hijo de puta! —gritó Doyle, adelantándose—. ¡Hijo de puta!

Sparks le apoyó una mano en el hombro para contenerle y le dijo con una voz tranquila y pausada que contradecía la expresión colérica de su rostro:

—Eso es lo que quiere que hagamos.

El alarido se interrumpió bruscamente. Se produjo un silencio que aún resultó más inquietante.

—Debemos irnos —dijo Sparks—. Pueden perseguirnos.

—No puede dejarles… —protestó Eileen.

—Larry y Barry son soldados —replicó Sparks, recogiendo las raquetas de nieve.

—Les está torturando y les matará.

—Ni siquiera sabemos si son ellos. Y aunque lo fueran, ¿qué podríamos hacer? ¿Desperdiciar nuestras vidas? Una locura sentimental.

—De todos modos, Jack, le son tan leales... —intervino Doyle, dispuesto a suavizar la discusión.

—Ellos conocían el riesgo. —Sparks no quería hablar más del tema. Dio media vuelta y se alejó.

—Tiene usted la misma sangre de su hermano, Jack Sparks —dijo Eileen.

Sparks se detuvo, tenso, pero no se volvió. Después siguió andando. Eileen se enjugó las lágrimas.

—Sparks tiene razón, ¿sabe? —manifestó Doyle, en tono suave.

—Yo también —afirmó ella, con la mirada puesta en Sparks.

Se calzaron las raquetas de nieve y abandonaron el cementerio. El viaje de regreso hasta la fonda lo hicieron en silencio.

Encontraron una nota clavada en la puerta de Stoker. Sparks la arrancó y le echó una ojeada.

—Stoker ha alquilado un coche y regresa a Londres —le comunicó a los demás—. Dice que tiene que pensar en su familia.

—No se le puede reprochar.

—Nos invita a utilizar la habitación. —Sparks guardó la nota y abrió la puerta.

Eileen entró. Doyle miró su reloj: las dos y media de la mañana.

—Perdónenos un momento, señorita Temple —dijo Sparks, reteniendo a Doyle en el vestíbulo y cerrando la puerta—. Quédese con ella. Si no he vuelto cuando amanezca, regrese a Londres.

—¿Dónde va usted?

—Probablemente han hecho lo peor esta noche, pero por si acaso mantenga el revólver cargado y a mano —le recomendó Sparks, mientras se alejaba.

—Jack, ¿qué piensa hacer?

Sparks le saludó con la mano sin mirar atrás mientras bajaba la escalera. Al rato Doyle entreabrió la puerta. Eileen yacía sobre la cama, de espaldas a él. Cuando se disponía a marcharse, esta dijo sin moverse:

—No se vaya.

—Tendría usted que descansar.

—No creo que pueda.

—Necesita descansar…

—Por el amor de Dios, deje de comportarse como un médico. —Se volvió para mirarle—. No me apetece mucho pasar sola mi última noche en este mundo, ¿y a usted?

—¿Qué le hace pensar que esta…?

—Entre y cierre la puerta. ¿Cómo quiere que se lo diga?

Doyle entró, pero no cruzó la habitación; se mantuvo rígido, cerca de la puerta. Ella le dirigió una mirada severa, sacudió la cabeza y se sentó. Entonces se vio reflejada en el espejo del tocador: tenía los cabellos desordenados, y el cutis quemado por el viento.

—¡Qué horror! —dijo.

—No es para tanto —la animó Doyle, que se arrepintió en el acto.

Otra mirada sardónica consolidó su remordimiento. Ella acercó una silla al espejo y se contempló objetivamente.

—Supongo que pedir un cepillo sería demasiado.

—Ahora que lo dice, da la casualidad de que es una de las pocas cosas que aún conservo —replicó Doyle. Del maletín, que había dejado junto al armario, sacó el juego de peine y cepillo.

—Tendría usted que sonreír, doctor —comentó ella, con los ojos brillantes—. «Los regalos de los ricos enojan a los pobres cuando se dan con mala voluntad.»

—«No era mi intención ofender, Ofelia» —añadió él, que reconoció el pasaje.

Eileen se quitó la chaqueta masculina, se soltó el cabello y dejó que la suave masa negra cayera como una cascada sobre la espalda de la camisa. Sacudió la cabeza y se pasó el cepillo por el pelo lustroso con largos y sensuales movimientos; un efecto, a los ojos de Doyle, de profunda intimidad, un bálsamo para sus ánimos maltrechos. Desde que habían oído los alaridos en la colina era la primera vez que no pensaba en los hermanos.

—¿Alguna vez me ha visto en el escenario, doctor?

—Nunca he tenido el placer —respondió Doyle—. Me llamo Arthur.

Ella apenas si movió la cabeza, aceptando la muestra de familiaridad.

—Había muy buenas razones para que los guardianes de nuestra decencia no permitieran a las mujeres actuar en público durante tantos siglos.

—¿Qué razones?

—Algunos le dirán que es peligroso ver a una mujer en el escenario.

—¿Peligroso en qué sentido?

—Quizá es muy fácil creer que la actriz es exactamente como el personaje que interpreta aquella noche en el escenario —replicó ella, encogiéndose de hombros.

—Ese es precisamente el efecto deseado. Persuadirnos de la verosimilitud del personaje.

—Sí, así tendría que ser.

—Pero entonces, ¿cómo puede representar un peligro? ¿Para quién?

—Para alguien que encuentra a la mujer fuera del escenario y le resulta difícil separar la actriz del papel que interpretaba. —Ella le miró en el espejo, por debajo de un mechón ondulado—. ¿Su madre nunca le advirtió sobre las actrices, Arthur?

—Sin duda debió de pensar que había peligros mucho más graves. —Doyle aguantó la mirada—. Yo la he visto en escena, ¿no es así?

—Sí, podríamos decir que sí.

Se produjo una pausa muy larga.

—Señorita Temple…

—Eileen.

—Eileen —dijo Doyle—. ¿Intenta seducirme?

—¿De veras? —Dejó de cepillarse. Frunció el entrecejo. Al parecer tampoco ella tenía clara la respuesta—. ¿Es la impresión que doy?

—Sí. Es lo que creo. —Doyle se asombró de su propia tranquilidad.

Un pensamiento planeó sobre el rostro de la mujer como la sombra de una bandada de palomas. Dejó el cepillo sobre la cómoda con mucho cuidado y se volvió para mirarle.

—¿Y si es así, qué?

—Bueno —replicó Doyle—, creo que si esta resulta ser la última noche de nuestras vidas, y yo, por las razones que sean, permanezco impasible a sus encantos, sin duda me acompañaría a la tumba el arrepentimiento más estúpido.

Se miraron el uno al otro sin disimulo.

—Entonces quizá tendrías que cerrar la puerta con llave, Arthur —dijo ella, abandonando definitivamente el tono teatral.

Él hizo exactamente lo que ella le pedía.

17

MOTHER'S OWN

Doyle salió del dormitorio antes del alba. Eileen dormía tranquila. Él apartó suavemente el brazo que descansaba sobre su hombro y la besó cariñosamente en la nuca antes de levantarse. Ella murmuró algo mientras Doyle se vestía, pero debió de ser la respuesta a un sueño. No volvió a moverse.

Él estaba asombrado por el hecho de no sentir vergüenza. Jamás se había librado del todo de aquella respuesta condicionada de los católicos ante el placer de cualquier clase, y sobre todo el carnal. Quizá esta vez fuera la excepción; había sido lo que ella quería, se dijo a sí mismo, y también lo que él había deseado. A menudo había visto a los cirujanos que, mientras se afanaban entre los muertos y los moribundos, sentían la necesidad de reafirmar la vida que bullía en su interior. ¿Qué significado tenía todo esto respecto a una relación continuada con ella? No tenía ni la menor idea. Después de satisfacer el impulso físico del momento, ahora necesitaba, casi con la misma urgencia, un pequeño distanciamiento para analizar las consecuencias de sus emociones.

Doyle cerró la puerta con llave y la guardó en el bolsillo. Miró el reloj: casi las cinco. Esperaría el regreso de Sparks por lo menos hasta las nueve, bien pasada la madrugada, quizá más, contraviniendo directamente las órdenes recibidas. Se dirigió a la planta baja en busca de una taza de té.

No había nadie en la cocina ni en ninguna otra parte de la planta. En la fonda se notaba el reposo expectante que invade el aire justo antes del alba. Las maderas gemían expresivamente. Al mirar a través de una ventana, vio que el cielo aparecía despejado; la mañana prometía ser brillante, clara y fría.

Ella se había mostrado dulce, seductora y sin duda más experimentada que él. Ante Doyle se extendía un tentador camino hacia los sentimientos de culpa del que se apartó sin vacilar. Lo que más le había conmovido, o que más le conmovía ahora, era cuán real le había parecido ella en aquella hora, tangible, alcanzable, cercana. Ningún artificio ni barrera entre él y la experiencia directa de la personalidad de ella. En determinado momento ella había llorado, en silencio, enjugándose las lágrimas al tiempo que le pedía con el contacto y el movimiento que no se detuviera ni le prestara atención. Él la había complacido. ¿Qué sentía él ahora? La respuesta le esquivó. ¿Por qué sus emociones se retrasaban siempre tanto respecto a su capacidad de razonamiento?

Doyle sintió un ligero vahído. Abrió la puerta y salió al patio cubierto que había detrás de la sala. La nieve ocultaba los ladrillos que rodeaban a un viejo roble retorcido. El frío le traspasó la camisa, pero era una sensación limpia y vigorizante. Respiró profundamente, con ansia, intentando llenarse los pulmones más allá de su capacidad.

—El aire fresco es un tónico magnífico —dijo una voz a sus espaldas, una voz que había oído hacía muy poco.

Alexander Sparks estaba de pie al abrigo del roble, envuelto en una capa negra, inmóvil, con las manos ocultas y únicamente el rostro visible gracias a la débil luz que se filtraba por las ventanas. La estructura de la cara, larga y estrecha, se parecía a la del hermano; la semejanza terminaba en la carne. No se parecía en nada al hombre con el que Doyle había conversado delante del 13 de Cheshire, y sin embargo supo en el acto que era la misma persona. La piel se veía tensa sobre el hueso, blanca y brillante como un parche de tambor, como si un implacable calor interno hubiese consumido todo exceso de grasa para dejar solo la indispensable. Tenía los ojos claros y bien separados debajo de cejas oscuras, con largas pestañas negras de una sorprendente delicadeza. El pelo lacio, castaño, le llegaba hasta los hombros, peinado hacia atrás sobre la frente alta y despejada que desaparecía entre los pliegues de la capucha. Solo la boca desmentía la austeridad geométrica del conjunto: los labios eran carnosos, en forma de capullo, rojos y húmedos. Al hablar, mostraba una lengua serpentina que asomaba detrás de las hileras de dientes blancos y pequeños, la única concesión visible a los insaciables apetitos que iluminaban el interior del hombre con la misma rigidez que una linterna hecha con una calabaza vacía. Su presencia en el patio transmitía una impresión magnética y paralizante pero al mismo tiempo carente de peso; no parecía ocupar el espacio, sino flotar en él. Doyle recordó el poder que generaba la inmovilidad absoluta.

—¿Le gusta esta hora de la noche, doctor?

La voz de Alexander tenía una vibración engañosa que se dividía en dos modulaciones gemelas; un segundo tono enganchado a la superficie del sonoro barítono y que subyacía bajo las palabras, y un zumbido o un tintineo que se colaba desagradablemente en el oído del oyente como un ladrón.

—No mucho.

Doyle bajó las manos y se palpó con suavidad los bolsillos.

—Creo que ha dejado el arma en la habitación, con la señorita Temple —dijo Alexander. Sonrió de una manera que generalmente se describe como bondadosa.

Doyle flexionó las manos. La adrenalina que penetraba en su sangre elevó rápidamente su ritmo cardíaco. Se sentía colocado en la platina de un microscopio y trató de reprimir su alarma para que no fuera visible. Consciente de que el hombre acaso tuviera conocimientos de hipnosis, parpadeó a menudo y evitó mirarle durante mucho rato seguido.

—Debo confesar que me resulta extraño encontrarme con usted de esta manera, doctor Doyle. Tengo la impresión de que nos conocemos desde siempre —añadió Alexander, con mucho encanto—. ¿Comparte mi impresión?

—Nos hemos conocido antes.

—Pero sin saberlo. —Alexander asintió. Era el primer movimiento que hacía.

Doyle echó una ojeada al patio con aire indiferente. La única salida a su alcance era la puerta abierta detrás de él, pero esto significaba exponer la espalda durante el tiempo que tardaría en subir las escaleras.

—¿Qué es lo que quiere? —preguntó Doyle.

—Creo que ha llegado el momento de una presentación más formal. Mucho me temo, doctor, que mi joven hermano, John, le ha facilitado algunas severas y pérfidas ideas respecto a mi persona.

«No quiero escucharle —pensó Doyle instintivamente—, no debo escucharle.» No dijo ni una palabra ni movió un pelo.

—Pienso que daríamos un gran paso en nuestras relaciones si hiciéramos un esfuerzo por conocernos mejor, tal vez como una tardía enmienda a las increíbles y espúreas invenciones de John.

—¿Tengo otra opción?

—Siempre hay otra opción, doctor —afirmó Alexander con una sonrisa incandescente.

El efecto le recordó a Doyle el del ácido cayendo gota a gota sobre una madera oscura bien pulida.

—Quisiera ir a recoger mi abrigo —replicó Doyle tras una larga pausa—. Tengo mucho frío.

—Desde luego.

Doyle esperó. Alexander no se movió.

—¿Ahora? —preguntó Doyle.

—No llegaremos muy lejos si se muere congelado.

—Está en mi habitación.

—Es muy lógico.

—Iré a buscarlo.

—Le espero —dijo Alexander.

Doyle retrocedió hacia el edificio. Alexander le observó sin moverse.

Doyle dio media vuelta, atravesó la sala y subió las escaleras. «¿Qué es lo que pretende?», se preguntó Doyle. Aquel hombre había demostrado una extraordinaria confianza, o tal vez una arrogante insensatez. «Me ha perseguido implacablemente durante días y días, y ahora me deja ir cuando me tiene a un par de metros.» Sabía muy bien que cualquier sensibilidad que mostrara Alexander no era más que una hábil y traicionera simulación. Pero ¿con qué fin?

Doyle metió silenciosamente la llave en la cerradura y abrió la puerta. Las cortinas y las ventanas estaban cerradas como antes. Todo parecía igual, pero Eileen había desaparecido.

«Entonces era esto; me retuvo el tiempo suficiente para que se la llevaran.» Doyle cogió la chaqueta. El revólver no estaba en el bolsillo donde lo había dejado, ni en ningún otro. El maletín seguía en el suelo. Lo abrió, rebuscó entre los medicamentos hasta dar con un puñado de viales y dos jeringas. Insertó las agujas, llenó ambas jeringas con el líquido, hizo un corte en el forro de la chaqueta a lo largo del bolsillo de la pechera y guardó en el interior del bolsillo los demás frasquitos extras. Las jeringas las deslizó una en cada bota.

Seguro de que su tardanza despertaría sospechas, Doyle bajó las escaleras a toda prisa. Alexander le esperaba cerca de la puerta abierta que daba a la calle, tan compuesto e inmóvil como antes.

—¿Dónde está ella? —preguntó Doyle.

Alexander señaló con la cabeza el exterior.

—Si le ha hecho daño…

—Por favor. Nada de amenazas. —El tono era divertido; una sonrisa casi congelada en la boca húmeda—. Está a buen recaudo.

—Quiero verla.

—Desde luego.

Alexander levantó una mano larga y delgada invitándole a cruzar la puerta. En el camino esperaba un gran coche negro tirado por cuatro caballos, que o bien era el mismo coche que Doyle había visto antes, o se trataba de una réplica muy bien hecha. Los caballos resoplaron y patearon el suelo. Doyle caminó hasta el carruaje. El cochero, arropado en el pescante, no se volvió. Las cortinas oscurecían las ventanillas.

—Ella está en el interior.

Doyle se sobresaltó. Alexander estaba pegado a sus espaldas; no había visto ni oído salir al hombre de la fonda. Doyle abrió la portezuela y entró. El interior estaba iluminado por la luz débil de las lámparas sujetas a la carrocería. Eileen yacía en el asiento, apoyada contra el tabique que daba al cochero, inconsciente, vestida con el sombrero y las ropas prestadas. Doyle comprobó su pulso y su respiración: eran normales pero débiles. Pudo detectar el olor de un soporífero químico alrededor de la boca y la nariz: éter, tal vez, o algún compuesto más potente.

Alguien cerró la portezuela. Doyle se volvió y encontró a Alexander sentado en el otro asiento. Los picaportes se cerraron automáticamente con un golpe sonoro. El coche se puso en marcha. Doyle sostuvo a Eileen entre los brazos. Alexander sonrió compasivo.

—Si no se ofende por el cumplido, doctor, hacen ustedes muy buena pareja —dijo Alexander muy amable.

A pesar de la repugnancia que le producía saber que aquel hombre estaba enterado de su reciente intimidad, Doyle mantuvo la boca cerrada. Estrechó a Eileen con fuerza y sintió la suave tibieza del cuello en su mano.

—¿Adónde vamos?

Alexander no contestó.

—¿Ravenscar?

Alexander mostró una sonrisa dura. Su rostro parecía cadavérico en la penumbra, desprovisto de cualquier personalidad, reducido a la esencia.

—Hay algo que debe saber referente a mi hermano, doctor. Nuestros padres murieron trágicamente en un incendio cuando Jonathan era poco más que un crío. Al ser un muchacho alegre y feliz, como se puede imaginar, sufrió muchísimo. Yo ya había alcanzado la edad de la emancipación, pero Jonathan fue puesto bajo la tutela del Estado y lamentablemente entregado a la custodia de un amigo de la familia, un médico de ideas progresistas y radicales pero de una metodología indiscriminada. Después de meses sin que mi hermano mostrara una mejoría, este doctor decidió tratar el histerismo de Jonathan con narcóticos. El tratamiento tuvo un éxito fulminante en la cura del mal; el chico no tardó mucho en recuperar los ánimos y en mostrarse tan alegre o quizá más que antes de la enfermedad.

»Desgraciadamente, el doctor declinó suspender el tratamiento; continuó aplicándole inyecciones durante muchos meses. Como consecuencia, creó en el joven Jonathan una drogodependencia de la que no ha podido librarse hasta ahora. Esto le ha llevado a menudo, en épocas de complicaciones emocionales, a abusar de la droga, y esto a su vez a episodios de demencia aguda que han obligado a recluirlo en hospitales especializados en el tratamiento de perturbaciones mentales.

—Tales como Bedlam —apuntó Doyle.

—Es triste reconocerlo, pero sí —manifestó Alexander, moviendo la cabeza con pesar—. Dentro de mis posibilidades, he intentado cuidar de mi hermano en su terrible mal. Pero como ocurre tan a menudo cuando uno hace algo por consolar a alguien en este estado tan lamentable, la atracción por la droga es tan fuerte que el enfermo, enganchado en sus redes, llega a considerar al que le ayuda como un enemigo dispuesto a desposeerle de la sustancia que considera como su único socorro. En su calidad de doctor, debe conocer muy bien este fenómeno.

Hacía muy poco que Doyle había visto con sus propios ojos cómo Sparks satisfacía aquel apetito, y conocía los perniciosos efectos que esas adicciones producían en la mente. Alexander había recapitulado la historia con una sinceridad tan patente que por un momento Doyle no supo hasta qué punto podía creerle. Nada de lo que había dicho el hombre negaba las cosas que Jack había manifestado, y Doyle todavía no le había enfrentado a ninguna de las acusaciones formuladas por Jack. Pero le era casi imposible no considerar, aunque solo fuera por un instante, que la alternativa planteada por Alexander fuera plausible. Por otro lado, si solo poseía una fracción del poder que le atribuía Jack, inventarse una historia de descargo le resultaría a Alexander tan sencillo como a un prodigioso matemático recitar las tablas de multiplicar. «Si miente —pensó Doyle—, ¿cuál es su propósito?»

—¿Por qué encerraron a su hermano en Bedlam? —le preguntó Doyle, sin comprometerse.

—Atacó a un agente de policía. Intentó entrar por la fuerza en el palacio de Buckingham. Una de las alucinaciones más persistentes de John consiste en que tiene una relación imaginaria con la reina Victoria.

—¿Qué clase de relación?

—A menudo afirma que trabaja bajo las órdenes secretas y directas de Su Majestad, investigando una serie de conspiraciones relacionadas con amenazas a la continuidad de la sucesión al trono, la mayoría de las cuales me atribuye a mí. En consecuencia, me sigue a todas partes, intentando interferir en mis asuntos personales. Esto dura desde hace años. La mayoría de las veces, no es más que un juego inocente. Lamentablemente, en esta ocasión no es así.

—¿Por qué hace estas cosas?

—Como usted sabe, es difícil precisar el fin que impulsa las acciones de un desequilibrado. Un conocido mío, un alienista de Viena con quien he consultado el tema, piensa que Jonathan es empujado por la compulsión de revivir la devastadora pérdida de nuestros padres (la reina se convierte en un sustituto de la madre), y al «salvar» la vida de la reina de un peligro imaginario, en cierta manera cree que la resucita.

—Ya veo.

—¿Qué le ha contado a usted al respecto, doctor? —preguntó Alexander.

«Quiere averiguar lo que sé», pensó Doyle. «Este es el propósito de toda esta mascarada. Quiere descubrir hasta dónde se ha extendido el daño.»

—Jonathan estaba muy unido a su madre, ¿verdad? —replicó Doyle.

—Efectivamente, con un vínculo muy estrecho —respondió Alexander.

—¿Y usted también estaba muy unido a ella? —añadió Doyle, procurando no traicionarse con la mirada.

Alexander sonrió, mostrando la línea blanca de su perfecta dentadura.

—Todos los niños están muy unidos a sus madres.

El coche disminuyó la velocidad a medida que comenzaba a subir por una larga pendiente no muy pronunciada. Eileen se movió en los brazos de Doyle.

—¿Y su padre, señor Sparks?

—¿Qué pasa con mi padre? —Alexander seguía sonriendo.

—¿Cuál era su relación con él?

—Creía que analizábamos las relaciones de John.

Mantuvo la sonrisa, pero con una tensión casi imperceptible que Doyle no pasó por alto.

—No me he desviado del tema —afirmó Doyle, sin renunciar a la ofensiva—. Aunque parece familiarizado con los rudimentos de la psicología, debe usted saber que una de las principales áreas de investigación son las relaciones familiares. —Alexander no mostró ninguna reacción—. Por ejemplo, ¿cómo calificaría las relaciones de Jonathan con usted?

Ahora la sonrisa de Alexander parecía haberse congelado.

—Estábamos… distanciados. Durante la mayor parte de su niñez estuve interno en la escuela.

—¿Mantuvo Jack algún tipo de contacto con usted durante aquel tiempo? ¿Visitas? ¿Cartas?

Alexander apenas si se movió en el asiento.

—Nada fuera de lo habitual.
—¿Usted le escribía?
—De vez en cuando.
—¿Se veían cada vez que usted regresaba a casa?
—Desde luego —contestó Alexander tras un leve titubeo.
«Le molesta hablar de este asunto —se dijo Doyle—, pero no quiere demostrar nada que pueda despertar mis sospechas. No sabe lo que sé.» De pronto Doyle cayó en la cuenta: «Me subestima», pensó.
—¿Hubo dificultades en la relación con Jonathan?
—¿Dificultades de qué tipo?
—Rivalidad.
—En absoluto. —Alexander volvió a sonreír.
—Los niños a menudo unen sus fuerzas contra las figuras autoritarias. ¿Hubo algún tipo de incidentes de esta clase que provocara la objeción de los padres?
—¿Por qué lo pregunta?
—Intento precisar si Jonathan desarrolló alguna hostilidad no resuelta contra sus padres —contestó Doyle, improvisando a medida que hablaba—. En otras palabras, ¿hay algún motivo para sospechar que el incendio fatídico tal vez no fuera un accidente?
La sugerencia calmó la resistencia de Alexander.
—Qué interesante. A fuer de sincero, doctor, muchas veces me he formulado la misma pregunta.
—Humm. ¿Puede recordar si Jonathan tenía algún amuleto o pequeños objetos de una importancia especial para él? —prosiguió Doyle, adoptando adrede los aires de un pomposo catedrático—. Estos objetos comunes, algunas veces denominados fetiches, a menudo dan pistas que ayudan a comprender las causas ocultas del trastorno mental.
—¿Qué clase de objetos?
—Piedras, chucherías, dijes, collares, cualquier cosa, incluso mechones de pelo.
Una sombra de duda oscureció la mirada de Alexander. ¿Había descubierto el farol? Doyle esperó, con la expresión inocente del médico preocupado que intenta ofrecer el mejor de los consejos.
—No recuerdo ningún objeto de esa clase —contestó Alexander. Abrió la cortinilla y miró el exterior.

Doyle asintió, pensativo.

—¿Alguna vez exhibió tendencias violentas hacia los otros niños, especialmente hacia los más pequeños?

—No —dijo Alexander, volviéndose hacia él. Había aparecido una nota de enojo en su voz.

—¿Actitudes violentas hacia las mujeres en general, sobre todo cuando llegó a la adolescencia?

—No, que yo sepa.

—¿Cuándo advirtió que Jonathan le hacía objeto de su hostilidad?

—Yo no he hablado para nada de que tuviera hostilidad contra mí.

—¿Niega usted que hubiese...?

—Yo no he...

—Entonces, había hostilidad entre ustedes.

—Él era un niño muy perturbado.

—Quizá tenía celos de la relación entre usted y su madre.

—Tal vez.

—Quizá ambicionaba tener el afecto materno exclusivamente para él.

—Ah, sí, él...

—Y quizá también tenía celos de las relaciones de su padre con ella...

—Desde luego que los tenía —dijo Alexander con gran convicción.

—Tanto que se sintió compelido a eliminar a todos los rivales.

—Efectivamente.

—Y solo había una manera para conseguirlo, ¿no es así?

—Sí.

—Y por eso usted provocó el fuego...

—¡Sí!

Doyle hizo una pausa. A Alexander se le había escapado la palabra de los labios, sin poderla contener. Una frialdad reptiliana convirtió inmediatamente su rostro en una máscara de desprecio brutal.

—Así que usted cree que Jonathan mató a sus padres... —añadió Doyle, en un intento atrevido por mantener la supuesta inocencia del interrogatorio.

—Sí —respondió Alexander, tajante. Torció el labio superior en un gesto involuntario de burla, ensanchó las aletas de la nariz y bajó los párpados hasta casi cerrarlos. Parecía una bestia.

«Su aspecto es este —pensó Doyle—, este es su verdadero rostro.»

—Ya veo —dijo Doyle, que volvió a asentir—. Ha sido muy interesante, señor Sparks. Le aseguro que tomaré su análisis muy en cuenta.

—¿De veras? —La voz de Alexander era dura y áspera; el tono de amenaza se hizo más audible.

—Desde luego —afirmó Doyle, tragándose el miedo—. Si lo que dice es verdad, y no tengo motivos para dudarlo, su hermano puede ser un peligro también para los demás. Honestamente debo decirle que incluso puede serlo para usted.

Doyle sonrió muy orondo, como si estuviera complacido consigo mismo, se recostó en el asiento y simuló considerar los imponderables. «Por favor, Señor, deja que me tome por un estúpido pedante», pensó Doyle. No se atrevió a mirar a Alexander, pero sentía cómo le taladraba la mirada ardiente del hombre. ¿Había ido demasiado lejos? Era demasiado pronto para saberlo. Alexander no se le había echado a la garganta, a pesar de que Doyle le había provocado en exceso. En cualquier caso, le había derrotado con sus mismas armas; Doyle ignoraba si había alguna otra cosa que pudiese incitarlo a una furia asesina. Pero si su interpretación había conseguido convencerle, entonces Doyle no le había dado ni siquiera la satisfacción de saber que le habían superado aposta, en cuyo caso la ira de Alexander se volvería contra sí mismo. Por orgullo. El motivo de la caída de Lucifer. Todos los hombres tienen una debilidad, está en la naturaleza humana, pero incluso si había conseguido superar a Alexander Sparks, ahora Doyle tenía muy claro que se encontraba en compañía de un hombre tan peligroso como Jack había dicho que era. Eileen y él todavía vivían solo por la incertidumbre del enemigo acerca de cuánto les había revelado Jack y a quién se lo habían podido transmitir ellos.

Desde luego que había muchas preguntas pendientes respecto a Jack Sparks, pero al menos la involuntaria confesión de Alexander sobre la muerte de los padres exoneraba definitivamente a Jack de aquellos crímenes antinaturales. La música angustiada que había escuchado interpretar a Jack nacía del dolor, no de la culpa. Y si Alexander era el responsable, tal como había aseverado Jack, resultaba más fácil creer en el resto del relato de este.

Doyle apartó la cortinilla. Recorrían un camino en lo alto del acantilado, paralelo a la playa azotada por el viento. Clareaba por el este sobre el horizonte marino. Solo faltaban unos minutos para el alba. Eileen rebulló de nuevo; su respiración se hizo más profunda. Se desvanecían los efectos de la droga. ¿Había alguna manera de alejarla del peligro? Doyle se vio forzado a admitir que solo él podía intentarlo. El destino de los hermanos era incierto; tampoco podía confiar en que Jack se salvara.

Pero era inútil lamentarlo. El peso de la responsabilidad de la joven que tenía entre los brazos le dio ánimos y fuerzas. Doyle miró a Alexander y sintió la presión de las jeringas en las botas. «Todavía no», pensó. «No con Eileen tan cerca.»

El coche avanzó al paso cuando las ruedas rodaron sobre el adoquinado. Unos momentos más tarde pasaron bajo un arco con forma de herradura, flanqueado por dos estatuas gemelas de dos enormes pájaros de presa.

—Ravenscar —anunció Alexander. Su rostro mostraba otra vez una expresión amable y cortés.

Doyle asintió. Oyó cerrarse los portones cuando el coche se detuvo. La ausencia de movimiento sacó a Eileen del sopor. Vio el rostro de Doyle, descubrió que estaba en sus brazos, soltó una suave exclamación de placer y se acurrucó contra su cuerpo. Él la abrazó con fuerza y le acarició el pelo. Al oír el ruido de la portezuela, Doyle levantó la mirada y vio que Alexander Sparks ya no estaba en el carruaje.

Un criado de librea abrió la portezuela, y en el hueco apareció un rostro ancho, rubicundo, jovial, adornado con dos mechones cónicos de esponjoso cabello blanco que flotaban a cada lado de la lustrosa calva. Los gruesos cristales de las gafas aumentaban el tamaño de los ojos azules del hombre.

—¿El doctor Doyle?

—¿Sí?

—Es un placer para mí darles la bienvenida a Ravenscar —manifestó el hombre, con un agradable acento escocés.

Eileen reaccionó ante aquella voz intrusa e intentó levantarse. Doyle se inclinó hacia delante y estrechó con fuerza la mano que le tendía el individuo.

—El obispo Pillphrock —dijo Doyle, al ver el alzacuello.

—El mismo que viste y calza, doctor. ¿Cómo está usted?

—La señorita Eileen Temple —añadió Doyle. La sostuvo por los hombros y la ayudó a erguirse.

—Muy bien, encantado de conocerla, señorita Temple —dijo el obispo mostrando los dientes desparejos al tiempo que le cogía la mano entre las suyas.

Eileen tuvo dificultad en enfocar la mirada, pero a medida que recuperaba sus buenos modales le resultó más fácil capear la situación.

—*Enchantée* —dijo, con una sonrisa deslumbrante.

—¡Encantado yo, se lo aseguro! Por favor, pasen, pasen —replicó el obispo, que se apartó de la portezuela invitándoles a bajar con un gesto ampuloso—. Tenemos baños calientes para reparar los efectos del viaje, camas calientes si desean descansar y abundantes desayunos para fortalecer los ánimos. Por aquí.

Doyle ayudó a Eileen a bajar del coche. Ella se apoyó con todo el peso contra él; le flaqueaban las piernas. Doyle valoró la situación: un patio adoquinado circular rodeado de muros altos y gruesos. La primera luz del alba lo bañaba todo en un denso resplandor de un gris metálico. Los portones que acababan de pasar eran de madera negra pulida, reforzada con tiras de hierro. Dos hileras de sirvientes vestidos de librea, muchos provistos de faroles, formaban una pinza a la entrada de la casa, que de hecho era una fortaleza medieval: almenas, torreones, enormes torres de vigía coronadas con banderolas que se perdían en la bruma. Doyle distinguió las siluetas de los cañones instalados en los caminos de ronda.

—Mi más cordial bienvenida. Por aquí, doctor, señorita Temple, adelante, adelante —dijo el obispo con una sonrisa beatífica. Caminó delante de ellos, bajo y barrigón, con un ágil balanceo propio de un hombre mucho más joven. Doyle sostuvo a Eileen con un brazo alrededor de la cintura, y caminaron tras el anfitrión.

A medida que pasaban entre la doble fila formada por los criados, Doyle los fue observando. Todos eran altos y fornidos, con rostros fríos, duros e impasibles que bien podían haber estado ocultos tras las capuchas mientras les perseguían a través de la nieve solo unas horas antes.

—¿Dónde estamos, Arthur? —susurró Eileen.

—En un lugar muy malo.

—¿Qué hacemos aquí?

—Eso está aún por ver.

—Bueno, entonces no puedo decir que me alegre estar aquí, pero al menos me alegro mucho de estar contigo.

Él la estrechó un poco más. Unos cuantos hombres se dispusieron a escoltarles a través de las amplias puertas que acababa de cruzar el obispo. El interior ampliaba los grandes temas establecidos por la fachada del castillo. Una multitud de oriflamas heráldicas animaba las paredes y el techo. El enorme vestíbulo central aparecía abarrotado de armaduras en actitud de combate. Una mesa larga y angosta de madera pulida ocupaba el recinto. En el extremo más lejano, un hogar tan grande como el viejo dormitorio de Doyle quemaba una carretada de leña del tamaño de un bote ballenero.

—Me temo que es un poco temprano para que nuestros huéspedes estén levantados —comentó el obispo, conduciéndoles hacia una escalera de piedra monumental—, pero les aseguro que están deseosos de conocerles.

—El caballero con quien compartimos el coche… —empezó a preguntar Doyle.

—¿Sí? —preguntó el obispo muy animado.

—¿Era el señor Graves? ¿El señor Maximillian Graves?

—¿Sí? —El obispo volvió a sonreír mientras subían las escaleras.

—Su colega en la junta de Rathborne e Hijos.

—Sí, sí. Rathborne e Hijos, sí.

—¿Era él el caballero?

—¿Quién le dijo que era él?

—No lo dijo, nadie.

—Ah, sí —repitió el obispo con otra sonrisa.

Doyle no tenía muy claro si el hombre intentaba eludir la respuesta o si sencillamente era idiota.

—Solo intento aclarar —insistió Doyle— si efectivamente se trataba del señor Maximillian Graves.

—Ah, no me atrevería a hablar en nombre del señor Graves.

—Entonces, era el señor Graves.

—¿Es lo que le dijo?

Eileen y Doyle se miraron atónitos; la alegría estúpida del obispo incluso había traspasado el atontamiento de la mujer.

—Dijo que se llamaba Alexander Sparks.

—Entonces, todo aclarado —replicó el obispo—. Nadie mejor que él para saber quién es, ¿no le parece? Ah, ya hemos llegado.

Un fornido sirviente apostado ante una de las puertas del vestíbulo la abrió cuando se acercaron, y el obispo les invitó a pasar con un gesto extravagante. El mobiliario y los adornos de la habitación eran opulentos, en abierto contraste con el militarismo espartano que habían observado en el resto de la casa. Gruesas alfombras persas cubrían el suelo. Doseles de encaje cubrían las camas gemelas. En todas las sillas y divanes había almohadones. Las paredes estaban cubiertas de tapices que no alcanzaban a disimular sus curvas, sugiriendo que la habitación formaba parte de una de las muchas torres de Ravenscar. Una sola ventana estrecha se abría al noreste, donde despuntaba la primera luz del día.

—El baño es por aquí —dijo el obispo. Abrió una puerta adyacente para revelar una cámara de azulejos blancos y negros, donde los sirvientes vaciaban cubos de agua caliente en una enorme bañera de latón—. Por favor, disfruten de un buen baño y de unas horas de reposo antes de reunirse con nosotros. Deseamos que nuestros invitados se sientan como príncipes. Y si necesitan alguna cosa, lo que sea —añadió el hombre, sujetando un cordón de terciopelo colgado del techo—, una llamada bastará para que alguien acuda al momento.

Doyle y Eileen le dieron las gracias, y el obispo salió de la habitación sin dejar de soltar un montón de zalamerías.

Se cerró la puerta. Doyle se llevó un dedo a los labios, caminó hasta la puerta y accionó el picaporte. Cerrada. Apartó la tapa de la cerradura para espiar por el agujero y descubrió el ojo impasible del criado apostado al otro lado. Doyle cerró la tapa y fue hasta la ventana mientras Eileen se dejaba caer en un diván e intentaba quitarse las botas.

—Apruebo totalmente la idea de darnos un baño —dijo ella, todavía un poco mareada.

La ventana daba directamente al patio. El tráfico de entrada y salida a través de los gruesos portones por los que habían accedido era constante; la mayoría eran grandes carromatos cubiertos, aunque también circulaban muchos hombres a pie y patrullas armadas con los mismos fusiles que portaban los numerosos centinelas que recorrían las murallas.

—Si pretenden matarnos —comentó Eileen mientras trataba de desabrocharse los botones de la camisa con dedos torpes—, es evidente que prefieren cadáveres limpios y bien descansados.

Doyle miró a lo lejos por el lado izquierdo donde los primeros rayos del sol iluminaban la extensa llanura que se extendía al oeste, el borde de los páramos del norte de York, si no le fallaban los conocimientos de geografía. Por alguna parte estaba la propiedad que el general Marcus McCauley había comprado a lord Nicholson. No tenía mucho valor excepto por las turberas. Doyle pensó que quizá el valor radicaba en su proximidad a Ravenscar. A medida que se levantaba la niebla, distinguió a lo lejos unas estructuras que se elevaban de la nieve fresca del páramo: construcciones hechas por el hombre, tal vez depósitos de turba.

—Si no tienes inconveniente, Arthur, me bañaré primero —dijo Eileen, quitándose la camisa, con los pantalones caídos alrededor de los tobillos mientras caminaba hacia el baño.

—Sí, de acuerdo —respondió, no tan distraído como para no fijarse en su cuerpo antes de que desapareciera. Un segundo después oyó un chapoteo, seguido por una exclamación, una risita y finalmente un suspiro de satisfacción.

Doyle siguió observando y vio que los terrenos de Ravenscar ocupaban toda la parte sur visible desde la ventana. Fuera de los muros, en aquella dirección, se alzaba una gran construcción de la que surgían unos rieles que iban hacia el oeste. Muchas figuras entraban y salían por las enormes puertas, y los vagones esperaban en el patio de maniobras. Un humo negro brotaba de las dos chimeneas que se alzaban en el centro del edificio. Debajo de las chimeneas, un enorme cartel que mostraba una escena hogareña (una madre que le entregaba en la cocina una galleta a un niño) cubría una amplia extensión de pared. Escrito en letras de un metro, un rótulo anunciaba: MOTHER'S OWN.

—¿Arthur?

Él oyó el suave y lánguido chapoteo del agua.

—Sí, Eileen.

—¿Podrías venir un momento, por favor?

—Sí, Eileen.

Doyle se quitó la chaqueta, sacó los frasquitos ocultos en el forro y las jeringas de las botas, y lo ocultó todo bajo los cojines de un sillón.

Después se dirigió al baño.

Eileen, con los brazos cruzados sobre los pechos y los ojos cerrados, descansaba apoyada en un ángulo de la bañera, que reproducía la forma de un dragón hasta las cuatro patas con garras. Su piel parecía de alabastro. Tenía una fina pátina de sudor sobre el labio. Se había recogido la melena sobre la cabeza, pero algunos encantadores mechones colgaban delicadamente hasta tocar el agua. Doyle se sintió arrobado por la increíble fascinación del cabello femenino. ¿Cómo sabían ellas peinarse adecuadamente en cualquier situación? ¿Cómo podían recogérselo de un modo que desafiaba la gravedad con tanta gracilidad y delicadeza?

—Estoy en el paraíso —dijo ella, soñadora.

—¿De veras?

—Supongo que me dieron alguna droga.

—Sí, querida.

—Me resulta difícil pensar con claridad. —Ponía mucho cuidado en pronunciar correctamente—. Mi respuesta física a las cosas parece ser un tanto… excesiva.

—Cosa que también podemos atribuir a la droga.

—Entonces esta sensación no tardará en desaparecer.

—Efectivamente.

—Humm. Qué pena. Lo siento, al parecer no te sirvo de mucho.

—Estás a salvo. Es lo único que importa.

Eileen apoyó una mano en el borde de la bañera. Él la cogió, observando cómo se escurría el agua por sus dedos entrelazados.

—El señor Jack Sparks no regresó, ¿verdad? —preguntó ella.

—No.

—Eso es muy preocupante.

—Sí.

—Tú y yo estamos metidos en un buen fregado.

—Sí, querida, así es.

—Entonces, después de unos minutos más de remojo —añadió ella suavemente—, me gustaría que me llevaras a la cama. ¿Te parece bien, Arthur?

—Sí, querida. Sería fantástico.

Ella sonrió y le apretó la mano. Él se sentó en el borde de la bañera y esperó.

«Además del desprecio, la familiaridad engendra otros sentimientos —pensó Doyle tendido en el mullido lecho de plumas y dejándose llevar lentamente por el peso de la fatiga—, entre ellos, la pasión.» Ya fuese consecuencia de la droga o del apremio surgido de su precaria situación, la vehemencia y el abandono con que ella se le había entregado iban mucho más allá de la limitada experiencia de la noche anterior. Ahora yacía acurrucada entre sus brazos, suave y tibia, profundamente dormida, con el pelo negro azabache extendido como una mancha exótica sobre las níveas sábanas. Doyle se sorprendió al descubrir que no le costaba nada conciliar estos tiernos sentimientos con el urgente y animalístico apareamiento que había compartido unos pocos minutos antes. Ningún acto de su vida le había parecido más genuino. Mientras se dormía, recordó haber pensado que le estaría eternamente agradecido a su madre por no predisponerle contra las actrices.

Doyle se despertó sobresaltado, con los sueños escapando como ladrones. La habitación estaba pobremente iluminada por una claridad de un tono naranja que se filtraba en un ángulo casi vertical a través de la ventana. El instinto le advirtió que alguien había entrado allí mientras dormían. Se sentó en la cama. Las prendas que había arrojado al suelo mientras se desnudaba a toda prisa no se veían por ninguna parte. Sobre la cama opuesta había un traje de etiqueta para caballero y un vestido de noche de terciopelo negro. Eileen dormía a su lado. Un agudo dolor de estómago le recordó que estaba hambriento, famélico.

Doyle encontró su reloj colocado sobre el bolsillo del esmoquin; abrió la tapa: las cuatro. ¡Había dormido casi todo el día! Se puso los pantalones, que parecían hechos a su medida, y se pasó los tirantes sobre los hombros mientras iba hacia la ventana. El sol bajaba deprisa al horizonte. Continuaba la actividad en el patio, las patrullas armadas recorrían las murallas. Al parecer, el trabajo había cesado en la fábrica, pues no salía humo de las chimeneas. Pero una delgada columna de humo surgía de uno de los edificios más pequeños situados en el páramo.

Palpó debajo de los almohadones del sofá y comprobó que las jeringuillas y los frasquitos estaban donde los había ocultado. Después se dirigió al baño para realizar sus abluciones. Una jofaina con agua caliente, jabón de afeitar y una navaja le esperaban junto al lavabo de porcelana delante del espejo, además de una botella de tónico para la piel.

A los cinco minutos, después de asearse, regresó al dormitorio. Eileen estaba encogida en el borde de la cama, envuelta en una sábana, con la palma de una mano apretada contra la frente.

—¿Me has dado una patada en la cabeza o has utilizado la cachiporra?

—Te sentirás mejor en cuanto camines un poco. Nos han traído ropa de etiqueta. Al parecer debemos vestirnos para la cena.

—Comida. —La palabra fue como una revelación para ella y pareció aliviar su malestar. Le miró para compartir el increíble pensamiento—. Comida.

—No deja de tener su atractivo —opinó Doyle, besándola antes de dirigirse a la otra cama.

—Me da la impresión de que no he comido en meses.

—No hace falta que te des prisa. Voy a echar una mirada por los alrededores —dijo Doyle, mientras acababa de vestirse.

—Tengo un vago recuerdo de lo que es la comida —comentó Eileen, dirigiéndose al baño, arrastrando la sábana—, pero no consigo recordar si la he probado alguna vez.

Doyle se hizo el nudo de la pajarita, comprobó el resultado en el espejo, se retocó el pañuelo del bolsillo y fue hasta la puerta, que no estaba cerrada con llave.

Una suave música de cámara subía desde algún lugar de la planta baja. Dos hombres se levantaron de las sillas del vestíbulo cuando Doyle abandonó el dormitorio. Ambos parecían rondar los cincuenta y vestían trajes de etiqueta. Cada uno sostenía una copa; el más bajo, un hombre pulcro y vivaracho, con una calvicie incipiente y una barba negra bien recortada, fumaba un puro. El más alto tenía los hombros anchos y el porte de un militar, con el pelo blanco cortado casi al rape y grandes mostachos que atravesaban su rostro cuadrado e inexpresivo. Se mantuvo un paso atrás mientras el hombre bajo se acercaba a Doyle con la mano extendida.

—Estábamos en plena discusión. Quizá usted pueda aclararnos la cosa, doctor —manifestó amablemente el hombre bajo, con una entonación monótona y casi americana, mientras sonreía—. Mi amigo Drummond, aquí presente, insiste en que si se pudiera disponer de un equipo adecuado para mantener la circulación sanguínea, la cabeza de un hombre podría continuar viva y con las funciones cerebrales intactas durante un tiempo indefinido después de ser separada del cuerpo.

—Todo depende del modo en que se efectúe la separación —dijo Drummond. Su voz de clase alta mostraba una reserva tan inflexible como su columna vertebral. Los ojos, ligeramente separados en el rostro ancho y cuadrado, miraban perpetuamente a la punta de la nariz.

—Yo afirmo insistentemente que el cuerpo proporciona numerosos elementos esenciales que el cerebro necesita para funcionar. Hormonas y más cosas —replicó el hombre bajo, con la despreocupación de quien discute sobre el reparto del correo—. Y aparte de la cuestión del mantenimiento, tengo el firme convencimiento de que el cerebro es incapaz de sobrevivir al trauma inicial de amputar la cabeza del tronco.

—Estoy dispuesto a llegar más lejos, John —replicó el general—. Afirmo que si el corte deja la cabeza algo unida al cuello, esta podría retener el don de la palabra.

—¿Lo ve? En eso también disentimos. ¿De dónde vendría el aliento, Marcus? —argumentó sir John Chandros, propietario de Ravenscar—. Incluso con el cuello intacto, no habría fuelles para que impulsaran el aire a través de las cuerdas vocales. ¡Venga, hombre! ¿Cuál es su opinión, doctor, desde una perspectiva estrictamente médica?

—Lamento decir que nunca me he planteado el tema en serio.

—Pero reconocerá que es un tema muy sugestivo, ¿no cree? —preguntó Chandros, que al parecer no consideraba necesarias más introducciones.

—Un tema de mucha cabeza, desde luego —contestó Doyle.

—Sí. De mucha cabeza. —Chandros rio de buena gana—. Muy bueno. De mucha cabeza. ¿Te ha gustado, Marcus?

Drummond soltó un bufido, que Doyle interpretó como una crítica.

—Marcus no se ha reído de buena gana ni una sola vez durante los últimos treinta años —explicó Chandros—. Y sigue igual.

Drummond volvió a soltar un bufido, al parecer para confirmar esa opinión.

—Para ser un cínico acreditado y un notorio hombre de mundo, el general se las apaña para conservar una notable ingenuidad. —Chandros cogió a Doyle del brazo antes de que pudiera responder y le condujo por el vestíbulo—. De todos modos, doctor, a propósito de nuestra discusión anterior, aparte de su poca verosimilitud, creo a pie juntillas que como raza estamos al borde de un inmenso océano de descubrimientos científicos que transformarán para siempre la vida tal como la conocemos.

Otro bufido de Drummond. Al parecer esa expresión tenía matices y tonos que exigían meses de estudio para interpretarla.

—Drummond le advertirá que soy un discípulo inveterado del futuro. Me reconozco culpable. Creo que si el hombre está necesitado de esperanza, no tiene más que mirar al mañana. Sí, he estado en América, pasé muchos años allí: Nueva York, Boston, Chicago, qué gran ciudad, fuerte, dura y salvaje como el viento. Hice un montón de negocios con ellos, los americanos entienden de negocios; para ellos son como una segunda naturaleza, y quizá me contagiaron su optimismo, pero así y todo afirmo que si un hombre con la idea correcta encuentra a un hombre con el dinero necesario, juntos pueden cambiar el mundo. Cambiarlo, transformarlo. Dios dio al hombre el dominio sobre la Tierra; es hora de que cojamos el bocado entre los dientes y tiremos del arado que nos dio el Señor. Probé la política. No está hecha para mí. Para hacer cualquier cosa hay que estar demasiado pendiente del consenso. Los comités no construyeron las pirámides, las hicieron los farones. Mi idea es que la vida es una empresa y que hay que dirigirla como tal. Permítame que le ponga un ejemplo.

Mientras pasaban junto a una balaustrada que daba al vestíbulo de la entrada, Doyle vio la mesa preparada para la cena. Algunos de los huéspedes conversaban junto a la chimenea. Escoltado por la sombra maléfica del general Drummond, Chandros llevó a Doyle más allá del mirador y, a través de una puerta, a un gran balcón. Un vasto panorama se abría al oeste, donde el sol se balanceaba con un equilibrio perfecto en el borde del horizonte.

—¿Cuál es el mayor obstáculo en la vida del hombre? —preguntó Chandros, y dio una chupada al puro—. Él mismo. Ahí está el problema, en su maldita naturaleza animal. Siempre en guerra con el gran poder interior. No se puede rendir. Un genio vive apretujado dentro del mismo saco de huesos con el hombre inferior, y permítame decirle, señor, que este hombre inferior no es más que un troglodita, un tipo medio imbécil sin el sentido común para vivir. Y lo que es peor, este ceporro cree que es el hijo perdido de un dios y que solo es cuestión de tiempo que el mundo le coloque en su legítimo trono. Mientras tanto trabaja como un burro, bebe, juega, va de putas, desperdicia la vida y muere clamando por este dios que le ha abandonado para que salve su alma patética y miserable. Permítame que le pregunte una cosa: ¿qué dios en su sano juicio desperdiciaría un segundo en pensar en un ser tan inútil?

—Le aseguro que no lo sé —contestó Doyle, espantado ante la fría seguridad del hombre.

—Yo se lo diré: ninguna deidad que se precie. —Cruzó los brazos, se apoyó en la pared y contempló el panorama—. Los cristianos han sabido cómo organizarlo. No hay ninguna duda al respecto. Un judío muerto con unos buenos trucos en la manga, promocionado como una loción capilar por unos cuantos seguidores fanáticos; luego convirtieron a un emperador, se hicieron con un imperio sagrado que sobrepasa a todos los demás en la historia. Van camino de los dos mil años. ¿Cómo se las apañaron? El secreto del éxito es la simplicidad: concentrar el poder. Envolverlo en misterios. Ocultarlo en el edificio más grande de la ciudad. Dictar unos cuantos mandamientos para mantener a los campesinos en fila, hacerse con el control de los nacimientos, las defunciones y los matrimonios, añadir unas gotas de miedo a la condena eterna, un poco de humo, algo de música (este es el primer mandamiento: montar un buen espectáculo) y los clientes vendrán de rodillas a pedir las sobras rancias del festival de los santos. Eso es lo que se llama un negocio.

Drummond volvió a bufar. Doyle no estaba seguro de si eso significaba aprobación o rechazo.

Chandros dio una chupada al puro, con los deslumbrantes ojos azules brillando de inspiración.

—Por lo tanto, ¿cómo hacer que el hombre deje de ser un estúpido animal de granja para convertirse en una herramienta productiva y domesticada dispuesta a arremangarse y colaborar para conseguir el bien superior? Este es el enigma que todo aquel que aspira a gobernar debe descifrar, sea religión, Gobierno, empresa, lo que fuere. Y el auténtico talento de la solución cristiana consistió en convencer a sus partidarios de una gran mentira: nosotros tenemos la llave de las puertas del cielo, y si quieres hacer el viaje, hermano, tendrá que ser con nuestros auspicios. Desde luego, un poco de publicidad sobre lo malo que era el otro destino ayudó a cerrar el trato; el miedo empuja a todos esos zopencos ignorantes a ponerse de rodillas y a encender velas como si mañana acabara el mundo. Y a ver si nos entendemos, el viejo Belcebú siempre ha sido el verdadero ídolo del público, el hombre al que te encanta odiar, el tipo que te asusta tanto que te meas en los calzoncillos pero al que no puedes quitarle los ojos de encima. Es él el que pone cachondas a las mujeres, y no aquel mesías quejica con ojos de cordero degollado. Meta al diablo en el puchero para condimentar el caldo y tendrá la fórmula perfecta para la hegemonía religiosa. Funciona con la precisión de un reloj suizo. Impecable.

»Pero la marcha del progreso... (y usted sabe que se mueve independientemente de nuestras miserables preocupaciones; ahí tiene un misterio) la marcha del progreso exige que los que tienen el poder cambien con los tiempos. Ahora estamos en la gran partida, muchachos, jugando con naipes nuevos: industria pesada, producción en serie, economía internacional, armamento que jamás hubiésemos imaginado. Las homilías piadosas y los sermones baratos que apelan a la virtud espiritual de los clientes ya no pinchan ni cortan. A los cristianos, como dicen en Kentucky, les llueve la mierda encima.

A medida que el sol se hundía por debajo del horizonte, los últimos rayos proyectaban una claridad anaranjada sobre Chandros y la pared de piedra caliza que tenía a sus espaldas.

—Mire allá abajo, doctor —añadió Chandros, señalando uno de los cobertizos situados junto a los muros exteriores—. ¿Qué ve?

Numerosos hombres vestidos con idénticos uniformes compuestos de pantalones grises a rayas y chaquetas de tela ordinaria entraban en el recinto a través de un portón que daba a la fábrica de galletas. Tenían las cabezas rapadas. Guardias armados vigilaban sus movimientos, vociferando órdenes, mientras los hombres formaban y respondían salmodiando unos cantos que se oían débilmente.

—Trabajadores. Trabajadores de la fábrica —contestó Doyle.

Chandros sacudió la cabeza, se inclinó y tocó el pecho de Doyle para enfatizar lo que iba a decir.

—La respuesta —afirmó—. Hasta hace poco, los hombres que ve eran la última escoria, la basura humana más despreciable. Convictos: crueles, viciosos y taimados. Reclutados precisamente por esas mismas características, lo peor del lote procedente de las más terribles cárceles y colonias penales de la nación y del mundo entero. Traídos aquí (y créame cuando le digo que las cárceles se han alegrado de perderlos de vista) para participar en un programa que demostrará nuestra capacidad para rescatar al hombre de la ciega esclavitud y devolverle la naturaleza esencial. Mírelos.

Los movimientos del grupo en el patio estaban bien ensayados; los hombres estaban disciplinados pero faltos de entusiasmo, incluso indolentes, aunque ninguno parecía actuar a la fuerza.

—Hasta no hace mucho estos hombres apenas si podían compartir un espacio común con otros seres humanos durante una hora sin cometer algún estúpido acto de violencia. El problema del crimen. El problema de la intolerancia. El problema de la brutalidad. ¿Lo ve? Todos surgen de la misma fuente. Aquí y ahora, por primera vez, estos individuos están completamente rehabilitados, bien atendidos, y dispuestos a trabajar honestamente.

«Y por eso sacaron a Bodger Nuggins de Newgate», pensó Doyle. El proyecto era admirable, y tenía un objetivo y quizá también una magnitud parecidos a los del programa de Jack Sparks con respecto a los hombres de los bajos fondos londinenses. Pero ¿cuál era el método?

—¿Cómo? —preguntó Doyle—. ¿Cómo se consigue?

—Intervención directa —respondió Chandros.

—¿Y eso qué significa?

—Uno de nuestros colegas ha estudiado el problema desde hace años. Ha llegado a la conclusión de que los aspectos fundamentales de la personalidad comienzan en el cerebro. El cerebro es un órgano físico, como los pulmones o el hígado, y puede ser rehecho de un modo que solo ahora estamos empezando a conocer. Usted es médico. Creemos que esta humanidad de nivel bajo (¿por qué no vamos a poder denominarla así?) no es más que un problema médico, una enfermedad, como el cólera o la meningitis. Es exclusivamente un defecto físico, y como tal hay que tratarlo.

—¿Tratarlo cómo?

—No estoy familiarizado con los términos médicos precisos; el profesor le explicará los detalles con mucho gusto.

—¿Tratado quirúrgicamente?

—Me interesan los resultados, doctor. Tiene ante usted los más que alentadores resultados de nuestro programa, y no solo en esos trabajadores. Todo el personal de Ravenscar (los graduados, si usted lo prefiere) es una muestra del éxito de nuestros esfuerzos. Permítame asegurarle una cosa: dele a un hombre una segunda oportunidad en la vida y lo tendrá a sus pies, como un perro.

Una segunda oportunidad en la vida. Doyle sintió que la cabeza le daba vueltas. Los capuchas grises. Los resucitados del museo. Autómatas privados de voluntad propia. Doyle asintió amablemente y se volvió, sujetándose a la barandilla para no revelar su profundo asco.

Para esto necesitaban el terreno, comprendió Doyle; aislamiento para hacer este trabajo repugnante. Bodger Nuggins había escapado en cuanto descubrió lo que le esperaba, y ellos le habían perseguido y asesinado. Algo le dijo a Doyle que quizá había sido uno de los afortunados. Por muchos horrores que hubiesen cometido aquellos pobres desgraciados, los auténticos monstruos los tenía a su lado en el balcón.

Desapareció el último rayo de sol. Los convictos del cobertizo marcharon hacia otro lugar del recinto. Doyle miró el patio principal, y sus ojos se sintieron atraídos por un coche que se acercaba a lo que parecía una entrada de servicio. Mientras el conductor se apeaba y aparecían dos sirvientes para ayudar en la descarga, alguien salió de debajo del coche y se deslizó hacia las sombras. Ninguno de los centinelas o criados advirtió la presencia del intruso. Doyle no había alcanzado a verle el rostro desde aquella distancia, pero había algo inconfundible en su manera de moverse.

Jack.

Una campana sonó en el interior de la casa.

—No tardarán en servir la cena —dijo Chandros—. ¿Por qué no comprueba si su encantadora pareja está lista para reunirse con nosotros, doctor?

—Con mucho gusto —dijo Doyle.

—Bien, nos veremos en la mesa.

Doyle oyó que la puerta se abría detrás de él; Chandros y Drummond salieron primero. Doyle echó otra ojeada al patio en busca del intruso, pero no lo vio. Esperó unos segundos y después salió tras ellos.

Doyle caminó deprisa hacia la habitación, donde el formidable sirviente montaba otra vez guardia junto a la puerta. Al entrar, Doyle observó la mirada inexpresiva del hombre. Los ojos eran tan fríos y muertos como los de un pescado en el plato. La puerta se cerró silenciosamente a sus espaldas.

18

LA CENA ESTÁ SERVIDA

Sentada delante del tocador, Eileen se miraba en el espejo para aplicarse un ligerísimo toque de carmín en los labios. Llevaba el cabello recogido en un moño. Una gargantilla tachonada de diamantes le rodeaba el cuello. El vestido de terciopelo negro ajustado y sin hombros que le habían proporcionado los anfitriones realzaba sus encantos naturales.

—Es justo que me hayan facilitado un vestido —comentó Eileen—, puesto que destrozaron el mío. Por favor, Arthur, abróchame la espalda.

Doyle se inclinó para cerrar el broche. Ella llevaba un perfume sutil y embriagador. Le besó el hombro, suavemente.

—También trajeron el maquillaje y las joyas. —Eileen señaló los pendientes de diamantes que llevaba—. No son de imitación. ¿Qué diablos se proponen?

—¿Por qué no vamos a averiguarlo? —propuso Doyle. Se acercó al diván y, sin que ella le viera, recuperó las jeringuillas. Las guardó en el bolsillo interior de la pechera, asegurándose de que no hicieran bulto en el esmoquin.

—¿Quién más estará en la cena?

—Habrá un comensal con el que no contaban —contestó Doyle en voz baja—. Jack está en algún lugar de la casa.

—Estupendo. Les presentaremos batalla.

—Haré todo lo posible para que no sufras ningún daño.

—Arthur, esos cabrones mataron a dieciocho de mis amigos...

—No permitiré que te...

—Entre ellos a mi prometido. Estaba sentado a mi lado durante la sesión de aquella noche, interpretando el papel de mi hermano.

—¿Dennis?

—Sí, Dennis.

—No lo sabía. Lo siento.

Eileen se dio la vuelta, cogió un bolso negro y pequeño y preguntó:

—¿Estoy bien? Miente si es preciso.

—Estás preciosa, lo juro.

Su sonrisa iluminó la habitación. Él le ofreció el brazo y salieron al vestíbulo. El sirviente se apartó mientras se dirigían hacia las escaleras. La música les llegaba mezclada con el murmullo de las conversaciones.

—Llevo una aguja de diez centímetros en el pelo —susurró ella—. Tú dime cuándo, y no vacilaré en usarla.

—No dudes en clavarla donde haga más daño.

—¿En algún momento te he parecido indecisa, Arthur?

—No, querida.

Eileen apretó con fuerza el brazo de Doyle y comenzaron a bajar la gran escalera. El espectáculo de la planta era suntuoso: la mesa, iluminada con candelabros inmensos, estaba puesta con la mejor plata y cristalería. Un cuarteto de cuerda interpretaba melodías en un rincón. Había ocho sillas ocupadas por invitados vestidos como si fueran a participar en una gala real. Sir John Chandros presidía en la cabecera, y a su derecha la silla de honor estaba vacía. Al ver que bajaban Doyle y Eileen, cesó la charla, y las miradas se dirigieron hacia las escaleras.

—Sonríe, cariño —murmuró Doyle.

—«Adelante, adelante, en el valle de la Muerte cabalgaban los seiscientos...» —recitó Eileen con voz casi inaudible—. Ay, Señor...

—¿Qué pasa?

—Mira quién está con nosotros —respondió ella sin dejar de sonreír, al tiempo que movía la cabeza en dirección al extremo de la mesa opuesto a Chandros.

En respuesta a una indicación del caballero canoso sentado a su derecha, un joven veinteañero de estatura mediana, barrigón y pálido, con las facciones abotagadas por la vida disoluta, se levantó para saludarles. Un bigotito untuoso de cera y una perilla de cabra intentaban dar un aire atrevido poco convincente, sugiriendo en cambio una inmadurez excesiva. Llevaba fajín e iba cubierto de cintas y medallas, y una constelación de manchas salpicaba el chaleco blanco almidonado. En cuanto Doyle y Eileen hubieron descendido la escalera, el obispo Pillphrock, ataviado con la sobrepelliz anglicana, les condujo directamente hacia el joven, que esperaba pacientemente como un mono bien entrenado.

—Les presento a Su Alteza Real el príncipe Alberto Victor Edward, duque de Clarence —dijo el obispo, con afectado fervor—. El doctor Arthur Conan Doyle.

—¿Cómo está usted? —saludó el duque como un papanatas. En sus ojos, colocados muy juntos, solo se reflejaba la expresión estúpida de una cobaya.

—Su Alteza —dijo Doyle.

—La señorita Eileen Temple —añadió el obispo.

—¿Cómo está usted? —dijo el duque sin dar ninguna señal de haberla reconocido. Doyle pensó que el hombre estaba enfermo. Eileen no era una mujer a la que se pudiera olvidar fácilmente, y el noble había dedicado una velada a perseguirla con ahínco.

—Su Alteza —saludó Eileen.

—Hoy ha sido un día magnífico para esta época del año —comentó el príncipe con la animación espontánea de un muñeco mecánico.

—Un día muy claro y soleado, poco habitual en la estación —dijo Doyle, ahogado por el olor a vino agrio que saturaba el aliento del hombre.

—Es una bendición disfrutar de un día como el de hoy —intervino el obispo, con una sonrisa obsequiosa—. Solo podemos atribuir nuestra buena fortuna a la compañía de Su Alteza.

—La compañía de Su Alteza siempre ha traído buena fortuna —señaló Eileen, muy amablemente—. Sé que al menos uno de sus dones, transmitido de padres a hijos, ha sido otorgado en repetidas ocasiones a las mujeres de todos los rincones de Inglaterra.

El obispo se quedó de piedra al oír el comentario de Eileen, una referencia poco velada a la reconocida promiscuidad del príncipe soltero y a los rumores de una presunta enfermedad venérea. El príncipe Eddy frunció el entrecejo; al parecer, la confusión mental era un estado que no le costaba mucho alcanzar.

El hijo mayor del hijo mayor de la propia reina, el segundo en la línea de sucesión al trono, pensó Doyle; si alguna vez había existido un motivo más convincente para oponerse a los continuos matrimonios entre parientes de las familias reales europeas...

El trono.

Las palabras de Spiver Quince y el niño de azul surgieron en su mente.

El trono. Abrir el pasaje.

«Hemos intentado interpretar las advertencias como metáforas... Pretende el trono. Será rey.»

—Su Alteza ha sido tan generoso en la distribución de sus dádivas que debe de ser difícil recordar exactamente a quiénes se las ha otorgado —añadió Eileen, con una amable sonrisa; unas vívidas manchas de rubor resaltaban en sus mejillas.

El obispo Pillphrock estaba pálido como un muerto, con la boca abierta, desprovisto de sus armas sociales. El príncipe parpadeó varias veces y movió los labios en silencio. Parecía una máquina averiada.

—En las tardes calurosas —dijo el príncipe tímidamente—, me gusta mucho el helado de fresas.

Lo insólito de la frase hizo callar incluso a Eileen. Una lágrima solitaria escapó de los ojos llorosos del noble y corrió por su barba.

—Lo único que quiero —añadió el príncipe con una vocecita que sin duda había resonado antaño en la guardería real— es un poco de paz, tranquilidad y diversión.

El hombre canoso sentado a la derecha del príncipe intervino, cogiendo al personaje por un brazo.

—Y lo tendrá. Su Alteza se ha fatigado en exceso con las actividades de una agenda repleta —afirmó el hombre, que ayudó al noble a sentarse en la silla— y necesita comer para recuperar fuerzas.

—Más vino —reclamó el príncipe, malhumorado, sin mirar a nadie.

—¡Más vino! —ordenó el obispo—. Muchas gracias, sir Nigel. El bienestar de Su Alteza es sin duda lo más importante para nosotros.

—Es lo que yo pienso —dijo sir Nigel Gull, el hombre canoso, antiguo médico personal del príncipe.

Mientras tomaba asiento, Gull dirigió a Eileen una mirada fulminante. Un misógino, decidió Doyle en el acto, recordando los muchos rumores referentes a que las correrías del príncipe no estaban limitadas exclusivamente al bello sexo.

—Por favor, tomen asiento —les invitó el obispo, nuevamente en plena forma—. Señorita Temple, si es tan gentil; nuestro anfitrión desea que se siente a su derecha.

El obispo le sostuvo la silla mientras Eileen se sentaba a la derecha de Chandros, directamente delante de Alexander Sparks. El general Marcus McCauley Drummon estaba muy erguido, a la izquierda de Sparks.

—Y usted aquí, por favor, doctor Doyle. —Pillphrock le indicó una silla dos lugares más allá, a la derecha de Eileen—. Bienvenidos todos, bienvenidos, bienvenidos.

Pillphrock tocó la campanilla y acomodó su corpachón barrigudo entre Eileen y Doyle, que tomó asiento enfrente de la única invitada presente aparte de Eileen, una mujer bien parecida y de aire misterioso a la que reconoció como lady Caroline Nicholson. El pelo negro enmarcaba un rostro firme, de facciones afiladas e inflexibles, más sensuales de lo que la foto había podido reflejar. Los ojos negros brillaban con el ansia de la presa. Lady Caroline le dedicó una sonrisa enigmática.

El hombre a la derecha de Doyle tenía dificultades para sentarse, y hacía gestos de dolor al extender la pierna derecha, rígida como una tabla, con el bulto del vendaje hinchando la pernera alrededor de la rodilla. Menudo, bien afeitado, pálido y picado de viruelas. Incluso con las gafas y la ausencia de maquillaje, Doyle reconoció en él al hombre moreno de la sesión, el hombre al que le había disparado en la pierna, el profesor Arminius Vamberg.

Ahora estaban todos presentes, los siete, entre ellos, y por si fuera poco, el nieto de la reina Victoria. Doyle levantó la mirada y se encontró con los ojos firmes de Alexander Sparks. La complicidad implícita en su sonrisa resultaba inquietante, como si pudiese leer sin impedimentos la mente de los demás. Como no tenía sentido provocarle abiertamente, Doyle desvió la mirada en otra dirección.

Un escuadrón de sirvientes, todos con los mismos ojos opacos e inexpresivos, sirvió el primer plato, que, para gran desilusión del famélico Doyle, resultó ser un consomé aguado.

—Hice el descubrimiento durante mis años en el Caribe —manifestó Vamberg sin que nadie se lo preguntara, con el acento áspero que recordaba vívidamente aquella noche en el 13 de Cheshire.

—¿Cuál fue? —preguntó Doyle.

—¿Ha pasado algún tiempo compartiendo sus días con alguna cultura primitiva, doctor?

—No, si excluye a los franceses —contestó Doyle, intentando contener el impulso de coger el tazón y beberse el consomé de un trago. El profesor sonrió ante el comentario.

—La principal diferencia que encuentro es que las sociedades menos desarrolladas, al carecer de lo que los europeos llamamos orgullosamente «civilización», mantienen una relación directa con la naturaleza. Como consecuencia, disfrutan de una experiencia de primera mano con aquella parte de la naturaleza que permanece invisible para nosotros: el mundo de los espíritus, especialmente el mundo de los «devas», o elementales, que forman parte y habitan ese mundo físico que nosotros tomamos de hecho por el límite de la existencia. Nuestros colegas de la profesión médica rechazan a estas gentes considerándolas tontas, primitivas, supersticiosas, a merced de fantasías y terrores irracionales. Por el contrario, después de años de investigación, me inclino a considerarlas sabias y sagaces, en sintonía con el mundo que habitan, hasta un punto desconocido por nosotros.

Doyle asintió atento, mirando a Chandros, que estaba muy entretenido en conversar con Eileen. Esta parecía tan preocupada por el consomé como Doyle.

—Yo mismo dudé de su existencia durante muchísimo tiempo —afirmó el obispo, entre ruidosos sorbos de sopa—. Como usted se puede imaginar, escuela pública, Iglesia de Inglaterra, casi sacerdote...

—¿Dudaba de la existencia de quién? —preguntó Doyle.

—De los elementos, desde luego —exclamó el obispo. Había conseguido salpicarse los cristales de las gafas con el consomé—. Hasta que conocí al profesor Vamberg. ¡Entonces las vendas cayeron de mis ojos como las hojas secas!

—Se los conoce por diferentes nombres en las diversas culturas —prosiguió Vamberg, abiertamente molesto por la alegre intromisión del obispo—. Usted es de ascendencia irlandesa, ¿verdad, doctor?

Doyle asintió. Había acabado el consomé; estuvo tentado de pedirle a Vamberg, que ni siquiera había metido la cuchara en el bol, si no le importaba pasarle el suyo.

—En Irlanda se los conoce como «leprechauns», la gente pequeña. Aquí, en Bretaña, se les llama «elfos», con muchas variaciones regionales: «knockers» en Gales, «pixies» en Escocia, «trows» en Shetland y las Oreadas. Los alemanes, desde luego, los llaman «kobolds» o «goblins».

—Conozco la mitología —dijo Doyle, irritado por la pedantería condescendiente del hombre.

—Ah, pero esto es mucho más que simple mitología, doctor —afirmó Vamberg, agitando la cuchara.

En aquel momento sirvieron el siguiente plato; «Gracias a Dios», pensó Doyle. «Por lo visto no hay bastante con morir de inanición sino que además pretenden matarme de aburrimiento.»

—Perdiz asada sobre un fondo de col —anunció el obispo.

«¿Perdiz? Tiene que haber algún error», pensó Doyle. «Esta ala es tan grande como la de un pavo. Y la hoja de col abarca todo el plato. Estamos en el norte de Inglaterra: ¿dónde se encuentra uno un producto como este en pleno invierno?» A caballo regalado..., decidió Doyle, saboreando el primer bocado; la carne era suculenta y tierna, y tuvo que reconocer que era una de las más sabrosas que había probado en su vida.

—Estas figuras de leyenda, tan familiares para nosotros a través del folclore y los cuentos infantiles, son realmente los arquitectos y constructores invisibles del mundo natural —continuó Vamberg, con tan poco interés por la perdiz como por la sopa—. Ninfas de los bosques, náyades de las aguas, trasgos del aire. Hay un motivo para que estas tradiciones permanezcan en todas las culturas, incluso en una tan ostensiblemente avanzada como es la nuestra...

—¿Y cuál es ese motivo? —preguntó Doyle, incapaz de resistirse a la tentación de coger el ala con las manos y darle un bocado.

—Porque son reales —respondió Vamberg—. Los he visto, he conversado con ellos, he bailado con ellos.

«Eso debió ocurrir hace mucho», pensó Doyle, aunque dijo que le parecía asombroso.

—Son criaturas tímidas, extraordinariamente reticentes, pero una vez establecido el contacto (y pude hacerlo al principio con la ayuda de los sacerdotes de las tribus caribeñas), uno se da cuenta muy pronto de su buena disposición a cooperar con nosotros.

—Pero qué interesante —afirmó Doyle, acabando la perdiz.

—¿Verdad que sí? —intervino el obispo, con la boca y la barbilla manchadas de grasa.

—¿Cooperar en qué? —preguntó Doyle.

—¿En qué? Haciendo crecer las cosas, que es lo que mejor dominan —contestó Vamberg.

—¿Haciendo crecer las cosas?

Vamberg recogió la enorme hoja de col del plato.

—¿Y si le dijera que la semilla de col que produjo esta hoja fue plantada en arena seca hace tres semanas, que ha estado privada de agua y nutrientes, y que fue cosechada esta misma mañana?

—Yo diría, profesor Vamberg, que ha pasado demasiado tiempo al sol. —Vamberg sonrió severo y recogió el ala del plato.

—¿Y si le dijera que cuando la desplumaron esta tarde, esta perdiz solo tenía dos semanas?

Los sirvientes retiraron los platos vacíos, al tiempo que dos de ellos aparecían empujando un carrito cargado con una gran bandeja cubierta.

—Así que estos elementales, como usted los llama, al parecer no tienen nada mejor que hacer que ayudarle a criar perdices grandes como águilas —comentó Doyle.

—¡Trucha al limón! —anunció el obispo.

Quitaron la tapa de la fuente, donde había un pescado entero con una guarnición de limón y perejil. Los colores y el aspecto le identificaban como una trucha de río, pero el pescado tenía el tamaño de un esturión. Los criados cortaron y sirvieron. Doyle captó la mirada de asombro de Eileen; la suya en cambio revelaba una profunda inquietud.

—Ah, los hombres de poca fe —exclamó Vamberg, con la sonrisa del gato de Cheshire descrito por Lewis Carroll.

Un plato de trucha aterrizó delante de Doyle. A pesar de su excelente aspecto y rico olor, Doyle comenzó a perder el apetito; la idea de comer aquella cosa desnaturalizada le revolvía el estómago. Al mirar a los demás comensales vio que Alexander Sparks tampoco comía, y que contemplaba atentamente a Eileen. En el otro extremo de la mesa, con una servilleta sujeta al cuello como un babero, Su

Alteza el duque de Clarence se atiborraba de pescado, engullendo grandes bocados que ayudaba a bajar con tragos de vino, que se le derramaba por la comisura de los labios. Iba emitiendo un ronroneo de infantil deleite, completamente ajeno a la compañía y el entorno.

—¡Delicioso! —sentenció el obispo. Un hermoso monaguillo rubio permanecía a su lado. El obispo le susurró alguna cosa al oído y pasó los dedos regordetes por los rizos del niño con un gesto posesivo.

—De aquel encuentro, ocurrido por cierto en la isla de Haití, surgió otro provecho inesperado cuando los sacerdotes me enseñaron un elixir de hierbas, raíces y extractos orgánicos que según dijeron les habían enseñado a elaborar los elementales —dijo Vamberg—. Los sacerdotes de Haití llevan utilizando este compuesto con mucho acierto desde hace siglos: descubrieron que administrado en la cantidad correcta, en unión con ciertas prácticas médicas, este compuesto virtualmente elimina en el hombre y la mujer, en cualquier hombre o mujer, la voluntad consciente.

—¿Perdón? —preguntó Doyle.

—Su voluntad ya no les pertenece. Les convierte en individuos dóciles, obedientes, completamente sometidos a las órdenes de los sacerdotes, que utilizan a estas gentes como les parece más conveniente, en trabajos domésticos o agrícolas. Incluso los sujetos más intratables se vuelven sumisos. Leales.

Los sirvientes, mudos y privados de razonamiento como muñecos, repartían el plato de carne: Doyle intentó no pensar en la bestia siniestramente alterada de la que se habían sacado aquellos magníficos pedazos.

—Así fue como Haití resolvió el problema de la servidumbre —comentó el obispo con un guiño—. Qué agradable resulta hablar libremente delante del servicio.

Vamberg dirigió al obispo otra mirada venenosa antes de continuar.

—Los sacerdotes forman una cofradía cerrada: defienden este conocimiento con sus propias vidas. Yo fui uno de los pocos extranjeros (el único europeo) que tuvieron acceso a este tesoro. Incluso he mejorado sus efectos con un sencillo procedimiento quirúrgico, utilizado conjuntamente con el elixir.

«No es de extrañar que Bodger Nuggins saliera por pies —pensó Doyle—. Mejor aparecer flotando boca abajo en el Támesis que ser un cadáver ambulante como Lansdown Dilks, guardado en algún sótano infecto como un saco de basura…»

—¡Fantástico! —afirmó el obispo.

—Fue años más tarde, durante mis viajes por las cumbres del Tíbet, cuando conocí al hombre dotado de la clarividencia suficiente para comprender que este procedimiento podía ser utilizado algún día en un espectro más amplio y más útil socialmente. —Vamberg inclinó la cabeza hacia Alexander Sparks.

«De modo que fue así como empezó, con Sparks y Vamberg», se dijo Doyle. «El encuentro de dos mentes siniestras, una semilla traída a suelo inglés para que diera el fruto de la corrupción…»

Le sobresaltó el ruido de la vajilla rota. Uno de los sirvientes había dejado caer un plato, en el otro extremo de la mesa. El hombre se agachó, con movimientos torpes y lentos, e intentó recoger los fragmentos de porcelana y la comida desparramada.

—Estúpido inútil —murmuró el general Drummond.

Doyle se estremeció; en la nuca del hombre, burdamente afeitada, se veía con toda claridad una cicatriz supurante y triangular. Un hilo tosco de color azul cerraba los bordes de la incisión. Otro sirviente se acercó al hombre agachado y le ayudó a ponerse de pie.

A Doyle se le partió el corazón.

Era Barry.

Tenía los ojos opacos, sin la más mínima señal de luz ni vida en ellos.

—Vaya, vaya —dijo Alexander—. ¿Cómo te llamas, niño torpe?

Barry se volvió lentamente y le miró sin comprender, con un hilillo de baba en la comisura de los labios.

Alexander abandonó la silla de un salto y golpeó con fuerza en una oreja a Barry, que aceptó el porrazo con la pasividad de un animal de carga agotado. Doyle apretó los brazos de la silla para no lanzarse sobre Sparks.

—Contesta cuando te hablan, muchacho.

Un débil soplo de conocimiento surgió del fondo de aquella mente aniquilada. Barry asintió. El débil sonido que emitió no podía confundirse con una palabra.

—Dado que has demostrado tu incapacidad para realizar el trabajo, quizá puedas divertirnos, bestia estúpida —dijo Alexander—. Venga, baila para nosotros, a ver cómo danzas la polca.

Alexander comenzó a batir palmas, alentando a los demás de la mesa para que se le unieran y marcando un ritmo constante. El cuarteto, respondiendo a una seña de Alexander, comenzó a interpretar una polca. Alexander abofeteó nuevamente a Barry con tanta fuerza que le hizo girar. Después comenzó a pincharle con un bastón.

—Venga, baila, muchacho. Haz lo que te dicen.

Doyle advirtió que el pobre Barry empezaba a captar el sonido de la música. Este intentó mover los pies, pero el resultado fue patético; cualquier movimiento era un suplicio para él. Los brazos colgaban de los hombros como palos. Una mancha cada vez mayor se fue extendiendo por su entrepierna.

El grupo de los siete y el huésped real encontraron la exhibición muy divertida. El príncipe Eddy parecía a punto de dejar la silla y sumarse al baile. El obispo se reía tan fuerte que se sujetaba la barriga con las manos y se inclinaba sobre la mesa, la cara roja por el esfuerzo.

Doyle miró a la izquierda. Eileen, con el rostro pálido y lágrimas en los ojos, luchaba por dominar sus emociones. Él le hizo un gesto: no les demuestres nada.

Agotado por el esfuerzo, Barry cayó de rodillas contra una silla; se había quedado sin aliento y emitía un ronco estertor. Un hilillo de sangre aguada le salía de la herida y le corría por el cuello. Alexander echó la cabeza hacia atrás y soltó una carcajada. Después hizo una señal con la mano y cesó la música. Dos sirvientes levantaron a Barry por los brazos y lo sacaron suavemente pero con firmeza de la sala, como se hace con un viejo pensionista incontinente.

—¡Maravilloso! —exclamó el obispo.

«Le trajeron aquí para que pudiéramos verle», pensó Doyle furioso. «Hemos visto cómo le han destrozado la mente y despojado del alma.» Esto no era solo obra de la droga de Vamberg; habían operado a Barry, le habían hecho un corte en la nuca para privarle de algo esencial a su humanidad.

Doyle sentía deseos de matarlos a todos por lo que habían hecho.

En el otro lado de la mesa, Alexander mostró una sonrisa siniestra mientras volvía a sentarse, mirando alternativamente a Doyle y a Eileen y exhibiendo los dientes. Era la expresión de sentimiento más clara que le había visto Doyle.

«Le gusta ver el miedo», comprendió Doyle. «Se alimenta de él.»

—¿Decía, profesor? —dijo Alexander.

—Sí. Después de nuestra providencial asociación, mi nuevo amigo y yo continuamos nuestras peregrinaciones por el mundo, pero con un nuevo propósito —continuó Vamberg, que se inclinó hacia Doyle como incitándole a que dijera algo.

—¿Propósito?

—Queríamos trabar conocimiento con los elementales de otros países, de otros continentes. Descubrimos con asombro que estaban muy dispuestos a revelarnos sus secretos, entre los que hay verdaderas maravillas, como la vida misma, a cambio de un servicio que, a su vez, solo nosotros podíamos darles.

Doyle asintió, sin querer hacer ningún comentario para no dar muestras de su creciente terror. Habían convertido a Barry en una piltrafa y probablemente habían hecho lo mismo con su hermano. La deducción inevitable era que tanto a él como a Eileen les esperaba el mismo destino.

—Estos elementales de la tierra estuvieron unidos una vez bajo el mando de un espíritu unificador —añadió Vamberg—, un ente poderoso adorado por los pueblos primitivos del mundo, que lo bautizaron con diversos nombres a lo largo de la historia. Un ser trágico y brutalmente mal interpretado por la intolerancia religiosa de nuestros antepasados occidentales. No voy a mencionar los nombres...

El obispo soltó una exclamación amable.

—... de aquellos que han mantenido una despiadada e insensata persecución de este ente y sus legiones de creyentes. Gracias a la ascendencia del hombre occidental, con sus preocupaciones egoístas y su obsesión mezquina por el monoteísmo, se consiguió finalmente expulsar a este ser del plano físico, enviándole a una existencia crepuscular, a un purgatorio.

—El diablo —dijo Doyle.

—Sí, la concepción cristiana que se tiene de él. Esta era la proposición de los elementales: a cambio de la continua ayuda del genio benefactor, nosotros cooperaríamos con ellos para conseguir que el gran espíritu regresara y ocupara de nuevo su legítimo puesto. Este era el servicio que deseaban de nosotros. Al parecer solo los humanos pueden hacerlo. Y así, con la ayuda de los colegas aquí reunidos y para mayor gloria del hombre y la naturaleza, decidimos colaborar.

Los demás comensales permanecieron en silencio, atentos a la reacción de Doyle. «Locos», pensó este. «Todos locos de remate.»

—Se refiere usted al que espera en el umbral —dijo.

—Oh, él tiene muchos muchos nombres —afirmó el obispo alegremente.

Al tender la mano hacia el botellón de vino, el príncipe Eddy derribó el recipiente, inundando el mantel con una ola de clarete oscuro. El príncipe soltó una risita afeminada. Alexander dirigió una mirada de malhumor al doctor Gull, que respondió poniéndose de pie.

—Su Alteza lo lamenta —anunció Gull, con toda desfachatez—, pero ha sido una jornada agotadora. Acabará de cenar en sus aposentos antes de retirarse.

El príncipe Eddy hizo un gesto y musitó una protesta. Gull le susurró algo al oído y le tironeó del brazo hasta levantarlo. El príncipe reaccionó enfadado y lo rechazó con brusquedad: su codo golpeó la silla y la derribó. El rostro de Gull se puso colorado como un tomate.

—Buenas noches, Alteza —dijo Alexander Sparks. Su voz cortó el silencio como un bisturí—. Que descanse.

La expresión del príncipe se volvió dócil y obediente. Asintió sumiso a las palabras de Alexander. El doctor Gull sujetó con fuerza el brazo del noble y le condujo hacia las escaleras. Gull volvió a susurrarle algo, el príncipe se detuvo, recuperó parte de su maltrecha dignidad y se dirigió a la mesa.

—Muchas gracias a todos... y buenas noches.

Esos buenos deseos fueron ampliamente correspondidos. Gull condujo al príncipe hacia la escalera. El príncipe dio un tropezón, Gull lo enderezó, y juntos comenzaron a subir cautelosamente, peldaño a peldaño. El príncipe Eddy parecía tan desvalido e inútil como un oso decrépito en un espectáculo callejero.

Mientras Doyle observaba su ascenso, algo pesado cayó sobre la mesa junto a su plato. Era el manuscrito.

—Quizá pueda usted imaginar mi sorpresa, doctor Doyle, cuando... su manuscrito cruzó por primera vez el umbral de Rathborne e Hijos. —La interlocutora era lady Nicholson. Su voz era baja y gutural, cargada de pausas voluptuosas y sugerentes.

«Quizá sí», pensó Doyle.

—Cuando el profesor Vamberg y el señor Graves, quiero decir el señor Sparks, se presentaron ante nosotros...

—Ahora hará once años —apuntó el obispo.

Las puntillosas aclaraciones del obispo le sentaron tan mal a lady Nicholson como antes le habían sentado a Vamberg.

—Gracias, ilustrísima. Sir John, el general Drummond y yo hemos compartido y estudiado las ciencias ocultas durante muchos años. Tenemos las mismas ideas. Desde el momento en que el profesor y el señor Sparks vinieron a Inglaterra, se dieron a conocer y nos dedicamos a todos nuestros intereses conjuntos..., el secreto más absoluto ha sido primordial. Por lo tanto, imagine nuestra sorpresa cuando apareció ese... documento en mi despacho. Escrito por un médico joven, desconocido, que no había publicado nada, que era un don nadie, con perdón, y que al parecer, por las evidencias disponibles en el texto, había estado espiando por encima de nuestros hombros durante todos estos años.

«Pero si fue un accidente...», pensó Doyle. «Copié la mitad de la novela de una obra de Blavatsky, y el resto fue pura casualidad.» Sabía que no era esto lo que deseaban oír, y que no le serviría de nada mencionarlo.

—En consecuencia siempre hemos estado muy interesados en recibir una explicación de... eso. —La mujer señaló el libro con un gesto lánguido.

Doyle sintió que las miradas le recorrían el cuerpo como insectos.

—La comprendo, lady Nicholson. Ante todo quiero manifestar mi admiración por todo lo que han conseguido —dijo Doyle, adoptando la actitud del catedrático pomposo que había utilizado en el coche con Alexander—. Qué trabajo tan importante y emprendedor. Iluminado, desde luego. Bravo. Muy impresionante.

—¿Cómo llegó a saber de... nuestro trabajo? —preguntó lady Nicholson.

—Veo que no tiene ningún sentido ocultarlo; será mejor que confiese —contestó Doyle en un tono desenfadado, rogando que la inventiva no le fallara en este momento—. La verdad es que... hice un estudio de ustedes.

—Un estudio... —repitió lady Nicholson, enarcando una ceja.

Los siete intercambiaron veladas y discretas miradas de preocupación.

—Oh, sí —prosiguió Doyle alegremente—. Está muy bien saber guardar un secreto, Dios no permita que sea de otra manera, dada la importancia de lo que ustedes pretenden, y es de suponer que no han tenido ninguna dificultad en hacer que las actividades de siete individuos tan extraordinariamente dotados como ustedes queden ocultas para los ojos y los oídos de un humilde admirador, un don nadie si lo prefieren. Pero un admirador poseído por un deseo tan ferviente de adivinar su propósito... Bueno, esto es harina de otro costal.

Se produjo un largo silencio.

—¿Cómo lo ha conseguido? —preguntó Drummond.

Doyle celebró con una risa de buen humor la pregunta del general.

—Con el mismo derecho yo podría decirle respetuosamente, mi general, que divulgara sus secretos militares mejor guardados. No, no he venido a hablar sobre mis métodos de investigación. En cambio, hablaré del porqué la he llevado a cabo. Esta es la pregunta correcta. ¿Por qué? Y la respuesta, señoras y señores, es algo que tendré mucho placer en compartir con todos ustedes.

Doyle se recostó en la silla, bebió un sorbo de vino y sonrió con descaro. Captó durante una fracción de segundo la mirada de Eileen, que le preguntaba si se había vuelto mochales. Comprendiendo que no era este el caso, ella le indicó que estaba dispuesta a cooperar en la improvisación si era necesario o se le solicitaba. Doyle le hizo notar con una levísima inclinación de cabeza que había recibido el mensaje.

—Entonces, ¿por qué? —preguntó Alexander. Mostraba una sonrisa de lobo, pero su expresión era de duda.

«Esta es la segunda vez que le confundo. Por alguna razón que no comprendo, es incapaz de ver más allá de la fachada chapucera que he construido. El hombre tiene un punto ciego.»

—Efectivamente, señor Sparks, ¿por qué? —dijo Doyle, inclinándose hacia delante, muy tranquilo—. Bueno, aquí estoy, sentado entre ustedes. Admito que, comparado con tan augusta compañía, soy un hombre de recursos humildes y desde luego de logros modestos. Mi posición en el mundo no se puede comparar ni remotamente con la de ninguno de los aquí presentes. Lo que comparto con ustedes es una simpatía apasionada por sus objetivos. Comparto con ustedes un vehemente deseo y he alimentado la pretensión, tal vez insensata, de que si tenía la oportunidad de encontrarme con ustedes cara a cara podría persuadirles de que me permitieran colaborar, aunque sea de un modo insignificante, en la concreción de sus planes, en los que creo fervientemente.

Un pensamiento se repetía como un telegrama urgente en la cabeza de Doyle. «Mientras me dejen hablar y cuanto más pueda seguir inventando tonterías, más tiempo nos dejarán vivir y más tiempo le daré a Jack para actuar, si es que está aquí dentro.»

—¿Así que ese es el motivo por el que escribió la... historia? —preguntó lady Nicholson, como si la palabra le resultase desagradable.

—Precisamente por esto escribí la historia, señora, y también por esto se la envié —respondió Doyle, que abrió las manos como quien muestra las cartas en una partida de póquer—. Ya lo ve. Me han encontrado.

Hubo un nuevo intercambio de miradas furtivas. Doyle advirtió que todavía albergaban algunas dudas importantes: Drummond y Chandros se mantenían escépticos, este último algo menos.

—Además de Rathborne e Hijos, envió el manuscrito a otros editores —señaló Chandros.

—Así es, sir John, y por una razón —dijo Doyle, dando por hecho que inmediatamente se le ocurriría una—. Uno no se aventura en la boca del león sin haber creado una distracción. Mi método exigía sutileza. Consideré que un acercamiento directo a ustedes no daría resultado y sospeché que verían con muy malos ojos mis esfuerzos, por lo tanto, me sometí a todas las pruebas por si se daba el caso de que decidiesen investigar mis intenciones antes de responderme, a fin de proporcionarse un aire de legitimidad. Tal como ocurrieron las cosas, he estado a punto de perder la vida en varias ocasiones en aras de mi objetivo.

La mesa permaneció en silencio. Doyle presintió que tenía quórum a su favor y puso en el asador las últimas reservas de sinceridad.

—Les ruego que me perdonen, pero debo hablar con franqueza: no creo que se hubiesen tomado tantas molestias para probarme en la sesión si no pensasen honestamente que les puedo ser útil. Si en su estimación cuentan para algo la decisión, el sacrificio y la persistencia (y sé que cuentan, pues de lo contrario me hubieran matado hace tiempo), entonces tengo fe en que como mínimo me darán la oportunidad de demostrar mi valor y que dejarán que me una a ustedes para servirles como consideren conveniente, y ayudarles en la concreción de su gran plan sobre esta tierra.

—¿Y qué me dice de mi hermano? —preguntó Alexander.

—¿Su hermano? —Doyle ya tenía preparada la respuesta—. Su hermano, señor Sparks, me raptó en dos ocasiones contra mi voluntad, y ha estado a punto de matarme un número mayor de veces. Tengo entendido que escapó de Bedlam; si su conducta es una indicación, juzgo que el internamiento en dicho lugar era lo más apropiado.

—¿Qué quiere él de usted?

—¿Quién puede descifrar los delirios de un loco? —respondió Doyle, restando toda importancia al tema—. Sería como resolver el enigma de la esfinge. Francamente, doy gracias por haberme librado de él.

Una mirada llena de entendimiento se cruzó entre Sparks y lady Nicholson: «Aquí está el eje del poder en este nido de víboras», se dijo Doyle.

—¿Qué sabe de... nuestro plan? —preguntó lady Nicholson con cierto respeto provisional aunque significativo.

—Sé que ustedes intentan que regrese al plano físico este ser que ha citado el profesor Vamberg, el ser que en el manuscrito llamo «el que espera en el umbral».

Y entonces Doyle arriesgó la jugada más fuerte de la ofensiva.

—Y ahora preparan un segundo intento porque el primer esfuerzo (relacionado con el nacimiento de su hijo, lady Nicholson, el niño rubio que vi representado en la sesión) acabó en un lamentable fracaso.

Aquel bombazo sacudió a la mujer de pies a cabeza y estremeció a los demás. Los ojos de Eileen se abrieron de asombro ante la revelación. Doyle había apostado a una carta, que resultó ser un as. Lady Nicholson, incitada por una señal imperceptible de Sparks, avanzó otro escalón en la confianza que le dispensaba a Doyle.

—El vehículo físico no era lo suficientemente fuerte —manifestó la dama, sin la menor muestra de dolor—. El niño no pudo... soportar la carga.

«El vehículo físico: Dios santo, habla de su propia carne y sangre como si se tratara de una partida de dados mal jugada.»

—Lo atribuimos al padre —añadió el obispo Pillphrock piadosamente—. Un hombre débil. Un hombre muy débil e inútil.

—Al parecer se transmitieron… ciertas enfermedades —dijo lady Nicholson.

—Conocí a lord Nicholson. Debo decir que no me sorprende en lo más mínimo —señaló Doyle—. Solo podemos confiar en que el próximo padre demuestre tener unas cualidades físicas comparables a su posición en el mundo.

—¿Quién cree usted que será? —preguntó Chandros con voz suave.

—Vaya pregunta. El príncipe Eddy, por supuesto —respondió Doyle, que arriesgó otro disparo en la oscuridad.

Una nueva mirada de entendimiento entre lady Nicholson y Sparks. Otro nervio tocado.

Así que esta era la razón de la presencia de Nigel Gull en la cofradía: mantener un dogal alrededor del cuello del príncipe sucesor. Doyle apenas tuvo tiempo de recuperarse de la sorpresa. Creían que podrían traer de regreso al mundo a este fantasma crepuscular, el señor de las tinieblas, el que espera en el umbral, el diablo convertido en heredero del trono de Inglaterra.

—No somos inmunes… al ingenio… y a la lógica de sus deducciones, doctor —dijo lady Nicholson.

—También nos sentimos muy impresionados por su perseverancia —añadió Sparks—. Efectivamente, la sesión fue una prueba. Necesitábamos saber de qué pasta estaba hecho. Y lo que sabía.

—Pero dados los riesgos involucrados, como usted mismo ha sugerido, es lógico que buscáramos pruebas adicionales de su… validez —añadió lady Nicholson.

Doyle asintió. Habían mordido el anzuelo; ahora era cuestión de recoger el sedal.

—Muy razonable desde luego, lady…

Doyle se distrajo cuando algo aterrizó en la mesa delante de él. Aunque no había visto el movimiento del hombre, Doyle sabía que Sparks era el autor del lanzamiento.

Una navaja abierta, la hoja resplandeciente a la luz de las velas.

—Nos gustaría que matara usted a la señorita Temple —dijo Sparks—. Aquí. Ahora.

El tiempo se detuvo para Doyle.

—Matar a la señorita Temple —repitió él.

—Por favor —dijo Sparks.

«Doyle, no vaciles ni pestañees si quieres que Eileen...»

¿Dónde estaba Jack?

Doyle miró alrededor de la mesa. Alexander sonreía. Pillphrock se movía inquieto. La respiración de lady Nicholson era rápida y jadeante: la mujer estaba excitada por lo que creía que estaba a punto de presenciar.

Querían que él repitiera el asesinato de la sesión, pero esta vez en serio.

Doyle no se atrevió a mirar a Eileen.

—Sí, cómo no —respondió Doyle, tranquilo.

Doyle empuñó la navaja, se puso de pie y agarró el respaldo de la silla para apartarla del camino. Al dar el primer paso hacia Eileen, vio que cinco sirvientes habían tomado posiciones al otro lado de la mesa.

Eileen se volvió para mirarle. Doyle le transmitió con la mirada: «Ahora.»

Doyle dio media vuelta sobre la planta del pie y aprovechó el impulso del giro para descargar un navajazo contra Vamberg. Los ojos del hombre se iluminaron detrás de las gafas. Dejó escapar un grito al tiempo que levantaba el brazo izquierdo para protegerse del golpe: la navaja cortó la manga de la chaqueta y se hundió en la carne. La sangre brotó como un surtidor, regando la mesa y el manuscrito.

Sin perder un segundo, Doyle se metió la mano en el bolsillo, sacó las jeringuillas y se volvió en la otra dirección. Lo primero que vio fue a Chandros inclinado para sujetar la mano izquierda de Eileen contra el brazo de la silla, y al obispo que se volvía en su asiento para aprisionarle la derecha. Encerrada entre los dos, Eileen se zafó de las manos del obispo, y lanzó un puñetazo con la derecha directamente al rostro de Chandros.

—¡Cabrones! —gritó.

Cuando la mano de Eileen entró en contacto con la carne, el hombre soltó un alarido escalofriante, se llevó las manos al ojo derecho y, en el momento que ella apartó el puño, Doyle vio que Eileen sujetaba entre los dedos la aguja de diez centímetros; la había clavado hasta el fondo en el ojo del hombre. La sangre manaba entre los dedos espasmódicos del herido.

Antes de que el obispo pudiese intervenir, Doyle sujetó fuertemente la primera jeringuilla y hundió la aguja en el grueso cuello de Pillphrock, soltó la navaja y empujó el émbolo con las dos manos, vaciando la droga en la carótida del hombre. El obispo se interrumpió a medio gritar, estrangulado por la parálisis. Se le desorbitaron los ojos, la cara se le puso púrpura y esclerótica, a medida que la droga —una dosis masiva de digitalina— recorría sus venas para paralizarle el corazón en cuestión de segundos.

—¡Corre! —gritó Doyle.

Los criados, recuperados del ataque fulminante, se acercaron hacia ellos desde los extremos de la mesa. Drummond se puso de pie; lady Nicholson apartó la silla.

Alexander Sparks ya no estaba junto a ella; Doyle le había perdido de vista.

Eileen corrió hacia las escaleras. Cesaron los gritos de Chandros, pero cuando apartó las manos del ojo reventado, una materia grisácea coagulada surgió de la cavidad; la aguja había penetrado en el cerebro. Aunque el mensaje todavía no había llegado a sus extremidades, sir John Chandros ya estaba muerto. Pillphrock permanecía rígido como una estaca, con las manos en la garganta, el rostro casi negro y la boca abierta en un silencioso grito de protesta. Estaba a un paso de la muerte.

Un gemido de Vamberg —que, conmocionado, se sujetaba el brazo herido— hizo que Doyle se volviera hacia la izquierda. Se agachó para recoger la navaja: las faldas de Eileen pasaron a su lado mientras la joven corría hacia las escaleras.

Cuando tocó el acero, Doyle notó que un líquido caliente le caía sobre la mejilla —era sangre— y después unos dedos le aprisionaron la nuca. Con un chillido ronco, Vamberg le atacó con el brazo herido, arañándole hasta producirle sangre. Incapaz de levantar la cabeza por la presión de la mano de Vamberg, que mostraba una fuerza increíble, Doyle consiguió sacar la segunda jeringuilla, la clavó en el muslo izquierdo del profesor y empujó el émbolo; la mitad del contenido de la hipodérmica se vació en la arteria femoral antes de que Vamberg se apartara violentamente y la aguja se quebrara en dos. Ahora la aguja actuaba a la inversa; un chorro de sangre salía por el extremo roto.

Doyle echó a correr hacia las escaleras. Un sirviente le salió al paso; Doyle le asestó un navajazo y el hombre retrocedió.

—¡Eileen!

Un grupo de sirvientes apareció en el vestíbulo superior y bajó la escalera dirigiéndose hacia ella.

—¡Aquí! —gritó él, señalando una puerta que daba al rellano.

Junto a los pies de Eileen saltaron esquirlas en un escalón de mármol; alguien había disparado. Al girarse, Doyle vio a Drummond, que avanzaba revólver en mano al frente de los sirvientes. Doyle le arrojó la navaja, pero Drummond la desvió con un brazo.

—¡Dese por muerto! —gritó Drummond, levantando el arma.

Desde arriba cayó una armadura sobre los sirvientes cercanos a Doyle: el segundo disparo de Drummond tampoco dio en el blanco.

—¡Arthur! —chilló Eileen.

Él se volvió: un criado se erguía por encima de él, enaborlando un garrote. Doyle oyó un silbido agudo, y una estrella de plata se incrustó en la frente del agresor. El hombre se desplomó. Doyle miró hacia arriba: una silueta oscura voló por encima de la balaustrada y cayó sobre los sirvientes, que bajaban las escaleras. A consecuencia del choque, los atacantes rodaron por los peldaños mientras Doyle se reunía con Eileen en el rellano. Vestido como un criado, la figura que los había hecho caer se incorporó y comenzó a lanzar fuera de la escalera al puñado de asaltantes que todavía quedaban conscientes.

—Adelante —dijo Jack Sparks, señalando la puerta del rellano.

Sparks cogió el sable entre los restos de la armadura, remató a uno de los hombres y comenzó a dar mandobles a diestro y siniestro para impedir que los demás avanzaran.

—¡Ahora, Doyle!

Otra bala silbó junto a los oídos de Doyle. Drummond volvía a apuntarle, esforzándose por afinar la puntería entre la batahola de hombres que se agitaban alrededor de la armadura.

Eileen intentó abrir la puerta.

—¡Está cerrada!

Doyle y Jack cargaron contra la puerta; la cerradura saltó a la segunda embestida. Doyle cogió una antorcha colocada en la pared interior, sujetó la mano de Eileen y corrieron juntos por el estrecho pasadizo de servicio. Sparks lanzó al rellano un frasco que produjo una densa y asfixiante cortina de humo.

—¡Corred! ¡Corred!

Corrieron, seguidos por Sparks. Doblaron una esquina y oyeron gritos y pisadas detrás de ellos, a medida que los sirvientes, animados por los chillidos belicosos de Drummond, cruzaban la cortina de humo.

—¿Estás bien? —le preguntó Doyle a Eileen.

—Ojalá los hubiésemos matado a todos —respondió ella, furiosa.

—Le vi a usted cuando bajó de la carreta —le dijo Doyle a Sparks.

—Me costó una hora llegar a esta parte de la casa; debe de haber casi un centenar de hombres en el interior.

—¿Vio usted…?

—Sí. Llegué a las escaleras antes de que usted atacara. Necesitaba distraerlos…

—Comprendemos, Jack. ¿Dónde estamos? —preguntó Eileen.

«Dios mío, está más tranquila que yo», pensó Doyle asombrado.

Hicieron una pausa al llegar a una intersección. Una rama del pasadizo llevaba hacia el interior de la casa, y la otra bajaba hacia la izquierda.

—Por aquí —dijo Sparks, que escogió la de la izquierda.

—¿Cómo saldremos de aquí? —preguntó Doyle.

—Ya encontraremos la manera.

Las paredes del pasadizo eran más toscas a medida que avanzaban; la carpintería dio paso a la albañilería, y la albañilería a la roca. Afortunadamente, los ruidos de la persecución sonaban cada vez más lejanos.

—Han matado a Barry —dijo Doyle.

—Peor que eso —manifestó Eileen.

—Lo sé.

—Sin duda también tienen a Larry —añadió Doyle.

—No. Está vivo.

—¿Dónde?

—En un lugar seguro.

Bajaron casi medio kilómetro. Subió la temperatura. Las paredes rezumaban humedad. Al doblar la esquina siguiente, vieron que una pesada puerta de roble bloqueaba el pasadizo. Sparks escuchó con atención; después tendió la mano y accionó el picaporte. Abierta.

Excavada en la tierra, la caverna en la que entraron se extendía a lo lejos, tan ancha como larga. Casi rozaban el techo con la cabeza.

El suelo aparecía cubierto de paja. El viento que entraba por alguna parte agitaba la llama de la antorcha, que ennegrecía las rocas de hollín. El aire era cálido y estaba impregnado de un olor desagradable, como un huerto de fruta demasiado madura. Doyle conocía este olor, aunque no acababa de identificarlo.

Al avanzar descubrieron que por debajo de la paja había agua, que en algunos lugares alcanzaba un palmo de profundidad. Mientras chapoteaban con mucha precaución, el viento cerró de golpe la puerta y el ruido les sobresaltó.

—¿Larry ha venido con usted? —preguntó Doyle.

—No. Lo encontré en el tren. A Barry le pillaron en la abadía.

Así que eran los gritos de Barry los que había oído en la montaña. Doyle rogó que no hubiera sufrido mucho. Quizá todavía no había dejado de sufrir.

Habían cruzado más de la mitad de la caverna, avanzando con dificultad por la extraña combinación de paja y agua.

—¿Dónde estuvo anoche, Jack? —preguntó Doyle.

—Una compañía de fusileros reales y dos escuadrones de caballería vienen hacia aquí desde Middlesborough. Llegarán antes de la madrugada.

Doyle nunca había estado más dispuesto a creer en lo que le decía.

—¿Por qué no esperó a que llegaran?

—Eileen estaba con usted —respondió él, sin mirarlos.

Doyle pisó algo blando que cedió; el pie resbaló pero consiguió recuperar el equilibrio. Se quedó con la vaga y desagradable sensación de que la cosa pisada se había movido.

—Jack, tienen al príncipe Eddy…

—Lo sé.

Algo se quebró con un chasquido del pie de Eileen.

—¿Qué ha sido eso? —preguntó Doyle.

Ella sacudió la cabeza; Doyle sostuvo la antorcha mientras Sparks apartaba la paja de los pies de la mujer.

—Oh, Dios mío —exclamó Eileen.

El pie había partido las costillas de un esqueleto humano de huesos blancos, medio enterrado debajo de la superficie del agua. Una sustancia espesa brillaba entre la paja, y filamentos de una excrecencia plateada se enganchaban en los restos.

—Esto ya lo hemos visto antes, en los establos de Topping —dijo Doyle.

—No se muevan —ordenó Sparks. Miraba por encima del hombro de Doyle.

Una forma ondulada avanzaba hacia ellos por debajo de la paja, con movimientos lentos, sinuosos, como los de una víbora. De pronto el olor se hizo más intenso y les escocieron los ojos.

—Amoníaco —afirmó Doyle. Miró hacia la izquierda, donde otra silueta se deslizaba hacia ellos.

—Allí —avisó Eileen, señalando hacia delante, donde se advertían más movimientos entre la paja.

—¿Qué son? —preguntó Sparks.

—Si pueden criar coles del tamaño de globos y truchas que parecen delfines... —comentó Doyle.

—Prefiero no saber la respuesta —dijo Eileen.

La paja parecía haber cobrado vida. Las formas, activas como la espuma del mar, les rodearon totalmente, excepto por un pequeño hueco delante de ellos.

—Venga, adelante —ordenó Sparks, con la espada en alto.

Doyle avanzó moviendo la antorcha de un lado a otro. Notó un roce contra la bota y se apartó rápidamente.

Una silueta oscura se elevó a su derecha por encima de la paja hasta alcanzar una altura de metro y medio. La forma, cilíndrica y sin miembros, acababa en un agujero festoneado de ventosas palpitantes que rodeaban tres mandíbulas, cada una provista de filas simétricas de dientes muy agudos.

Una forma idéntica se levantó por la izquierda, atraída por un rudimentario sentido del olfato. Otra apareció por detrás. Olían la sangre.

Eran sanguijuelas.

Jack lanzó una estocada por debajo de la cabeza bamboleante de la sanguijuela y la abrió de arriba abajo. Un líquido negro y fétido brotó a raudales de la herida y la criatura se desplomó en el agua infecta.

Doyle continuó el avance sin dejar de mover la antorcha, manteniendo a raya a las sanguijuelas que tenía delante. Los negros cuerpos se apartaban instintivamente ante el fuego, y la humedad chisporroteaba sobre sus pieles brillantes.

—¡Prenda fuego a la paja! —gritó Sparks.

Otro monstruo apareció detrás de Sparks y le mordió: los dientes destrozaron la tela y llegaron hasta el hombro antes de que Jack pudiera volverse y cortar la cosa en dos con la espada. Las partes sobrevivientes escaparon a toda prisa.

Doyle arrimó la antorcha a la paja: la parte superior y más seca se incendió en el acto y las llamas se extendieron rápidamente para formar una cortina de fuego. Las sanguijuelas ardían como teas en cuanto las alcanzaba el fuego.

—¡Por aquí! —vociferó Doyle.

Corrieron detrás del fuego. El agua chapoteaba a medida que las criaturas escapaban del calor, y se oían explosiones cuando el fuego las consumía. Sparks acabó a golpes de espada con las pocas supervivientes que encontraron a su paso. El fuego se apagó rápidamente en este extremo de la cueva cuando hubo consumido la paja seca. Doyle descubrió una puerta. Sparks movió el pesado picaporte, y cruzaron la puerta.

Se encontraron en el exterior, cerca de una tonelería. Los barriles apilados a su alrededor limitaban la vista, pero oyeron muy cerca un ruido de cascos, carromatos y voces furiosas. La luna llena brillaba en el cielo nocturno. Doyle apagó la antorcha.

—Voy a vomitar —dijo Eileen en voz baja.

Se apartó a un lado. Doyle la acompañó y la ayudó gentilmente mientras ella vomitaba la comida corrupta que les habían servido. Sparks esperó a una distancia prudente. Cuando acabaron las arcadas, ella se aferró a Doyle y cerró los ojos, temblando de frío. Este le preguntó si se encontraba bien y ella se limitó a asentir con la cabeza, negándose a hablar de la pesadilla que habían vivido. Doyle se dijo que esa era una forma de negar su realidad. Se preguntó cuántos esqueletos más yacían sepultados en aquel horrible campo de cría. Un sistema muy práctico para resolver los problemas disciplinarios, o para enloquecer de miedo a los enemigos. Pensó en los regueros de sal en los vestíbulos de Topping; los métodos de los criminales habían sido muy eficaces con lord Nicholson.

Tal vez esas sanguijuelas gigantes confirmaran los delirios de Vamberg sobre los espíritus oscuros y las relaciones con los elementales. ¿Habrían descubierto algunos secretos fundamentales relacionados con el espíritu y la materia?

La aparición de Sparks interrumpió el curso de su pensamiento.

—¿A cuántos han matado? —le preguntó Sparks en voz baja.

—A Chandros. Al obispo. Probablemente a Vamberg.

—¿A Alexander?

Doyle negó sacudiendo la cabeza.

—Espere aquí —dijo Sparks. Palmeó el hombro de Doyle y desapareció de la vista.

—Yo lo maté. Maté a aquel hombre horrible —manifestó Eileen sin abrir los ojos.

—Sí, así es.

—Me alegro.

Permaneció acurrucada entre sus brazos. Sparks regresó al cabo de unos minutos con ropas de los sirvientes y, mejor aún, con dos abrigos de lana. Se cambiaron detrás de los toneles mientras Sparks montaba guardia. Eileen se ocultó los cabellos debajo de una gorra.

A través de una grieta entre los barriles, observaron el patio donde Doyle había visto a Sparks descolgarse de la carreta unas horas antes. Sirvientes y convictos corrían de aquí para allá. Los caballos espantados reculaban mientras les uncían a las varas de coches y carretas. Los oficiales reunían a los guardias en pelotones y les daban las órdenes pertinentes.

—Evacúan —dijo Sparks, sin alzar la voz—. Las tropas llegarán a tiempo para impedir que la mayoría se marche.

—¿No piensan? —preguntó Doyle.

—Sin órdenes, no. Y nosotros hemos roto la cadena de mando.

—¿Qué pasa con Drummond?

—No asumirá responsabilidades a menos que Alexander esté con él.

—Tal vez lo esté.

—No hay ninguna razón en la Tierra por la que esté dispuesto a sacrificarse. A estas horas ya estará a muchos kilómetros de aquí.

—¿Adónde irá? —preguntó Eileen.

Sparks sacudió la cabeza.

—¿Y qué pasará con el príncipe Eddy? —quiso saber Doyle.

—Imagino que Gull ya se habrá encargado de sacarle de aquí.

—¿Para llevarlo adónde?

—Al tren. De regreso a Balmoral. Ahora ya no les sirve de nada.

—Seguro que ha estado durmiendo la mona —opinó Eileen.

—¿No les convenía retenerlo como rehén? —preguntó Doyle.

—¿Para qué? Les hubieran cazado como conejos. No puede hacerles ningún daño como testigo. ¿Por qué iban a correr el riesgo de confiar en él? Solo era el invitado de un distinguido grupo de ciudadanos durante el fin de semana.

—En tal caso, Jack, los hemos vencido. Han renunciado.

—Quizá.

A Doyle se le ocurrió otra pregunta mucho más inquietante.

—¿Por qué no nos han perseguido?

—Tienen otras cosas más importantes que hacer, ¿no crees? —dijo Eileen.

—Lo harán —afirmó Sparks en voz baja—. No esta noche ni mañana, pero lo harán.

Se produjo un largo silencio.

—¿Cómo saldremos de aquí? —preguntó Doyle.

—A través de aquel portón —contestó Sparks señalando la salida que daba a la fábrica.

—¿Y cómo haremos para llegar hasta allí?

—Muy sencillo, mi querido Doyle. Caminando.

Sparks se irguió y salió al exterior. Doyle y Eileen le siguieron con las cabezas gachas, sumándose a la confusión del patio. Nadie los detuvo. No tardaron en cruzar los portones abiertos y dejar atrás los muros de Ravenscar.

El camino iba directamente a la fábrica de galletas. La luz amarillenta de los faroles eléctricos alumbraba las entradas, y un sinnúmero de figuras entraba y salía por las puertas abiertas. Por el oeste, detrás de la enorme construcción, estaban las turberas. Lo que quedaba de la nevada resplandecía débilmente a la luz de la luna. Sparks se detuvo donde las vías férreas se bifurcaban hacia el muelle de carga de la fábrica.

—Vamos a echar un vistazo —dijo.

Siguieron las vías hasta unos inmensos portones corredizos por donde los raíles se adentraban en el edificio. Las vías de maniobra aparecían ocupadas por un gran número de vagones cerrados.

Al otro lado de los portones no había nada que se pareciera a una fábrica de galletas. El aire era sulfuroso, lleno de humo, polvo de carbón y cenizas. Las cintas transportadoras llevaban el mineral en bruto hasta los volquetes suspendidos sobre los enormes hornos de fundición. Calderos inmensos vaciaban el contenido en moldes de hierro del tamaño de casas. Una concatenación de cables, correas, ganchos, volantes, engranajes y pistones unidos en un movimiento continuo se elevaba muy alto debajo del techo inclinado para formar una torre de Babel industrial. Bolas de fuego surgían rítmicamente de las válvulas retorcidas y los accesorios deformados. Humos contaminantes de diversos colores salían de las oscilantes cavidades y tuberías. La legión de trabajadores descamisados que iban de un lado a otro, ennegrecidos por la atmósfera pestilente, convertidos en enanos por la maquinaria monolítica, parecían totalmente superfluos: si abandonaran sus puestos, el inmenso aparato, con su aterrorizadora unidad de propósito, seguiría funcionando por toda la eternidad.

Resultaba difícil precisar cuál era el producto final de ese infierno fabril. Las enormes siluetas colgadas de las grúas encargadas de llevarlas hasta los vagones sugerían la forma de un cañón, pero de un tamaño nunca visto. Ingenios de guerra, de una guerra todavía no prevista, ni siquiera imaginada. Al parecer estaba en marcha un esfuerzo de última hora en la despótica fábrica. El acero fundido caía en los moldes, los trabajadores cargaban los vagones a un ritmo frenético, estimulados por los gritos de los guardias armados.

Ninguno de los tres dijo nada; no hubieran podido hacerse oír por encima del tumulto infernal. Sparks hizo un gesto. Se apartaron de los portones, de regreso al silencio relativo del andén ferroviario.

—¿Qué es esto? ¿Para qué sirve? —preguntó Doyle, casi para sí.

—El futuro —contestó Sparks.

—Mirad allí —dijo Eileen.

Les señaló un sendero pisoteado en la nieve, paralelo a las vías que salían de Ravenscar, donde dos figuras armadas provistas con faroles escoltaban a una columna de hombres. Se encaminaban hacia las turberas. Las muñecas de los hombres estaban sujetas por esposas atadas a una larga cadena común. A juzgar por la extraña cojera que parecía afectar a todos, también llevaban grilletes en los tobillos. Algunos vestían los trajes grises y mugrientos de los convictos, otros las ropas de los sirvientes.

Doyle se preguntó si había algo reconocible en alguna de aquellas figuras encorvadas.

—¿Adónde irán? —dijo en voz alta.

—Vamos a seguirles —contestó Sparks.

Echaron a andar junto a las vías que un terraplén de tierra y ceniza elevaba por encima del suelo fangoso. El desnivel les ocultó mientras seguían la luz de los faroles al mismo paso que la columna. No tardaron mucho en divisar un fuerte resplandor que surgía de una construcción oscura situada a casi un kilómetro al sur de las vías. Doyle lo identificó como uno de los edificios bajos que había visto desde la ventana de Ravenscar. Oyeron lo que parecían ser disparos procedentes del interior: estampidos aislados y alguna que otra descarga de fusilería. Cuando las vías llegaron a la altura de la construcción, los guardias condujeron a la columna hasta una pequeña colina cercana al edificio.

—¿Qué habrá allí dentro? —preguntó Doyle.

Jack miró las vías que iban al oeste. Buscaba alguna cosa.

—Ahora lo sabremos —respondió.

La luz de la luna les guio desde la vía férrea hasta el sendero. La tierra, cubierta de líquenes y hierbajos, estaba encharcada por la nieve fundida. Un centenar de metros más allá, la columna acababa de llegar al edificio.

Agachados para aprovechar al máximo la escasa protección que les deparaba el terreno, subieron la colina y llegaron al borde del complejo formado por dos construcciones de ladrillo, levantadas en un terreno llano y unidas por un estrecho pasillo tapiado. Seis chimeneas achatadas destacaban en el techo del segundo edificio; un humo espeso iluminado por el rojo del fuego surgía de todas ellas, y era sin duda el origen del resplandor que habían visto a lo lejos.

Un cambio en la dirección del viento llevó el humo hacia ellos, envolviéndolos en un olor fétido y nauseabundo, tan intenso que les hizo caer de rodillas. Doyle luchó por contener las náuseas. Sparks le dio un pañuelo a Eileen, con el que esta se cubrió la boca y la nariz. Doyle y Jack intercambiaron una mirada ceñuda. Sparks le indicó a Eileen con un gesto que permaneciera allí, y los dos hombres avanzaron hasta situarse a veinte metros del complejo.

La columna de hombres a la que habían seguido permanecía ociosa delante del primer edificio, detrás de un segundo grupo de encadenados que en aquel momento aguardaba junto a la única puerta de entrada. Los guardias armados que habían custodiado la columna se apartaron. Otros dos se apostaron a ambos lados de la puerta.

Doyle señaló la figura que había reconocido en el grupo. Sparks asintió.

Una descarga de fusilería sonó en el interior. El eco seco de los disparos se extendió por las turberas. Los dos guardias de la puerta interpretaron la descarga como una señal. Uno de ellos encañonó con el fusil a los hombres cercanos a la puerta, y el segundo cogió una llave del cinturón y les abrió los grilletes. Ninguno de los hombres reaccionó al sentirse libre; permanecieron inmutables, con la cabeza gacha.

Desde el interior abrieron la puerta de acero y entró el primer grupo de hombres. Una fila de fusileros formados delante de una pared cargaba las armas. Más allá, los carretones cargados de cadáveres eran empujados por hombres de gris por el pasadizo hacia el otro edificio.

A los hornos.

Cerraron la puerta. La segunda pareja de guardias conversó durante unos segundos con los dos apostados en la puerta: una transferencia de responsabilidades. Los guardias provistos de faroles dieron media vuelta y caminaron por el sendero hacia las vías.

Sparks esperó hasta que los guardias quedaron fuera de la vista del edificio. El último cayó con el cuello partido antes de poder abrir la boca. Y cuando el primero se volvió, la culata del segundo fusil lo silenció para siempre. Sparks y Doyle cruzaron la colina hacia el crematorio.

No hubo sigilo ni subterfugios. Sparks caminó hasta los guardias de la puerta y los mató en el acto.

Doyle se hizo con las llaves y quitó los grilletes de las manos y los pies de la segunda columna de hombres. Ninguno se movió. Todos llevaban la marca traumática de la vil alteración realizada por Vamberg. Estos eran los fracasos. Aquí era donde eliminaban los desperdicios.

Más disparos en el interior. Doyle se acercó al hombre que habían venido a rescatar, cogió a Barry de la mano y se lo llevó. Este no ofreció resistencia ni dio muestras de haberle reconocido. Sparks le hizo una señal a Doyle para que se diera prisa y permaneció alerta junto a la puerta del matadero.

Doyle y Barry ya se encontraban lejos de la puerta cuando aquel oyó el ruido de los goznes, seguido de una descarga y de gritos procedentes del interior. Doyle se detuvo. Barry se quedó mirando el suelo. Eileen se reunió con ellos y todos se volvieron hacia el edificio y esperaron.

Cesaron los disparos. No se movía ni una brizna. El súbito silencio en las turberas parecía tan inmenso como la cúpula celeste sobre sus cabezas.

Sparks apareció en lo alto de la colina. Al acercarse arrojó el fusil. Tenía el rostro y las ropas cubiertas de sangre, que parecía negra a la luz de la luna. Doyle jamás había visto una expresión como aquella en un rostro humano: piedad, horror, rabia, nada tan parecido a un dios que acabara de destruir un mundo de su propia creación al que ya no podía controlar. Detrás de él, una columna de fuego se alzó hacia el cielo. Sparks había incendiado los edificios.

Sparks pasó junto a ellos, levantó a Barry y lo llevó en brazos hacia las vías férreas. Eileen soltó un sollozo involuntario. Doyle le rodeó los hombros con un brazo y le siguieron.

A medida que se acercaban a las vías, pudieron ver un espectáculo inusitado: una locomotora y dos vagones venían marcha atrás en dirección a ellos, desde el oeste.

—Es nuestro tren —gritó Doyle—. Es nuestro tren.

Mientras se apresuraban para alcanzar a Sparks, que subía el terraplén, vieron a lo lejos cómo Larry saltaba de la cabina y se reunía con Jack en el momento en que este dejaba en el suelo su carga con mucho cuidado. Larry cayó de rodillas. El grito desesperado que lanzó al ver a su hermano tendido en tierra atravesó el silencio nocturno como una lanza.

Doyle y Eileen acabaron de subir la cuesta. Larry, arrodillado en el suelo de cenizas, con Barry entre los brazos, le acariciaba un mechón sobre la frente.

—¡Oh, Señor, qué te han hecho! Jack, mire lo que le han hecho a mi pobre hermano.

Sparks permanecía de pie junto a ellos, con la mirada baja y el rostro oculto entre las sombras. Doyle observó que la mirada de Barry buscaba la de su hermano, que parecía sostenida por un mínimo aliento de vida.

Barry movió los labios. Se oyó un sonido. Lo repitió.

—A... ca... ba —dijo Barry.

Después volvió al vacío que le poseía.

Con el rostro bañado en llanto, Larry miró a Jack, que se señaló a sí mismo. Larry movió la cabeza muy despacio. Sparks miró a Doyle y se apartó. Doyle rodeó con los brazos a Eileen y la alejó del lugar.

Doyle observó por encima del hombro de la mujer.

Larry se agachó para besar la mejilla de Barry. Le susurró algo al oído y después deslizó las manos alrededor del cuello del hermano. Doyle cerró los ojos. Eileen se estremeció violentamente entre sus brazos.

Pasaron un par de minutos. Doyle y Eileen se miraron a los ojos, pero la intimidad de la angustia compartida se les hizo insoportable. Ella desvió la mirada. Doyle presintió que ella necesitaba refugiarse en algún rincón muy íntimo de su propio ser y se preguntó si alguna vez podrían superar la brecha que había surgido entre los dos.

Larry cerró los ojos de Barry. Acunó el cuerpo, meciéndole suavemente como alguien que pretende calmar a un niño y hacerle dormir. Sparks permanecía junto a ellos, con la mirada puesta en Ravenscar.

Una gran cantidad de luces se movía a lo largo de las vías dirigiéndose hacia ellos.

Doyle condujo a Eileen a bordo del tren, donde ella se desplomó en uno de los asientos. A través de la ventanilla, Doyle observó que Sparks se ponía en cuclillas junto a Larry para hablar con él. Larry asintió, recogió el cuerpo de su hermano y lo llevó hasta la parte delantera del tren, fuera de la vista.

Doyle oyó disparos. Caminó hasta el vagón de cola y salió a la plataforma. Los faroles estaban a unos cuatrocientos metros de distancia. Las balas silbaban por todas partes. Doyle apoyó el fusil en la barandilla y disparó contra las luces hasta vaciar el cargador.

Las ruedas de la locomotora comenzaron a girar y el tren aceleró, alejándose de los perseguidores. Poco después los faroles se redujeron a puntos de luz que se fueron esfumando en la oscuridad.

19

V. R.

Eileen rehusó el coñac que le ofreció Doyle. Se acercó somnolienta hacia la litera en la parte trasera del vagón, y después de acostarse en ella se volvió de cara a la pared y permaneció en silencio, sin moverse. Resultaba difícil saber si dormía o no.

Doyle no se privó de una copa, que vació en un par de tragos. El rostro macilento y sucio de barro y sangre que vio reflejado en el espejo de encima del bar no se parecía a ningún ser humano conocido. Doyle pensó que el agotamiento y el dolor tenían ciertas ventajas: llega un punto en que uno es incapaz de sentir nada.

Abrió la puerta del vagón, se encaramó en el lado del ténder y avanzó sujetándose en la barandilla de protección hasta llegar a la locomotora. El cuerpo de Barry yacía en el suelo de la cabina, cubierto con la capa de Jack como mortaja; una bota sobresalía por debajo de la prenda, moviéndose con las sacudidas del tren. Larry permanecía junto al regulador, asomado a la ventanilla, con la mirada puesta en las vías.

—Estamos a quince kilómetros de la línea principal —gritó Sparks para hacerse oír sobre el estruendo de la locomotora—. La vía está despejada.

—¿Londres? —preguntó Doyle.

Sparks asintió.

Doyle contempló las turberas desoladas, tan extrañas y ajenas como la superficie de la Luna, tan carentes de vida como el cadáver cubierto por la mortaja. El azote del viento helado que entraba en la cabina tenía un efecto catártico.

—Me voy dentro —dijo Sparks.

Sparks se dirigió hacia el vagón de pasajeros. Doyle echó carbón en el horno, cargó el depósito con combustible del ténder y esperó en silencio, dispuesto a ofrecer apoyo si era necesario.

—Usted nunca le oyó cantar —comentó Larry después de un rato, sin mirarlo.

—No.

—Cantaba como los ángeles. Tenía una voz…

Doyle asintió, y esperó pacientemente.

—Me dijo que me fuera.

—¿A qué se refiere, Larry?

—Los apartamos de las ruinas, esa era la idea. Nos cargamos a la mitad de aquellos cabrones antes de que pudieran acercarse a nosotros. Pero unos cuantos consiguieron colarse por detrás. Nos tenían cogidos, listos para el matadero. Él me dice que eche a correr. Yo digo no, que nunca. Él dice que Jack necesita al menos a uno de nosotros para conducir el tren, que él es el mayor y que yo debo hacer lo que él dice.

—¿Él era el mayor?

—Por tres minutos. Se queda con el arma y yo salgo pitando de aquella colina… —Larry se enjugó las lágrimas con la manga—. Mandó al infierno a unos cuantos, ¿verdad?

—Efectivamente.

—De vez en cuando discutíamos acerca de cuál de nosotros la palmaría primero. Siempre decía que sería él. A Barry le gustaba correr riesgos. Y tampoco le daba miedo el final, en absoluto. Es algo que aprendimos del señor Sparks. Siempre decía que quizá la muerte era solo el principio de algo. ¿Usted qué cree, caballero?

Larry le miró por primera vez.

—Creo que es muy posible que solo sea el principio de algo —respondió Doyle.

Larry miró el cadáver del hermano, debajo de la capa de Jack sacudida por el viento.

—El señor Sparks dice que usted mató al hombre que le hizo esto.

Doyle asintió.

—Entonces, señor, le estaré eternamente agradecido —manifestó Larry, con voz quebrada.

Doyle permaneció en silencio. No estaba seguro de ser capaz de hablar. Pasaron los minutos. Larry volvió a secarse las lágrimas.

—Si no le importa —añadió Larry en un tono de disculpa—, ahora quisiera estar a solas con él.

—Desde luego.

Doyle le tendió la mano y Larry se la estrechó sin mirarle a la cara. Luego volvió a ocuparse del regulador y Doyle regresó al vagón.

Sparks le esperaba con el botellón de coñac abierto y dos copas en la mesa.

Doyle se sentó. Sparks llenó las copas. Bebieron. El calor de la bebida se extendió por las entrañas de Doyle, permitiéndole distanciarse un poco de aquellos horrores.

Doyle le relató la aparición de Alexander en el patio de la fonda, el viaje hasta Ravenscar y la confrontación en el gran vestíbulo. Sparks le escuchó con mucha atención, haciéndole preguntas solo referentes a Alexander. Cuando Doyle acabó, permanecieron en silencio durante un rato.

—¿Se trata solo de una pandilla de locos? —preguntó Doyle finalmente, en voz baja—. ¿Cree que eran capaces de devolver este… ser a la vida?

Sparks pensó durante unos minutos antes de responder:

—¿Qué me dice de aquellas cosas en el sótano del museo? ¿Tiene alguna explicación?

—¿Puede usted explicar la fuerza vital?

—Uno puede tener una opinión.

—Pero la explicación puede ser un misterio que nos supera.

Sparks asintió. Bebieron.

—Lo que el viejo pescador le contó a Stoker, de cuando les vio desembarcar de la goleta —dijo Sparks.

—Trajeron un ataúd. Los restos del padre de usted.

—Dijo que bajaron dos ataúdes. ¿Qué había en el segundo?

—No pudimos encontrarlo.

—Si este ser del que hablaban había vivido antes, imagine por un momento que tenían la manera de averiguar qué persona había sido. ¿Es inconcebible que Alexander y los siete creyeran que necesitaban los restos para devolverlo a la vida?

—Supongo que no.

—El motivo de las estancias de Alexander en Oriente fue por tanto descubrir la identidad de esta persona y recuperar el cuerpo.

—Parece lógico.

Sparks volvió a asentir.

—Entonces el segundo ataúd se convierte en la clave de toda la empresa. Imagino que allí donde esté ahora, Alexander lo tiene en su poder.

Doyle vio la insignia de plata en la mano de Sparks; este la estudiaba, la hacía dar vueltas, como si el enigma del hermano viviera en el interior como un escarabajo atrapado en ámbar.

—Pero ¿qué pensaban hacer? Me refiero en la práctica. ¿De qué manera podía dar frutos el plan?

—Para saberlo no vendría mal poder simular los razonamientos de un loco —contestó Sparks con una leve sonrisa.

Doyle sintió que el rubor le encendía las mejillas.

—Tenía que nacer un niño, hijo del duque de Clarence, siempre que primero encontraran a una mujer que satisficiera las condiciones de la realeza para el casamiento.

—Cosa bastante difícil.

—No, pero supongamos que sí. Un niño, un hijo, que como resultado del ritual invocado por los siete no es más que un recipiente para el alma encamada de la bestia del mal. ¿Cuál es el siguiente paso lógico?

—Eliminar los obstáculos que quedan en la línea de sucesión —contestó Doyle.

—Precisamente. Dado que el niño tardará algunos años en llegar a la mayoría de edad, no tienen mucha prisa en hacer nada que pueda provocar sospechas. La reina lleva en el trono casi cincuenta años, saben que no vivirá eternamente.

—Entonces, el príncipe de Gales.

—El abuelo del niño y el siguiente en la línea. Pero es lógico suponer que le dejarán en paz por el momento; ¿qué necesidad tienen de quitar al aparente heredero y convertir la regencia en un caos? No, se pueden permitir esperar. Victoria fallece, quizá cuando nuestro niño es adolescente, y Edward, un hombre ya sesentón, asume el trono. Entonces, ¿quién queda entre el niño y la Corona?

—Solo el padre.

—Y nadie en su sano juicio permitirá nunca que semejante borrico empuñe el cetro. El príncipe Eddy tiene que desaparecer, y no será mucho después del nacimiento del hijo. La muerte será atribuida a causas naturales. Algo muy creíble dados los antecedentes médicos.

Doyle asintió.

—Dejando que el hijo, el príncipe heredero, huérfano de padre y adorado por todos, ocupe su lugar en la sucesión detrás del abuelo, el rey. Entonces el resto es coser y cantar; se manda al otro barrio al rey Bertie y a cualquier heredero inconveniente y ya tenemos a nuestro niño rubio montado en la carroza de la coronación camino de Windsor.

—Pero podrían tardar veinte años en conseguirlo.

—El tiempo que, de todas maneras, tardaría el niño en llegar a adulto. Mientras tanto, nuestros amigos, los siete, consolidan su posición como traficantes de influencias acerca de la familia real. Antes de la ascensión al trono, informan al joven rey de la genealogía de su camino «izquierdo» hacia el poder (le inician en el culto) y así comienza su reinado de mil años al frente de la nación más poderosa de la Tierra.

Sparks se reclinó en el asiento. Doyle estaba asombrado al ver lo fácil que parecía todo, y al advertir al mismo tiempo la absoluta locura del plan.

—¿Y para qué hacer todo esto, Jack?

—El rey puede declarar la guerra. Ellos fabrican armas. Ahí tiene una razón pragmática. Quizá la única de interés para nosotros en este momento.

Doyle asintió. La lógica del razonamiento era tan refrescante como una fuente de agua.

—Y la tierra. Los convictos. La droga de Vamberg —dijo Doyle.

—El hombre como arcilla. Jugar a dios —replicó Sparks, encogiéndose de hombros.

—Debe haber alguna razón más práctica.

—Formar una milicia privada —contestó Sparks tras una pausa.

—¿Para su defensa?

—O para algún propósito más beligerante.

—Pero el tratamiento no funcionó, al menos no tuvo resultados fiables —añadió Doyle, pensando en los pobres desgraciados obligados a marchar hacia la muerte.

—El hombre es una criatura muy difícil de esclavizar, por mucho que lo intentemos.

Doyle apuró su copa. Tras una pausa, abordó un tema espinoso.

—Jack. La última vez que estuvimos en Londres... la Policía me informó que usted había escapado de Bedlam.

—¿Les dio mi nombre?

Doyle asintió y añadió:

—Dijeron que estaba loco.

Sparks inclinó la cabeza hacia un lado y le miró de soslayo. ¿Esbozaba una sonrisa?

—¿Qué les dijo, doctor?

—Nada más. Admito que hubo momentos en los que su locura no parecía una hipótesis tan descabellada.

Sparks asintió tranquilamente y se sirvió otra copa de coñac.

—Hace seis meses estuve unas semanas internado en Bedlam.

A Doyle se le pusieron los ojos como platos.

—Contra mi voluntad. Por orden de un médico prominente, al que yo investigaba. El doctor Nigel Gull. En el transcurso de mis investigaciones, me hice pasar por paciente del doctor. Nos hicimos amigos. Una noche me invitó a cenar en su casa. Acepté, como una oportunidad para averiguar todo lo que me fuera posible sobre él a partir de su lugar de residencia. Pero me pillaron desprevenido: una docena de hombres, entre ellos varios policías, esperaban en el interior. Me dominaron, me embutieron una camisa de fuerza y me trasladaron a Bedlam.

—Santo cielo.

—Ahora, a la vista de lo que sabemos, no resulta difícil imaginar quién dirigía las acciones de aquel doctor, ¿no es así, Doyle?

—Desde luego.

—Me encerraron en una celda, a oscuras, sin quitarme nunca la camisa de fuerza. A menudo tenía la sensación de que alguien me observaba. Alguien a quien yo conocía. Entonces comprendí que Alexander era el hombre al que había estado persiguiendo.

A Doyle le abrumaba otra incógnita de la que deseaba desprenderse.

—Jack, espero que me perdone por lo que voy a decir. La noche que viajamos a Whitby... en este mismo vagón vi cómo se administraba una inyección.

Sparks no se movió, pero las palabras le llenaron de vergüenza. Las mejillas se le hundieron y su rostro alargado apareció más consumido y cansado.

—Aquella primera noche en Bedlam me colocaron una capucha sobre la cabeza. La camisa estaba encadenada a la pared. Y comenzaron las inyecciones. Durante las veinticuatro horas del día. Antes de que desaparecieran los efectos de una, ya me estaban poniendo otra.

—¿La droga de Vamberg?

Sparks sacudió la cabeza.

—Cocaína. Al cabo de una semana, me habían creado una… dependencia física.

—¿Cómo consiguió escapar?

—No tardé en perder toda noción del tiempo. Transcurrió un mes entero antes de que se produjera algún cambio en la rutina. Para entonces mis raptores supusieron que también había perdido el entendimiento y la fuerza muscular. Estaban equivocados. Me había condicionado a mí mismo para resistir los efectos de la droga mucho más de lo que indicaba mi conducta. Aquel día, después de la inyección de la mañana, me sacaron de la celda y me metieron en un coche. Cuando nos acercábamos a nuestro destino, me quitaron la camisa de fuerza. Los tres hombres que me escoltaban no vivieron lo suficiente para lamentarlo. Salté del coche en marcha, casi cegado por la luz del sol, y conseguí escapar pese a todo.

—¿Qué pretendían hacer con usted?

—El coche circulaba por Kensington, hacia el palacio. Creo que su intención era crearme la dependencia y luego implicarme en la ejecución de algún crimen terrible.

Sparks vació la copa y miró a lo lejos.

—Como pudo ver la noche que viajamos a Whitby…, pese a mis esfuerzos en los meses posteriores, no he conseguido librarme totalmente de esta… dependencia.

—Si hay algo que…

—Ya hemos hablado bastante… Debo pedirle, como amigo y caballero, que nunca más volvamos a tocar este asunto —manifestó Sparks, con la voz ronca de emoción, los músculos de la cara contraídos y la mirada dura.

—Desde luego, Jack —dijo Doyle.

Sparks se levantó bruscamente y se dirigió hacia la puerta antes de que Doyle pudiera reaccionar.

El peso de lo que acababa de saber aumentó el cansancio opresivo que sentía Doyle. Se dirigió tambaleante hasta el fondo del vagón, apartó la cortina y miró a Eileen, acostada en la litera inferior. No se había movido de la posición que la había visto adoptar, y su respiración era lenta y regular. Con la mayor discreción posible —y hasta cierto punto consciente de que esta decisión era más importante de lo que parecía—, trepó a la litera superior. Un segundo después dormía profundamente.

Doyle abrió los ojos. Ninguna sensación de movimiento; el tren estaba parado. El sol se filtraba hasta la litera. Miró el reloj —las dos y media de la tarde— y abrió las cortinas, entrecerrando los ojos contra el resplandor: un patio ferroviario, el mismo que habían utilizado antes en Battersea, al sur de la ciudad. Pasó las piernas por encima del borde de la litera y descendió. No había nadie en la litera de abajo, ni en el resto del vagón. Se apeó.

La locomotora y el ténder habían desaparecido. El vagón permanecía solitario en una vía muerta. Doyle miró por todas partes sin descubrir la locomotora. Corrió hasta el despacho del jefe de estación. Un maquinista viejo atendía la ventanilla.

—La locomotora que arrastraba aquel vagón —dijo Doyle, señalando—. ¿Dónde ha ido?

—Salió a primera hora de la mañana —contestó el hombre.

—Iba una mujer dentro.

—No vi a nadie, señor.

—Alguien debía ir dentro.

—No digo que no, pero yo no vi a nadie.

—¿A quién puedo preguntar?

El viejo se lo indicó. Doyle interrogó a todos los trabajadores que habían visto la llegada del tren. Recordaban la llegada, pero ninguno había visto marcharse a nadie a pie, y mucho menos a una mujer; se acordarían.

«Sí, no la habrían olvidado», pensó Doyle.

Buscó una tarjeta para dársela, y de pronto recordó que las últimas pertenencias las había perdido en Ravenscar, pero en el bolsillo encontró un grueso fajo de billetes de cinco libras y la insignia de Sparks, colocados allí mientras dormía. Pasó el pulgar por el borde de los billetes; había más de un año de sueldo. Nunca había visto tanto dinero junto.

Doyle regresó al vagón y emprendió una búsqueda minuciosa. Tal como sospechaba, no habían dejado ninguna nota ni pista. Recuperó el abrigo, bajó del vagón y abandonó el patio.

El día estaba nublado, pero no hacía mucho frío porque no soplaba viento. Hizo un alto en un bar para saciar el hambre con un pastel de riñones. Pensó en Barry. Compró un puro en la barra, dejó el establecimiento y encendió el cigarro al comenzar a cruzar el puente de Lambeth. Se detuvo a medio camino, contempló el agua gris del Támesis y pensó qué hacer.

¿Reanudar la vida anterior, en el caso de que le aceptaran los pacientes que le quedaban? La cantidad que le habían dejado era más que suficiente para alquilar otro apartamento y reponer sus pertenencias.

No. No, todavía no.

¿La Policía? Ni hablar. Solo una idea tenía sentido. Acabó de cruzar el puente, dobló a la derecha por Tower Gardens, pasó el Parlamento y siguió hacia el norte por Victoria Embankment. El tráfico y los comercios le parecían tan insustanciales como fantasmas. Por fin llegó al obelisco de Cleopatra. ¿Cuánto tiempo había pasado desde que había estado allí con Jack y escuchado la historia del hermano? Menos de dos semanas. Le parecía un siglo.

Dobló a la izquierda alejándose del río y se dirigió al Strand. Entró en la primera tienda que encontró de artículos para caballero y compró un maletín de cuero, un par de zapatos resistentes, calcetines, camisas, tirantes, pantalones, ropa interior y útiles para afeitarse. Un poco más allá, en una conocida sastrería, encargó un traje de calidad. Los arreglos tardarían un día, dos como máximo, si al caballero no le molestaba esperar. El caballero contestó que no tenía prisa.

Guardó las compras en el maletín y alquiló una habitación en el hotel Melwyn. Solicitó la *suite* junto a las escaleras, en el segundo piso, y pagó cinco días por adelantado. Firmó el registro como «Milo Smalley, Esquire». El recepcionista, que no era el mismo de la vez anterior, no se fijó en él.

Después de bañarse y afeitarse, se vistió con las prendas nuevas. La Policía todavía podía estar interesada en él, si es que no le buscaba activamente, pero eso le traía sin cuidado. Salió a cenar. Compró dos libros en un quiosco cercano al hotel: *Las aventuras de Huckleberry Finn* y una traducción del sánscrito del *Bhagavadgita.* Cenó solo en el Gaiety Restaurant, sin hablar con nadie, y en el hotel estuvo leyendo a Twain hasta que se quedó dormido.

Al día siguiente caminó por Drury Lane hasta Montague Street. El apartamento de Sparks aparecía cerrado a cal y canto; ni siquiera había señales del perro. No había vecinos a mano a los que preguntar. En el camino de regreso, compró un sombrero hongo y un paraguas en una tienda de Jermyn Street. Por la tarde recogió el traje nuevo.

No había acabado de ponerse el traje gris de estambre —el mejor que había tenido en toda su vida— cuando llamaron a la puerta. El botones le transmitió un mensaje: un coche esperaba al caballero a la puerta del hotel. Doyle le dio una propina y le indicó que avisara al cochero de que el caballero bajaría sin demora.

Doyle se puso el sombrero y el abrigo, recogió el paraguas —amenazaba lluvia— y bajó hasta la entrada de carruajes. No conocía al cochero, pero en el interior le esperaba el inspector Claude Leboux.

—Claude.

—Arthur —dijo Leboux, con una breve inclinación de cabeza.

Doyle ocupó el asiento opuesto al de su amigo. Leboux dio una orden al cochero y el carruaje se puso en marcha. Leboux rehuía la mirada de Doyle; parecía estar enfadado y contrito al mismo tiempo, pero evidentemente no se hallaba de humor para una discusión.

—¿Estás bien? —preguntó Doyle.

—Sí, gracias.

Durante el viaje, que duró veinte minutos, Leboux consultó dos veces el reloj. Doyle oyó cómo se abrían los portones al aminorar la marcha, y el eco de los cascos cuando entraron en un patio cubierto. El coche se detuvo; Leboux bajó primero y llevó a Doyle hasta una puerta abierta, donde fueron recibidos por un hombre de porte distinguido, de mediana edad, despierto, inteligente, pero también cargado de una gran responsabilidad. Doyle creyó reconocerlo, pero fue incapaz de recordar dónde lo había visto. El hombre movió la cabeza hacia Leboux, haciéndole una seña que era a un tiempo de agradecimiento y de despedida. Luego se alejó con Doyle.

Cruzaron una antecámara poco iluminada, siguieron por un pasillo angosto revestido de madera y entraron en una cómoda sala de estar. Nada se podía deducir del propietario a partir de la habitación; el mobiliario era exquisito pero absolutamente impersonal. El hombre hizo un ademán señalando un sofá.

—Espere aquí, por favor —dijo. Eran las primeras palabras que pronunciaba.

Doyle se quitó el sombrero y tomó asiento. El hombre salió de la habitación.

Doyle oyó primero los pasos de la dama, el ritmo lento y majestuoso de sus tacones contra el parqué y después su voz imperiosa que le preguntaba algo a su compañero, el hombre que había escoltado a Doyle. Sintió mencionar su nombre.

Doyle se levantó cuando ella entró. No pudo menos de sorprenderse al verla en carne y hueso a tan poca distancia. Era más baja de lo que había imaginado, apenas un poco más de un metro cincuenta, pero proyectaba un poder que llenaba la habitación. El rostro familiar —corriente, carnoso, tan conocido para cualquier niño inglés como el de la propia madre— no era ni de lejos tan severo y duro como aparecía en los retratos. El pelo gris recogido en un moño, el sencillo vestido de lana negra, el cuello de hilo blanco y la mantilla eran talismanes tan íntimos para él como el dorso de sus propias manos. Al verle, ella sonrió con una animación imposible de imaginar por los retratos, y su sonrisa resplandeciente fue como un diamante en un campo de flores.

—Doctor Doyle, espero que esto no le ocasione ninguna molestia —dijo la reina Victoria.

—No, Su Majestad —respondió él, sorprendido ante el sonido de su propia voz. Se inclinó para ofrecerle una mínima muestra de protocolo.

—Ha sido muy amable al venir —añadió ella, y tomó asiento, sin más formalismos—. Por favor.

Extendió una mano, señalando la silla a su derecha, y Doyle se sentó. Recordó haber leído en alguna parte que era casi sorda del oído izquierdo. Ella se volvió hacia el hombre que lo había acompañado.

—Muchas gracias, Ponsonby.

Henry Ponsonby, el secretario privado de la reina —«de ahí le conocía, de los periódicos», pensó Doyle—, asintió y salió de la habitación. La reina se volvió nuevamente hacia Doyle, y él advirtió la fuerza de voluntad que reflejaban los ojos gris claro cuando la mirada se concentró en él. «Ahora muestran afecto, pero Dios proteja a quienes provoquen su ira», pensó.

—Al parecer, usted y yo tenemos un buen amigo en común —manifestó la reina.

—¿Sí?

—Un muy buen amigo.

«Se refiere a Jack», comprendió Doyle.

—Sí, así es.

—Hemos recibido la visita de nuestro amigo —añadió la reina—. Me habló de la valiosa ayuda que le prestó usted en un asunto de no poca importancia para mí y mi familia.

—Espero que no haya exagerado…

—Por lo general nuestro amigo no es dado a las exageraciones de ningún tipo. Yo más bien diría que tiene un gran aprecio por la precisión. ¿No le parece?

—Desde luego.

—Entonces no hay ninguna razón para que no tome sus palabras al pie de la letra, ¿verdad?

—No, señora… Su Majestad.

—Ni ningún motivo para rechazar la libre expresión de mi más profunda gratitud.

—Ninguno en absoluto, Su Majestad. Gracias. Muchísimas gracias.

—Gracias a usted, doctor Doyle.

Ella inclinó la cabeza. Doyle respondió de la misma manera.

—Tengo entendido que, como resultado de su generosa ayuda, ha tenido algunas dificultades con nuestra Policía de Londres.

—Lamentablemente, así es.

—Permítame asegurarle que no le causará más preocupaciones.

—Estoy… muy agradecido.

Ella volvió a asentir y permaneció unos instantes en silencio, contemplándole con una expresión afectuosa y hasta coqueta.

—¿Está usted casado, doctor?

—No, Majestad.

—¿De veras? Un hombre joven, vigoroso, bien plantado como usted. Y doctor. En fin, no puedo imaginar…

—Permítame decirle que aún no se me ha presentado la situación… adecuada.

—Preste atención a mis palabras —dijo ella, inclinándose en la silla y levantando un dedo regio—. Ya aparecerá alguien. El estado matrimonial no es a menudo lo que esperamos que sea, pero pronto descubrimos que sin duda es lo que necesitamos.

Doyle asintió cortésmente, dispuesto a creer en sus palabras.

Ella se apoyó nuevamente en el respaldo de la silla y pasó al siguiente punto de la agenda.

—¿Qué le ha parecido la salud de mi nieto? Me refiero al duque de Clarence.

Después de haber sido desarmado con tanta habilidad, Doyle se quedó sorprendido ante una pregunta tan directa.

—Sin haber tenido la oportunidad de examinarle a fondo, yo…

—Solo su opinión, doctor, por favor.

Doyle escogió las palabras con sumo cuidado.

—Con todos mis respetos, recomendaría a Su Majestad que a partir de este momento el duque permaneciera sometido a una supervisión si no constante, al menos estricta.

La reina asintió, mientras digería las consecuencias de la declaración antes de pasar a otra cosa.

—Ahora, doctor, tenemos que pedirle que jure que nunca hablará con nadie de lo que ha visto y oído, mientras viva.

—Lo juro, con toda solemnidad.

—Y ni una palabra sobre nuestro común amigo y su amistad con nosotros. Lamentablemente no podemos dejar de insistir en estos puntos.

—Sí, lo juro por mi vida.

Ella le miró, encontró satisfactoria la sinceridad de la respuesta y relajó su escrutinio. Doyle sintió que la audiencia llegaba a su fin.

—Es usted todo un caballero para sus años, doctor Doyle.

—Su Majestad es demasiado bondadosa.

Él extendió una mano cuando la reina se levantó, e inmediatamente temió haber cometido una falta de etiqueta imperdonable. El apretón de la soberana le tranquilizó.

—Ha pasado el examen. No le perderemos de vista. Y si se presenta la ocasión de volver a llamarle, queda advertido de que no vacilaremos en hacerlo.

—Solo espero no decepcionar.

—De eso, joven, estoy segura.

La reina Victoria sonrió de nuevo —otra vez aquel brillo inesperado— y se volvió, dispuesta a marcharse. Por un momento, el peso del mundo pareció descansar realmente sobre aquellos hombros estrechos. Cuando aún no había dado dos pasos, Ponsonby, al parecer por telepatía, apareció en el umbral.

—Si se me permite una pregunta... —dijo Doyle. La reina se detuvo y le miró—. ¿Nuestro común amigo dio a Su Majestad alguna indicación de cuál sería su próximo paradero?

—Con respecto a los movimientos de nuestro común amigo —dijo la reina en tono mesurado—, nos ha parecido aconsejable... no hacer averiguaciones.

Victoria enarcó una ceja: gracias a Jack, un momento de intimidad sin precedentes se dio entre ellos. Doyle sonrió y saludó con una reverencia cuando ella salió de la habitación seguida por Ponsonby, que parecía un remolcador escoltando a un paquebote.

«Soy el hombre que ha viajado en un cometa», pensó Doyle. «Ahora estoy otra vez en tierra firme, pero, para bien o para mal, ya nunca volveré a ser el mismo.»

Ponsonby regresó al cabo de unos momentos y recorrieron el mismo camino por los pasillos privados del palacio de Buckingham hasta donde le aguardaba el coche. El secretario le abrió la portezuela, esperó a que se sentara y le entregó un pequeño paquete rectangular.

—Con los saludos de Su Majestad —dijo Ponsonby.

Doyle le dio las gracias y esperó a encontrarse en la habitación del hotel para abrir el paquete.

Era una estilográfica. Una estilográfica negra y bruñida. La sostuvo en la palma de la mano observando que tenía una línea elegante y el peso de una pluma de ave.

20

HERMANOS

Se quedó en el Melwyn otros tres días. Pasaba las mañanas paseando de tienda en tienda, para reponer lo fundamental de las pertenencias que había perdido. Esto le forzó a considerar una pregunta muy oportuna: ¿qué se necesita de verdad?

Después de una buena comida sin prisas, Doyle regresaba cada día a la intimidad de la habitación y durante la tarde le escribía cartas a Eileen, explicándole las muchas cosas que deseaba haberle dicho y que confiaba poder decirle algún día.

Al regresar del restaurante en su último día en Londres, encontró una carta para él en recepción. El sobre, de pergamino color crema, era idéntico al que había recibido en el apartamento no hacía tanto tiempo, aunque le parecía que habían pasado siglos.

La carta estaba escrita por la misma mano femenina, aunque no con letras de imprenta sino con una caligrafía impecable y fluida.

Queridísimo Arthur:

Cuando recibas la presente, habré dejado Inglaterra. Espero que algún día puedas perdonarme por haberme ido sin despedirme hace un tiempo y por marcharme ahora del mismo modo. Mi corazón y mi alma acababan de sufrir tan gran padecimiento cuando nos conocimos, y las circunstancias fueron a continuación tan extremas, que nunca tuve tiempo ni pude permitirme el lujo de llorar. Ese momento ha llegado ahora.

Nunca te hablé de él y tampoco lo haré ahora, salvo para decirte que le amaba. Nos íbamos a casar en la primavera. Dudo mucho que pueda volver a amar a un hombre tanto como a él. Quizá el tiempo me haga cambiar de opinión, pero todavía es demasiado pronto para saberlo.

Sé que ninguno de los que vivimos aquellos días y noches juntos volveremos a contemplar la vida con los mismos ojos ciegos con que la mayoría ve el mundo que le rodea. Quizá hemos visto demasiado. Solo sé que tu bondad, tu amabilidad, tu cariño y tu coraje serán el faro que me guiará a través de lo que pueda quedar de esta oscura etapa.

Quiero que sepas que vivirás para siempre en mis pensamientos, que siempre te acompañará mi amor, allí donde te pueda llevar la marea. Sé fuerte, mi querido Arthur, porque mi corazón sabe y cree que la luz que tú posees continuará alumbrando para beneficio de este mundo mucho después de que nuestras pobres pisadas hayan sido borradas de la arena.

Te quiero.

Tuya,

EILEEN

La leyó tres veces. Intentó encontrar consuelo en las palabras. Sabía, objetivamente, que el consuelo estaba allí. Quizá lo encontraría en alguna distante mañana de sol. Pero no hoy. Guardó la carta en el sobre y la colocó entre las páginas de un libro.

«Allí la encontraré —pensó con una sorprendente clarividencia— por casualidad, dentro de muchos años. Y gracias a la inevitable erosión del tiempo, seré incapaz de recordar con precisión el suave y exquisito dolor de este terrible momento.»

Doyle hizo las maletas —ahora tenía dos, después de haber partido otra vez de cero— y aquella tarde cogió el tren para Bristol.

Pasó dos meses de la siguiente manera: viajaba en tren a una nueva ciudad, en algún lugar de Inglaterra. Alquilaba una habitación bajo un nombre supuesto. Aprendía lo que podía sobre el lugar y su historia en las bibliotecas y en las conversaciones circunspectas que mantenía en las tabernas hasta satisfacer su curiosidad. Entonces, continuaba la peregrinación, sin orden ni concierto, y escogía el nuevo destino la misma mañana de la partida. Le habían asegurado que la Policía ya no lo estaba buscando, pero esta era la manera de eludir a otras personas interesadas cuyas intenciones no tenía tan claras.

Leía los periódicos que podía adquirir en su periplo, buscando en ellos alguna señal. Un día, estando en el norte de Escocia, descubrió una nota necrológica en un diario londinense de dos semanas atrás: sir Nigel Gull, antiguo médico de la familia real. Habían encontrado el cadáver en el estudio de su casa de campo. Un presunto suicidio.

Había llegado el momento.

Regresó a Londres a finales de marzo, alquiló nuevamente una habitación en el hotel Melwyn y se acomodó a la misma rutina que había seguido antes, convencido de que su vida no avanzaría hasta que recibiera alguna palabra de Jack, y también convencido de que no tardaría en llegar.

Una noche, ya tarde, después de una tormenta, mientras contemplaba desde la ventana las telarañas formadas por los relámpagos en el horizonte, llamaron a la puerta. Larry estaba en el pasillo, acompañado de Zeus, los dos mojados y chorreando agua. Doyle les hizo pasar.

Larry se quitó el abrigo y tomó asiento junto al fuego, aceptando el ofrecimiento de una toalla y una copa de coñac. Zeus se acomodó a sus pies. Larry contempló el fuego y se bebió la copa en un par de tragos. A Doyle Larry le pareció más menudo de lo que recordaba, y con la expresión más dura y preocupada. Doyle esperó a que hablara.

—Le dejamos a usted en la estación, como si nada. No me gustó. El jefe dijo que usted ya había hecho más que suficiente, y que no había motivos para molestarle más. Él era el jefe, ¿no?

—No le culpo por aquello, Larry.

Larry asintió, agradecido por la absolución.

—Lo primero que hicimos fue dar a mi hermano un entierro decente. Lo llevamos a casa y lo depositamos en la tierra, junto a nuestra madre. Aquello no estuvo mal.

—Sí.

—Entonces resulta que el señor Sparks tiene unos asuntos en Londres. Voy a Brighton, tal como me dice, y allí le espero. Pasan semanas. Un mes. Me convierto en maestro de todos los juegos del paseo. Entonces una noche aparece él con noticias: los movimientos de cierta goleta. Una que zarpó del puerto de Whitby en la primera semana de Año Nuevo. «Navegó hacia Bremen, que era su destino. Allí es donde vamos ahora», me dice.

»Tomamos el siguiente transbordador a través del canal. Seguimos viaje hasta el puerto alemán de Bremen. Se hacen investigaciones en aquella ciudad; Jack habla el idioma, no es nada extraordinario.

—No.

—Buscamos a una pareja, un hombre y una mujer que embarcaron en Whitby y desembarcaron de esta goleta. Al parecer trajeron un ataúd en la bodega. El cuerpo de un pariente, le dijeron al capitán, que llevaban de regreso para que descansara en la tierra nativa. Esta pareja partió de Bremen por tren hacia el sur. Aquí el rastro se enfría. Registré todas las estaciones, hasta el último maldito apeadero entre Bremen y Múnich. Vi más Prusia que los prusianos. Nada. A estas alturas, yo también ardo por regresar a mi tierra nativa, pero el jefe tiene otra idea…

—Salzburgo.

—En efecto, señor, donde como usted sabe los hermanos fueron a la universidad. Austria: allí es donde vamos ahora, y peinamos a fondo aquella vieja ciudad. Encontramos a un cochero que recuerda haber llevado a una pareja que responde a la descripción. A una ciudad a dos horas hacia el norte. Se llama Braunau. Braunau am Inn.

»Parece que la pareja alquiló una casa inmediatamente y que pagó con dinero en efectivo. Por suerte para nosotros, hay una cotilla que vive al lado, una vieja que no tiene nada mejor que hacer que espiar todo el santo día.

»Sí, ella los vio llegar, señor. Y descargaron una caja de madera muy grande del coche. Era el único equipaje que traían, salvo lo que transportaban a mano, y esto le impresionó. Tenían unos horarios muy extraños, las luces encendidas durante toda la noche. Se quedaron dos meses y jamás le dieron los buenos días: muy malos vecinos, ¿no cree?

—¿Estaban allí cuando llegaron ustedes?

—La vieja dice que se marcharon hacía una semana. Nosotros mismos entramos en la casa. Decir que estaba destrozada es poco; era como si alguien hubiera metido el interior en un horno, lo hubiera derretido en parte y después lo hubiera dejado enfriar. Todo es blando, las paredes como gelatina… No entiendo cómo aún se mantienen de pie.

Doyle conocía estos efectos demasiado bien: Blavatsky los había descrito como algo que intentaba pasar desde el otro lado.

—¿Dejaron alguna cosa?

—El ataúd. Lo que quedaba. Quemado, hecho astillas. Vacío. Colocado sobre un montón de tierra, como aquel que vimos en la abadía de Whitby.

—¿Ningún resto?

—No, señor.

A Doyle no le gustó la expresión en el rostro de Larry. Se avecinaba algo peor.

—¿Qué pasó entonces, Larry?

—Nos esforzamos en recuperar el rastro, fresco como estaba, solo de la semana anterior. Nos llevó hacia el sudoeste, a una pequeña ciudad suiza, entre Zurich y Basilea. Una ciudad turística, donde la gente toma las aguas y hay cinco cascadas, las cascadas de Reichenbach. Más de sesenta metros de altura.

Larry pidió más coñac. Zeus vigiló atento mientras Doyle le llenaba la copa, y esperó a que la bebiera.

—Llegamos. Indagamos en el hotel junto a las cataratas. Sí, la pareja en cuestión lleva allí dos días. Miramos en la habitación. Hay señales de ocupación, pero no hay nadie adentro. Jack dice que espere junto a la puerta mientras él va a dar la vuelta por el otro lado. Pasa el tiempo. De pronto tengo un mal presentimiento, así que salgo pitando. Hay un sendero que lleva a la montaña desde donde se pueden contemplar las cataratas, y veo que Jack corre sendero arriba. Tan rápido como puedo, tomo el sendero.

»Todavía no vuelvo a ver a Jack cuando delante de mí oigo disparos. Echo a correr, paso un recodo y allá arriba, en el siguiente tramo, a menos de cincuenta metros, está Jack luchando con un hombre de negro, y yo sé en el acto que es Alexander. No está claro quién disparó, pero nadie parece herido. Nunca he visto a dos hombres luchar con tanta saña y denuedo. Sin ceder un palmo, respondiendo golpe con golpe, los dos maltrechos y heridos, sin dar ni pedir cuartel. Me avergüenza decir que me quedé paralizado, que no podía moverme de donde estaba.

»Y mientras estoy mirando, veo que Jack comienza a tener una ligera ventaja, un margen tan estrecho que no se puede medir, y que las cosas comienzan a moverse a su favor. Alexander da un paso atrás, tratando de girar sobre el pie plantado cerca del borde, y la tierra cede debajo de él, se produce una lluvia de rocas y tierra, pierde el equilibrio y por un momento eterno se mantiene en el borde de aquel precipicio.

»Justo en el instante en que va a desaparecer en aquel agujero negro, estira una mano y sujeta a Jack por la bota. Jack se tambalea, clava los tacones y aguanta, pero el propio peso del hombre arrastra a Jack por encima del borde, y los veo precipitarse en una larga caída hasta que la niebla de las cataratas se los traga.

Las lágrimas corrían por las mejillas de Larry. Doyle era incapaz de moverse.

—¿Encon... encontraron los cadáveres?

—No lo sé, señor, porque un momento después una bala se estrella junto a mis pies, y cuando miro hacia arriba veo a aquella fiera que está en el sendero apuntándome...

—¿Lady Nicholson?

—Sí, señor. Así que corrí, y creo que seguí corriendo hasta que llegué a la estación y subí al siguiente tren. Así que no sé si encontraron los cadáveres. Pero era una caída muy larga, señor, y yo vi las piedras allá abajo, y mucho me temo que nos han arrebatado al señor Jack Sparks mucho antes de su tiempo, antes de que pudiera hacer ni la mitad del bien de que era capaz.

Larry ocultó el rostro entre las manos y lloró amargamente. Doyle respiró hondo y sintió que el pecho se le oprimía y se le humedecían los ojos. Posó una mano sobre los hombros del pobre hombre, y también él se echó a llorar porque Jack se había ido y porque ahora, en tan poco tiempo, ambos habían perdido a su único hermano. Y allí permanecieron los dos, junto al fuego, en la más larga de las noches de Londres.

En las semanas que pasaron desde que se enteró de los hechos acaecidos en las cataratas de Reichenbach, Doyle comenzó a añorar el consuelo de la prosaica rutina diaria. Buscó trabajo y aceptó un oscuro puesto de médico en la provinciana ciudad portuaria de Southsea, Portsmouth, donde comenzó una nueva vida, enterrando el dolor y la confusión en la multitud de detalles y la rutina relacionados con el mantenimiento de la salud de esa apacible comunidad costera. La sorprendente vulgaridad de las quejas de los pacientes fue como un bálsamo para él. Poco a poco, de un modo tan lento que el proceso pasaba inadvertido para la mente consciente, la sobrecogedora sensación de terror y espanto que casi le había llevado al borde de la locura fue cediendo discretamente.

Una mañana, cuando descansaba delante de una casita donde había atendido a un niño afectado por un cólico, mientras admiraba el verde oscuro de los campos y el océano cristalino sobre los que el sol asomaba entre unas nubes espectaculares, se sorprendió de que hubiera transcurrido más de un día sin que hubiera pensado en Jack ni en Eileen ni en aquella terrible noche en las turberas.

«Comienzas a curarte, Doyle», diagnosticó.

Avanzado el verano, Tom Hawkins, un joven agricultor del pueblo, fuerte y vital, querido por todos, contrajo meningitis cerebral. Enfrentado al mayor desafío de su carrera médica, Doyle hizo trasladar al joven a su propia casa para poder atenderle mejor. La hermana de Tom, Louise, una mujer atractiva y de voz suave, de veintitantos años, consagrada en cuerpo y alma a su hermano, se instaló en la casa con él. La dedicación mutua a Tom y la enorme dignidad con que este afrontó su final, que muy pronto se reveló inevitable, hicieron que Doyle y Louise se sintieran muy unidos. El último acto de Tom antes de morir en sus brazos tres semanas más tarde fue tomar la mano de Louise y unirla suavemente con la de Doyle. Se casaron a finales del verano. La primavera siguiente nació el primer vástago, una hija a la que llamaron Mary Louise.

Ahora que disfrutaba de una felicidad y seguridad incomparables, Doyle se sintió capaz de considerar por primera vez con cierta perspectiva el tiempo pasado en compañía de Jack. Sabía que ningún miembro de la realeza ni del Gobierno a quienes Jack había servido reconocería públicamente sus aciertos, aunque tampoco él había buscado ni esperado nunca una recompensa personal.

Después de mucho pensarlo, de muchas y muy largas conversaciones con su querida Louise, Doyle comprendió por fin que lo que tanto le preocupaba y le acosaba en las horas de vigila era pensar que aquel hombre tan lúcido, valiente y extraordinario, que había dado la vida por la reina y el país, pudiera desvanecerse de la tierra sin recibir la mínima muestra de agradecimiento. Lo consideró totalmente injusto. A pesar de que él le había jurado a la reina prestarle sus servicios y mantener el secreto sobre este tema (y la soberana le llamaría repetidamente en los años futuros), Doyle encontró por fin la manera de hacer honor a ese juramento, al mismo tiempo que rendía tributo a la memoria del difunto Jonathan Sparks.

Aquella noche, mientras su esposa y su hija dormían seguras en sus camas, tomó la pluma que le había regalado la reina y se sentó a escribir un relato sobre su misterioso amigo.

EPÍLOGO

—Allí, junto a la base de las rocas, el río es más profundo. La corriente es muy fuerte y rápida. Muchas veces no se rescatan los cuerpos.

Doyle se asoma a la pasarela colocada en lo alto de las cataratas de Reichenbach mientras el guía suizo, un joven de rostro ancho y jovial, señala hacia el fondo.

—La gente salta desde aquí, ¿sabe? —explica el guía—. La mayoría mujeres. Corazones destrozados. Muchas lo han hecho a lo largo de los años. —El hombre sacude la cabeza simulando tristeza.

—Comprendo —dice Doyle.

—Un lugar muy triste.

—Sí. Muy triste.

Es una brillante mañana de abril de 1890. Sin saber que el éxito editorial está a punto de cambiar su vida para siempre, el doctor Doyle, Louise y su hija de tres años, Marie Louise, disfrutan de su primer viaje al extranjero.

—¿En alguna ocasión sobrevivió alguien? —le pregunta Doyle.

El guía frunce el entrecejo mientras intenta recordar.

—Una mujer. Sí. Salió viva, siete kilómetros río abajo. No recuerdo su nombre.

Doyle asiente, dejando que su mirada recorra el agua turbia.

Un poco más allá en la pasarela, la pequeña Marie Louise, que está paseando con su madre, se entusiasma al ver en el camino un coche de bebé.

—Mamita, mira al niño —dice ella, asomándose por encima de la barandilla para observarlo.

Los padres, una pareja corriente de clase media baja, están de vacaciones, las primeras desde el nacimiento del niño, que tuvo lugar el año pasado. El padre, Alois, es oficial de aduanas; la madre, Klara, una muchacha campesina de Bavaria.

—Mira sus ojos, mamita —dice Mary—. ¿Verdad que son preciosos?

Los ojos del bebé son hermosos, cautivadores.

—Sí, desde luego. *Die Augen ist... sehr schon* —le dice Louise a los jóvenes padres, con su alemán del colegio.

—Muchas gracias —contesta Klara cortésmente.

—*Wo kommen Sie heraus?* —pregunta Louise.

—Venimos de Austria —responde Alois, incómodo con cualquier extranjero, y más todavía con una mujer inglesa.

Doyle, entretenido con el guía veinte metros más allá, no se fija en la conversación.

—Branau —añade Klara—. Branau am Inn.

—Debemos irnos —anuncia Alois, y con un brusco saludo a Louise sujeta a Klara por un brazo y la obliga a dar media vuelta.

—*Auf wiedersehn* —dice Louise.

—*Auf wiedersehn* —replica Klara, con una dulce sonrisa para Mary.

—Di adiós, Mary —pide Louise.

—Adiós.

Mary corre para contarle a su padre todo lo referente al bebé de los ojos maravillosos, pero cuando se reúne con él, ese pensamiento se ha volatilizado como la niebla que sube de las cataratas.

Mientras tanto, Klara se inclina sobre el coche para arreglar la manta que cubre al bebé. Le sonríe y dice suavemente:

—Vamos, Adolf.

ÍNDICE

Esta edición de *La lista de los siete,* de Mark Frost,
terminó de imprimirse el día 15 de mayo de 2025
en los talleres de la imprenta Kadmos, en Salamanca,
sobre papel Coral Book Ivory de 90 g
y tipografía Adobe Garamond Pro de 11,5 pt.

LA RECOMENDACIÓN DEL EDITOR

JOHN FRANKLIN BARDIN

EL PERCHERÓN MORTAL

TRADUCCIÓN DE CÉSAR AIRA

«En la novela policial hay tres escritores irrepetibles: Edgar Allan Poe, Dashiell Hammett y John Franklin Bardin.»

—*Guillermo Cabrera Infante*

LA RECOMENDACIÓN DEL EDITOR

Armin Öhri

LA MUSA OSCURA

Traducción de Paula Aguiriano Aizpurua

«Armin Öhri podría ser el gran descubrimiento de la literatura detectivesca de este siglo.»

—*Neues Deutschland*

LA RECOMENDACIÓN DEL EDITOR

Laird Koenig

LA CHICA QUE VIVE AL FINAL DEL CAMINO

Traducción de Jon Bilbao

«Una novela que presenta a uno de los personajes infantiles más diabólicos de todos los tiempos.»
—*The Telegraph*